中國古典文學名家選集

蘇軾選集

王水照　選注

圖書在版編目(CIP)數據

蘇軾選集 / 王水照選注. —上海：上海古籍出版
社，2014.10（2024.9重印）
（中國古典文學名家選集）
ISBN 978-7-5325-7283-0

Ⅰ.①蘇… Ⅱ.①王… Ⅲ.①中國文學—古典文學—
作品綜合集—北宋 Ⅳ.①I214.412

中國版本圖書館 CIP 數據核字(2014)第 107497 號

中國古典文學名家選集

蘇 軾 選 集

王水照 選注

上海古籍出版社出版發行

（上海市閔行區號景路 159 弄 1-5 號 A 座 5F 郵政編碼 201101）

（1）網址：www.guji.com.cn

（2）E-mail：guji1@guji.com.cn

（3）易文網網址：www.ewen.co

上海中華商務聯合印刷有限公司印刷

開本 890×1240 1/32 印張 16.375 插頁 5 字數 440,000

2014 年 10 月第 1 版 2024 年 9 月第 13 次印刷

印數：35,551—38,650

ISBN 978-7-5325-7283-0

I·2823 定價：76.00 元

如有質量問題，請與承印公司聯繫

出 版 説 明

　　上海古籍出版社及其前身中華書局上海編輯所一向重視中國古典文學的普及工作，早在二十世紀六十年代，在出版《中國古典文學作品選讀》等基礎性普及讀物的同時，又出版了兼顧普及與研究的中級選本。該系列選本首批出版的是周汝昌先生選注的《楊萬里選集》和朱東潤先生選注的《陸游選集》。

　　一九七九年，時值百廢俱舉，書業重興，我社爲滿足研究者及愛好者的迫切需要，修訂重印了上述兩書，并進而約請王汝弼、聶石樵、周振甫、陳新、杜維沫、王水照等先生選輯白居易、杜甫、李商隱、歐陽修、蘇軾等唐宋文學名家的作品，略依前書體例，加以注釋。該套選本規模在此期間得以壯大，叢書漸成氣候，初名“古典文學名家選集”。此後，王達津、郁賢皓、孫昌武等先生先後參與到選注工作中來，叢書陸續收入王維、孟浩然、李白、韓愈、柳宗元、杜牧、黃庭堅、辛棄疾等唐宋文學名家的選本近十種，且新增了清代如陳維崧、朱彝尊、查慎行等重要作家的作品選集，品種因而更加豐富，并最終定名爲“中國古典文學名家選集”。

　　本叢書的初創與興起得到學界和讀者的支持。叢書作品的選注者多是長期從事古典文學研究的名家，功力扎實，勤勉嚴謹，選輯精當，注釋、箋評深淺適宜，選本既有對古典文學名家生平、作品

1

特色的總論,又或附有關名家生平簡譜或相關研究成果,所以推出伊始即深受讀者喜愛,很快成爲一些研究者的重要參考用書,在海内外頗獲好評。至上世紀九十年代,本叢書品種蔚然成林,在業界同類型選集作品中以其特色鮮明而著稱:既可供研究者案頭參閱,也可作爲古典文學愛好者品評賞鑒的優秀版本。由於初版早已售罄,部分品種雖有重印,但印數有限,不成規模,應讀者呼籲,今特予改版,重新排印,并稍加修訂。此叢書將以全新的面貌展現在讀者面前。

上海古籍出版社

二〇一二年十二月

前　言

　　北宋三位舉足輕重的大作家歐陽修、王安石和蘇軾都活了六十六歲，這真是歷史的巧合。就蘇軾現存集子來看，他最早的成名文章是嘉祐二年(一〇五七)應試時所作的《刑賞忠厚之至論》，時年二十二歲；最早一批詩作是嘉祐四年(一〇五九)再次赴京途中父子三人合編《南行集》裏四十多首作品①，時年二十四歲；最早的詞寫於熙寧五年(一〇七二)，時任杭州通判，年三十七歲。其創作起時并不比歐、王早，但也度過了長達四十多年的創作生涯，爲我們留下了二千七百多首詩、三百多首詞和四千八百多篇的各類文章，其數量之巨爲北宋著名作家之冠，其質量之優則爲北宋文學最高成就的傑出代表。

　　時間跨度如此漫長、作品內容如此豐富的創作歷程，必然呈現出階段性。探討和研究蘇軾的創作分期，必將有助於對其作品思想和藝術特點的深入理解。最早提出這個問題的就是他的弟弟蘇轍。在《東坡先生墓誌銘》中，他説蘇軾"初好賈誼、陸贄書，論古今治亂，不爲空言"；"既而讀《莊子》"，有深得其心之嘆；"謫居于黄，杜門深居，馳騁翰墨，其文一變，如川之方至，而轍瞠然不能及矣"；

─────────

　　① 查慎行、馮應榴、王文誥均謂蘇詩最早之作爲嘉祐四年出蜀前的《咏怪石》、《送宋君用游輦下》兩詩，但有人疑是僞作。

又説"公詩本似李杜,晚喜陶淵明"。這裏對"初好"、"既而"的時間斷限雖不明確,但認爲黄州、嶺海爲其創作變化時期則是清楚的。《苕溪漁隱叢話·後集》卷三十云"余觀東坡自南遷以後詩,全類子美夔州以後詩,正所謂'老而嚴'者也",進一步申述嶺海爲詩風"老而嚴"時期。陳師道云:"蘇詩初學劉禹錫,故多怨刺,學不可不慎也;晚學太白,至其得意則似之矣,然失于粗。"(《後山詩話》)蘇軾的好友參寥補充説:"(蘇軾)少也實嗜夢得詩,故造詞遣言,峻峭淵深,時有夢得波峭。然無己此論施于黄州以前可也。……無己近來(指建中靖國時)得(蘇軾)渡嶺越海篇章,行吟坐詠,不絶口吻。常云:'此老深入少陵堂奥,他人何可及!'其心悦誠服如此,則豈復守昔日之論乎?"(《曲洧舊聞》卷九)也認爲黄州、嶺海爲兩個創作階段。清人王文誥在《蘇文忠公詩編注集成·識餘》中,把蘇軾一生創作分爲八期:《南行集》和簽判鳳翔、熙寧還朝、倅杭守密、入徐湖、謫黄、元祐召還、謫惠、渡海;他還指出謫黄、謫惠爲兩大變,渡海後則"全入化境,其意愈隱,不可窮也"。前人的這些評論,值得重視。

蘇軾的作品是他生活和思想的形象反映,他的創作道路不能不制約于生活道路的發展變化。他一生歷經了北宋仁宗、英宗、神宗、哲宗、徽宗五個朝代,這是北宋積貧積弱的局勢逐漸形成、社會危機急劇發展的時代,也是統治階級內部政局反復多變、黨争此起彼伏的時代。蘇軾卷入了這場黨争,他的一生也就走着坎坷不平的道路。除了嘉祐、治平間初入仕途時期外,他兩次在朝任職(熙寧初、元祐初),兩次在外地做官(熙寧、元豐在杭、密、徐、湖;元祐、紹聖在杭、潁、揚、定),兩次被貶(黄州、惠儋),就其主要經歷而言,正好經歷兩次"在朝——外任——貶居"的過程①。

① 關于蘇軾生平事迹,參看本書附録:施宿《東坡先生年譜》。

　　蘇軾這種大起大落、幾起幾落的生活遭遇,造成他複雜矛盾而又經常變動的思想面貌和藝術面貌,給研究創作分期帶來不少困難。但是,第一,他的儒釋道雜糅的人生思想是貫串其一生各個時期的;筆力縱橫、揮灑自如又是體現于各時期詩、詞、文的統一藝術風格。這是統一性。第二,他的思想和藝術又不能不隨着生活的巨大變化而變化。我們認爲,與其按自然年序,把他的創作劃分爲早、中、晚三期,不如按其生活經歷分成初入仕途及兩次"在朝——外任——貶居"而分爲七段,并進而按其思想和藝術的特點分成任職和貶居兩期:思想上有儒家與佛老思想因素消長變化的不同,藝術上有豪健清雄和清曠簡遠、自然平淡之別。這是特殊性,也是分期的根據。

　　嘉祐、治平間的初入仕途時期,是蘇軾創作的發軔期。他懷着"奮厲有當世志"(《東坡先生墓誌銘》)的宏大抱負走上政治舞臺,力圖幹一番經世濟時的事業。他唱道:"丈夫重出處,不退要當前"(《和子由苦寒見寄》),"屈原古壯士,就死意甚烈。……大夫知此理,所以持死節"(《屈原塔》),一副舍身報國、邁往進取、風節凜然的儒者面目。反映在詩文創作中,是《郿塢》、《饋歲》、《和子由蠶市》等一批富有社會内容的詩歌和《進策》二十五篇、《思治論》等充滿政治革新精神的政論文。蘇軾是位早有創作準備的作家,這時的詩文雖然不免帶有一般早期作品幼稚粗率和刻意鍛鍊的痕跡,但藝術上已日趨成熟。論辯滔滔、汪洋恣肆的文風,才情奔放、曲折盡意的詩風,都已烙下個人的鮮明印記。如古體詩《鳳翔八觀》,王士禎認爲"古今奇作,與杜子美、韓退之鼎峙","此早歲之作"可與黃州後所作匹敵。(《池北偶談》卷十一"岐梁唱和集"條)《辛丑十一月十九日,既與子由別于鄭州西門之外……》,汪師韓嘆爲"詩格老成如是"。(《蘇詩選評箋釋》卷一)而《和子由澠池懷舊》等近體詩,紀昀評爲“意境恣逸,則東坡本色”(紀批《蘇文忠公詩集》卷三)。其豪健清雄更足以代表他以後整個任職時期的獨特風格。

兩次在朝任職時期是蘇軾創作的歉收期。熙寧時與王安石變法派矛盾,元祐時又與司馬光、程頤等論爭,激烈動蕩的統治階級内部鬥爭占據了他的注意中心。今存熙寧初二三年間所作詩歌不足二十首,爲蘇詩編年的最低數字(前在鳳翔任職的三年内,寫詩共一百三十多首);元祐初所作固然不少(二百首左右),但除題畫詩外,名篇佳作寥寥無幾;且題材較狹,以應酬詩爲主,雖不能一筆抹煞,但畢竟視綫未能注視到更重要的生活領域。這時的詩歌風格,仍然在多樣化之中保持健筆勁毫的統一傾向。他的至親好友文同曾追憶熙寧初他天天去汴京西城訪晤蘇軾:“雖然對坐兩寂寞,亦有大笑時相轟。顧子(蘇軾)心力苦未老,猶弄故態如狂生。書窗畫壁恣掀倒,股帽褌帶隨縱橫。詬詆歌詩躭文字,蕩突不管鄰人驚。”(《往年寄子平〔即子瞻〕》)宛然是李白再世。其時爲數甚少的詩作也多少留下這種狂放不羈的投影:或記人物:“吾州之豪任公子,少年盛壯日千里。”(《送任伋通判黃州兼寄其兄孜》)或抒感慨:“君不見阮嗣宗臧否不挂口,莫誇舌在齒牙牢,是中惟可飲醇酒。讀書不用多,作詩不須工,海邊無事日日醉,夢魂不到蓬萊宮。”(《送劉攽倅海陵》)或寫書法藝事:“興來一揮百紙盡,駿馬倏忽踏九州。我書意造本無法,點畫信手煩推求。”(《石蒼舒醉墨堂》)至于元祐初在京所作的一批題畫詩,如《虢國夫人夜游圖》、《趙令晏崔白大圖幅徑三丈》、《次韻子由書李伯時所藏韓幹馬》、《郭熙畫秋山平遠》、《書王定國所藏煙江叠嶂圖》等,蒼蒼莽莽,一氣旋轉,令人想見其濡墨揮毫時酣暢淋漓、左右逢源的快感。胡應麟《詩藪·外編》卷五云:“子瞻雖體格創變,而筆力縱橫,天真爛熳。集中如虢國夜游、江天叠嶂、周昉美人、郭熙山水、定惠海棠等篇,往往俊逸豪麗,自是宋歌行第一手。"除詠周昉美人圖的《續麗人行》作于徐州、《定惠海棠》作于黄州外,其他三篇皆作于此時。而《定惠海棠》淡雅高絶,已屬貶居時期的風格,實不宜以"俊逸豪麗"目之。

　　熙寧、元豐和元祐、紹聖的兩次外任時期是蘇軾創作的發展期。不僅創作數量比在朝時增多,名篇佳作亦美不勝收。先後兩次外任都是蘇軾自己請求的,他企圖遠離統治階級内部鬥争的漩渦,一則避開是非,保全自己,二則希望在政治上有所作爲,以踐初衷。因此,其時儘管由于抑鬱失意不時流露出超曠消沉的情緒,但積極入世精神仍是主導。加之實際生活擴大了他的政治視野和社會閲歷,他的總數不多的社會政治詩大都産生于此時。其中有抨擊時政的《吴中田婦嘆》及其他涉及新法流弊的詩篇,有他杭州賑濟疏湖、密州收養"棄子"、徐州抗洪開礦、潁州紓民飢寒的藝術記録,有《於潛女》、《新城道中》、《無錫道中賦水車》、《石炭》等各地風土人物的形象描繪。這都説明蘇軾具有反映重大題材的思想基礎和藝術才能,只是由于生活巨變等原因未能繼續得到新的開拓,在貶謫時期的創作注意力主要轉到個人抒慨,題材趨向日常生活化。政治社會性較强是蘇軾整個外任時期(包括初入仕途時期)詩歌的共同思想特點。

　　其次,以這時期爲主的整個任職時期,蘇軾詩歌的主要風格在豪健清雄方面,于前代詩人,對李、杜、韓、劉(禹錫)汲取較多。他的不少七古七絶,如《東陽水樂亭》、《歐陽少師令賦所蓄石屏》、《書丹元子所示李太白真》等頗具李白超邁豪横之氣,前引《送劉攽倅海陵》的起句直逼李白《行路難》,其《送張嘉州》"峨眉山月半輪秋,影入平羌江水流。謫仙此語誰解道,請君見月時登樓",更是句用李詩《峨嵋山月歌》,格從李詩"解道澄江净如練,令人長憶謝玄暉"

（《金陵城西樓月下吟》）化出，而此詩首句"少年不願萬户侯，亦不願識韓荆州"，則反用李白《與韓荆州朝宗書》。他的《荆州十首》之于杜甫《秦州雜詩》，《真興寺閣》之于《同諸公登慈恩寺塔》、《訪張山人得山中字二首》之于《尋張氏隱居二首》以及《次韻張安道讀杜詩》、《壽星院寒碧軒》等詩，前人常有"句句似杜"、"前六句杜意，後二句是本色"（紀昀語）之類的評論。他的《石鼓歌》，其奇横排奡，潑墨淋漓堪與韓愈《石鼓歌》比肩，《司竹監燒葦園，因召都巡檢柴貽勗左藏以其徒會獵園下》亦與韓《汴泗交流贈張僕射》、《雉帶箭》等圍獵之作一脈相承。至于由杜韓肇端的議論化、散文化傾向對于蘇詩結構、選字、用韻以至宏偉風格的形成，更發生了直接的重大影響。趙翼《甌北詩話》卷五云："以文爲詩，自昌黎始；至東坡益大放厥詞，別開生面，成一代之大觀。"所言甚確。至于劉禹錫，陳師道謂蘇軾學其"怨刺"，則有《郿塢》、《雨中游天竺靈感觀音院》及指斥新法流弊諸作可爲佐證，參寥謂蘇學其"峻峙淵深"、"波峭"，蘇轍也推重劉詩"用意深遠，有曲折處"（《呂氏童蒙詩訓》），這在蘇詩中也不乏其例。從上述師承關係中不難從一個方面看出蘇軾其時的審美傾向。前人又多謂蘇詩"傷率、傷慢、傷放、傷露"，"獷氣太重"（紀昀語），"一瀉千里，不甚鍛鍊"（趙翼語），正是放筆快意，追求豪健清雄風格所帶來的缺點。

　　第三，這時期蘇軾開始了詞的創作。雖然比之于詩，起時較晚，但一開始即以有別于傳統婉約詞的面貌登上詞壇。通判杭州初試詞筆，他就打破了"詩莊詞媚"（王又華《古今詞論》引李東琪語）的舊框框，運用詩的意境、題材、筆法、語言入詞，初步顯示出"以詩爲詞"的傾向。記游的《行香子》（"一葉舟輕"）寫浙江桐廬七里瀬"重重似畫，曲曲如屏"的景色，觀潮的《瑞鷓鴣》（"碧山影裏小紅旗"）寫錢塘弄潮兒搏擊江潮的習俗，抒寫鄉情的《卜算子》（"蜀客到江南"),感慨身世的《南歌子》("苒苒中秋過"),都有一種清新流暢、疏宕俊邁的詩的情調。尤如贈別杭州知州陳襄的一組詞作,如《行香子·丹陽寄述古》、《虞美人·有美堂贈述古》、《訴衷情·送述古迓元素》、《清平樂·送述古赴南都》、《南鄉子·送述古》等,語言明浄,意境深遠,與設色濃豔、抒情纖細的傳統送別詞各異其趣。在自杭赴密途中,他作《沁園春·赴密州,早行,馬上寄子由》云:"當時共客長安,似二陸初來俱少年。有筆頭千字,胸中萬卷,致君堯舜,此事何難!用舍由時,行藏在我,袖手何妨閒處看? 身長健,但優游卒歲,且鬥尊前。"勃勃英氣,力透紙背,洋溢着待時而沽、"天生我材必有用"的自信和自豪。沿着這一創作傾向繼續發展,終于在密州時期寫下了《江城子·密州出獵》和《水調歌頭·丙辰中秋,歡飲達旦,大醉,作此篇,兼懷子由》這兩首最早的豪放詞代表作,從而在詞壇上樹起"自是一家"的旗幟。徐州所寫《浣溪沙》五首農村詞則以濃鬱的泥土芳香和淳朴真摯的思想感情,表示了詞在題材、意境上的進一步開拓。這時期詞作的這一傾向與他以儒家積極進取精神爲主導的思想傾向是一致的,也與詩風的主要傾向相類。

　　第四,包括這時期在内的整個任職時期,散文寫作着重在議論文(政論、史論)和記叙文兩類。前者如奏議、策論、進論是爲了向朝廷直接表達政見,後者如亭臺樓堂記是爲了立碑上石,大都帶有應用文性質,并非嚴格意義上的文學創作,但仍有很高的文學價值。尤如鳳翔所作《喜雨亭記》、《凌虛臺記》,密州所作《超然臺記》,徐州所作《放鶴亭記》等,都是傳誦一時的名篇。雜記《日喻》、《石鐘山記》等則不僅以形象生動感人,而且以警策哲理給人以有益的啓迪。

　　以上是蘇軾前後三十多年任職時期的主要思想面貌和藝術

面貌。

元豐黃州和紹聖、元符嶺海的兩次長達十多年的謫居時期,是蘇軾創作的變化期、豐收期。

震驚朝野的“烏臺詩案”是蘇軾生活史的轉折點。他開始了四年多的黃州謫居生活。沉重的政治打擊使他對社會、對人生的態度,以及反映在創作上的思想、感情和風格,都有明顯的變化。

蘇軾人生思想的特點是“雜”:既表現爲儒佛道思想因素同時貫串他的一生,又表現爲這三種思想因素經常互相自我否定。如《韓非論》對“虛無淡泊”的老莊哲學斥爲“猖狂浮游之説”,指出他們把“君臣父子”關係視作“萍游于江湖而適相值”,那麽,“父不足愛而君不足忌。不忌其君,不愛其父,則仁不足以懷,義不足以勸,禮樂不足以化。此四者皆不足用,而欲置天下于無有,豈誠足以治天下哉!”在《議學校貢舉狀》中,指責“今士大夫至以佛老爲聖人”的風氣,認爲莊子“齊死生、一毀譽、輕富貴、安貧賤”的一套,是“人主”用以“礪世磨鈍”的“名器爵禄”的銷蝕劑。這是從儒家治世的角度批判佛老。而在《和文與可洋川園池三十首·二樂榭》中又謂:“仁智更煩訶妄見,坐令魯叟作瞿曇。”“二樂榭”命名來源于孔子“知者樂水,仁者樂山”之説(《論語·雍也》),文同提出質疑:“二見因妄生,仁智何常用。”蘇軾和詩亦意謂佛理高于儒學。儒家入世,佛家超世,道家避世,三者原有矛盾,蘇軾卻以“外儒内道”的形式將其統一起來。宋代釋智圓云:“儒者飾身之教,故謂之外典也;釋者修心之教,故謂之内典也。”“故吾修身以儒,治心以釋。”(《閑居編·中庸子傳上》)蘇軾有詩云:“定似香山老居士,世緣終淺道根深。”署名王十朋的《集注分類東坡詩》卷二引師(尹)曰:“白居易晚年自稱香山居士,言以儒教飾其身,佛教治其心,道教養其壽。”一僧一俗,所言全同。在宋代三教合一日益成爲思想界一般潮流的情勢下，蘇軾對此染濡甚深，并具體化爲以下形式：任職時期，以儒家思想爲主；貶居時期，以佛老思想爲主。兩件思想武器，隨着生活遭遇的不同而交替使用。這又是與儒家“窮則獨善其身，達則兼善天下”（《孟子・盡心》）的旨趣相通的。

蘇軾在《初到黃州》詩中寫道：“自笑平生爲口忙，老來事業轉荒唐。長江繞郭知魚美，好竹連山覺笋香。逐客不妨員外置，詩人例作水曹郎。只慚無補絲毫事，尚費官家壓酒囊。”在自我解嘲中，仍想有“補”國“事”，對貶逐則淡然處之。但是，政治處境險惡如故，生活困頓與日俱增，一種天涯淪落的悲苦孤寂之感油然而生。最初寓居定惠院時所作的《卜算子》中“有恨無人省”、“揀盡寒枝不肯栖”的孤鴻，《寓居定惠院之東，雜花滿山，有海棠一株，土人不知貴也》中那株地處炎瘴江城而“幽獨”無聞的高潔海棠，都是詩人的自我寫照，使我們很容易聯想起柳宗元《永州八記》之類作品中的山山水水。然而，蘇軾很快找到了排遣苦悶的精神武器，這就是早年已經萌發的佛老思想。他自白：到黃州後“歸誠佛僧”，“間一二日輒往（安國寺）焚香默坐，深自省察，則物我相忘，身心皆空，求罪始所從生而不可得。一念清净，染汙自落，表裏翛然，無所附麗，私竊樂之。且往而暮還者，五年于此矣”（《黃州安國寺記》）。他還傾心于道家的養生術，曾去黃州天慶觀養煉多日，又與知己滕達道等互相研討。元豐五年蘇軾的一批名作如《前赤壁賦》、《後赤壁賦》、《定風波》（“莫聽穿林打葉聲”）、《浣溪沙》（“山下蘭芽短浸溪”）、《西江月》（“照野瀰瀰淺浪”）、《臨江仙》（“夜飲東坡醒復醉”）等，大都寫得翛然曠遠，超塵絶世。蘇軾的情緒是隨時多變的，但這一年所流露的超曠放達的情緒却相對穩定，應是他黃州時期思想逐漸成熟的表現。尤如《前赤壁賦》利用主客對話所體現的作者思想由樂到悲、又以樂作結的演變過程，可以看作他黃州時期整個基本思想感情"樂——悲——樂(曠)"發展過程的縮影。因此,這時作品中儘管交織着悲苦和曠達、出世和入世、消沉和豪邁的種種複雜情緒和態度,但這種超然物外、隨緣自適的佛老思想仍是它的基調。

應該説明,在此以前的蘇軾作品中也不乏避世退隱思想的流露,黄州時期也有表達積極進取的儒家精神之作。然而,對傳統思想的汲取只有與生活實踐緊密結合纔能化爲真正的血肉,發揮能動的作用。蘇軾很早的一首《夜泊牛口》詩,在寫風土人情後,退隱之意摇筆自來:"人生本無事,苦爲世味誘","今予獨何者,汲汲强奔走",這只能算作"題中應有之義"而已。即如《凌虚臺記》、《超然臺記》等對老莊出世哲學的闡述,也多少帶有因臺名而生發的書生議論色彩。蘇軾在黄州就不同了。他面對的最大、最緊逼的人生問題是對逐客生涯如何自處,他的主要生活内容是東坡躬耕的"墾闢之勞"和"玉粒照筐筥"(《東坡八首》)的收穫之喜,是"初被酒以行歌兮,忽放杖而醉偃"(《黄泥坂詞》)的出游,是訪友,是養生以及堅持五年每一二日一往的安國寺參禪活動。他雖然對政事并未忘情,畢竟已遠離論政于朝堂、理事于衙門簿籍之間的官場生涯,没有也不可能去施展他的政治抱負。蘇軾説,"中年忝聞道,夢幻講已詳"(《去歲九月二十七日,在黄州,生子遯……病亡于金陵,作二詩哭之》其二)把他對佛老思想較爲深刻的理解和運用定在黄州時期的"中年";蘇轍《東坡先生墓誌銘》中"後讀釋氏書,深悟實相,參之孔老,博辯無礙,浩然不見其涯也"一段,也叙于"謫居黄州"之後。這是值得深思的。正是在這個意義上,我們認爲佛老思想在黄州時期日益濃厚,甚至占據了思想的主導地位,在以後嶺海時期更有所發展。

説"主導"并不意味着蘇軾已成爲佛教徒或道教徒。他在《答畢仲舉書》等文中,一再説明對玄奥難測的佛學教義并不沉溺,只是取其"静而達"的觀察問題的方法,以保持達觀的處世態度,保持對人生、對美好事物的執着和追求。這與其時對儒家思想的某種堅持,正好相反相成。事物的辯證法就是這樣:本質消極的佛老思想,在蘇軾身上起了積極的作用(當然也有消極的一面)。《定風波》中那位在風雨中"吟嘯徐行"、對困境安之若素的形象,才是我們熟悉的蘇軾面貌,他不同于屈原、杜甫在失意時仍時刻燃燒着忠君愛國的熱情,也不同于韓愈、柳宗元在貶逐時悲苦無以自抑的精神狀態。

與此相聯繫,黄州時期的創作有以下幾個特點:

一、抒寫貶謫時期複雜矛盾的人生感慨,是其主要題材。比之任職時期,政治社會詩減少,個人抒情詩增多。他在赴黄途中與蘇轍會于陳州,有詩云:"別來未一年,落盡驕氣浮。嗟我晚聞道,款啓如孫休。"(《子由自南都來陳三日而別》)雖然平生豪氣未必銷盡,受讒之恨、被謫之怨未必泯滅,但從主要方面看,已由從前的矜尚氣節、邁往進取的"驕氣"轉而爲對曠達超俗、隨遇而安的佛老之"道"的追求。早年離蜀赴京時所作《荆州十首》其十云:"北行連許鄧,南去極衡湘。楚境横天下,懷王信弱王!"紀昀評云:"此猶少年初出氣象方盛之時也。黄州後無此議論也。"的確,這種勃勃雄心、不可一世的自負感此時很少再現,習見的是抑鬱不平或超逸清空的精神境界,尤其是後者。同是中秋抒情,密州名作《水調歌頭》充滿了入世和出世的矛盾,既嚮往"瓊樓玉宇"之純潔而又嫌其寒冷,既憎惡現實社會之惡濁而又留戀人世的溫暖,以月下起舞爲勝境,千里嬋娟爲祝願;時隔六年的黄州《念奴嬌·中秋》,則寫"人在清涼國"的表裏澄澈,寫"水晶宮裏,一聲吹斷横笛"的絶響遺韻。其時所作《前赤壁賦》有"羽化而登仙"的名句,前人評其時所作《卜算子》爲"非吃煙火食人語"(黄庭堅語,見《苕溪漁隱叢話·前集》卷

11

三十九引），都可與此詞互相印證。同是重陽述懷，元豐元年徐州所作《千秋歲》雖然也有“明年人縱健，此會應難復”的常規慨嘆，但充溢畫面的是“如玉”的“坐上人”，與玉人交映的“金菊”，紛飛相逐的“蜂蝶”，乃至滿袖珍珠般的“秋露”；而在黃州所作《南鄉子》却以“萬事到頭都是夢，休休，明日黃花蝶也愁”作結，《醉蓬萊》又以“笑勞生一夢，羈旅三年，又還重九”開頭，這裏有對世事無常、“人生如夢”的低沉唱嘆，更有泛觀天地、諸緣盡捐的曠遠心靈的直接呼喊！王國維《人間詞話》卷上云“東坡之詞曠，稼軒之詞豪”，“曠”“豪”的差別就在于蘇軾接受了佛家靜達圓通、莊子齊物論等世界觀和方法論的深刻影響。

　　二、這時期創作的風格除了豪健清雄外，又發展清曠簡遠的一面，透露出向以後嶺海時期平淡自然風格過渡的消息。黃州詞如《念奴嬌·赤壁懷古》、《滿江紅·寄鄂州朱使君壽昌》、《水調歌頭·黃州快哉亭贈張偓佺》等，“銅琶鐵板”，神完氣足，屬豪曠一路，誠如其時他自評云“日近新闋甚多，篇篇皆奇”（《與陳季常》）；但如《卜算子·黃州定惠院寓居作》以及上述元豐五年《定風波》（“莫聽穿林打葉聲”）諸作，則出以空靈蘊藉、高曠洒脱之筆，風格有所變化。詩歌中的名篇如《定惠院寓居月夜偶出》、《次韻前篇》、《寓居定惠院之東，雜花滿山，有海棠一株，土人不知貴也》、《和秦太虛梅花》等，前人亦多以“清真”（查慎行語）、“清峭”（紀昀語）許之，而其近體詩更追求一氣呵成的渾然自然之趣。試以幾組和韻詩爲例。倅杭時所作《臘日游孤山訪惠勤惠思二僧》一組四首和韻詩，選用“孥”“遮”等險韻描摹西湖景色，因難見巧，愈出愈奇。《同柳子玉游鶴林、招隱，醉歸呈景純》一組“岡”字韻詩七首，鎔鑄經史子集，出入野史筆乘，極盡騰挪跌宕之能事，最後一首結云“背城借一吾何敢，慎莫樽前替戾岡”，意謂不敢再出和篇，但竟以“羯語”入詩，真是匪夷所思。(《晉書·佛圖澄傳》：羯語，"替戾岡，出也"。)黃州時期元豐四年、五年、六年每年正月二十日所作"魂"字韻三詩，却自然渾成，毫無爲韻拘牽之迹。像次聯"稍聞決決流冰谷，盡放青青没燒痕"，"人似秋鴻來有信，事如春夢了無痕"，"五畝漸成終老計，九重新埽舊巢痕"，設景抒慨叙事，清幽新穎熨貼，皆成名聯。這都説明黃州詩寫得更嫻熟，漸入化境。他的一些小詩，如《東坡》、《南堂》、《海棠》等更是精致流利，坦率地表現了他洒脱的胸襟和生意盎然的生活情趣。

　　蘇軾在黃州于前代詩人對白居易、陶淵明仰慕備至。"東坡"的命名來源于白氏忠州東坡[①]，蘇軾又以躬耕其地而"鄰曲相逢欣欣，欲自號鏖糟陂裏陶靖節"(《與王鞏定國》)，或以東坡比爲陶之斜川："夢中了了醉中醒，只淵明，是前生。"(《江城子》)他對白、陶的仰慕此時偏重在人生態度方面，但也影響到創作。他不僅隱括《歸去來兮辭》爲《哨遍》一再吟唱，而且其有關勞動詩如《東坡八首》等也有陶詩淳朴渾厚的風味。這種淡遠風格在黃州只是初露端倪，要到以後嶺海時期纔趨于明顯。因爲他一離黃州，隨着政治風雲的變幻而由此帶來的個人生活的變化，又唱起豪健清雄的歌聲了："願爲穿雲鶻，莫作將雛鴨"(《岐亭五首》其五)，宛然是"楚境橫天下，懷王信弱王"(《荆州十首》其十)的舊歌重唱！"空腸得酒芒角出，肝肺槎牙生竹石，森然欲作不可回，吐向君家雪色壁"(《郭祥正家，醉畫竹石壁上……》)，似乎又恢復了文同筆下熙寧初的狂放面目！"東方雲海空復空，羣仙出没空明中，蕩摇浮世生萬象，豈有貝闕藏珠宫？"(《登州海市》)又回到了任職時期"煒煒精光，欲奪人目"(紀昀語)的創作面貌。蘇軾在任職時期和貶居時期確有兩

[①]　參看《容齋三筆》卷五"東坡慕樂天"條："蘇公責居黃州，始自稱東坡居士。詳考其意，蓋專慕白樂天然。"

副胸襟,兩幅筆墨。黃州時期是第一個"在朝——外任——貶居"過程的結束,有人把它看成創作中期的開始,從而與以後的元祐初在朝、元祐紹聖四任知州合爲一個"中期",是不盡妥當的。

三、在散文方面,任職時期以議論文(政論、史論)和記叙文爲主,這時期則着重抒情性,注重于抒情與叙事、寫景、說理的高度結合,出現了帶有自覺創作意識的文學散文或文學性散文,其中尤以散文賦、隨筆、題跋、書簡等成就爲高。赤壁二賦,光照文壇。這兩篇題名爲賦、文體爲散文,而其實質乃是詩情、畫意、理趣的融爲一體,以其巨大的藝術魅力膾炙人口九百年,歷久彌新。而他的筆記小品如《記承天寺夜游》、《游沙湖》(一作《游蘭溪》)、《書蒲永昇畫後》、《書臨皋亭》以及數量衆多的書簡,字裏行間,都有一個活脫脫的坡公在,而行文又極不經意,似乎信手拈來,信口説出,如他自己所説,是"天然地別是風流標格"(《荷花媚》詞)。這種追求最大的表達自由的傾向,也在貶居嶺海時期得到進一步發展。除此以外,這時期還寫了不少有關佛教的文字,也是他生活内容變化的結果。

惠州、儋州的貶謫生活是黄州生活的繼續,蘇軾的思想和創作也是黄州時期的繼續和發展。佛老思想成爲他思想的主導,而且比前有所滋長。他説:"吾生本無待,俯仰了此世。念念自成劫,塵塵各有際。下觀生物息,相吹等蚊蚋。"(《遷居》)一念之間世界頓生成壞(劫),世界(塵)又無所不在,佛家的時間觀和道家的空間觀使他把萬物的生存與蚊蚋的呼吸等量齊觀。由于地處羅浮,他對道家理論家葛洪更加傾倒:"東坡之師抱朴老,真契久已交前生。"(《游羅浮山一首示兒子過》)"愧此稚川翁,千載與我俱。畫我與淵明,可作三士圖。"(《和陶〈讀山海經〉》)。當然,他依然是從自我解脱、排遣苦悶的角度去汲取佛老,而不是沉溺迷戀其中。後來北歸途中他有《乞數珠贈南禪湜老》詩云:"從君覓數珠,老境仗消遣。

未能轉千佛,且從千佛轉。"《傳燈録》卷五載慧能爲法達禪師説法,有"心迷《法華》轉,心悟轉《法華》"之語,蘇軾即自謂未能徹底悟道,不過借某些佛理作爲"老境"的"消遣"而已。如果説,黄州時期尚不免豪氣偶現,遷謫之怨時有流露,那麽,此時隨着年事日高,對佛老習染更深,因而表現爲胸無芥蒂、因任自然的精神境界。蘇轍説:"東坡先生謫居儋耳,置家羅浮之下,獨與幼子過負擔渡海,葺茅竹而居之,日啗諸芋,而華屋玉食之志,不存于胸中。"(《子瞻和陶淵明詩集引》)對他當時的生活和思想作了真實的記録。這時儘管也有出世、入世的矛盾,也有對政事的繼續關注,寫過像《荔支嘆》這樣富有戰鬥性的詩篇,但對君主、對仕途的認識確又有所變化。他在《别黄州》一詩中開頭即云:"病瘡老馬不任羈,猶向君王得敝幃。"典出《禮記·檀弓下》:"敝帷不棄,爲埋馬也;敝蓋不棄,爲埋狗也。"對朝廷改遷汝州感到莫大的恩德,態度謙卑。而此時所作《和陶〈詠三良〉》開頭却云:"我豈犬馬哉,從君求蓋帷。"結云:"仕宦豈不榮,有時纏憂悲。所以靖節翁,服此黔婁衣!"寧可像黔婁那樣臨死僅得一床"覆頭則足見,覆足則頭見"的布被,也不向君王乞求。同一典故,正反兩用,反映出他前後對君主、仕途的不同態度。這首《和陶〈詠三良〉》還一反陶詩原作之意,嚴厲批判"三良"(指奄息、仲行、鍼虎三人)爲秦穆公殉葬是違背"事君不以私"的愚忠行爲,鮮明地提出"君爲社稷死,我則同其歸。顧命有治亂,臣子得從違"的君臣關係的原則,這裏重點在君命可能有"亂",臣子可以有"違",多麽可貴的民主性思想閃光!而在早年鳳翔所作的《秦穆公墓》中,却一面爲君主開脱:"昔公生不誅孟明,豈有死之日而忍用其良。"一面贊美"三良":"乃知三子徇公意,亦如齊之二子從田横。"同一事件,兩種議論,説明他晚年思想具有新因素、新發展。

　　這時期的創作具有和黃州時期許多共同的特點。抒寫貶謫時期複雜深沉的人生感慨是其主要内容。由于從佛老思想中找到精神支柱，他雖處逆境而仍熱愛生活，并在司空見慣的生活中敏鋭地發現詩意和情趣。比之黃州時期，這時的題材更加日常生活化，并在我國詩歌史上第一次攝入嶺海地區旖旎多姿的南國風光。前者如寫"旦起理髮"、"午窗坐睡"、"夜卧濯足"的《謫居三適》，寫月夜汲水煮茶的《汲江煎茶》，寫黎明前偶然興感的《倦夜》等，都能取凡俗題材開創新境界，從常人習見的瑣細處顯出新情致，充分表現其化纖芥涓滴爲意趣無窮的藝術功力；後者如《舟行至清遠縣見顧秀才，極談惠州風物之美》、《江漲用過韻》、《食荔支二首》、《食檳榔》、《儋耳》、《丙子重九二首》等。散文也以雜記和書簡等文學散文爲主，如《記游松風亭》、《在儋耳書》、《書海南風土》、《書上元夜游》及一些抒寫謫居生活的書簡，也寫了不少有關佛教的文字。詞的寫作較少，今可考知者不足十首。

　　黃州時期初露端倪的詩風轉變到這時日益明顯。蘇軾任職時期豪健清雄的詩風，同時帶來傷奇傷快傷直的疵病和鬥難鬥巧鬥新的習氣。紀昀説："東坡善于用多，不善于用少；善于弄奇，不善于平實。"（《和陶〈讀山海經〉》批語），頗中肯綮。蘇軾自己似也有所覺察，如他在答覆一位和尚的求教時就説："字字覓奇險，節節累枝葉。咬嚼三十年，轉更無交涉。"（《竹坡詩話》）因而在詩論中一再推崇自然平淡的風格。《歐陽少師令賦所蓄石屏》云："含風偃蹇得真態，刻畫始信天有工。"《書鄢陵王主簿所畫折枝》云："詩畫本一律，天工與清新。"所謂自然，就是這種仿佛得自天工而不靠人力的天然美。《邵氏聞見後録》卷十四記載："魯直以晁載之《閔吾廬賦》問東坡何如？東坡報云：'晁君騷辭細看甚奇麗，信其家多異材邪？然有少意，欲魯直以漸箴之。凡人爲文宜務使平和，至足之餘,溢爲奇怪,蓋出于不得已耳。'"(蘇軾此信,又見《東坡七集·續集》卷四)在徐州所寫《送參寥師》中又崇尚"淡泊"中有"至味"的"妙"的境界。所謂平淡,也就是内含韻味、出入奇麗的本色美。到了這時,由于生活和人生態度的變化,蘇軾對此不僅有了更深刻的認識,而且找到了"師範"的圭臬陶淵明。

蘇軾對陶淵明的認識在評陶歷史上有着突出的意義。陶淵明在世時并未得到應有的重視。鍾嶸《詩品》把這位六朝最大的詩人列爲"中品"。唐代詩人多有推重,也有微辭。杜甫《可惜》云"寬心應是酒,遣興莫過詩。此意陶潛解,吾生後汝期",着眼于陶的生活態度;而《遣興五首》其三却説"陶潛避俗翁,未必能達道。觀其著詩集,頗亦恨枯槁",對其人其詩皆予非議。蘇軾却不然:

> 柳子厚詩在淵明下,韋蘇州上。……所貴乎枯淡者,謂其外枯而中膏,似淡而實美,淵明、子厚之流是也。
>
> ——《評韓柳詩》
>
> 蘇李之天成,曹劉之自得,陶謝之超然,蓋亦至矣。而李太白、杜子美以英瑋絶世之姿,凌跨百代,古今詩人盡廢;然魏晉以來高風絶塵,亦少衰矣。……獨韋應物、柳宗元發纖穠于簡古,寄至味于淡泊,非餘子所及也。
>
> ——《書黄子思詩集後》
>
> 吾于詩人無所甚好,獨好淵明之詩。淵明作詩不多,然其詩質而實綺,癯而實腴,自曹劉鮑謝李杜諸人,皆莫及也。
>
> ——蘇轍《子瞻和陶淵明詩集引》

顯然,蘇軾對陶詩"外枯而中膏,似淡而實美","質而實綺,癯而實腴"的品評是深刻的,糾正了杜甫的偏頗,爲後世陶詩研究者所公認。他以前曾從政治上推重杜甫爲“古今詩人”之首(《王定國詩集叙》),現在又從藝術上認爲杜于陶詩的“高風絶塵”有所不及,并進而以陶淵明壓倒一切詩人。他對陶詩的“平淡”作了深得藝術辯證法的闡發。白居易在《題潯陽樓》中説“常愛陶彭澤,文思何高玄”,注意到陶詩的“高玄”,但對其“自然”風格似體味不深。《能改齋漫録》卷三“悠然見南山”條云:“東坡以淵明‘采菊東籬下,悠然見南山’,無識者以‘見’爲‘望’,不啻硃砆之與美玉。然余觀樂天《效淵明詩》有云:‘時傾一尊酒,坐望東南山’,然則流俗之失久矣。惟韋蘇州《答長安丞裴説》詩有云:‘采菊露未晞,舉頭見秋山。’乃知真得淵明詩意,而東坡之説爲可信。”蘇、韋定“見”,白氏從“望”,這不單純是個版本異文問題,而是對陶詩“自然”風格的理解問題。蘇軾認爲,作“望”,“則既采菊又望山,意盡于此,無餘蘊矣,非淵明意也”;作“見”,“則本自采菊,無意望山,適舉首而見之,故悠然忘情,趣閒而累(思)遠,此未可于文字精粗間求之”①。蘇軾此説也爲大多數陶詩研究者所接受,“望”“見”的是非優劣固然仍可繼續討論,但表現出蘇軾對陶詩自然風格的理解在于不經意、不斧鑿、“適然寓意而不留于物”的天然之美②。這也是深得藝術真諦的。

蘇軾把他所深刻理解的自然平淡風格推爲藝術極詣。于是,陶柳二集被看作南遷“二友”(《與程全父書》),“細和淵明詩”(黃庭堅《跋子瞻和陶詩》)成了創作的日課。蘇軾在元祐七年開始和陶,作《和陶〈飲酒二十首〉》,而在這時“盡和其詩”(《和陶歸園田居六首·引》),共一百多首。對于這一我國詩歌史上罕見的特殊現象,前人多從學得“似”或“不似”來品評二人藝術上的高低,意見不一。

---

① 見晁補之《雞肋集》卷三十三《題淵明詩後》引蘇軾語,參看《東坡題跋》卷二《題淵明飲酒詩後》。

② 參陸游《老學庵筆記》卷四評蘇軾“見”字説。

其實,學不像固然不能算好,學得可以亂真也未必好。依照蘇軾自己對陶詩藝術的體會,陶詩境界其高處既是可遇而不可求的天然美和本色美,則從根本上説,是不能也是不必摹擬的。楊時説:"陶淵明詩所不可及者,沖澹深粹,出于自然。若曾用力學,然後知淵明詩非着力之所能成。"(《龜山先生語録》卷一)這些和陶詩的意義在于它是蘇詩藝術風格轉變的確切標志,是探討其晚年風格的有力綫索。他在揚州所作《和陶〈飲酒〉》實與陶詩風格不侔。元好問《跋東坡和淵明飲酒詩後》云"東坡和陶,氣象祇是東坡。如云'三杯洗戰國,一斗消强秦'(按,此爲蘇《和陶〈飲酒〉》第二十首之句),淵明決不能辦此",即指豪橫超邁之氣不能自掩。惠州、儋州和作,力求從神理上逼近陶詩風味。即以惠州第一次所作《和陶〈歸園田居六首〉》爲例。第一首云:"環州多白水,際海皆蒼山。以彼無盡景,寓我有限年。……門生饋薪米,救我廚無煙。斗酒與隻鷄,酣歌餞華顛。禽魚豈知道,我適物自閑。悠悠未必爾,聊樂我所然。"所用都是淡語、實語,乍讀似覺枯淡,反復吟誦自有深味。"禽魚"四句純係議論,也能體會其静思默察、有所了悟的樂趣。第二首云:"南池緑錢生,北嶺紫筍長。提壺豈解飲,好語時見廣。春江有佳句,我醉墮渺莽。"對于"春江"兩句,陸游曾云:"東坡此詩云:'清吟雜夢寐,得句旋已忘'(按,此《湖上夜歸》詩句,作于通判杭州時),固已奇矣。晚謫惠州,復出一聯云'春江有佳句,我醉墮渺莽',則又加于少作一等。近世詩人,老而益嚴,蓋未有如東坡者也。"(《渭南文集》卷二十七《跋東坡詩草》)查慎行亦評爲"句有神助"(《初白菴詩評》卷中),紀昀亦評爲"此種是東坡獨造"(紀批《蘇文忠公詩集》)。"少作"意謂沉浸創作,夢中得句又忘,雖不愧佳句,但稍見矜持之態;"晚作"則謂春江自藏佳句,只是醉中墮入一片渾沌之中,没能也不必去尋覓,更顯妙境偶得,意趣悠遠。如果再同唐庚的"疑此江頭有佳句,爲君尋取却茫茫"(《春日郊外》),或陳與義的"忽有好詩生眼底,安排句法已難尋"(《春日》),"佳句忽墮前,追摹已難真"(《題酒務壁》)等來比較,就顯得一自然一安排、一言少意多一意隨語盡的分別了。

"和陶詩"中所表現的美學趣尚,影響到蘇軾嶺海時期的整個創作。他在北返途中曾説"心閑詩自放,筆老語翻疏"(《廣倅蕭大夫借前韻見贈,復和答之二首》其二),這兩句推美蕭世範的話,實可移評他此時的風格。他一登瓊島,忽遇急雨,寫詩説"急雨豈無意,催詩走羣龍","應怪東坡老,顔衰語徒工。久矣此妙聲,不聞蓬萊宮"(《行瓊儋間,肩輿坐睡……》),似乎預示着他的詩歌從"語徒工"而追求鈞天廣樂般的"妙聲"。一般説來,這時期的詩作不弄奇巧,不施雕琢,隨意吐屬,自然高妙。近體如惠、儋兩地各以《縱筆》爲題的四首詩、《被酒獨行,徧至子雲威徽先覺四黎之舍》、《六月十二日酒醒步月理髮而寢》、《汲江煎茶》,古體如《十一月二十六日松風亭下梅花盛開》、《吾謫海南,子由雷州……》等,感時觸物,油然興發,一如風吹水面,自然成文。"用事博"是蘇詩一大特色,此時一般少用或用常見之典,也不像以前那樣過分追求工巧貼切因而常被詩評家所譏訕。至于像"豈意青州六從事,化爲烏有一先生"(《章質夫送酒六壺,書至而酒不達,戲作小詩問之》)之類,諧趣橫生,具見信手偶得的天然之妙,也是以前用典所不經見的。在詩歌結構上也表現出更爲快利圓轉,生動流走。有時甚至從個別看不免堆垛板滯,從全體看却仍如行雲流水,如彈丸脱手。如《海南人不作寒食……》詩中間兩聯云"蒼耳林中太白過,鹿門山下德公回。管寧投老終歸去,王式當年本不來",一連排比四個典故,但讀全詩,仍覺爽口,一則典是常典,二則四事分指自己與符林,綰合緊密,因而并無鑲嵌之痕。又如《六月二十日夜渡海》開頭云:"參橫斗轉欲三更,苦雨終風也解晴。雲散月明誰點綴? 天容海色本澄清。"讀來一氣噴出,細看才知前四字都作叠句。此時詩中用語平實朴素,設色大致素淡,即使爲數不多的詞作,也大都洗盡鉛華,如《蝶戀花》("花褪殘紅青杏小")、《減字木蘭花》("春牛春杖"),朴而愈厚,淡而彌麗,無限情思感人肺腑,絢爛春光迎面而來。隨筆小品也保持他一貫信筆直遂的清新流暢的文風。蘇轍評此時蘇作爲"精深華妙,不見老人衰憊之氣"(《子瞻和陶淵明詩集引》)。黄庭堅説他對蘇軾"嶺外文字""時一微吟,清風颯然,顧同味者難得爾"(《答李端叔》),"使人耳目聰明,如清風自外來也"(《與歐陽元老書》)。這些評論都説中了蘇軾其時創作中自然平淡的風格。

　　風格是作家是否成熟的可靠標尺,而任何大作家又總是既有一種基本或主要的風格,又有在此基礎上的風格多樣化。蘇軾在嶺海時期表現出向自然平淡風格轉化的明顯傾向,這并不否認其時仍有豪健清雄之作。即如"和陶詩",前人已指出其"以綺而學質,以腴而學癯"(周錫瓚語,見《楹書隅録》卷五"宋本注東坡先生詩"條下),與陶詩有别。前面所引他對晁載之賦作的意見,也并不否定"奇麗",只是"晁君喜奇似太早",應先求"平和"而後"溢爲奇怪";而在此時所作《與侄論文書》,一方面指出"凡文字少小時須令氣象峥嶸,采色絢爛,漸老漸熟,乃造平淡",一方面又指出"其實不是平淡,絢爛之極也",叮囑侄輩不要只見他"而今平淡"而要去學他以前"高下抑揚、如龍蛇捉不住"的文字。前後兩説對平淡、奇麗孰先孰後的看法有所不同,但都説明蘇軾藝術個性中始終存在崇尚豪健富麗的一面。然而這不應妨礙我們就其主要或重要傾向作出概括。前面論及各時期創作風格的特色也應作如是觀。

　　"秀語出寒餓,身窮詩乃亨。"(《次韻仲殊雪中西湖》)在四十多年的創作生活中,蘇軾貶居時期的十多年比之任職時期的三十多年,無疑取得更大的成就。在走向生命旅程終點的時候,他曾説:"問汝平生功業,黄州惠州儋州。"(《自題金山畫象》)對于興邦治國的"功業"來説,這是一句自嘲的反話;而對于建樹多方面的文學業績而言,這又是自豪的總結。

下面是關于本書的選注工作的説明:

一、本書選詩二百四十多首、詞五十多首、文近三十篇,都按寫作先後排列。所選的包括蘇氏各體詩文的代表性作品,使没有機會閲讀蘇軾全集的讀者在這選本中能領略蘇氏作品的大致風貌。注釋除了疏通原文外,還在原材料的核對和評論資料的徵引上多做了一些工作,希望能對進一步研究蘇軾的讀者也有所助益。

二、南宋施宿《東坡先生年譜》國内久佚。復旦大學顧易生副教授于一九八一年二月去日本講學,大阪市立大學西野貞治先生惠贈此書影印本一件,今加以標點,按原式全文印行,作爲本書附録(後又發現日本蓬左文庫藏有此書另一鈔本,取以對勘,作《校補記》)。對他們的熱情支持表示衷心的感謝。關于施《譜》的評介,可參看附録中拙著《評久佚重見的施宿〈東坡先生年譜〉》一文。

三、本書在編選過程中,參考和吸取了前人和今人的不少研究成果,未能一一注明。上海古籍出版社何滿子同志在審稿過程中,提過很多寶貴意見,並爲本書封面題簽,在此一并深致謝意。

王水照　一九八二年十二月

目　　録

詩選

辛丑十一月十九日,既與子由別于鄭州西門之外,馬上賦詩一篇寄之〔一〕

　　不飲胡爲醉兀兀〔二〕！此心已逐歸鞍發。歸人猶自念庭闈〔三〕,今我何以慰寂寞?登高回首坡隴隔,但見烏帽出復没〔四〕。苦寒念爾衣裘薄,獨騎瘦馬踏殘月。路人行歌居人樂,童僕怪我苦悽惻。亦知人生要有別,但恐歲月去飄忽。寒燈相對記疇昔,夜雨何時聽蕭瑟?君知此意不可忘,慎勿苦愛高官職〔五〕!

〔一〕嘉祐六年(一〇六一)作。時蘇軾出任簽書鳳翔府判官,前去赴職。蘇轍被任爲商州推官,但因父蘇洵在京編修《禮書》,蘇軾又赴外任,故留京侍奉。他送蘇軾至鄭州折返汴京。蘇轍《懷澠池寄子瞻兄》"相攜話別鄭原上",蘇軾《九月二十日微雪懷子由弟二首》其二"鄭西分馬涕垂膺",皆指此次分別。但沈欽韓《蘇詩查注補正》卷一引《東京夢華録》、《汴京遺蹟志》等書,謂汴京西城有新鄭門,俗呼鄭門,蘇詩即指此。又宋刊趙夔等《集注東坡先生詩前集》目録"鄭州西門"即作"鄭門",録以備考。

〔二〕兀兀:昏沉貌。

〔三〕歸人:指蘇轍。

〔四〕登高二句:許顗《彦周詩話》:"'燕燕于飛,差池其羽。之子于歸,

1

遠送于野。瞻望弗及,泣涕如雨'。(按,此爲《詩·邶風·燕燕》
中句子。《毛詩序》:"《燕燕》,衛莊姜送歸妾也。")此真可泣鬼神
矣。張子野(張先)長短句云:'眼力不知人,遠上溪橋去。'東坡送
子由詩云'登高回首坡隴隔,惟見烏帽出復没',皆遠紹其意。"陳
巖肖《庚溪詩話》卷下:"昔人臨歧執别,回首引望,戀戀不忍遽去,
而形于詩者,如王摩詰云'車徒望不見,時見起行塵'(按,《觀别
者》),歐陽詹云'高城已不見,況復城中人'(按,《初發太原途中寄
太原所思》),東坡與其弟子由别云'登高回首坡隴隔,但見烏帽出
復没',咸紀行人已遠而故人不復可見,語雖不同,其惜别之意則
同也。"吳師道《吳禮部詩話》:"東坡送别子由詩云'登高回首坡隴
隔,時見烏帽出復没',模寫甚工。異時記凌虚臺,謂'見山之出于
林木之上者,纍纍然如人之旅行于墻外而見其髻也',蓋同一
機軸。"

〔五〕寒燈四句:蘇軾自注:"嘗有夜雨對床之言,故云爾。"唐韋應物
《示全真元常》詩云:"寧知風雪夜,復此對床眠?"作者兄弟早年同
讀韋應物此詩,"惻然感之,乃相約早退爲閑居之樂。"(蘇轍《逍遥
堂會宿》詩序)在他倆詩中屢見此意。如蘇軾《予以事繫御史臺
獄……遺子由》"他年夜雨獨傷神",《初秋寄子由》"雪堂風雨夜,
已作對床聲",《東府雨中别子由》"對床定悠悠,夜雨空蕭瑟",《滿
江紅·懷子由作》"對床夜雨聽蕭瑟"等。蘇轍《逍遥堂會宿》亦
云"逍遥堂後千尋木,長送中宵風雨聲。誤喜對床尋舊約,不知
漂泊在彭城",《舟次磁湖以風浪留二日不得進,子瞻以詩見寄,
作二篇答之》"夜深魂夢先飛去,風雨對床聞曉鐘",《五月一日
同子瞻轉對》"對床貪聽連宵雨",《神水館寄子瞻兄》"夜雨從來
相對眠,兹行萬里隔胡天"等。參看《王直方詩話》、黃徹《碧溪
詩話》卷六。

【評箋】 汪師韓《蘇詩選評箋釋》卷一:"起句突兀有意味。前叙既
别之深情,後憶昔年之舊約。'亦知人生要有别',轉進一層,曲折遒宕。

軾是時年甫二十六，而詩格老成如是。”

　　紀昀批點《蘇文忠公詩集》卷三(以下簡稱“紀批”)：“不飲”句：“起得飄忽”。“歸人”句：“加一倍法。”“登高”句：“寫難狀之景”。“亦知”句：“作一頓挫，便不直瀉；直瀉是七古第一病。”“君知”句：“收處又繞一波，高手總不使一直筆。”

和子由澠池懷舊〔一〕

　　人生到處知何似？應似飛鴻踏雪泥：泥上偶然留指爪，鴻飛那復計東西〔二〕。老僧已死成新塔，壞壁無由見舊題〔三〕。往日崎嶇還記否：路長人困蹇驢嘶〔四〕。

〔一〕嘉祐六年(一〇六一)十一月，作者與蘇轍鄭州分手後過澠(miǎn)池(今河南澠池縣西)。蘇轍有《懷澠池寄子瞻兄》詩，此篇爲和作。

〔二〕人生四句：查慎行《補注東坡編年詩》卷三：“《傳燈録》：‘天衣義懷禪師云：“雁過長空，影沉寒水。雁無遺蹤之意，水無留影之心。若能如是方解向異類中行。”’先生此詩前四句暗用此語。”馮應榴《蘇文忠公詩合注》卷三糾正云：“此條見《五燈會元》，非《傳燈録》也。”王文誥《蘇文忠公詩編注集成》卷三駁云：“查注引《傳燈録》義懷語，謂此四句本諸義懷，誣罔已極。凡此類詩皆性靈所發，實以禪語，則詩爲糟粕，句非語録，況公是時并未聞語録乎？……《合注》不知刪駁，反謂義懷語出《五燈會元》，不出《傳燈録》，可謂以五十步笑百步矣。”按：王説較勝。蘇轍原詩開頭兩句云：“相攜話別鄭原上，共道長途怕雪泥。”蘇軾從“雪泥”引發，變實寫爲虛擬，創造出“雪泥鴻爪”的有名比喻，喻指往事所留痕迹，以表示人生的偶然、無定之慨，不必拘泥佛典。又，《詩人玉屑》卷十七引

韓駒《陵陽室中語》，把這作爲蘇詩"長于譬喻"的例證。（蔡正孫
《詩林廣記》卷三亦引《凌(陵)陽室中語》此條）。

〔三〕老僧二句：蘇轍原詩云："舊宿僧房壁共題。"自注云："轍昔與子
瞻應舉，過宿縣中寺舍，題其老僧奉閑之壁。"時奉閑已死。

〔四〕往日二句：蘇軾自注："往歲馬死于二陵，騎驢至澠池。"往歲，指
嘉祐元年（一〇五六）蘇軾兄弟在蘇洵帶領下第一次由蜀赴汴京。
二陵，即二崤，東崤和西崤，是陝豫間交通要道之一，在澠池縣西。
蹇(jiǎn)，跛足。

【評箋】 紀批(卷三)："前四句單行入律，唐人舊格；而意境恣逸，則
東坡本色。渾灝不及崔司勛《黃鶴樓》詩，而撒手游行之妙，則不減義山
《杜司勛》一首。"

方東樹《昭昧詹言》卷二十："此詩人所共賞，然余不甚喜，以其
流易。"

太白山下早行，至橫渠鎮，
書崇壽院壁〔一〕

馬上續殘夢〔二〕，不知朝日昇。亂山橫翠幛，落月澹
孤燈〔三〕。奔走煩郵吏，安閒愧老僧。再遊應眷眷〔四〕，聊
亦記吾曾。

〔一〕嘉祐七年（一〇六二），蘇軾在鳳翔府簽判任。是年天旱，作者奉
命去太白山禱雨作此。太白山，一稱太乙山，秦嶺主峯，在陝西周
至、眉縣、太白等縣之間。橫渠鎮，在眉縣東。

〔二〕馬上句：唐劉駕《早行》："馬上續殘夢，馬嘶時復驚。"王世貞《藝

苑巵言》卷四：“劉駕‘馬上續殘夢’，境頗佳。下云‘馬嘶而復驚’，
遂不成語矣。蘇子瞻用其語，下云‘不知朝日昇’，亦未是。至復
改爲‘瘦馬兀殘夢’，（按，此爲蘇軾《除夜大雪留潍州、元日早晴遂
行、中途雪復作》中句）愈墜惡道。”紀批（卷三）却云：“首句直寫劉
方平（劉駕）之詩，當由偶合，東坡非盗句者也。”

〔 三 〕亂山二句：汪師韓《蘇詩選評箋釋》卷一：“次聯是早行景色，妙從
首句‘殘夢’二字生出，故佳。”《御選唐宋詩醇》卷三十二亦云：“次
聯是早行景色，妙從首句‘殘夢’二字生出，故日月字不嫌雜見。
王世貞之論（見上引），似密實疎。”按此書蘇詩紅色批語，大都爲
汪語，王文誥《蘇文忠公詩編注集成》卷首却作爲乾隆“御批”“恭
録”，實不確。

〔 四 〕再遊：作者于是年二月曾因事過此，三月再過，故云“再遊”。

郿　塢〔一〕

衣中甲厚行何懼〔二〕，塢裹金多退足憑〔三〕。畢竟英
雄誰得似？臍脂自照不須燈〔四〕。

〔 一 〕嘉祐七年（一〇六二）作。郿塢，故址在今陝西眉縣北。

〔 二 〕衣中句：《後漢書‧董卓傳》謂董卓作惡多端，怕人行刺，常内穿
厚甲；後李肅“以戟刺之，卓衷甲不入，傷臂墮車”，終被吕布殺死。

〔 三 〕塢裹句：《後漢書‧董卓傳》：“（董卓）築塢于郿，高厚七丈，號曰
‘萬歲塢’。積穀爲三十年儲。自云：‘事成，雄據天下；不成，守此
足以畢老。’”“塢中珍藏有金二三萬斤，銀八九萬斤，錦綺繢縠紈
素奇玩，積如丘山。”又據同傳唐李賢注：“今按：塢舊基高一丈，
周迴一里一百步。”可見規模之大。

〔 四 〕畢竟二句：《後漢書‧董卓傳》記董卓被殺後，“尸卓于市，天時始

熱,卓素充肥,脂流于地。守尸吏然火置卓臍中,光明達曙,如是積日。”

題寶雞縣斯飛閣〔一〕

西南歸路遠蕭條,倚檻魂飛不可招〔二〕。野闊牛羊同雁鶩,天長草樹接雲霄。昏昏水氣浮山麓,汎汎春風弄麥苗〔三〕。誰使愛官輕去國〔四〕,此身無計老漁樵!

〔 一 〕嘉祐七年(一〇六二)作。(王文誥云:作于嘉祐八年)斯飛閣,在寶雞縣治西南。

〔 二 〕宋玉《招魂》:巫陽“乃下招曰:魂兮歸來!”

〔 三 〕汎汎:形容春風和暢。

〔 四 〕去國:離開家鄉。承上“西南歸路”,皆指蜀地。

【評箋】 紀批(卷三):“三四寫景自真,五六殊淺弱,結二句更入習徑。”《昭昧詹言》卷二十:“此思歸作也。起述作詩本意;中四寫閣下所望之景,奇警如見;收曲折,又應起處不得歸意。”

石　鼓　歌〔一〕

冬十二月歲辛丑,我初從政見魯叟〔二〕。舊聞石鼓今見之,文字鬱律蛟蛇走〔三〕。細觀初以指畫肚〔四〕,欲讀嗟如箝在口〔五〕。韓公好古生已遲〔六〕,我今況又百年後!

強尋偏旁推點畫，時得一二遺八九。"我車既攻馬亦同"，"其魚維鱮貫之柳"〔七〕。古器縱橫猶識鼎，衆星錯落僅名斗〔八〕。模糊半已隱瘢胝〔九〕，詰曲猶能辨蚼肘〔一○〕；娟娟缺月隱雲霧，濯濯嘉禾秀稂莠〔一一〕。漂流百戰偶然存，獨立千載誰與友？上追軒頡相唯諾，下揖冰斯同鷇彀〔一二〕。

〔一〕嘉祐六年十二月十四日，蘇軾到鳳翔簽判任。十六日，謁孔廟，見石鼓，作此詩。本篇與下面《王維吳道子畫》、《真興寺閣》皆作者組詩《鳳翔八觀》中作品，組詩應結集於嘉祐七年（一○六二）。前有總序，文長不錄。石鼓爲珍貴文物，上有我國現存最早的刻石文字，今存北京故宮博物院。歐陽修《集古錄》卷一《石鼓文》條：岐陽石鼓"在今鳳翔孔子廟中，鼓有十，先時散棄于野，鄭餘慶置于廟而亡其一。皇祐四年，向傳師求于民間得之，十鼓迺足"。今人馬衡又認爲"石鼓"之名不確："此正刻石之制，非石鼓也"，"特爲正其名曰'秦刻石'。"（《凡將齋金石叢稿》中《石鼓爲秦刻石考》文）石鼓製作年代，諸説紛紜，見附錄。

〔二〕我初句：初從政，開始做官。魯叟，孔子，這裏指去孔廟謁拜孔子。

〔三〕文字句：言石鼓文字曲折生動。鬱律，煙上貌。郭璞《江賦》："時鬱律其如煙。"此喻筆致之蜿蜒。

〔四〕以指畫肚：唐虞世南、王紹宗有以指畫肚故事：張懷瓘《書斷》卷三記王紹宗語：吳中陸大夫"將余比虞七（虞世南）"，"聞虞眠布被中，恒手畫腹皮，與余正同也"。此指字形難認。

〔五〕欲讀句：此指字音難讀。

〔六〕韓公句：韓愈《石鼓歌》："嗟余好古生苦晚，對此涕淚雙滂沱。"

〔七〕我車二句：蘇軾自注："其詞云：'我車既攻，我馬既同。'又云：'其魚維何？維鱮維鯉；何以貫？維楊與柳。'惟此六句可讀，餘多

不可通。"此爲十鼓中兩鼓上的文字。貫,原刻作橐,前人多謂蘇
軾誤讀。明楊愼《升庵外集》卷八十九《橐魚》條:"橐,包也。今之
漁者多以木楊或箬葉作包覆魚入市。《易》曰'包有魚'是也。"幷
駁蘇軾釋"貫"之誤。清王昶《金石萃編》卷一亦釋橐爲"包裹承藉
之義"。郭沫若《石鼓文研究》亦釋此句爲"可(何)以橐之",但云:
"橐之言罩也,之指汧水,言汧之兩岸有楊柳垂罩也。宋人多誤橐
爲貫,又均從捕魚上着想,如梅聖俞詩'何以貫之維柳楊',蘇軾詩
'其魚維鱮貫之柳',于字形詩意兩失。"

〔八〕古器二句:謂石鼓文字奇古難識:在衆多字中僅識六句,猶如許
多古器中只識鼎,衆星中只識斗星而已。

〔九〕模糊句:形容鼓石和字體的殘破之狀。瘢,疤痕,喻石鼓因風雨
而剥蝕。胝(zhī),老繭,喻石鼓被泥沙淤結黏連。按,石鼓凡十,
每鼓各刻四言詩一首,原字數約共五百餘字(楊愼《升庵外集》卷
八十九《石鼓文》條:"余得唐人拓本于李文正〔李東陽〕先生,凡七
百二字,蓋全文也。"前人多指其僞,不可信)。宋張淏《雲谷雜記》
卷三:"予得唐人所録本凡四百九十七字。"《集古録》卷一《石鼓
文》條:"其文可見者四百六十五,磨滅不可識者過半。"梅堯臣《雷
逸老以做石鼓文見遺因呈祭酒吴公》亦云:"四百六十飛鳳皇。"迄
今所存尚有三百餘字。

〔一〇〕詰曲句:謂石鼓雖模糊殘破,但尚餘跟肘(脚跟、臂肘,喻殘存的
筆畫),曲折能辨。

〔一一〕娟娟二句:謂字迹之可見者,猶如雲霧中之缺月,有筆痕而又不
明;又如嘉禾凸出稂莠之間,清晰的筆畫又被一片漫漶所包圍。
娟娟,美好貌。濯濯,光澤清秀貌。

〔一二〕上追二句:謂石鼓字體(籀文),上承黄帝、倉頡(古文),下啓李
斯、李陽冰(小篆)。軒,軒轅,即黄帝。頡,倉頡,舊傳他是黄帝的
史官,漢字創造者。他"仰觀奎星圜曲之勢,俯察龜文鳥跡之象,
博采衆美,合而爲字,是曰古文"(張懷瓘《書斷》卷一)。斯,李斯,
小篆的創立者。許愼《説文解字》卷十五《叙目》:秦統一後,

"(李)斯作《倉頡篇》(今佚,有輯本)……取史籀大篆或頗省改,所
謂小篆者也。"冰,李陽冰,唐代文字學家、書法家,善小篆,得法于
秦《嶧山刻石》,自稱"斯翁(李斯)之後,直至小生。曹嘉、蔡邕不
足言也"。(《唐國史補》卷上)縠(kòu),待哺食的雛鳥。穀(gòu),
乳,引申爲吃奶的小孩。

以上第一段,寫初見石鼓及鼓上刻字情況。

憶昔周宣歌鴻雁〔一〕,當時籀史變蝌蚪〔二〕。厭亂人
方思聖賢〔三〕,中興天爲生耆耈〔四〕。東征徐虜闞虓
虎〔五〕,北伏犬戎隨指嗾〔六〕。象胥雜遝貢狼鹿〔七〕,方召
聯翩賜圭卣〔八〕。遂因鼓鼙思將帥,豈爲考擊煩矇瞍〔九〕!
何人作頌比嵩高〔一〇〕?萬古斯文齊岣嶁〔一一〕。勳勞至
大不矜伐〔一二〕,文武未遠猶忠厚〔一三〕。欲尋年歲無甲
乙,豈有名字記誰某〔一四〕。

〔一〕鴻雁句:《鴻雁》,《詩·小雅》篇名。《毛詩序》:"《鴻雁》,美宣王
也"。紀批(卷四):"歌鴻雁與石鼓無涉,只徒與蝌蚪作對句耳,未
免湊泊。"按,蘇軾承前人之説,認爲石鼓是周代歌頌宣王之物,以
下即轉寫宣王時事,此句實爲提筆,并非"無涉"。
〔二〕籀(zhòu)史:周宣王時的史官,名籀。他變蝌蚪文爲大篆,亦稱
籀文。《漢書·藝文志》小學家有《史籀》十五篇。原注:"周宣王
太史作,大篆十五篇,建武時亡六篇矣。"石鼓文的字體即籀文
(大篆)。
〔三〕厭亂句:厭亂,厭周夷王、厲王之亂。聖賢,指宣王。
〔四〕耆耈(qí gǒu):老年人,指下文方叔、召虎等人。
〔五〕東征句:謂周宣王有虎將替他征徐。徐虜,指周時居于今蘇北、

皖北一帶的部族。闞(hǎn)虓(xiāo)虎:《詩·大雅·常武》:"進
厥虎臣,闞如虓虎。"闞,虎怒貌。虓虎,亦作"哮虎",咆哮怒吼
的虎。

〔六〕北伏句:謂周宣王有士兵供其派遣去伐犬戎。北伏犬戎,《詩·
小雅·六月》:"薄伐玁狁,至于大(太)原。"玁狁(xiǎn yǔn),亦作
"獫狁"、"葷粥",周時居于其西北部的部族。春秋時稱戎、狄,秦
漢時稱匈奴。

〔七〕象胥句:象胥,古代翻譯并辦外交的官。《周禮·秋官》:"象胥掌
蠻夷閩貉戎狄之國使,掌傳王之言而諭說焉,以和親之。"貢狼鹿,
《國語·周語上》:周穆王征犬戎,"得四白狼、四白鹿以歸"。韋
昭注:"白狼、白鹿,犬戎所貢。"

〔八〕方召句:方召,方叔、召虎,周宣王之臣。方叔南征荆,召虎東征
淮,都有大功。圭(guī),古代貴族朝聘、祭祀、喪葬時所用禮器。
卣(yǒu),亦古代禮器,可作盛酒用。《詩經》中有不少記述周宣王
賞賜圭卣的詩作,如《詩·大雅·嵩高》"王遣申伯,⋯⋯賜爾介
圭",《詩·大雅·江漢》賜召虎"釐爾圭瓚,秬鬯一卣"。

〔九〕遂因二句:謂周宣王製鼓爲了崇尚武功,推重將帥,而不是爲了
自頌。鼓鼙,《禮記·樂記》:"鼓鼙之聲讙,讙以立動,動以進衆。
君子聽鼓鼙之聲,則思將帥之臣。"考擊,敲擊樂器。矇瞍,瞎子,
指樂師。

〔一〇〕嵩高:《毛詩序》:"《嵩高》,尹吉甫美宣王也。"詩中有"吉甫作誦,
其詩孔碩"等句。

〔一一〕岣嶁(gǒu lǒu):岣嶁碑,又稱"禹碑",凡七十七字,字形怪異難
辨,後人附會爲夏禹治水紀功的石刻。

〔一二〕矜伐:居功而驕。

〔一三〕文武:周文王、武王。

〔一四〕豈有句:謂石鼓無作者記載,與《詩經》中頌贊周宣王的詩歌不
同。如《雲漢》,《毛詩序》謂"仍叔美宣王也",《嵩高》、《烝民》、
《韓奕》、《江漢》,《毛詩序》謂"尹吉甫美宣王也"。

以上第二段，追溯石鼓原委，原係記叙周宣王武功而作。

　　自從周衰更七國，竟使秦人有九有〔一〕。掃除詩書誦法律，投棄俎豆陳鞭杻〔二〕。當年何人佐祖龍〔三〕：上蔡公子牽黄狗〔四〕。登山刻石頌功烈〔五〕，後者無繼前無偶。皆云"皇帝巡四國，烹滅强暴救黔首"〔六〕。六經既已委灰塵〔七〕，此鼓亦當遭擊搭。傳聞九鼎淪泗上〔八〕，欲使萬夫沉水取〔九〕。暴君縱欲窮人力，神物義不污秦垢。是時石鼓何處避，無乃天工令鬼守〔一〇〕。

〔一〕九有：《詩·商頌·玄鳥》："奄有九有。"《毛傳》："九有，九州也。"

〔二〕掃除二句：謂秦朝焚毁詩書，"以吏爲師"，廢棄禮，專用刑。杻（chǒu），械具。

〔三〕祖龍：秦始皇。《史記·秦始皇本紀》記有人預言"今年祖龍死"。裴駰集解引蘇林云："祖，始也。龍，人君象。謂始皇也。"

〔四〕上蔡公子：李斯。他臨刑前對兒子回憶微時情形説："吾欲與若（你）復牽黄犬，俱出上蔡東門逐狡兔，豈可得乎！"（《史記·李斯列傳》）

〔五〕登山句：《史記·秦始皇本紀》："二十八年，始皇東行郡縣，上鄒嶧山，立石，與魯諸儒生議，刻石頌秦德。"又："遂上泰山，立石。"又"登之罘，立石頌秦德焉而去。"又："南登琅邪，……作琅邪臺，立石刻，頌秦德。"二十九年，又："登之罘，刻石。"三十二年，"刻碣石門"。三十七年，"上會稽，祭大禹，望于南海，而立石刻頌秦德"。

〔六〕皆云二句：《史記·秦始皇本紀》記其登之罘，刻石，其辭曰："皇帝東遊，巡登之罘。……烹滅强暴，振救黔首。"强暴，指六國。黔首，黎民。

〔七〕六經：《詩》、《書》、《禮》、《樂》、《易》、《春秋》。

〔 八 〕傳聞句：九鼎，古代傳説，夏禹鑄九鼎，象徵九州，標志統治天下
之權，三代時奉爲傳國之寶。秦攻西周，取九鼎移置咸陽，有一鼎
飛入泗水。（見《史記・秦本紀》張守節《正義》）而《史記・封禪
書》云："秦滅周，周之九鼎入于秦。或曰宋太丘社亡而鼎没于泗
水彭城下。"《水經・泗水注》亦只云："周顯王四十二年，九鼎淪没
泗淵。"其説不一。

〔 九 〕欲使句：《史記・秦始皇本紀》：秦始皇二十八年，"還過彭城，齋
戒禱祠，欲出周鼎泗水。使千人没水求之，弗得"。

〔一〇〕無乃句：韓愈《石鼓歌》："雨淋日炙野火燎，鬼物守護煩撝呵
（怒責）。"

以上第三段，用秦始皇刻石紀功作陪襯，進一步説明周宣王作石鼓
"勳大不伐"，并頌贊石鼓不爲秦皇所玷辱。

興亡百變物自閒，富貴一朝名不朽。細思物理坐嘆
息：人生安得如汝壽〔一〕！

〔 一 〕興亡四句：此四句爲第四段，感嘆周秦兩朝，無論"忠厚""暴虐"，
皆成陳迹，而石鼓却永存人間。王文誥云："雖四句煞尾，而'興
亡'分結中二段，'物閒'收起一段，只七字了當，故其餘意無窮，詩
完而氣猶未盡，此其才局天成，不可以力争也。"

【評箋】 汪師韓《蘇詩選評箋釋》卷一："雄文健筆，句奇語重，氣魄
與韓退之作相垺，而研鍊過之。……瀾翻無竭，筆力馳驟，而章法乃極謹
嚴，自是少陵嗣響。"

紀批（卷四）："精悍之氣，殆駕昌黎而上之。"

施補華《峴傭説詩》："《石鼓歌》，退之一副筆墨，東坡一副筆墨。古
之名大家必自具面目如此。"

《昭昧詹言》卷十二：“渾轉溜亮，酣恣淋漓。……可爲典制之式。”

吳汝綸云：“此蘇詩之極整練者。句句排偶，而俊逸之氣自不可掩，所以爲難。”（《唐宋詩舉要》卷三引）

【附録】

石鼓製作年代，歷來説法很多，大略有三：（一）周宣王説。唐人多主此説。李吉甫《元和郡縣志》卷二《鳳翔府·天興縣》：“石鼓文在縣南二十里許，石形如鼓，其數有十。蓋紀周宣王畋獵之事，其文即史籀之跡也。”貞觀時人蘇勖（《能改齋漫録》卷十五、《雲谷雜記》卷三皆引）、張懷瓘《書斷》卷上《籀文》條（見《法書要録》卷七）、竇蒙注《述書賦》（見《法書要録》卷五）、韋應物《石鼓歌》、韓愈《石鼓歌》等皆謂周宣王時所製。蘇軾本詩亦從之。另，董逌《廣川書跋》卷二《石鼓文辯》、程大昌《雍録》卷九、韓元吉（《雲谷雜記》卷三引）等則認爲是周成王時之物。（二）秦時説。宋人任汝弼（《雲谷雜記》卷三引）、鄭樵《通志》卷七十三《金石略》“石鼓文”自注、鞏豐（《升庵外集》卷八十九引，楊慎亦稱許“此説有理”）等均斷爲秦物。（三）北周時説。金馬定國主此説，見《金石萃編》卷一引《姚氏殘語》。北周説前人多駁之。如元陸友仁《研北雜志》卷上引北魏景明三年（五〇二）碑詞中即已追述岐陽石鼓，早在北周之前，駁云：“石決非宇文周之物也。”周宣王説雖傳聞較古（唐以前古籍不見關於石鼓的著録），但質疑者不少，如歐陽修《集古録》卷一《石鼓文》條謂“其可疑者三四”；秦時説却成爲近代和今人一致公認的定論，但仍有襄公（郭沫若）、文公（馬叙倫）、穆公（馬衡）、靈公（唐蘭）諸説。

王維吳道子畫〔一〕

何處訪吳畫？普門與開元〔二〕。開元有東塔，摩詰留手痕。吾觀畫品中，莫如二子尊。道子實雄放，浩如海波翻。當其下手風雨快,筆所未到氣已吞〔三〕。亭亭雙林間〔四〕,彩暈扶桑暾〔五〕。中有至人談寂滅〔六〕,悟者悲涕迷者手自捫。蠻君鬼伯千萬萬〔七〕,相排競進頭如黿〔八〕。摩詰本詩老,佩芷襲芳蓀〔九〕。今觀此壁畫,亦若其詩清且敦〔一〇〕。祇園弟子盡鶴骨〔一一〕,心如死灰不復溫〔一二〕。門前兩叢竹,雪節貫霜根。交柯亂葉動無數〔一三〕,一一皆可尋其源。吳生雖妙絕,猶以畫工論。摩詰得之于象外〔一四〕,有如仙翮謝籠樊〔一五〕。吾觀二子皆神俊,又於維也斂衽無間言〔一六〕。

〔一〕唐張彥遠《歷代名畫記》卷十:"王維,字摩詰,太原人。……工畫山水。"又卷九:"吳道玄,陽翟人。……初名道子,玄宗召入禁中,改名道玄。……張懷瓘云:'吳生之畫,下筆有神,是張僧繇後身也。'可謂知言。"

〔二〕普門、開元:兩寺名。吳道子在兩寺畫有佛像,王維在開元寺畫有墨竹。

〔三〕筆所句:《彥周詩話》:"老杜作《曹將軍丹青引》云'一洗萬古凡馬空',東坡觀吳道子畫壁詩云'筆所未到氣已吞',吾不得見其畫矣,此兩句,二公之詩各可以當之。"翁方綱《七言詩三昧舉隅》:"必合讀其篇,而後'筆所未到氣已吞'一句之妙乃見也。若但舉此一句,似尚非知音者。"

〔四〕亭亭數句:邵博《邵氏聞見後錄》卷二十八:"鳳翔府開元寺大殿九間,後壁吳道玄畫,自佛始生修行説法至滅度(即涅槃,佛教最高境界,實爲死亡),山林、宮室、人物、禽獸數千萬種,極古今天下之妙。如佛滅度,比丘衆躃踴哭泣,皆若不自勝者。雖飛鳥走獸之屬,亦作號頓之狀。獨菩薩淡然在旁如平時,略無哀戚之容。豈以其能盡死生之致者歟?曰'畫聖'宜矣。"本篇以下所寫即釋迦牟尼佛在天竺(印度)拘尸那城娑羅雙樹下説法入涅槃時情景

（詳情可參看僧祐《釋迦譜》卷四《釋迦雙樹般涅槃記第二十七》）。
蘇軾另有《記所見開元寺吳道子畫佛滅度以答子由題畫文殊、普
賢》詩記其事。雙林，兩株娑羅樹。

〔五〕彩暈句：彩暈，指畫中釋迦頭上光輪。扶桑，古代神話中樹木名，
　　　日出之處。《山海經・海外東經》：“湯谷上有扶桑，十日所浴。”暾
　　　（tūn），初升的太陽。

〔六〕至人句：至人，指釋迦牟尼佛。寂滅，佛家語，“涅槃”的意譯，意
　　　謂超脱世間入于不生不滅之境。《無量壽經》上：“誠諦以虚，超出
　　　世間，深樂寂滅。”能入寂滅之境，即能熄滅一切煩惱，從而“圓滿”
　　　（具備）一切“清净功德”。《維摩詰所説經》卷中《入不二法門品第
　　　九》：“眼色爲二。若知眼性于色，不貪不恚不癡，是名寂滅，如是
　　　耳聲、鼻香、舌味、身觸、意法爲二。若知意性于法，不貪不恚不
　　　癡，是名寂滅。”

〔七〕蠻君鬼伯：《釋迦譜》卷四《釋迦雙樹般涅槃記第二十七》，記釋迦
　　　涅槃時，自“一恒河沙菩薩摩訶薩”，以至“一億恒河沙貪色鬼魅，
　　　百億恒河沙天諸婇女，千億恒河沙地諸鬼王，十萬億恒河沙諸天
　　　王及四天王等”，紛紛前來。此即所謂“蠻君鬼伯”。

〔八〕相排句：形容聽衆擁擠，爭先伸頭聽法。

〔九〕佩芷句：化用屈原《離騷》“扈江離與辟芷兮，紉秋蘭以爲佩”句，
　　　比喻王維氣質和詩風的秀麗絶塵。

〔一〇〕清且敦：指風格清秀敦厚。紀批（卷四）：“敦字義非不通，而終有
　　　嵌押之痕。凡詩有義可通而語不佳者，落筆時不得自恕。”

〔一一〕祇（qí）園：祇樹給孤獨園或祇園精舍的簡稱，相傳釋迦在此宣揚
　　　佛法二十餘年。下“鶴骨”，喻畫中人物形象清癯。

〔一二〕心如句：《莊子・齊物論》：“形固可使如槁木，而心固可使如死
　　　灰乎？”

〔一三〕交柯：互相交錯的枝幹。

〔一四〕象外：外部形象之外，指内在的精神。

〔一五〕有如句：以鳥飛離籠子喻突破形似（而獲得神似）。翮（hé），鳥翎

的莖,即指鳥。

〔一六〕吾觀二句:斂袵,整理衣襟,尊敬的表示。間言,異議。唐朱景元
《唐朝名畫録》把吳道子列爲"神品上",王維列爲"妙品上",揚吳
抑王;蘇軾此詩却揚王抑吳。紀批(卷四)云:"摩詰、道子畫品,未
易低昂。"王文誥駁云:"道元(玄)雖畫聖,與文人氣息不通;摩詰
非畫聖,與文人氣息通,此中極有區別。自宋元以來,爲士大夫畫
者,瓣香摩詰則有之,而傳道元衣鉢者則絶無其人也。公(蘇軾)
畫竹實始摩詰。"(《蘇文忠公詩編注集成》卷四)從一個方面解釋
了蘇軾揚王抑吳的原因。明董其昌《畫禪室隨筆》卷一亦從王維
開創南宗畫的角度,肯定蘇軾此説爲"知言"。但查慎行《初白庵
詩評》卷中謂"子由詩云:‘誰言王摩詰,乃過吳道子?’與東坡結意
正相反"。按,蘇轍和詩從"優柔自好勇自強,各自勝絶無彼此"的
角度主張對王、吳不必強分優劣。此詩"何處訪吳畫"開端六句,
總提吳王二人之畫。以下各以"道子實雄放"十句、"摩詰本詩老"
十句,分寫吳畫和王畫。最後又以"吳生雖妙絶"六句,品評吳王
二人之畫作結。句數匀稱,結構整齊,但結尾雙收側注,突出王
畫,又于整齊中見出變化。

【評箋】 汪師韓《蘇詩選評箋釋》卷一:"以史遷合傳論贊之體作詩,
開合離奇,音節疏古。道子下筆入神,篇中摹寫亦不遺餘力。將言吳不
如王,乃先于道子極意形容,正是尊題法也。後稱王維,只云畫如其詩,
而所以譽其畫筆者甚淡,顧其妙在筆墨之外者,自能使人于言下領悟,更
不必如《畫斷》鑿鑿指爲神品、妙品矣。"

紀批(卷三):"奇氣縱橫,而句句渾成深穩。"

方東樹《昭昧詹言》卷十二:"神品妙品,筆勢奇縱;神變氣變,渾脱瀏
亮。一氣奔赴中,又頓挫沉鬱。所謂‘海波翻’、‘氣已吞’、‘一一可尋
源’、‘仙翮謝樊籠’等語,皆可狀此詩。"

陳衍《宋詩精華録》卷二評此詩:"大凡名大家古詩,每篇必有一二驚
人名句,全篇方鎮壓得住;其鱗爪之間,亦不處處用全力也。"

真　興　寺　閣〔一〕

　　山川與城郭，漠漠同一形〔二〕；市人與鴉鵲，浩浩同一聲。此閣幾何高？何人之所營？側身送落日，引手攀飛星〔三〕。當年王中令〔四〕，斫木南山赬〔五〕。寫真留閣下，鐵面眼有稜。身強八九尺，與閣兩崢嶸。古人雖暴恣，作事今世驚。登者尚呀喘，作者何以勝？曷不觀此閣，其人勇且英〔六〕。

〔一〕真興寺閣，宋鳳翔節度使王彥超所建，在鳳翔城中。

〔二〕山川二句：杜甫《同諸公登慈恩寺塔》："俯視但一氣，焉能辨皇州？"此兩句用其意境而不襲字句。《甌北詩話》卷五："坡詩放筆快意，一瀉千里，不甚鍛鍊。如少陵《登慈恩寺塔》云：'俯視但一氣，焉能辨皇州？'以十字寫塔之高，而氣象萬千。東坡《真興寺閣》云：'山川與城郭，漠漠同一形；市人與鴉鵲，浩浩同一聲。'以二十字寫閣之高，尚不如少陵之包舉。此鍊不鍊之異也。"

〔三〕引手句：舊注引楊億幼時所作《登樓》詩云："危樓高百尺，手可摘星辰。不敢高聲語，恐驚天上人。"（見《古今詩話》）謂是蘇詩此句出處。但《侯鯖錄》卷二、《西清詩話》卷中謂此乃李白詩，首二句作"夜宿峯頂寺，舉手捫星辰"。（《侯鯖錄》原注：或謂王禹偁所作）《竹坡詩話》亦疑或李白所作，或託名李白之作。

〔四〕王中令：《宋史·王彥超傳》：王彥超在北周和宋初兩度任鳳翔節度使，"宋初，加兼中書令"。故稱王中令。

〔五〕赬（chēng）：紅色。指山色。

〔六〕勇且英：李白《送張遙之壽陽幕府》："張子勇且英。"蘇軾用其字面。

【評箋】 汪師韓《蘇詩選評箋釋》卷一:"蒼蒼莽莽,意到筆隨。中間'側身送落日,引手攀飛星'十字,奇警奪目,可與老杜'七星在北户,河漢聲西流'相匹敵。"

紀批(卷四)評開端四句:"奇恣縱横,不可控制。""他手即有此摹寫,亦必數句裝頭。"

陳衍《宋詩精華録》卷二:"此坡公五古之以健勝者。"

饋　　歲〔一〕

農功各已收,歲事得相佐。爲歡恐無及,假物不論貨。山川隨出産,貧富稱小大。真盤巨鯉横〔二〕,發籠雙兔卧。富人事華靡,綵繡光翻座;貧者愧不能,微摯出春磨〔三〕。官居故人少,里巷佳節過。亦欲舉鄉風,獨唱無人和。

〔 一 〕本篇爲《歲晚三首》之一,前有序云:"歲晚相與饋問爲'饋歲';酒食相邀呼爲'別歲';至除夜達旦不眠爲'守歲';蜀之風俗如是。余官於岐下(指鳳翔),歲暮思歸而不可得,故爲此三詩(指《饋歲》、《別歲》、《守歲》)以寄子由。"本篇即通過辭歲時兩種不同的饋贈禮品反映貧富間的豐儉。蘇轍《守歲》詩"於菟(虎,寅年)絶繩去,顧兔(卯)追龍(辰)蛇(巳)"句自注云"是歲壬寅(嘉祐七年)",故知蘇軾此詩亦作于嘉祐七年(一〇六二)歲末。
〔 二 〕真:同"置"。
〔 三 〕摯:通"贄",這裏即指"相與饋問"的禮品。

和子由聞子瞻將如終南
太平宮谿堂讀書〔一〕

役名則已勤，殉身則已媮，我誠愚且拙，身名兩無謀。始者學書判〔二〕，近亦知問囚〔三〕，但知今當爲，敢問向所由。士方其未得，惟以不得憂，既得又憂失，此心浩難收〔四〕。譬如倦行客，中路逢清流，塵埃雖未脫，暫憩得一漱〔五〕。我欲走南澗，春禽始嚶呦。鞅掌久不決〔六〕，爾來已徂秋。橋山日月迫〔七〕，府縣煩差抽，王事誰敢愬，民勞吏宜羞。中間罹旱暵〔八〕，欲學喚雨鳩〔九〕。千夫挽一木，十步八九休。渭水濁無泥，蓄堰旋插修〔一〇〕。對之食不飽，餘事更遑求？近日秋雨足，公餘試新篘〔一一〕。劬勞幸已過，朽鈍不任鎪〔一二〕。秋風欲吹帽〔一三〕，西皋可縱游，聊爲一日樂，慰此百日愁〔一四〕。

〔一〕嘉祐八年（一〇六三）作。太平宮，上清太平宮，道觀名。讀書，指讀道藏，蘇軾另有《讀道藏》詩。

〔二〕始者句：當時蘇軾在鳳翔府任簽判。

〔三〕近亦句：蘇軾曾奉命去鳳翔府屬縣減決囚禁。

〔四〕士方四句：蘇軾與鳳翔知府陳希亮不睦，被彈劾，故有此患得患失之嘆。蘇軾後在《謝館職啓》中説：“一參賓幕，輒蹈危機，已嘗名挂于深文，不自意全于今日。”紀批（卷四）開端一段云：“此一段純是陶詩氣脈，但面目不同耳。世人學陶，乃專以面目求之，所謂形骸之外，去之愈遠。”

〔五〕譬如四句：紀批云：“一路皆以文句入詩，忽插此喻，甚妙。不然便直樸少致。"

〔六〕鞅掌：《詩·小雅·北山》："或王事鞅掌，"指公事忙碌。

〔七〕橋山句：是年三月，仁宗死，十月葬永昭陵。府縣因葬事而有差事。橋山，《史記·五帝本紀》："黃帝崩，葬橋山。"後因以稱皇帝死葬。

〔八〕旱暵(hàn)：乾旱。

〔九〕喚雨鳩：宋李石《續博物志》卷二："暮鳩鳴，即小雨。"

〔一〇〕茈(zì)：石茈，攔河堰的一種，以石框填土爲之。

〔一一〕新篘(chōu)：篘，酒篘，漉取酒的器具，竹制。字或作蒭，則用草爲之，如白居易《詠家醞十韻》："撇蒭何假漉陶巾。"《潯陽秋懷贈許明府》："試問陶家酒，新蒭得幾多?"《嘗酒聽歌招客》："一甕香醪新插蒭。"新篘，指新漉取的酒，即新酒。

〔一二〕鎪(sōu)：刻鎪。

〔一三〕欲吹帽：一作"迫吹帽"。此用孟嘉之典，謂重陽節將至，下句即言登高事。

〔一四〕百日愁：一作"百年愁"。

【評箋】 紀批(卷四)："一氣湧出而曲折深至，無一直率之筆。"

七月二十四日，以久不雨，出禱磻溪。是日宿虢縣。二十五日晚自虢縣渡渭，宿于僧舍曾閣，閣故曾氏所建也。夜久不寐，見壁間有前縣令趙薦留名，有懷其人〔一〕

龕燈明滅欲三更，敧枕無人夢自驚。深谷留風終夜響，亂山銜月半牀明。故人漸遠無消息〔二〕，古寺空來看姓名。欲向磻溪問姜叟，僕夫屢報斗杓傾〔三〕。

〔一〕　嘉祐八年(一〇六三)作。磻(pán)溪，在今陝西寶雞市東南。相
　　　傳吕尚(姜太公)垂釣于此，遇周文王，因得重用。
〔二〕　故人：指趙薦。
〔三〕　欲向二句：禱神必在黎明，僧舍無更漏，因以斗杓(北斗星的柄)
　　　的位置作爲時間標志。(天將曉時，斗柄漸斜)紀批(卷四)："後四
　　　句自不相貫，問姜叟雖切磻溪，却與禱雨無涉。東坡詩往往有疏
　　　于律處，不得一概效之。"按，據蘇軾《禱雨磻溪文》，磻溪神即"周
　　　文武之師太公"吕尚，故與禱雨相切，并非疏漏。

　　【評箋】　汪師韓《蘇詩選評箋釋》卷一："夜色蒼涼，撫景懷人，想見
竟夕裵回之致。"

十二月十四日夜微雪，明日
早往南溪小酌至晚〔一〕

　　南溪得雪真無價，走馬來看及未消，得自披榛尋屨
迹，最先犯曉過朱橋〔二〕。誰憐屋破眠無處〔三〕？坐覺村
饑語不囂〔四〕。惟有暮鴉知客意，驚飛千片落寒條〔五〕。

〔一〕　嘉祐八年(一〇六三)作。此詩馮應榴《蘇詩合注》等系于治平元
　　　年(一〇六四)，據施宿《東坡先生年譜》(見本書附録)將與此詩同
　　　時所寫的《題南溪竹上》詩皆系于嘉祐八年，是。因蘇軾于治平元
　　　年十二月十七八日罷鳳翔簽判任離去(見蘇軾《與楊濟甫書》"某
　　　只十二月十七八間離岐下也")，不大可能于十五日整日盤桓南

溪,又于十六日過録《題南溪竹上》詩(此詩題全稱爲"九月中曾題二小詩于南溪竹上,既而忘之,昨日再游,見而録之"),且詩中對離任事一無反映。

〔二〕得自二句:兩句上因下果:因披榛尋察,并無旁人足迹,才知自己是最先迎曉來游之人。得自,一作"獨自"。

〔三〕誰憐句:杜甫《茅屋爲秋風所破歌》:"床頭屋漏無乾處,雨脚如麻未斷絶。自經喪亂少睡眠,長夜沾濕何由徹!"蘇詩用其意,而以反問句出之。

〔四〕坐覺句:杜牧《赴京初入汴口,曉景即事先寄兵部李郎中》:"澤闊鳥來遲,村饑人語早。"蘇詩反用其意,而狀饑餓之情更甚。

〔五〕惟有二句:暮鴉似知我意,振落雪花片片,聊助賞雪雅興。參看蘇軾《聚星堂雪詩》,寫宴散後,"欲浮大白追餘賞,幸有回颷驚落屑。"以雪片吹落之景爲"餘賞"。

司竹監燒葦園,因召都巡檢柴貽勗左藏以其徒會獵園下〔一〕

官園刈葦留枯槎,深冬放火如紅霞,枯槎燒盡有根在,春雨一洗皆萌芽。黄狐老兔最狡捷,賣侮百獸常矜誇〔二〕,年年此厄竟不悟,但愛蒙密争來家。風迴焰卷毛尾熱,欲出已被蒼鷹遮,野人來言此最樂,徒手曉出歸滿車〔三〕。巡邊將軍在近邑〔四〕,呼來颯颯從矛叉。戍兵久閒可小試,戰鼓雖凍猶堪撾。雄心欲搏南澗虎,陣勢頗學常山蛇〔五〕。霜乾火烈聲爆野,飛走無路號且呀。迎人截來噱逢箭〔六〕,避犬逸去窮投罝〔七〕。擊鮮走馬殊未厭〔八〕,但恐落日催棲鴉。弊旗仆鼓坐數獲〔九〕,鞍挂雉兔

肩分齁〔一〇〕。主人置酒聚狂客，紛紛醉語晚更譁。燎毛
燔肉不暇割，飲啖直欲追羲媧〔一一〕。青丘雲夢古所
侘〔一二〕，與此何啻百倍加，苦遭諫疏説夷羿〔一三〕，又被詞
客嘲淫奢〔一四〕。豈如閒官走山邑，放曠不與趨朝衙。農
工已畢歲云暮，車騎雖少賓殊嘉。酒酣上馬去不告，獵
獵霜風吹帽斜〔一五〕。

〔一〕此詩施宿《東坡先生年譜》系于嘉祐八年（一〇六三），蘇轍和詩，
　　在《欒城集》中亦編于前篇和詩（《次韻子瞻南溪微雪》）之次，《欒
　　城集》爲蘇轍手編，當可信。但諸本皆系于治平元年（一〇六四）。
　　司竹監，宋時在鳳翔府所屬鄠縣（今作户縣）、盩厔（今作周至）設
　　司竹監，掌管當地竹園之事，供皇室等所需。都巡檢，都巡檢使，
　　管理數州數縣或一州一縣治安衞戍等事，也于個別特別地區設
　　置。左藏，左藏使，管理國庫的官員。此詩“通體道緊，無一懈筆”
　　（紀批卷五），頗受韓愈《汴泗交流贈張僕射》、《雉帶箭》的影響。
　　自《太白山下早行，至橫渠鎮，書崇壽院壁》至本篇，皆作于鳳翔。
〔二〕黃狐二句：暗用“狐假虎威”典故，見《戰國策·楚策一》。
〔三〕徒手句：此句以上爲第一段，有三層意思：起四句寫司竹監每年
　　冬天燒葦常例；“黃狐”四句先寫狐兔之死，故作悼嘆，爲後寫打獵
　　之“樂”作反襯；“風迴”四句才引出打獵題意。
〔四〕巡邊將軍：指都巡檢使柴貽勗。
〔五〕常山蛇：《孫子·九地篇》論用兵行陣如“常山之蛇也，擊其首則
　　尾至，擊其尾則首至，擊其中則首尾俱至”。
〔六〕耆（xū）：皮骨相離聲。
〔七〕避犬句：罝，兔網。自“巡邊將軍”句至此十句，正面描寫打獵
　　情景。
〔八〕鮮：野味，指新殺之獸。
〔九〕弊旗：掩旗。

〔一〇〕麏：雄鹿。

〔一一〕追羲媧：伏羲、女媧，傳說中的上古人物，時人類尚茹毛飲血，未知取火熟食。自"巡邊將軍"以下十八句爲第二段，寫打獵及獵後野餐的情景。

〔一二〕青丘句：司馬相如《子虚賦》記子虚對齊王夸述楚地的富饒云："楚有七澤，嘗見其一，未覩其餘也。臣之所見，蓋特其小小者耳，名曰雲夢。雲夢者，方九百里。"又記烏有先生夸述齊國疆域的遼闊廣大云："秋田(畋獵)乎青丘，彷徨乎海外，吞若雲夢者八九于其胸中，曾不蔕芥。"雲夢，大沼澤地，舊址在今湖北省。青丘，古國名。

〔一三〕苦遭句：夷羿，即后羿，傳說是夏代東夷族首領，推翻夏代統治，却因喜愛狩獵，不理民事，被部屬殺死。《虞人之箴》説他"在帝夷羿，冒(貪)于原獸，忘其國恤，而思其麀牡"。後春秋時晉侯也喜歡畋獵，魏絳曾引用《虞人之箴》來勸諫他。見《左傳·襄公四年》。

〔一四〕又被句：司馬相如《子虚賦》記烏有先生反詰子虚之語："足下不稱楚王之德厚，而盛推雲夢以爲高，奢言淫樂，而顯侈靡，竊爲足下不取也。"《上林賦》更通過亡是公之口，批評子虚、烏有先生互相爭勝，只是"適足以導(貶抑)君自損也"。詞客，指司馬相如。

〔一五〕獵獵句：《北史·獨孤信傳》："嘗因獵日暮，馳馬入城，其帽微側。詰旦而吏人有戴帽者，咸慕信而側帽焉。"這裏暗用前人有關畋獵的美談，以渲染自己獵後的得意心情。紀批(卷五)評此詩結尾云："一路如駿馬之下坂，須如此排蕩盤旋方收得住。"自"青丘"以下十句爲第三段，以議論作結：謂位尊者畋獵場面之豪壯，雖勝己百倍，但不及我"閒官"之怡然自得，興會淋漓，不受非議。

和董傳留別〔一〕

粗繒大布裹生涯〔二〕，腹有詩書氣自華。厭伴老儒烹

瓠葉〔三〕，强隨舉子踏槐花〔四〕。囊空不辦尋春馬，眼亂行
看擇壻車〔五〕。得意猶堪誇世俗，詔黃新溼字如鴉〔六〕。

〔一〕治平元年(一〇六四)十二月，蘇軾罷鳳翔簽判任赴汴京，途經長
　　　安與董傳話別作此詩。董傳，字至和，洛陽人。家居長安二曲。
　　　曾在鳳翔與蘇軾交游。後韓琦薦舉，未果，窮困早卒。
〔二〕粗繒：劣質絲織物。
〔三〕厭伴句：謂倦於從師學禮。《後漢書·儒林傳》：劉昆“教授弟子
　　　恒五百餘人。每春秋饗射，常備列典儀，以素木瓠(hù)葉爲俎
　　　豆。”瓠葉，見《詩·小雅·瓠葉》：“幡幡瓠葉，采之亨(烹)之。”瓠，
　　　冬瓜、葫蘆等的總名；瓠葉，作下酒的酒菜用。
〔四〕强隨句：謂忙於考舉。宋錢易《南部新書》(乙)：“長安舉子，自六
　　　月已後，落第者不出京，謂之‘過夏’。多借靜坊廟院及閑宅居住
　　　作新文章，謂之‘夏課’。……七月後，投獻新課，并于諸州府拔
　　　解，人爲語曰：‘槐花黃，舉子忙。’”
〔五〕囊空二句：上句謂貧困，下句謂無妻，皆用與考舉有關的典故。
　　　孟郊《登科後》：“春風得意馬蹄疾，一日看盡長安花。”《唐摭言》卷
　　　三：“曲江之宴，行市羅列，長安幾于半空。公卿家率以其日揀選
　　　東床，車馬闐塞，莫可殫述。”又云：“其日，公卿家傾城縱觀于此，
　　　有若中東床之選者，十八九鈿車珠鞍，櫛比而至。”可見選壻盛況。
　　　蘇軾《上韓魏公乞葬董傳書》，言熙寧二年(一〇六九)正月蘇軾自
　　　蜀返京過長安時，董傳“徑至長安，見軾于傳舍，道其饑寒窮苦之
　　　狀，以爲幾死者數矣。賴公而存，又且薦我于朝。吾平生無妻，近
　　　有彭駕部者聞公薦我，許嫁我其妹”。後竟不娶而死。可知董傳
　　　一生未娶。
〔六〕得意二句：希望董傳中舉，揚眉吐氣，以夸世俗。紀批(卷五)：
　　　“結二句乃期許之詞。言外有炎涼之感，非有所不足于董傳也。”
　　　是。詔黃，指用黃麻紙寫的中式或任官的詔令。《唐六典》卷九：
　　　“凡王言之制有七：一曰册書，二曰制書，三曰慰勞制書，四曰發

日敕,五曰敕旨,六曰論事敕書,七曰敕牒。"李林甫等注云:"册書
詔敕總名曰詔,皇朝(唐朝)因隋不改。天后天授元年以避諱改詔
爲制。今'册書'用簡,'制書'、'勞慰(應爲"慰勞")制書'、'發日
敕'用黃麻紙,'敕旨'、'論事敕'及'敕牒'用黃藤紙,其'敕書'頒
下諸州用絹。"字如鴉,語本盧仝《示添丁》:"忽來案上翻墨汁,塗
抹詩書如老鴉。"這裏僅指黃紙黑字而非亂塗或書法拙劣之常
用義。

石蒼舒醉墨堂〔一〕

　　人生識字憂患始,姓名粗記可以休〔二〕,何用草書誇
神速,開卷惝怳令人愁。我嘗好之每自笑,君有此病何能
瘳。自言其中有至樂,適意不異逍遙遊〔三〕。近者作堂名
醉墨,如飲美酒消百憂。乃知柳子語不妄,病嗜土炭如珍
羞〔四〕。君於此藝亦云至,堆牆敗筆如山丘〔五〕。興來一
揮百紙盡,駿馬倏忽踏九州〔六〕。我書意造本無法〔七〕,點
畫信手煩推求。胡爲議論獨見假〔八〕,隻字片紙皆藏收?
不減鍾張君自足,下方羅趙我亦優〔九〕。不須臨池更苦
學,完取絹素充衾裯〔一〇〕。

〔一〕熙寧元年(一〇六八)底,蘇軾守父喪畢離蜀返京,次年正月,途經
　　　長安,曾與石蒼舒會于韓琦家中。本篇當爲至汴京後寄題之作,
　　　時在熙寧二年(一〇六九)。蘇轍《石蒼舒醉墨堂》詩亦編在汴京
　　　時。石蒼舒,字才美,京兆人,善草書。
〔二〕姓名句:《史記・項羽本紀》:"項籍(項羽)少時,學書不成,去,學
　　　劍,又不成。項梁怒之。籍曰:'書足以記名姓而已。劍一人敵,

不足學,學萬人敵。’”

〔三〕至樂、逍遥遊：皆《莊子》篇名。

〔四〕乃知二句：柳宗元《報崔黯秀才論爲文書》：“凡人好辭工書,皆病癖也。”“吾嘗見病心腹人,有思啗(同“啖”)土炭、嗜鹽酸鹹者,不得則大戚……觀吾子之意亦已戚矣。”承上“君有此病何能瘳”句。

〔五〕堆墻句：《唐國史補》卷中：“長沙僧懷素好草書,自言得草聖三昧。棄筆堆積,埋于山下,號曰筆塚。”

〔六〕駿馬句：形容書寫的神速。即上“草書誇神速”意。

〔七〕意造：《南史·曹景宗傳》：“景宗爲人自恃尚勝,每作書字,有不解,不以問人,皆以意造。”語本此。但蘇軾指書法藝術的擺脱傳統束縛,意之所至,自由創造,與曹景宗寫别字不同。

〔八〕胡爲句：假,寬容。這句是謙虚語,實謂自己關于書法藝術的見解(主張意造無法、信手點畫)受到石蒼舒的贊同和推重。

〔九〕不減二句：《法書要録》卷一《晉王右軍自論書》：“吾書比之鍾(繇)張(芝),當抗行,或謂過之。”但《法帖釋文》卷五載唐懷素書：“右軍云：‘吾真書過鍾,而草故不減張。’僕以爲真不如鍾,草不及張。”《晉書·衛恒傳》載衛恒《四體書勢》云：“羅叔景(羅暉)、趙元嗣(趙襲)者,與伯英(張芝)并時,見稱于西州,而矜巧自與,衆頗惑之。故英自稱‘上比崔(崔瑗、崔寔)、杜(杜度)不足,下方羅、趙有餘’。”上句推崇石蒼舒書法不減鍾張,下句言自己比羅趙有餘,自謙亦復自負。

〔一〇〕不須二句：衛恒《四體書勢》云：“弘農張伯英者,因而轉精甚巧。凡家之衣帛,必書而後練之。臨池學書,池水盡黑。”這裏反用此典,謂與其用絹素寫字,不如用作被褥,乃調侃之詞。

次韻張安道讀杜詩〔一〕

大雅初微缺,流風困暴豪：張爲詞客賦,變作楚臣騷〔二〕。展轉更崩壞，紛綸閱俊髦〔三〕。地偏蓄怪産，源失亂狂濤〔四〕。粉黛迷眞色，魚蝦易豢牢〔五〕。誰知杜陵傑，名與謫仙高。掃地收千軌〔六〕，爭標看兩艘〔七〕。詩人例窮苦〔八〕，天意遣奔逃。塵暗人亡鹿〔九〕，溟翻帝斬鼇〔一〇〕。艱危思李牧，述作謝王褒〔一一〕。失意各千里，哀鳴聞九皋〔一二〕。騎鯨遁滄海〔一三〕，捋虎得綈袍〔一四〕。巨筆屠龍手，微官似馬曹〔一五〕。迂疎無事業，醉飽死遨遊〔一六〕。簡牘儀型在〔一七〕，兒童篆刻勞〔一八〕。今誰主文字？公合抱旌旄。開卷遥相憶，知音兩不遭。般斤思郢質〔一九〕，鯤化陋鰷濠〔二〇〕。恨我無佳句，時蒙致白醪。殷勤理黃菊，未遣没蓬蒿〔二一〕。

〔一〕熙寧四年（一〇七一），蘇軾赴杭州通判任，於陳州（今河南淮陽）會見張方平，作此詩。張方平，字安道，神宗朝曾任參知政事，與蘇軾父子兄弟皆交厚，於軾爲前輩。後蘇軾爲其作《張文定公墓誌銘》。

〔二〕大雅四句：謂詩亡而演爲辭賦。李白《古風》："大雅久不作，吾衰竟誰陳？""正聲何微茫？哀怨起騷人。"韓愈《薦士》："周詩三百篇，雅麗理訓誥。""勃興得李杜，萬類困凌暴。"張，鋪張。班固《兩都賦序》："賦者，古詩之流也。"詞客，指戰國荀況、漢司馬相如、揚雄、班固等賦家。變，變體。朱熹《楚辭集注》卷一亦云，"楚人之詞""變《風》之流也，""變《雅》之類也"。楚臣，指屈原及宋玉、景差、唐勒等人。

〔三〕紛綸句：紛綸，又多又亂貌。俊髦（máo），指有傑出才能的後輩。

〔四〕地偏二句：喻詩歌走入偏地，奇奇怪怪；迷失正源，一片混亂。

〔五〕粉黛二句：喻詩歌中以假亂真、以瑣細代崇高的現象。

〔六〕掃地句：喻杜甫吸取諸家之長。

〔七〕爭標句：喻杜甫和李白并駕齊驅。

〔八〕詩人句：參看蘇軾《病中大雪，數日未嘗起觀，虢令趙薦以詩相屬，戲用其韻答之》：“詩人例窮蹇，秀句出寒餓。”《僧惠勤初罷僧職》：“非詩能窮人，窮者詩乃工。此語信不妄，吾聞諸醉翁。”（按，歐陽修《梅聖俞詩集序》：“詩窮而後工。”）《次韻徐仲車》：“惡衣惡食詩愈好，恰似霜松囀青鳥。”《呈定國》：“信知詩是窮人物，近覺王郎不作詩。”《次韻仲殊雪中遊西湖》：“秀語出寒餓，身窮詩乃亨。”《和晁同年九日見寄》：“遣子窮愁天有意，吳中山水要清詩。”《九日次定國韻》：“清詩出窮愁。”等等。

〔九〕塵暗句：《漢書·蒯通傳》：“秦失其鹿，天下共逐之。”亡鹿，喻失去政權，這裏指唐安史之亂。

〔一〇〕溟翻句：《列子·湯問》：“昔者女媧氏煉五色石以補其缺，斷鼇之足以立四極（四根柱子）。”鼇，巨黿。這裏指肅宗平定安史之亂，中興唐王朝。

〔一一〕艱危二句：謂時值兵亂之際，只需李牧這樣的武將來拯救時危，用不着王褒這類文人來述作頌揚。意指杜甫文學才能不得重用。《史記·張釋之馮唐列傳》引漢文帝語：“嗟乎！吾獨不得廉頗、李牧時爲吾將，吾豈憂匈奴哉！”李牧爲戰國時趙國的名將。《漢書·王褒傳》：王褒爲漢代文士，“既爲刺史作頌（即《中和》、《樂職》、《宣布》詩），又作其傳（注解），益州刺史因奏褒有軼材。上乃徵褒。詔褒爲聖主得賢臣頌其意”。王褒奉詔作文後，“上令褒與張子僑等并待詔”。

〔一二〕哀鳴句：《詩·小雅·鶴鳴》：“鶴鳴于九皋，聲聞于天。”九皋，衆多的湖澤地。此指杜甫爲感念李白流放夜郎而寫的詩篇，如《夢李白》、《天末懷李白》、《不見》等。

〔一三〕騎鯨句：指李白。杜甫《送孔巢父謝病歸游江東，兼呈李白》：“巢父掉頭不肯住，東將入海隨煙霧”，“若逢李白騎鯨魚（一作“南尋禹穴見李白”），道甫問信今何如？”滄海，東海的別稱。

〔一四〕捋虎句：喻杜甫觸犯嚴武而又受到他的周濟。《新唐書·杜甫傳》：杜甫“流落劍南”時，依附劍南東西川節度使嚴武。他“性褊

29

躁傲誕,嘗登武床,瞪視曰:'嚴挺之乃有此兒!'"嚴武欲殺之,其母"奔救得止"。《雲溪友議》卷上:"杜甫拾遺乘醉而言曰:'不謂嚴定(挺)之有此兒也。'武恚目久之,曰:'杜審言孫擬捋虎鬚?'"綈袍,粗布大褂,事出《史記·范雎蔡澤列傳》。范雎曾在魏國受過須賈的陷害,後逃亡至秦,改名張祿,任丞相。魏派須賈使秦,范雎故作貧寒之狀,"須賈意哀之,留與坐飲食,曰:'范叔一寒如此哉!'乃取其一綈袍以賜之。"後人常以贈綈袍事喻矜卹故人。

〔一五〕巨筆二句:謂杜甫文才高而官位低。《莊子·列禦寇》:"朱泙漫學屠龍于支離益,單(殫)千金之家,三年技成,而無所用其巧(指無龍可屠,學而無用)。"《世説新語·簡傲》:"王子猷作桓(沖)車騎騎兵參軍。桓問曰:'卿何署?'答曰:'不知何署,時見牽馬來,似是馬曹。'"馬曹,管馬官署的屬官,言其官微。杜甫曾任京兆府兵曹參軍等"微官"。

〔一六〕醉飽句:《新唐書·杜甫傳》:耒陽縣令"嘗饋(杜甫)牛炙白酒,大醉,一昔(夕)卒,年五十九"。

〔一七〕簡牘:著作。儀型:典範。

〔一八〕兒童句:《揚子法言》卷二:"或問:'吾子少而好賦?'曰:'然。童子雕蟲篆刻。'俄而曰:'壯夫不爲也。'"許慎《説文解字》卷十五《叙目》:蟲書和刻符爲秦書八體中的兩體,皆學僮所習。

〔一九〕般斤句:《莊子·徐無鬼》:"郢人堊(白粉)漫其鼻端,若蠅翼,使匠石斲之。匠石運斤成風,聽(不用眼)而斲之,盡堊而鼻不傷,郢人立不失容。"般,通"搬",運用。斤,斧子。質,同"躓",砧板;郢質,指郢人。此句連上二句,皆指張方平《讀杜詩》詩表明他是杜甫的真正"知音"。

〔二〇〕鯤化句:《莊子·逍遙遊》:"北冥(溟)有魚,其名爲鯤,鯤之大不知其幾千里也;化而爲鳥,其名爲鵬,鵬之背不知其幾千里也。"《莊子·秋水》:"莊子與惠子游于濠梁之上。莊子曰:'儵魚出游從容,是魚之樂也。'"儵(tiáo),白鰷。這句落到"次韻"題意:以"鯤化(鵬)"比張方平原作,以"儵魚"比自己和作之"陋"。因張原作有“達觀念莊濠”句,蘇軾即以“鯈濠”呼應。

〔二一〕殷勤二句:謂修葺居室期待張方平來訪。未遣,不使。

　　【評箋】　紀批(卷六):“字字深穩,句句飛動,如此作和韻詩,固不嫌于和韻。”“句句似杜”。“難韻巧押,騰挪處全在用比。”“結意蘊藉,此爲詩人之筆。”

　　王文誥《蘇文忠公詩編注集成》卷六:“主賓(指杜甫和李白)判然,疏密相間,于排比之中,寓流走之法。面目是杜,氣骨是蘇,非杜不能步步爲營,非蘇不能句句直下。其驅遣難韻,若無其事焉者,不知何以軼泊至是,而杜排無此難作詩也。”

次韻柳子玉過陳絶糧二首〔一〕(選一)

　　如我自觀猶可厭,非君誰復肯相尋?圖書跌宕悲年老,燈火青熒語夜深〔二〕。早歲便懷齊物志,微官敢有濟時心〔三〕?南行千里知何事,一聽秋濤萬鼓音〔四〕!

〔一〕原共二首,選第二首。熙寧四年(一〇七一)柳瑾(字子玉)謫官壽春,舟過陳州,以詩寄子由,見蘇轍《次韻柳子玉謫官壽春、舟過宛丘見寄》。蘇軾此詩,亦同時作。

〔二〕圖書二句:紀批(卷六):此二句“淡語傳神”。圖書跌宕,贊揚柳瑾詩文跌宕多姿。

〔三〕早歲二句:齊物志,認爲萬事是非難定的世界觀。《莊子》有《齊物論》,郭象注:“夫自是而非彼,美己而惡人,物莫不皆然,然故是非雖異而彼我均也。”按,“齊物志”與“濟物志”不同,如蘇軾《送張安道赴南都留臺》“偶懷濟物志”,則指經世濟時之志。但此二句表面消極,實作者内寓不平。紀批(卷六)云:"憤懣而出以和平,"是。

〔四〕南行二句:謂柳瑾南行千里,唯有秋濤如鼓,助其行色。

歐陽少師令賦所蓄石屏〔一〕

何人遺公石屏風,上有水墨希微蹤〔二〕。不畫長林與巨植,獨畫峨嵋山西雪嶺上萬歲不老之孤松〔三〕。崖崩潤絶可望不可到,孤煙落日相溟濛〔四〕。含風偃蹇得真態〔五〕,刻畫始信天有工〔六〕。我恐畢宏韋偃死葬虢山下,骨可朽爛心難窮。神機巧思無所發,化爲煙霏淪石中〔七〕。古來畫師非俗士,摹寫物像略與詩人同。願公作詩慰不遇,無使二子含憤泣幽宫〔八〕。

〔一〕歐陽少師,歐陽修。他于熙寧四年(一〇七一)以太子少師致仕,退居穎州(治所在今安徽阜陽)。此年蘇軾赴杭州通判任,過穎,謁見歐陽修作此詩。

〔二〕希微:隱約不明貌。

〔三〕雪嶺:泛指四川西部的羣山。

〔四〕溟濛:模糊不清貌。

〔五〕偃蹇:天矯屈曲貌。

〔六〕刻畫句:蘇軾一貫主張藝術要天工、自然。如《書鄢陵王主簿所畫折枝》:"詩畫本一律,天工與清新。"《書黄子思詩集後》:"至于詩亦然。蘇李之天成,曹劉之自得,陶謝之超然,蓋亦至矣。"《高郵陳直躬處士畫雁》:"君從何處看,得此無人態?"均然。

〔七〕我恐四句:畢宏、韋偃:唐玄宗、肅宗時畫家,擅長畫松。《歷代名畫記》卷十：“畢宏，大曆二年爲給事中，畫松石于左省廳壁，好事者皆詩之。……樹石擅名于代。樹木改步變古，自宏始也。”同卷又云：韋鷗(偃)善畫松，“咫尺千尋，駢柯攢影；煙霞翳薄，風雨颼飀；輪囷盡偃蓋之形，宛轉極盤龍之狀”。杜甫《戲爲雙松圖歌(韋偃畫)》亦云：“天下幾人畫古松，畢宏已老韋偃少。”虢(guó)山，在虢州(今河南盧氏縣)，石屏產地。按，畢宏是河南偃師人，韋偃是長安人，并非葬于虢山。這裏是想象他倆葬于虢山，但畫興未已，纔在本地所產的石屏上作出奇畫。紀批(卷六)評云：“借事生波，忽成奇弄。妙在純以意運，不是纖巧字句關合，故不失大方。”

〔八〕古來四句：紀批云：“有上四句之將無作有，須有此(四)句，方結束得住。”不遇，指畢宏、韋偃生前遭遇冷落。幽宮，墳墓，承上“死葬虢山下”。言外謂石屏上之孤松(實爲自然紋理)是畢、韋抒憤之作。

【評箋】　汪師韓《蘇詩選評箋釋》卷一：“長句磊砢，筆力具有虬松屈盤之勢。”“詩自一言至九言，皆原于《三百篇》。此詩‘獨畫峨嵋山西雪嶺上萬歲不老之孤松’一句十六言，從古詩人所無也。”

潁州初別子由二首〔一〕(選一)

近別不改容，遠別涕霑胸。咫尺不相見，實與千里同。人生無離別，誰知恩愛重〔二〕。始我來宛丘〔三〕，牽衣舞兒童〔四〕。便知有此恨，留我過秋風。秋風亦已過，別恨終無窮〔五〕。問我何年歸？我言歲在東〔六〕。離合既循環，憂喜迭相攻。語此長太息，我生如飛蓬。多憂髮早白，不見六一翁〔七〕。

〔一〕原共二首，選第二首。熙寧四年（一〇七一），蘇轍因反對新法貶
　　　爲河南推官。陳州知州張方平辟爲州學教授。蘇軾赴杭州通判
　　　任，會于陳州。蘇轍送至潁州，同謁歐陽修，同年十月相別，蘇軾
　　　作此詩。
〔二〕人生二句：託名蘇武《別詩》：“惟念當乖離，恩情日以新。”曹植
　　　《贈白馬王彪》：“恩愛苟不虧，在遠分（情分）日親。”此句即引申
　　　其意。
〔三〕宛丘：陳州的別稱。
〔四〕牽衣句：指蘇轍子女。“舞兒童”即“兒童舞。”
〔五〕便知四句：紀批（卷六）：“曲折之至，而爽朗如話。蓋情真而筆又
　　　足以達之，遂成絶調。”
〔六〕歲在東：歲星在東方，指甲寅年。蘇軾于熙寧四年冬到杭州任，
　　　宋制，文官一般三年一升遷，故約以熙寧七年甲寅爲歸期。
〔七〕多憂二句：謂憂多髮便早白，豈不見歐陽修即如此。這裏是寬慰
　　　之辭。歐陽修自號六一居士。他鬚髮早白，蘇軾同時所作《陪歐
　　　陽公燕西湖》云：“謂公（歐陽修）方壯鬚似雪。”

　　【評箋】　汪師韓《蘇詩選評箋釋》卷一：“本是直抒胸臆，讀之乃覺中
心菀結之至者，此漢魏人絶調也。”

出潁口初見淮山，是日至壽州〔一〕

　　我行日夜向江海，楓葉蘆花秋興長〔二〕。長淮忽迷天
遠近〔三〕，青山久與船低昂。壽州已見白石塔，短棹未轉

黃茆岡〔四〕。波平風軟望不到〔五〕，故人久立煙蒼茫〔六〕。

〔一〕熙寧四年(一〇七一)赴杭州途中作。潁口，潁水入淮河之處，在
　　　今正陽關，安徽壽縣西。壽州，治所在今壽縣。《施注蘇詩》卷三
　　　云："東坡嘗縱筆書此詩，且題云：予年三十六，赴杭倅(通判)，過
　　　壽作此詩。今五十九南遷至虔，煙雨淒然，頗有當年氣象也。墨
　　　蹟在吳興泰(秦)氏。"
〔二〕楓葉句：白居易《琵琶行》："楓葉荻花秋瑟瑟。"
〔三〕長淮：施注本云："集作‘平淮’，墨蹟作‘長淮’，今從墨蹟。"按，
　　　《安徽通志稿·古物考稿》卷十四收有蘇軾此詩石刻，亦作"長
　　　淮"，蓋據施注所説之墨蹟所刻。
〔四〕黃茆岡：白居易《山鷓鴣》"黃茅岡頭秋日晚，苦竹嶺下寒月低"，
　　　寫在江州所見。江西萬載縣西北有黃茅嶺，但與江州或壽州均無
　　　涉，或皆係泛稱，并非專名。
〔五〕波平句：蘇軾《李思訓畫長江絶島圖》有"沙平風軟望不到，孤山
　　　久與船低昂"兩句，分別用此詩第七、第四句，但各改一字("波"改
　　　"沙"，"青"改"孤"。
〔六〕故人句：杜甫《樂游園歌》結句亦云："獨立蒼茫自詠詩。"

　　【評箋】　汪師韓《蘇詩選評箋釋》卷一："宛是拗體律詩，有古趣兼有
逸趣。"
　　紀批(卷六)："吳體之佳者。吳體無粗獷之氣即佳。"
　　方東樹《昭昧詹言》卷二十："奇氣一片。"
　　吳汝綸云："公有古風一首，與此略同，蓋自喜之甚，復約之以爲近
體。"(高步瀛《唐宋詩舉要》卷六引)

泗州僧伽塔〔一〕

我昔南行舟繫汴〔二〕，逆風三日沙吹面，舟人共勸禱

靈塔,香火未收旗脚轉〔三〕,回頭頃刻失長橋,却到龜山未
朝飯〔四〕。至人無心何厚薄〔五〕,我自懷私欣所便。耕田
欲雨刈欲晴,去得順風來者怨〔六〕,若使人人禱輒遂,造物
應須日千變。今我身世兩悠悠,去無所逐來無戀,得行固
願留不惡,每到有求神亦倦。退之舊云三百尺,澄觀所營
今已換〔七〕。不嫌俗士污丹梯,一看雲山繞淮甸〔八〕。

〔 一 〕熙寧四年(一○七一)作。查慎行注本作元豐二年,誤,詳下《龜
山》詩注。僧伽,釋贊寧《宋高僧傳》卷十八《唐泗州普光王寺僧伽
傳》:"釋僧伽者,葱嶺北何國人也。自言俗姓何氏。""何國在碎葉
國東北。"唐龍朔初年,入中原在臨淮傳教。《東坡志林》卷二《僧
伽何國人》條:"泗洲(州)大聖僧伽傳云:'和尚,何國人也。'又云:
'世莫知其所從來,云不知何國人也。'近讀《隋史·西域傳》,乃有
何國。"《古今詩話》云:"泗州僧伽塔,人多云其下真身也。塔後有
閣,記興國中初塑事甚詳。退之詩云'火燒水轉掃地空',則真身
之焚久矣。塔本般匠所建(《中山詩話》作"喻都料建")。"

〔 二 〕我昔句:治平三年(一○六六)蘇軾護送蘇洵靈柩舟行返蜀,自汴
入泗入淮,曾過泗州僧伽塔。以下六句即追述當年情景。

〔 三 〕舟人二句:梅堯臣《龍女祠祈順風》:"龍母龍相依,風雲隨所變,
舟人請予往,出廟旗脚轉。"蘇詩取意于此。

〔 四 〕回頭二句:梅堯臣上詩又云:"長蘆江口發平明,白鷺洲前已朝
膳。"亦蘇詩所本。長橋,橋名。龜山,在泗州(州城舊址在今江蘇
盱眙東北,已陷入洪澤湖)城東。

〔 五 〕至人:指思想、道德、修養等某方面達到最高境界的人。《莊子·
逍遙遊》:"至人無己。"《荀子·天論》:"故明于天人之分,則可謂
至人矣。"這裏指僧伽。參看前《王維吳道子畫》"中有至人談寂
滅"句。

〔 六 〕耕田二句:宋史繩祖《學齋佔畢》卷二《坡文之妙》條:"東坡《泗州

僧伽塔》詩‘耕田欲雨薙欲晴，去得順風來者怨’，此乃檃括劉禹錫《何卜賦》中語，曰：‘同涉于川，其時在風，沿者之吉，泝者之凶；同薙于野，其時在澤，伊穜（先種後熟的穀類）之利，乃穆（後種先熟的穀類）之厄。’坡以一聯十四字而包盡劉禹錫四對三十二字之義，蓋奪胎換骨之妙也。”又見王應麟《困學紀聞》卷二十《劉夢得何卜賦》條、龔頤正《芥隱筆記》中《東坡泗州塔詩》條。但陳衍《宋詩精華録》卷二云：“中數句從樵風涇翻出，遂成名言。”樵風涇，地名，在浙江紹興東南。據孔靈符《會稽記》，“射的山南有白鶴山，此鶴爲仙人取箭”。漢鄭弘采薪得一遺箭，“頃之有人覓箭，弘還之。問何所欲？弘識其神人也，曰：‘常患若耶溪載薪爲難，願旦南風，暮北風。’後果然。故若耶溪風至今猶然，呼爲鄭公風也，亦名樵風。”另范温《潛溪詩眼》論此二句“句法”云：“句法之學，自是一家工夫。昔嘗問山谷：‘耕田欲雨刈欲晴，去得順風來者怨。’山谷云：‘不如“千巖無人萬壑静，十步回頭五步坐”。’此專論句法，不論義理，蓋七言詩四字三字作兩節也。此句法出《黄庭經》，自‘上有黄庭下關元’已下多此體。張平子《四愁詩》句句如此，雄健穩愜。”

〔七〕退之二句：謂唐洛陽名僧澄觀所重建之僧伽塔，高達三百尺，現已非舊觀。韓愈《送僧澄觀》：“僧伽後出淮泗上，勢到衆佛尤恢奇。”“清淮無波平如席，欄柱傾扶半天赤。火燒水轉掃地空，突兀便高三百尺。”“借問經營本何人？道人澄觀名籍籍！”

〔八〕不嫌二句：謂登塔眺望淮河一帶土地。甸，郊外之地。

【評箋】《能改齋漫録》卷七：此詩“張文潛用其意，別爲一詩云：‘南風霏霏麥花落，豆田漠漠初垂角。山邊半夜一犁雨，田父高歌待收穫。雨多瀟瀟蠶簇寒，蠶婦低眉憂繭單。人生多求復多怨，天公供爾良獨難。’”（又見吴开《優古堂詩話》）

紀批（卷十八）：“極力作擺脱語，純涉理路而仍清空如話。”“層層波瀾一齊捲盡，只就塔作結，簡便之至。”

龜　山〔一〕

　　我生飄蕩去何求，再過龜山歲五周〔二〕。身行萬里半
天下，僧臥一菴初白頭〔三〕。地隔中原勞北望，潮連滄海
欲東游〔四〕。元嘉舊事無人記，故壘摧頹今在不〔五〕？

〔一〕此亦熙寧四年(一〇七一)作。查注本作元豐二年，亦誤。

〔二〕歲五周：自治平三年(一〇六六)秋蘇軾護送蘇洵靈柩過此，至熙
　　　寧四年九月再過，正好五周年。而從熙寧四年至元豐二年(一〇
　　　七九)蘇軾自徐州改知湖州途中過此，則相距達八年，故知繫在元
　　　豐二年不確。

〔三〕身行二句：張耒《明道雜志》：“蘇長公有詩云：‘身行萬里半天下，
　　　僧臥一菴初白頭。’黃九(黃庭堅)云：‘初日頭。’問其義，但云：‘若
　　　此僧負暄于初日耳。’余不然，黃甚不平曰：‘豈有用“白”對“天”
　　　乎？’余異日問蘇公，公曰：‘若是黃九要改作日頭，也不奈他何。’”
　　　兩句謂五年中自己飄蕩萬里，以前所遇僧人今髮已初白。作“初
　　　白頭”是。

〔四〕地隔二句：上句暗用李白《登金陵鳳凰臺》“總爲浮雲能蔽日，長
　　　安不見使人愁”詩意；下句暗用《論語·公冶長》：“子曰：‘道不行，
　　　乘桴浮于海’”句意。

〔五〕元嘉二句：蘇軾自注：“宋文帝遣將拒魏太武，築城此山。”按，《宋
　　　書·臧質傳》：宋文帝元嘉二十七年，“拓跋燾(北魏太武帝)率大
　　　衆數十萬遂向彭城”，臧質奉宋文帝命“率萬人北救。始至盱眙，
　　　燾已過淮”，“盱眙城東有高山，質慮虜據之，使(胡)崇之、(臧)澄
　　　之二軍營于山上”，即築城于龜山事。結兩句解釋有分歧。紀批
　　　(卷十八)：“霸業雄圖，尚有今昔之感，而況一人之身乎？前四句
　　　與後四句映發有情，便不是弔古套語。”王文誥《蘇文忠公詩編注

集成》卷六駁云：“地隔”二句，“皆有意運用空靈，故人不覺也。其下借本地一事輕輕一問作收，全篇并無弔古之意，并亦不暇弔古也。曉嵐解直是倭語。”按，“地隔”二句暗用兩典，意謂無望歸朝實現政治抱負，結兩句借詠宋文帝拒敵事，當有弔古懷今之意，紀説較勝。

游　金　山　寺〔一〕

　　我家江水初發源，宦游直送江入海。聞道潮頭一丈高，天寒尚有沙痕在。中泠南畔石盤陀〔二〕，古來出没隨濤波。試登絶頂望鄉國，江南江北青山多。羈愁畏晚尋歸楫〔三〕，山僧苦留看落日。微風萬頃靴文細，斷霞半空魚尾赤。是時江月初生魄〔四〕，二更月落天深黑。江心似有炬火明，飛焰照山栖鳥驚。悵然歸臥心莫識，非鬼非人竟何物〔五〕。江山如此不歸山，江神見怪警我頑〔六〕。我謝江神豈得已，有田不歸如江水〔七〕！

〔一〕熙寧四年（一〇七一）十一月，蘇軾赴杭州途中，經金山寺訪寶覺、圓通二僧，夜宿作此詩。金山寺，在今江蘇鎮江金山上，舊名澤心寺，又名龍游寺、江天寺，俗名金山寺。金山在宋時爲屹立長江中之島，後與陸地相連。

〔二〕中泠（líng）：泉名，在金山西北。〔石盤陀〕指金山。盤陀，亦作“盤陁”，巨石不平貌。

〔三〕歸楫：指返回鎮江的船。

〔四〕魄：通“霸”，月缺時的有圓形輪廓而光綫暗淡的部分。舊説每月初三以後，此部分逐漸明亮，謂之成魄。《禮記·鄉飲酒義》：“月

之三日而成魄”，“月者三日則成魄”。《説文解字》卷七(上)作
“霸”，云：“月始生霸然也。承大月二日，承小月三日。”也可泛指
月光或月，高適《塞下曲》“日輪駐霜戈，月魄懸雕弓”即是。作者
游金山寺，在十一月初三日，正“三日則成魄”之義。他的《夜泛西
湖五絕》之一“新月生魄迹未安”，亦同。參看俞樾《第一樓叢書》
九《湖樓筆談》卷六、《曲園雜纂》卷九《生霸死霸考》等。

〔五〕江心四句：蘇軾自注：“是夜所見如此。”王十朋注本卷五引汪革
曰：“先生集《物類相感志》：山林藪澤，晦冥之夜，則野火生焉。
散布如人秉燭，其色青，異乎人火。”此種特異現象古人稱“陰火”，
如曹唐《南游》：“漲海潮生陰火滅，蒼梧風暖瘴雲開。”即指陰晦時
浮現水面之火。

〔六〕警我頑：對我的頑固戀俗表示譴誡。一作“驚我頑”，則謂江神感
到震驚，從上下文義看，似作“警”爲勝。

〔七〕有田句：對江水自誓：俟置田後必歸故鄉。古人常指水爲誓，如
《左傳·僖公二十四年》記晉公子重耳(即晉文公)謂子犯曰：“所
不與舅氏(子犯)同心者，有如白水。”《三國志·吳書·吳主傳》引
魏文帝報孫權書曰：“此言之誠，有如大江。”《晉書·祖逖傳》記祖
逖渡江北伐時，“中流擊楫而誓曰：‘祖逖不能清中原而復濟者，有
如大江。’”《東坡志林》卷二《買田求歸》：“浮玉老師元公欲爲吾買
田京口，要與浮玉之田相近者，此意殆不可忘。吾昔有詩云：‘江
山如此不歸山，山神見怪驚我頑。我謝江神豈得已，有田不歸如
江水。’今有田矣不歸，無乃食言于神也耶！”(又見《東坡題跋》卷
六《書浮玉買田》)宋黄徹《碧溪詩話》卷八評此句，“蓋與江神指水
爲盟耳。句中不言盟誓者，乃用子犯事，指水則誓在其中，不必詛
神血口，然後謂之盟也。《送程六表弟》云‘浮江泝蜀有成言，江水
在此吾不食’，(“江水在此，吾不食言”，光武語也。東坡去一“言”
字，殆歇後也。)亦此意也。”

【評箋】　汪師韓《蘇詩選評箋釋》卷一：“一往作縹緲之音，覺自來賦

金山者,極意着題,正無從得此遠韻。起二句將萬里程、半生事一筆道盡,恰好由岷山導江至此處海門歸宿爲入題之語。中間'望鄉國'句,故作騁望語以環應首尾。'微風萬頃'二句寫出空曠幽静之致。忽接入'是時江月'一段,此不過記一時陰火潛燃景象耳,思及江神見怪,而終之以歸田。矜奇之語,見道之言,想見登眺徘徊,俯視一切。"

紀批(卷七):"首尾謹嚴,筆筆矯健,節短而波瀾甚闊。""結處將無作有,兩層搭爲一片。歸結完密之極,亦巧便之極,設非如此挽合,中一段如何消納。"

施補華《峴傭説詩》:"'我家江水初發源,宦游直送江入海',確是游金山寺發端,確是東坡游金山寺發端,他人鈔襲不得。蓋東坡家眉州近岷江,故曰'江初發源';金山在鎮江,下此即海,故曰'送江入海'。中間'微風萬頃'二句,的是江心晚景。收處'江山如此'四句兩轉,尤見跌宕。"

陳衍《宋詩精華録》卷二:"一起高屋建瓴,爲蜀人獨足誇口處。通篇遂全就望鄉歸山落想,可作《莊子·秋水篇》讀。"

臘日游孤山訪惠勤惠思二僧〔一〕

天欲雪,雲滿湖,樓臺明滅山有無〔二〕,水清出石魚可數,林深無人鳥相呼〔三〕。臘日不歸對妻孥,名尋道人實自娛。道人之居在何許?寶雲山前路盤紆〔四〕。孤山孤絶誰肯廬〔五〕,道人有道山不孤。紙窗竹屋深自暖,擁褐坐睡依團蒲。天寒路遠愁僕夫,整駕催歸及未晡〔六〕。出山迴望雲木合,但見野鶻盤浮圖〔七〕。兹游淡薄歡有餘,到家怳如夢蘧蘧〔八〕。作詩火急追亡逋〔九〕,清景一失後難摹。

〔一〕熙寧四年(一〇七一)冬蘇軾到杭州通判任不久,訪惠勤等作此
詩。作者《六一泉銘·叙》云:"予昔通守錢塘,見公(歐陽修)于汝
陰而南。公曰:'西湖僧惠勤甚文,而長于詩,吾昔爲《山中樂》三
章以贈之。子閒於民事,求人于湖山間而不可得,則往從勤乎!'
予到官三日,訪勤于孤山之下。"(《東坡題跋》卷三《跋文忠公送惠
勤詩後》亦記此事,但云"到官不及月,以臘日見勤于孤山下")臘
日,舊時臘祭之日。漢代以冬至後第三個戌日爲臘日。南朝梁宗
懍《荆楚歲時記》:"十二月八日爲臘日。"《舊唐書·禮儀志》五:
唐"以辰日臘"。宋仍用漢臘。《宋史·禮志六·蠟》:"建隆初,以
有司言:'周木德,木生火,宜以火德王,色尚赤。'遂以戌日爲臘。"
姚寬《西溪叢語》卷下亦云:"國朝用漢臘,蓋冬至後第三戌火墓日
也,是爲臘。"(參看江少虞《宋朝事實類苑》卷十八《蠟臘》條)按,
熙寧四年十一月二十八日冬至,第三戌日爲十二月二十四日。以
"到官三日"推之,則蘇軾到杭時在十二月二十一日;以"到官不及
月"推之,則在十一月下旬以後。舊譜均定于十一月,而王文誥誤
認臘日爲十二月初一,又據"到官三日"推之,定爲十一月二十八
日,實未加深考。(《蘇詩編注集成總案》卷七)惠勤、惠思,皆餘杭
人,兩詩僧。此詩"孥"、"蘧"等皆爲險韻,作者却自作和詩三篇。

〔二〕樓臺句:杜甫《雨》:"明滅洲景微,隱見巖姿露。"王維《漢江臨
泛》:"江流天地外,山色有無中。"這裏寫天氣陰沉,樓臺山巒依稀
模糊,似有若無。

〔三〕鳥相呼:一作"鳥自呼",則謂鳥鳴如自呼其名。

〔四〕寶雲山:五代吳越王錢氏建寶雲寺,在西湖之北,寺中有寶雲
菴山。

〔五〕孤絶:孤山因獨立一峯、旁無他山聯結而得名,故云孤絶。

〔六〕晡(bū):申時,黄昏時。

〔七〕出山二句:紀批(卷七):"與'但見烏帽出復没'(見前《辛丑十一
月十九日既與子由别于鄭州西門之外》詩)同一寫法。"浮圖,塔。

〔八〕到家句:怳,同"恍",恍忽。夢蘧蘧(qú qú),《莊子·齊物論》:"昔

者莊周夢爲胡蝶,栩栩然胡蝶也。自喻(愉快)適志與,不知周也。俄然覺,則蘧蘧然周也。"蘧蘧,夢醒後驚動之貌。

〔九〕作詩句:何文煥《歷代詩話考索》:"齊諸暨令袁嘏,自詫‘詩有生氣,須捉著,不爾便飛去’。此語雋甚!坡仙云‘作詩火急追亡逋’,似從此脫化。"

【評箋】　汪師韓《蘇詩選評箋釋》卷一:"結句‘清景’二字,一篇之大旨。雲雪樓臺,遠望之景;水清林深,近接之景。未至其居,見盤紆之山路;既造其屋,有坐睡之蒲團。至于僕夫整駕,迴望雲山,寒日將晡,宛爲入畫。‘野鶻’句于分明處寫出迷離,正與起五句相對照。又以‘歡有餘’應前‘實自娛’,語語清景,亦語語自娛。而道人有道之處,已于言外得之。栩栩欲仙,何必滌筆于冰甌雪椀。"

紀批(卷七):"忽叠韻,忽隔句韻,音節之妙,動合天然,不容湊拍。其源出于古樂府。"

戲　子　由〔一〕

宛丘先生長如丘〔二〕,宛丘學舍小如舟〔三〕。常時低頭誦經史,忽然欠伸屋打頭。斜風吹帷雨注面,先生不愧旁人羞。任從飽死笑方朔〔四〕,肯爲雨立求秦優〔五〕?眼前勃谿何足道?處置六鑿須天游〔六〕。讀書萬卷不讀律,致君堯舜知無術〔七〕。勸農冠蓋鬧如雲,送老齏鹽甘似蜜〔八〕。門前萬事不掛眼,頭雖長低氣不屈。餘杭別駕無功勞,畫堂五丈容旟旐。重樓跨空雨聲遠,屋多人少風騷騷〔九〕。平生所慚今不恥,坐對疲氓更鞭箠〔一〇〕。道逢陽虎呼與言,心知其非口諾唯〔一一〕。居高志下真何益,氣節消縮今無幾。文章小伎安足程〔一二〕？先生別駕舊齊名。如今衰老俱無用〔一三〕，付與時人分重輕。

〔一〕熙寧四年(一〇七一)作。

〔二〕長如丘：蘇轍以"長身"著稱，蘇軾《次韻和子由聞余善射》即云"觀汝長身最堪學"。丘，山丘，指身高如山。一説指孔丘，他"長九尺有六寸，人皆謂之'長人'而異之"(《史記‧孔子世家》)。或説"丘"字雙關孔丘和山丘，後兩説恐均非。

〔三〕宛丘學舍：《宋史‧職官志七》："慶曆四年，詔諸路州、軍、監各令立學，學者二百人以上，許更置縣學。自是州郡無不有學。始置教授，以經術行義訓導諸生，掌其課試之事，而糾正不如規者。"時蘇轍爲陳州(宛丘)州學教授。

〔四〕任從句：《漢書‧東方朔傳》：東方朔曾對漢武帝説："朱儒長三尺餘，奉一囊粟，錢二百四十。臣朔長九尺餘，亦奉一囊粟，錢二百四十。朱儒飽欲死，臣朔饑欲死。臣言可用，幸異其禮。"漢武帝"大笑，因使待詔金馬門，稍得親近"。此典上承"長如丘"、"屋打頭"，謂任憑侏儒譏笑，毫不愧羞。

〔五〕肯爲句：《史記‧滑稽列傳》："優旃者，秦倡侏儒也。善爲笑言，然合于大道。秦始皇時，置酒而天雨，陛楯者皆沾寒。優旃見而哀之。……居有頃，殿上上壽呼萬歲。優旃臨檻大呼曰：'陛楯郎！'郎曰：'諾'。優旃曰：'汝雖長，何益，幸雨立；我雖短也，幸休居。'于是始皇使陛楯者得半相代。"此典上承"學舍小如舟"、"雨注面"，謂雖居處頽敝，但豈肯求助侏儒優旃之類。據朋九萬《烏臺詩案》，蘇軾獄中供詞説(實爲逼供之詞)，此兩句"意取《東方朔傳》'侏儒飽欲死'及《滑稽傳》優旃謂陛楯郎'汝雖長，何益，乃雨立；我雖短，幸休居'，言弟轍家貧官卑，而身材長大，所以比東方朔、陛楯郎，而以當今進用之人比侏儒、優旃也。"

〔六〕眼前二句：謂屋小使家人爭吵，但不必介意；只要心靈與自然共游，喜怒哀樂愛惡之情便可置之度外。《莊子‧外物》："胞(腹)有重閤(空曠),心有天游。室無空虚,則婦姑勃豀(争吵)。心無天游,則六鑿相攘(指六情擾攘)。"

〔七〕讀書二句:清張文虉《螺江日記》卷六《東坡詩》條:"'讀書萬卷不讀律,致君堯舜終無術',此東坡譏切時事之言。蓋因當時競尚律法,所以以法律爲詩書者,故反言諷之,且以自嘲。傳至後世,竟有據作正論者矣。"高步瀛《唐宋詩舉要》卷三云:"心所痛疾而反言出之,語雖戲謔而意甚憤懣。"所言皆是。《烏臺詩案》云:"是時朝廷新興律學,軾意非之,以謂法律不足以致君于堯、舜。今時又專用法律而忘詩書,故言我讀萬卷書不讀法律,蓋聞法律之中無致君堯、舜之術也。"按,"朝廷新興律學"在熙寧六年四月,見《續資治通鑑長編》卷二四四、《續資治通鑑》卷六九(《宋會要輯稿·崇儒》三之八、《宋史紀事本末》卷三八則謂在三月底),遠在蘇軾作此詩之後。但王安石等確于熙寧四年二月開始改革科舉,"罷詩賦及明經諸科,以經義、論、策試進士"(《續資治通鑑》卷六八。又見《續資治通鑑長編》卷二二〇、《宋會要輯稿·選舉》三之四四),蘇軾曾在《議學校貢舉狀》中表示反對。王安石等在罷詩賦取士的同時,"又立新科明法,試律令、《刑統》,大義、斷桉(案),所以待諸科之不能業進士者。未幾(據《續資治通鑑》卷六八在熙寧四年十月),選人、任子,亦試律令始出官。"(《宋史·選舉一》)蘇詩"讀書"二句所譏者當指此二事。

〔八〕勸農二句:《宋史·神宗紀一》:熙寧二年四月"丁巳,遣使諸路,察農田水利賦役"。上句即指此類官吏。韓愈《送窮文》:"太學四年,朝齏暮鹽。"下句言蘇轍對學官生活清苦自甘。《烏臺詩案》:"以譏諷朝廷新開提舉官,所至苛細生事,發謫官吏,惟學官無吏責也。弟轍爲學官,故有是句。"

〔九〕餘杭四句:以作者居室豪華寬敞、無風雨之憂,來與蘇轍作對比。餘杭,舊郡名,即杭州。別駕,通判的別稱。別駕原是漢朝官名,刺史的副手,以與刺史同出時得別駕一車,故名,相當于宋朝的通判。騷騷,風聲;風勁貌。

〔一〇〕平生二句:《烏臺詩案》:"是時多徒配犯鹽之人,例皆饑貧,言鞭
　　　笞此等貧民,軾平生所慙,今不恥矣。以譏諷朝廷鹽法太急也。"

〔一一〕道逢二句:《烏臺詩案》:"是時張靚、俞希旦作監司,意不喜其人,
　　　然不敢與爭議,故毀詆之爲陽虎也。"陽虎,即陽貨,春秋後期季孫
　　　氏家臣,後專擅魯國國政。他欲結交孔子,孔子不喜却又不得不
　　　敷衍他:"孔子時其亡也(不在家),而往拜之,遇諸塗。"陽虎要他
　　　出仕,孔子曰:"諾,吾將仕矣。"(《論語·陽貨》)紀批(卷七):"何
　　　至以孔子自居,即以詩論,亦無此理,無論賈禍也。"按,詩人以古
　　　人事自比,不足爲奇,紀説似迂。

〔一二〕程:程式,法程。

〔一三〕如今句:時蘇軾年三十六,蘇轍年三十三,言"衰老",實寓憤懣。

　　【評箋】　汪師韓《蘇詩選評箋釋》卷一:"前後平列兩段,末以四句作
結。宛丘低頭讀書而有昂藏磊落之氣,別駕畫堂高坐而有氣節消縮之
嫌。其所齊名并驅者,獨文章耳,而文章固無用也。中間以'畫堂五丈容
旗旌'對'宛丘學舍小如舟',以'重樓跨空雨聲遠'對'斜風吹帷雨注面',
以'平生所慚今不恥'對'先生不愧旁人羞',以'坐對疲氓更鞭笞'對'門
前萬事不挂眼',以'居高志下真何益'對'頭雖長低氣不屈',故作喧寂相
反之勢,不獨氣節消縮者雖云自適,即安坐誦讀者豈云得時? 文則跌宕
昭彰,情則欷歔悁郁。"

吉祥寺賞牡丹〔一〕

　　人老簪花不自羞,花應羞上老人頭。醉歸扶路人應
笑,十里珠帘半上鈎〔二〕。

〔一〕蘇軾《牡丹記叙》:"熙寧五年三月二十三日,余從太守沈公(沈立)

觀花于吉祥寺僧守璘之圃。"即作此詩。《咸淳臨安志》卷七十六，吉祥院，乾德三年睦州刺史薛溫建，"寺地廣袤，最多牡丹。名人巨公皆所游賞，具見題詠。"

〔二〕十里句：杜牧《贈別》："春風十里揚州路，卷上珠帘總不如。"末句謂作者賞花醉歸，引得人們紛紛出看。《牡丹記叙》：是日賞花，"州人大集"，"自輿臺皁隷皆插花以從，觀者數萬人"。

和劉道原詠史〔一〕

仲尼憂世接輿狂〔二〕，臧穀雖殊竟兩亡〔三〕。吳客漫陳豪士賦，桓侯初笑越人方〔四〕。名高不朽終安用，日飲無何計亦良〔五〕。獨掩陳編弔興廢，窗前山雨夜浪浪〔六〕。

〔一〕此詩當作於熙寧五年（一〇七二）。劉恕，字道原，筠州（今江西高安）人。著名史學家，曾參加《資治通鑑》的編纂工作。

〔二〕仲尼句：《論語・微子》："楚狂接輿歌而過孔子曰：'鳳兮，鳳兮！何德之衰？'"又見《莊子・人間世》。皇甫謐《高士傳》卷上："陸通，字接輿，楚人也。……楚昭王時，通見楚政無常，乃佯狂不仕，故時人謂之楚狂。"

〔三〕臧穀句：《莊子・駢拇》："臧（奴隷）與穀（童子）二人相與牧羊，而俱亡其羊。問臧奚事，則挾筴（策，羊鞭）讀書；問穀奚事，則博塞以游。二人者，事業不同，其于亡羊均也。"莊子以此説明"君子"殉仁義、"小人"殉貨財，"其殉一也"。蘇詩此句謂臧、穀失羊原因有別，而所失則同，用以補足上句句意：孔子憂世，接輿避世，但無濟于世則同。

〔四〕吳客二句：吳客，指陸機，他是吳郡人。齊王冏"既矜功自伐，受爵不讓，機惡之，作《豪士賦》以刺焉。……冏不之悟，而竟以敗”。（《晉書·陸機傳》）漫，徒然。桓侯事見《史記·扁鵲倉公列傳》：扁鵲“姓秦氏，名越人”。他爲齊桓侯看病，指出病根甚重，深入“骨髓”，桓侯不聽。後“桓侯體病，使人召扁鵲，扁鵲已逃去。桓侯遂死”。兩句謂或勸諷權貴，或貢獻救人良方，皆歸于無用。

〔五〕名高二句：名高不朽，見《左傳·襄公二十四年》記叔孫豹語：“豹聞之：大上有立德，其次有立功，其次有立言，雖久不廢，此之謂不朽。”曹大家《東征賦》：“惟令德爲不朽兮，身既没而名存。”這裏反用其意。日飲無何，見《漢書·爰盎傳》：爰盎“徙爲吳相。辭行，種（爰盎侄子爰種）謂盎曰：‘吳王驕日久，國多姦，今絲（爰盎字）欲刻治，彼不上書告君，則利劍刺君矣。南方卑溼，絲能日飲，亡何，説王毋反而已。如此幸得脱。’盎用種之計，吳王厚遇盎。”顔師古注：“無何，言更無餘事。”兩句謂欲博高名以求不朽，不如無所事事苟且偷生爲佳。

〔六〕獨掩二句：前六句，每句一事，似乎都以超然于政治爲主旨，結兩句直抒胸臆，見出實含憤激之意。紀批（卷七）評“窗前”句：“收得生動，着此七字，便有遠神。”

雨中游天竺靈感觀音院〔一〕

蠶欲老，麥半黄，前山後山雨浪浪，農夫輟耒女廢筐，白衣仙人在高堂〔二〕。

〔一〕熙寧五年（一〇七二）作。
〔二〕白衣仙人：指觀音像。後兩句説：當此蠶老、麥黄之際，偏遭淫雨，農蠶之事不得不停，而官僚們却深居高堂，毫不關心。

【評箋】　汪師韓《蘇詩選評箋釋》卷一："如古謠諺，精悍道古，刺當事不恤民也。"（紀批卷七："刺當事之不恤民也，妙于不盡其詞。""似諺似謠，盎然古趣。"承汪説稍加發揮。）

六月二十七日望湖樓醉書五絕〔一〕（選二）

黑雲翻墨未遮山，白雨跳珠亂入船。卷地風來忽吹散，望湖樓下水如天。

放生魚鼈逐人來〔二〕，無主荷花到處開。水枕能令山俯仰〔三〕，風船解與月徘徊〔四〕。

〔一〕原共五首，選第一、二首。熙寧五年（一〇七二）作。望湖樓，五代時吳越王錢氏所建，又名看經樓、先德樓，在西湖邊。

〔二〕放生魚鼈：宋真宗天禧四年，太子太保判杭州王欽若曾奏請以西湖爲放生池，禁捕魚類，爲皇帝祈福。參看《讀史方輿紀要》卷九十《西湖》條。後沈遘在仁宗時任杭州知州時，亦"禁捕西湖魚鼈。"（《宋史·沈遘傳》）

〔三〕水枕句：寫躺在船上看山情景，與前《出潁口初見淮山，是日至壽州》"青山久與船低昂"、後《李思訓畫長江絶島圖》："孤山久與船低昂"意同。水枕，鋪在水面（船上）的枕席。

〔四〕風船：隨風飄移的船。

望海樓晚景五絕〔一〕（選三）

海上濤頭一綫來，樓前指顧雪成堆。從今潮上君須

49

上，更看銀山二十回〔二〕。

　　橫風吹雨入樓斜，壯觀應須好句誇。雨過潮平江海碧，電光時掣紫金蛇。

　　青山斷處塔層層，隔岸人家喚欲譍。江上秋風晚來急，爲傳鐘鼓到西興〔三〕。

〔一〕原共五首，選第一、二、三首。熙寧五年（一〇七二）在試院作。蘇軾《答范夢得書》：“某旬日來，被差本州監試，得閑二十餘日，在中和堂望海樓閑坐，漸覺快適，有詩數首寄去，以發一笑。”望海樓，在西湖南鳳凰山腰，能觀錢塘江潮。

〔二〕二十：一本作“十二”。

〔三〕西興：在錢塘江南，今杭州市對岸，蕭山縣治之西。

梵天寺見僧守詮小詩，清婉可愛，次韻〔一〕

　　但聞煙外鐘，不見煙中寺。幽人行未歸，草露濕芒屨。惟應山頭月，夜夜照來去。

〔一〕熙寧五年（一〇七二）作。梵天寺，在鳳凰山，五代時吳越王錢氏所建。守詮，一作志詮、惠詮。

【評箋】　周紫芝《竹坡詩話》：“余讀東坡和梵天僧守詮小詩，……未嘗不喜其清絶過人遠甚。晚游錢塘，始得詮詩云：‘落日寒蟬鳴，獨歸林下寺。松扉竟未掩，片月隨行屨。時聞犬吠聲，更入青蘿去。’（此詩又見《冷齋夜話》卷六引，字句稍有不同）乃知其幽深清遠，自有林下一種風流。東坡老人雖欲回三峽倒流之瀾，與溪壑爭流，終不近也。"

汪師韓《蘇詩選評箋釋》卷一："峭蒨高潔，韋柳遺音。"

紀批（卷八）："莊老告退，山水方滋，晉宋以還，清音遂暢。揆以風雅之本旨，正如六經而外別出元（玄）談，亦自一種不可磨滅文字。後人轉相神聖，遂欲截斷衆流，專標此種爲正法眼藏，然則《三百》以下、漢魏以前作者，豈盡俗格格哉？東坡之喜此詩，蓋亦偶思螺蛤之意，談彼法者，勿以藉口。"

王文誥《蘇文忠公詩編注集成》卷八："此種句調，猶之盤筵中間以小食，雖亦適合，然終非一飽物也。"

是日宿水陸寺寄北山清順僧二首〔一〕

草没河堤雨暗村，寺藏修竹不知門。拾薪煮藥憐僧病，掃地焚香净客魂。農事未休侵小雪，佛燈初上報黄昏。年來漸識幽居味，思與高人對榻論〔二〕。

長嫌鐘鼓聒湖山，此境蕭條却自然。乞食遶村真爲飽〔三〕，無言對客本非禪〔四〕。披榛覓路衝泥入〔五〕，洗足關門聽雨眠。遥想後身窮賈島：夜寒應聳作詩肩〔六〕。

〔一〕熙寧五年（一〇七二），蘇軾在仁和縣湯村鎮督開運河，夜宿水陸寺作此。《冷齋夜話》卷六："西湖僧清順，怡然清苦，多佳句。……坡晚年亦與之游，亦多唱酬。"（又見《詩人玉屑》卷二十引）《竹坡詩話》："東坡游西湖僧舍，壁間見小詩云：'竹暗不通日，泉聲落如雨。春風自有期，桃李亂深塢。'問誰所作？或告以錢塘僧清順者，即日求得之，一見甚喜，而順之名出矣。"

〔二〕高人：指清順。

〔三〕乞食句：陶淵明晚年貧困，有《乞食》詩云："飢來驅我去，不知竟何之；行行至斯里，叩門拙言辭。"蘇軾并有《書淵明乞食詩後》文。

〔四〕無言句：《維摩詰所說經》卷中《入不二法門品第九》記文殊問維摩詰："何等是菩薩入不二法門?"維摩詰"默然無言。文殊嘆曰：'善哉，善哉！乃至無有文字語言，是真入不二法門，'"此聯上句正用典故，下句反用。

〔五〕披榛句：《抱朴子·外篇》卷五十《自叙》：葛洪"貧無僮僕，籬落頓決，荊棘叢于庭宇，蓬莠塞乎階霤，披榛出門，排草入室"。

〔六〕遥想二句：謂清順爲詩僧賈島後身，遥想夜中正在作詩。賈島，唐詩人，初爲僧人，名無本。應聳作詩肩，韓愈《石鼎聯句詩序》記"衡山道士軒轅彌明(即賈島)"作詩時有"袖手竦肩"的情狀。此二詩前六句主要寫自己，後二句轉寫清順。《昭昧詹言》卷二十評第一首云："起叙題，而其景如畫。三四水陸寺。五六宿時情景。收宿字及寄清順。"是。

六和寺沖師閘山溪爲水軒〔一〕

欲放清溪自在流，忍教冰雪落沙洲〔二〕。出山定被江潮浣〔三〕，能爲山僧更少留。

〔一〕熙寧五年(一○七二)作。六和寺，一名開化寺，寺有六和塔，在錢塘江畔。閘，作動詞用，把水擋住。

〔二〕忍：不忍，豈忍。

〔三〕出山句：用杜甫《佳人》"在山泉水清，出山泉水濁"句意。浣(wò)，沾污。

吳中田婦嘆〔一〕

今年粳稻熟苦遲,庶見霜風來幾時〔二〕。霜風來時雨
如瀉,杷頭出菌鐮生衣〔三〕。眼枯淚盡雨不盡,忍見黃穗
臥青泥!茅苫一月隴上宿〔四〕,天晴穫稻隨車歸;汗流肩
赬載入市〔五〕,價賤乞與如糠粞〔六〕。賣牛納稅拆屋炊,慮
淺不及明年饑〔七〕。官今要錢不要米〔八〕,西北萬里招羌
兒〔九〕。龔黃滿朝人更苦〔一〇〕,不如却作河伯婦〔一一〕!

〔一〕熙寧五年(一〇七二)作。題下蘇軾自注:"和賈收韻"。賈收,字
　　耘老,烏程人,有《懷蘇集》。
〔二〕庶見句:意謂秋季恐怕不幾天就要到了。庶,庶幾,表示推測或
　　希望之詞。
〔三〕杷頭句:紀批(卷八):"常景寫成奇句。"菌,指發霉。衣,指鐵銹。
〔四〕茅苫:茅棚。苫,用草帘子遮蓋。
〔五〕赬(chēng):紅色。
〔六〕乞(qì):給予。　　粞(xī):碎米。
〔七〕賣牛二句:參看《續資治通鑑長編》卷二五一熙寧七年三月"又詔
　　聞鎮定州民有拆賣屋木以納免役錢者,令安撫轉運提舉司體量具
　　實以聞"。連王安石也說,"臣不能保其無此。"又司馬光亦于熙寧
　　七年四月的《應詔言朝政闕失事狀》中,言新法之中"青苗免役錢
　　爲害尤大"。官吏們"自朝至暮,惟錢是求。……若值凶年,無穀
　　可糴,吏責錢不已,欲賣田則家家賣田,欲賣屋則家家賣屋,欲賣
　　牛則家家賣牛。……一年如此,明年將何以爲生乎?"似從此詩
　　"賣牛"、"慮淺"等句引申而來。
〔八〕官今句:參看蘇軾《辯試館職策問劄子二首》:"免役之害,掊斂民

53

財,十室九空,錢聚于上,而下有錢荒之患。"《論役法差雇利害起請畫--狀》言免役法流弊:"行之數年,錢愈重,穀帛愈輕,田宅愈賤。"錢荒問題實爲新法帶來的社會經濟後果。(除免役法外,青苗法亦用錢收支,農田水利法需發放貸款等)

〔九〕西北句:《宋史·兵志》五《蕃兵》條:"(熙寧)五年,王韶招納沿邊蕃部,自洮、河、武勝軍以西,至蘭州、馬銜山、洮、岷、宕、叠等州,凡補蕃官、首領九百三十二人。首領給殘錢、蕃官給奉(俸)者四百七十二人,月計費錢四百八十餘緡,得正兵三萬,族長(帳)數千。"蘇詩此句所指即此。按,蕃兵原屬宋朝管轄,招收少數民族蕃部以守邊境:"蕃兵者,具籍塞下內屬諸部落,團結以爲藩籬之兵也。"(同上書)後漸游離于西夏與宋朝之間。王安石等用招撫辦法加以整頓,不失爲鞏固邊防的措施。

〔一〇〕龔黃:龔遂,漢勃海太守;黃霸,漢潁川太守,皆恤民寬政,州大治,事迹見《漢書·循吏傳》。這裏是諷刺推行新法的官員。

〔一一〕不如句:戰國魏文侯時,鄴地的三老、廷掾與女巫假託"河伯娶婦"以愚弄人民。西門豹爲鄴令,設計爲民除害,河神娶妻之事遂絕。事見《史記·滑稽列傳》。這句意謂不如投河自盡。蘇軾後于元祐元年的《乞不給散青苗錢斛狀》中云:"二十年間,因欠青苗,至賣田宅、雇妻女、投水自縊者,不可勝數,朝廷忍復行之歟?"

贈孫莘老七絕〔一〕(選三)

嗟予與子久離羣,耳冷心灰百不聞。若對青山談世事,當須舉白便浮君〔二〕。

天目山前綠浸裾,碧瀾堂下看銜艫〔三〕。作隄捍水非吾事,閒送苕溪入太湖〔四〕。

　　夜來雨洗碧巑岏[五]，浪湧雲屯遠郭寒。聞有弁山何處是[六]，爲君四面意求看。

〔一〕原共七首，選第一、二、三首。熙寧五年（一○七二）作。孫覺，字莘老，高郵人。時任湖州知州。

〔二〕若對二句：《烏臺詩案》："熙寧五年十二月作詩，因任杭州通判日，蒙運司差往湖州相度隄堰利害，因與湖州知州孫覺相見。軾作詩與孫覺云：'若對青山談世事，直須擧白便浮君。'軾是時約孫覺并坐客，如有言及時事者，罰一大盞。雖不指時事，是亦軾意言時事多不便，更不可説，説亦不盡。"白，大白，酒杯名。浮，罰酒（亦引申爲滿飲）。

〔三〕碧瀾堂：即湖州州治的霅溪館。〔銜艫〕船船相銜，表示船多。

〔四〕作隄二句：《東都事略》卷九十二《孫覺傳》：孫覺"徙湖州，松江隄爲民患，覺易以石，高一尋有奇，長百餘里，隄下悉爲良田"。蘇軾往湖州相度隄岸即此事，詩却以反語出之。《烏臺詩案》："不合云'作堤捍水非吾事，閒送苕溪入太湖'。軾爲先曾言水利不便，却被轉運司差相度隄埠。軾本非興水利之人，以譏諷時世與昔不同，而水利不便而然也。"

〔五〕巑岏（cuán wán）：山形尖銳高大貌。

〔六〕弁山：以山形如弁（帽子）故名。一作卞山。程大昌《演繁露》卷一《卞山》條云："湖州卞山其形嵯峨，略如弁狀。故東坡初至湖詩曰：'聞有卞山何處是？爲君四面意求看。'"又云："卞、弁古蓋通用矣。"

王復秀才所居雙檜二首[一]（選一）

　　凜然相對敢相欺，直幹淩空未要奇。根到九泉無曲處，世間惟有蟄龍知。

〔一〕原共二首，選第二首。熙寧五年(一〇七二)作。王復，錢塘人，住
　　杭州候潮門外。此詩謂雙檜的樹幹是直的，在外表；樹根也是直
　　的，在內裏。以贊美王復表裏一致，勁節不屈。

【附錄】
　　王鞏《聞見近錄》云："王和甫(王安禮)嘗言，蘇子瞻在黃州，上數欲
用之。王禹玉(王珪)輒曰：'軾嘗有"此心惟有蟄龍知"之句，陛下龍飛在
天而不敬，乃反欲求蟄龍乎？'章子厚(章惇)曰：'龍者非獨人君，人臣皆
可以言龍也。'上曰：'自古稱龍者多矣，如苟(荀)氏八龍，孔明臥龍，豈人
君也？'及退，子厚詰之曰：'相公乃欲覆人之家族耶？'禹玉：'它(此)舒
亶言爾。'子厚曰：'亶之唾，亦可食乎？'"則事在蘇軾貶黃州時。但葉夢
得《石林詩話》卷上云："元豐間，蘇子瞻繫大理獄，神宗本無意深罪子瞻，
時相進呈，忽言蘇軾于陛下有不臣意。神宗改容曰：'軾固有罪，然于朕
不應至是，卿何以知之？'時相因舉軾《檜》詩'根到九泉無曲處，世間惟有
蟄龍知'之句，對曰：'陛下飛龍在天，軾以爲不知己，而求之地下之蟄龍，
非不臣而何？'神宗曰：'詩人之詞，安可如此論，彼自詠檜，何預朕事。'時
相語塞。章子厚亦從旁解之，遂薄其罪。子厚嘗以語余，且以危言詆時
相曰：'人之害物，無所忌憚，有如是也。'"則事在蘇軾繫獄時。胡仔《苕
溪漁隱叢話‧前集》卷四十六引此并云："二說未知孰是"，但同書《後集》
卷三十又記："東坡在御史獄，獄吏問云：'《雙檜》詩："根到九泉無曲處，
世間惟有蟄龍知"，有無譏諷？'答曰：'王安石詩："天下蒼生待霖雨，不知
龍向此中蟠"，此龍是也。'吏亦爲之一笑。"

法惠寺橫翠閣〔一〕

朝見吳山橫，暮見吳山縱〔二〕。吳山故多態，轉折爲

君容〔三〕。幽人起朱閣，空洞更無物，惟有千步岡，東西作簾額〔四〕。春來故國歸無期，人言秋悲春更悲〔五〕。已泛平湖思濯錦，更見橫翠憶峨眉〔六〕。雕欄能得幾時好？不獨憑欄人易老。百年興廢更堪哀，懸知草莽化池臺〔七〕。游人尋我舊游處，但覓吳山橫處來〔八〕。

〔一〕熙寧六年（一○七三）作。法惠寺，舊名興慶寺，五代吳越王錢氏所建，宋初改名法惠寺。

〔二〕朝見二句：清晨看山清晰，橫亘如帶；傍晚看山隱約，只見高聳成堆。吳山，一名胥山，在杭州城內東南。

〔三〕吳山二句：言吳山以多姿多態爲游人獻勝。蘇軾《次韻答馬忠玉》亦有“祇有西湖似西子，故應宛轉爲君容”句。

〔四〕惟有二句：承上言閣中無物，只有千步岡（吳山）橫亘東西，宛如寺閣的窗簾。暗點閣名“橫翠”。

〔五〕秋悲：一作“悲秋”。宋玉《九辯》起句云：“悲哉秋之爲氣也。”

〔六〕已泛二句：《韻語陽秋》卷十三：“白樂天《九江春望詩》云‘鑪煙豈異終南色，盆草寧殊渭北春’，蓋不忘蔡渡舊居也。老杜《偶題》云‘故山迷白閣，秋水憶黃陂’，蓋不忘秦中舊居也。東坡《橫翠閣》詩云‘已見西湖懷濯錦，更看橫翠憶峨眉’，殆亦此意。”濯錦，濯錦江，即錦江，岷江分支之一，在今四川成都平原。傳說古人于此濯錦，較他水鮮明，故名。

〔七〕草莽化池臺：爲“池臺化草莽”的倒裝。

〔八〕此詩前八句五言寫景，後十句七言抒發鄉思難遣、人世易變之慨。

【評箋】　汪師韓《蘇詩選評箋釋》卷二：“作初唐體，清麗芊眠，神韻欲絕。”

紀批（卷九）：“短峭而雜以曼聲，使人愴然易感。”

飲湖上初晴後雨二首〔一〕（選一）

　　水光瀲灩晴方好，山色空濛雨亦奇〔二〕。欲把西湖比西子：淡粧濃抹總相宜〔三〕。

〔一〕原共二首，選第二首。熙寧六年（一〇七三）作。

〔二〕水光二句：此以晴天比濃粧，雨天比淡粧。或以爲濃粧喻雨天，淡粧喻晴天，恐非。本篇第一首開端即云：“朝曦迎客豔重岡，晚雨留人入醉鄉。”言“朝曦”爲“豔”，與濃粧相稱；蘇軾後《次韻仲殊雪中游西湖二首》其二云：“水光瀲灩猶浮碧；山色空濛已斂昏”，雨雪之景既云“斂昏”，則又與濃粧不合，皆可證。瀲灩（liàn yàn），水盛而波濤翻動貌。查慎行《初白庵詩評》卷中：“多少西湖詩被二語掃盡，何處着一毫脂粉顏色。”

〔三〕欲把二句：以西施比西湖，蘇詩中屢稱之。《次韻劉景文登介亭》：“西湖真西子，煙樹點眉目。”《次韻答馬忠玉》：“祇有西湖似西子，故應宛轉爲君容。”《再次韻德麟新開西湖》寫潁州西湖亦云：“西湖雖小亦西子。”後人亦常引用和評贊，如劉過《沁園春·寄辛承旨，時承旨招，不赴》：“坡謂西湖，正如西子，濃抹淡粧臨鏡臺。”武衍《正月二日泛舟湖上》：“除却淡粧濃抹句，更將何語比西湖？”陳衍《宋詩精華錄》卷二：“後二句遂成爲西湖定評。”今“西子湖”竟成爲西湖別名。

　　【評箋】　宋袁文《甕牖閒評》卷五：“蘇東坡不甚喜婦人，而詩中每及之者，非有他也，以爲戲謔耳。其曰‘短長肥瘠各有態，玉環飛燕誰敢憎’，乃評書之作也；其曰‘欲把西湖比西子，淡妝濃抹總相宜’，乃詠西湖之作也；其曰‘戲作小詩君勿誚，從來佳茗似佳人’，乃謝茶之作也。如此數詩，雖與婦人不相涉，而比擬恰好，且其言妙麗新奇，使人賞玩不已，非善戲謔者能若是乎？”

　　王文誥《蘇文忠公詩編注集成》卷九：“此是名篇，可謂前無古人，後無來者。公凡西湖詩，皆加意出色，變盡方法，然皆在《錢塘集》中。其後帥杭，勞心裁賑，已無復此種傑構，但云‘不見跳珠十五年’(見《與莫同年雨中飲湖上》詩)而已。”

新城道中二首〔一〕

　　東風知我欲山行，吹斷簷間積雨聲。嶺上晴云披絮帽〔二〕，樹頭初日掛銅鉦〔三〕。野桃含笑竹籬短，溪柳自搖沙水清。西崦人家應最樂〔四〕：煮芹燒筍餉春耕。

　　身世悠悠我此行，溪邊委轡聽溪聲〔五〕。散材畏見搜林斧〔六〕，疲馬思聞卷旆鉦〔七〕。細雨足時茶戶喜，亂山深處長官清〔八〕。人間岐路知多少？試向桑田問耦耕〔九〕。

〔一〕新城，在杭州西南，爲杭州屬縣(今富陽縣新登鎮)。熙寧六年(一○七三)二月，蘇軾視察杭州屬縣，自富陽過此時作。

〔二〕嶺上句：韓愈《晚寄張十八助教、周郎博士》：“晴雲如擘絮。”杜牧《長安雜題長句六首》其二：“晴雲似絮惹低空。”蘇軾進而喻爲絮帽。

〔三〕鉦：古擊樂器，青銅制，有柄，形如鐘、鈴之類，以槌擊之而鳴。蘇軾《鐵溝行贈喬太博》“山頭落日側金盆”，以金盆喻落日，同一設想。紀批(卷九)竟云：“起有神致。三四自惡，不必曲爲之諱。”

〔四〕西崦：泛指西山。

〔五〕委轡：放松馬韁繩，指信馬緩行。

〔六〕散材句：散材，無用之木。《莊子·山木》：“莊子行于山中，見大木枝葉盛茂,伐木者止其旁而不取也。問其故,曰:'無所可用。'莊子曰:'此木以不材得終其天年。'"這裏反用其意。

〔七〕卷斾鉦：休息。卷斾,收旗。鉦,古代行軍,進退聽鉦、鼓,"鉦以靜之,鼓以動之"(見《詩·小雅·采芑》毛傳)。

〔八〕亂山句：贊美新城縣令晁端友(字君成,晁補之之父)爲官清正,言外亦謂富州大縣往往吏治繁苛,清簡之政却存在于窮鄉僻壤。《宋詩精華録》卷二:"第六句有微詞。"即此意。

〔九〕問耦耕：《論語·微子》:"長沮、桀溺耦而耕。孔子過之,使子路問津焉。"這裏指向農夫問路,不一定是隱士。此詩第二首,查慎行注本據《瀛奎律髓》卷十四作晁端友和作,誤。馮應榴斷爲蘇軾"自和首篇",因"首二句'此行''委轡'乃行道之言而非本邑宰之語,又'亂山深處長官清',于先生美晁,口氣則合;于晁美先生,則不合也"。又據《咸淳臨安志》、《坡門酬唱集》皆作先生詩《新城道中二首》"。又據蘇軾《晁君成詩集序》云"吾與之(晁端友)游三年,知其爲君子,而不知其能文與詩",則知當日并未與蘇軾唱和。又"子由次韻末句云'問兄何日便歸耕',正與先生此章末句意緊對"(見《蘇文忠公詩合注》卷九)。吳騫《拜經樓詩話》卷三亦云:"東坡《新城道中》詩二首,初白翁《補注》,依《瀛奎律髓》,以第二首爲新城令晁端友和作。予觀詩有云:'細雨足時茶户喜,亂山深處長官清'。端友豈自譽乃爾乎? 下又云:'人間歧路知多少? 試向桑田問耦耕。'亦自行役而非作令者口吻,疑東坡用前韻以贈晁令耳。故當從舊本爲當。"按,此詩第一首寫早赴新城,行及半道,已是"餉耕"時分;第二首繼寫山行時行役之慨,及將至新城問路。兩首詞意啣接,當同爲蘇軾所作。

【評箋】 方回《瀛奎律髓》卷十四評第一首云:"三四乃是早行詩也。起句十四字妙。五六亦佳,但三四頗拙耳。所謂武庫森然,不無利鈍,學者當自細參而默會。"(紀昀批云:"此乃平心之論,無依附門墻之俗態。""絮帽、銅鉦究非雅字。"見《瀛奎律髓刊誤》卷十四。)

汪師韓《蘇詩選評箋釋》卷二："絮帽、銅鉦未免着相矣。有野桃、溪柳一聯,鑄語神來,常人得之便足以名世。"

山　村　五　絕 [一]（選三）

　　煙雨濛濛鷄犬聲,有生何處不安生！但令黃犢無人佩,布穀何勞也勸耕 [二]？

　　老翁七十自腰鐮,慚愧春山筍蕨甜:豈是聞韶解忘味？邇來三月食無鹽 [三]。

　　杖藜裹飯去怱怱,過眼青錢轉手空。贏得兒童語音好,一年強半在城中 [四]。

〔一〕原共五首,選第二、三、四首。熙寧六年(一〇七三)春作。

〔二〕但令二句:黃犢無人佩,即無人佩黃犢,無人佩刀之意。典出《漢書·循吏傳》:龔遂爲渤海太守,"民有帶持刀劍者,使賣劍買牛,賣刀買犢,曰:'何爲帶牛佩犢!'"《烏臺詩案》:"軾意言是時販私鹽者,多帶刀杖,故取前漢龔遂令人賣劍買牛、賣刀買犢,曰:'何爲帶牛佩犢!'意言但將鹽法寬平,令人不帶刀劍而買牛買犢,則自力耕,不勞勸督也。以譏諷朝廷鹽法太峻不便也。"按,蘇軾《上文侍中論榷鹽書》云:"軾在餘杭時,見兩浙之民,以犯鹽得罪者,一歲至萬七千人,而莫能止。姦民以兵仗護送,吏士不敢近者,常以數百人爲輩,特不爲他盜,故上下通知而不以聞耳。"可與此詩參證。

〔三〕豈是二句:《論語·述而》:"子在齊聞《韶》,三月不知肉味,曰:'不圖爲樂之至于斯也。'"極言《韶》樂之"盡美也,又盡善也"(《八俗》)。這裏是反話。《烏臺詩案》:"意(言)山中之人,饑貧無食,雖老猶自采筍蕨充饑。時鹽法峻急,僻遠之人無鹽食,動經數月;若古之聖人,則能聞《韶》忘味,山中小民,豈能食淡而樂乎? 以譏諷鹽法太急也。"蘇軾《上文侍中論榷鹽書》云:"私販法重而官鹽貴,則民之貧而懦者,或不食鹽。往在浙中,見山谷之人,有數月食無鹽者。"其後知密州時所作《論河北京東盜賊狀》、知登州時所作《乞罷登萊榷鹽狀》等均及此問題。

〔四〕一年句:强半,大半。《烏臺詩案》:"意言百姓雖得青苗錢,立便于城中浮費使却。又言鄉村之人,一年兩度夏秋稅,又數度請納和預買錢,今此更添青苗、助役錢,因此莊家子弟,多在城中,不著次第,但學得城中語音而已。以譏諷朝廷新法青苗、助役不便。"蘇軾《乞不給散青苗錢斛狀》言青苗法流弊:"官吏無狀,于給散之際,必令酒務設鼓樂倡優或關扑賣酒牌子,農民至有徒手而歸者,但每散青苗,即酒課暴增,此臣所親見而爲流涕者也。"亦可參證。

【評箋】 紀批(卷九):"五首語多露骨,不爲佳作。"

贈　　別

　　青鳥銜巾久欲飛,黃鶯別主更悲啼〔一〕,殷勤莫忘分攜處:湖水東邊鳳嶺西〔二〕。

〔一〕青鳥二句:上句言對方有情難離,下句言其終于含淚別去。青鳥,《藝文類聚》卷九十一引《漢武故事》:"七月七日,上(漢武帝)于承華殿齋,正中,忽有一青鳥從西方來,集殿前。上問東方朔,朔曰:'此西王母欲來也。'有頃,王母至。有二青鳥如烏,俠(夾)侍王母旁。"後作爲傳信使者的代稱,這裏泛指女性。黃鶯,孟棨

《本事詩・情感》：唐韓晉公(滉)鎮浙西，戎昱爲部内刺史。郡有酒妓，戎昱情屬甚厚。但被浙西樂將召至籍中。戎不敢留，餞妓于湖上，爲歌詞以贈之。其詞云：“好去春風湖上亭，柳條藤蔓繫離情。黃鶯久住渾相識，欲別頻啼四五聲。”後妓在韓滉席上唱此詞，韓即責備樂將，并“命與妓百縑，即時歸之”。

〔二〕鳳嶺：鳳凰嶺，在西湖南。

次韻代留別〔一〕

絳蠟燒殘玉斝飛〔二〕，離歌唱徹萬行啼。他年一舸鴟夷去〔三〕，應記儂家舊住西〔四〕。

〔一〕本篇爲前篇和作。前篇爲男贈女，本篇爲女答男。

〔二〕斝(jiǎ)：古代酒器名，這裏即指酒杯。下“飛”，形容席面上酒杯交錯之狀。

〔三〕他年句：《史記・越王勾踐世家》謂春秋時范蠡佐越滅吳後，“浮海出齊，變姓名，自謂鴟夷子皮”。但并無攜西施事。至杜牧《杜秋娘詩》却云“西子下姑蘇，一舸逐鴟夷”，蘇詩本此。蘇軾另有《戲書吳江三賢畫像三首》之一：“却遣姑蘇有麋鹿，更憐夫子得西施。”自注云“范蠡”；《減字木蘭花》：“一舸姑蘇，便逐鴟夷去得無！”《水龍吟》：“五湖聞道，扁舟歸去，仍攜西子。”但實與史實不符。楊慎《升庵全集》卷六十八《范蠡西施》條：“世傳西施隨范蠡去，不見所出，只因杜牧‘西子下姑蘇，一舸逐鴟夷’之句而附會也。予竊疑之，未有可證以折其是非。一日讀《墨子》曰：‘吳起之裂，其功也；西施之沉，其美也。’喜曰：此吳亡之後，西施亦死于水，不從范蠡去之一證。墨子去吳越之世甚近，所書得其真，然猶恐牧之别有見。後檢《修文御覽》，見引《吳越春秋・逸篇》云：‘吳王敗，越浮西施于江，令隨鴟夷（皮口袋）以終。’乃笑曰：此事正與《墨子》合，杜牧未精審，一時趁筆之過也。蓋吳既滅，即沉西施于江。‘浮’，沉也，反言耳；‘隨鴟夷’者，子胥之譖死，西施有力焉。胥死，盛以鴟夷；今沉西施，所以報子胥之忠，故云‘隨鴟夷以終’。范蠡去越，亦號鴟夷子，杜牧遂以子胥鴟夷爲范蠡之鴟夷，乃撰此事以墮後人于疑網也。”所辨甚是。參看明俞弁《逸老堂詩話》卷上、清吳景旭《歷代詩話》卷五十二《西子》條。

〔四〕應記句：舊住西，一作“舊姓西”。宋王楙《野客叢書》卷二十三《東坡用西施事》條：“趙次公注：按《寰宇記》，東施家、西施家，施者其姓，所居在西，故曰西施。今云舊姓西，坡不契勘耳。僕謂坡公不應如是之疎鹵，恐言舊住西，傳寫之誤，遂以‘住’字爲‘姓’字耳。既是姓西，何問新舊？此説甚不通。‘應記儂家舊住西’，正此一字，語意益精明矣。”周亮工《書影》卷二稱贊《野客叢書》此説：“大有意味，毋論舊姓西可笑，如坡云‘應記儂家舊姓西’，有何意味！爲正一字，坡公當九與（幽）相賞，故多恨翻刻訛書及矮人妄注。”所言頗當。參看吳景旭《歷代詩話》卷五十二《西子》條。但葛立方《韻語陽秋》卷六云“《太平寰宇記》載西施事云：施，其姓也，是時有東施家、西施家”，蘇軾此詩，“似與《寰宇記》所言不同，豈爲韻所牽耶？”（又見《詩人玉屑》卷七《爲韻所牽》條引《丹陽集》）而宋袁文《甕牖閒評》卷三直斥“東坡乃以爲姓西，誤矣”。所言更爲武斷，不如“傳寫之誤”説較爲合理。此詩結兩句猶謂，日後你如退隱，別忘攜我同去。

於　潛　女〔一〕

青裙縞袂於潛女，兩足如霜不穿屨，觺沙鬢髮絲穿柠，蓬沓障前走風雨〔二〕。老濞宫粧傳父祖〔三〕，至今遺民

悲故主。苕溪楊柳初飛絮〔四〕,照溪畫眉渡溪去,逢郎樵
歸相媚嫵,不信姬姜有齊魯〔五〕。

〔一〕熙寧六年(一○七三)作。於潛,舊縣名,今已并入浙江臨安縣。
〔二〕觰(zhā)沙二句:觰,通"觰",張開;沙,即"娑",婆娑貌。觰沙,翹
　　　張貌。諸本作"觰",非。韓愈《月蝕詩效玉川子作》:"赤烏司南
　　　方,尾赤翅觰沙。"這裏形容女子的鬢髮。杼,應作"杼",梭子。蓬
　　　沓,銀櫛。蘇軾《於潛令刁同年野翁亭》有"溪女笑時銀櫛低"句并
　　　自注云:"於潛婦女皆插大銀櫛,長尺許,謂之蓬沓。"障前,指大銀
　　　櫛遮住前額。兩句謂烏黑頭髮爲銀櫛縮住,猶如橫穿織機的帶絲
　　　綫的梭子,在風雨中行走。
〔三〕老濞:漢初劉濞被封吳王。這裏與下句"故主",皆指五代時的吳
　　　越王。《容齋隨筆・三筆》卷六《東坡詩用老字》條,謂"東坡賦詩,
　　　用人姓名,多以老字足成句。"并舉"便腹從人笑老韶"、"老可能爲
　　　竹寫真"、"不知老獎幾時歸"及本句等詩例甚多。但"老濞"實前
　　　人已用,如杜牧《杜秋娘詩》"老濞即山鑄"等。"老濞"二句承上進
　　　一步寫於潛女打扮之古色古香,以見民風之淳厚,也與結句呼應,
　　　紀批(卷九)云:"老濞二句橫亘中間,殊無頭緒",不確。
〔四〕苕溪:源出天目山南北,分東、西兩苕溪,于湖州附近會合後注入
　　　太湖。東苕溪流經舊於潛縣境。
〔五〕不信句:西周初,姜尚封于齊,周公姬旦之子封于魯,姜、姬二氏
　　　遂爲齊、魯大族。這句謂於潛女以古樸真率之美自誇,不信齊魯
　　　的姜姬兩家貴族還有什麼美女!

僧清順新作垂雲亭〔一〕

江山雖有餘,亭榭苦難穩;登臨不得要,萬象各偃

搴〔二〕。惜哉垂雲軒，此地得何晚！天公争向背，詩眼巧增損〔三〕。路窮朱欄出，山破石壁狠。海門浸坤軸〔四〕，湖尾抱雲巘〔五〕。葱葱城郭麗，淡淡煙邨遠。紛紛鳥鵲去，一一漁樵返。雄觀快新獲，微景收昔遁〔六〕。道人真古人，嘯詠慕嵇阮。空齋卧蒲褐，芒屨每自捆〔七〕。天憐詩人窮，乞與供詩本〔八〕。我詩久不作，荒澀旋鋤墾。從君覓佳句，咀嚼廢朝飯。

〔一〕熙寧六年（一○七三）作。清順，見前《是日宿水陸寺寄北山清順僧二首》詩注。垂雲亭，在杭州寶嚴院。

〔二〕江山四句：意謂江山千姿百態，但如果亭樹擇地不當，則視點不佳，取景不美。偃搴，高傲貌。蘇軾《越州張中舍壽樂堂》："青山偃搴如高人。""偃搴"又與"驕搴"同義，又有不遵法度意。《晉書·王國寶傳》"驕搴不遵法度。"此句取此義。查慎行《初白庵詩評》卷中評"登臨"二句："有此二句，生出中間一段，景色分明，一反一正，能令觀者目眩。"

〔三〕天公二句：謂造物主力圖造成事物不同方面的多種形態，詩人對事物的特點却巧妙地有所强調、有所捨棄，以求"增減取'似'"（蘇軾《傳神記》）。這是蘇軾頗堪重視的藝術見解：主張用變換視點的辦法來觀賞和描繪同一事物的多方面的面貌；同時又不拘泥于常形之"似"，有所"增損"以達到更高的真實性。如《虔州八境圖八首·序》："此南康之一境也，何從而八乎？所自觀之者異也。且子不見夫日乎：其旦如槃，其中如珠，其夕如破璧，此豈三日也哉？苟知夫境之爲八也，則凡寒暑朝夕、雨暘晦冥之異，坐作行立、哀樂喜怒之接于吾目而感于吾心者，有不可勝數者矣，豈特八乎！"《書吳道子畫後》："道子畫人物，如以燈取影，逆來順往，旁見側出，横斜平直，各相乘除（即增損），得自然之數，不差毫末。"他例甚多，不備舉。

〔四〕坤軸：杜甫《南池》：“安知有蒼池，萬頃浸坤軸。”坤，八卦之一，象
　　　徵地；坤軸，大地的支柱。古人以爲地有支柱，使之不陷。
〔五〕巘（yǎn）：不相連屬的大山和小山。
〔六〕雄觀二句：紀批（卷九）：“‘雄觀’聯，置之韓集中，不可復辨。”下
　　　句謂以前不顯之景，得以顯現。
〔七〕捆：叩打，使草鞋堅實。
〔八〕乞（qì）：給予。

　　【評箋】《蘇詩選評箋釋》卷二：“煅煉之工，字字創獲，至‘天工争向
背’以下十二句，忽作排對，而風骨益覺峻聳。”“刻削傲岸，具體昌黎。”
　　紀批（卷九）：“力摹昌黎，而氣機流走處仍是本色耳。摹古須見幾分
本色，方不是雙鉤填廓。”

席上代人贈別三首

　　悽音怨亂不成歌，縱使重來奈老何！淚眼無窮似梅
雨〔一〕，一番勻了一番多。

　　天上麒麟豈混塵〔二〕，籠中翡翠不由身。那知昨夜香
閨裹，更有偷啼暗別人。

　　蓮子擘開須見憶〔三〕，楸枰著盡更無期。破衫却有重
逢日，一飯何曾忘却時。

〔一〕梅雨：我國江淮一帶，初夏時陰雨連旬，因時值梅子黄熟，故名。
〔二〕天上麒麟：《南史·徐陵傳》：“徐陵母臧氏，嘗夢五色雲化爲鳳，
　　　集左肩上，已而誕陵。年數歲，家人攜以候沙門釋寶誌，寶誌摩其

頂曰：‘天上石麒麟也。’”

〔三〕本篇用古樂府民歌諧聲雙關的手法。惟古樂府常用上下兩句，以
下句釋上句，如《子夜歌》“霧露隱芙蓉，見蓮（諧“憐”）不分明”，
“明燈照空局，悠然未有期（諧“棋”）”等；蘇軾此詩一句中包括謎
面和謎底：首句即因蓮心稱薏諧“憶”字（一本作“臆”），次句楸枰
爲棋盤，以無棋諧無“期”，第三、四句分別以縫諧“逢”，以匙諧
“時”。參看《韻語陽秋》卷四：“古辭云：‘藁砧今何在，山上復有
山，何當大刀頭，破鏡飛上天。’藁砧，鈇也，謂夫也。山上有山，出
也。大刀頭，刀上鐶也。破鏡，言半月當還也。此詩格非當時有
釋之者，後人豈能曉哉？古辭又云：‘圍棋燒敗襖，着子故衣
然’……是皆以下句釋上句，與藁砧異矣。《樂府解題》以此格爲
風人詩，取陳詩以觀民風，示不顯言之意”，至蘇軾此詩，“是文與
釋并見于一句中，與風人詩又小異矣”。但紀批（卷九）却斥之爲
“卑俗”。實不失爲一格，未可厚非。

唐道人言：天目山上俯視雷雨，每大雷電，但聞雲中如嬰兒聲，殊不聞雷震也〔一〕

已外浮名更外身，區區雷電若爲神？山頭只作嬰兒
看，無限人間失箸人〔二〕。

〔一〕唐道人，字子霞，曾作《天目山真境録》。
〔二〕無限句：《三國志·蜀志·先主傳》：曹操“從容謂先主曰：‘今天
下英雄，惟使君與操耳。本初之徒，不足數也。’先主方食，失匕
箸。”此詩意謂置身度外，雷神亦不足道；嚇倒世人者，實不過嬰兒
之聲。

立秋日禱雨宿靈隱寺同周徐二令〔一〕

百重堆案掣身閒〔二〕，一葉秋聲對榻眠，牀下雪霜侵戶月，枕中琴筑落階泉〔三〕。崎嶇世味嘗應徧，寂寞山棲老漸便。惟有憫農心尚在，起占雲漢更茫然〔四〕。

〔一〕熙寧六年（一〇七三）作。周徐二令，周邠，字開祖，錢塘縣令；徐璹（一説疇），仁和縣令。

〔二〕百重句：汪師韓《蘇詩選評箋釋》卷二：“禱雨而曰‘百重堆案掣身閑’，幾與嵇康書中言性不耐煩，而以游山澤觀魚鳥爲樂者無異矣。有末二句，一證出心事，遂覺滿紙閒情，俱成警色。”但紀批（卷十）：“爲民禱雨，不得謂之‘掣身閒’，立言少體”。

〔三〕牀下二句：謂月光如雪霜之色，泉聲似琴筑之音。筑，古擊弦樂器，形如箏。

〔四〕惟有二句：《詩・大雅・雲漢》首章云“倬彼雲漢”，寫周宣王仰觀天河，心憂旱災；以後各章皆以“旱既大（太）甚”領起，爲周宣王遭旱呼籲之辭。《毛詩序》云此詩爲周大夫仍叔贊美宣王“遇裁（災）而懼，側身修行，欲銷去之。”蘇詩用其大意，以抒寫求雨而未見雨意時的茫然自失之感。

病中游祖塔院〔一〕

紫李黃瓜村路香，烏紗白葛道衣涼。閉門野寺松陰轉，欹枕風軒客夢長。因病得閒殊不惡，安心是藥更無

69

方〔二〕。道人不惜階前水，借與匏樽自在嘗。

〔一〕熙寧六年（一〇七三）作。祖塔院，即今虎跑寺。
〔二〕安心句：《景德傳燈録》卷三《第二十八祖菩提達磨（摩）》記僧神
　　　光（慧可）向達摩求法，“光曰：‘我心未寧，乞師與安。’師曰：‘將心
　　　來與汝安。’曰：‘覓心了不可得。’師曰：‘我與汝安心竟。’”蘇軾
　　　《次韻韶守狄大夫見贈二首》其一：“有病安心是藥方。”

　　【評箋】　紀批（卷十）：“此種已居然劍南派。然劍南別有安身立命
之地，細看全集自知。楊芝田專選此種，世人以易于摹倣而盛傳之，而劍
南之真遂隱。”
　　《昭昧詹言》卷二十：“先寫游時景與情事，風味別勝，不比凡境。三
四寫院中景。五六還題‘病中’，兼切二祖。收將院僧自己綰合，亦自然
本地風光，不是從外插入。”
　　《宋詩精華録》卷二：“寫景中要有興味，所謂有人存也。‘亂山環合’
（按《六年正月二十日復出東門仍用前韻》詩）、‘十日春寒’（按《正月二十
日往岐亭，郡人潘、古、郭三人送余于女王城東禪莊院》詩）各首皆是。”

有美堂暴雨〔一〕

　　游人脚底一聲雷，滿座頑雲撥不開；天外黑風吹海
立〔二〕，浙東飛雨過江來〔三〕。十分瀲灩金樽凸〔四〕，千杖
敲鏗羯鼓催〔五〕。喚起謫仙泉洒面〔六〕，倒傾鮫室瀉
瓊瑰〔七〕。

〔一〕熙寧六年（一〇七三）作。有美堂，宋陳巖肖《庚溪詩話》卷上：“嘉

祐初,龍圖閣直學士、尚書吏部郎中梅摯公儀,出守杭州,上(仁宗)特制詩以寵賜之,其首章曰:‘地有吳山美,東南第一州。’梅既到杭,欲侈上之賜,遂建堂山上,名曰‘有美’。歐陽修爲記以述之。”歐陽修《有美堂記》,記梅摯守杭時在嘉祐二年(一〇五七)。

〔 二 〕海立:杜甫《朝獻太清宮賦》:“九天之雲下垂,四海之水皆立。”仇兆鰲注:“水立,謂潮水拱向。班固《終南山賦》‘立泉落落’,此言水立更奇。”《容齋隨筆・四筆》卷二《有美堂詩》條,論“立”字“讀者疑海不能立,黃魯直曰:蓋是爲老杜所誤,因舉《三大禮賦・朝獻太清宮》云‘九天之雲下垂,四海之水皆立’以告之。二者皆句語雄峻,前無古人。坡《和陶停雲》詩有‘雲屯九河,雪立三江’之句,亦用此也。”蔡絛《西清詩話》卷中:“杜少陵文自古奧。如‘九天之雲下垂,四海之水皆立,忽翳日而翻萬象,却浮空雲而留六龍。萬舞陵亂,又似乎春風壯而江海波’,其語皆磊落驚人。或言無韻者不可讀,是大不然。東坡《有美堂》詩‘天外黑風吹海立,浙西飛雨過江來’,蓋出此。”《能改齋漫録》卷七《海水立》條引蔡絛之説後云:“予按,長水校尉關子陽謂:‘天去人尚遠,而黑風吹海。’蓋東坡博極羣書,兼用乎此。”《嬾真子》亦指出蘇詩來源于杜賦,并云:“立字最爲有功,乃水踴起之貌”,“或者妄易‘立’爲‘至’,祇可一笑。”

〔 三 〕浙東:杭州在浙江(錢塘江)之西,故云。《御選唐宋詩醇》卷三十四評此二句云:“寫暴雨非此傑句不稱。但以用杜賦中字爲采藻鮮新,淺之乎論詩矣。且亦必有浙東句作對,情景乃合。有美堂在郡城吳山,其地正與海門相望,故非率爾操觚者。唐賢名句中惟駱賓王《靈隱寺詩》‘樓觀滄海日,門對浙江潮’一聯足相配敵。”《宋詩精華録》卷二:“三句尚是用杜陵語,四句的是自家語。”

〔 四 〕十分句:謂江水洶湧,似突過江岸,如同杯中斟滿之酒高出杯面。

〔 五 〕千杖句:寫雨聲急驟。謂暴雨驟下,如同羯鼓被鼓杖趕着打擊。羯鼓,羯族(曾附屬匈奴)傳入的一種用兩杖打擊的樂器,盛行于唐開元、天寶年間。唐南卓《羯鼓録》謂打羯鼓以聲音碎急爲美：
"尤宜促曲急破,作戰杖連碎之聲";宋璟"尤善羯鼓",曾"謂上(玄
宗)曰：'頭如青山峯,手如白雨點,此即羯鼓之能事也。'"以兩手
擊鼓急驟如雨爲有工力,蘇詩却以打鼓喻暴雨。又《唐語林》卷五
記李龜年"善打羯鼓。明皇問卿打多少杖? 對曰：'臣打五千杖
訖。'上曰：'汝殊未,我打却三豎櫃也。'"是唐人又以打壞杖數衡
量技藝水平,蘇詩"千杖"亦非泛言。敲鏗,韓愈《城南聯句》"樹啄
頭敲鏗",指啄木鳥啄木聲,這裏指擊鼓聲。

〔六〕 喚起句：《舊唐書·李白傳》："玄宗度曲,欲造樂府新詞,亟召白,
白已卧于酒肆矣。召入,以水洒面,即令秉筆,頃之成十餘章,帝
頗嘉之。"這裏説天帝要喚醒李白,下了暴雨。謫仙,李白。《舊唐
書·李白傳》："初,賀知章見白,賞之曰：'此天上謫仙人也。'"這
裏蘇軾兼有自寓之意。

〔七〕 倒傾句：《太平御覽》卷八百三引張華《博物志》："鮫人(傳説中的
人魚)從水出,寓人家積日,賣絹。將去,從主人索一器,泣而成珠
滿盤,以與主人。"鮫室,鮫人所居之室,指海。瓊瑰,珍貴玉石,這
裏喻傑出詩文。蘇軾《又送鄭户曹》："遲君爲座客,新詩出瓊瑰。"
《答任師中家漢公》："醉中忽思我,清詩綴瓊琚。"《酒子賦》："顧無
以酢二子之勤兮,出妙語爲瓊瑰。"皆以美玉喻詩。蘇軾在《次韻
江晦叔二首》中又云："雨已傾盆落,詩仍翻水成。"《游張山人園》：
"颼颼催詩白雨來。"《行瓊儋間,肩輿坐睡……》："急雨豈無意,催
詩走羣龍。"與此境界相類。杜甫《陪諸貴公子丈八溝攜妓納涼晚
際遇雨》早有"片雲頭上黑,應是雨催詩"之句。

【評箋】 查慎行《初白庵詩評》卷下："通首多是摹寫暴雨,章法
亦奇。"

紀批(卷十)："此首爲詩話所盛推,然獷氣太重。"

八月十五日看潮五絶〔一〕（選二）

　　吳兒生長狎濤淵，冒利輕生不自憐。東海若知明主意，應教斥鹵變桑田〔二〕。

　　江神河伯兩醯鷄〔三〕，海若東來氣吐霓〔四〕。安得夫差水犀手：三千强弩射潮低〔五〕！

〔一〕原共五首，選第四、五首。熙寧六年（一〇七三）作。

〔二〕東海二句：蘇軾自注：“是時新有旨禁弄潮。”斥鹵，亦作“烏鹵”，鹽鹹地。《神仙傳·麻姑》：“麻姑自説云：接待以來，已見東海三爲桑田”。原喻世事變遷之大，這裏借用“滄海桑田”典故，謂東海龍王若領會神宗禁止弄潮之旨意，該使鹽鹹地變爲桑田，讓弄潮兒得以耕種自食，不再“冒利輕生”。但《烏臺詩案》云：此首“蓋言弄潮之人，貪官中利物，致其間有溺而死者，故朝旨禁斷。軾謂主上好興水利，不知利少而害多，言東海若知明主意，應教斥鹵變桑田。言此事之必不可成，譏諷朝廷水利之難成也”。前半段所言是，後半段言此詩攻擊“興水利”，實係逼供之詞。（舒亶在彈劾蘇軾的奏章中首先指此詩爲攻擊“陛下（神宗）興水利”。）

〔三〕江神句：《莊子·田子方》：孔子見老聃云：“丘之于道也，其猶醯鷄與？微夫子之發吾覆（蒙蔽）也，吾不知天地之大全也。”醯（xī）鷄，傳説由酒醋上面的白霉所生的一種小蟲，也叫蠛蠓。醯，即醋。這裏與下句海若對比，言江、河之渺小。

〔四〕海若句：《莊子·秋水》：“秋水時至，百川灌河，涇流之大，兩涘渚崖之間，不辯（辨）牛馬。於是焉，河伯欣然自喜，以天下之美爲盡在己。順流而東行，至于北海，東面而視，不見水端。于是焉，河

73

伯始旋其面目，望洋向若(海若，海神)而嘆。"河伯仰視海若之大，才知自己之小，蘇詩首兩句即用其意。霓，虹的一種。

〔五〕安得二句：蘇軾自注："吳越王嘗以弓弩射潮頭，與海神戰，自爾水不近城。"《國語·越語上》："今夫差衣水犀之甲者，億有三千。"這裏以春秋時吳王夫差，喻五代時吳越王。吳越王，指錢鏐。范坰、林禹《吳越備史》卷一：梁開平四年八月，武肅王錢鏐"始築捍海塘。王因江濤衝激，命強弩以射潮頭，遂定其基(原注：初定其基，而江濤晝夜衝激沙岸，板築不能就。王命強弩五百以射潮頭。……既而潮頭遂趨西陵。)"。《施注蘇詩》卷七注引《北夢瑣言》，亦記載射潮之事，爲今本《北夢瑣言》所無。這裏謂盼能戰勝海神，使潮不犯城。與前首意同。

宿九仙山〔一〕

風流王謝古仙真〔二〕，一去空山五百春。玉室金堂餘漢士〔三〕，桃花流水失秦人〔四〕。困眠一榻香凝帳，夢遶千巖冷逼身。夜半老僧呼客起，雲峯缺處湧冰輪〔五〕。

〔一〕題下蘇軾自注："九仙謂左元放、許邁、王、謝之流。"熙寧六年(一〇七三)作。九仙山，在杭州西，山上無量院相傳爲東晉葛洪、許邁煉丹處。

〔二〕風流王謝：《南史·王儉傳》：王儉"常謂人曰：'江左風流宰相，惟有謝安'，蓋自況也。"杜甫《壯游》："王謝風流遠。"風流，指超逸的風度。

〔三〕玉室句：《晉書·許邁傳》："許邁字叔玄，一名映，丹陽句容人也。""謂餘杭懸霤山近延陵之茅山，是洞庭西門，潛通五嶽"，"于

74

是立精舍于懸霤,而往來茅嶺之洞室"。"永和二年,移入臨安西
山,登巖茹芝,眇爾自得,有終焉之志。乃改名玄,字遠游。"又,
"玄遺羲之書云:'自山陰南至臨安,多有金堂玉室,仙人芝草,左
元放之徒漢末諸得道者皆在焉。'"即此句所本。

〔四〕桃花句:陶淵明《桃花源記》記武陵人得桃花源,遇居民"自云先
世避秦時亂,率妻子邑人,來此絶境",故云秦人。玉室兩句謂古
人已逝,遺跡景物猶存。

〔五〕雲峯句:無量院有冰輪閣,即因此句得名。

【評箋】《御選唐宋詩醇》卷三十四:"後四句磊砢妥帖,便入錢劉集
中,亦稱警策。"

《昭昧詹言》卷二十:"起二句叙題本事。三四就本事點化,自然高
妙。後半所謂大家作詩,自吐胸臆,兀傲奇横。不屑屑切貼裁製工巧,如
西昆纖麗之體也。"

陌上花三首〔一〕

陌上花開蝴蝶飛,江山猶是昔人非。遺民幾度垂垂
老,游女長歌緩緩歸〔二〕。

陌上山花無數開,路人爭看翠軿來〔三〕。若爲留得堂
堂去〔四〕,且更從教緩緩回。

生前富貴草頭露,身後風流陌上花。已作遲遲君去
魯〔五〕,猶教緩緩妾還家。

〔一〕題下蘇軾自序:"游九仙山,聞里中兒歌《陌上花》,父老云:吳越

王妃每歲春必歸臨安，王以書遺妃曰：'陌上花開，可緩緩歸矣。'
吳人用其語爲歌，含思宛轉，聽之淒然。而其詞鄙野，爲易之云。"
詩爲民歌加工之作，時在熙寧六年（一〇七三）。吳越王妃，吳越
王錢俶之妻。《新五代史·吳越世家》：宋興，吳越王錢俶"始傾
其國以事貢獻。太祖皇帝時，俶嘗來朝，厚禮遣還國"。宋太祖
時，錢俶經常朝宋，即爲此詩背景。直至宋太宗"太平興國三年，
詔俶來朝，俶舉族歸于京師，國除"。

〔二〕此首紀昀批云："真有含思宛轉之意。"（卷十）

〔三〕軿（píng）：車幔，代指貴族婦女所乘有幃幔的車子。

〔四〕堂堂：公然、決然。蘇軾《出城送客不及，步至溪上》："會作堂堂
去，何妨得得來。"唐薛能《春日使府寓懷二首》其一："青春背我堂
堂去，白髮欺人故故生。"

〔五〕已作句：《孟子·盡心下》："孔子之去魯，曰：'遲遲吾行也，去父
母國之道也。'"喻錢俶離杭朝宋。紀批（卷十）："指錢俶歸朝之
事，用事殊不倫。"

【評箋】　王士禎《漁洋詩話》："五代時，吳越文物，不及南唐、西蜀之
盛，而武肅王寄妃書云：'陌上花開，可緩緩歸矣。'二語豔稱千古。""東坡
又演爲《陌上花》""晁无咎亦和八首""二公詩皆絶唱，入樂府，即《小秦
王》調也"。

書雙竹湛師房二首〔一〕

我本江湖一釣舟〔二〕，意嫌高屋冷颼颼。羨師此室纔
方丈，一炷清香盡日留。

暮鼓朝鐘自擊撞，閉門孤枕對殘釭〔三〕。白灰旋撥通

紅火，臥聽蕭蕭雨打窗。

〔一〕熙寧六年(一○七三)作。雙竹，杭州廣嚴寺有竹林，竹皆成雙作
　　　對而生，故又名雙竹寺。
〔二〕江湖：一作"西湖"。
〔三〕釭：燈。紀批(卷十一)："查本改'釭'爲'缸'，嫌與朝鐘字礙耳。
　　　然暮鼓、朝鐘，自是一日工課；閉門孤枕，自是工課完後之事，原不
　　　相礙。"又謂此詩"意自尋常，語頗清脱"。《冷齋夜話》卷三："山谷
　　　云：'天下清景，初不擇賢愚而與之遇，然吾特疑端爲我輩
　　　設。……東坡宿餘杭山寺贈僧曰："暮鼓朝鐘自擊撞，閉門攲枕有
　　　殘釭。白灰旋撥通紅火，臥聽蕭蕭雪打窗。"'人以山谷之言爲
　　　確論。"

和述古冬日牡丹四首〔一〕(選一)

　　一朵妖紅翠欲流〔二〕，春光回照雪霜羞。化工只欲呈
新巧，不放閒花得少休〔三〕。

〔一〕原共四首，選第一首。熙寧六年(一○七三)作。述古，陳襄，字述
　　　古，時爲杭州知州。
〔二〕一朵句：陸游《老學庵筆記》卷八："東坡《牡丹》詩云：'一朵妖紅
　　　翠欲流'，初不曉'翠欲流'爲何語。及游成都，過木行街，有大署
　　　市肆曰：'郭家鮮翠紅紫舖。'問土人，乃知蜀語'鮮翠'猶言鮮明
　　　也。東坡蓋用鄉語云。"高似孫《緯略》卷十《翠粲》條云："陸放翁
　　　問余曰：'比在成都市時，見綵帛舖，牓曰："翠色真紅"，殊不曉所
　　　謂。紅而曰翠，何也？'余曰：'嵇康《琴賦》曰："新衣翠粲，纓徽流

芳。”班婕妤《自悼賦》曰：“紛翠粲兮紈素聲。”翠粲，取其鮮明也。東坡《牡丹》詩：“一朵妖紅翠欲流”，蓋取鄉語。’放翁擊節大喜。”參看王應麟《困學紀聞》卷十八《評詩》條、楊慎《升庵全集》卷六十三《鮮明曰翠》條，王、楊兩書實全同《緯略》，惟楊慎又補一例證：“駱賓王文：‘縟翠萼于詞林，綷鮮花于筆苑’，以翠對鮮，可以證之。”

〔三〕化工二句：《烏臺詩案》：“熙寧六年任杭州通判時，知州係知制誥陳襄，字述古。是年冬十月內，一僧寺開牡丹數朵，陳襄作詩四絕，軾當(嘗)和云。”“此詩皆譏諷當時執政大臣，以比化工，但欲出新意擘畫，令小民不得暫閒也。”按，牡丹一般在初夏開花，今提前于十月開放，故言“化工”追求“新巧”，使“閒花”無暇休養生息。此詩第二首亦云：“漏泄春光私一物，此心未信出天工。”

【評箋】 紀批(卷十一)：“二首寓刺却不甚露，好在比而不賦。”

除夜野宿常州城外二首〔一〕

行歌野哭兩堪悲，遠火低星漸向微。病眼不眠非守歲〔二〕，鄉音無伴苦思歸。重衾腳冷知霜重，新沐頭輕感髮稀。多謝殘燈不嫌客，孤舟一夜許相依〔三〕。

南來三見歲云徂〔四〕，直恐終身走道塗。老去怕看新曆日，退歸擬學舊桃符〔五〕。煙花已作青春意，霜雪偏尋病客鬚。但把窮愁博長健，不辭最後飲屠蘇〔六〕。

〔一〕熙寧六年(一〇七三)作。是年十一月，蘇軾奉命往常州、潤州等地賑濟，至次年五月事畢返杭。

〔二〕病眼句：白居易《除夜》“病眼少眠非守歲”，蘇詩用成句，但改
　　　“少”爲“不”。

〔三〕多謝二句：紀批(卷十一)：“言人則見嫌矣。”此首蘇軾有跋文云：
　　　“僕時三十九歲，潤州道中值除夜而作。後二十年在惠州守歲，録
　　　付過(蘇軾幼子)。”(《東坡題跋》卷三《書潤州道上詩》)按，是年蘇
　　　軾實爲三十八歲。

〔四〕南來句：蘇軾于熙寧四年冬到杭州通判任，至作此詩時，已過三
　　　個除夕。

〔五〕老去二句：紀批(卷十一)“三四(句)是道地宋格，在東坡不妨，一
　　　學之便入惡趣。”桃符，舊俗：元日用桃木寫神荼、鬱壘二神名，懸
　　　掛門旁以壓邪，稱桃符。《説郛》卷十引馬鑒《續事始》：“《玉燭寶
　　　典》曰：‘元日造桃板著户，謂之仙木……’即今之桃符也。其上或
　　　書神荼、鬱壘之字。”

〔六〕不辭句：古俗：元日，家人先幼後長飲屠蘇酒。見南朝梁宗懍《荆
　　　楚歲時記》。《容齋隨筆·續筆》卷二《歲旦飲酒》條：“今人元日飲
　　　屠酥酒，自小者起，相傳已久，然固有來處。後漢李膺、杜密以黨
　　　人同繫獄，值元日，于獄中飲酒，曰：‘正旦從小起。’《時鏡新書》晉
　　　董勳云：‘正旦飲酒先從小者，何也？勳曰：“俗以小者得歲，故先
　　　酒賀之，老者失時，故後飲酒。”’《初學記》載《四民月令》云：‘正旦
　　　進酒次第，當從小起，以年小者起先。’”并舉白居易等詩句多例，
　　　末云：“東坡亦云‘但把窮愁博長健，不辭最後飲屠酥。’其義亦
　　　然。”參見《韻語陽秋》卷十九。蘇軾其時不足四十，自嘆老衰
　　　如此。

無錫道中賦水車〔一〕

翻翻聯聯銜尾鴉，犖犖确确蜕骨蛇〔二〕。分疇翠浪走

雲陣，刺水綠鍼抽稻芽。洞庭五月欲飛沙〔三〕，鼉鳴窟中如打衙〔四〕。天公不見老翁泣，喚取阿香推雷車〔五〕。

〔一〕熙寧七年(一○七四)作。王安石《元豐行示德逢》"倒持龍骨挂屋敖"，《後元豐行》"龍骨長乾挂梁桷"，龍骨，即此詩所詠水車。據《三國志‧杜夔傳》裴松之注引《馬鈞傳》，三國時馬鈞曾創翻車，即龍骨車。(參看《演繁露》卷三《桔橰水車》條)

〔二〕翻翻二句：分寫水車動、靜時的不同情狀：用銜尾而飛的烏鴉，形容水車轉動不絕；以蛻皮剩骨的蛇，形容水車停止時的骨架。犖犖确确，體大堅硬貌。

〔三〕洞庭：太湖的洞庭山。下"欲飛沙"指天旱。

〔四〕鼉(tuó)：俗稱豬婆龍，脊椎類爬蟲，相傳天旱時在窟中鳴叫，聲如擊鼓。陸佃《埤雅‧釋魚》引晉安《海物記》："鼉宵鳴如桴鼓，今江淮之間謂鼉鳴爲鼉鼓。"打衙，擊鼓。蘇轍《次韻毛君山房即事十首》其五："請看早朝霜入屨，何如臥聽打衙聲。"晁補之《苕霅行和於潛令毛國華》："山間古邑三百家，日出隔溪聞打衙。"張耒《縣齋詩》："暗樹五更雞報曉，晚庭三疊鼓催衙。"

〔五〕天公二句：阿香，傳說中推雷車的女鬼。見託名陶潛《搜神後記》卷五《臨賀太守》條：晉永和時，周某夜宿一女子家，"向一更中，聞外有小兒喚阿香聲，女應諾，尋云：'官喚汝推雷車。'女乃辭行云：'今有事當去。'夜遂大雷雨。向曉女還。周既上馬，看昨所宿處，止見一新冢。"《韻語陽秋》卷二十謂結二句"言水車之利，不及雷車所需者廣也。"紀批(卷十一)云："結句四平未諧調，然義山《韓碑》已有此句法。"

【評箋】《御選唐宋詩醇》卷三十四："只是體物着題，觸處靈通，別成奇光異彩。'想當施手時，巨刃摩天揚'，此之謂也。賦物得此神力罕匹。"

紀批(卷十一)："節短勢險，句句奇矯。"

蘇州閭丘、江君二家雨中
飲酒二首〔一〕(選一)

　　小圃陰陰徧灑塵，方塘瀲瀲欲生紋〔二〕。已煩仙袂來行雨〔三〕，莫遣歌聲便駐雲〔四〕。肯對綺羅辭白酒，試將文字惱紅裙〔五〕。今宵記取醒時節，點滴空階獨自聞〔六〕。

〔一〕原共二首，選第一首。熙寧七年(一○七四)作。閭丘孝終，字公顯，曾任黃州知州。致仕後歸蘇州故里。江君，不詳。

〔二〕小圃二句：此詩寫久旱得雨，首二句先寫由陰轉微雨。

〔三〕仙袂行雨：典出宋玉《高唐賦》，言巫山女神“旦爲朝雲，暮爲行雨”，“揚袂鄣日而望所思”。

〔四〕歌聲駐雲：典出《列子·湯問》：“薛譚學謳于秦青，未窮青之技，自謂盡之；遂辭歸。秦青弗止，餞于郊衢，撫節悲歌，聲振林木，響遏行雲。譚乃謝求反，終身不敢言歸。”此二句謂幸而下雨，勿遣歌女高歌使雲停雨歇。

〔五〕肯對二句：承上二句作一轉折，謂禁不住詩酒相娛，叫歌女演唱助樂。肯，豈肯。

〔六〕今宵二句：紀批(卷十一)：“推過一步作結，便脫窠臼。”王文誥《蘇文忠公詩編注集成》卷十一：“時方閔雨，故結句重申之。曉嵐以爲結脫窠臼者，非也。”

過永樂，文長老已卒〔一〕

　　初驚鶴瘦不可識，旋覺雲歸無處尋〔二〕。三過門間老病死〔三〕，一彈指頃去來今〔四〕。存亡慣見渾無淚〔五〕，鄉井難忘尚有心〔六〕。欲向錢塘訪圓澤，葛洪川畔待秋深〔七〕。

〔一〕熙寧七年（一○七四）作。永樂，鄉名，在秀州（今浙江嘉興）。文長老，秀州報本禪院的住持。自《臘日游孤山訪惠勤惠思二僧》至本篇，皆作于任杭州通判時。

〔二〕初驚二句：上句以鶴瘦喻文長老之病態，下句以雲歸喻其死亡。

〔三〕三過句：熙寧五年，蘇軾曾到報本禪院拜訪文長老，有《秀州報本禪院鄉僧文長老方丈》詩。六年再訪，有《夜至永樂文長老院，文時卧病退院》詩。連這次共三次。初過時已老，再過時又病，三過時却死。佛教又以生、老、病、死爲四苦，見《大乘義章》三本。

〔四〕一彈指句：彈指，佛教名詞，喻時間短暫。《翻譯名義集》卷五《時分》：“時極短者謂刹那也”，“壯士一彈指頃六十五刹那”。又云：“二十念爲一瞬，二十瞬名一彈指。”去來今，指三世。佛教以過去世、現在世、未來世（即前生、今生、來生）爲三世。見《大寶積經》卷九十四。此二句皆用佛典，謂文長老病變之速，人生無常。《詩人玉屑》卷三引《藜藋野人詩話》云：此一聯“句法清健，天生對也”。查慎行《初白菴詩評》卷中：“天然絶對。”紀批（卷十一）：“查（慎行）謂三四巧對，然作對太巧是一病。特此尚未太礙格。後半曲折頓挫。”

〔五〕渾：全。

〔六〕鄉井：文長老爲作者同鄉。蘇軾《秀州報本禪院鄉僧文長老方丈》：“萬里家山一夢中，吳音漸已變兒童，每逢蜀叟談終日，便覺峨嵋翠掃空。”亦寫鄉誼。

〔七〕欲向二句：唐袁郊《甘澤謠·圓觀》記唐大曆末僧圓觀，與李源交游，臨終時囑李源十二年後中秋月夜于杭州天竺寺外相見。李源如期赴約，于“無處尋訪”時，“忽聞葛洪川畔，有牧豎歌《竹枝詞》者……乃圓觀也”。其詞云：“三生石上舊精魂，賞月吟風不要論。

慚愧情人遠相訪,此身雖異性長存。"蘇軾亦有《僧圓澤傳》記其事。結句希望和文長老來世重見。

雪後書北臺壁二首〔一〕

　　黄昏猶作雨纖纖,夜靜無風勢轉嚴。但覺衾裯如潑水,不知庭院已堆鹽〔二〕。五更曉色來書幌,半夜寒聲落畫簷〔三〕。試掃北臺看馬耳,未隨埋没有雙尖〔四〕。

　　城頭初日始翻鴉,陌上晴泥已没車。凍合玉樓寒起粟,光摇銀海眩生花〔五〕。遺蝗入地應千尺,宿麥連雲有幾家〔六〕。老病自嗟詩力退,空吟冰柱憶劉叉〔七〕。

〔一〕熙寧七年(一〇七四)九月,蘇軾由杭州通判改任密州知州,十一月到任。詩即作于此時。北臺,在密州北。熙寧八年蘇軾加以修葺,蘇轍命名爲超然臺,蘇軾有《超然臺記》。

〔二〕黄昏四句:寫黄昏下雨,入夜後于不知不覺中轉而爲雪;作者只覺嚴寒,不悟爲雪。堆鹽,《世説新語·言語》:"謝太傅(謝安)寒雪日内集,與兒女講論文義。俄而雪驟,公欣然曰:'白雪紛紛何所似?'兄子胡兒(謝朗小名)曰:'撒鹽空中差可擬。'兄女(謝道韞)曰:'未若柳絮因風起。'"

〔三〕五更二句:此二句有歧解:(一)馮應榴《蘇文忠公詩合注》卷十二:"上云五更,下云半夜,似倒。今從七集本、《梁谿漫志》作'半月',蓋言月影方半也。與雪後意更合。"(二)王文誥《蘇文忠公詩編注集成》卷十二:"五更乃遲明之時,未應遽曉,而我方疑之,復因半夜寒聲漸悟爲雪也。此乃以下句叫醒上句,其所以曉色之故,出落在下句也。"解釋馮説"似倒"之疑,頗新穎可喜。(三)紀

批(卷十二)則存疑:"作'半夜',則不似雪;作'半月',指晴後之簷
溜,又與末二句不貫。"但他在《瀛奎律髓刊誤》卷二十一中又云:
"詩話因五更字礙半夜字,遂改爲半月,而以雪後簷溜爲之説,不
知此五更、半夜亦是互文,不必泥定。"另《梁谿漫志》卷七《東坡
雪詩》條釋"五更"云:"或疑五更自應有曉色,亦何必雪? 蓋誤
認五更字。此所謂五更者,甲夜至戊夜爾。自昏達旦,皆若曉
色,非雪而何! 此語初若平易,而實新奇,前人未嘗道也。"亦可
供參酌。

〔四〕試掃二句:蘇軾《超然臺記》:"南望馬耳、常山,出没隱見,若近
若遠。"宋張淏《雲谷雜記》卷三亦云:"按北臺在密州之北,因城
爲臺;馬耳與常山在其南。東坡爲守日,葺而新之,子由因請名
之曰超然臺。(偶閲注東坡詩,見注者不得其詳,因記之。)"句
謂羣山爲雪所封,僅露馬耳山之雙尖。但宋孫奕《示兒編》却
云:"東坡雪夜詩曰:'試掃北臺看馬耳,未隨埋没有雙尖',趙次
公云:'馬耳,山名。'竊謂天下之山,至低不下數丈,而止于尋丈
者少;雪雖深,埋没山阜,未之有也。趙指爲山,果何所據? 殊
不知雪夜王晉之與霍辯對談,雪盈尺。王曰:'雪太深乎? 看北
臺馬耳菜何如?'左右曰:'有兩尖在。'坡蓋用此,何趙未嘗見是
事而妄爲是説。"王士禛亦贊同此説,見《古夫于亭雜記》。可備
一説。

〔五〕凍合二句:有兩異説:(一)用道書典故。王十朋注引趙彦材曰:
"世傳王荆公嘗誦先生此詩,嘆曰:'蘇子瞻乃能使事至此。'時其
婿蔡卞曰:'此句不過詠雪之狀,妝樓臺如玉樓,瀰漫萬象若銀海
耳。'荆公哂焉,謂曰:'此出道書也。'蔡卞曾不理會于玉樓何以謂
之'凍合',而下三字云'寒起粟'? 于銀海何以謂之'光摇',而下
三字云'眩生花'乎? '起粟'字蓋使趙飛燕雖寒體無軫粟也。"趙
德麟《侯鯖録》卷一亦云:"東坡在黄州日作雪詩云:'凍合玉樓寒
起粟,光摇銀海眩生花',人不知其使事也。後移汝海,過金陵,見
王荆公論詩及此,云:'道家以兩肩爲玉樓,以目爲銀海,是使此

否?'坡笑之。退謂葉致遠曰:'學荆公者,豈有此博學哉!'"則蘇軾亦未明確首肯。方回《瀛奎律髓》卷二十一云:"玉樓爲肩,銀海爲眼,用道家語,然竟不知出道家何書? 蓋《黄庭》一種書,相傳有此説。"(二) 白描實景。葉夢得認爲是實寫,"超然飛動,何害其言玉樓銀海"(《石林詩話》卷下),紀昀亦云:"此因玉樓銀海太涉體物,故造爲荆公此説以周旋東坡,其實只是地如銀海,屋似玉樓耳,不必曲爲之説也。"又云:"玉樓、銀海之説,疑出詩話之附會。銀海爲目,義尚可通;凍合兩肩,更成何語。且自宋迄今,亦無確指出何道書者,不如依文解之爲是。"(皆見《瀛奎律髓刊誤》卷二十一)袁枚《隨園詩話》卷一:"東坡雪詩用銀海、玉樓,不過言雪之白,以'銀'、'玉'字樣襯托之,亦詩家常事。注蘇者必以爲道家肩、目之稱,則當下雪時,專飛道士家,不到别人家耶?"(郭沫若《讀隨園詩話札記》三十五《評王安石》條駁斥袁説,認爲王安石所云爲"深知甘苦"之言。)兩説姑并存。但蘇軾其他雪詩,如《次韻仲殊雪中游西湖》云:"玉樓已崢嶸",《雪中過淮謁客》云:"萬頃穿銀海",其"玉樓"、"銀海"皆係實寫。"寒起粟"、"眩生花"乃襲用晚唐裴説之斷句:"瘦肌寒起粟,病眼餒生花。"見《全唐詩》卷七百二十一(《隨園詩話》卷十四已指出)。

〔六〕遺蝗二句:謂大雪滅蝗,來年麥子必將豐收。幾家,一作"萬家"。

〔七〕空吟句:《新唐書·劉叉傳》:劉叉"作《冰柱》、《雪車》二詩,出盧仝、孟郊右"。《韻語陽秋》卷三:"劉叉詩酷似玉川子(盧仝),而傳于世者二十七篇而已。《冰柱》、《雪車》二詩,雖作語奇怪,然議論亦皆出于正也。《冰柱》詩云:'不爲四時雨,徒于道路成泥柤;不爲九江浪,徒能汩没天之涯。'……如此等句,亦有補于時,與玉川《月蝕》詩稍相類。"

【評箋】　陸游《跋吕成叔和東坡尖叉韻雪詩》:"蘇文忠集中有雪詩,用'尖'、'叉'二字,王文公集中,又有次蘇韻詩,議者謂非二公莫能爲也。通判澧州吕文之成叔乃頓和百篇,字字工妙,無牽强湊泊之病。"

查慎行《補注東坡編年詩》卷十二引陸游語,并云:"據此則‘尖’、‘叉’二韻,介甫當時皆有和章,今集中所載,只‘叉’字韻六首耳。(按,即《讀眉山集次韻雪詩五首》、《讀眉山集愛其雪詩能用韻,復次韻一首》)至呂成叔百篇,世無一傳者,古人名作湮没,何可勝道?可發一嘆。"

費袞《梁谿漫志》卷七《作詩押韻》條:"作詩押韻是一奇,荆公、東坡、魯直押韻最工,而東坡尤精于次韻,往返數四,愈出愈奇。如作梅詩、雪詩,押‘曎’字、‘叉’字,在徐州與喬太博唱和,押‘粲’字數詩特工。荆公和‘叉’字數首,魯直和‘粲’字數首,亦皆傑出。蓋其胸中有數萬卷書,左抽右取,皆出自然,初不着意要尋好韻,而韻與意會,語皆渾成,此所以爲好。若拘于用韻,必有牽强處,則害一篇之意,亦何足稱。"

方回《瀛奎律髓》卷二十一:"坡知密州時作,年三十九歲。偶然用韻甚險,而再和尤佳。或謂坡詩律不及古人,然才高氣雄,下筆前無古人也。觀此雪詩,亦冠絶古今矣。雖王荆公亦心服,屢和不已,終不能壓倒。"

紀批(卷十二):"二詩徒以窄韻得名,實非佳作。"

沈德潛《説詩晬語》卷下:"東坡‘尖’、‘叉’韻詩,偶然游戲,學之恐入于魔。"

和子由四首 (選一)

送 春[一]

夢裏青春可得追,欲將詩句絆餘暉。酒闌病客惟思睡[二],蜜熟黄蜂亦懶飛。芍藥櫻桃俱掃地[三],鬢絲禪榻兩忘機[四]。憑君借取法界觀,一洗人間萬事非[五]。

〔一〕熙寧八年(一〇七五)作。蘇轍時爲齊州(治所在今山東濟南)掌

書記,曾作《次韻劉敏殿丞送春》詩。蘇軾作此爲和章,同時尚有
其他三首,此爲第二首。

〔二〕酒闌四句:紀批(卷十三):"四句對得奇變,此對面烘託之法。"他
在《瀛奎律髓刊誤》卷二十六中亦云:"三四二句是對面烘染法,好
在'亦'字,上下鎔成一片。"《御選唐宋詩醇》卷三十四:"'酒闌'句
是賦,'蜜熟'句是比,對句却從上句生出,作手大家,即一屬對,不
易測識如是。"

〔三〕芍藥句:蘇軾自注:"病過此二物。"

〔四〕忘機:汰盡謀算得失之權變心計。

〔五〕憑君二句:蘇軾自注:"來書云:近看此書,余未嘗見也。"《法界
觀》,指《法界觀門》,唐杜順著,全名《修大方廣佛華嚴法界觀門》,
爲佛教華嚴宗重要著作之一。紀批(卷十三):"上句五仄落脚,下
句萬字宜用平聲。"

【評箋】　《瀛奎律髓》卷二十四:"'酒闌病客惟思睡',我也,情也;
'蜜熟黃蜂亦懶飛',物也,景也;'芍藥櫻桃俱掃地',景也;'鬢絲禪榻兩
忘機',情也。一輕一重,一來一往,所謂四實四虛,前後虛實,又當何如
下手?至此則如繫風捕影,未易言矣。坡妙年詩律頗寬,至晚年乃神妙
流動。"(馮舒駁云:"大手自然不同,豈可以尋常蹊徑束之。")

和文與可洋州園池三十首〔一〕(選二)

湖　橋

朱欄畫柱照湖明,白葛烏紗曳履行。橋下龜魚晚無
數,識君拄杖過橋聲〔二〕。

〔一〕原共三十首，《湖橋》爲第一首。文同，字與可，梓州永泰（今四川鹽亭）人，爲蘇軾表兄。熙寧八年任洋州（今陝西洋縣）知州。此詩作于熙寧九年（一○七六）。

〔二〕此首紀昀批云：“暗用‘堂堂策策’事，寫出閑逸。”（卷十四）按，堂堂策策，見譚峭《化書》卷五：“庚氏穴池，構竹爲憑檻，登之者，其聲策策焉；辛氏穴池，構木爲憑檻，登之者，其聲堂堂焉。二氏俱牧魚于池中，每憑檻投餌，魚必踴躍而出。他日但聞策策堂堂之聲，不投餌亦踴躍而出。”

南　　　園〔一〕

不種夭桃與綠楊，使君應欲候農桑〔二〕。春畦雨過羅紈膩，夏壠風來餅餌香〔三〕。

〔一〕《南園》爲第二十九首。

〔二〕使君句：此詩爲勸農詩，并暗切文同的知州身份。

〔三〕春畦二句：王十朋注本卷十引趙次公曰：“此格謂之言山不言山、言水不言水之格，最爲巧妙。”“舊《眉山集》一本云‘桑疇’、‘麥壠’，今云‘春疇’、‘夏壠’。言‘春’則知其爲桑，況下又有‘羅紈膩’字；言‘夏’則知其爲麥，況下又有‘餅餌香’字乎？此必先生後來手自定詩集時易之耳。”釋惠洪《冷齋夜話》卷五：“東坡曰：‘桑疇雨過羅紈膩，麥隴風來餅餌香’，如《華嚴經》舉因知果，譬如蓮花，方其吐華而果具蕊中。”（《詩人玉屑》卷六引《冷齋夜話》“桑疇”作“春畦”，“麥隴”作“夏壠”，“舉因知果”作“舉果知因”）按，趙次公以“春疇”代“桑疇”、“夏壠”代“麥壠”，是爲修辭上之借代；惠洪所謂“舉因知果法”實爲聯想，此法在蘇詩中屢用，如《和田國博喜雪》：“玉花飛半夜，翠浪舞明年。”《雨後行菜圃》：“未任筐筥載，已作杯盤想。”《游博羅香積寺》從建碓設想以後的“收麵”、“舂糠”乃至“炊裂十字瓊肌香”的麵餅。《初到黃州》：“長江繞郭知魚美,好竹連山覺筍香。"等等。(《宋詩精華録》卷二亦已指出"春畦"二句"即'長江繞郭'一聯作法"。)另,"羅紈膩"又可理解爲比喻雨後之桑葉,"餅餌香"比喻風中之麥香,此兩句實爲多種修辭手法的綜合運用。

和晁同年九日見寄〔一〕

仰看鸞鵠刺天飛,富貴功名老不思。病馬已無千里志〔二〕,騷人長負一秋悲〔三〕。古來重九皆如此,別後西湖付與誰〔四〕? 遣子窮愁天有意,吳中山水要清詩〔五〕。

〔一〕晁端彦,字美叔,任提點兩浙刑獄,置司杭州。熙寧九年(一〇七六)五月,因違法在潤州待審。詩即作于此時。他與蘇軾同榜進士,故稱"同年"。

〔二〕病馬句:《晉書·王敦傳》:王敦"每酒後輒詠魏武帝樂府歌曰:'老驥伏櫪,志在千里。烈士暮年,壯心不已。'"這裏反用此典。

〔三〕騷人句:宋玉《九辯》:"悲哉秋之爲氣也!""皇天平分四時兮,竊獨悲此廩(凜)秋。"這裏正用其意。

〔四〕古來二句:查慎行《初白庵詩評》卷中:"淡而彌旨,知此者鮮矣。"

〔五〕遣子二句:《史記·平原君虞卿列傳》:太史公曰:"虞卿非窮愁,亦不能著書以自見于後世云。"白居易《讀李杜詩集因題卷後》:"天意君須會,人間要好詩。"兩句爲相慰之辭。

【評箋】　紀批(卷十四):"沉着排宕。"

和孔郎中荆林馬上見寄〔一〕

　　秋禾不滿眼，宿麥種亦稀。永愧此邦人，芒刺在膚肌。平生五千卷，一字不救飢。方將怨無襦，忽復歌緇衣〔二〕。堂堂孔北海，直氣凜羣兒〔三〕。朱輪未及郊〔四〕，清風已先馳。何以累君子，十萬貧與羸〔五〕。滔滔滿四方，我行竟安之？何時劍關路，春山聞子規〔六〕。

〔一〕孔郎中，孔宗翰，字周翰，其官階爲郎中。他是繼蘇軾之後的密州知州，在未到密州前，有詩寄蘇，蘇答以此詩，時在熙寧九年（一〇七六）冬。

〔二〕方將二句：謂正當我因無益于民而抱愧時，忽接孔宗翰來詩推崇自己的政績。上句典出《後漢書·廉范傳》：廉范任蜀郡太守時，百姓歌之曰：“廉叔度（廉范字叔度），來何暮？不禁火，民安作。平生無襦今五絝。”下句典出《詩·鄭風·緇衣》，《詩序》謂此詩乃贊美鄭武公父子“并爲周司徒，善于其職”。

〔三〕堂堂二句：《後漢書·孔融傳》：“孔融字文舉，魯國人，孔子二十世孫也。”“爲北海相”。傳論又云：“文舉之高志直情，其足以動義概而忤雄心”，“懍懍焉，皜皜焉，其與琨玉秋霜比質可也”。這裏以孔融喻孔宗翰，他也是孔子後代。

〔四〕朱輪：《後漢書·輿服志》上：“中二千石、二千石皆皂蓋，朱兩轓。其千石、六百石，朱左轓。”這裏指孔宗翰作爲知州的車仗。

〔五〕十萬句：泛指一州之民。《新唐書·陳子昂傳》記陳子昂上書言事云：“一州得才刺史，十萬戶賴其福；得不才刺史，十萬戶受其困。”（傳文與《陳子昂集》中《上軍國利害事·牧宰》文字有出入）

〔六〕滔滔四句：意謂自己宦途浮沉，不知何時歸居故鄉蜀中。

留別釋迦院牡丹呈趙倅〔一〕

　　春風小院初來時，壁間惟見使君詩。應問使君何處去？憑花説與春風知。年年歲歲何窮已，花似今年人老矣〔二〕。去年崔護若重來〔三〕，前度劉郎在千里〔四〕。

〔一〕此詩查慎行、馮應榴注本均以爲熙寧五年作于杭州，施元之等注本、施宿《東坡先生年譜》、王文誥注本則斷爲熙寧九年（一〇七六）離密州時作，今從之。趙倅，名成伯。倅，副職，此處即通判。自《雪後書北臺壁二首》至本篇，皆作于密州。

〔二〕年年二句：劉希夷《代悲白頭翁》：“年年歲歲花相似，歲歲年年人不同。”

〔三〕去年句：《本事詩·情感》記唐崔護于清明日獨游都城南，遇一女子求飲，“意屬殊厚”。“及來歲清明日，忽思之，情不可抑，逕往尋之。門墻如故，而已鎖扃之。因題詩于左扉曰：‘去年今日此門中，人面桃花相映紅。人面只今何處去？桃花依舊笑春風。’”這裏以崔護喻趙倅。

〔四〕前度句：用劉禹錫三游玄都觀訪賞桃花事。他最後一次有《再游玄都觀》詩：“百畝庭中半是苔，桃花開盡菜花開。種桃道士歸何處？前度劉郎今又來。”這裏以劉禹錫自比。結兩句懸擬來年趙倅如再賞釋迦院牡丹，會想念我已遠在他方。此處兩用桃花典故，而題云牡丹，前人謂稍不切。

　　【評箋】　紀批（卷十四）：“前四句運意奇幻，後四句出以曼聲，亦情思惘然不盡。”

91

除夜大雪留濰州，元日早晴
遂行，中途雪復作〔一〕

　　除夜雪相留，元日晴相送。東風吹宿酒，瘦馬兀殘夢〔二〕。葱曨曉光開，旋轉餘花弄。下馬成野酌，佳哉誰與共？須臾晚雲合，亂灑無缺空。鵝毛垂馬驂，自怪騎白鳳〔三〕。三年東方旱，逃戶連敧棟〔四〕；老農釋耒嘆，淚入飢腸痛。春雪雖云晚，春麥猶可種。敢怨行役勞，助爾歌飯甕〔五〕。

〔一〕熙寧十年(一〇七七)元日作。時蘇軾離密州赴京任尚書祠部員外郎、直史館途中。

〔二〕瘦馬句：《升庵詩話》卷十二《劉駕詩》條："劉駕詩體近卑，無可采者。獨'馬上續殘夢'一句，千古絶唱也。東坡改之，作'瘦馬兀殘夢'，便覺無味矣。"餘參看前《太白山下早行至橫渠鎮書崇壽院壁》"馬上續殘夢"句注。

〔三〕鵝毛二句：《北夢瑣言》卷五《沈蔣人物》條："沈詢侍郎清粹端美，神仙中人也。制除山北節旄。京城誦曹唐《游仙詩》云：'玉詔新除沈侍郎，便分茅土領東方。不知今夜游何處？侍從皆騎白鳳凰。'即風姿可知也。"蘇詩雖即景詠雪，句義卻從此化出。

〔四〕連敧棟：言逃戶之多。敧棟，傾斜破敗之屋，指貧戶。

〔五〕敢怨二句：《升庵詩話》卷十《梅溪注東坡詩》條："王梅溪注東坡詩，世稱其博，予偶信手繙一册，《除夜大雪留濰州》詩云：'敢怨行役勞，助爾歌飯甕'，山東民謠云：'霜淞打霧淞，貧兒備飯甕。'淞音宋，積雪也，以爲豐年之兆，坡詩正用此。而注云：山東人以肉埋飯下，謂之飯甕，何異小兒語耶？"（《墨莊漫録》引古農諺作"霜淞打霧淞,窮漢備飯甕。")

【評箋】　紀批(卷十五):"'鵝毛'字本俚語,得下五字,便成奇采,于此悟點化之妙。'淚入'五字慘。收處波瀾壯闊,立言亦極得體。"

書韓幹牧馬圖〔一〕

　　南山之下,汧渭之間〔二〕,想見開元天寶年。八坊分屯隘秦川,四十萬匹如雲煙〔三〕。騅駬騏駱驪騮驃,白魚赤兔騂皇騵〔四〕。龍顱鳳頸獰且妍,奇姿逸德隱駑頑。碧眼胡兒手足鮮,歲時翦刷供帝閑〔五〕。柘袍臨池侍三千〔六〕,紅妝照日光流淵。樓下玉螭吐清寒,往來蹴踏生飛湍。眾工舐筆和朱鉛〔七〕,先生曹霸弟子韓〔八〕。厩馬多肉尻腄圓,肉中畫骨誇尤難〔九〕。金羈玉勒繡羅鞍,鞭箠刻烙傷天全,不如此圖近自然。平沙細草荒芊綿,驚鴻脫兔爭後先〔一〇〕。王良挾策飛上天〔一一〕,何必俯首服短轅〔一二〕?

〔一〕熙寧十年(一〇七七)作于汴京。韓幹,唐代著名畫家,藍田(今屬
　　陝西)人。善畫人物,尤工畫馬。初師曹霸,後被玄宗召入宮廷,
　　便以內厩名馬爲師,所作形象雄俊,獨步當時。

〔二〕南山二句:南山,指秦嶺山,在隴縣東南。汧(qiān)渭,汧水(今字
　　作千水)源出甘肅省東南,至寶雞市流入渭水。《史記·秦本紀》:
　　"非子(人名)居犬丘,好馬及畜,善養息之。犬丘人言之周孝王,
　　孝王召使主馬于汧、渭之間,馬大蕃息。"紀批(卷十五):"若第二

句去一'之'字作一句,神味便減。"

〔三〕八坊二句:《新唐書·兵志》:"唐之初起,得突厥馬二千匹,又得
隋馬三千于赤岸澤,徙之隴右。監牧之制始于此。""用太僕少卿
張萬歲領羣牧。自貞觀至麟德四十年間,馬七十萬六千,置八坊
岐、幽、涇、寧間,地廣千里,一曰保樂,二曰甘露,三曰南普閏,四
曰北普閏,五曰岐陽,六曰太平,七曰宜禄,八曰安定。"後馬政日
廢,開元初命王毛仲領內外閑厩,"馬稍稍復,始二十四萬,至十三
年乃四十三萬"。杜甫《天育驃騎圖歌》:"當時四十萬匹馬。"

〔四〕騅駓二句:指形形色色的馬。騅,毛色蒼白相雜的馬。駓,毛色
黃白相雜的馬。駰,淺黑間白的雜色馬。駱,黑鬣的白馬。驪,純
黑色的馬。騮,黑鬣的紅馬。騵,白腹的騮馬。白魚,兩目似魚目
的馬。赤兔,紅色馬。騂(xīng),紅黃色的馬。皇,毛色黃白相雜
的馬。騵(hàn),長毛馬。

〔五〕帝閑:內廷馬厩。《新唐書·兵志》:"又有掌閑,調馬習上。""又
以尚乘掌天子之御。左右六閑:一曰飛黃,二曰吉良,三曰龍媒,
四曰駒騄,五曰駃騠,六曰天苑。總十有二閑爲二厩:一曰祥麟,
二曰鳳苑,以繫飼之。"

〔六〕柘袍:黃袍,皇帝所服,代指皇帝。　　三千:指宮女之多。

〔七〕朱鉛:指繪畫的顏料。

〔八〕先生句:以上皆寫開元天寶時內外閑厩之況,至此句才入題。

〔九〕厩馬二句:杜甫《丹青引贈曹將軍霸》:"弟子韓幹早入室,亦能畫
馬窮殊相。幹唯畫肉不畫骨,忍使驊騮氣凋喪。"杜甫論馬崇尚
"鋒稜瘦骨成"(《房兵曹胡馬》),故謂韓幹畫馬多肉,不見骨相。
蘇軾謂厩馬本來多肉,韓幹却能"肉中畫骨",彌見功力。尻脽
(kāo shuí),臀部。

〔一〇〕平沙二句:全詩只此二句正面描寫《牧馬圖》。驚鴻,曹植《洛神
賦》:"翩若驚鴻。"脫兔,《孫子·九地》:"後如脫兔,敵不及拒。"皆
形容動作輕逸快捷。

〔一一〕王良:春秋時趙簡子的善御者。《淮南子·覽冥訓》:"昔者王良、

造父之御也，上車攝轡，馬爲整齊而斂諧，投足調均，勞逸若一。”後引申爲星名。《晉書·天文志》：“王良五星，在奎北，居河中，天子奉車御官也。”故詩云“挾策(馬鞭)飛上天”。

〔一二〕短轅：《世說新語·輕詆》劉孝標注引《蔡充別傳》：蔡充“故詣王公(王導)，謂曰：‘朝廷欲加公九錫，公知不？’王謂信然，自叙陳志。蔡曰：‘不聞餘物，惟聞有短轅犢車、長柄麈尾。’王大愧。”(因此語揭破王導懼内故事)這裏指狹窄不適。《烏臺詩案》：“熙寧十年二月到京，王詵送到茶果酒食等。三月初一日，王詵送到簡帖，約來日出城外四照亭中相見。次日軾與詵相見。……次日王詵送韓幹畫馬十二匹，共六軸，求軾跋尾，不合作詩云：‘王良狹矢飛上天，何必俯首求短轅？’意以騏驥自比，譏諷執政大臣，無能盡我之才，如王良之能馭者，何必折節干求進用也。”

【評箋】《御選唐宋詩醇》卷三十五：“馬詩有杜甫諸作，後人無從着筆矣。千載獨有軾詩數篇，能别出一奇於浣花之外，骨幹氣象，實相等埒。”“篇中‘騅駓駉駱驪騮騵’，蓋本昌黎《陸渾山火》詩‘鵶鴟鵰鷹雉鵠鶵’之句，王士禎謂并是學《急就篇》句法，由其氣大，故不見其累重之迹，即如此詩，本是則傚少陵，而此二句，乃全似昌黎亦不覺也。”

紀批(卷十五)：“通首傍襯，只結處一着本位，章法奇絶。”“到末又拖一意，變化不測。”

和孔密州五絶 （選一）

東　欄　梨　花〔一〕

梨花淡白柳深青，柳絮飛時花滿城。惆悵東欄一株雪，人生看得幾清明〔二〕？

〔一〕原共五首,《東欄梨花》爲第三首。熙寧十年(一〇七七)四月,蘇
　　軾改任徐州知州。此詩當抵徐後所作。孔密州,即孔宗翰,見前
　　《和孔郎中荆林馬上見寄》詩注。
〔二〕惆悵二句:陸游《老學庵筆記》卷十:"紹興中,予在福州,見何晉
　　之大著,自言嘗從張文潛(耒)游,每見文潛哦此詩,以爲不可及。
　　余按杜牧之有句云:'砌下梨花一堆雪,明年誰此憑闌干?'東坡固
　　非竊牧之詩者,然竟是前人已道之句,何文潛愛之深也,豈別有所
　　謂乎?"(參看《容齋隨筆》卷十五《張文潛哦蘇杜詩》條)明俞弁《逸
　　老堂詩話》卷下駁陸游云:"余愛坡老詩渾然天成,非模仿而爲之
　　者,放翁正所謂洗瘢索垢者矣。"

　　【評箋】《御選唐宋詩醇》卷三十五:"濃至之情,偶于所見發露,絶
句中幾與劉夢得爭衡。"
　　紀批(卷十五):"此首較有情致。"
　　俞樾《湖樓筆談》卷五(《第一樓叢書》九):"此詩妙絶。而明郎仁寶
(瑛)以爲既云'淡白',又云'一株雪',恐重言相犯,欲易'梨花淡白'爲
'桃花爛漫',此真强作解事者。首句'梨花淡白'即本題也,次句'花滿
城'正承'梨花淡白'而言,若易首句爲'桃花爛漫',則'花滿城'當屬桃
花,與'惆悵東欄一株雪',了不相屬,且是詠桃花非復詠梨花矣。此等議
論,大是笑柄。"

韓幹馬十四匹〔一〕

　　二馬并驅攢八蹄,二馬宛頸鬃尾齊〔二〕。一馬任前雙
舉後〔三〕,一馬却避長鳴嘶。老髯奚官騎且顧〔四〕,前身作
馬通馬語。後有八匹飲且行,微流赴吻若有聲。前者既

濟出林鶴，後者欲涉鶴俛啄。最後一匹馬中龍〔五〕，不嘶
不動尾搖風。韓生畫馬真是馬，蘇子作詩如見畫〔六〕。世
無伯樂亦無韓〔七〕，此詩此畫誰當看？

〔一〕熙寧十年（一〇七七）作。樓鑰《攻媿集》卷三《題趙尊道〈渥窪
　　　圖〉》詩序："趙尊道制幹以龍眠《渥窪圖》示余。余曰：'誤矣！本
　　　韓幹馬，東坡曾爲賦詩者，此龍眠所臨，而以後爲前，俾易之。爲
　　　書坡詩于後，而次其韻。馬實十六，坡集詩云十四匹，豈誤耶？'"
　　　録以存疑。

〔二〕鬣：同"鬃"。

〔三〕一馬任前句：《韓非子·説林》下記伯樂（或説此伯樂即王良）教
　　　兩人到趙簡子厩中去識別能踢的馬。一人"三撫其尻而馬不踶
　　　（踢），此自以爲失相。其一人曰：'子非失相也。此其爲馬也，踒
　　　肩而腫膝。夫踶馬也者，舉後而任前，腫膝不可任也，故後不
　　　舉。'"任前，指馬踢後脚時，全身重量任于前脚。（此馬因前膝腫，
　　　故後脚不能踢）紀批（卷十五）云"'任'當作'在'"，不確。

〔四〕奚官：養馬小吏。

〔五〕最後一匹：指"後有八匹"中之一，非累計上數爲第十五匹。王文
　　　誥《蘇文忠公詩編注集成》卷十五："此用《飲中八仙》法，以其板
　　　滯，特下'最後一匹'句，變其法也。"

〔六〕蘇子句：歐陽修《盤車圖》："古畫畫意不畫形，梅（堯臣）詩詠物無
　　　隱情。忘形得意知者寡，不若見詩如見畫。"

〔七〕伯樂：古代善相馬者。一説春秋中期秦穆公之臣，《淮南子·道
　　　應》記他認爲相千里馬必須"得其精而忘其粗，在其内而忘其
　　　外"。一説春秋末趙簡子之臣，見上引《韓非子·説林》下。

【評箋】《容齋隨筆·五筆》卷七："韓公人物《畫記》，其叙馬處
云：'……凡馬之事二十有七焉。馬大小八十有三，而莫有同者焉。'秦少
游謂其叙事該而不煩，故仿之而作《羅漢記》。坡公賦《韓幹十四馬》詩

云：……詩之與記，其體雖異，其爲布置鋪寫則同。誦坡公之語，蓋不待見畫也。”

《蘇詩選評箋釋》卷二：“韓子《畫記》只是記體，不可以入詩；杜子《觀畫馬圖詩》，只是詩體，不可以當記。杜韓開其端，蘇乃盡其極。敘次歷落，妙言奇趣，觸緒横生，嘹然一吟，獨立千載。”

紀批(卷十五)：“杜公《韋諷宅觀畫馬詩》，獨創九馬分寫之格，此詩從彼處得法，更加變化耳。”

《昭昧詹言》卷十二：“叙十五馬如畫(應爲十四馬)，尚不爲奇，至于章法之妙，非太史公與退之不能知之。故知不解古文，詩亦不妙。……起四句分叙寫。‘老髯’二句，一束夾，此爲章法。‘微流’句，欲活。‘前者’二句，總寫八匹。‘最後’二句補道足。‘韓生’句，前叙後議。收自道此詩。”“直叙起，一法也。序十五馬分合，二也。序夾寫如畫，三也。分合叙參差入妙，四也。夾寫中忽入‘老髯’二句議，閒情逸致，文外之文，弦外之音，五妙也。夾此二句，章法變化中，又加變化，六妙也。後‘八匹’，‘前者’二句忽斷，七妙也。横雲斷山法，此以退之《畫記》入詩者也。後人能學其法，不能有其妙。”

送 鄭 户 曹〔一〕

游遍錢塘湖上山，歸來文字帶芳鮮。羸童瘦馬從吾飲，陋巷何人似子賢〔二〕？公業有田常乏食，廣文好客竟無氈〔三〕。東歸不趁花時節，開盡春風誰與妍！

〔一〕元豐元年(一〇七八)作。鄭僅，字彦能，彭城人。時赴任大名府司户參軍。

〔二〕陋巷句：《論語·雍也》：孔子稱贊顔回云：“賢哉，回也！一簞食，一瓢飲，在陋巷，人不堪其憂，回也不改其樂。”

〔三〕公業二句：承上寫鄭僅貧困。上句見《後漢書・鄭太傳》：“鄭太字公業，河南開封人。”“陰交結豪傑。家富于財，有田四百頃，而食常不足，名聞山東。”下句見《新唐書・鄭虔傳》：“鄭虔，鄭州滎陽人。”玄宗“置廣文館，以虔爲博士”，“時號鄭廣文。在官貧約甚，淡如也。杜甫嘗贈以詩曰：‘才名四十年，坐客寒無氈’云”。兩句皆用鄭姓典故，以切被贈詩者之姓，此爲蘇軾擅長之用典常例。

讀孟郊詩二首〔一〕

夜讀孟郊詩，細字如牛毛，寒燈照昏花，佳處時一遭。孤芳擢荒穢，苦語餘詩騷；水清石鑿鑿〔二〕，湍激不受篙；初如食小魚，所得不償勞；又似煮彭蜞，竟日持空螯〔三〕。要當鬬僧清〔四〕，未足當韓豪〔五〕。人生如朝露，日夜火消膏，何苦將兩耳，聽此寒蟲號〔六〕。不如且置之，飲我玉色醪。

我憎孟郊詩，復作孟郊語。飢腸自鳴喚，空壁轉飢鼠；詩從肺腑出，出輒愁肺腑。有如黃河魚，出膏以自煮。尚愛銅斗歌〔七〕，鄙俚頗近古：桃弓射鴨罷，獨速短蓑舞，不憂踏船翻，踏浪不踏土〔八〕。吳姬霜雪白，赤腳浣白紵，嫁與踏浪兒，不識離別苦。歌君江湖曲〔九〕，感我長羈旅！

〔一〕元豐元年(一〇七八)作。
〔二〕鑿鑿：鮮明貌。
〔三〕彭蜞：即蟛蜞，似蟹而小。以上八句用四種形象來比擬“佳處時一遭”：雖如花朵，却在荒草中孤獨挺立；水清石白，但流急不能行船；如食小魚，肉少骨多；如食小蟹，整日只吃無肉之脚。

〔四〕僧：指賈島。初爲僧，名無本，詩與孟郊齊名。蘇軾《祭柳子玉文》提出“郊寒島瘦”之説。

〔五〕韓：指韓愈。

〔六〕寒蟲號：蘇軾反對詩歌好作苦語，參看《次韻答劉涇》：“吟詩莫作秋蟲聲。”

〔七〕銅斗歌：指孟郊《送淡公詩十二首》其三。

〔八〕桃弓四句：《送淡公詩十二首》其三云：“銅斗飲江酒，手拍銅斗歌。儂是拍浪兒，飲則拜浪婆。脚踏小舡頭，獨速舞短莎。”其四云：“不如竹枝弓，射鴨無是非。”其五云：“射鴨復射鴨，鴨驚菰蒲頭。”“儂是清浪兒，每踏清浪游。笑伊鄉貢郎，踏土稱風流。”蘇詩用其詞句或詞意。

〔九〕歌君句：《送淡公詩十二首》其六云：“數年伊洛同，一旦江湖乖。江湖有故莊，小女啼喈喈。”其七云：“伊洛氣味薄，江湖文章多。坐緣江湖岸，意織鮮明波。銅斗短簑行，新章其奈何！”按，孟郊詩有硬語盤空、拗折奇險以及多作苦語的一面，又有感情真摯以及吸收樂府民歌優點、運用俚語的一面。蘇軾分別采取或否定或肯定的分析態度；但對前者的否定也有言之過甚處（雖也稱贊過孟郊《聞角詩》“似開孤月口，能説落星心”之設想奇特）。後人對此評論較多。或誤認蘇軾對孟詩全盤否定而指其不當，如曾季貍《艇齋詩話》：“予舊因東坡詩云‘我憎孟郊詩’，及‘要當鬭僧清，未足當韓豪’，‘何苦將兩耳，聽此寒蟲號’，遂亦不喜孟郊詩。五十以後，因暇日試取細讀，見其精深高妙，誠未易窺。方信韓退之、李習之尊敬其詩，良有以也。東坡性痛快，故不喜郊之詞艱深。要之，孟郊、張籍一等詩也。唐人詩有古樂府氣象者，惟此二人。但張籍詩簡古易讀，孟郊詩精深難窺耳。孟郊如《游子吟》、《列女操》、《薄命妾》、《古意》等篇，精確宛轉，人不可及也。”（蘇軾對其“有古樂府氣象者”也是肯定的）葛立方《韻語陽秋》卷一也籠統指責蘇軾對孟詩“貶之亦太甚矣！”或誤認蘇軾對孟詩全盤肯定而曲爲解説，如汪師韓《蘇詩選評箋釋》卷二：“郊詩佳處，惟此言之親切。前作‘孤芳’二句，其體質也；‘水清’二句，其格調也；繼乃比之食小魚、煮彭蟣、聽寒號者，軾蓋直以韓豪自居也。後作……觀《銅斗歌》全用其語，愛之深矣。‘郊寒島瘦’，千古奉軾語爲定評，顧島豈得與郊抗衡哉！”此兩説對孟郊詩肯定偏高却是共同的。賀裳《載酒園詩話》云：“宋人多不喜孟詩。……（引蘇軾此詩）愚意東野實亦訴窮嘆屈之辭太多，讀其集頻聞呻吟之聲，使人不歡。但踞天蹐地，《雅》亦有之，‘終窶且貧’（《邶風·北門》），《邶風》先有此嘆。……二蘇皆年少成名，雖有謫遷之悲，未歷飢寒之厄，宜有不知此痛癢之言。”可供參考。另紀批（卷十六）云：“二首即作東野體，如昌黎樊宗師諸例。意謂東野體，我固能爲之，但不爲耳。然東坡以雄視百代之才，而往往傷率、傷慢、傷放、傷露，正坐不肯爲郊、島一番苦吟工夫耳。讀者不可不知。”所言頗當。

訪張山人得山中字二首〔一〕（選一）

萬木鎖雲龍〔二〕，天留與戴公〔三〕。路迷山向背，人在瀼西東〔四〕。薺麥餘春雪，櫻桃落晚風〔五〕。入城都不記，歸路醉眠中。

〔一〕原共二首，第一首押“山”韻，此第二首押“中”韻。張山人，張天驥，字聖塗，居雲龍山，號雲龍山人。蘇軾《放鶴亭記》：“熙寧十年秋，彭城大水，雲龍山人張君之草堂，水及其半扉。明年（元豐元年）春，水落遷于故居之東，東山之麓。”詩作于元豐元年（一○七八）。

〔二〕雲龍：蘇軾自注：“山名。”在徐州南。

〔三〕戴公：《南史·戴顒傳》：戴顒爲南朝宋時名士,曾住剡縣、桐廬等地名山。後憩于京口黄鵠山時：“(宋)文帝每欲見之,嘗謂黄門侍郎張敷曰：‘吾東巡之日,當宴戴公山下也。’”蘇軾《同柳子玉游鶴林、招隱醉歸,呈景純》詩亦云：“戴公山下野桃香。”或説指戴安道、戴符,非。

〔四〕瀼：陸游《入蜀記》卷六：“土人謂山間之流通江者曰瀼。”

〔五〕蕎麥二句：紀批(卷十六)：“五六自是秀句,然專標此種,則終身不出九僧門户。”

【評箋】 紀批(卷十六)：“章法從工部《尋張氏隱居二首》得來。二首篇章字句都入古法,然却無十分出色處,不善學之,便成空調。”

續 麗 人 行〔一〕

深宫無人春日長,沉香亭北百花香〔二〕,美人睡起薄梳洗〔三〕,燕舞鶯啼空斷腸。畫工欲畫無窮意,背立東風初破睡〔四〕；若教回首却嫣然,陽城下蔡俱風靡〔五〕。杜陵飢客眼長寒〔六〕,蹇驢破帽隨金鞍,隔花臨水時一見,只許腰肢背後看〔七〕。心醉歸來茅屋底,方信人間有西子。君不見孟光舉案與眉齊,何曾背面傷春啼〔八〕！

〔一〕詩前有自序云：“李仲謀家有周昉畫背面欠伸内人極精,戲作此詩。”李仲謀,不詳。周昉,字景玄(一説字仲朗),長安人。唐代畫家,善畫貴族婦女。内人,宫女。《麗人行》,杜甫所作,寫楊國忠兄妹及其他貴婦人曲江郊游情景,蘇軾故意把此幅畫中的“背面欠伸内人”設想爲杜詩中人物,作“續”詩,并語多調侃幽默,故稱戲作。

〔二〕沉香亭：在唐興慶宮内(今西安興慶公園内)。玄宗用進貢的沉
　　　香木所建,故名。

〔三〕薄梳洗：淡妝。白居易《和夢游春詩一百韻》："風流薄梳洗。"

〔四〕初破睡：剛剛睡醒。

〔五〕若教二句：宋玉《登徒子好色賦》謂其東鄰女"嫣然一笑,惑陽城,
　　　迷下蔡"。陽城、下蔡,皆楚國城市名。風靡,傾倒。

〔六〕杜陵飢客：指杜甫。

〔七〕隔花二句：杜甫《麗人行》："三月三日天氣新,長安水邊多麗人",
　　　"背後何所見? 珠壓腰衱穩稱身。"這裏指杜甫窮困落魄,只能偶
　　　而一見宮女背影而已。意含調侃,并照應題序所謂"背面欠伸内
　　　人"畫面。

〔八〕君不見二句：《後漢書·梁鴻傳》："(鴻)爲人賃舂,每歸,妻(孟
　　　光)爲具食,不敢于鴻前仰視,舉案(有脚的托盤)齊眉。"兩句以普
　　　通人家夫妻相敬如賓,反襯宮女生活的苦悶悲愁。

僕曩於長安陳漢卿家,見吳道子畫佛,碎爛可惜。其後十餘年,復見之于鮮于子駿家,則已裝褙完好。子駿以見遺,作詩謝之〔一〕

　　貴人金多身復閒,爭買書畫不計錢,已將鐵石充逸
少〔二〕,更補朱繇爲道玄〔三〕。煙薰屋漏裝玉軸〔四〕,鹿皮
蒼璧知誰賢〔五〕。吳生畫佛本神授,夢中化作飛空仙,覺
來落筆不經意,神妙獨到秋毫顛〔六〕。昔我長安見此畫,
嘆息至寶空潸然。素絲斷續不忍看,已作蝴蝶飛聯翩。

君能收拾爲補綴，體質散落嗟神全。誌公彷彿見刀尺〔七〕，修羅天女猶雄妍〔八〕。如觀老杜飛鳥句，脱字欲補知無緣〔九〕。問君乞得良有意，欲將俗眼爲洗湔。貴人一見定羞怍，錦囊千紙何足捐〔一〇〕！不須更用博麻縷〔一一〕，付與一炬隨飛煙〔一二〕。

〔 一 〕元豐元年（一〇七八）作。陳漢卿，字師黯，蜀閬中人，累遷尚書虞部員外郎，愛好古書奇畫。裝褙，即“裱褙”。鮮于子駿，即鮮于侁，時任京東西路轉運副使。米芾《畫史》：“蘇軾子瞻家收吳道子畫佛及侍者誌公十餘人，破碎甚，而當面一手，精彩動人，點不加墨，口淺深暈成，故最如活。”即此畫。

〔 二 〕已將句：蘇軾自注：“殷鐵石，梁武帝時人。今法帖大王書中，有鐵石字。”唐李綽《尚書故實》：“《千字文》，梁周興嗣編次，而有王右軍書者，人皆不曉。其始乃梁武（帝）教諸王書，令殷鐵石于大王書中，搨一千字不重者，每字片紙，雜碎無序。武帝召興嗣，謂曰：‘卿有才思，爲我韻之。’興嗣一夕編綴進上。”

〔 三 〕更補句：蘇軾自注：“世所收吳道子畫，多朱繇筆也。”朱繇，唐長安人，工畫佛道。兩句謂傳世書畫多爲贗品。

〔 四 〕煙薰：米芾《畫史》：“真絹色淡，雖百破而色明白，精神彩色如新。惟佛像多經香煙薰損本色。”

〔 五 〕鹿皮句：《漢書·食貨志》下：“（武帝）以白鹿皮方尺，緣以繢（繡繪），爲皮幣，直四十萬。王侯宗室朝覲聘享，必以皮幣薦璧（襯墊玉璧），然後得行。”“（顔）異曰：‘今王侯朝賀以蒼璧，直數千，而其皮薦反四十萬，本末不相稱。’”兩句謂“貴人”重裝潢而輕畫本身。

〔 六 〕覺來二句：正因不經意得之，故能獨臻神妙。

〔 七 〕誌公句：《景德傳燈錄》卷二十七：“寶誌禪師，金陵人也，姓朱氏。宋太始初，忽居止無定，飲食無時，髮長數寸，徒跣執錫。杖頭摜翦刀、尺、銅鑑，或挂一兩尺帛，數日不食，無飢容。”梁時聲名大顯,卒,"敕謚妙覺大師"。方東樹《昭昧詹言》卷十二:"'志公'句用事精切",誤,據前引米芾《畫史》,寶誌實畫中人物,并非用典。

〔八〕 修羅句:修羅,阿修羅的略稱,意爲"無端正"(容貌醜惡)或"非天"(與天相似),古印度神話中"與帝釋鬥戰"的神祇。見《翻譯名義集》卷四《八部篇》。因阿修羅"男醜女端正","雄(醜)妍(端正)"即分別指男女。兩句均寫畫中人物形象。

〔九〕 如觀二句:歐陽修《六一詩話》:陳從易舍人"偶得杜集舊本,文多脱誤,至《送蔡都尉》詩云:'身輕一鳥□。'其下脱一字。陳公因與數客各用一字補之,或云疾,或云落,或云起,或云下,莫能定。其後得一善本,乃是'身輕一鳥過'。陳公嘆服,以爲雖一字諸君亦不能到也。"這裏借指吳道子此畫殘缺之處已無緣補全。

〔一○〕貴人二句:參看米芾《畫史》:"近世人或有貲力,原非酷好,意作摽韻,至假耳目于人,此謂之好事者。置錦囊玉軸以爲珍祕,開之或笑倒。余輒撫案大叫曰:'慙惶殺人!'"何足捐,何足算。

〔一一〕不須句:博,換取。句謂連去換取麻縷也不值;一説,此用《孟子·滕文公上》"麻縷絲絮輕重同,則賈相若"字面,謂不須更論價之輕重,亦可通。

〔一二〕結四句承開端,以"貴人"所藏書畫,大都是不值一錢之膺品,只配付之一炬而已。紀批(卷十六)謂結尾"回繳'貴人',似是完密,然以此起,仍以此結,似祗説貴人是此篇正意,不如就畫或宕開作結"。頗爲中肯。

又送鄭户曹〔一〕

　　水繞彭祖樓〔二〕,山圍戲馬臺〔三〕,古來豪傑地,千載有餘哀。隆準飛上天〔四〕,重瞳亦成灰〔五〕,白門下吕布〔六〕,大星隕臨淮〔七〕,尚想劉德輿〔八〕,置酒此徘徊。爾來苦寂寞，廢圃多蒼苔。河從百步響〔九〕，山到九里回〔一〇〕，山水自相激，夜聲轉風雷。蕩蕩清河壖〔一一〕，黃樓我所開〔一二〕。秋月墮城角，春風搖酒杯，遲君爲座客〔一三〕，新詩出瓊瑰。樓成君已去，人事固多乖。他年君倦游，白首賦歸來，登樓一長嘯："使君安在哉"〔一四〕！

〔一〕題一作《送鄭户曹》。元豐元年（一〇七八）作。鄭户曹，鄭僅，見前《送鄭户曹》詩注。

〔二〕彭祖樓：在徐州子城東北。彭祖，傳説是顓頊的玄孫，直到殷時尚在世，時已七百多歲。堯封他于徐州，爲大彭氏國。彭城即由他得名。一作彭城樓。

〔三〕戲馬臺：在徐州城南，相傳爲項羽所建。

〔四〕隆準：指漢高祖劉邦。《史記·高祖本紀》："高祖爲人，隆準（高鼻）而龍顏。"他是沛豐邑人（屬徐州）。

〔五〕重瞳：指項羽。《史記·項羽本紀》：説他是"重瞳子（兩個瞳子）"。他"自立爲西楚霸王，王九郡，都彭城"。

〔六〕白門句：《三國志·魏志·吕布傳》：吕布守徐州，曹操"自征布，至其城下"。圍之三月，"布與其麾下登白門樓。兵圍急，乃下降"。後被曹操縊殺。白門樓，下邳城的南門。

〔七〕大星句：大星指李光弼。《舊唐書·李光弼傳》：李光弼"寶應元年，封臨淮王"，"廣德二年七月，薨于徐州"。

〔八〕劉德輿：《宋書·武帝本紀》："高祖武皇帝諱裕，字德輿，小名寄奴，彭城縣綏輿里人。"

〔九〕河從句：即謂百步洪。在銅山縣東南，亦名徐州洪，泗水流經于此。洪，石堰。

〔一〇〕九里：即九里山。在徐州北。

〔一一〕壖（ruán）：同"堧"，河邊地。

〔一二〕黃樓：在徐州城東門上，蘇軾所建，見後《九日黃樓作》詩注。

〔一三〕遲：等待。作動詞用。

〔一四〕他年四句：謂他日鄭僅歸鄉，必登樓懷念自己。此爲對面寫法，蘇軾詩詞結尾時常用，如前《留別釋迦院牡丹呈趙倅》"去年崔護若重來，前度劉郎在千里"，後《永遇樂·彭城夜宿燕子樓》詞"異時對黃樓夜景，爲余浩嘆！"

　　【評箋】　紀批（卷十六）："曲折往復，極有情思。'遲君'四句，猶是人意所有；'他年'一轉，匪夷所思。"

中秋月寄子由三首〔一〕

　　殷勤去年月〔二〕，瀲灩古城東；憔悴去年人，臥病破窗中。徘徊巧相覓〔三〕，窈窕穿房櫳。月豈知我病？但見歌樓空。撫枕三嘆息，扶杖起相從。天風不相哀，吹我落瓊宮〔四〕。白露入肺肝，夜吟如秋蟲，坐令太白豪，化爲東野窮。餘年知幾何？佳月豈屢逢？寒魚亦不睡，竟夕相嗢喟〔五〕。

　　六年逢此月，五年照離別〔六〕，歌君別時曲〔七〕，滿座爲凄咽。留都信繁麗〔八〕，此會豈輕擲。鎔銀百頃湖，挂鏡千尋闕〔九〕。三更歌吹罷，人影亂清樾〔一〇〕。歸來北堂下，寒光翻露葉。喚酒與婦飲，念我向兒說。豈知衰病後，空盞對梨栗。但見古河東，菆麥花鋪雪〔一一〕。欲和去年曲〔一二〕，復恐心斷絕。

　　舒子在汝上，閉門相對清〔一三〕；鄭子向河朔，孤舟連夜行〔一四〕；頓子雖咫尺，兀如在牢扃〔一五〕；趙子寄書來，水調有餘聲〔一六〕。悠哉四子心，共此千里明〔一七〕。明月不解老，良辰難合并。回頭坐上人，聚散如流萍。嘗聞此宵月，萬里同陰晴〔一八〕。天公自著意，此會那可輕。明年各相望，俯仰今古情。

〔一〕元豐元年(一〇七八)作。

〔二〕去年月：去年(熙寧十年)中秋，作者與蘇轍宿于徐州逍遙堂，兄弟有詩詞唱和。

〔三〕徘徊：用李白《月下獨酌》"我歌月徘徊"字面。

〔四〕天風二句：張衡《思玄賦》："叫帝閽使闢扉兮，覿天皇于瓊宮。"此反用其意，謂被風從月宮吹落。蘇軾《水調歌頭・丙辰中秋》詞"我欲乘風歸去，唯恐瓊樓玉宇，高處不勝寒"，謂欲乘風去月宮，亦與此設想相反。

〔五〕噞喁(yǎn yóng)：水中之魚羣出吸氣貌。

〔六〕六年二句：蘇軾自注："中秋有月，凡六年矣。惟去歲與子由會于此。"

〔七〕別時曲：指蘇轍《水調歌頭・徐州中秋作》詞，今誤入《東坡樂府》卷上。

〔八〕留都：指南京(應天府，今河南商丘)，設有留守司，故名。蘇轍時在南京任簽判。

〔九〕鎔銀二句：紀批(卷十七)："只'鎔銀'二句用體物語，餘皆純以神思鎔鑄，情景相融，妙絶言説。"

〔一〇〕樾：樹蔭。

〔一一〕苃麥：即蕎麥。苃，同"蕎"。

〔一二〕去年曲：即前"別時曲"，蘇轍所作《水調歌頭》。紀批(卷十七)："仍繳到子由，首尾一綫。"

〔一三〕舒子二句：蘇軾自注："舒焕試舉人鄆州。"

〔一四〕鄭子二句：蘇軾自注："鄭僅赴北京戶曹。"

〔一五〕頓子二句：蘇軾自注："頓起來徐試舉人。"

〔一六〕趙子二句：蘇軾自注："今日得趙呆卿書，猶記余在東武中秋所作《水調歌頭》也。"

〔一七〕共此句：謝莊《月賦》："美人邁兮音塵闕，隔千里兮共明月。"與《水調歌頭·丙辰中秋》結尾："但願人長久，千里共嬋娟"同意。紀批(卷十七)："一語合併，筆力千鈞。"

〔一八〕嘗聞二句：蘇軾自注："故人史生爲余言，嘗見海賈云：中秋有月，則是歲珠多而圓。賈人常以此候之。雖相去萬里，他日會合，相問陰晴，無不同者。"《苕溪漁隱叢話·前集》卷二十六引《漫齋詩話》云："南唐僧謙明中秋得句云：'此夜一輪滿，清光何處無？'先得上句，次年秋方得下句。嘗見《使燕録》云：'惟中秋天色陰晴，與夷狄同。'"苕溪漁隱曰：蘇軾此詩所説，"與《使燕録》相合"。

九日黃樓作〔一〕

去年重陽不可説〔二〕，南城夜半千漚發〔三〕，水穿城下作雷鳴，泥滿城頭飛雨滑；黃花白酒無人問，日暮歸來洗靴韤。豈知還復有今年，把盞對花容一呷〔四〕；莫嫌酒薄紅粉陋，終勝泥中千柄鍤。黃樓新成壁未乾，清河已落霜初殺〔五〕。朝來白霧如細雨，南山不見千尋刹；樓前便作海茫茫，樓下空聞櫓鴉軋〔六〕。薄寒中人老可畏，熱酒澆腸氣先壓。煙消日出見漁村，遠水鱗鱗山齾齾〔七〕。詩人猛士雜龍虎，楚舞吳歌亂鵝鴨〔八〕。一杯相屬君勿辭：此景何殊泛清雪〔九〕。

〔一〕元豐元年(一○七八)作。秦觀《黃樓賦·引》：“太守蘇公守彭城之明年(元豐元年)，既治河決之變，民以更生；又因修繕其城，作黃樓于東門之上。以爲水受制于土，而土之色黃，故取名焉。”蘇軾《答范淳甫》“惟有黃樓臨泗水”句自注：“郡有廳事，俗謂之霸王廳，相傳不可坐。僕拆之以蓋黃樓。”

〔二〕去年句：去年重陽，恰逢水災，無心過節。熙寧十年七月，蘇軾到徐州任不及三月，澶州(治所在今河南清豐西)曹村之黃河大堤決口；八月，水淹徐州城下；十月始退。

〔三〕漚(ōu)：水泡。

〔四〕呷：吸。

〔五〕霜初殺：霜初降。

〔六〕朝來四句：紀批(卷十七)：“查(慎行)云：陰陽晦明，攝向毫端，作大開合，淺人但見寫景耳。”

〔七〕齾齾(yà yà)：形容山峯參差貌。齾，缺齒。

〔八〕詩人句：蘇軾自注：“坐客三十餘人，多知名之士。”《宋詩精華録》卷二：“以‘鵝鴨’對‘龍虎’，所謂嬉笑成文章也。”

〔九〕此景句：謂賞節佳趣，不亞江南。霅，霅溪。東苕溪、西苕溪等水在浙江吳興匯合後，稱霅溪，流入太湖。

【評箋】《御選唐宋詩醇》卷三十六：“去年今年，雨夕晴朝，各寫得淋漓盡致，驅濤湧雲，復出千古。”紀批(卷十七)：“筆筆作龍跳虎卧之勢。”

送　頓　起〔一〕

客路相逢難，爲樂常不足。臨行挽衫袖，更賞折殘菊〔二〕。佳人亦何念，悽斷陽關曲。酒闌不忍去，共接一寸燭。留君終無窮，歸駕不免促。岱宗已在眼〔三〕，一往繼前躅。天門四十里〔四〕，夜看扶桑浴〔五〕。回頭望彭城，大海浮一粟〔六〕。故人在其下，塵土相隳蹴〔七〕。惟有黃樓詩，千古配淇澳〔八〕。

〔一〕元豐元年(一〇七八)作。頓起，鄆城人。時來徐州考試徐沂舉人後離去。

〔二〕更賞句：因在重陽節後，故云“折殘菊”。

〔三〕岱宗：即泰山。頓起時赴兗州，詩即推測他往游泰山。

〔四〕天門：指南天門，在泰山頂。　　四十里：約指從泰山脚至南天門之距離。

〔五〕夜看句：指拂曉看日出。扶桑，見前《王維吳道子畫》詩注。

〔六〕大海句：指登高鳥瞰下之彭城。後《前赤壁賦》“寄蜉蝣于天地，渺滄海之一粟”，則喻人類之渺小，用法有別。

〔七〕隳蹴(huī cù)：形容塵土混雜相擊貌。

〔八〕惟有二句：蘇軾自注：“頓有詩記黃樓本末。”《淇澳(yù)》，《詩·衞風》篇名，《詩序》以爲此詩是衞人“美武公(周平王卿士)之德”而作。自“岱宗”句以下，言頓起從泰山之巔回望徐州，只見俗塵紛紜，惟有《黃樓詩》足以名垂千古。

【評箋】　紀批(卷十七)：“從對面一邊着筆，景中有情，情中有景，將兩地兩人，鎔成一片，筆力奇絶。末兩句收得少促，與上文亦不甚貫，遂爲白璧之瑕。”

李思訓畫長江絕島圖〔一〕

山蒼蒼，水茫茫，大孤小孤江中央〔二〕。崖崩路絕猿鳥去〔三〕,惟有喬木攙天長。客舟何處來？棹歌中流聲抑揚。沙平風軟望不到,孤山久與船低昂〔四〕。崒崒兩煙鬟,曉鏡開新妝。舟中賈客莫漫狂,小姑前年嫁彭郎〔五〕。

〔一〕元豐元年(一〇七八)作。李思訓,唐著名畫家,善山水樹石,是我國山水畫"北宗"創始人。曾官左(一作右)武衞大將軍,世稱李將軍。

〔二〕大孤小孤:大孤山在江西九江市東南鄱陽湖中,四面洪濤,一峯獨峙;小孤山在江西彭澤縣北、安徽宿松縣東南,屹立江中,與大孤山遙遙相對。

〔三〕崖崩句:謂山峻路險,連猿鳥也不能停留。

〔四〕沙平二句:參看前《出潁口初見淮山,是日至壽州》詩注。

〔五〕崒崒四句:前二句以女子髮髻比喻大小孤山的峯巒(小孤山又俗名髻山),又以曉鏡比喻江面和湖面;後二句更利用民間傳説,用諧聲雙關的手法,把比喻再加引申。小姑,指小孤山;彭郎,指澎浪磯。歐陽修《歸田録》卷二:"世俗傳訛,惟祠廟之名爲甚","江南有大小孤山,在江水中,嶷然獨立,而世俗轉'孤'爲'姑'。江側有一石磯,謂之澎浪磯,遂轉爲彭郎磯,云彭郎者,小姑壻也。"(又見宋袁文《甕牖閒評》卷三。另《能改齋漫録》卷五引《歸田録》後,又引南唐陳致雍《曲臺奏議集》中請改大姑、小姑廟之婦女神像疏。)

【評箋】 紀批(卷十七):"綽有興致。惟末二句佻而無味,遂似市井惡少語,殊非大雅所宜。"

方東樹《昭昧詹言》卷十二:"神完氣足,逈轉空妙。"

百步洪二首〔一〕(選一)

長洪斗落生跳波,輕舟南下如投梭,水師絶叫鳧雁起，亂石一綫爭磋磨。有如兔走鷹隼落，駿馬下注千丈坡，斷絃離柱箭脫手，飛電過隙珠翻荷〔二〕。四山眩轉風掠耳，但見流沫生千渦。嶮中得樂雖一快，何異水伯誇秋河〔三〕。我生乘化日夜逝〔四〕，坐覺一念逾新羅〔五〕。紛紛爭奪醉夢裏，豈信荆棘埋銅駝〔六〕。覺來俯仰失千刼，回視此水殊委蛇〔七〕。君看岸邊蒼石上，古來篙眼如蜂窠。但應此心無所住，造物雖駛如吾何！回船上馬各歸去，多言譊譊師所呵〔八〕。

〔一〕元豐元年（一〇七八）作。詩前有自序云：“王定國（王鞏）訪余于彭城。一日，棹小舟與顏長道（顏復）攜盼、英、卿三子（皆歌妓）游泗水，北上聖女山，南下百步洪，吹笛飲酒，乘月而歸。余時以事不得往，夜著羽衣，佇立于黃樓上，相視而笑，以爲李太白死，世間無此樂三百餘年矣。定國既去，逾月，余復與參寥師放舟洪下，追懷曩游，已爲陳迹，喟然而嘆！故作二詩，一以遺參寥，一以寄定國，且示顏長道、舒堯文，邀同賦云。”現選第一首，即送參寥者。參寥，僧道潛，字參寥，於潛人。能詩文。時從餘杭來徐州探訪蘇軾。（舒煥，字堯文，時爲徐州教授。）

〔二〕有如四句：《容齋隨筆・三筆》卷六《韓蘇文章譬喻》條：“韓蘇兩公爲文章，用譬喻處，重復聯貫，至有七八轉者。韓公《送石洪序》云：‘論人高下，事後當成敗，若決江河下流東注；若駟馬駕輕車，就熟路，而王良、造父爲之先後也；若燭照、數計而龜卜也。’……蘇公《百步洪》詩云：‘長洪斗落生跳波……’之類是也。”查慎行《初白庵詩評》卷中：“聯用比擬，局陣開拓，古未有此法，自先生創之。”紀批（卷十七）：“只用一‘有如’貫下，便脫去連比之調；一句兩比，尤爲創格。”趙翼《甌北詩話》卷五：“東坡大氣旋轉，雖不屑屑於句法、字法中別求新奇，而筆力所到，自成創格。”此四句“形容水流迅駛，連用七喻，實古所未有。”陳衍《宋詩精華録》卷二：

113

"'兔走'四句,從六如來,從韓文'燭照'、'龜卜'來,此遺山所謂'百態妍'也。"此用博喻法喻輕舟在急流中飛駛之疾。又,"駿馬下注"句,《王直方詩話》云:"東坡作《百步洪》詩云:'有如兔走鷹隼落,駿馬下注千丈坡。'當在黃時,有人云:'千丈坡豈注馬處?'及還朝,其人云:'惟善走馬,方能注坡。'聞者以爲注坡(爲蘇詩作注解)。"按,"注坡"實爲軍中用語。周必大《益公題跋》卷十二《書東坡宜興事》:"軍中謂壯士馳駿馬下峻坂爲注坡。詞云:'船頭轉,長風萬里,歸馬注平坡。'(此蘇詞《滿庭芳》〔歸去來兮〕之句)蓋喻歸興之快如此,印本誤以'注'爲'駐'。"《宋史·岳飛傳》:"師每休舍,課將士注坡跳壕,皆重鎧習之。子雲嘗習注坡,馬躓,怒而鞭之。"

〔 三 〕何異句:《莊子·秋水》:"秋水時至,百川灌河,涇流之大,兩涘渚崖之間,不辨牛馬。于是焉河伯欣然自喜,以天下之美爲盡在己。"參見前《八月十五日看潮五絕》詩注。

〔 四 〕乘化:順隨自然的運轉變化,語本陶潛《歸去來兮辭》:"聊乘化以歸盡(死亡)。"下"日夜逝",指世間一切事物都像流水一樣永遠奔駛、消失,語本《論語·子罕》:"子在川上曰:'逝者如斯夫! 不舍晝夜!'"

〔 五 〕坐覺句:《景德傳燈錄》卷二十三:"有僧問(從盛禪師):'如何是覿面事?'師曰:'新羅國去也。'"句謂一念之間已過新羅國。

〔 六 〕豈信句:《晉書·索靖傳》:"靖有先識遠量,知天下將亂,指洛陽宮門銅駝,嘆曰:'會見汝在荆棘中耳!'"喻世事巨變。此反用其意,謂世變雖巨,并不足道。

〔 七 〕委蛇(yí):此處作從容自得貌解。

〔 八 〕師:指參寥。

【評箋】 汪師韓《蘇詩選評箋釋》卷二:"用譬喻入文,是軾所長。此篇摹寫急浪輕舟,奇勢迭出,筆力破餘地,亦真是險中得樂也。後幅養其氣以安舒,猶時見警策,收煞得住。"

紀批(卷十七)："語皆奇逸,亦有灘起渦旋之勢。""後半全對參寥下語,詩須如此,用意方不浮泛。"

方東樹《昭昧詹言》卷十二："惜抱先生曰:'此詩之妙,詩人無及之者也,惟有《莊子》耳。'余謂此全從《華嚴》來。""余喜説理,談至道,然必于此等閒題出之,乃見入妙。若正題實説,乃爲學究傖氣俗子也。"

《宋詩精華録》卷二："坡公喜以禪語作達,數見無味。此詩就眼前'篙眼'指點出,真非鈍根人所及矣。"

送　參　寥　師〔一〕

上人學苦空〔二〕,百念已灰冷,劍頭惟一映〔三〕,焦穀無新穎〔四〕。胡爲逐吾輩,文字争蔚炳〔五〕? 新詩如玉屑〔六〕,出語便清警。退之論草書,萬事未嘗屏,憂愁不平氣,一寓筆所騁〔七〕;頗怪浮屠人,視身如丘井,頹然寄淡泊,誰與發豪猛〔八〕? 細思乃不然,真巧非幻影〔九〕,欲令詩語妙,無厭空且靜:静故了羣動〔一〇〕,空故納萬境〔一一〕。閲世走人間,觀身卧雲嶺。鹹酸雜衆好,中有至味永〔一二〕。詩法不相妨,此語當更請〔一三〕。

〔一〕元豐元年(一〇七八)作。參寥,見前首詩注。
〔二〕苦空:佛教基本教義,以人生爲苦,又以一切皆虚無,并非實體。《維摩詰所説經》卷上《弟子品第三》:"五受陰洞達空無所起,是苦義;諸法究竟無所有,是空義。"《大乘義章》卷三:"逼惱名苦,苦法遷流,説爲無常,苦非我所,故名爲空。"
〔三〕劍頭句:《莊子·則陽》:"惠子曰:'夫吹筦(管)也,猶有嗃(管聲)也;吹劍首者,映而已矣。'"劍首,指劍環頭,只有小孔。映(xuè),

115

象聲詞,如風過之聲。

〔四〕焦穀句:《維摩詰所説經》卷中《觀衆生品第七》:"色如燋穀芽。"
色,佛教把有形質、能使人感觸到的東西稱色,與"心"相對,包括
語言、文字。

〔五〕胡爲二句:兩句意指佛教禪宗是主張不立文字、見性成佛的。參
看蘇軾《參寥子真贊》:"惟參寥子,身寒而道富,辯于文而訥于口,
外尪柔而中健武,與人無競而好刺譏朋友之過,枯形灰心而喜爲
感時玩物不能忘情之語:此予所謂參寥子有不可曉者五也。"

〔六〕玉屑:喻文詞的佳美。元許有孚《十二月廿又二日,觀雪泠然
臺》:"坡詩誦得聚星堂,字字珠璣飛玉屑。"(見《圭塘欸乃集》)

〔七〕退之四句:韓愈《送高閑上人序》:"往時張旭善草書,不治他伎,
喜怒窘窮,憂悲愉佚,怨恨思慕,酣醉無聊,不平有動于心,必于草
書焉發之。……故旭之書,變動猶鬼神,不可端倪,以此終其身而
名後世。"此四句言張旭草書。

〔八〕頗怪四句:韓愈上文又云:"今閑師浮屠氏,一死生,解外膠,是其
爲心,必泊然無所起;其于世,必淡然無所嗜;泊與淡相遭,頹墮委
靡,潰敗不可收拾,則其于書,得無象之然乎?然吾聞浮屠人善幻
多技能,閑如通其術,則吾不能知矣!"此四句言高閑草書。視身
句,《維摩詰所説經》卷上《方便品第二》:"是身如邱井,爲老所
逼。"誰與句,謂高閑"淡泊"不能發爲"豪猛"。韓愈推許張旭草書
因"憂愁不平"而"騁"于"筆",而對高閑有微詞;蘇軾反之,認爲應
從高閑之"淡泊"中求詩書之道。

〔九〕幻影:《金剛般若波羅蜜經·應化非真分第三十二》:"一切有爲
法,如夢幻泡影。"

〔一〇〕静故句:僧肇《物不遷論》:"必求静于諸動,故雖動而常静。"言必
須在一切變動中去認識"静",反言之,"處静而觀動,則萬物之情
畢陳于前"(蘇軾《朝辭赴定州論事狀》),"幽居默處,而觀萬物之
變,盡其自然之理"(《上曾丞相書》),詩即申此意。

〔一一〕空故句:即佛教所謂"空大":虚空之體性廣大,周徧于一切處。

〔一二〕鹹酸二句：蘇軾《評韓柳詩》：“所貴乎枯澹者，謂其外枯而中膏，似澹而實美。”“若中邊皆枯澹，亦何足道。佛云：‘如人食蜜，中邊皆甜。’人食五味，知其甘苦者皆是，能分別其中邊者，百無一二也。”（《東坡題跋》卷二）意謂鹹酸甘苦之于食，各不勝于味，要者在于能分別“中邊”，得其至味。中邊，佛教名詞，謂中道（指不離兩邊、不即兩邊之中正絕對之理）和邊見（偏于一邊之見、妄見）。

〔一三〕詩法句：指詩不礙禪。此詩爲宋人以禪說詩之一例，表現蘇軾文藝思想的一個方面。“上人”以下八句，謂參寥學佛，百念皆滅，何必好作詩歌；“退之”以下八句，以張旭和高閑之草書作對比，一爲筆騁不平，一爲寄寓淡泊；“細思”以下直至結尾，提出詩歌與佛法并不相妨的觀點：統一于“空静”，并由此而獲得“淡泊”、“至味”和“妙”的境界。

【評箋】《蘇詩選評箋釋》卷二：“取韓愈論高閑上人草書之旨而反其意以論詩，然正得詩法三昧者。其後嚴羽遂專以禪喻詩，至爲分別宗乘，此篇早已爲之點出光明。王士禛嘗謂李杜如來禪、蘇黃祖師禪，不妄也。”

紀批（卷十七）：“查（慎行）云：‘公與潛以詩友善，譽潛以詩，潛止一詩僧耳。尋出“空静”二字，便有主腦，便是結穴處。’余謂潛本僧而公之詩友，若專言詩，則不見僧；專言禪，則不見詩。故禪與詩併而爲一，演成妙諦。結處‘詩法不相妨’五字，乃一篇之主宰，非專拈‘空静’也。”又云：“上人”八句，“直涉理路而有揮洒自如之妙，遂不以理路病之，言各有當，勿以王孟一派概盡天下古今之詩”。

石　炭〔一〕

君不見前年雨雪行人斷，城中居民風裂骭〔二〕。濕薪半束抱衾裯,日暮敲門無處換〔三〕。豈料山中有遺寶,磊落如礜萬車炭〔四〕,流膏迸液無人知,陣陣腥風自吹散〔五〕。根苗一發浩無際,萬人鼓舞千人看。投泥潑水愈光明,爍玉流金見精悍〔六〕。南山栗林漸可息,北山頑鑛何勞鍛〔七〕。爲君鑄作百鍊刀,要斬長鯨爲萬段〔八〕!

〔一〕元豐元年(一〇七八)作。詩前有自序云:“彭城舊無石炭,元豐元年十二月,始遣人訪獲于州之西南白土鎮之北,以冶鐵作兵(武器),犀利勝常云。”石炭,即煤。

〔二〕骭(gàn):小腿骨。

〔三〕濕薪二句:杜甫《秋雨嘆三首》其二:“城中斗米換衾裯,相許寧論兩相直。”此謂用一床衾裯換半束濕薪,都無處換得。

〔四〕礜:黑色美石。

〔五〕流膏二句:寫煤礦藏數量之多。

〔六〕投泥二句:寫煤質量之精美。

〔七〕南山二句:謂今已得煤,則不必伐木制炭,也不愁鍊鐵無火。

〔八〕爲君二句:參看蘇軾《田國博見示石炭詩,有“鑄劍斬佞臣”之句,次韻答之》:“楚山鐵炭皆奇物,知君欲斫姦邪窟。”

【評箋】 紀批(卷十七):“微嫌其剴而不留。”

臺頭寺步月得人字〔一〕

風吹河漢掃微雲,步屧中庭月趁人〔二〕。浥浥爐香初泛夜,離離花影欲搖春〔三〕。遙知金闕同清景,想見瑤車輾暗塵〔四〕。回首舊游真是夢,一簪華髮岸綸巾〔五〕。

〔一〕元豐二年(一〇七九)作。

〔二〕月趁人：月隨人走。李白《把酒問月》：“月行却與人相隨。”

〔三〕泡泡二句：宋葉夢得《石林詩話》卷上：“詩下雙字極難。須使七
　　　言五言之間，除去五字、三字外，精神興致全見于兩言，方爲工妙。
　　　唐人記‘水田飛白鷺，夏木囀黃鸝’爲李嘉祐詩，王摩詰竊取之，非
　　　也。此兩句好處正在添‘漠漠’‘陰陰’四字，此乃摩詰爲嘉祐點
　　　化，以自見其妙。如李光弼將郭子儀軍，一號令之，精彩數
　　　倍。……蘇子瞻‘泡泡爐香初泛夜，離離花影欲摇春’，皆可以追
　　　配前作也。”

〔四〕遥知二句：紀批(卷十八)：“五六拓得開，才不順筆滑下。此處最
　　　忌順筆直寫，如人腰間無力，通身骨節都散緩。”金闕，指京城。

〔五〕岸綸(guān)巾：表示態度洒脱、不拘束。岸，露額。綸巾，用絲帶
　　　做的頭巾。

月夜與客飲杏花下〔一〕

　　杏花飛簾散餘春，明月入户尋幽人。褰衣步月踏花
影，炯如流水涵青蘋〔二〕。花間置酒清香發，爭挽長條落
香雪。山城酒薄不堪飲，勸君且吸杯中月。洞簫聲斷月
明中，惟憂月落酒杯空。明朝捲地春風惡，但見綠葉棲
殘紅〔三〕。

〔一〕元豐二年(一〇七九)作。《東坡志林》卷一《黃州憶王子立》條：
　　　“僕在徐州，王子立、子敏(王適、王遹兄弟)皆館于官舍，而蜀人張
　　　師厚來過，二王方年少，吹洞簫飲酒杏花下。”

〔二〕炯如句：炯，光明貌。參看後《記承天寺夜游》文：“庭下如積水空

明，水中藻、荇交橫，蓋竹柏影也。"宋方嶽《深雪偶談》："'流水青
蘋'之喻，景趣盡矣，前人未嘗道也。獨'杏花影下'、'洞簫聲'中
着此句，辱爾。"清汪師韓《蘇詩選評箋釋》卷二駁云："清幽超遠，
乃姜堯章所謂自然高妙者。方嶽妄以'杏花影下'着此爲辱，真是
囈語，觀其所作《感舊詩》改爲'蘋藻涵清流'，工拙之間，何止百具
廬舍。"

〔三〕蘇詩以用典博爲特色，此篇純係直寫，反見新穎。

【評箋】 王十朋注本卷十引趙次公云："此篇不使事，語亦新造，古
所未有，殆涪翁所謂不食煙火食人之語也。"

紀批（卷十八）："有太白之意。""三四寫景入微。""結乃勸今日之飲，
非傷春意也。"

罷徐州往南京馬上走筆寄
子由五首〔一〕（選二）

父老何自來？花枝裊長紅〔二〕。洗盞拜馬前，請壽使
君公〔三〕："前年無使君，魚鼈化兒童〔四〕！"舉鞭謝父老：
"正坐使君窮。窮人命分惡，所向招災凶。水來非吾
過〔五〕，去亦非吾功！"

古汴從西來，迎我向南京。東流入淮泗，送我東南
行。暫別復還見，依然有餘情。春雨漲微波，一夜到彭
城。過我黃樓下，朱欄照飛甍。可憐洪上石〔六〕，誰聽月
中聲！

〔一〕原共五首,選第二、三首。元豐二年(一〇七九)三月,蘇軾改任湖
　　　州知州,離徐州作此。自《和孔密州五絕·東欄梨花》至本篇,皆
　　　作于徐州。

〔二〕長紅:舊俗,送官罷任以花枝掛綵稱長紅。

〔三〕使君公:《演繁露續集》論此用語云:"君即公也,語似重出。今見
　　　《白樂天集·送劉江州》曰:'遙見朱輪來出郭,相迎勞動使君公',
　　　東坡蓋用白語云。"紀批(卷十八)却云:"叠得不妥。"

〔四〕魚鼈句:爲"兒童化魚鼈"之倒裝句。《左傳·昭公元年》引劉子(劉
　　　夏)語:"微禹,吾其魚乎!"郭祥正《徐州黃樓歌寄蘇子瞻》詩:"斯民
　　　囂囂坐恐化魚鼈,刺史當分天子憂。""匪公何以全吾州",亦寫此事。

〔五〕水來句:汪師韓《蘇詩選評箋釋》卷二:"'水來非吾過'句,或以爲
　　　當作'水來是吾過',如此方與上句相合,且更得體;然即不引爲己
　　　過,亦適見其樸誠。"

〔六〕洪:指百步洪。

【評箋】　紀批(卷十八):"此首氣局渾成,文情亦極宛轉。"

舟　中　夜　起〔一〕

　　微風蕭蕭吹菰蒲,開門看雨月滿湖〔二〕,舟人水鳥兩
同夢〔三〕,大魚驚竄如奔狐。夜深人物不相管〔四〕,我獨形
影相嬉娛。暗潮生渚吊寒蚓,落月掛柳看懸蛛〔五〕。此生
忽忽憂患裏,清境過眼能須臾?雞鳴鐘動百鳥散,船頭擊
鼓還相呼〔六〕。

〔一〕元豐二年(一〇七九)赴湖州途中作。

〔 二 〕微風二句：紀批(卷十八)："初聽風聲,疑其是雨；開門視之,月乃
　　　滿湖。此從'聽雨寒更盡,開門落葉深'(按,此釋無可《秋寄從兄
　　　島》詩句)化出。查(慎行)云：極常極幻極遠極近境界,俱從靜中
　　　寫出。"前《雪後書北臺壁二首》其一："黃昏猶作雨纖纖,夜靜無風
　　　勢轉嚴。但覺衾裯如潑水,不知庭院已堆鹽。"亦同用"錯覺法"。

〔 三 〕舟人句：謂人鳥相忘,同爲一夢。

〔 四 〕人物：指人和物。

〔 五 〕暗潮二句：上句謂潮水暗漲,其聲低咽,似如寒蚓蠕動之音；下句
　　　寫落月掛在柳條之下,猶如懸在絲端的蜘蛛。

〔 六 〕鷄鳴二句：鷄鳴鐘動,用韓愈《謁衡嶽廟遂宿嶽寺題門樓》"猿鳴
　　　鐘動不知曙"語,指天亮。紀批結二句云："有日出事生之感,正反
　　　託一夜之清吟。"

　　　【評箋】　查慎行《初白庵詩評》卷中："極奇極幻極遠極近境界,俱從
靜中寫出。"

　　　方東樹《昭昧詹言》卷十二："空曠奇逸,仙品也。"

　　　陳衍《宋詩精華錄》卷二："水宿風景如畫。"

大風留金山兩日〔一〕

　　　塔上一鈴獨自語："明日顛風當斷渡〔二〕。"朝來白浪
打蒼崖,倒射軒窗作飛雨。龍驤萬斛不敢過,漁舟一葉從
掀舞〔三〕。細思城市有底忙,却笑蛟龍爲誰怒？無事久留
童僕怪,此風聊得妻孥許。潛山道人獨何事〔四〕,夜半不
眠聽粥皷。

〔一〕元豐二年(一〇七九)赴湖州途中過金山作。

〔二〕顛風：狂風。

〔三〕龍驤二句：《冷齋夜話》卷四：“對句法，詩人窮盡其變，不過以事、以意、以出處具備謂之妙”，“不若東坡微意奇特，如曰‘見說騎鯨游汗漫，亦曾捫虱話辛酸’(按，此《和王斿二首》詩句)……又曰‘龍驤萬斛不敢過，漁舟一葉從掀舞’，以鯨爲虱對，以龍驤爲漁舟對，大小氣焰之不等，其意若玩世，謂之秀傑之氣終不可没者，此類是也。”龍驤，大船。

〔四〕潛山道人：即參寥。蘇軾自徐州移湖州，過高郵時與他相會，并與之同行。

端午徧游諸寺得“禪”字〔一〕

肩輿任所適，遇勝輒流連。焚香引幽步，酌茗開净筵。微雨止還作，小窗幽更妍，盆山不見日，草木自蒼然〔二〕。忽登最高塔〔三〕，眼界窮大千〔四〕。卞峯照城郭〔五〕，震澤浮雲天〔六〕。深沉既可喜，曠蕩亦所便〔七〕。幽尋未云畢，墟落生晚煙〔八〕。歸來記所歷，耿耿清不眠。道人亦未寢〔九〕，孤燈同夜禪。

〔一〕元豐二年(一〇七九)四月，蘇軾抵湖州任知州。此詩作于五月。

〔二〕微雨四句：《東坡題跋》卷三《自記吳興詩》云：“僕爲吳興，有游飛英寺詩云：‘微雨止還作，小窗幽更妍，盆山不見日，草木自蒼然。’非至吳越，不見此景也。”紀批(卷十八)：“四句神來。”

〔三〕最高塔：飛英寺在湖州府署北，寺中有飛英塔，唐末所建。

〔四〕大千：佛家語，指大千世界，三千大千世界的簡稱。佛教以須彌山爲中

心,同一日月所照的四天下爲一小世界,合一千個小世界爲小千世界,
合一千個小千世界爲中千世界,合一千個中千世界爲大千世界。

〔五〕卞峯:即卞山,又稱弁山,在浙江吳興縣西北。見前《贈孫莘老七
　　　絕》其三注。

〔六〕震澤:即太湖。

〔七〕深沉二句:"深沉"承"微雨"四句,"曠蕩"承"忽登"四句。汪師韓
　　　《蘇詩選評箋釋》卷三:"微雨、小窗,深沉可喜也;卞峯、震澤,曠蕩
　　　所便也。寓目輒書,詳略各盡其致。"

〔八〕墟落句:從陶淵明《歸園田居》"曖曖遠人村,依依墟裏煙"句化出。

〔九〕道人:指參寥。時與秦觀同在湖州。秦觀《淮海集》卷三有《同子
　　　瞻端午日游諸寺,賦得"深"字》詩。

舶　趠　風〔一〕

　　三旬已過黃梅雨〔二〕,萬里初來舶趠風。幾處縈回度
山曲,一時清駛滿江東。驚飄蔌蔌先秋葉〔三〕,喚醒昏昏
嗜睡翁。欲作蘭臺快哉賦,却嫌分別問雌雄〔四〕。

〔一〕詩前有自序云:"吳中梅雨既過,颯然清風彌旬,歲歲如此,湖人謂
　　　之'舶趠風'。是時海舶初回,云此風自海上與舶俱至云爾。"趠
　　　(chào),遠走。葉夢得《避暑錄話》卷上:"常歲五六月之間梅雨
　　　時,必有大風連晝夕,踰旬乃止,吳人謂之'舶趠風',以爲風自海
　　　外來,禱于海神而得之。"(又見陳巖肖《庚溪詩話》卷下)詩作于元
　　　豐二年(一○七九)夏,在湖州。

〔二〕三旬句:宋袁文《甕牖閒評》卷三:"今人謂梅雨爲半月,以夏至爲
　　　斷梅日,非也。梅雨,夏至前後各半月,故蘇東坡詩云:'三旬已過

黄梅雨’,則梅雨爲三十日可知矣。”

〔三〕蕲蕲：風聲勁捷貌。

〔四〕欲作二句：宋玉《風賦》：“楚襄王游于蘭臺之宮，宋玉、景差侍，有風颯然而至，王迺披襟而當之曰：‘快哉此風！寡人所與庶人共者邪？’宋玉對曰：‘此獨大王之風耳，庶人安得而共之？’”賦中因鋪述“大王之雄風”和“庶人之雌風”有着嚴格區别。蘇軾反對宋玉此説，認爲風無等級差别，貴庶皆得共賞。參看《水調歌頭·黄州快哉亭贈張偓佺》詞。紀批（卷十九）却云：“結亦太露不平。”

予以事繫御史臺獄，獄吏稍見侵，自度不能堪，死獄中不得一别子由，故作二詩授獄卒梁成以遺子由二首〔一〕（選一）

聖主如天萬物春，小臣愚暗自亡身。百年未滿先償債，十口無歸更累人〔二〕。是處青山可埋骨，他時夜雨獨傷神〔三〕。與君世世爲兄弟，又結來生未了因。

〔一〕原共二首，選第一首。題一作《獄中寄子由》。蘇軾因其詩文被指控爲“愚弄朝廷”、“指斥乘輿”的“譏諷文字”，于元豐二年（一〇七九）七月二十八日在湖州任所被捕解京；八月十八日入御史臺獄。詩作于獄中。

〔二〕百年二句：百年未滿，時蘇軾四十四歲。蘇軾入獄，其家眷由王適（蘇轍之壻）兄弟安置在南都（應天府），由蘇轍照料，負債甚多。參見蘇軾《王子立墓志銘》。

〔三〕是處二句：上句自指，此語後常沿用，如元顧瑛《玉山逸稿》卷四

《自贊》:"儒衣僧帽道人鞋,到處青山骨可埋。"下句指蘇轍,見前《辛丑十一月十九日既與子由別于鄭州西門之外,馬上賦詩一篇寄之》詩注。

【評箋】　紀批(卷十九):"情至語不以工拙論也。""譏刺太多,自是東坡大病。然但多排詆權倖之言,而無一毫怨謗君父之意,是其根本不壞處,所以能傳于後世也。"

方東樹《昭昧詹言》卷二十:"此亦宋調,雖有警句,吾不取。"

十二月二十八日,蒙恩責授檢校水部員外郎黃州團練副使,復用前韻二首〔一〕

百日歸期恰及春〔二〕,餘年樂事最關身,出門便旋風吹面〔三〕,走馬聯翩鵲啅人〔四〕。却對酒杯渾似夢,試拈詩筆已如神〔五〕。此災何必深追咎,竊禄從來豈有因〔六〕。

平生文字爲吾累,此去聲名不厭低。塞上縱歸他日馬〔七〕,城東不鬥少年鷄〔八〕。休官彭澤貧無酒〔九〕,隱几維摩病有妻〔一〇〕。堪笑睢陽老從事,爲予投檄到江西〔一一〕。

〔一〕元豐二年(一〇七九)作。檢校,在正官之外的加官,其官位高于正官,屬定員以外的散官。
〔二〕百日:蘇軾于八月十八日入獄,十二月二十八日出獄,計一百三十天。這裏舉成數而言"百日"。
〔三〕便旋:迅捷。一説徘徊。

〔四〕啅(zhuó)人：朝着人啼叫。

〔五〕試拈句：汪師韓《蘇詩選評箋釋》卷三："詩獄甫解，又矜詩筆如神，殆是豪氣未盡除。"

〔六〕此災二句：竊禄，竊據官位，無功食禄。做官的謙稱。紀批(卷十九)："此却少自省之意，晦翁(朱熹)譏之是。"

〔七〕塞上句：《淮南子·人間訓》："近塞上之人，有善術者，馬無故亡而入胡，人皆弔之。其父曰：'此何遽不爲福也？'居數月，其馬將胡駿馬而歸，人皆賀之。其父曰：'此何遽不能爲禍乎？'"後其子騎馬跌傷。這裏正用此典，喻出獄是福，但福中可能伏禍。

〔八〕城東句：唐陳鴻(一説陳鴻祖作)《東城老父傳》：賈昌年七歲，玄宗命爲鷄坊"五百小兒長"，號爲"神鷄童"，備受寵幸。時人云："生兒不用識文字，鬭鷄走馬勝讀書。賈家小兒年十三，富貴榮華代不如。"後賈昌年老時，自言"老人少時，以鬭鷄求媚于上"。這裏反用此典，喻自己不會邀寵阿世。或疑此句兼用王勃爲沛王府修撰時，曾因起草代沛王鷄向英王鷄挑戰的檄文而得罪之事。連上句謂幸得出獄，禍患已消，此後不再舞文弄墨，重獲罪愆，以承開頭"平生文字爲吾累"二句之意，亦可通。又，"城東"，七集本作"城中"，則更不一定用賈昌事。

〔九〕休官句：陶潛憤而辭去彭澤令，但家貧無酒。這裏反用此典，謂家貧不敢休官。

〔一〇〕隱几句：維摩詰是一位居士，以稱病爲由，向問病者説法。《維摩詰所説經》卷中《佛道品第八》偈云："法喜以爲妻，慈悲心爲女。"法喜，聞佛法而生喜，猶世人以妻色爲悦。蘇軾《贈王仲素寺丞》："雖無孔方兄，顧有法喜妻。"這裏正用此典，謂自己將服膺佛法。隱几，憑倚着几案。几，席坐時代的一種家具，兩足或三足，用以憑倚身體。《歷代名畫記》卷二："顧生(顧愷之)首創維摩詰像，有清羸示病之容，隱几忘言之狀。"

〔一一〕堪笑二句：蘇軾自注："子由聞予下獄，乞以官職贖予罪。貶筠州監酒。"睢陽老從事，指蘇轍。他時任著作郎、簽書應天府(今河南

商丘)判官。應天府在秦時爲睢陽縣,唐時爲睢陽郡。江西,指筠
州,今江西高安。

梅 花 二 首〔一〕

　　春來幽谷水潺潺,的皪梅花草棘間〔二〕,一夜東風吹
石裂,半隨飛雪度關山〔三〕。

　　何人把酒慰深幽,開自無聊落更愁。幸有清溪三百
曲,不辭相送到黃州〔四〕。

〔一〕題一作《正月二十日過關山作》。元豐三年(一〇八〇)正月赴黃
　　　州、過麻城縣春風嶺時作此詩。《永樂大典》卷八百二十一引袁文
　　　《甕牖閒評》:"蘇東坡'春來幽谷水潺潺',詩題目只作梅花,少年
　　　時讀,甚疑之。此蓋謫黃州時,路中作詩偶及之,初不專爲梅花。"
　　　按,此春風嶺梅花,蘇軾以後詩中屢及之,參看《正月二十日往岐
　　　亭……》、《十一月二十六日松風亭下梅花盛開》詩注。

〔二〕的皪:鮮明貌。紀批(卷二十):"的皪二字入絶句,不配色。"

〔三〕一夜二句:高適《和王七(王之渙)玉門關聽吹笛》:"借問落梅凡
　　　幾曲,從風一夜滿關山。"以形容《梅花落》笛曲聲。這裏化虛爲
　　　實,寫梅花飛落。周必大《平園續稿》卷十《跋汪逵所藏東坡字》:
　　　"右蘇文忠公手寫詩詞一卷。《梅花二絶》,元豐三年正月貶黃州
　　　道中所作。'昨夜東風吹石裂',集本改爲'一夜'。"按,"吹石裂"
　　　別本作"破石裂"。

〔四〕幸有二句:承上"落"字,謂落梅花瓣從溪水直送作者至黃州。紀
　　　批(卷二十):"從落字生情,奇幻。"

陳季常所蓄朱陳村嫁娶圖二首〔一〕

　　何年顧陸丹青手〔二〕，畫作朱陳嫁娶圖。聞道一村惟兩姓，不將門户買崔盧〔三〕。

　　我是朱陳舊使君〔四〕，勸農曾入杏花村。而今風物那堪畫，縣吏催錢夜打門。

〔一〕此詩查慎行注、馮應榴注均繫于到黄州後；施元之注、施宿《東坡先生年譜》、王文誥注謂作于赴黄州途中、過岐亭（今湖北麻城）陳慥家時，今從之。蘇軾《岐亭五首·序》云：“元豐三年（一〇八〇）正月，余始謫黄州，至岐亭北二十五里，山上有白馬青蓋來迎者，則余故人陳慥季常也。爲留五日。”詩當作于此時。陳慥，字季常，鳳翔知府陳希亮（字公弼）之子。蘇軾任鳳翔簽判時即與他交游，後爲他作《方山子傳》。朱陳村，明都穆《南濠詩話》：“朱陳村在徐州豐縣東南一百里深山中，民俗淳質。一村惟朱陳二姓，世爲婚姻。白樂天有《朱陳村詩》三十四韻，其略云……予每誦之，則塵襟爲之一灑，恨不生長其地。後讀坡翁《朱陳村嫁娶圖》詩……則宋之朱陳，已非唐時之舊；若以今視之，又不知其何如也。”

〔二〕顧陸：顧愷之、陸探微，晉代名畫家，擅畫人物。這裏比趙德元。據宋黄休復《益州名畫録》卷上：趙德元，五代前蜀人，“攻畫車馬、人物、屋木、山水、佛像、鬼神”，“有《朱陳村圖》、《豐稔圖》及《漢祖歸豐沛圖》、《盤車圖》”等有關農村的作品。

〔三〕聞道二句：白居易《朱陳村詩》：“一村惟兩姓，世世爲婚姻。”“生者不遠別，嫁娶先近鄰。”崔盧，唐代望族，泛指名門大族。

〔四〕我是句：蘇軾自注：“朱陳村在徐州蕭縣。”蘇軾曾任徐州知州，故云“舊使君”。

少年時嘗過一村院，見壁上有詩云：“夜
涼疑有雨，院靜似無僧”，不知何人詩
也，宿黃州禪智寺，寺僧皆不在，夜半
雨作，偶記此詩，故作一絕〔一〕

佛燈漸暗饞鼠出，山雨忽來修竹鳴〔二〕，知是何人舊
詩句，已應知我此時情。

〔一〕此詩查慎行注、馮應榴注均繫于到黃州後；施元之注、施宿《東坡
　　　先生年譜》、王文誥注則繫于到黃州前。按，據《弘治黃州府志》，
　　　黃州城內及近郊無禪智寺，岐亭至黃州間則有禪積寺，疑即禪智
　　　寺，當爲蘇軾途中所宿(岐亭至黃州相距一百多里)，施、王之説可
　　　從。都穆《南濠詩話》：“東坡嘗過一僧院，見題壁云：‘夜涼疑有
　　　雨，院靜似無僧。’坡甚愛之，不知爲何人作也。劉孟熙《霏雪録》
　　　謂二句似唐人語。予近閲《潘閬集》見之，始知爲閬《夏日宿西禪
　　　院》作，詩云：‘此地絕炎蒸，深疑到不能。夜涼如有雨，院靜若無
　　　僧。枕潤連雲石，窗明照佛燈。浮生多賤骨，時日恐難勝。’通篇
　　　皆妙。但坡以‘如’爲‘疑’，‘若’爲‘似’，與此不同。”
〔二〕佛燈二句：王文誥《蘇文忠公詩編注集成》卷二十：“全從潘(閬)
　　　句脱出，而面貌則非，此猶詩之魂也。”

初 到 黃 州〔一〕

自笑平生爲口忙〔二〕，老來事業轉荒唐。長江繞郭知

魚美，好竹連山覺筍香〔三〕。逐客不妨員外置〔四〕，詩人例作水曹郎〔五〕。只慙無補絲毫事，尚費官家壓酒囊〔六〕。

〔一〕元豐三年(一〇八〇)二月蘇軾抵黃州貶所，作此詩。

〔二〕口忙：語意雙關：既指因言事和作詩獲罪，又指爲謀生糊口得咎，并呼應下文的"魚美"、"筍香"的口腹之美。其《四月十一日初食荔支》："我生涉世本爲口。"

〔三〕長江二句：由長江聯想到魚美，由竹山聯想到筍香，此亦舉因知果法，參見前《和文與可洋州園池三十首·南園》詩注。

〔四〕員外：定員以外的官員。這裏與下句均指作者任檢校水部員外郎事。

〔五〕詩人句：梁何遜、唐張籍、宋孟賓于等都曾任水部郎(隸屬于水部的郎官)，又以詩知名。

〔六〕尚費句：蘇軾自注："檢校官例折支，多得退酒袋。"宋代官俸一部分用實物來抵數，叫折支。《宋史·職官志十一》列舉各級官員"奉禄"，其中"防禦、團練副使，二十千(原注：如監當即給一半折支)。"又云："凡文武官料錢(俸錢)，并支一分見錢，二分折支。"這裏謂檢校官的"折支"，多用官府釀酒用剩的酒袋來抵數。

【評箋】　紀昀《瀛奎律髓刊誤》卷四十三："東坡詩多傷激切，此雖不免兀傲而尚不甚礙和平之音。"

定惠院寓居月夜偶出〔一〕

幽人無事不出門，偶逐東風轉良夜〔二〕。參差玉宇飛木末，繚繞香煙來月下〔三〕。江雲有態清自媚，竹露無聲浩如瀉。已驚弱柳萬絲垂，尚有殘梅一枝亞〔四〕。清詩獨吟還自和，白酒已盡誰能借。不惜青春忽忽過，但恐歡意年年謝。自知醉耳愛松風〔五〕，會揀霜林結茅舍。浮浮大甑長炊玉，溜溜小槽如壓蔗〔六〕。飲中真味老更濃，醉裏狂言醒可怕。閉門謝客對妻子，倒冠落佩從嘲罵。

〔一〕元豐三年（一〇八〇）作。定惠院，在黃岡縣東南，蘇軾到黃州後初居于此。

〔二〕良夜：這裏指深夜。

〔三〕參差二句：寫定惠院夜景。紀批（卷二十）："用翟天師事，則'玉宇'說'飛'亦可，然究未妥也。"

〔四〕亞：通"壓"，低垂貌。

〔五〕松風：《南史·陶弘景傳》：陶弘景"特愛松風，庭院皆植松，每聞其響，欣然爲樂"。

〔六〕浮浮二句：上句言米飯，下句言酒。

【評箋】 紀批（卷二十）："句句對仗，于後世爲別調，然却是齊梁唐人之舊格。"

次　韻　前　篇

去年花落在徐州，對月酣歌美清夜；今年黃州見花發，小院閉門風露下〔一〕。萬事如花不可期，餘年似酒那禁瀉？憶昔扁舟泝巴峽，落帆樊口高桅亞〔二〕。長江袞袞空自流，白髮紛紛寧少借？竟無五畝繼沮溺〔三〕，空有千篇凌鮑謝〔四〕。至今歸計負雲山，未免孤衾眠客舍。少年辛苦真食蓼〔五〕，老境安閒如啖蔗〔六〕。飢寒未至且安居，憂患已空猶夢怕。穿花踏月飲村酒，免使醉歸官長罵。

〔一〕去年四句：蘇軾在“去年”二句下自注云：“去年徐州花下對月，與張師厚、王子立兄弟飲酒，作‘蘋’字韻詩。”按，即前《月夜與客飲杏花下》詩。《東坡志林》卷一《黃州憶王子立》條：“僕在徐州，王子立、子敏（王適、王通）皆館于官舍，而蜀人張師厚來過，二王方年少，吹洞簫飲酒杏花下。明年，余謫黃州，對月獨飲，嘗有詩云：‘去年花落在徐州，對月醋歌美清夜；今日黃州見花發，小院閉門風露下。’蓋憶與二王飲時也。張師厚久已死，今年子立復爲古人，哀哉！”清馬位《秋窗隨筆》云：“《芥隱筆記》：‘樂天詩：“去歲暮春上巳，共泛洛水中流；今歲暮春上巳，獨立香山下頭。”子瞻用之爲海外上元詩。’愚謂此格不專出樂天，唐人中極多，如：‘去年花裏留連飲，暖日天桃鶯亂啼。今日江邊容易別，淡煙衰草馬頻嘶。’又‘昔年洛陽社，貧賤相提攜。今日長安道，對面隔雲泥’是也。即子瞻猶有‘前年家水東，回首夕陽麗，去年家水西，溼面春風雨’，‘去年花落在徐州，對酒醋歌美清夜，今年黃州見花發，小院閉門風露下’，嚴滄浪所謂扇對是也。”所引《芥隱筆記》，見其《東坡用樂天詩格》條；所指蘇軾“海外上元詩”，指《上元夜》（自注：“惠州作”）：“前年侍玉輦，端門萬枝燈，璧月掛罘罳，珠星綴觚稜；去年中山府，老病亦宵興，牙旗穿夜市，鐵馬響春冰；今年江海上，雲房寄山僧，亦復舉膏火，松間見層層……”亦所謂扇對（即排比之一種）。

〔二〕憶昔二句：指蘇軾于治平三年護送蘇洵靈柩返蜀，夜宿樊口。蘇軾自注：“樊口在黃州南岸。”

〔三〕沮溺：長沮、桀溺。見前《新城道中》詩注。

〔四〕鮑謝：鮑照、謝靈運。

〔五〕少年句：東方朔《楚辭·七諫·怨世》：“蓼蟲不知徙乎葵菜。”鮑照《代放歌行》：“蓼蟲避葵堇，習苦不言非。”皆謂食蓼（味苦）之蟲

習于食苦,不去遷食甘美之葵菫。原義指人有所好,不辭辛苦;蘇
詩則直接抒發辛苦之慨。
〔六〕啖蔗:《晉書·顧愷之傳》:"愷之每食甘蔗,恒自尾至本,人或怪
之,云:'漸入佳境。'"言食蔗至老彌甜。韓愈《答張徹》:"初味猶
啖蔗,遂通斯建瓴。"這裏喻老境安閒有味。

【評箋】 查慎行《初白庵詩評》卷中:"(前後)兩篇曲折清真,自作風
格,不知漢魏,何論六朝三唐,與《定惠院海棠》各極其妙,即在先生集中,
亦不易多得。後人不自揣量,乃有次韻追和者,無羞惡之良者也。"

紀批(卷二十):"清峭不減前篇。"

【附録】

今尚存蘇軾手書以上二詩墨蹟,文字有出入,當係初稿本。翁方綱
《蘇詩補注》卷四有校評云:"方綱嘗見此詩初脫藁紙本真迹,在富春董蔗
林侍郎誥家。前篇'不辭青春'二句,原在'一枝亞'之下;'清詩獨吟'二
句,原在'年年謝'之下;以墨筆鈎轉,改從("從"據《合注》加)今本也。
'江雲抱嶺'塗二字(《合注》作"'江雲'句塗'抱嶺'二字"),改'有態';'不
惜青春',塗'惜'改'辭'。後篇'十五年前真一夢'句,全塗去,改云'憶昔
還鄉泝巴峽'。'長桅亞','長'字未塗,旁寫'高'字。'白髮紛紛莫吾
借',塗二字,改'寧少'。'自憐老境更貪生'句,全塗去,改云'至今歸計
負雲山'。'老境向閒如食蔗','向'字塗去,改'安'字,又塗去,改'清'
字;'食'字不塗,旁改'啖'字。'幽居□□已心甘'句,全塗去,改云'飢寒
未至且安居'。'往事已空',塗二字,改'憂患'。又其與今本異者:次篇
'落帆樊口'作'武□','長江袞袞空自流'作'長江袞袞流不盡'。按此詩
作于元豐三年庚申春,先生年四十五;老蘇公之歸葬,在治平三年丙午,
先生以護喪歸蜀,過黃州南岸,時先生年三十一,距此時正十五年,故曰
'憶昔還鄉泝巴峽'也,其改定精密如此。"

寓居定惠院之東，雜花滿山，有 海棠一株，土人不知貴也〔一〕

　　江城地瘴蕃草木，只有名花苦幽獨，嫣然一笑竹籬間，桃李漫山總粗俗。也知造物有深意，故遣佳人在空谷〔二〕。自然富貴出天姿，不待金盤薦華屋〔三〕。朱脣得酒暈生臉，翠袖卷紗紅映肉〔四〕；林深霧暗曉光遲，日暖風輕春睡足〔五〕。雨中有淚亦悽愴，月下無人更清淑〔六〕。先生食飽無一事〔七〕，散步逍遙自捫腹，不問人家與僧舍，拄杖敲門看修竹。忽逢絕豔照衰朽〔八〕，歎息無言揩病目。陋邦何處得此花，無乃好事移西蜀〔九〕？寸根千里不易致，銜子飛來定鴻鵠。天涯流落俱可念〔一〇〕，爲飲一樽歌此曲。明朝酒醒還獨來，雪落紛紛那忍觸！

〔一〕元豐三年(一〇八〇)作。參見後《記游定惠院》文："黃州定惠院東小山上有海棠一株，特繁茂，每歲盛開，必攜客置酒。"酷愛如此，實從海棠中自寓身世感慨。

〔二〕故遣句：杜甫《佳人》："絕代有佳人，幽居在空谷。"這裏把花擬人化。

〔三〕薦：獻、進。

〔四〕朱脣二句：《誠齋詩話》："白樂天女道士詩云'姑山半峯雪，瑤水一枝蓮'，此以花比美婦人也。東坡海棠云'朱脣得酒暈生臉，翠袖卷紗紅映肉'，此以美婦人比花也。山谷酴醾云'露濕何郎試湯餅，日烘荀令炷爐香'，此以美丈夫比花也。山谷此詩出奇，古人所未有，然亦是用'荷花似六郎'之意。"《溮南詩話》卷三："《冷齋

135

夜話》云：‘前輩作花詩，多用美女比其狀。如曰“若教解語應傾
國，任是無情也動人”，塵俗哉！山谷作酴醾詩曰“露濕何郎試湯
餅，日烘荀令炷爐香”，乃用美丈夫比之，特爲出類。而吾叔淵材
詠海棠則又曰“雨過溫泉浴妃子，露濃湯餅試何郎”，意尤佳也。’
（按，此見惠洪《冷齋夜話》卷四，“塵俗哉”作“誠然哉”。）慵夫曰：
花比婦人，尚矣。蓋其于類爲宜，不獨在顏色之間。山谷易以男
子，有以見其好異之僻。淵材又雜而用之，益不倫可笑，此固甚紕
繆者。而惠洪乃節節嘆賞，以爲愈奇，不求當而求新，吾恐他日復
有以白晳武夫比之者矣，此花無乃太粗鄙乎？”王若虛此論并非針
對蘇詩，然於藝事頗有見解，特附錄。

〔五〕春睡足：《冷齋夜話》卷一引《太真外傳》，玄宗謂醉後之楊貴妃爲
　　　“海棠睡未足”，是用花比人（參見後《海棠》詩注）。這裏是以人比
　　　花，且反用其意。

〔六〕雨中二句：《風月堂詩話》卷下：“東坡嘗自詠《海棠》詩，至‘雨中
　　　有淚亦悽愴，月下無人更清淑’之句，謂人曰：‘此兩句乃吾向造化
　　　窟中奪將來也。’”

〔七〕先生句：前半詠海棠，從“先生”句以後，轉入作者抒慨。

〔八〕忽逢句：絶豔，指花；衰朽，自指。

〔九〕西蜀：西蜀盛産海棠，有“香海棠國”之稱。

〔一〇〕俱：雙綰上文“絶豔”與“衰朽”，名花和作者皆爲“天涯流落”者。

【評箋】　黃徹《䂬溪詩話》卷八：“介甫梅詩云：‘少陵爲爾牽詩興，可
是無心賦海棠。’杜默云：‘倚風莫怨唐工部，後裔雖知不解詩。’曾不若東
坡柯丘海棠長篇，冠古絶今，雖不指明老杜，而補亡之意，蓋使來世自
曉也。”

　　魏慶之《詩人玉屑》卷十七：“東坡作此詩，詞格超逸，不復蹈襲前
人。……平生喜爲人寫，蓋人間刊石者，自有五六本，云軾平生得意詩
也。”（又見《王直方詩話》、《古今詩話》）

　　查慎行《初白庵詩評》卷中：“讀前半竟似《海棠曲》矣！妙在‘先生食

飽’一轉。此種詩境從少陵《樂游園歌》得來,遇(寓)其神理而化其畦畛,斯爲千古絶作。”

紀批(卷二十):“純以海棠自寓,風姿高秀,興象微深;後半尤煙波跌宕。此種真非東坡不能,東坡非一時興到亦不能。”

雨中看牡丹三首〔一〕

霧雨不成點,映空疑有無,時於花上見,的皪走明珠〔二〕。秀色洗紅粉,暗香生雪膚。黄昏更蕭瑟,頭重欲相扶。

明日雨當止,晨光在松枝,清寒入花骨,蕭蕭初自持。午景發濃豔〔三〕,一笑當及時。依然暮還斂,亦自惜幽姿。

幽姿不可惜,後日東風起。酒醒何所見,金粉抱青子〔四〕。千花與百草,共盡無妍鄙。未忍污泥沙,牛酥煎落蘂〔五〕。

〔一〕元豐三年(一〇八〇)作。題一作《黄州天慶觀牡丹三首》。
〔二〕的皪句:紀批(卷二十):“‘走’字似落葉矣,作‘落’字、‘綴’字即得。”按,“走”乃形容花上霧雨圓轉流動之貌,頗得神理,紀批非。
〔三〕午景句:楊慎《升庵詩話》卷一《月黄昏》條:“蓋晝午後,陰氣用事,花房斂藏。”故下句云“暮還斂”。
〔四〕金粉:花粉。温庭筠《牡丹二首》其二亦用“曉來金粉覆庭莎”字面。
〔五〕牛酥句:《苕溪漁隱叢話·後集》卷二十三引《復齋漫録》(即《能改齋漫録》,今本無此條)引蘇軾《雨中明慶賞牡丹》及本篇云:“孟蜀時，兵部尚書李昊每將牡丹花數枝分遺朋友，以牛酥同贈，且曰：‘俟花彫謝，即以酥煎食之，無棄穠豔。’其風流貴重如此。”（又見宋邱濬《洛陽貴尚録》）宋袁文《甕牖閒評》卷七亦云：“好事者多用牛酥煎牡丹花而食之，可見其流風餘韻。此事得之《蘇東坡集》中。東坡《雨中明慶寺賞牡丹》詩云‘故應未忍著酥煎’，又詩云‘未忍汙泥沙，牛酥煎落蕊’是也。”

【評箋】　紀批（卷二十）：“三首一氣相生。”

五禽言五首〔一〕（選一）

　　昨夜南山雨，西溪不可渡。溪邊布穀兒，勸我脱破袴。不辭脱袴溪水寒，水中照見催租瘢〔二〕。

〔一〕原共五首，選第二首。元豐三年（一〇八〇）作。詩前有自序云：“梅聖俞嘗作《四禽言》。余謫黄州，寓居定惠院。遶舍皆茂林修竹、荒池蒲葦。春夏之交，鳴鳥百族，土人多以其聲之似者名之，遂用聖俞體作《五禽言》。”按，梅堯臣《禽言四首》詩，分咏子規、提壺、山鳥（婆餅焦）、竹雞四鳥。

〔二〕蘇軾自注：“土人謂布穀爲脱却破袴。”但《甕牖閒評》卷五云，蘇軾此詩“以布穀爲脱却破袴也。然脱却破袴乃是不如歸去，子規之鳥耳，非布穀也”。

【評箋】　黄徹《䂬溪詩話》卷八：（引張耒詩略）“余謂此詩亦不可不令操權者知也。東坡云：‘不辭脱袴溪水寒，水中照見催租瘢。’等閒戲語，亦有所補。”
　　紀批（卷二十）：“此種題目，初作猶是樂府變體歌謡遺意，再作則陳陳相因，轉入窠臼矣，何效之者至今不已也。”

正月二十日往岐亭，郡人潘、古、郭三人送余於女王城東禪莊院〔一〕

　　十日春寒不出門，不知江柳已搖村。稍聞決決流冰谷〔二〕，盡放青青没燒痕〔三〕。數畝荒園留我住，半瓶濁酒待君温。去年今日關山路，細雨梅花正斷魂〔四〕。

〔一〕元豐四年(一〇八一)作。施注：“此詩墨迹，刻石成都府治。題云《正月二十一日出城至虎跑作》。虎跑在黄州北二十餘里。”七集本《續集》重收此詩，則題作《代書寄桃山居士張聖可》。潘、古、郭三人，皆蘇軾在黄州的新交。《東坡八首》其一云：“潘子久不調，沽酒江南村；郭生本將種，賣藥西市垣；古生亦好事，恐是押牙孫。”指潘大臨(一説潘丙，潘大臨之叔)、郭遘、古耕道。女王城，《東坡志林》卷四《黄州隋永安郡》條：“今黄州都(東)十五里許有永安城，而俗謂之女王城。”一説爲楚王城的訛稱。

〔二〕決決：水流聲。

〔三〕燒：讀去聲，作名詞用。

〔四〕去年二句：用前《梅花二首》所寫去年來黄途中情景，來渲染今日旅途所感。此梅花常引起蘇軾回憶，如元豐八年所作《王伯敭所藏趙昌花四首》其一有“南行渡關山”，“殷勤小梅花”句，又另見本書所選《十一月二十六日松風亭下梅花盛開》詩。

　　【評箋】　方回《瀛奎律髓》卷十：“坡詩不可以律詩縛，善用事者無不妙。他語意天然者如此，儘十分好。”

馮班云：“於題不甚顧，力大才高也。”(《瀛奎律髓》批)

紀昀《瀛奎律髓刊誤》卷十：“東坡七律，往往一筆寫出，不甚繩削。其高處在氣機生動，才力富健；其不及古人者在少鎔鍊之工與渾厚之致。”又批《蘇文忠公詩集》卷二十一云：“一氣渾成。”

太守徐君猷、通守孟亨之皆
不飲酒，以詩戲之〔一〕

孟嘉嗜酒桓温笑〔二〕，徐邈狂言孟德疑〔三〕，公獨未知其趣爾，臣今時復一中之。風流自有高人識〔四〕，通介寧隨薄俗移〔五〕。二子有靈應撫掌，吾孫還有獨醒時〔六〕。

〔一〕元豐四年(一〇八一)作。徐大受，字君猷；孟震，字亨之，時分別爲黃州知州、通判。

〔二〕孟嘉句與下公獨句：兩句見《晉書・孟嘉傳》：“嘉好酣飲，愈多不亂。温(桓温，孟嘉爲其參軍)問嘉：‘酒有何好，而卿嗜之？’嘉曰：‘公未得酒中趣耳。’”

〔三〕徐邈句與下臣今句：兩句見《三國志・魏志・徐邈傳》：徐邈爲尚書郎，“時科禁酒，而邈私飲，至于沉醉。校事趙達問以曹事，邈曰：‘中聖人！’達白之太祖(曹操)，太祖甚怒。度遼將軍鮮于輔進曰：‘平日醉客謂酒清者爲聖人，濁者爲賢人，邈性修慎，偶醉言耳。’竟坐得免刑。”後曹丕稱帝時，問他：“頗復中聖人不？”他答曰：“時復中之！”

〔四〕風流句：指孟嘉。《晉書・孟嘉傳》：太尉庾亮正旦大會江州人士，孟嘉“坐次甚遠”，“(豫章太守褚裒)問亮：‘聞江州有孟嘉，其人何在？’亮曰：‘在坐，卿但自覓。’裒歷觀，指嘉謂亮曰：‘此君小異,將無是乎?'亮欣然而笑"。又陶淵明《晉故征西大將軍長史孟府君(嘉)傳》,高陽許詢"嘗乘船近行,適逢君(孟嘉)過,嘆曰:'都邑美士,吾盡識之,獨不識此人。唯聞中州有孟嘉者,將非是乎?'"

〔五〕通介句:指徐邈。《三國志·魏志·徐邈傳》,盧欽著書,推崇徐邈"志高行絜","或問欽:'徐公當武帝之時,人以爲通;自在涼州及還京師,人以爲介,何也?'欽答曰:'往者毛孝先、崔季珪等用事,貴清素之士,于時皆變易車服以求名高,而徐公不改其常,故人以爲通;比來天下奢靡,轉相倣效,而徐公雅尚自若,不與俗同。故前日之通,乃今日之介也,是世人之無常而徐公之有常也。'"此詩調侃孟、徐二人,故用同姓古人事,一、三、五句用孟嘉典,二、四、六句用徐邈典,中二聯分承首聯,章法獨創。

〔六〕二子二句:言外指徐、孟二人"不飲酒",不同先人;而風流品德却同乃祖。獨醒,用《楚辭·漁父》"衆人皆醉我獨醒"語。

【評箋】　《苕溪漁隱叢話·前集》卷九:"《漫叟詩話》云:'杜詩有"自天題處濕,當暑着來清",自天當暑,乃全語也。東坡詩云:"公獨未知其趣耳,臣今時復一中之。"可謂青出于藍。'苕溪漁隱曰:東坡此詩'不止天生此對,其全篇用事親切,尤爲可喜……皆徐、孟二人事也'。"

韋居安《梅磵詩話》卷上:"詩人喜用全語。東坡戲徐君猷、孟亨之皆不飲酒詩云:'公獨未知其趣耳,臣今時復一中之。'近世王才臣詩云:'歸去來兮覺今是,不知我者謂何求。'……下語皆渾然天成,然非詩之正體。"

汪師韓《蘇詩選評箋釋》卷三:"因姓援古以爲着題,古人所有也。只咏孟嘉、徐邈二人事,承説到底,章法獨創,後人亦未見有效之者。"

查慎行《初白庵詩評》卷中:"中二聯兩兩分承起句,章法獨創。"卷下又云:"用兩人事實作兩聯,天成好對仗。首尾一意反覆,章法新奇。"

紀批(卷二十一):"小品自佳。""此種從姓起義,恰有孟、徐二酒事佐之,又不以切姓爲嫌。"

元豐四年十月二十二日，謁王文父於江
　南，坐上得陳季常書報，是月四日，种諤
　領兵深入，破殺西夏六萬餘人，獲馬五
　千匹。衆喜忭唱樂，各飲一巨觥〔一〕

聞説官軍取乞閭〔二〕，將軍旂鼓捷如神，故知無定河
邊柳，得共中原雪絮春〔三〕。

〔一〕七集本此詩以《聞捷》爲題，以“元豐四年”云云爲引。《續資治通
　　鑑長編》卷三一六：元豐四年（一〇八一）九月庚戌，“种諤（鄜延
　　路經略安撫副使）攻圍米脂寨三日，城堅守未下。……賊兵八萬
　　餘人自無定川出，直抵我軍，將合米脂之衆以夾攻我”。二十八
　　日，种諤命“諸軍從高前後擊之，賊奔潰”，“獲首五千餘級，獲馬五
　　千，孳畜鎧甲萬計”。又同書卷三一八：“是日（十月十六日己巳），
　　种諤入銀川。”
〔二〕乞閭（yín）：亦作乞銀，即銀川，西夏語“驄馬”之意。
〔三〕故知二句：陳陶《隴西行四首》其二：“可憐無定河邊骨，猶是春閨
　　夢裏人。”蘇詩由此翻出，一悲一喜，情調迥異。

正月二十日與潘、郭二生出郊尋
　春，忽記去年是日同至女王城作
　詩，乃和前韻〔一〕

東風未肯入東門〔二〕，走馬還尋去歲村。人似秋鴻來

有信，事如春夢了無痕。江城白酒三杯釅〔三〕，野老蒼顏一笑溫。已約年年爲此會，故人不用賦招魂〔四〕。

〔一〕元豐五年(一○八二)作。參見前《正月二十日往岐亭，郡人潘、
　　　古、郭三人送余於女王城東禪莊院》詩。
〔二〕東風句：指城中尚無春色。
〔三〕釅(yàn)：濃，味厚。
〔四〕故人句：謂老友不必設法把我調離黃州貶所。招魂，見前《題寶
　　　鷄縣斯飛閣》詩注。

【評箋】　《昭昧詹言》卷二十：“此詩無奇，開凡庸滑調。”

紅　梅　三　首〔一〕(選一)

怕愁貪睡獨開遲，自恐冰容不入時。故作小紅桃杏色，尚餘孤瘦雪霜姿。寒心未肯隨春態，酒暈無端上玉肌。詩老不知梅格在，更看綠葉與青枝〔二〕。

〔一〕原共三首，選第一首。元豐五年(一○八二)作。此詩蘇軾曾改寫
　　　成《定風波·咏紅梅》詞。
〔二〕詩老二句：蘇軾自注：“石曼卿《紅梅》詩云：‘認桃無綠葉，辨杏有
　　　青枝。’”蘇軾《付過》(一作《元祐三年十二月書付過》)亦云：“若石
　　　曼卿《紅梅》詩云：‘認桃無綠葉，辨杏有青枝。’此至陋，蓋村學中
　　　語。”(又見《東坡題跋》卷三《評詩人寫物》條)《王直方詩話》贊同
　　　云：“作詩貴雕琢，又畏有斧鑿痕，貴破的又畏黏皮骨，此所以爲
　　　難。”石曼卿此兩句，“恨其黏皮骨也”(又見《韻語陽秋》卷三)。

《碧溪詩話》卷八亦云："曼卿《紅梅》云：'認桃無緑葉，辨杏有青枝。'坡謂有村學中體，嘗嘲之：'詩老不知梅格在，强拈緑葉與青枝。'至于'未應嬌意急，發赤怒春遲'，成均（古代學校）黌宗，無以加也。"王士禎《花草蒙拾》亦云："疏影横斜、月白風清等作，爲詩人詠物極致。若'認桃無緑葉，辨杏有青枝'及李筠翁之'勝如茉莉賽得荼蘼'，劉叔擬'看來畢竟此花强，祇是欠些香'，豈非詩詞一劫。程邨（即鄒祇謨）常云：'詠物不取形而取神，不用事而用意'，二語可謂簡盡。"但劉克莊對蘇軾此論有異議："曼卿《紅梅》詩云：'認桃無緑葉，辨杏有青枝'，坡公以爲村學堂中語。然卒章云：'未應嬌意急，發赤怒春遲'，不害爲佳作也。"又，蘇軾作詩亦有與石曼卿詩句構思、句式一致者，如《戲作鮰魚一絶》"粉紅石首仍無骨，雪白河豚不藥人"，言鮰魚比之石首魚、河豚，只是無骨、無毒而已；《書林逋詩後》"詩如東野不言寒，書似西臺差少肉"，言林逋詩如孟郊但不作寒苦之語，書法如李建中但却瘦勁；《過子忽出新意，以山芋作玉糝羹，色香味皆奇絶。天上酥陀則不可知，人間決無此味也》"香似龍涎仍釅白，味如牛乳更全清"，亦言玉糝羹之香、味可比龍涎、牛乳，而釅白、澄清則過之。

　　【評箋】　汪師韓《蘇詩選評箋釋》卷三："不着意紅字則泛衍，然一落色相，則又如塗塗附矣。石延年句豈不切貼，而詩謂其不知梅格，知此者可與言詩。"

　　紀批（卷二十一）："細意鈎剔却不入纖巧，中有寓託，不同刻畫形似故也。"

寒食雨二首〔一〕

　　自我來黄州，已過三寒食〔二〕，年年欲惜春，春去不容惜。今年又苦雨，兩月秋蕭瑟〔三〕。臥聞海棠花，泥汙燕脂雪〔四〕，暗中偷負去，夜半真有力〔五〕。何殊病少年，病起頭已白〔六〕。

　　春江欲入戶，雨勢來不已，小屋如漁舟，濛濛水雲裏。空庖煮寒菜〔七〕，破竈燒溼葦，那知是寒食？但見烏銜紙〔八〕。君門深九重，墳墓在萬里〔九〕。也擬哭途窮，死灰吹不起〔一〇〕！

〔一〕元豐五年（一〇八二）作。今存蘇軾手書此二詩墨蹟。寒食，梁代宗懍《荆楚歲時記》：“去冬節一百五日，即有疾風甚雨，謂之寒食（隋松公瞻注：據歷合在清明前二日，亦有去冬至一百六日），禁火三日。”

〔二〕三寒食：蘇軾于元豐三年二月到黃州，至作此詩時已過三個寒食節。

〔三〕兩月句：謂春雨連綿兩月，氣候一如秋季。

〔四〕燕脂雪：指海棠花瓣。從杜甫《曲江對雨》“林花着雨燕脂濕”化出。

〔五〕暗中二句：《莊子·大宗師》：“藏舟于壑，藏山于澤，謂之固矣。然而夜半有力者負之而走，昧者不知也。”此處言海棠被造物主暗中背去，實謂花謝。

〔六〕何殊二句：喻海棠之被淫雨摧殘，猶如少年病後變成白髮老人。何殊，無異。

〔七〕寒菜：原特指冬季之菜，此係泛指。

〔八〕那知二句：因見烏鴉啣取墳前燒剩之紙錢，才悟已是寒食節。寒食墓祭焚燒紙錢之俗，唐時已盛。如王建《寒食行》：“三日無火燒紙錢，紙錢那得到黃泉。”張籍《北邙行》：“寒食家家送紙錢，烏鳶作窠啣上樹。”

〔九〕君門二句：君門有九重之深，欲歸無望；祖墳在萬里之遙，欲弔不能。

〔一〇〕也擬二句：上句用阮籍典故。《晉書·阮籍傳》：阮籍"時率意獨駕，不由徑路，車迹所窮，輒慟哭而反。"杜甫《陪章留後侍御宴南樓得風字》："此身醒復醉，不擬哭途窮。"下句用韓安國典故。《史記·韓長孺列傳》："安國坐法抵罪，蒙（縣名）獄吏田甲辱安國。安國曰：'死灰獨不復然乎？'田甲曰：'然即溺之。'"這句又上承"烏銜紙"，切合寒食節特殊風光。兩句謂自己擬學阮籍途窮之哭，不作死灰復燃之望，以免再受迫害。

【評箋】　汪師韓《蘇詩選評箋釋》卷三："二詩後作尤精絕。結四句固是長歌之悲，起四句乃先極荒涼之境，移村落小景以作官舍，情況大可想矣。"

賀裳《載酒園詩話》："黃州詩尤多不羈，'小屋如漁舟，濛濛水雲裏'一篇，最爲沉痛。"

陳衍《宋詩精華録》卷二："與《鄆州新堂二首》（指《和鮮于子駿鄆州新堂月夜二首》）皆次首勝。"

魚　蠻　子〔一〕

江淮水爲田，舟楫爲室居。魚蝦以爲糧，不耕自有餘。異哉魚蠻子，本非左衽徒〔二〕。連排入江住，竹瓦三尺廬〔三〕，於焉長子孫，戚施且侏儒〔四〕。擘水取魴鯉，易如拾諸塗。破釜不著鹽，雪鱗芼青蔬〔五〕。一飽便甘寢，何異獺與狙。人間行路難，踏地出賦租。不如魚蠻子，駕浪浮空虛。空虛未可知，會當算舟車〔六〕。蠻子叩頭泣，勿語桑大夫〔七〕。

〔一〕元豐五年(一○八二)作。陸游《老學庵筆記》卷一:"張芸叟(舜
　　民)作《漁父詩》曰:'家住末江邊,門前碧水連。小舟勝養馬,大罟
　　(大網)當耕田。保甲原無籍,青苗不着錢。桃源在何處? 此地有
　　神仙。'蓋元豐中謫官湖湘時所作。東坡取其意爲《魚蠻子》云。"
　　蘇軾此詩亦含有諷刺新法之意。但張詩是寫桃花源式的漁民,突
　　出其擺脱賦役壓迫的自由、幸福;蘇詩却寫過着艱苦水上生活的漁
　　民,比遭受賦役壓迫的一般農民强,則與《捕蛇者説》的思想相類。
〔二〕左衽:《論語·憲問》:"子曰:'微管仲,吾其被(披)髮左衽矣。'"
　　左衽,前襟向左掩,喻少數民族或受其統治之人。
〔三〕竹瓦句:指水中木排上的小屋,剖竹爲瓦。
〔四〕戚施:駝背之人。下"侏儒",矮子。
〔五〕芼(máo):指芼羹,以菜雜肉爲羹。
〔六〕算:計數的籌碼,這裏指抽税。
〔七〕桑大夫:桑弘羊,漢武帝時任治粟都尉,領大司農;昭帝時任御史
　　大夫。推行鐵鹽官營等政策(包括收取軺車、船隻等運輸税),爲舊
　　時理財名臣。這裏喻指推行新法的官吏。按,蘇軾因不滿新法之
　　擾民,故對桑弘羊特持偏見,論説中每加貶抑,例如熙寧二年十二月
　　《上皇帝書》:"昔漢武之世,財力匱竭,用賈人桑羊之説,買賤賣貴,謂
　　之均輸,於時商賈不行,盜賊滋熾,幾至於亂。"其他類似議論尚多。

【評箋】　曾季貍《艇齋詩話》:"樂天《鹽商婦》詩云:'南北東西不失
家,風水爲鄉舟作宅',東坡《魚蠻子》詩,正取此意。"
　　紀批(卷二十一):"香山一派,讀之宛然《秦中吟》也。"

琴　　詩〔一〕

若言琴上有琴聲,放在匣中何不鳴? 若言聲在指頭

上，何不於君指上聽？

〔 一 〕詩前有自序云：“武昌主簿吳亮君采，攜其友人沈君十二琴之説，
　　　與高齋先生空同子之文、太平之頌以示予。予不識沈君，而讀其
　　　書如見其人，如聞十二琴之聲。予昔從高齋先生游，嘗見其寶一
　　　琴，無銘無識，不知其何代物也。請以告二子：使從先生求觀之。
　　　此十二琴者，待其琴而後和。元豐五年閏六月。”高齋先生，趙汴，
　　　字閲道，曾任參知政事。卒諡清獻。此序似與詩無涉。蘇軾另有
　　　《與彦正判官書》：“古琴當與響泉韻磬，并爲當世之寶，而鏗金瑟
　　　瑟，遂蒙輟惠，報賜之間，赧汗不已。又不敢遠逆來意，謹當傳示
　　　子孫，永以爲好也。然某素不解彈，適紀老枉道見過，令其侍者快
　　　作數曲，拂歷鏗然，正如若人之語也。試以一偈問之：‘若言琴上
　　　有琴聲，放在匣中何不鳴？若言聲在指頭上，何不於君指上聽？’
　　　録以奉呈，以發千里一笑。”則蘇軾自認此詩爲“偈”。舊注即有
　　　引佛經爲之闡釋者，如《蘇詩續補遺》卷下(附于《施注蘇詩》後)馮
　　　景注云：“《楞嚴經》：‘譬如琴瑟、箜篌、琵琶，雖有妙音，若無妙指，
　　　終不能發，汝與衆生亦復如是。’又偈云：‘聲無既無滅，聲有亦非
　　　生。生滅二緣離，是則常真實。’此詩宗旨，大約本此。”所説亦非
　　　無據。但蘇軾《西山詩和者三十餘人，再用前韻爲謝》：“石中無聲
　　　水亦静，云何解轉空山雷？”自注云：“韋應物詩云：‘水性本云静，
　　　石中固無聲；如何兩相激，雷轉空山驚。’”(按，此韋《聽嘉陵江水
　　　聲寄深上人》詩)亦與此詩同類，説明蘇軾接受多方面的思想資料
　　　的啓發，不必泥定佛經一源。

　　　【評箋】 紀批(卷二十一)：“此隨手寫四句，本不是詩，蒐輯者强收
入集，千古詩集有此體否？”

六年正月二十日復出東門，
仍用前韻〔一〕

　　亂山環合水侵門，身在淮南盡處村。五畝漸成終老計〔二〕，九重新埽舊巢痕〔三〕。豈惟見慣沙鷗熟，已覺來多釣石溫〔四〕。長與東風約今日，暗香先返玉梅魂〔五〕。

〔一〕此詩仍用前《(元豐四年)正月二十日往岐亭……》等兩詩之韻。

〔二〕五畝：《孟子·梁惠王上》：“五畝之宅，樹之以桑，五十者可以衣帛矣。”此指蘇軾在黃州所墾殖之東坡和建造的住宅。

〔三〕九重句：陸游《施司諫注東坡詩序》：“昔祖宗以三館養士儲將相材，及官制行，罷三館。而東坡蓋嘗直史館，然自謫爲散官，削去史館之職久矣，至是史館亦廢，故云‘新掃舊巢痕’，其用事之嚴如此。而‘鳳巢西隔九重門’，則又李義山詩也。(按，李商隱《越燕二首》其二亦有“安巢復舊痕”句)”其説是。蘇軾《王中甫哀辭》在追叙罷制科取士時也説“堪笑東坡癡鈍老，區區猶記刻舟痕”，與此詩同意，且亦押“痕”字，可證。

〔四〕豈惟二句：《列子·黃帝》記古有好鷗者，日與鷗鳥游。其父説：“吾聞鷗鳥皆從汝游，汝取來吾玩之。”次日至海上，鷗鳥舞而不下。這裏謂與黃州鷗鳥相熟，合下句“釣石溫”，皆言居日已久，且暗寓放達忘機之意。《宋詩精華録》卷二：“讀五六兩句，覺《旄丘》(按，《詩·邶風》篇名，舊謂乃黎臣怨衞伯不救而作)之何多日也，何其久也，殊少含蓄矣。”

〔五〕長與二句：宋吳聿《觀林詩話》：“一僧問王茂公云：凡花皆經歲復開，東坡何獨于梅花言返魂香耶？茂公云：以梅花清絶能醒人，非餘花可比故耳，遂引蘇德哥及聚窟洲返魂香事爲證。僧來從余借二書驗之,皆與梅花了不相關,遂憾茂公之欺。余爲言其事見韓偓《金鑾密記》,出内廷詩,有‘玉爲通體尋常見,香號返魂容易回’之語。其題云:嶺南梅花,一歲再發,故作此詩題于花下。東坡云:‘返魂香入嶺頭梅。’(按,見《岐亭道上見梅花戲贈季常》詩)僧遂釋然。”按,韓偓《湖南梅花一冬再發,偶題于花援》詩三四句云“玉爲通體依稀見,香號返魂容易迴”;結句云“夭桃莫倚東風勢,調鼎何曾用不材”,言梅是“調鼎”之才以喻輔佐君主之宰執大臣。(見《書·説命下》任命傅説爲相之辭:“若作和羹,爾惟鹽梅。”)蘇詩亦含有希望朝廷復用之意。

【評箋】 方回《瀛奎律髓》卷十:“亂山環合”四句,“謂元豐官制行,罷廢祖宗館職,立秘書省,以正字、校書郎等爲差除資序,而儲士之意淺矣。觀此等語,豈惟可以考大賢之出處,抑亦可見時事之更張,仁廟之所以遺燕安於後世者何其盛,熙豐之政所以大有可恨者何其頓衰!坡下句云‘豈惟見慣沙鷗熟,已覺來多釣石温’,又可痛坡翁一謫數年甘心于漁樵而忘返也。”

汪師韓《蘇詩選評箋釋》卷三:“詞旨温厚,意味深長,在集内近體詩中更進一格。至於陸游之解,方回之評,俱似索解過高,然不可謂非解音知己也。”

南 堂 五 首〔一〕

江上西山半隱堤,此邦臺館一時西。南堂獨有西南向,臥看千帆落淺溪。

暮年眼力嗟猶在,多病顛毛却未華。故作明牕書小字,更開幽室養丹砂〔二〕。

他時夜雨困移牀,坐厭愁聲點客腸。一聽南堂新瓦響，似聞東塢小荷香〔三〕。

　　山家爲割千房蜜，稚子新畦五畝蔬。更有南堂堪著客，不憂門外故人車〔四〕。

　　掃地焚香閉閣眠，簟紋如水帳如煙。客來夢覺知何處？掛起西牕浪接天〔五〕。

〔一〕元豐六年（一○八三）作。南堂，在黃州南臨臯亭，俯臨長江。（蘇軾有另一南堂在惠州）蘇轍《次韻子瞻新葺南堂五絕》其二：“旅食三年已是家，堂成非陋亦非華。”是其家居之所。

〔二〕更開句：蘇軾《與王定國書》：“近有人惠大丹砂少許，光彩甚奇，固不敢服。然其人教以養火，觀其變化，聊以悦神度日。”

〔三〕一聽二句：因雨足而聯想到荷花盛開，香氣四溢，亦舉因引果法。

〔四〕不憂句：《漢書・陳平傳》：陳平“家乃負郭窮巷，以席爲門，然門外多長者車轍”。這裏化用此典。

〔五〕此第五首又見《淮海集・後集》卷二，題作《無題》。

洗　兒　戲　作〔一〕

　　人皆養子望聰明，我被聰明誤一生。惟願孩兒愚且魯，無災無難到公卿。

〔一〕元豐六年（一○八三）九月二十七日蘇軾第四子遯生（朝雲所生），小名幹兒，詩作于滿月時。孟元老《東京夢華録・育子》：“至滿月大展洗兒會，親賓盛集。浴兒畢，落胎髮，遍謝座客，致宴享焉。”

【評箋】 查慎行《補注東坡編年詩》卷二十二："詩中有玩世疾俗之意,當是生幹兒時所作。"

紀批(卷二十二):"此種豈可入集。"

東　坡〔一〕

雨洗東坡月色清,市人行盡野人行。莫嫌犖确坡頭路〔二〕,自愛鏗然曳杖聲。

〔 一 〕元豐六年(一〇八三)作。蘇軾《東坡八首·序》："余至黄州二年,日以困匱。故人馬正卿哀余乏食,爲于郡中請故營地數十畝,使得躬耕其中。地既久荒,爲茨棘瓦礫之場,而歲又大旱,墾闢之勞,筋力殆盡。"以其地在黄州東門外,又效白居易的忠州東坡之名,故云東坡,并作爲自己的别號。

〔 二 〕犖确:指險峻不平的山石。

【評箋】 紀批(卷二十二):"風致不凡。"

《宋詩精華録》卷二:"東坡興趣佳,不論何題,必有一二佳句,此類是也。"

和秦太虚梅花〔一〕

西湖處士骨應槁〔二〕,只有此詩君壓倒〔三〕,東坡先生心已灰,爲愛君詩被花惱。多情立馬待黄昏,殘雪消遲月出早，江頭千樹春欲闇，竹外一枝斜更好〔四〕。孤山山下醉眠處，點綴裙腰紛不掃〔五〕，萬里春隨逐客來，十年花送佳人老〔六〕。去年花開我已病，今年對花還草草，不知風雨捲春歸，收拾餘香還畀昊〔七〕。

〔一〕元豐七年(一〇八四)作。秦觀，字太虛。有《和黃法曹憶建溪梅花》詩。蘇軾此篇即爲和作。

〔二〕西湖句：謂林逋去世已久。林逋，字君復，錢塘人，隱居西湖孤山，酷愛梅花，其《山園小梅》云"疏影橫斜水清淺，暗香浮動月黃昏"，傳爲名句。事迹參看《宋史·林逋傳》。

〔三〕只有句：此語過分推許秦觀。《東坡題跋》卷三《評詩人寫物》條："詩人有寫物之功。'桑之未落，其葉沃若'，他木殆不可以當此；林逋梅花詩云'疏影橫斜水清淺，暗香浮動月黃昏'，決非桃李詩。"對林詩亦甚傾倒。

〔四〕江頭二句：紀批(卷二十二)："實是名句。謂在和靖'暗香'、'疏影'一聯上，固無愧色。"《詩人玉屑》卷十七引范正敏《遯齋閑覽》云："東坡吟梅一句云'竹外一枝斜更好'，語雖平易，然頗得梅之幽獨閒靜之趣。凡詩人詠物，雖平淡巧麗不同，要能以隨意造語爲工。"

〔五〕裙腰：白居易《杭州春望》："誰開湖寺西南路，草綠裙腰一道斜。"謂孤山寺前，路連白沙堤(即今白堤)，草綠時望如裙腰。這裏即指孤山。

〔六〕萬里二句：紀批(卷二十二)："悲壯似高岑口吻。"

〔七〕畀昊：《詩·小雅·巷伯》："投畀有昊。"畀，與；有昊，指天。

【評箋】　元韋居安《梅磵詩話》卷下："梅格高韻勝，詩人見之吟詠多矣。自和靖'香影'一聯爲古今絶唱，詩家多推尊之。其後東坡次少游槁字韻，及謫羅浮時賦古詩三篇，運意琢句，造微入妙，極其形容之工，真可企㣲孤山，以此見騷人詠物，愈出而愈奇也。"

海　棠〔一〕

　　東風嫋嫋泛崇光〔二〕,香霧空濛月轉廊。只恐夜深花睡去,故燒高燭照紅妝〔三〕。

〔一〕元豐七年(一〇八四)作。

〔二〕東風句:嫋嫋,一作"渺渺"。按,《楚辭·九歌·湘夫人》有"嫋嫋兮秋風"句,形容微風吹拂。蘇詩作"嫋嫋"爲是,"渺渺"爲悠遠貌,似不恰切。泛崇光,《楚辭·招魂》:"光風轉蕙,汎崇蘭些。"此用其字面。泛,同"汎",搖動貌。崇光,指在高處的海棠光澤。

〔三〕只恐二句:《冷齋夜話》卷一指出此二句事見《太真外傳》,曰:"上皇登沉香亭,詔太真妃子。妃子時卯醉未醒,命力士從侍兒扶掖而至。妃子醉顏殘妝,鬢亂釵橫,不能再拜。上皇笑曰:'豈是妃子醉,真海棠睡未足耳。'"王楙《野客叢書》卷二十四《二花睡足》條亦引此,并曰:"李賀詩'西施曉夢綃帳寒,香鬟墮髻半沉檀。轆轤咿啞轉鳴玉,驚起芙蓉睡新足',以芙蓉睡足事爲西施用,亦佳。"皆以花喻美人,并言花能"睡";蘇詩轉而以美人睡去喻指花兒萎縮。據舊說,花卉午後轉爲萎縮,夜半後又復舒展。楊慎《升庵詩話》卷一《月黃昏》條:"蓋晝午後,陰氣用事,花房斂藏;夜半後,陽氣用事,而花敷蕊散香。凡花皆然,不獨梅也。坡詩'只恐夜深花睡去,高燒銀燭照紅粧'。"故夜闌賞花之意境,詩中習見,如白居易《惜牡丹花二首》:"明朝風起應吹盡,夜惜衰紅把火看。"李商隱《花下醉》:"客散酒醒深夜後,更持紅燭賞殘花。"(馮浩《玉谿生詩集箋注》卷一斷言蘇詩即從李商隱此句"脫出",似太鑿。)又,此爲名句,常被稱贊,如《冷齋夜話》卷五即推爲"造語之工"、"盡古今之變"之例證,并引黃庭堅語:"此皆謂之句中眼。學者不

知此妙語,韻終不勝。"但紀批(卷二十二)引查(慎行)云:"此詩極爲俗口所賞,然非先生老境。"(見《初白庵詩評》卷中)

壽星院寒碧軒〔一〕

　　清風蕭蕭搖窗扉,窗前修竹一尺圍。紛紛蒼雪落夏簟,冉冉綠霧沾人衣。日高山蟬抱葉響,人静翠羽穿林飛。道人絶粒對寒碧,爲問鶴骨何緣肥〔二〕?

〔一〕壽星院,在杭州葛嶺下,院中有寒碧軒、此君軒、觀台、盃泉,蘇軾皆有詩吟詠。宋潛説友《咸淳臨安志》卷七十九,記壽星院有石刻,蘇軾自書此詩,後云:"僕在黄州,偶思壽星竹軒作此詩。今録以遺通悟師。元祐五年十一月,東坡居士書。"(一説,石刻作"五年五月十二日")此詩舊注均繫在元祐五年蘇軾第二次在杭州任知州時,實係作者手書之年;其作年應在黄州,故移于此。

〔二〕道人二句:戲謔之語。意謂道士絶食修煉,何故肥胖?絶粒,猶辟穀,道士以摒除火食、不進米穀爲一種修煉方法。

　　【評箋】　周必大《二老堂詩話》:"蘇文忠公詩,初若豪邁天成,其實關鍵甚密。再來杭州《壽星院寒碧軒》詩,句句切題而未嘗拘。其云:'清風蕭蕭……','寒''碧'各在其中;第五句'日高山蟬抱葉響',頗似無意,而杜詩云:'抱葉寒蟬静',并葉言之,'寒'亦在中矣;'人静翠羽穿林飛'固不待言;末句却説破,'道人絶粒對寒碧,爲問鶴骨何緣肥',其妙如此。"

　　紀批(卷三十二):"渾成脱灑。前六句有杜意,後二句是本色。"

別　黃　州〔一〕

　　病瘡老馬不任韉,猶向君王得敝幃〔二〕。桑下豈無三宿戀〔三〕,尊前聊與一身歸〔四〕。長腰尚載撐腸米〔五〕,闊領先裁蓋癭衣〔六〕。投老江湖終不失,來時莫遣故人非〔七〕。

〔一〕元豐七年(一〇八四)三月,蘇軾改遷汝州(今河南臨汝)團練副使、本州安置。四月離黃州作此詩。自《初到黃州》至本篇,皆作于黃州。

〔二〕病瘡二句:以病馬自比,言雖老病不能任事,皇上還給我一官半職,領取俸祿。韉,馬絡頭。敝幃,典出《禮記·檀弓下》:"敝帷不棄,爲埋馬也。"帷、幃同,指帷幔。一本即作"帷"。晚年所作《和陶〈詠三良〉》却反用此典:"我豈犬馬哉,從君求蓋帷。""仕宦豈不榮,有時纏憂悲。所以靖節翁,服此黔婁衣!"對君主、仕途的認識有變化。

〔三〕桑下句:謂久居黃州,不免有情。《後漢書·襄楷傳》記襄楷上書中有云:"浮屠不三宿桑下,不欲久生恩愛,精之至也。"

〔四〕尊前句:牛僧孺《席上贈劉夢得》:"休論世上昇沉事,且鬭樽前見(現)在身。"此用其字面,謂獨與尊前現在之身前赴汝州。

〔五〕長腰米:楚語,一種上等粳米。蘇軾《和文與可洋州園池三十首·灅泉亭》亦有"勸君多揀長腰米"句。

〔六〕闊領句:汝州飲用水缺碘,多大脖子病。歐陽修《汝瘿答仲儀》詩云:"傴婦懸甖盎,嬌嬰包鳧鷇,無由辨肩頸,有類龜縮殼。噫人稟最靈,反不如鳧鶴。"可見患病者苦狀。

〔七〕投老二句:蘇轍《東坡先生墓誌銘》:"上(神宗)手札徙汝州,略曰：‘蘇軾黜居思咎，閱歲滋深，人材實難，不忍終棄。’……士大夫知上之卒喜公也。”則上句謂老滯江湖，終有起用之日；下句，紀批（卷二十三）：“‘來時’作將來解，‘非’字作非議解。”并云結二句：“既邀量移，似乎漸可自遂，故有此句。”所言與上句意思相貫。兩句或解爲今日離別黃州，日後不免“投老江湖”，再來黃州時必不使故友非議。亦可通。時所作《過江夜行武昌山上聞黃州鼓角》、《滿庭芳》（“歸去來兮”）的結句，皆抒他日重回黃州之意。

【評箋】　紀批（卷二十三）：“婉轉清切，薄而不弱。”

廬　山　二　勝〔一〕

開先漱玉亭〔二〕

高巖下赤日，深谷來悲風〔三〕，擘開青玉峽，飛出兩白龍〔四〕。亂沫散霜雪，古潭搖清空〔五〕，餘流滑無聲，快瀉雙石䃂〔六〕。我來不忍去，月出飛橋東，蕩蕩白銀闕，沈沈水精宮〔七〕。願隨琴高生，腳踏赤鯶公〔八〕，手持白芙蕖，跳下清泠中〔九〕。

〔一〕元豐七年（一〇八四）蘇軾赴汝州，途經廬山作此詩。兩詩前有自序云：“余游廬山，南北得十五六（所游之處達十分之五六），奇勝殆不可勝紀，而懶不作詩，獨擇其尤佳者作二首。”

〔二〕開先，南唐中主李璟所建佛寺，見黃庭堅《南康軍開先禪院修造記》：“廬山開先華藏禪院，江南李氏中主所作也。”一本作開元寺，誤。漱玉亭，因亭前有瀑布噴濺如玉石，故名。

〔三〕高巖二句：點出時爲傍晚：紅日降落，風生深谷。

〔四〕兩白龍：喻兩道瀑布。《苕溪漁隱叢話·後集》卷二十九：“大率
　　　東坡每題詠景物，于長篇中只篇首四句，便能寫盡，語仍快健。如
　　　《廬山開先漱玉亭》首句云。”

〔五〕古潭句：古潭因瀑布汹湧流入，恍然如摇，益顯清空。

〔六〕谼(hóng)：大山溝。一作“碽”。

〔七〕蕩蕩二句：指天上月宮和水中水晶宮。

〔八〕願隨二句：劉向《列仙傳》卷上：“琴高者，趙人”，後成仙，“入涿水
　　　中取龍子”，後“乘赤鯉”來享用弟子們的奉祠。赤鯶(huàn)公，
　　　鯉魚的尊稱。唐段成式《酉陽雜俎·前集》卷十七：“國朝律：取
　　　得鯉魚，即宜放，仍不得吃，號赤鯶公，賣者杖六十，言鯉爲李也
　　　(與皇帝李姓同音)。”

〔九〕手持二句：芙蕖(qú)，芙蓉，即荷花。李白《廬山謠寄盧侍御虛
　　　舟》：“遥見仙人彩雲裏，手把芙蓉朝玉京”，亦寫游仙事。清泠
　　　(líng)，《莊子·讓王》：“舜以天下讓其友人北人無擇”，無擇以爲
　　　羞，“因自投清泠之淵。”此用其字面，謂意欲隨仙入水遨游，極寫
　　　瀑布溪流之美。

【評箋】　紀批(卷二十三)：“不必定有深意，直是氣象不同。”“寫瀑
布奇勢迭出，曲盡其妙。此巨靈開山手，徐凝惡詩誠不足道。”

　　王文誥《蘇文忠公詩編注集成》卷二十三：“此詩前亦易辦。後四句
陡然便住，有非神工鬼斧所及，他人縱來得，亦了不得也。”

棲賢三峽橋〔一〕

　　吾聞太山石，積日穿綫溜〔二〕，況此百雷霆，萬世與石
鬬。深行九地底，險出三峽右，長輸不盡溪，欲滿無底
竇〔三〕，跳波翻潛魚，震響落飛狖。清寒入山骨，草木盡堅
瘦〔四〕，空濛煙靄間，澒洞金石奏〔五〕。彎彎飛橋出，激激

半月毂〔六〕，玉淵神龍近〔七〕，雨雹亂晴晝。垂餅得清甘，可嚥不可漱〔八〕。

〔一〕蘇轍《廬山棲賢寺新修僧堂記》記元豐三年蘇轍過廬山：“入棲賢谷。谷中多大石，岌嶪相倚，水行石間，其聲如雷霆，如千乘車行者，震掉不能自持，雖三峽之險不過也，故其橋曰三峽。”三峽橋，一名棲賢橋。

〔二〕吾聞二句：漢枚乘《上書諫吳王》：“泰山之霤穿石，單極之綆斷幹，水非石之鑽，索非木之鋸，漸靡使之然也。”霤，即溜，流水。兩句謂泰山之石，年久亦爲水流所穿。

〔三〕長輪二句：寫水勢之盛，似欲灌滿無盡之溪和無底之淵。紀批（卷二十三）：“此種皆韓句。”

〔四〕清寒二句：紀批：“十字絕唱。”王文誥評下句：“五字瘦勁，確是三峽橋草木。”

〔五〕潀洞(hòng tóng)：形容水勢洶湧無際，其聲洪亮。

〔六〕毂(gòu)：張滿弓弩。這裏以弓形比喻橋影。

〔七〕玉淵：潭名，棲賢谷水即注入此潭。

〔八〕可嚥句：谷水清甜，若僅用以漱口，殊爲可惜。

【評箋】　紀批（卷二十三）：“《開先漱玉亭》詩，與《三峽橋》詩俱奇警。此（《漱玉亭》）近太白，彼（《三峽橋》）近昌黎。初白謂《三峽橋》詩似杜，未然。”又評《三峽橋》詩：“奇景以精理通之，發爲高談，結爲香艷，絡繹間起，使人應接不暇。”

題　西　林　壁〔一〕

橫看成嶺側成峯，遠近高低各不同〔二〕。不識廬山真面目，只緣身在此山中〔三〕。

〔 一 〕元豐七年（一〇八四）作。西林，寺名，一名乾明寺。此詩舊注本
　　　　編在《廬山二勝》前，但據《東坡志林》卷一《記游廬山》條，自記游
　　　　廬山作諸詩，“最後與總老同游西林”，作此絶句，“僕廬山詩盡于
　　　　此矣”，則應編在《廬山二勝》之後。
〔 二 〕遠近句：一作“遠近看山總不同”。
〔 三 〕馮應榴《蘇文忠公詩合注》卷二十三引姚寬《西溪叢語》卷下：“南
　　　　山宣律師《感通録》云：‘廬山七嶺，共會于東，合而成峯。’因知東
　　　　坡‘橫看成嶺側成峯’之句，有自來矣。”施元之等《施注蘇詩》卷二
　　　　十一引《華嚴經》云：“於一塵中，大小剎種種差別如塵數，平坦高
　　　　下各不同，佛悉往詣，各轉法輪。”王文誥《蘇文忠公詩編注集成》
　　　　卷二十三駁云：“凡此種詩，皆一時性靈所發，若必胸有釋典而後
　　　　鑪錘出之，則意味索然矣。《合注》《施注》以《感通録》、《華嚴經》
　　　　坐實之，詩皆化爲糟粕，是謂顧注不顧詩。”所駁頗有理。詩人感
　　　　興之間，哲理即在其中，未必演繹理念。蘇軾于此詩指明身在其
　　　　中、有時反而不能認識事物的全貌，而在同時所作《初入廬山三
　　　　首》其一中，却云：“青山若無素，傃蹇不相親。要識廬山面，他年
　　　　（指以前）是故人。”則强調要認識事物必須熟悉事物，親近事物。
　　　　所論角度不同，但都指出人的認識具有不可避免的種種局限性。

　　　【評箋】《苕溪漁隱叢話・前集》卷三十九引《冷齋夜話》記黃庭堅
評此詩云：“此老於般若橫説豎説，了無剩語，非其筆端有舌，亦安能吐此
不傳之妙。”（此條見《冷齋夜話》卷七，文字較差。）
　　　紀批（卷二十三）：“亦是禪偈而不甚露禪偈氣，尚不取厭，以爲高唱
則未然。”
　　　《宋詩精華録》卷二：“此詩有新思想，似未經人道過。”

郭祥正家，醉畫竹石壁上。郭作詩爲謝，且遺二古銅劍〔一〕

空腸得酒芒角出，肝肺槎牙生竹石，森然欲作不可回，吐向君家雪色壁〔二〕。平生好詩仍好畫，書墻涴壁長遭罵；不瞋不罵喜有餘，世間誰復如君者！一雙銅劍秋水光，兩首新詩爭劍鋩〔三〕；劍在牀頭詩在手，不知誰作蛟龍吼〔四〕？

〔一〕郭祥正，字功父，當塗人。元豐七年(一〇八四)三月，他以汀州通判、奉議郎勒停家居；七月，蘇軾過當塗爲他作畫，并寫此詩。翁方綱《蘇詩補注》卷四云："初白(查慎行)補注云：'黃山谷有和詩，殘脱不全，故不録。'按，山谷詩，崇寧元年在荆南作。其詩曰：'郭家綵屏見生竹，惜哉不見人如玉。凌厲中原草木春，歲晚一碁終玉局。巨鼇首戴蓬萊山，今在瓊房第幾間。'黃𥐤注云：'家藏此詩真迹，題云《次詠東坡先生屏間墨竹》，止此六句。功甫跋云：東坡作于予家漆屏之上，觀魯直之詩，可以見其髣髴矣。次詠，一作次韻。'愚謂次詠者，次他人所詠，非和坡韻也。查注以爲殘脱，誤矣。"據此，蘇軾曾爲郭祥正漆屏作墨竹，但蘇軾此詩及詩題均爲在壁上作竹石，兩事并不相關，查注固誤，翁注亦未明確指明。李之儀有此詩和作，句、韻全同，且題爲《次韻東坡所畫郭功甫家壁竹木怪石詩》(見《姑溪居士後集》卷四)，可作佐證。

〔二〕空腸四句：芒角，原指植物初生的尖葉，引申爲鋒芒。槎牙，同"杈枒"。黃庭堅《題子瞻畫竹石》："東坡老人翰林公，醉時吐出胸中墨。"又《題子瞻枯木》："胸中元自有丘壑，故作老木蟠風霜。"宋鄧椿《畫繼》卷三：蘇軾"所作枯木，枝幹虬屈無端倪，石皴亦奇

怪,如其胸中盤鬱也。"均可幫助理解蘇軾創作個性的發揮。又查
慎行評此四句云:"稜角四射。"紀昀評云:"奇氣縱橫,不可控制。"
(卷二十三)亦可從中看出蘇詩和蘇畫風格的一致。

〔三〕兩首新詩:今郭祥正《青山集》已佚此二詩。

〔四〕蛟龍吼:杜甫《相從歌》:"把臂開樽飲我酒,酒酣擊劍蛟龍吼。"此
　　用其語。

　　【評箋】　汪師韓《蘇詩選評箋釋》卷三:"畫從醉出,詩特爲醉筆洗剔
精神。讀起四句,森然動魄也。句句巉絕,在集中另闢一格。"

次荆公韻四絕〔一〕

　　青李扶疎禽自來〔二〕,清真逸少手親栽〔三〕。深紅淺
紫從爭發,雪白鵝黃也鬬開。

　　斫竹穿花破綠苔,小詩端爲覓檀栽〔四〕。細看造物初
無物,春到江南花自開〔五〕。

　　騎驢渺渺入荒陂,想見先生未病時。勸我試求三畝
宅〔六〕,從公已覺十年遲〔七〕。

　　甲第非真有,閒花亦偶栽。聊爲清净供,却對道
人開〔八〕。

〔一〕元豐七年(一〇八四)八月蘇軾赴汝州、途經金陵作此詩。王安石
　　于元豐三年被封爲荆國公,時罷相退居金陵。王安石原作題爲
　　《池上看金沙花數枝過酴醾架盛開》(七絕二首、五絕一首,押"開"
　　韻)、《北山》(七絕一首,押"遲"韻),一本此四首合題爲《薔薇

四首》。

〔二〕青李句：蘇軾《次韻米黻二王書跋尾二首》其一："三館曝書防蠹毀，得見來禽與青李。"《和王晉卿送梅花次韻》："東坡先生未歸時，自種來禽與青李。"來禽，即林檎（禽），俗稱花紅、沙果，果味似蘋果，以其食美，引禽來食，故名。這裏用"禽自來"，實指來禽。

〔三〕清真句：王羲之，字逸少，有求青李來禽帖："青李、來禽、櫻桃、日給藤，子皆囊盛爲佳，函封多不生。足下所疏云：此果佳，可爲致子當種之。……吾篤喜種果，今在田里，惟以此爲事，故遠及足下，致此子者大惠也。"（張彥遠《法書要録》卷十《右軍書記》）李白《王逸少》詩："右軍本清真，瀟洒在風塵。"這裏以王羲之比王安石。

〔四〕覓橙栽：杜甫有《憑何十一少府邕覓橙木栽》詩，此用其語，謂因植樹而作小詩。

〔五〕細看二句：郭象《南華真經序》稱莊子"上知造物無物，下知有物之自造也"。兩句謂，造物主并無其物，春天一到，花自開放，不靠造物主主宰。

〔六〕勸我句：指王安石約蘇軾在金陵買田卜鄰，相從林下。蘇軾《上荆公書》云："某始欲買田金陵，庶幾得陪杖屨，老于鍾山之下。"

〔七〕十年：一說指十年前，即熙寧七年前王安石執政時代早該和睦相從了。王十朋注本卷二十四引師尹曰："介甫得詩曰：‘十年前後，我便不廝争。’"一說指王安石退隱的十年，從熙寧七年到元豐七年，意謂在王安石退隱的十年中，早該杖屨追陪。亦可備一說。

〔八〕此首蘇軾自注："公病後捨宅作寺。"《續資治通鑑長編》卷三四六：元豐七年六月戊子，"集禧觀使王安石請以所居江寧府上元縣園屋爲僧寺，乞賜名額，從之，以‘報寧禪院’爲額"。

【評箋】　紀批（卷二十四）："東坡、半山，旗鼓對壘，似應別有佳處，方愜人意。"

同王勝之游蔣山〔一〕

到郡席不暖〔二〕，居民空惘然，好山無十里，遺恨恐他年〔三〕。欲款南朝寺，同登北郭船，朱門收畫戟，紺宇出青蓮〔四〕。夾路蒼髯古，迎人翠麓偏〔五〕。龍腰蟠故國〔六〕，鳥爪寄層顛〔七〕。竹杪飛華屋，松根泫細泉。峯多巧障日，江遠欲浮天〔八〕。略彴橫秋水〔九〕，浮圖插暮煙〔一〇〕。歸來踏人影，雲細月娟娟。

〔一〕元豐七年（一〇八四）作。王益柔，字勝之，宰相王曙之子，河南人。時知江寧府，到任一日，改移南都（宋南京應天府，今河南商丘）。蔣山，鍾山，即今紫金山，在南京市東。

〔二〕席不暖：班固《答賓戲》：“是以聖哲之治，栖栖遑遑，孔席不暖，墨突不黔（煙囪未黑）。”謂忙于奔波，不得安居。

〔三〕好山二句：謂對蔣山勝景，而遊無十里之遙，他年憶及，恐必抱恨。

〔四〕朱門二句：蘇軾自注：“荊公宅已爲寺。”參見前首詩注。舊制：三品以上官，門皆列戟。紺（gàn），黑中帶紅的顏色。青蓮，寺院。

〔五〕夾路二句：蒼髯，指松檜。蘇軾《佛日山榮長老五絶》其一：“山中只有蒼髯叟，數里蕭蕭管送迎。”《戲作種松》亦云：“竭來齊安野，夾路鬚髯蒼。”皆指松。典出《高僧傳》：東晉法潛稱松爲“蒼髯叟”，引爲“山中勝友”。

〔六〕龍腰句：晉張勃《吳録》記諸葛亮論金陵地形云：“鍾山龍盤，石頭（石頭城）虎踞。”（《太平御覽》卷一五六引，又見《六朝事迹編類·形勢門》）

〔七〕鳥爪句：舊謂六朝時僧寶誌，生于鷹窠，手類鳥爪，卒“葬于鍾山獨龍阜”(《景德傳燈録》卷二十七)。

〔八〕峯多二句：蔡絛《西清詩話》卷上：“元豐中，王文公在金陵，東坡自黄北遷，日與公游，盡論古昔文字。公嘆息，謂人曰：‘不知更幾百年方有如此人物！’東坡渡江至儀真，和游蔣山詩寄金陵守王勝之益柔，公亟取讀，至‘峯多巧障日，江遠欲浮天’，乃撫几曰：‘老夫平生作詩無此二句。’”并作和詩。

〔九〕略彴：小木橋。《錦繡萬花谷·前集》卷二十五《略彴音灼》條：“橫木渡水。陸龜蒙詩：‘頭經略彴冠微亞，腰插筜筜帶蠡頻。’”

〔一○〕浮圖：塔。

【評箋】　汪師韓《蘇詩選評箋釋》卷三：“次第寫景，不必作崚嶒鬱屈之勢，而斲削精潔，神彩飛揚，自無一屑筆剩語，不獨‘峯多’、‘江遠’一聯差肩杜老。”

金山夢中作〔一〕

江東賈客木棉裘〔二〕，會散金山月滿樓。夜半潮來風又熟〔三〕，卧吹簫管到揚州。

〔一〕元豐七年(一○八四)作。

〔二〕江東句：《苕溪詩話》卷六：“(此詩)集中題云《夢中作》。蓋坡嘗衣此，坐客誤云：‘木棉襖俗。’飲散乃出此詩，且云：‘雖欲俗不可得也。’坐客大慚。”當時士大夫以皮裘爲常服，故以木棉裘爲俗。此句自指，謂自己的衣着像商人一般。

〔三〕風熟：紀批(卷二十四)：“今海舶有‘風熟’之語。蓋風之初作，轉移不定，過一日不轉，則方向定，謂之‘風熟’。”

【評箋】　紀批(卷二十四):"此有感而託之夢作耳。一氣渾成,自然神到。"

《宋詩精華録》卷二:"公與蔡忠惠(蔡襄)、歐陽文忠(歐陽修)皆有夢中作,詩境皆奇。"

次韻王定國南遷回見寄〔一〕

土暈銅花蝕秋水〔二〕,要須悍石相礱砥。十年冰蘗戰膏粱,萬里煙波濯紈綺〔三〕。歸來詩思轉清激,百丈空潭數魴鯉。逝將桂浦擷蘭蓀,不記槐堂收劍履〔四〕。却思庾嶺今何在?更說彭城真夢耳〔五〕!君知先竭是甘井〔六〕,我願得全如苦李〔七〕。妄心不復九迴腸〔八〕,至道終當三洗髓〔九〕。廣陵陽羨何足較〔一○〕?只有無何真我里〔一一〕!樂全老子今禪伯〔一二〕,掣電機鋒不容擬〔一三〕。心通豈復問云何〔一四〕,印可聊須答如是〔一五〕。相逢爲我話留滯,桃花春漲孤舟起〔一六〕。

〔　一　〕元豐七年(一○八四)冬作。王鞏,字定國,自號清虚先生。長于詩,與蘇軾友善。元豐二年因蘇軾"烏臺詩案"牽連,貶爲監賓州(今廣西賓陽)鹽酒税,七年放歸。

〔　二　〕土暈句:言鏡面色澤模糊。秋水,喻銅鏡之面,唐鮑溶《古鑑》詩:"曾向春窗分綽約,誤迴秋水照蹉跎。"

〔　三　〕十年二句:多年清苦生活戰勝膏粱趨尚,長途飄泊奔波洗清紈袴習氣。冰蘗,白居易《三年爲刺史二首》其二:"三年爲刺史,飲冰復食蘗。"蘗,黄蘗,味苦。

〔　四　〕逝將二句:上句謂貶往賓州;下句謂剥奪朝廷賜予的特權。槐堂,王鞏家有三槐堂,這裏指王家。劍履,《漢書·蕭何傳》:漢高祖劉邦論功行賞,“乃令何(蕭何)第一,賜帶劍履上殿,入朝不趨”。後世有功大臣亦有享此殊寵者。王鞏係王旦(真宗時知樞密院、進太保)之孫、王素(仁宗時工部尚書)之子,世代顯宦之家,故云。

〔五〕更説句:蘇軾自注:“來詩述彭城舊遊。”參看前《百步洪》詩。

〔六〕君知句:《莊子·山木》記“大公任”語:“直木先伐,甘井先竭。”

〔七〕我願句:《晉書·王戎傳》:“(王戎)嘗與羣兒嬉于道側,見李樹多實,等輩競趣之,戎獨不往。或問其故,戎曰:‘樹在道邊而多子,必苦李也。’取之信然。”

〔八〕妄心句:司馬遷《報任安書》:“是以腸一日而九迴。”

〔九〕至道句:舊題漢郭憲《洞冥記》卷一:“(東方朔)以元封中,游鴻濛之澤,忽見王母(一本無王字)采桑于白海之濱。俄有黃翁(一本作黃眉翁)指阿母以告朔曰:‘昔爲吾妻,託形爲太白之精,今汝此星精也。吾却食吞氣已九千餘歲,目中瞳子色皆青光,能見幽隱之物。三千歲一反骨洗髓,二千歲一刻骨(一本作剥皮)伐毛,自吾生已三洗髓、五伐毛矣。’”

〔一〇〕廣陵句:蘇軾自注:“余買田陽羨,來詩以爲不如廣陵。”

〔一一〕無何:《莊子·應帝王》記“無名人”語:“出六極之外,而游無何有之鄉。”又《逍遙遊》:“何不樹之于無何有之鄉。”

〔一二〕樂全句:蘇軾自注:“謂張安道也。定國其婿。”張安道即張方平,號樂全居士。

〔一三〕掣電句:機鋒,佛教禪宗指問答迅捷、不落迹象、含有深意的語句。《人天眼目》卷三“汾陽禪師”:“霹靂機鋒着眼看,石火電光猶是鈍,思量擬議隔千山。”

〔一四〕心通句:心通,禪宗教義不立文字,不依言語,直以心爲印,以心印心,心心不異。問云何,佛經中記述問答時的常用語。

〔一五〕印可句:印可,承認,許可。《維摩詰所説經》卷上《弟子品第三》:“若能如是坐者(指“宴坐”),佛所印可。”答如是,佛經用語,《金剛

167

般若波羅蜜經・善現啓請分第二》記長老須菩提白佛言:"云何降
伏其心?"《大乘正宗分第三》接云:"佛告須菩提:諸菩薩摩訶薩
應如是降伏其心。"

〔一六〕相逢二句:意謂請代向張安道轉告我行路滯留之故,待明春水漲
時,我當舟抵南都拜謁。

【評箋】 紀批(卷二十四):"筆筆精鋭。""盤空硬語,具體昌黎。"

寄吳德仁兼簡陳季常〔一〕

東坡先生無一錢,十年家火燒凡鉛〔二〕。黄金可成河
可塞,只有霜鬢無由玄〔三〕。龍丘居士亦可憐〔四〕,談空説
有夜不眠〔五〕。忽聞河東獅子吼,挂杖落手心茫然〔六〕。
誰似濮陽公子賢〔七〕,飲酒食肉自得仙?平生寓物不留
物〔八〕,在家學得忘家禪〔九〕。門前罷亞十頃田,清溪繞屋
花連天。溪堂醉卧呼不醒,落花如雪春風顛〔一〇〕。我游
蘭溪訪清泉〔一一〕,已辦布襪青行纏〔一二〕。稽山不是無賀
老,我自興盡回酒船〔一三〕。恨君不識顔平原〔一四〕,恨我
不識元魯山〔一五〕。銅駝陌上會相見,握手一笑三
千年〔一六〕。

〔一〕吳瑛,字德仁,蘄州蘄春人。曾官知郴州、虞部員外郎。年四十六
　　即致仕。見《宋史・隱逸傳》中。陳慥,字季常,見前《陳季常所蓄
　　朱陳村嫁娶圖二首》注。
〔二〕東坡二句:凡鉛,即外丹,道家修煉方法之一。用礦石藥物投入

爐中燒煉成"金丹"，能長生不老（"內丹"指從人體內部修煉而成者），亦能用丹點鐵成金。宋張君房《雲笈七籤》卷六十三《金丹訣》原注："凡鉛者，銅鐵草并有，鉛及有鑛鉛并凡鉛也。"即謂凡鉛在銅鐵草中皆有，與身內之"鉛"不同。此爲戲語，言作者貧困無錢，十年煉丹，并無所得。下二句一轉，言即使黃金可以煉成，但亦不能返老還童。

〔三〕黃金二句：《史記·封禪書》：漢武帝時方士欒大云："臣之師曰：'黃金可成，而河決可塞，不死之藥可得，仙人可致也。'"此反用其意。

〔四〕龍丘居士：指陳慥。

〔五〕空、有：《後漢書·西域傳論》論佛教宗旨爲"清心釋累之訓，空有兼遣之宗"。唐李賢注："不執着爲空，執着爲有。兼遣謂不空不有，虛實兩忘也。維摩詰云：'我及涅槃，此二皆空。'"

〔六〕忽聞二句：一說指陳慥懼內。《容齋隨筆·三筆》卷三《陳季常》條：陳慥"好賓客，喜畜聲伎，然其妻柳氏絶凶妬"，此詩"河東獅子"即指柳氏。又見王十朋注本卷十六引趙次公注、《西清詩話》卷下等。今日成語"河東獅吼"即本此。一說爲一般戲語，并無懼內之意。王文誥《蘇文忠公詩編注集成》卷二十五："《志》（指張耒《吳大夫墓誌》）稱德仁不喜聞人過（按，原文爲"客有臧否人物，公不酬一語"），公素未識面，必不以柳妬告之也。"又云："佛説獅吼，皆喻法也。本集有柳簿者，行二，季常之客，即真齡也。其遺《鐵拄杖》詩，有'柳公手中黑蛇滑'句。二人嘗訝公，而語多諧讔。又云'季常示病，正如小子圓覺，可謂害脚法師鸚鵡禪，五通氣球黃門妾'，餘如《秀英君》則託諸醉，《脊記》則託諸戲，而季常雄冠之説亦云非實語，詩當參看。"高步瀛《唐宋詩舉要》卷三亦贊同王説。兩説似皆有一定道理。盧文弨《鍾山札記》卷四《師子吼》條："相傳季常之妻柳氏頗妒，然與其良人皆篤好釋典，故蘇之意雖主于靳，而所謂師子吼者，實用禪門語，并未嘗斥言其隱也。偶閲內典，《佛説長者女菴提遮師子吼了義經》云：舍衛國城西有一村，名曰長提,有一婆羅門,名婆私膩迦,有女名菴提遮。佛告舍利弗,是女非凡,已值無量諸佛,常能説《如是師子吼了義經》。蓋師子吼雖佛家常語,而此則女人事,用來尤切。注家但引杜詩,證河東之爲柳,是已(按,見杜甫《可嘆》"河東女兒身姓柳");而此尚失援引。今人率以河東師子作見成語,不知四字本不相連也。"指陳慥與妻相與説佛,亦可備一説;其辨"河東獅吼"原非成語,則頗有據。(今日已爲成語乃另一回事)獅子吼,佛家喻威嚴。《景德傳燈録》卷一:"佛(釋迦牟尼)初生刹利王家,放大智光明,照十方世界,……分手指天地,作師子吼聲,上下及四維,無能尊我者(即唯我獨尊)。"

〔七〕濮陽公子:指吳德仁。《元和姓纂》謂吳姓者先世自濮陽過江。

〔八〕平生句:蘇軾《寶繪堂記》:"君子可以寓意于物,而不可以留意于物。寓意于物,雖微物足以爲樂,雖尤物不足以爲病;留意于物,雖微物足以爲病,雖尤物不足以爲樂。"

〔九〕忘家禪:《景德傳燈録》卷四,記杭州鳥窠禪師語:"汝(指會通禪師)若了净智妙圓,體自空寂,即真出家,何假外相? 汝當爲在家菩薩戒施俱修,如謝靈運之儔也。"

〔一○〕門前四句:張耒《吳大夫墓誌》:"(吳德仁)既謝仕,歸蘄春,有薄田僅給伏臘,臨溪築室,種花釀酒,家事付子弟,一不問。賓客有至者,不問賢愚,與之飲酒,必盡醉;公或醉卧花間,客去亦不問也。"罷亞,吳景旭《歷代詩話》卷五十二:"杜牧之詩:'罷亞百頃稻,西風吹半紅。'吳旦生(景旭)曰:《詞林海錯》:'罷亞,稻多貌。一作穤秠,又作秠秠。'《字學集要》謂:'皆稻名。'蘇軾《寄吳德仁》詩:'門前罷亞十頃田,清溪繞屋花連天。'"蘇詩此處應解作稻多搖動貌。溪堂,查慎行注本卷二十五引《名勝志》:"溪堂在蘄州(今蘄春縣)治南。至和中吳瑛隱居也。"紀批(卷二十五):"得此四語,意境乃活,如畫山水者,烘以雲氣。"查云:"筆有仙氣,自是太白後身。"(見《初白庵詩評》卷中,"有"作"挾","自"作"故"。)

〔一一〕蘭溪:在蘄水縣境,參看後《游沙湖》文。

〔一二〕行纏：猶今綁腿，以便遠行。

〔一三〕稽山二句：李白《重憶（賀監）》：“稽山無賀老，却棹酒船回。”這裏反用其意。下句“興盡”又兼用王子猷事。《世説新語・任誕》：“王子猷居山陰，夜大雪，眠覺……忽憶戴安道。時戴在剡，即便夜乘小船就之。經宿方至，造門不前而返。人問其故，王曰：‘吾本乘興而行，興盡而返，何必見戴？’”以上四句大意謂作者曾去蘄州，未能訪晤吳德仁。

〔一四〕恨君句：顏平原，唐顏真卿，曾爲平原太守。安史亂時，河朔盡陷，唯平原仍城守完備，唐玄宗説：“朕不識真卿何如人，所爲乃若此！”（《新唐書・顏真卿傳》）一説，顏爲“東坡自謂”（胡仔《苕溪漁隱叢話・前集》卷三十八）；一説，喻陳季常，如汪師韓《蘇詩選評箋釋》卷四謂此句“以顏比陳，蓋顏亦用心仙佛故也。若胡仔謂‘東坡自謂’，則文義就吳瑛一直説下，於陳愦愦絶無照應，而前幅龍丘居士四句但值詼嘲，豈‘簡’之之意耶？”兩説皆可通。

〔一五〕恨我句：元魯山，唐元德秀，字紫芝，曾爲魯山令。“蘇源明常語人曰：‘吾不幸生衰俗，所不恥者識元紫芝也。’”（《新唐書・元德秀傳》）這裏以元德秀喻吳德仁。

〔一六〕銅駝二句：銅駝陌，陸機《洛陽記》：“銅駝街在洛陽宮南、金馬門外，人物繁盛。俗語云：‘金馬門外聚羣賢，銅駝街上集少年’。”徐陵《洛陽道》：“東門向金馬，南陌接銅駝。”握手，《後漢書・薊子訓傳》：薊子訓爲東漢時異人，“後人復于長安東霸城見之，與一老翁摩挲銅人，相謂曰：‘適見鑄此，已近五百歲矣！（銅人爲秦始皇時所鑄）’”此二句謂作者與吳德仁日後終當相遇。

書林逋詩後〔一〕

吳儂生長湖山曲〔二〕，呼吸湖光飲山緑，不論世外隱君子，傭奴販婦皆冰玉。先生可是絕俗人，神清骨冷無由俗〔三〕。我不識君曾夢見，瞳子瞭然光可燭〔四〕。遺篇妙字處處有，步遶西湖看不足。詩如東野不言寒，書似西臺差少肉〔五〕。平生高節已難繼，將死微言猶可錄，自言不作封禪書〔六〕，更肯悲吟白頭曲〔七〕！我笑吳人不好事，好作祠堂傍修竹，不然配食水仙王，一盞寒泉薦秋菊〔八〕。

〔一〕元豐八年(一〇八五)作。林逋，見前《和秦太虛梅花》詩注。

〔二〕儂：吳語，自稱或他稱。汪師韓《蘇詩選評箋釋》卷四評此詩開端云：“將以稱美林逋，乃至謂吳儂之傭販皆如冰玉，深一層説入，而林之神清骨冷，其爲高節難繼處，不待羅縷矣。”紀批(卷二十五)：“起手如未覿佛相，先現圓光。”

〔三〕先生二句：謂林逋雖非與世隔絕之人，然其生稟氣質原自不俗。可是，豈是。蘇軾《送歐陽季默赴闕》：“郎君可是笁庫人！乃使駑驥隨蹇步。”

〔四〕瞳子句：皇甫湜《唐故著作佐郎顧況集序》：“湜以童子見君楊(揚)州孝感寺，君披黄衫白絹鞶頭，眸子瞭然，炯炯清立。”

〔五〕詩如二句：蘇軾《祭柳子玉文》：“郊寒島瘦。”西臺，李建中，字得中，蜀人。宋書法家，善真行書。掌西京(洛陽)留司御史臺，因稱李留臺、李西臺。見《宋史·李建中傳》。一作“留臺”，不如西臺與東野對偶更工。兩句謂林逋詩似孟郊，但無其寒苦之狀；書法似李建中，却較瘦硬。意即兼有二人之長而去其所短。

〔六〕自言句：蘇軾自注：“逋臨終詩云：‘茂陵他日求遺草，猶喜初無封禪書。’”《漢書·司馬相如傳》：“相如既病免，家居茂陵。天子曰：‘司馬相如病甚，可往從悉取其書，若後之矣。’使所忠(人名)往，而相如已死，家無遺書。問其妻，對曰：‘長卿未嘗有書也。時時著書，人又取去。長卿未死時，爲一卷書，曰：“有使來求書，奏之。”’其遺札書言封禪事，所忠奏焉。”

〔七〕白頭曲：漢劉歆《西京雜記》卷三："相如將聘茂陵人女爲妾，卓文
　　　君作《白頭吟》以自絕，相如乃止。"

〔八〕不然二句：蘇軾自注："湖上有水仙王廟。"紀批（卷二十五）："結
　　　得夭矯"，"'修竹''秋菊'，皆取高潔相配，不圖趁韻"。

歸宜興留題竹西寺三首〔一〕（選一）

　　此生已覺都無事，今歲仍逢大有年〔二〕。山寺歸來聞
好語，野花啼鳥亦欣然〔三〕。

〔一〕原共三首，選第三首。元豐七年十二月，蘇軾赴汝州途中至泗州
　　　度歲，後再次上表請求回常州居住，不再前往汝州。次年（一〇八
　　　五）二月轉至南都候旨，不久獲准。四月離南都。五月一日經揚
　　　州作此詩。竹西寺，一名山光寺，在揚州。

〔二〕此生二句：王維《奉和聖製重陽節宰臣及羣臣上壽應制》："四海
　　　方無事，三秋大有年。"此用其語。大有年，豐收之年。

〔三〕山寺二句：王維《既蒙宥罪，旋復拜官，伏感聖恩，竊書鄙意，兼奉
　　　簡新除使君等諸公》："花迎喜氣皆知笑，鳥識歡心亦解歌。"王維
　　　作詩背景和心情，與蘇軾十分相類。此二句曾爲蘇軾政敵作羅織
　　　中傷之資，《續資治通鑑》卷八十二，記元祐六年八月，侍御史賈易
　　　指控蘇軾此詩"以奉先帝遺詔爲'聞好語'"，"誹怨先帝，無人臣
　　　禮"。歷盡波折，蘇軾請求外任（原任翰林學士承旨、左朝奉郎、知
　　　制誥兼侍讀），出知潁州。蘇軾《辯謗劄子》："是歲（元豐八年）三
　　　月六日，在南京聞先帝遺詔，舉哀掛服了當，迤邐往常州。……至
　　　五月間，因往揚州竹西寺，見百姓父老十數人，相與道傍語笑，其
　　　間一人以兩手加額云：'見說好箇少年官家（指剛即位的哲宗）。'
　　　其言雖鄙俗不典，然臣實喜聞百姓謳歌吾君之子，出于至誠。又

是時臣得請歸耕常州，蓋將老焉。而淮浙間所在豐熟，因作詩云。”但蘇轍《東坡先生墓誌銘》：蘇軾“南至揚州，常人爲公買田書至，公喜，作詩有‘聞好語’之句。”兩者解釋不同。葉夢得《避暑錄話》卷上評述二蘇異説時説：“子瞻山光寺詩‘野花啼鳥亦欣然’之句，其辨説甚明，蓋爲哲宗初即位，聞父老頌美之言；而云神宗奉諱在南京，而詩作于揚州。余嘗至其寺，親見當時詩刻，後書作詩日月，今猶有其本，蓋自南京回陽羨時也。始過揚州則未聞諱，既歸自揚州，則奉諱在南京，事不相及，尚何疑乎？近見子由作子瞻墓誌載此事，乃云：公至揚州，常州人爲公買田書至，公喜而作詩，有‘聞好語’之句，乃與辨辭異。且聞買田而喜可矣，‘野花啼鳥’何與而亦‘欣然’？尤與本意不類，豈爲《誌》時未嘗深考而誤耶？然此言出于子由，不可有二，以啓後世之疑。余在許昌時，《誌》猶未出，不及見，不然，當以告迺與過也（蘇軾二子）。”

送　楊　傑〔一〕

天門夜上賓出日，萬里紅波半天赤。歸來平地看跳丸，一點黄金鑄秋橘〔二〕。太華峯頭作重九〔三〕，天風吹灩黄花酒。浩歌馳下腰帶鞓〔四〕，醉舞崩崖一揮手。神游八極萬緣虚，下視蚊雷隱汙渠。大千一息八十返，笑屬東海騎鯨魚〔五〕。三韓王子西求法〔六〕，鑿齒彌天兩勍敵〔七〕。過江風急浪如山，寄語舟人好看客〔八〕。

〔一〕詩前有自序云：“無爲子嘗奉使，登太山絶頂，鷄一鳴見日出；又嘗以事過華山，重九日飲酒蓮華峯上。今乃奉詔與高麗僧統游錢塘，皆以王事而從方外之樂，善哉未曾有也！作是詩以送之。”楊傑,字次公,無爲人。自號無爲子。元祐中爲禮部員外郎,出知潤州,除兩浙提點刑獄。參看《宋史·楊傑傳》。元釋覺岸《釋氏稽古略》卷四記宋神宗元豐八年,"二月帝崩。春三月,哲宗即帝位。""義天僧統,高麗國君文宗仁孝王第四子,出家名義天。是冬航海至明州,上表乙(乞)游中國詢禮,詔以朝奉郎楊傑館伴,所至二浙、淮南、京東諸郡迎餞如行人禮。"八年冬始至明州,則詔游錢塘當在此以後。(查慎行注本卷二十六引《教苑遺事》亦同)但《續資治通鑑長編》卷三五八,元豐八年秋七月"癸丑,高麗國佑世僧統求法沙門釋義天等見于垂拱殿,進佛像經文,賜物有差。"所記時間不同。從本篇末句看,此詩作于元豐八年(一〇八五)九月蘇軾由常州赴知登州途中、在楚州(今江蘇淮安)遇楊傑之時。(按,《釋氏稽古略》卷四又云:後"義天朝京師,禮部郎中蘇軾接伴"。)

〔二〕天門四句:天門,在泰山頂,見《送頓起》詩注。賓,引導,《書·堯典》:"寅賓出日。"跳丸、秋橘,葛洪《抱朴子》卷六《微旨》謂:"真人守身鍊形之術"時云:"始青之下月與日,兩半同昇合或(成)一,出彼玉池入金室,大如彈丸黄如橘。"首四句言紅日欲出前,只見紅滿半天;及至觀初升之旭日,猶如彈丸、秋橘。《五燈會元》卷十六:楊傑"奉祠泰山,一日,鷄一鳴,睹日如盤涌,忽大悟,乃別'有男不婚、有女不嫁'之偈曰:'男大須婚,女大須嫁,討甚閑工夫,更説無生活?'"

〔三〕太華:華山,在陝西華陰縣南。

〔四〕腰帶鞓:華山地名。

〔五〕神游四句:寫楊傑之曠達、豪邁。蚊雷,衆蚊飛聲如雷。大千,見前《端午徧游諸寺,得"禪"字》詩注。厲,涉深水而過。

〔六〕三韓:指高麗國,漢時朝鮮南部有馬韓、辰韓、弁韓三國。

〔七〕鑿齒句:《晉書·習鑿齒傳》:"時有桑門釋道安,俊辯有高才,自北至荆州,與鑿齒初相見。道安曰:'彌天釋道安。'鑿齒曰:'四海習鑿齒。'時人以爲佳對。"此以喻義天、楊傑。

〔八〕過江二句:《唐摭言》卷十三《矛盾》條:"令狐趙公(令狐楚)鎮維

揚，處士張祜嘗與狎讌。公因視祜改令曰：‘上水船，風又急，帆下人，須好立。’祜應聲答曰：‘上水船，船底破，好看客，莫倚拖（柁）。’”此爲“好看客”用語所出。結句因蘇軾與楊傑在淮上相遇，送其南行，遥囑舟人在風急浪高之中，小心謹慎，平安行駛。紀批（卷二十六）：“筆墨橫恣”，“結亦波峭”。

登 州 海 市〔一〕

東方雲海空復空，羣仙出没空明中，蕩摇浮世生萬象，豈有貝闕藏珠宫〔二〕？心知所見皆幻影，敢以耳目煩神工。歲寒水冷天地閉，爲我起蟄鞭魚龍：重樓翠阜出霜曉，異事驚倒百歲翁。人間所得容力取，世外無物誰爲雄？率然有請不我拒〔三〕，信我人厄非天窮。潮陽太守南遷歸，喜見石廩堆祝融〔四〕，自言正直動山鬼，豈知造物哀龍鍾〔五〕。伸眉一笑豈易得，神之報汝亦已豐。斜陽萬里孤鳥没，但見碧海磨青銅〔六〕。新詩綺語亦安用？相與變滅隨東風〔七〕。

〔 一 〕詩前有自序云：“予聞登州海市舊矣。父老云：‘嘗出於春夏，今歲晚，不復見矣。’予到官五日而去，以不見爲恨，禱於海神廣德王之廟，明日見焉。乃作此詩。”蘇軾于元豐八年（一〇八五）十月到登州知州任，五日後改任禮部郎中赴京。詩作于其時。此詩石刻末題“元豐八年十月晦書呈全叔承議”。廣德王，即俗稱東海龍王。

〔 二 〕貝闕、珠宫：水神所居宫室。《九歌·河伯》：“魚鱗屋兮龍堂，紫貝闕兮朱（珠）宫。”

〔三〕率然：率爾,貿然不加深思貌。

〔四〕潮陽二句：韓愈于永貞元年秋,由陽山令移掾江陵,曾游衡山,默
　　　禱神靈,天宇轉清,看到峯巒。蘇軾誤爲韓愈從潮州刺史召還北
　　　歸途中,則時在元和十五年。韓愈《謁衡嶽廟遂宿嶽寺題門樓》：
　　　“我來正逢秋雨節,陰氣晦昧無清風。潛心默禱若有應,豈非正直
　　　能感通。須臾静掃衆峯出,仰見突兀撐青空。紫蓋連延接天柱,
　　　石廩騰擲堆祝融。”紫蓋、天柱、石廩、祝融,皆衡山峯名。

〔五〕龍鍾：衰憊萎縮之態。

〔六〕但見句：謂海市幻景已滅,海面明晰如鏡。

〔七〕新詩二句：紀批(卷二十六)：“是海市結語,不是觀海結語。”王文
　　　誥《蘇文忠公詩編注集成》卷二十六：“此詩出之他人,則‘斜陽’二
　　　句已可結矣。公必我(找)截乾净而唱嘆無窮,此猶海市靈奇不可
　　　以端倪也。”

　　【評箋】　查慎行《初白庵詩評》卷中：“只‘重樓翠阜出霜曉’一句着
題,此外全用議論,亦避實擊虚法也。若將幻影寫作真境,縱摹擬盡情,
終屬拙手。”

　　紀批(卷二十六)：“海市只是‘重樓翠阜’,此正不盡形容,亦正不能
形容也。從未見之前、既見之後與歲晚得見之實,結撰成篇,煒煒精光,
欲奪人目。”

惠崇春江曉景二首〔一〕

　　竹外桃花三兩枝,春江水暖鴨先知〔二〕。蔞蒿滿地蘆
芽短〔三〕,正是河豚欲上時〔四〕。

　　兩兩歸鴻欲破羣,依依還似北歸人。遥知朔漠多風

雪，更待江南半月春。

〔一〕詩題諸本多作《惠崇春江晚景二首》，此據《東坡七集》本《前集》卷
十五。宋刊《東坡集》亦作“曉景”。從詩意看，似作“曉景”爲勝。
七集本《續集》卷二重收此二首，題作《書衮儀所藏惠崇畫二首》。
元豐八年（一〇八五）作于汴京。惠崇，淮南人（一作建陽人），宋
初“九僧”之一，能詩善畫。宋郭若虛《圖畫見聞誌》卷四《花鳥門》
條：“建陽僧慧崇工畫鵝雁鷺鷥，尤工小景，善爲寒汀遠渚，蕭灑虛
曠之象，人所難到也。”王安石《純甫出釋惠崇畫要予作詩》亦推崇
他：“畫史紛紛何足數？惠崇晚出吾最許。”此詩第一首詠鴨戲圖，
第二首詠歸雁圖。

〔二〕鴨先知：清毛奇齡《西河合集》中《西河詩話》卷五説：“與汪蛟門
（汪懋麟）舍人論宋詩。舍人舉東坡詩‘春江水暖鴨先知’，‘正是
河豚欲上時’，不遠勝唐人乎？予曰：此正效唐人而未能者。‘花
間覓路鳥先知’，唐人句也。覓路在人，先知在鳥，以鳥習花間故
也。此‘先’，先人也；若鴨，則先誰乎？水中之物，皆知冷暖，必先
及鴨，妄矣。”汪懋麟之師王士禎在《漁洋詩話》卷下中故意把毛奇
齡的看法説成“鵝也先知，怎只説鴨？”（其《居易録》卷二亦記此
事，且有“衆爲捧腹”一句作結）毛奇齡的門人張文蓽又表示不滿，
指責王士禎“直借先生此言作笑柄”，“先生評坡詩幾百餘言，而王
止摘八字”。（《螺江日記》卷六《又東坡條》）嗣後兩説爭論不休：
反毛奇齡者有袁枚《隨園詩話》卷三：“若持此論詩，則《三百篇》句
句不是：‘在河之洲’者，斑鳩、鳲鳩皆可在也，何必‘雎鳩’耶？（指
《國風·關雎》）‘止邱隅’者，黑鳥、白鳥皆可止也，何必‘黄鳥’耶？
（指《小雅·綿蠻》）”徐卓《荒鹿偶談》卷二指責毛奇齡“惟喜駁辯
以求勝”。陳衍《宋詩精華録》卷二説毛“豈真傖父至是哉？想亦
口强耳！”支持毛説的王鶴汀説：“毛先生以水暖先知僅屬于鴨，爲
坡詩病；予之病坡詩志（者）不然。鴨之在水，無間冬夏，又何知有
冷暖，而謾以‘先知’予之？雖一時諧笑之言，然自是至理，爲格物

家所不廢。若然,則坡詩誠不無可議矣。蓋緣情體物,貴得其真,竊恐‘先知’之句,于物情有未真也。”(見《螺江日記》卷六引)毛奇齡對藝術形象以個別表現一般的特性未能理解,王鶴汀則對生活真實和藝術實真的區別有所混淆。

〔 三 〕蔞蒿句:王士禛《居易録》卷十三:“《爾雅》:購,蔏蔞。郭璞注:蔏蔞,蔞蒿也,生下田,初出可啖,江東用羹魚。故坡詩云:‘蔞蒿滿地蘆芽短,正是河豚欲上時’,七字非泛詠景物,可見坡詩無一字無來歷也。”其《漁洋詩話》卷中,又稱蘇軾此詩“非但風韻之妙,蓋河豚食蒿蘆則肥,亦梅聖俞之‘春洲生荻芽,春岸飛楊花’,無一字泛設也”。張耒《明道雜志》:“余時守丹陽及宣城,見土人户食之(河豚),其烹煮亦無法,但用蔞蒿、荻筍、菘菜三物,云最相宜,用菘以滲其膏耳,而未嘗見死者。”則蔞蒿可使河豚肥,又是魚羹佐料,且能解毒。

〔 四 〕正是句:胡仔《苕溪漁隱叢話·前集》卷三十一引孔毅夫《雜記》云:“永叔稱聖俞《河豚詩》云:‘春洲生荻芽,春岸飛楊花,河豚于此時,貴不數魚蝦。’以謂河豚食柳絮而肥,聖俞破題兩句,便説盡河豚好處。乃永叔襃譽之詞,其實不爾。此魚盛于二月,至柳絮時,魚已過矣。”胡仔據以批評蘇詩所寫“正是二月景致,是時河豚已盛矣,但‘欲上’之語,似乎未穩”,即與時令不合。高步瀛《唐宋詩舉要》卷八引陳巖肖《庚溪詩話》卷下云:“余嘗寓居江陰及毗陵,見江陰每臘盡春初已食之,毗陵則二月初方食。其後官于秣陵,則三月間方食之。蓋此由海而上,近海處先得之,魚至江左則春已暮矣。……然則聖俞所詠乃江左河豚魚也。”(朱弁《風月堂詩話》卷下亦有類似記載)高步瀛推斷云:“據此,則河豚上時各地不同,子瞻所詠殆與聖俞同耳。”即南京附近暮春柳絮飛揚之日,正是當地河豚“欲上”之時。此説似有理而實非:蘇詩明明寫早春景象,并非暮春三月間事。按,河豚是作者從原畫畫面引起的聯想,與畫中鴨、桃花等物共同表現自然景物在季節轉換時的特徵,以表達他對早春的喜悦和禮贊,胡、高兩説于藝事均嫌未諦。

【評箋】 汪師韓《蘇詩選評箋釋》卷四:"吹畦風馨,適然相值。"
紀批(卷二十六):"此是名篇,興象實爲深妙。"

西太一見王荆公舊詩偶
次其韻二首〔一〕

秋早川原浄麗,雨餘風日清酣。從此歸耕劍外〔二〕,
何人送我池南〔三〕。

但有尊中若下〔四〕,何須墓上征西〔五〕。聞道烏衣巷
口,而今煙草萋迷〔六〕。

〔 一 〕元祐元年(一〇八六)七月立秋日,蘇軾以中書舍人奉勑祭西太一
壇,作此詩。范鎮《東齋記事》卷一:"太平興國六年,司天言:'五
福太一,自甲申年入黄室巽宫,在吴分。'仍于京城東南蘇村作東
太一宫。至天聖六年,又言:'戊辰自黄室趣蜀分。'乃于八角鎮築
西太一宫。春夏秋冬四立日,更遣知制誥、舍人率祠官往祠之。"
蔡絛《西清詩話》卷中:"……二公(王安石、蘇軾)相誚或如此。然
勝處未嘗不相傾慕。元祐間,東坡奉祠西太乙,見公舊題:'楊柳
鳴蜩綠暗,荷花落日紅酣,三十六陂春水,白頭想見江南。'注目久
之曰:此老野狐精也。"
〔 二 〕劍外:劍閣以南,指蜀地。
〔 三 〕池南:池陽(今陝西涇陽西北)之南,指歸蜀之路。
〔 四 〕若下:村名,在吴興,産酒聞名于世,代指酒。鄒陽《酒賦》:"其品
類則沙洛渌酃,程鄉若下。"參看《唐音癸籤》卷二十《酒名春》條:
"東坡云:唐人酒多以春名","烏程有若下春,劉禹錫詩:'鸚鵡杯
中若下春。'"

〔五〕何須句：曹操《讓縣自明本志令》(建安十五年)：“後徵爲都尉，遷典軍校尉，意遂更欲爲國家討賊立功，欲望封侯作征西將軍，然後題墓道言：‘漢故征西將軍曹侯之墓’，此其志也。”此反用，謂何須追求身後名聲。

〔六〕聞道二句：暗指王安石去世以後，舊居荒蕪。王安石于是年四月卒。烏衣巷，在金陵秦淮河南。東晉王導卜居于此，後爲王、謝兩大世族住宅區。

【評箋】　紀批(卷二十七)：“六言難得如此流利。”

武　昌　西　山〔一〕

　　春江淥漲蒲萄醅〔二〕，武昌官柳知誰栽〔三〕？憶從樊口載春酒〔四〕，步上西山尋野梅。西山一上十五里，風駕兩腋飛崔嵬。同游困臥九曲嶺〔五〕，褰衣獨到吳王臺〔六〕。中原北望在何許，但見落日低黃埃。歸來解劍亭前路〔七〕，蒼崖半入雲濤堆。浪翁醉處今尚在〔八〕，石臼抔飲無樽罍〔九〕。爾來古意誰復嗣，公有妙語留山隈。至今好事除草棘，常恐野火燒蒼苔。當時相望不可見〔一〇〕，玉堂正對金鑾開〔一一〕。豈知白首同夜直，臥看椽燭高花摧。江邊曉夢忽驚斷，銅環玉鎖鳴春雷。山人帳空猿鶴怨，江湖水生鴻雁來。請公作詩寄父老，往和萬壑松風哀。

〔一〕詩前有自序云：“嘉祐中，翰林學士承旨鄧公聖求爲武昌令，常游寒溪西山，山中人至今能言之。軾謫居黃岡，與武昌相望，亦常往來溪山間。元祐元年十一月二十九日,考試館職,與聖求會宿玉堂,偶話舊事。聖求嘗作《元次山窊尊銘》刻之巖石,因爲此詩,請聖求同賦,當以遺邑人使刻之銘側。”武昌,今湖北鄂城縣。西山,一名樊山。鄧潤甫,字温伯,建昌人。後以字爲名,改字聖求。屬王安石變法派,哲宗親政時亦主張“紹述”熙寧變法。玉堂,翰林學士院的正廳。邑人,指王齊愈,字文甫。此詩有三十餘人唱和,蘇軾又作《西山詩和者三十餘人,再用前韻爲謝》。

〔二〕春江句:《梁谿漫志》卷七《二州酒名》條:“東坡在齊安,有‘春江緑漲蒲萄醅’之句,靖康初元,韓子蒼舍人駒作守,有旨添賜郡釀,因名其庫曰‘蒲萄醅’。”蘇詩以酒色形容江水,此又轉爲酒庫專名。

〔三〕武昌官柳:《晉書·陶侃傳》,陶侃鎮武昌時,“嘗課諸營種柳,都尉夏施盜官柳植于己門。侃後見,駐車問曰:‘此是武昌西門前柳,何因盜來此種?’施惶怖謝罪”。蘇軾《游武昌寒溪西山寺》詩:“無復陶公柳。”

〔四〕憶從句:蘇軾友人潘彦明在樊口開酒店,蘇軾常渡江往訪。

〔五〕九曲嶺:在西山南嶺,山路九折,故名。其上有九曲亭,蘇轍有《武昌九曲亭記》。

〔六〕吴王臺:又稱吴王峴。顧祖禹《讀史方輿紀要》卷七十六《樊山》下云:“在縣(武昌縣)西三里。……南有九曲嶺,九曲嶺下爲吴造峴,亦曰吴王峴。昔孫權于樊口,被風破船,鑿樊嶺而歸。”

〔七〕解劍亭:王十朋注本卷十七引子仁(林敏功)曰:“解劍亭在武昌。先生嘗云:子胥渡江處也。”

〔八〕浪翁:指元結。其《自釋》云:“天下兵興,逃亂入猗玗洞,始稱猗玗子;後家瀼濱,乃自稱浪士。”

〔九〕石臼句:元結退居武昌樊水邊之郎亭山下時,作《抔樽銘》,其序云:“郎亭西乳有纍石,石臨樊水,漫叟(即元結)構石顛以爲亭,石有窊顛者,因修之以藏酒。士源(孟彦深)愛之,命爲抔樽。乃爲士源作《抔尊銘》。”銘文云:“時俗澆狡,日益偽薄。誰能抔飲,其守淳樸?"

〔一〇〕當時句:以上回憶昔日之游,此句以下叙寫今日會宿翰林院
　　　　情景。

〔一一〕玉堂句:因翰林院與金鑾殿相對,故云。

【評箋】　汪師韓《蘇詩選評箋釋》卷四:"述舊游,則中原迷于落日;
叙會宿,則曉夢驚于江邊,互相鈎貫,情文相生,健筆圓機,開出劍南
一派。"

虢國夫人夜游圖〔一〕

佳人自鞚玉花驄〔二〕,翩如驚燕蹋飛龍,金鞭争道寶
釵落〔三〕,何人先入明光宫〔四〕?宫中羯鼓催花柳〔五〕,玉
奴絃索花奴手〔六〕。坐中八姨真貴人〔七〕,走馬來看不動
塵〔八〕。明眸皓齒誰復見〔九〕,只有丹青餘淚痕。人間俯
仰成今古,吴公臺下雷塘路〔一〇〕,當時亦笑張麗華,不知
門外韓擒虎〔一一〕!

〔一〕元祐元年(一〇八六)作。宋袁文《甕牖閑評》卷五:"余嘗見《虢國
　　　夫人夜游圖》,乃晏元獻公(晏殊)家物,後歸于内府,徽宗親題其
　　　上云:'張萱所作。'蘇東坡諸公有詩皆在其後。而黄太史(黄庭
　　　堅)跋東坡此詩乃云'周昉所作《虢國夫人夜游圖》,疑太史未嘗見
　　　此圖,以意而言之耳。"李之儀《姑溪居士後集》卷三有此詩和作,
　　　序云:"内侍劉有方蓄名畫,乃内《虢國夫人夜游圖》,最爲絶筆。
　　　東坡館北客都亭驛,有方敢(請)跋其後。"蘇軾于是年十二月館伴
　　　北使,詩即作于其時。

〔二〕佳人句：唐鄭處誨《明皇雜録》卷下：“虢國每入禁中，常乘驄馬，使小黄門御。紫驄之俊健，黄門之端秀，皆冠絶一時。”鞚，有嚼口的馬絡頭，此作駕御講。玉花驄，唐玄宗名馬之一。《能改齋漫録》卷十四引《明皇雜録》（今本無此條）：“上所乘馬有玉花驄、照夜白。”杜甫《丹青引·贈曹將軍霸》：“先帝天馬玉花驄，畫工如山貌不同。”

〔三〕金鞭句：《舊唐書·楊貴妃傳》：“（天寶）十載正月望夜，楊家五宅夜游，與廣平公主（《新唐書·楊貴妃傳》作“廣寧公主”）騎從争西市門。楊氏奴揮鞭及公主衣，公主墮馬。”

〔四〕明光宮：漢長安宮殿名，此借指唐宮。

〔五〕宮中句：唐南卓《羯鼓録》：“（玄宗）嘗遇二月初詰旦巾櫛方畢，時當宿雨初晴，景色明麗，小殿内庭，柳杏將吐，睹而嘆曰：‘對此景物，豈得不爲他判斷之乎！’左右相目，將命備酒，獨高力士遣取羯鼓。上旋命之臨軒縱擊一曲，曲名《春光好》。神思自得，及顧柳杏，皆已發拆。”羯鼓，見前《有美堂暴雨》詩注。

〔六〕玉奴句：玉奴，楊貴妃小名；花奴，汝陽王李璡小名。楊妃善琵琶，李璡善羯鼓。見《楊貴妃外傳》。

〔七〕坐中句：楊貴妃姐妹得寵，三姨封虢國夫人，八姨封秦國夫人。馮應榴《蘇文忠公詩合注》卷二十七：“余初疑先生詩詠虢國而作八姨似誤”，後據蘇轍詩及鄭刊施注，皆稱《秦虢圖》，因疑“題中脱去秦國字”；同時懷疑詩中脱去虢國二句，因此詩皆四句一轉韻，而“宮中”云云，“止二句一轉韻”。王文誥《蘇文忠公詩編注集成》卷二十七反駁説：言八姨只是“作襯”，與“玉奴”句以楊貴妃等作襯一樣；又從李之儀和作來看，也共十四句，脱落二句之説亦無據。王説較勝。

〔八〕走馬句：用杜甫《麗人行》“黄門飛鞚不動塵”句意。

〔九〕明眸句：用杜甫《哀江頭》“明眸皓齒今何在？血污游魂歸不得”句意。

〔一〇〕吳公臺、雷塘：均在揚州。隋煬帝國亡身死後，先被葬于吳公臺，後改葬雷塘。

〔一一〕當時二句：意謂隋煬帝曾譏笑陳後主、張麗華一味游樂，最後被
　　　　隋將韓擒虎所俘亡國；但自己也不免逸游誤國亡身。暗指唐玄宗
　　　　和楊氏姐妹也同一行徑和結局。顏師古《大業拾遺記》：隋煬帝
　　　　“嘗游吳公宅雞臺，恍惚間與陳後主相遇”。後主談及亡國情景，
　　　　正與張麗華游于臨春閣，韓擒虎擁兵破門而入。最後，“後主問帝
　　　　龍舟之游樂乎？始謂殿下致治在堯舜之上，今日復此逸游，大抵
　　　　人生各圖快樂，曩時何見罪之深邪？”杜牧《臺城曲二首》其一：“門
　　　　外韓擒虎，樓頭張麗華。”亦用此事。又，《苕溪漁隱叢話・前集》
　　　　卷四十引《緗素雜記》，引蘇軾此詩寫作“當時亦笑潘麗華，不知門
　　　　外韓擒虎”（齊東昏侯妃潘淑妃），並指責蘇軾誤用，其實，作“潘麗
　　　　華”，乃少數蘇集版本的誤刊。

　　【評箋】　紀批（卷二十七）：“收得淡宕，妙于不黏唐事，彌覺千古一轍
之慨。”“直以莊論作收，而唱嘆有神，此為詩人之言，異乎道學之史論。”

趙令晏崔白大圖幅徑三丈〔一〕

　　扶桑大繭如甕盎〔二〕，天女織綃雲漢上〔三〕。往來不
遣鳳銜梭，誰能鼓臂投三丈〔四〕。人間刀尺不敢裁〔五〕，丹
青付與濠梁崔。風蒲半折寒雁起，竹間的皪橫江梅。畫
堂粉壁翻雲幕，十里江天無處著。好臥元龍百尺樓〔六〕，
笑看江水拍天流。

〔一〕元祐二年（一〇八七）作。趙令晏，宋宗室。崔白，北宋畫家，字子
　　　西，濠梁（今安徽鳳陽東）人。擅畫花竹、禽鳥，尤工秋荷鳧雁。胡

仔《苕溪漁隱叢話·後集》卷二十六引《藝苑雌黃》:"東坡《觀崔白
驟雨圖》云'扶桑大繭如甕盎,……'此語豪而甚工。"胡仔認爲,
"《畫品》中止有李營丘《驟雨圖》,從無崔白者",且本詩有蒲葦、寒
雁、竹、梅等景物,應是《冬景圖》。《詩人玉屑》卷三、《詩林廣記》
卷四引《藝苑雌黃》逕改爲《冬景圖》。

〔 二 〕扶桑句:梁任昉《述異記》卷上:"園客者,濟陰人,貌美色,人多欲
妻之,客終不娶","有一女自來助養蠶,以香草食之,得繭一百二
十枚,繭大如甕,每一繭繰六七日,絲方盡"。

〔 三 〕天女句:《史記·天官書》:"織女,天女孫也。"

〔 四 〕三丈:指此圖"幅徑三丈"。以上四句極寫幅徑之"大",非人間所
能織成。

〔 五 〕人間句:這句以下始正面寫崔白作畫。

〔 六 〕好臥句:《三國志·魏志·陳登傳》,漢末人許汜對劉備説,陳登
(元龍)對他不禮,"自上大牀臥,使客臥下牀"。劉備却説,"君有
國士之名",竟然"求田問舍,言無可采",如碰上我,"欲臥百尺樓
上,臥君于地,何但上下牀之間耶!"

【評箋】 汪師韓《蘇詩選評箋釋》卷四:"有蔚然之光,有蒼然之色,
有鏗然之韻,不徒爲是大言炎炎。"

次韻子由書李伯時所藏韓幹馬〔一〕

潭潭古屋雲幕垂,省中文書如亂絲。忽見伯時畫天
馬,朔風胡沙生落錐〔二〕。天馬西來從西極〔三〕,勢與落日
爭分馳。龍膺豹股頭八尺,奮迅不受人間羈。元狩虎脊
聊可友〔四〕,開元玉花何足奇〔五〕?伯時有道真吏隱〔六〕,

飲啄不羨山梁雌〔七〕。丹青弄筆聊爾耳，意在萬里誰知
之？幹惟畫肉不畫骨〔八〕，而況失實空留皮。煩君巧説腹
中事〔九〕，妙語欲遣黃泉知〔一〇〕。君不見韓生自言無所
學，厩馬萬匹皆吾師〔一一〕。

〔一〕李公麟，字伯時，號龍眠居士，舒城人。擅畫人物、佛道像，尤精鞍
　　　馬，論者以爲勝過韓幹，爲宋代最有成就的畫家。他又是鑒賞家
　　　和收藏家。蘇轍有《韓幹三馬》詩，此爲和作。按，蘇軾此詩其他
　　　人和作（如蘇頌、黃庭堅、劉攽、王欽臣）均寫到李公麟畫馬，有人
　　　因疑題中"藏"字有誤。但據蘇轍原唱及黃庭堅和作《次韻子瞻和
　　　子由觀韓幹馬因論伯時畫天馬》，實在韓幹三馬外，李公麟另有摹
　　　作，"藏"字不誤。

〔二〕錐：筆鋒。

〔三〕天馬：《史記·樂書》："（漢武帝時）嘗得神馬渥窪水中，作《太一
　　　之歌》：'太一貢兮天馬下，霑赤汗兮沫流赭。'"後伐大宛，得千里
　　　馬，又作歌曰："天馬來兮從西極，經萬里兮歸有德。"

〔四〕元狩句：《漢書·禮樂志》載《郊祀歌》十九章，其第十章《天馬》，
　　　一爲"元狩三年馬生渥窪水中作"："太一況，天馬下，霑赤汗，沫流
　　　赭。"一爲"太初四年誅宛王獲宛馬作"："天馬徠，從西極，涉流沙，
　　　九夷服。天馬徠，出泉水，虎脊兩，化若鬼。""元狩虎脊"實應爲
　　　"太初虎脊"。參看注〔三〕所引《史記·樂書》。

〔五〕玉花：玉花驄，唐玄宗名馬之一，見前《虢國夫人夜游圖》詩注。

〔六〕吏隱：隱于吏中，謂雖居官而仍行雅逸之志，如隱士然。

〔七〕飲啄句：《莊子·養生主》："澤雉十步一啄，百步一飲。"以形容
　　　"安時處順"之狀。山梁雌，《論語·鄉黨》："山梁雌雉，時哉時
　　　哉！"何晏解："言山梁雌雉得其時。"句意言李公麟淡於趨競。

〔八〕幹惟句：此爲杜甫《丹青引·贈曹將軍霸》成句，參看前《書韓幹
　　　牧馬圖》詩注。紀批（卷二十八）："至此才入韓幹。用筆之妙，前
　　　無古人。"

〔九〕煩君句：君，指蘇轍。蘇轍原唱《韓幹三馬》有"畫師韓幹豈知道，
　　　畫馬不獨畫馬皮。畫出三馬腹中事，似欲譏世人莫知。伯時不見
　　　笑不語，告我韓幹非畫師"。腹中事，見《後漢書・禰衡傳》：禰衡
　　　爲江夏太守黃祖作書記，"輕重疎密，各得體宜"。黃祖持其手曰：
　　　"處士，此正得祖意，如祖腹中之所欲言也。"

〔一○〕黃泉：指死去的韓幹。

〔一一〕君不見二句：朱景玄《唐朝名畫録》：唐玄宗令韓幹"師陳閎畫馬，
　　　帝怪其不同，因詰之"。韓幹奏云："臣自有師，陛下內厩之馬，皆
　　　臣之師也。"

　　　【評箋】　紀批(卷二十八)："只就伯時生情，韓幹只于筆端縈繞，運
意運筆，俱極奇變。"

書晁補之所藏與可畫竹三首〔一〕(選二)

　　與可畫竹時，見竹不見人。豈獨不見人，嗒然遺其
身〔二〕。其身與竹化，無窮出清新。莊周世無有，誰知此
疑神〔三〕。

　　若人今已無〔四〕，此竹寧復有。那將春蚓筆，畫作風
中柳〔五〕？君看斷崖上，瘦節蛟蛇走。何時此霜竿，復入
江湖手！

〔一〕原共三首，選第一、二首。元祐二年(一○八七)秋作。晁補之，字
　　　无咎，濟州鉅野人。"蘇門四學士"之一。

〔二〕嗒然：《莊子・齊物論》："南郭子綦隱几而坐，仰天而噓，嗒焉似
　　　喪其耦。"嗒然，物我兩忘的境界。

〔三〕疑神：簡直與神一般，疑，不作"懷疑"解。《莊子·達生》："用志
　　不分，乃疑（一作凝）于神。"蘇軾《答晁君成》（《蘇軾文集》卷五十
　　九）："《莊子》'用志不分，乃疑於神'，古語以'疑'爲似耳。如《易》
　　'陰疑於陽'，世俗不知，乃改作'凝'，不敢不告。"宋張淏《雲谷雜
　　記》卷三《疑凝二字》條："東坡云：近世人輕以意改書……遂使古
　　書日就訛舛。""蜀本大字書皆善本，蜀本《莊子》云：'用志不分，乃
　　疑於神。'此與《易》'陰疑於陽'、《禮》'使人疑汝於夫子'同。今四
　　方本皆作'凝'。"張淏案云："'用志不分，乃疑于神'之語，本出于
　　《列子》。今《列子》皆作'疑'，則《莊子》之誤，于此是可證矣，何待
　　引《易》、《禮》然後知其爲誤也。"但今公認《列子》乃魏晉時僞書，
　　後于《莊子》，其說不當。後不少注家均贊同蘇軾之說，如翁方綱
　　《蘇詩補注》卷五："乃疑于神者，謂直與神一般耳，非謂見疑之疑
　　也。坡公所引《易》、《禮》二語，其釋疑字最精。"但亦有反對"疑
　　神"說者，如元李治《敬齋古今黈》卷八："治曰：四注所援東坡之
　　說，吾恐非蘇子之言也。信如蘇子之言，則蘇子之見厥亦偏矣。
　　所謂先輩不敢改書，是固有理，若斷凝神以爲疑神，則吾不知其說
　　也。《莊子》謂'用志不分，乃凝于神'，正如《繫辭》所謂'精義入神
　　以致用也'。今東坡以爲與'陰疑于陽'，'使人疑汝于夫子'同，殆
　　非也。何者？'陰疑于陽'，乃見疑于陽，'使人疑汝于夫子'，乃見
　　疑于人，此'用志不分'亦見疑于神乎？凡人之心，以先入者爲主。
　　東坡蜀人，先見蜀本，因目生心，承文立義，皦如星日，牢如膠漆，
　　久之又久，心與理化，忽覽別本，如覩怪物，矛前盾後，能無改乎？
　　東坡以蜀本爲善本，而四方本皆後人所改，又安知四方本不爲善
　　本而蜀本獨非前人之誤乎？"

〔四〕若人：那人，指文同。文同已于元豐二年去世。

〔五〕那將二句：那，誰，豈。春蚓筆，喻書畫筆法拙劣。《晉書·王羲
　　之傳》言蕭子雲擅大名而筆法低劣，"無丈夫之氣，行行若縈春蚓，
　　字字如綰秋蛇。"蘇軾《和孔密州五絕·和流杯石上草書小詩》：
　　"春蚓秋蛇病子雲。"二句謂劣手將竹畫成風中之柳，蓋反襯文同

筆力之勁拔。

【評箋】 汪師韓《蘇詩選評箋釋》卷四："讀'其身與竹化'一語,覺《墨君堂記》爲繁;次作見畫而思其人,却言人亡而畫不復得,珍惜之至。"

書李世南所畫秋景二首〔一〕

野水參差落漲痕,疎林欹倒出霜根。扁舟一櫂歸何處〔二〕? 家在江南黃葉村。

人間斤斧日創夷〔三〕,誰見龍蛇百尺姿! 不是溪山成獨往,何人解作掛猿枝〔四〕?

〔 一 〕元祐二年(一○八七)作。時李世南在汴京參加《元祐敕令式》的編寫工作。宋鄧椿《畫繼》卷四:"李世南,字唐臣,安肅人。明經及第,終大理寺丞","長于山水"。"予嘗見其孫皓(李皓,字雲叟)云:此圖(即此詩所題之畫)本寒林障,分作兩軸。前三幅盡寒林,坡所以有'龍蛇姿'之句,後三幅盡平遠,所以有'黃葉村'之句。其實一景而坡作兩意。"

〔 二 〕扁舟:《畫繼》卷四作"浩歌",且云:"'浩歌'字,雕本皆以爲'扁舟',其實畫一舟子張頤鼓枻作浩歌之態,今作'扁舟',甚無謂也。"但紀昀校查注本云:"如不出'扁舟'字,則'浩歌'一曲茫然無着,不見定是鼓枻。此必後來改定,不得執墨跡駁之。"

〔 三 〕創夷:砍伐,作動詞用。

〔 四 〕不是二句:謂若非畫家獨入溪山觀察實景,焉能作如此百尺長枝之畫?

書鄢陵王主簿所畫折枝二首〔一〕

論畫以形似，見與兒童隣。賦詩必此詩，定非知詩人〔二〕。詩畫本一律〔三〕，天工與清新。邊鸞雀寫生〔四〕，趙昌花傳神〔五〕。何如此兩幅，疎淡含精勻！誰言一點紅，解寄無邊春？

瘦竹如幽人，幽花如處女。低昂枝上雀，搖蕩花間雨。雙翎決將起〔六〕，衆葉紛自舉。可憐採花蜂，清蜜寄兩股。若人富天巧，春色入毫楮〔七〕。懸知君能詩，寄聲求妙語。

〔一〕《畫繼》卷四："鄢陵王主簿，未審其名，長于花鳥。"
〔二〕論畫四句：前人闡述甚多：（一）指出蘇軾意在反對詩畫片面追求"着題"、"形似"。宋人多强調此點，并加以推崇。如《詩人玉屑》卷五引《禁臠》："東坡曰：善畫者畫意不畫形，善詩者道意不道名。故其詩曰：'論畫以形似……'"又引《漫叟詩話》："世有《青衿集》一編，以授學徒，可以諭蒙。若《天》詩云：'戴盆徒仰止，測管詎知之？'《席》詩云：'孔堂曾子避，漢殿戴馮重'，可謂着題，乃東坡所謂'賦詩必此詩'也。"《童蒙詩訓》："東坡詩云：'賦詩必此詩，定知非詩人'，此或一道也。魯直作詠物詩，曲當其理。如《猩猩筆》詩：'平生幾兩屐，身後五車書'，其必此詩哉！"《梁谿漫志》卷七："此言可爲論畫作詩之法也。世之淺近者不知此理，做月詩便說'明'，做雪詩便說'白'，間有不用此等語，便笑其不着題。此風晚唐人尤甚。"《王直方詩話》論"論畫以形似"六句云："余以爲若論詩畫，于此盡矣。每誦數過，殆欲常以爲法也。"（二）認爲蘇軾并非片面輕形重神,而是要求形神結合。如《韻語陽秋》卷十四記有人懷疑"不以形似,當畫何物?""曰:非謂畫牛作馬也,但以氣韻爲主爾。謝赫云:衛協之畫,雖不該備形妙而有氣韻,凌跨雄傑,其此之謂乎!"王若虛《滹南詩話》卷二:"夫所貴于畫者,爲其似耳,畫而不似,則如勿畫;命題而賦詩,不必此詩,果爲何語?然則坡之論非歟?曰:論妙于形似之外,而非遺其形似;不窘于題,而要不失其題,如是而已耳。"(三)指斥蘇軾此論有"輕形重神"之"偏"。如楊慎《升庵詩話》卷十三《論詩畫》條引此四句曰:"言畫貴神、詩貴韻也。然其言有偏,非至論也。晁以道和公詩云:'畫寫物外形,要物形不改;詩傳畫外意,貴有畫中態。'其論始爲定,蓋欲以補坡公之未備也。"按,蘇軾論藝,因時因事而異,有時強調重意,如"善畫者畫意不畫形,善詩者道意不道名",似失分寸,實來源于歐陽修《盤車圖》詩:"古畫畫意不畫形","忘形得意知者寡",則楊慎之説亦非無據;但此詩下文又強調邊鸞"寫生"和趙昌"傳神",則王若虛等之解更爲允當。

〔 三 〕詩畫句:蘇軾一再強調詩、畫異體而同貌:《韓幹馬》:"少陵翰墨無形畫,韓幹丹青不語詩。"《歐陽少師令賦所蓄石屏》:"古來畫師非俗士,摹寫物象略與詩人同。"《次韻吳傳正枯木歌》:"古來畫師非俗士,妙想實與詩同出。"《韓幹馬十四匹》:"蘇子作詩如見畫。"《與可畫墨竹屏風贊》説文同"詩不能盡,溢而爲書,變而爲畫"。《題趙山几屏風與可竹》贊美文同"詩在口,竹在手"。張舜民《畫墁集》卷一《跋百之詩畫》詩亦云:"詩是無形畫,畫是有形詩。"孔武仲《宗伯集》卷一《東坡居士畫怪石賦》:"文者無形之畫,畫者有形之文,二者異跡而同趣。"

〔 四 〕邊鸞:《唐朝名畫録》:"邊鸞,京兆人也,少攻丹青,最長于花鳥折枝。草木之妙,未之有也。""近代折枝,居其第一。"

〔 五 〕趙昌:北宋畫家,字昌之。范鎮《東齋記事》卷四:"趙昌者,漢州人,善畫花。每晨朝露下時,遶欄檻諦玩,手中調采色寫之,自號寫生趙昌。人謂:'趙昌畫染成,不布采色,驗之者以手捫摸,不爲采

色所隱,乃真趙昌畫也。'其爲生菜、折枝、果實尤妙。"李廌《畫品·
蕳苕圖》:"趙昌作。昌善畫花,設色明潤,筆跡柔美。國朝以來有
名于蜀。上(士)大夫舊云:'徐熙畫花傳花神,趙昌畫花寫花形',
然比之徐熙,則差劣。其後譚宏、王友之輩,皆弗逮也。"蘇軾推崇
趙昌花"傳神",此兩則却謂"寫生趙昌",重在"花形",所論不同。

〔六〕決:急起貌。
〔七〕毫楮:筆紙。

【評箋】　汪師韓《蘇詩選評箋釋》卷四:前首"直以詩畫三昧舉示來
哲"。"次首言竹、言花、言雀、言蜂,又言花之枝,花之葉,花間之雨,雀之
翎,蜂之蜜,合之廣大,析之精微,濃淡淺深,得意必兼得格。"

書王定國所藏煙江疊嶂圖〔一〕

　　江上愁心千疊山〔二〕,浮空積翠如雲煙,山耶雲耶遠
莫知,煙空雲散山依然。但見兩崖蒼蒼暗絕谷,中有百道
飛來泉,縈林絡石隱復見,下赴谷口爲奔川。川平山開林
麓斷,小橋野店依山前,行人稍度喬木外,漁舟一葉江吞
天。使君何從得此本〔三〕?點綴毫末分清妍。不知人間
何處有此境?徑欲往買二頃田〔四〕。君不見武昌樊口幽
絕處〔五〕,東坡先生留五年〔六〕。春風搖江天漠漠,暮雲卷
雨山娟娟,丹楓翻鴉伴水宿,長松落雪驚醉眠〔七〕。桃花
流水在人世,武陵豈必皆神仙?江山清空我塵土,雖有去
路尋無緣〔八〕。還君此畫三嘆息,山中故人應有招我歸
來篇〔九〕。

〔一〕題下蘇軾自注："王晉卿畫。"王詵，字晉卿，英宗女蜀國長公主之
　　　夫。曾任利州防禦使。能詩善畫，所畫山水學五代宋初李成皴
　　　法，着金綠之色。王定國，即王鞏，見前《百步洪》詩注。此詩王詵
　　　有和詩云："平生未省山水窟，一朝身到心茫然"，"幾年漂泊漢江
　　　上"，"四時爲我供畫本"，是所畫爲漢江景色。查慎行《補注東坡
　　　編年詩》卷三十："墨蹟後有'元祐三年十二月十五日子瞻書'十三
　　　字"，當爲作年。

〔二〕江上句："江上"以下十二句爲第一段，寫畫中景色。方東樹《昭昧
　　　詹言》卷十二："起段以寫爲叙，寫得入妙，而筆勢又高，氣又遒，神
　　　又王。"紀批（卷三十）："奇情幻景，筆足達之。"王文誥《蘇文忠公
　　　詩編注集成》卷三十："《孟子》長篇多兩扇法。……如此詩，即用
　　　兩扇法。以上自首句憑空突起，至此爲一扇，道圖中之景也。"

〔三〕使君句："使君"以下十句爲第二段，寫觀畫人（作者）的情況和
　　　感慨。

〔四〕二頃田：語出《史記·蘇秦列傳》："蘇秦曰：'使我有雒陽負郭田
　　　二頃，吾豈能佩六國相印乎？'"

〔五〕樊口：見前《次韻前篇》詩注。

〔六〕五年：蘇軾于元豐三年二月到黄州，七年四月改遷汝州，共四年
　　　另兩個月。"五年"，舉成數而言。

〔七〕春風四句：分寫黄州春、夏、秋、冬的景色。伴水宿，指人，不指
　　　鴉。翁方綱《蘇詩補注》卷五："此句自指人言也。"

〔八〕桃花四句：典出陶潛《桃花源記》。武陵句，《苕溪漁隱叢話·前
　　　集》卷三："東坡云：'世傳桃源事，多過其實。考淵明所記，止言先
　　　世避秦亂來此，則漁人所見，似是其子孫，非秦人不死者也。又云
　　　"殺雞作食"，豈有仙而殺者乎？舊説南陽有菊水，水甘而芳，居民
　　　三十餘家，飲其水皆壽，或至百二三十歲。蜀青城山老人村有五
　　　世孫者，道極嶮遠，生不識鹽醯，而溪中多枸杞根如龍蛇，飲其水，
　　　故壽。近歲道稍通，漸能致五味，而壽亦益衰。桃源蓋此比也。
　　　使武陵太守得而至焉，則已化爲争奪之場久矣。常意天壤之間，

若此者甚衆,不獨桃源。'苕溪漁隱曰:東坡此論,蓋辨證唐人以桃源爲神仙,如王摩詰、劉夢得、韓退之作《桃源行》是也。惟王介甫作《桃源行》,與東坡之論暗合。"按,王維《桃源行》提出神仙之説:"初因避地去人間,及至成仙遂不還。"劉禹錫《游桃源一百韻》亦以仙境目之,惟韓愈《桃花圖》反對神仙之説:"神仙有無何眇芒,桃源之説誠荒唐。""世俗寧知偽與真,至今傳者武陵人。"胡仔説韓愈與王維、劉禹錫之見相同,誤。去路尋無緣,見《桃花源記》:武陵人既出桃花源,"詣太守説如此。太守即遣人隨其往,尋向所誌,遂迷不復得路"。王文誥云:"自'使君'句起,至此爲一扇,道觀圖之人也。後僅以二句作結。"

〔九〕還君二句:上句承圖;下句承觀圖之人。歸來篇,《楚辭·招隱士》:"王孫兮歸來!山中兮不可以久留。"陶潛亦有《歸去來兮辭》。

【評箋】　許顗《彦周詩話》:"畫山水詩,少陵數首,後無人可繼者,荆公《觀燕公山水》詩前六句差近之,東坡《煙江疊嶂圖》一詩亦差近之。"

汪師韓《蘇詩選評箋釋》卷四:"竟是爲畫作記。然摹寫之神妙,恐作記反不能如韻語之曲盡而有情也。'君不見'以下,煙雲卷舒,與前相稱,無非以自然爲祖,以元氣爲根。"

書王定國所藏王晉卿畫着色山二首〔一〕

白髮四老人〔二〕,何曾在商顔?煩君紙上影,照我胸中山。山中亦何有?木老土石頑!正賴天日光,澗谷紛爛斑。我心空無物,斯文何足關!君看古井水,萬象自往還。

君歸嶺北初逢雪,我亦江南五見春。寄語風流王武子〔三〕,三人俱是識山人〔四〕。

〔一〕元祐四年(一〇八九)作。此二詩均從"山"發慨,不着意再現畫中
　　　景色,與前首(前半寫畫中景、後半抒情)寫法不同。自《惠崇春江
　　　曉景》至本篇,皆作于汴京。
〔二〕四老人:秦末漢初東園公、甪里先生、綺里季、夏黄公四人,隱居
　　　商山(今陝西商縣東南),年皆八十餘,稱"商山四皓"。見《史記·
　　　留侯世家》。
〔三〕王武子:《晉書·王濟傳》:"濟字武子。少有逸才,風姿英爽,氣
　　　蓋一時。""尚常山公主。"此指王詵(晉卿),詵亦駙馬。
〔四〕三人:蘇軾謫黄州近五年,王鞏(定國)因"烏臺詩案"牽連謫監賓
　　　州鹽酒税三年,王詵先亦因"烏臺詩案"被罰追兩官勒停,後復因
　　　黨争被謫均州三年。

送子由使契丹〔一〕

　　雲海相望寄此身,那因遠適更沾巾〔二〕。不辭驛騎凌
風雪〔三〕,要使天驕識鳳麟〔四〕。沙漠回看清禁月,湖山應
夢武林春〔五〕。單于若問君家世,莫道中朝第一人〔六〕!

〔一〕元祐四年(一〇八九)七月,蘇軾抵杭州知州任。八月,蘇轍作爲
　　　賀遼國生辰國信使出使契丹。
〔二〕雲海二句:暗用杜甫《南征》"偷生長避地,適遠更霑襟"句。意謂
　　　在杭原已相隔遙遠,自不必爲此次遠別格外傷心。
〔三〕驛:一作"駟"。《左傳·文公十六年》杜預注:"駟,傳車也。"
〔四〕天驕:指契丹。漢時,匈奴自稱"天之驕子",見《漢書·匈奴傳》。

後泛指强盛的邊地民族。〔鳳麟〕喻杰出而罕見的人或事物,此指宋朝的人才和文明。

〔五〕沙漠二句:謂蘇轍在遼地必然想念汴京朝廷和杭州作者。清禁,皇宮,蘇轍時任翰林學士,經常出入皇宮。武林,指杭州。

〔六〕單于二句:單(chán)于,匈奴最高首領的稱號,原義“廣大”。此指遼國國主。第一人,見《新唐書·李揆傳》:“揆美風儀,善奏對,帝(肅宗)嘆曰:‘卿門地、人物、文學,皆當世第一,信朝廷羽儀乎!’故時稱三絶。”他在德宗時以“入蕃會盟使”至蕃地,“酋長曰:‘聞唐有第一人李揆,公是否?’揆畏留,因紿之曰:‘彼李揆安肯來邪!’”李揆怕羈留而不敢承認真實身分;蘇詩却用以表明中原人才衆多,維護宋朝聲威。按,蘇氏一家,特別是蘇軾在契丹聲名甚盛。蘇軾《次韻子由使契丹至涿州見寄四首》其三有“時時齚舌問三蘇”句,并自注云:“余與子由入京時,北使已問所在;後余館伴,北使屢誦三蘇文。”蘇轍《神水館寄子瞻兄》:“誰將家集過幽都,逢見胡人問大蘇。”王闢之《澠水燕談録》卷七《歌咏》載張舜民(芸叟)使遼,有范陽書肆刊刻《大蘇小集》等。《碧溪詩話》卷五:“老杜‘卿到朝廷説老翁,漂零已是滄浪客’,又‘朝覲從容問幽仄,忽云江漢有垂綸’。其後(劉)夢得送陳郎中云:‘若問舊人劉子政,而今頭白在商於’……坡‘單于若問君家世,莫道中朝第一人’,皆有所因也。”

文登蓬萊閣下,石壁千丈,爲海浪所戰,時有碎裂,淘灑歲久,皆圓熟可愛,土人謂此彈子渦也。取數百枚以養石菖蒲,且作詩遺垂慈堂老人〔一〕

蓬萊海上峯,玉立色不改。孤根捍滔天,雲骨有破碎。陽侯殺廉角〔二〕,陰火發光彩〔三〕。纍纍彈丸間,瑣細

或珠琲〔四〕。閻浮一漚耳〔五〕,真妄果安在?我持此石歸,
袖中有東海〔六〕。垂慈老人眼,俯仰了大塊〔七〕。置之盆
盎中,日與山海對。明年菖蒲根,連絡不可解。倘有蟠桃
生,旦暮猶可待〔八〕。

〔一〕元祐四年(一〇八九)作。文登,即登州。蓬萊閣,在山東蓬萊縣
　　　北丹崖山上。舊爲海神廟,宋治平時移廟于西,于廟址建閣。垂
　　　慈堂老人,僧了性,杭州千頃廣化院住持。

〔二〕陽侯句:陽侯,古陽國之侯,溺死而成水神。廉角,棱角。此句指
　　　海浪磨平石之棱角。

〔三〕陰火句:用劉禹錫《望賦》:"送飛鴻之滅没,附陰火之光彩。"參看
　　　前《游金山寺》詩注。

〔四〕或:一作"成"。　　琲(bèi):成串的珠。

〔五〕閻浮句:佛教認爲自然和人生皆空虛短促,猶如水泡旋生旋滅,
　　　虛無空寂。《施注蘇詩》卷二十八引《楞嚴經》:"空生大覺中,如海
　　　一漚發。"蘇詩常用此意,如《龜山辯才師》"羨師游戲浮漚間",《次
　　　韻林子中、王彦祖唱酬》"蚤知身寄一漚中。"閻浮,閻浮提的略稱,
　　　佛教指須彌山之南的大洲,即人類所居之地。

〔六〕我持二句:《冷齋夜話》卷五引此二句推爲"造語之工","盡古今
　　　之變"之例證,并引黄庭堅語:"此皆謂之句中眼。學者不知此妙
　　　語,韻終不勝。"汪師韓《蘇詩選評箋釋》卷五:"'袖中東海',語至
　　　奇而理至平,進于《易》則天在山中,通于禪則一毫端現寶王
　　　刹也。"

〔七〕大塊:大地,大自然。

〔八〕倘有二句:或釋爲海中若有蟠桃,亦待之有日(王十朋注本卷八
　　　引呂祖謙注);或釋爲因服菖蒲而長壽,故可待蟠桃之長成(同上
　　　引趙次公注),似皆不確。《博物志》卷九:西王母"索七桃,大如
　　　彈丸,以五枚與帝(漢武帝),母食二枚。帝食桃輒以核着膝前,母
　　　曰:'取此核將何爲?'帝曰:'此桃甘美,欲種之。'母笑曰:'此桃三

千年一生實。’”蘇詩反用此典，謂若有蟠桃，早晚即能生成。此乃
與僧人借石談佛理之詩，前言大小相等（小石而謂“袖中有東海”，
盆盎而謂“日與山海對”）此則言時間久暫無別，三千年不過旦暮
而已。蓬萊本因漢武帝于此北望海中蓬萊山而得名，與《博物志》
所載同爲漢武帝事；另“彈丸”字面亦相切。

【評箋】　紀批（卷三十一）：“筆筆奇警，不覺題之瑣碎。”

真覺院有洛花，花時不暇往，四月十八日與劉景文同往賞枇杷〔一〕

緑暗初迎夏，紅殘不及春。魏花非老伴〔二〕，盧橘是
鄉人〔三〕。井落依山盡，巖崖發興新。歲寒君記取，松雪
看蒼鱗〔四〕。

〔一〕元祐五年（一〇九〇）作。真覺院，在杭州西湖龍山北。洛花，牡
　　　丹。洛陽牡丹聞名于世，故名。劉季孫，字景文，開封祥符人。時
　　　任兩浙兵馬都監，在杭州。蘇軾以國士目之，曾予以舉薦。
〔二〕魏花：牡丹品種之一。歐陽修《洛陽牡丹記·花釋名第二》：“魏
　　　家花者，千葉肉紅花，出于魏相仁溥家。……錢思公嘗曰：人謂
　　　牡丹花王，今姚黃真可爲王，而魏花乃后也。”
〔三〕盧橘：與橘近似，其皮經久變黑，故名（盧，黑色）。但蘇軾指爲枇
　　　杷。《冷齋夜話》卷一：東坡詩：“客來茶罷空（空字原缺）無有，盧
　　　橘微黃尚帶酸。”張嘉甫問蘇軾：“盧橘何種果類？”答云：“枇杷是
　　　矣。”且謂出于司馬相如《上林賦》。張嘉甫指出，《上林賦》言“盧
　　　橘夏熟，黃甘橙楱，枇杷橪柿，亭奈厚樸”，四果并列，則盧橘不應

爲枇杷。蘇軾竟笑曰：“意不欲耳。”後人辨者甚多，見《藝苑雌黄》
中《盧橘》條、《韻語陽秋》卷十六。又參看後《四月十一日初食荔
支》詩注。
〔四〕歲寒二句：據此詩續篇《又和景文韻》詩“牡丹松檜一時栽”，則結
二句指松檜不凋，兼指枇杷晚翠。紀批(卷三十二)：“宕開作收，
不結本題，而恰結本題。”

贈　劉　景　文〔一〕

荷盡已無擎雨蓋，菊殘猶有傲霜枝。一年好景君須
記：正是橙黄橘綠時〔二〕。

〔一〕元祐五年(一〇九〇)作。劉景文，見前首詩注。
〔二〕正是：一作“最是”。

【評箋】《苕溪漁隱叢話・後集》卷十：“‘天街小雨潤如酥，草色遥
看近却無。最是一年春好處，絶勝煙柳滿皇都。’此退之早春詩也(按，
《早春呈水部張十八員外二首》其一)；‘荷盡已無擎雨蓋……’此子瞻初
冬詩也。二詩意思頗同而詞殊，皆曲盡其妙。”
　　《蘇詩選評箋釋》卷五：“淺語遥情。”

次韻楊公濟奉議梅花十首〔一〕（選四）

綠髮尋春湖畔回，萬松嶺上一枝開〔二〕。而今縱老霜

根在，得見劉郎又獨來〔三〕。

　　月地雲階漫一樽，玉奴終不負東昏〔四〕。臨春結綺荒荆棘，誰信幽香是返魂〔五〕。

　　君知早落坐先開〔六〕，莫着新詩句句催。嶺北霜枝最多思〔七〕，忍寒留待使君來。

　　寒雀喧喧凍不飛，遠林空啅未開枝〔八〕。多情好與風流伴，不到雙雙燕子時〔九〕。

〔一〕原共十首，選第三、四、六、八首。元祐六年（一○九一）作。楊蟠，字公濟，章安人。時任杭州通判。

〔二〕綠髮二句：綠髮，喻少年。萬松嶺，潛説友《咸淳臨安志》卷二十八："（萬松嶺）在和寧門外西嶺上。舊夾道栽松。樂天夜歸詩云：'萬株松樹青山上，十里河隄明月中。'東坡蠟梅詩亦有'萬松嶺下黃千葉'之句。"兩句回憶熙寧時任杭州通判時事。

〔三〕劉郎：指劉禹錫。見前《留別釋迦院牡丹呈趙倅》詩注。紀批（卷三十三）："劉郎自是桃花事，而用來不覺其借。"

〔四〕玉奴句：《南史·王茂傳》：王茂助梁武帝攻占建康，"時東昏（齊明帝，被梁廢爲東昏侯）妃潘玉兒有國色，武帝將留之以問茂。茂曰：'亡齊者此物，留之恐貽外議。'帝乃出之。軍主田安啓求爲婦，玉兒泣曰：'昔者見遇時主，今豈下匹非類。死而後已，義不受辱。'及見縊，潔美如生"。這裏以玉兒比梅花，言其潔白、"堅貞"。洪邁《容齋隨筆·續筆》卷十五《注書難》條，記政和初有一士人注蘇詩，錢伸仲告他，此詩乃出于牛僧孺《周秦行紀》。《周秦行紀》記作者夢入薄太后廟，"見古后妃輩，所謂月地雲階拜洞仙，東昏以玉兒故，身死國除，不擬負他，乃是此篇所用。"那士人焚稿，不敢再爲蘇詩作注。但洪邁又指出，"玉奴乃楊貴妃自稱，潘妃則名玉兒也"。吳开《優古堂詩話》中《以玉兒爲玉奴》條亦指出，"玉兒,妃(潘妃)小字。東坡蓋兩用此,而以‘兒’爲‘奴’者誤也。然不害爲佳句”。《韻語陽秋》卷六亦認爲是“筆誤”。王文誥却認爲言奴言兒皆可,并非真名,“蓋從其少與小也”。(《蘇文忠公詩編注集成》卷三十三)

〔五〕臨春二句:《南史・張貴妃傳》,陳後主張貴妃名麗華。至德二年,後主“于光昭殿前起臨春、結綺、望仙三閣,高數十丈,并數十間”,“皆以沉檀香爲之”,“每微風暫至,香聞數里”,“後主自居臨春閣,張貴妃居結綺閣”。返魂,謂梅花香氣乃是舊時貴妃靈魂所返。紀批(卷三十三):“全不是梅花典故,而非梅花不足以當之。”

〔六〕坐:因爲。

〔七〕嶺北:大庾嶺北。大庾嶺以産梅著名,又稱梅嶺。

〔八〕啅(zhuó):通“啄”。一本即作“啄”。

〔九〕多情二句:指燕子來時,梅花早謝。紀批(卷三十三):“情思深婉。”

次韻仲殊雪中游西湖二首〔一〕(選一)

夜半幽夢覺,稍聞竹葦聲〔二〕。起續凍折絃〔三〕,爲鼓一再行〔四〕。曲終天自明,玉樓已峥嶸。有懷二三子,落筆先飛霙〔五〕。共爲竹林會,身與孤鴻輕。秀語出寒餓,身窮詩乃亨〔六〕。禪老復何爲,笑指孤煙生〔七〕。我獨念粲者,誰與予目成〔八〕。

〔一〕元祐六年(一〇九一)作。此第一首,另一首爲七律。仲殊,俗姓張,名揮,安州人。出家爲僧,居錢塘,能詩,嗜蜜,蘇軾有《安州老人食蜜歌》贈之。

〔二〕夜半二句：暗用白居易《夜雪》："夜深知雪重，時聞折竹聲。"

〔三〕凍折絃：賈島《朝飢》："坐聞西牀琴，凍折兩三絃。"此用其字面。

〔四〕爲鼓句：語出《漢書·司馬相如傳》：臨邛卓氏宴客，"酒酣，臨邛令前奏琴，曰：'竊聞長卿(司馬相如)好之，願以自娛。'相如辭謝，爲鼓一再行(行，指曲引)"。查慎行《初白庵詩評》卷中評"夜半"四句云："忽作東野語。"

〔五〕霙(yīng)：雪花。

〔六〕秀語二句：蘇軾《病中大雪，數日未嘗起觀，號令趙薦以詩相屬，戲用其韻答之》："詩人例窮蹇，秀句出寒餓。"參見前《次韻張安道讀杜詩》詩注。

〔七〕孤煙：此指早晨炊煙。

〔八〕我獨二句：粲者，美女。《詩·唐風·綢繆》："今夕何夕，見此粲者！"目成，兩心相悅，以目傳情。《楚辭·九歌·少司命》："滿堂兮美人，忽獨與余兮目成。"兩句戲譽仲殊所作奇絕秀美，與作者心心相通。第二首結句云："乞得湯休(南朝釋惠休)奇絕句，始知鹽絮是陳言。"同一構思。

予去杭十六年而復來，留二年而去，平生自覺出處老少粗似樂天，雖才名相遠，而安分寡求，亦庶幾焉，三月六日，來別南北山諸道人，而下天竺惠淨師以醜石贈行，作三絕句〔一〕

當年衫鬢兩青青〔二〕，强説重臨慰別情。衰髮祇今無可白，故應相對話來生〔三〕。

出處依稀似樂天，敢將衰朽較前賢。便從洛社休官去，猶有閒居二十年〔四〕。

在郡依前六百日〔五〕，山中不記幾回來。還將天竺一峯去，欲把雲根到處栽〔六〕。

〔一〕元祐六年(一〇九一)三月赴京任翰林承旨離杭時作。蘇軾第一次來杭任通判在熙寧四年(一〇七一)，七年(一〇七四)離任，第二次來杭任知州在元祐四年(一〇八九)，相隔十六年；至此又離去，近二年。蘇軾常以白居易相比，如《軾以去歲春夏侍立邇英，而秋冬之交子由相繼入侍，次韻絶句四首，各述所懷》其四：「定似香山老居士，世緣終淺道根深。」自注云：「樂天自江州司馬除忠州刺史，旋以主客郎中知制誥，遂拜中書舍人。軾雖不敢自比，然謫居黃州，起知文登，召爲儀曹，遂忝侍從。出處老少，大略相似，庶幾復享此翁晚節閒適之樂焉。」參看《容齋隨筆‧三筆》卷五《東坡慕樂天》條。「平生」，一作「平日」。自《送子由使契丹》至本篇，皆作于杭州。

〔二〕衫鬢：查注作「雙鬢」。馮應榴《合注》駁云：「首句用『衫』字，方合『兩』字。若用『雙』字，則複『兩』字矣。查注意以下句止言髮白，故從『雙』字，未免太拘。至他本作『霜』，尤非也。」

〔三〕紀批(卷三十三)：「沉着語，又恰是對僧語。」

〔四〕便從二句：白居易于會昌二年致仕，在洛陽閒居，會昌六年卒，實僅五年。這裏説二十年，乃用白居易洛下所作《閒居自題，戲招宿客》「水畔竹林邊，閒居二十年」字面，係期望約略之辭。

〔五〕在郡句：白居易《留題天竺、靈隱兩寺》：「在郡六百日，入山十二迴。」蘇軾元祐四年七月至杭，六年三月離去，也是六百日。既是用白詩之意，又是記實。

〔六〕還將二句：白居易《三年爲刺史二首》其二：「三年爲刺史，飲冰復食蘗。惟向天竺山，取得兩片石。」雲根，即指醜石(形狀奇異的石），亦即"天竺一峯"。到處栽，喻行蹤多變。

聚星堂雪〔一〕

　　窗前暗響鳴枯葉，龍公試手初行雪：暎空先集疑有無，作態斜飛正愁絕。衆賓起舞風竹亂，老守先醉霜松折〔二〕；恨無翠袖點橫斜〔三〕，祇有微燈照明滅。歸來尚喜更皷永，晨起不待鈴索掣〔四〕；未嫌長夜作衣稜，却怕初陽生眼纈〔五〕。欲浮大白追餘賞，幸有回飆驚落屑〔六〕，模糊檜頂獨多時，歷亂瓦溝裁一瞥。汝南先賢有故事〔七〕，醉翁詩話誰續説〔八〕？當時號令君聽取：白戰不許持寸鐵〔九〕！

〔一〕元祐六年（一〇九一）八月，蘇軾罷去翰林學士承旨兼侍讀，出知潁州，此詩作于十一月。詩前有自序云："元祐六年十一月一日，禱雨張龍公，得小雪。與客會飲聚星堂，忽憶歐陽文忠公作守時，雪中約客賦詩，禁體物語，于艱難中特出奇麗。爾來四十餘年，莫有繼者。僕以老門生繼公後，雖不足追配先生，而賓客之美，殆不減當時，公之二子又適在郡。故輙舉前令，各賦一篇。"聚星堂，歐陽修爲潁州知州時所建。張龍公，張路斯，潁上人。歐陽修《集古跋尾》卷十《張龍公碑》："（唐）趙耕撰。云：君諱路斯，潁上百社人也。""景龍中爲宣城令"，"公罷令歸，每夕出，自戌至丑歸，常體冷且澀。石氏（其妻）異而詢之，公曰：吾龍也。""余（歐陽修）嘗以事至百社村，過其祠下……歲時禱雨，屢獲其應，汝陰人尤以爲神也。"禁體物語，指歐陽修《雪》詩自注云："時在潁州作。玉、月、梨、梅、練、絮、白、舞、鵝、鶴、銀等字，皆請勿用。"蘇軾早年所作亦有此格,如《江上值雪,效歐陽體,限不以鹽、玉、鶴、鷺、絮、蝶、飛、舞之類爲比,仍不使皓、白、潔、素等字,次子由韻》。公之二子,指歐陽棐,字叔弼;歐陽辯,字季默。

〔二〕衆賓二句:賓客起舞,猶如風吹竹亂;作者醉倒,猶如老松臥折。查慎行《初白庵詩評》卷中:"向非禁體物語,此等妙句,亦未必出。"

〔三〕恨無句:謂無歌妓在左右侑酒。"翠袖"指佳人,與上"衆賓"、"老守"并列,語出杜甫《佳人》"天寒翠袖薄";"橫斜"指梅,與上"竹"、"松"并列,分別用作比喻,語出林逋《山園小梅》:"疎影橫斜水清淺。"

〔四〕鈴索掣:宋制:州府衙門有鈴閣,擊鈴以代傳呼。李白《猛虎行》:"掣鈴交通二千石。"掣,拉。

〔五〕未嫌二句:承上晚歸早起,謂長夜未睡,還保持着衣稜,不皺不髒;却怕初陽雪光眩人眼目。眼纈(xié),眼花時所見星星點點。

〔六〕欲浮二句:李治《敬齋古今黈》卷八:"東坡雪詩'欲浮大白追餘賞,幸有回風驚落屑。'或以爲落屑亦體物語。或者之言非也,此蓋用陶侃竹頭木屑事耳。"

〔七〕汝南先賢:指歐陽修。潁州,舊汝南之地。故事,即指歐陽修"雪中約客賦詩,禁體物語"事。

〔八〕醉翁詩話:即《六一詩話》。

〔九〕白戰:徒手戰,喻白描手法。結四句意謂"禁體物語"之説可作爲《六一詩話》的補充。日本近藤元粹《螢雪軒叢書》本《漫叟詩話》案語云:"據《六一詩話》,自宋初進士許洞始,非歐陽氏創之。特以潁川賓主一時之盛,遂成佳話耳。《唐宋詩醇》論之。"

【評箋】 汪師韓《蘇詩選評箋釋》卷五:"賦雪者多以悠揚飄蕩取其韻致,此獨用生剗之筆,作硬盤之語,誓脱常態,匪徒以禁體物語標其潔清。"

紀批(卷三十四):"句句恰是小雪,體物神妙,不愧名篇。"

賀裳《載酒園詩話》:"殊不足觀。固知釣奇立異、設苛法以困人,究亦自困耳。"

方東樹《昭昧詹言》卷十二:"本色正鋒。起八句撫寫細景如畫。'歸來'四句,虛字語病。奇麗,公自云。"

陳衍《宋詩精華錄》卷二:"畫龍最後點睛,結不落套。"

喜劉景文至〔一〕

天明小兒更傳呼〔二〕:髯劉已到城南隅。尺書真是髯手迹,起坐熨眼知有無〔三〕。今人不作古人事,今世有此古丈夫〔四〕!我聞其來喜欲舞,病自能起不用扶。江淮旱久塵土惡,朝來清雨濯鬢鬚〔五〕。相看握手了無事,千里一笑毋乃迂?平生所樂在吳會〔六〕,老死欲葬杭與蘇。過江西來二百日,冷落山水愁吳姝。新堤舊井各無恙〔七〕,參寥六一豈念吾〔八〕?別後新詩巧摹寫,袖中知有錢塘湖。

〔一〕 元祐六年(一〇九一)冬作。時劉景文因蘇軾舉薦,由杭州赴知隰州(今山西隰縣),過潁州來會作者。劉景文,即劉季孫,見前《真覺院有洛花,花時不暇往。四月十八日與劉景文同往賞枇杷》詩注。
〔二〕 更:更迭。
〔三〕 尺書二句:王文誥云:"此聯乃既聞其至,復見其書,而反疑是夢,皆喜極之詞也。"(《蘇文忠公詩編注集成》卷三十四)
〔四〕 今人二句:意謂劉季孫遠道來訪,古道熱心,今人罕見。蘇軾此時所作《和劉景文見贈》"西來爲我風鬢面"。
〔五〕 江淮二句:以久旱得雨,烘托故友久別驟至的歡樂氣氛。

〔六〕平生句：此句以上寫相見之喜；以下轉寫對杭州的懷念，因劉季
　　　孫從杭州來此。吳會，王應麟《困學紀聞》卷十八：“吳會，謂吳、會
　　　稽二郡也。”是，不單指蘇州，以與下文“杭與蘇”相應。

〔七〕新堤句：新堤，蘇堤。舊井，唐代六井。

〔八〕參寥、六一：二泉名。

　　【評箋】　紀批(卷三十四)：“起數語旁面寫出，愈加飛動，多少交情，
都在無字句處。”

次前韻送劉景文〔一〕

　　白雲在天不可呼，明月豈肯留庭隅。怪君西行八百
里，清坐十日一事無〔二〕。路人不識呼尚書，但見凜凜雄
千夫〔三〕。豈知入骨愛詩酒，醉倒正欲蛾眉扶。一篇向人
寫肝肺，四海知我霜鬢鬚〔四〕。歐陽趙陳皆我有〔五〕，豈謂
夫子駕復迂。爾來又見三黜柳〔六〕，共此煖熱餐氈蘇〔七〕。
酒肴酸薄紅粉暗，衹有穎水清而姝。一朝寂寞風雨散，對
影誰念月與吾〔八〕。何時歸帆泝江水，春酒一變甘
棠湖〔九〕。

〔一〕元祐六年(一○九一)作。

〔二〕十日：《史記‧范雎蔡澤列傳》，記秦昭王致趙平原君信云“寡人
　　　願與君爲十日之飲”，表示友好的豪舉。劉季孫留穎十日。蘇軾
　　　另有《和劉景文見贈》：“留子非爲十日飲。”

〔三〕路人二句：蘇軾自注：“君一馬兩僕，率然相訪，逆旅多呼‘尚書’，
　　　意謂君都頭也。”

〔四〕一篇二句：自注：“君前有詩見寄云：‘四海共知霜鬢滿，重陽曾插菊花無。’”

〔五〕歐陽趙陳：歐陽棐（叔弼）、趙令時（景貺）、陳師道（履常）等人，時皆在潁州。

〔六〕三黜柳：《論語·微子》：“柳下惠爲士師，三黜。”此指柳戒之，僅爲切姓而與柳下惠事無涉。

〔七〕餐氈蘇：用蘇武被拘匈奴囓雪食氈事，見《漢書·蘇武傳》。此蘇軾自指，亦僅切姓而已。

〔八〕一朝二句：自注：“郡中日與歐陽叔弼、趙景貺、陳履常相從，而景文復至，不數日柳戒之亦見過，賓客之盛，頃所未有。然不數日叔弼、景文、戒之皆去矣。”

〔九〕何時二句：自注：“景文近卜居九江，近甘棠湖。”

淮　上　早　發〔一〕

滄月傾雲曉角哀，小風吹水碧鱗開。此生定向江湖老，默數淮中十往來〔二〕。

〔一〕元祐七年（一〇九二）三月，蘇軾自潁州改知揚州，道經淮河作此。

〔二〕十往來：指一、蘇軾于熙寧四年自京赴杭州通判任；二、七年，由杭州移知密州；三、元豐二年三月，自徐州赴知湖州，時有《過淮三首贈景山兼寄子由》“好在長淮水，十年三往來”句；四、同年八月，由湖州逮赴御史臺獄；五、七年，因乞常州居住由泗州至南都候旨；六、八年四月，自南都歸常州；七、同年九月，由常州赴知登州，時有《次韻孫莘老斗野亭，寄子由在邵伯埭》“吾生七往來，送老海上城”句；八、元祐四年，自京知杭州；九、六年，自杭召還汴京，合此次知揚州，共十次。

【評箋】 紀批(卷三十五)："語淺而意深。"

行宿泗間，見徐州張天驥次舊韻〔一〕

二年三蹋過淮舟〔二〕，款段還逢馬少游〔三〕。無事不妨長好飲〔四〕，著書自要見窮愁〔五〕。孤松早偃原非病〔六〕，倦鳥雖還豈是休〔七〕。更欲河邊幾來往，祇今霜雪已蒙頭。

〔 一 〕元祐七年(一〇九二)作。張天驥，見前《訪張山人得山中字二首》
　　　　題注。次舊韻，蘇軾曾有《次韻送張山人歸彭城》詩，此爲次其韻。
〔 二 〕二年三蹋：蘇軾于元祐四年自京赴知杭州，六年自杭召還，七年
　　　　由潁知揚，實二年多。一即作"三年"。
〔 三 〕款段句：《後漢書・馬援傳》：記馬援對官屬曰："吾從弟少游常哀
　　　　吾慷慨多大志，曰：'士生一世，但取衣食裁足，乘下澤車，御款段
　　　　馬，爲郡掾史，守墳墓，鄉里稱善人，斯可矣。致求盈餘，但自苦
　　　　耳。'"款段，指馬行動遲緩穩妥。
〔 四 〕無事句：《史記・張儀列傳》："陳軫(謂犀首)曰：'公何好飲也?'
　　　　犀首曰：'無事也。'曰：'吾請令公厭事(令其多事)可乎?'"
〔 五 〕著書句：參看前《和晁同年九日見寄》"遣子窮愁天有意"句注。
〔 六 〕孤松句：唐段成式《酉陽雜俎・前集》卷十八："松命根下遇石則
　　　　偃，蓋不必千年也。"
〔 七 〕倦鳥句：陶淵明《歸去來兮辭》："鳥倦飛而知還。"

【評箋】 紀批(卷三十五)："東坡七律駿快者多，難得如此沉着。"

召還至都門先寄子由〔一〕

　　老身倦馬河隄永，踏盡黃榆綠槐影。荒雞號月未三更，客夢還家時一頃。歸老江湖無歲月，未填溝壑猶朝請〔二〕。黃門殿中奏事罷〔三〕，詔許來迎先出省。已飛青蓋在河梁〔四〕，定餉黃封兼賜茗〔五〕。遠來無物可相贈，一味豐年説淮潁〔六〕。

〔一〕元祐七年(一〇九二)八月，蘇軾從揚州召還，改以龍圖閣學士守兵部尚書兼侍讀、差充南郊鹵簿使。九月至京。蘇轍奉詔出迎，蘇軾先寄以此詩。

〔二〕未填句：《漢書·汲黯傳》，漢武帝任命汲黯為淮陽太守，汲黯勉強奉詔，泣曰："臣自以為填溝壑，不復見陛下，不意陛下復收之。"朝請，古諸侯朝聘天子，春曰朝，秋曰請；此即指朝見。

〔三〕黃門句：《舊唐書·玄宗紀上》記改元為開元時，"改尚書左、右僕射為左、右丞相，中書省為紫微省，門下省為黃門省"。時蘇轍任門下侍郎(即參知政事)。此以上六句言自己，以下四句言蘇轍。

〔四〕青蓋：黑色車蓋，宰執大臣的車仗。此指蘇轍車隊。

〔五〕定餉句：指皇帝的賞賜。歐陽修《感事》詩自注："先朝舊例，兩時輔臣歲賜龍茶一斤而已。余在仁宗朝作學士……仁宗因幸天章閣……賜黃封酒(用黃紙或黃絹封口)一瓶，果子一盒，鳳團茶一斤。"

〔六〕遠來二句：結兩句預擬與蘇轍相會時之語。紀批(卷三十六)云："結寓投老潁濱之意，非泛作頌美時事之詞。"似求之過深。

次韻吳傳正枯木歌〔一〕

天公水墨自奇絶,瘦竹枯松寫殘月,夢回疏影在東窗,驚怪霜枝連夜發。生成變壞一彈指〔二〕,乃知造物初無物〔三〕。古來畫師非俗士〔四〕,妙想實與詩同出。龍眠居士本詩人〔五〕,能使龍池飛霹靂〔六〕。君雖不作丹青手,詩眼亦自工識拔。龍眠胸中有千駟,不獨畫肉兼畫骨〔七〕。但當與作少陵詩,或自與君拈禿筆〔八〕。東南山水相招呼,萬象入我摩尼珠〔九〕,盡將書畫散朋友,獨與長鋏歸來乎〔一〇〕!

〔 一 〕元祐八年(一〇九三)作。時蘇軾在京任端明殿學士兼翰林侍讀學士守禮部尚書。吳傳正,名安詩,神宗時宰相吳充之子。時在京任祕書少監。

〔 二 〕一彈指:見前《過永樂,文長老已卒》詩注。

〔 三 〕造物初無物:語出郭象《南華真經序》,見前《次荆公韻四絶》詩注。

〔 四 〕古來句:前《歐陽少師令賦所蓄石屏》亦有此句,可參看。

〔 五 〕龍眠居士:李公麟,見前《次韻子由書李伯時所藏韓幹馬》題注。

〔 六 〕能使句:杜甫《韋諷録事宅觀曹將軍霸畫馬圖引》:“曾貌先帝照夜白,龍池十日飛霹靂。”

〔 七 〕不獨句:蘇軾《書韓幹牧馬圖》亦推崇韓幹馬“肉中畫骨”,與杜甫所論不同。參看前注。

〔 八 〕但當二句:杜甫《題壁上韋偃畫馬歌》:“戲拈禿筆掃驊騮,欻見騏驎出東壁。”此以杜甫和韋偃比吳傳正和李公麟,謂吳傳正作詩,李公麟爲之作畫。

〔九〕摩尼珠：《翻譯名義集》卷八，摩尼珠爲佛教七種珍寶之一。又名
　　　踰摩、末尼，意譯離垢、如意，“珠之總名也”。并引“《大品》云：如
　　　摩尼寶，若在水中，隨作一色，以青物裹，水色即青；若黄赤白紅縹
　　　物裹，隨作黄赤白紅縹色。”

〔一〇〕長鋏歸來乎：語出《史記·孟嘗君列傳》，孟嘗君門客馮驩曾“彈
　　　其劍而歌曰：‘長鋏歸來乎，食無魚！’”表示牢騷。此僅用“歸來
　　　乎”意，指歸隱。

　　【評箋】　汪師韓《蘇詩選評箋釋》卷五：“因吴詩而及李畫，因歌枯木
而及畫馬，軒然而來，翩然而往，隨意所到，總入元（玄）微。”

　　紀批（卷三十六）：“吴詩不傳，不知原唱之意，亦遂不甚解和之之意。
就文論文，筆力故爲超拔。”

書丹元子所示李太白真〔一〕

　　天人幾何同一漚〔二〕，謫仙非謫乃其遊〔三〕。麾斥八
極隘九州〔四〕，化爲兩鳥鳴相酬，一鳴一止三千秋〔五〕。開
元有道爲少留，麋之不可矧肯求〔六〕？西望太白横峨
岷〔七〕，眼高四海空無人。大兒汾陽中令君，小兒天台坐
忘身〔八〕。平生不識高將軍，手污吾足乃敢瞋〔九〕。作詩
一笑君應聞。

〔一〕元祐八年（一〇九三）作。丹元子，道士姚丹元。《避暑録話》卷
　　　上，記蘇軾“晚因王鞏又得姚丹元者，尤奇之，直以爲李太白所作，
　　　贈詩數十篇。姚本京師富人王氏子，不肖，爲父所逐，事建隆觀一
　　　道士。天資慧，因取道藏徧讀，或能成誦，又多得其方術丹藥。大

抵好大言,作詩間有放蕩奇譎語,故能成其説。浮沉淮南,屢易姓名,子瞻初不能辨也。"蘇軾另有《次丹元姚先生韻二首》、《丹元子示詩,飄飄然有謫仙風氣。吴傳正繼作,復次其韻》等。真,畫像。

〔二〕天人句:謂自然和人生皆短暫虚無,如同一個水泡旋生旋滅。一漚,見前《文登蓬萊閣下,石壁千丈……》詩注。

〔三〕謫仙句:謂李白是"仙"而非"謫",他不過偶遊人間而已。謫仙,李白,見前《有美堂暴雨》詩注。

〔四〕麾斥句:謂縱遊宇宙,以九州爲狹小。語出《莊子・田子方》:"夫至人者,上窺青天,下潛黄泉,揮斥八極,神氣不變。"麾斥,即揮斥,放縱、奔放。八極,最邊遠之處。隘,狹小,作動詞用。

〔五〕化爲二句:韓愈《雙鳥詩》:"雙鳥海外來,飛飛到中州。一鳥落城市,一鳥巢岩幽。不得相伴鳴,爾來三千秋";"天公怪兩鳥,各捉一處囚","還當三千秋,更起鳴相酬"。韓愈此詩,有指李杜、韓孟、佛老三説。(參看《珊瑚鈎詩話》卷一、《韻語陽秋》卷六等)蘇詩采第一説,以兩鳥相鳴喻李杜詩歌酬答,然難以再得。

〔六〕開元二句:謂李白原以爲玄宗有道,才肯在宫中稍作逗留;及至玄宗不過以詞臣籠絡而已,他便不願被羈;更何況乞求利禄?

〔七〕西望句:李白《蜀道難》:"西當太白有鳥道,可以横絶峨眉巔。"此用其語以寫李白"眼高無人"。太白,太白山,在陝西郿縣東南。岷山,在四川松潘縣北;峨眉山,在眉山縣南。岷山一支脈與峨眉山相連,故連稱峨岷或岷峨。

〔八〕大兒二句:《後漢書・禰衡傳》:禰衡自傲,"常稱曰:'大兒孔文舉(孔融),小兒楊德祖(楊修)。餘子碌碌,莫足數也。'"汾陽中令君,郭子儀,曾封汾陽王,任中書令(中書令舊亦稱中令)。郭子儀在并州當兵時,"嘗犯法,白爲救免。"(見《新唐書・李白傳》)天台,指司馬子微。李白《大鵬賦序》:"余昔于江陵見天台司馬子微。謂余有仙風道骨,可與神游八極之表。"司馬子微又寫過《坐忘論》,講"坐忘安心之法,略成七條,以爲修道階次"(司馬子微《坐忘論序》)。

〔九〕平生二句：高將軍,高力士。他曾任右監門衞將軍、驃騎大將軍,
專擅朝政,連"帝(玄宗)或不名而呼將軍"。《新唐書·李白傳》：
李白"嘗侍帝(玄宗),醉,使高力士脫靴。力士素貴,恥之,摘其詩
以激楊貴妃。帝欲官白,妃輒沮止"。陳衍《宋詩精華録》卷二：
"末以嘻笑爲怒罵,語妙。"

【評箋】　宋何薳《春渚紀聞》卷六《太白胸次》條："士之所尚忠義氣
節,不以摛詞摘句爲勝。唐室宦官用事,呼吸之間,殺生隨之。李太白以
天挺之才,自結明主,意有所疾,殺身不顧。王舒公言：'太白人品污下,
詩中十句九句説婦人與酒。'至先生作太白贊,則云'開元有道爲少留,縻
之不可矧肯求',又云'平生不識高將軍,手污吾足乃敢嗔'。二公立論,
正似見二公胸次也。"

賀裳《載酒園詩話》："文人有一言使人升九天、墮九淵者,此類是也。
亦公自寫其傲岸之趣,却令太白生面重閗(開),勝《碑陰記》一段文字
遠甚。"

汪師韓《蘇詩選評箋釋》卷五："筆歌墨舞,實有手弄白日、頂摩青穹
之氣概,足爲白寫照矣。"

【附録】

此詩共十四句,句句用韻,前七句爲一韻,後七句爲另一韻,音節很
有特色。但有人認爲是兩首詩,如宋孫紹遠《聲畫集》卷一載此詩,自"西
望太白空峨岷"以下爲另一首,題即作《書丹元子所示李太白真二首》,查
慎行《補注東坡編年詩》卷三十七亦分作兩首,題同《聲畫集》;《古詩箋》
聞人倓按："詩本二首,向來刻本誤合爲一,今據查本分之。"(見《七言詩
歌行鈔》卷九)但有人認爲是一首,如《詩人玉屑》卷二《平頭換韻法》條引
釋惠洪《禁臠》云"一韻七句,方換韻,又是平聲,其法不得雙殺,雙殺者不
得此法也",定爲一首。紀批(卷三十七)："確是一首。若作兩首,一則短
促收不住,一則突兀無頭緒,兩不成詩矣。查注作兩首誤。"蘇軾另有《夜
夢》詩,共十三句,亦句句用韻,前六句一韻,後七句一韻,紀昀又批云(卷

215

四十一）：“前題太白像即此體。此體本之工部《大食刀歌》。觀此益知前分二首之非。”馮應榴《蘇文忠公詩合注》卷三十七亦云：“玩詩中起結，總括以一首爲是。”按，後説爲是。

南康望湖亭〔一〕

八月渡長湖〔二〕，蕭條萬象疎：秋風片帆急，暮靄一山孤。許國心猶在，康時術已虛〔三〕。岷峨家萬里，投老得歸無？

〔一〕題一作《望湖亭》。元祐八年八月，蘇軾被任爲定州（今河北定縣）知州。十月至定州。紹聖元年（一〇九四）閏四月，被貶爲英州（今廣東英德）知州；六月，再貶爲建昌軍（今江西南城）司馬、惠州（今廣東惠陽）安置；八月，三貶爲寧遠軍（今廣西容縣）節度副使、惠州安置。此詩作于八月過南康軍（今江西星子縣）時。

〔二〕長湖：即鄱陽湖。一作“重湖”。

〔三〕康時：即匡時，因避宋太祖趙匡胤諱改。

【評箋】 周煇《清波雜志》卷二：“紹興辛酉（一一四一），煇隨侍之鄱陽，至南康，揚瀾左蠡，失舟，老幼僅以身免。小泊沙際，俟易舟。信步至山椒，一寺軒名重湖，梁間一木牌，老僧指似，是乃蘇內翰留題。登榻觀之，即‘八月渡重湖……’詩已欲漫，尚可讀。僧云：以所處深險，人跡不到，故留至今。然律詩而用兩韻，叩于能詩者，曰：詩格不一，如李誠之送唐子方，亦兩押‘山、難’字韻，政不必拘也。而坡《岐亭詩》，凡二十六句而押六韻，或云無此格，韓退之有《雜詩》一篇，二十六句押六韻。”

紀批（卷三十八）：“但存唐人聲貌而無味可咀，此種最害事；而轉相神聖,自命曰高,或訾謷輒呭曰俗,蓋盛唐之說行而盛唐之真愈失矣。"

秧　馬　歌〔一〕

　　春雲濛濛雨淒淒,春秧欲老翠剡齊〔二〕。嗟我婦子行水泥,朝分一壠暮千畦。腰如箜篌首啄雞〔三〕,筋煩骨殆聲酸嘶。我有桐馬手自提,頭尻軒昂腹脅低。背如覆瓦去角圭〔四〕,以我兩足為四蹄。聳踊滑汰如鳧鷖〔五〕,纖纖束藁亦可齎。何用繁纓與月題〔六〕,朅從畦東走畦西。山城欲閉聞鼓鼙,忽作的盧躍檀溪〔七〕。歸來掛壁從高棲,了無芻秣飢不啼。少壯騎汝逮老齝,何曾蹙軼防顛隮〔八〕。錦韉公子朝金閨,笑我一生蹋牛犁,不知自有木駃騠〔九〕。

〔一〕詩前有長序云:"過廬陵(今江西吉安)見宣德郎致仕曾君安止,出所作《禾譜》,文既溫雅,事亦詳實,惜其有所缺,不譜農器也。予昔游武昌,見農夫皆騎秧馬。以榆棗為腹,欲其滑;以楸桐為背,欲其輕;腹如小舟,昂其首尾;背如覆瓦,以便兩髀雀躍于泥中;繫束藁其首以縛秧。日行千畦,較之傴僂而作者,勞佚相絕矣。《史記》'禹乘四載'(指陸、水、泥、山四種交通工具)'泥行乘橇'。解者曰:'橇形如箕,擿行泥上',豈秧馬之類乎?作《秧馬歌》一首,附于《禾譜》之末云。"紹聖元年(一〇九四)作。曾安止,字移忠,泰和人。其所著《禾譜》五卷,《宋史·藝文志四·農家類》有著錄,周必大《曾南大題(提)舉文集序》、《曾氏農器譜題辭》等文亦提及。周必大《跋東坡秧馬歌》云:"東坡蘇公年五十九,南遷過太和縣,作《秧馬歌》遺曾移忠,心聲心畫,惟意所適,如王湛騎難乘

馬于羊腸蟻封之間,姿容既妙,回策如縈,無異乎康莊,殆是得意
之作。既到嶺南,往往録示邑宰。"蘇軾自有《題秧馬歌後》文:"惠
州博羅縣令林君抃,勤民恤農,僕出此歌以示之。林君喜甚,躬率
田者製作閱試,以謂背雖當如覆瓦,然須起首尾如馬鞍狀,使前却
有力,今惠州民皆已施用,甚便。念浙中稻米幾半天下,獨未知
爲此。而僕又有薄田在陽羨,意欲以教之。適會衢州進士梁君琯
過我而西,乃得指示口授其詳,歸見張秉道可備言範式尺寸及乘
馭之狀,仍製一枚,傳之吴人,因以教陽羨兒子尤幸也。"

〔二〕剡(yǎn):形容稻苗頂端的尖削。杜甫《行官張望補稻畦水歸》:
"芊芊炯翠羽,剡剡生銀漢。"

〔三〕箜篌:古代撥弦樂器名,其竪式箜篌,體長而彎曲。

〔四〕角圭:棱角。

〔五〕汰:滑過。

〔六〕繁(pán)纓:亦作"樊纓",皆駕車之馬的帶飾。繁通"鞶",馬腹
帶;纓,即"靹",馬頸帶。〔月題〕馬絡頭。《莊子·馬蹄》:"夫加之
以衡扼,齊之以月題。"以其形如月故名。

〔七〕的盧:馬名。《三國志·蜀志·先主傳》裴松之注引《世語》:劉備
"所乘馬名的盧"。一次,劉備遇難騎的盧過襄陽城西檀溪時,墮
水中。劉備急呼,"的盧乃一踊三丈,遂得過"。此句謂騎秧馬跨
溝越渠而歸。

〔八〕少壯二句:謂使用者自少壯至老年,不曾跌交。言秧馬操作
安全。

〔九〕錦韉三句:金閨,金馬門的別稱。駃騠,良馬名。《史記·李斯列
傳》:"駿良駃騠,不實外厩。"此三句以調侃作結,謂貴公子策名
馬,坐華鞍,朝見内廷,笑我一輩子駕牛犁地;却不知我也有良馬,
只不過木制的罷了。

【評箋】　紀批(卷三十八):"奇器以奇語寫之,筆筆欲活。"

八月七日初入贛，過惶恐灘〔一〕

七千里外二毛人〔二〕，十八灘頭一葉身〔三〕。山憶喜歡勞遠夢〔四〕，地名惶恐泣孤臣〔五〕。長風送客添帆腹，積雨浮舟減石鱗〔六〕。便合與官充水手，此生何止略知津〔七〕。

〔一〕紹聖元年(一〇九四)八月七日蘇軾赴惠州途中始入贛江(指萬安縣以南一段，今江西南部)作此。

〔二〕七千里：指贛江至蘇軾故鄉的距離。〔二毛人〕頭髮黑白相間，指垂老之人。時作者五十九歲。

〔三〕十八灘：贛江從萬安到贛州，共有十八個灘。惶恐灘是其中最險惡的一個。《碧溪詩話》卷五：“柳(宗元)‘十一年前南渡客，四千里外北歸人’，又‘一身去國六千里，萬死投荒十二年’。蘇‘七千里外二毛人，十八灘頭一葉身’，黃(庭堅)‘五更歸夢三千里，一日思親十二時’，皆不約而合，句法使然故也。”

〔四〕山憶句：蘇軾自注：“蜀道有錯喜歡鋪，在大散關上。”意謂鄉夢縈迴，却是“錯喜歡”而已。

〔五〕地名句：意謂貶人悲泣，倍感“惶恐”。“錯喜歡”、“惶恐”兩地名都有雙關意味。惶恐灘，一說原名“黃公灘”。

〔六〕積雨句：石鱗，水流江底石上，波如魚鱗，故稱。此句謂久雨水漲，石沉深處，石鱗稀見。

〔七〕便合二句：謂長途舟行，豈僅知幾個渡口而已，滿可以充當老水手給官府駕船。言外指自己深諳仕途，歷練吏事，可以為皇朝效力。知津，典出《論語·微子》：記子路問路，長沮答語有“是知津矣”之句。《唐宋詩醇》卷四十：“‘充水手’者應是暗用何易于腰笏引舟事也。"據《新唐書·何易于傳》,何"爲益昌令。縣距州四十里,刺史崔朴常乘春與賓屬汎舟出益昌旁,索民挽繂,易于身引舟(孫樵《書何易于》作"腰笏引舟"),朴驚問狀,易于曰:'方春,百姓耕且蠶,惟令不事,可任其勞。'朴愧,與賓客疾驅去"。按,此事與本詩不切,《唐宋詩醇》所説不確。蘇軾另有《送段屯田分得"于"字》"腰笏不煩何易于"句,講"勸農使者"事,則切。紀批(卷三十八)評末句:"真而不俚,怨而不怒。"在《瀛奎律髓刊誤》卷四十三中紀昀又評:"結太盡。"

【評箋】 《昭昧詹言》卷二十:"此亦宋調,吾不取。"

十月二日初到惠州〔一〕

彷彿曾游豈夢中,欣然雞犬識新豐〔二〕。吏民驚怪坐何事,父老相攜迎此翁。蘇武豈知還漠北,管寧自欲老遼東〔三〕。嶺南萬户皆春色〔四〕,會有幽人客寓公〔五〕。

〔一〕紹聖元年(一○九四)作。

〔二〕欣然句:漢劉歆《西京雜記》卷二記劉邦之父居長安,思念故鄉;劉邦爲取悦他:"作新豐,并移舊社、衢巷棟宇,物色惟舊,士女老幼相攜路首,各知其室,放犬羊雞鴨于通塗,亦競識其家。"

〔三〕蘇武二句:蘇武事,見前《次前韻送劉景文》詩注。《三國志·魏志·管寧傳》,管寧"字幼安,北海朱虚人也"。又:"天下大亂,聞公孫度令行于海外,遂與(邴)原及平原王烈等至于遼東。度虚館以候之。既往見度,乃廬于山谷。時避難者多居郡南,而寧居北,示無遷志。""文帝(曹丕)即位,徵寧,遂將家屬浮海還郡。"裴松之

注引《傅子》云：“寧在遼東，積三十七年乃歸。”此兩典明謂無意北
還，老死惠州；但蘇武拘于匈奴十九年，終于返回漢朝，管寧亦“積
三十七年乃歸”，故兩典又含盼望最終北還之意。蘇軾後《海南人
不作寒食……》詩即有“管寧投老終歸去”句。劉禹錫《望賦》：“望
如何其望最傷！俟環玦兮思帝鄉。……豈止蘇武在胡，管寧浮
海。”亦兩典連用。紀批(卷三十八)：“二事俱不切。”其《瀛奎律
髓刊誤》卷四十三亦云“三句太淺，五六不切，不得以東坡之故
爲之詞”，所評未當，因用典常僅能取其一意，不能完全合拍甚
或等同。

〔四〕嶺南句：蘇軾自注：“嶺南萬戶酒。”酒常以“春”名，蘇軾《寓居合
江樓》“一杯付與羅浮春”。自注：“予家釀酒名羅浮春。”參看前
《西太一見王荆公舊詩偶次其韻二首》詩注。

〔五〕寓公：原指古代失去領地而寄居他地的貴族，後指閒居客地的官
僚等。此爲蘇軾自指，句謂該有高士來招我歡飲。

十一月二十六日松風亭
下梅花盛開〔一〕

春風嶺上淮南村，昔年梅花曾斷魂〔二〕。豈知流落復
相見，蠻風蜑雨愁黃昏〔三〕。長條半落荔支浦，臥樹獨秀
桃榔園。豈惟幽光留夜色，直恐冷艷排冬溫。松風亭下
荆棘裏，兩株玉蕊明朝暾〔四〕。海南仙雲嬌墮砌，月下縞
衣來叩門。酒醒夢覺起繞樹，妙意有在終無言。先生獨
飲勿歎息，幸有落月窺清尊〔五〕。

〔一〕紹聖元年(一○九四)作。松風亭，在惠州嘉祐寺附近。蘇軾有

《松風亭記》。

〔 二 〕昔年句：蘇軾自注："予昔赴黃州，春風嶺上見梅花，有兩絶句。
　　　明年正月，往岐亭道上，賦詩云：'去年今日關山路，細雨梅花正斷
　　　魂。'"兩絶句，指前《梅花二首》。"去年"兩句，見前《正月二十日
　　　往岐亭，郡人潘、古、郭三人送余于女王城東禪莊院》。《碧溪詩
　　　話》卷四："用自己詩爲故事，須作詩多者乃有之"，即舉蘇軾此例。

〔 三 〕蠻風蜑雨：惠州爲兄弟民族聚居之區，舊時賤視少數民族，蠻即
　　　其泛稱，蜑爲專名，即所謂"蜑子獠"。

〔 四 〕朝暾：初升的太陽，見前《王維吳道子畫》。

〔 五 〕月下幾句：託名柳宗元《龍城録》："隋開皇中，趙師雄遷羅浮。一
　　　日，天寒日暮，在醉醒間，因憩僕車于松林間，酒肆傍舍見一女人，
　　　淡妝素服，出迓師雄。時已昏黑，殘雪對月色微明。師雄喜之，與
　　　之語，但覺芳香襲人，語言極清麗。因與之叩酒家門，得數杯，相
　　　與飲。少頃，有一綠衣童來，笑歌戲舞，亦自可觀。頃醉寢，師雄
　　　亦懵然，但覺風寒相襲。久之，時東方已白，師雄起視，乃在大梅
　　　花樹下，上有翠羽啾嘈相須(顧)，月落參橫，但惆悵而爾。"舊注常
　　　引此事。但張邦基《墨莊漫録》卷二："近時傳一書曰《龍城録》，云
　　　柳子厚所作，非也。乃王銍性之僞爲之。其梅花鬼事，蓋遷就東
　　　坡詩'月黑林間逢縞袂'及'月落參橫'之句耳。"《朱子語類》卷一
　　　三八亦云："柳子厚《龍城録》乃王性之輩所作。"《容齋隨筆》卷十
　　　《梅花橫參》條云，此書"或以爲劉無言所作也。"

【評箋】 范正敏《遯齋閑覽》："凡詩之咏物，雖平淡巧麗不同，要能
以隨意造語爲工。東坡在嶺南有暾字韻詠梅詩，韻險而語工，非大手筆
不能到也。"

汪師韓《蘇詩選評箋釋》卷六："秀色孤姿，涉筆如融風彩靄。集中梅
花詩，有以清空入妙者，如和秦觀梅花詩云：'竹外一枝斜更好'是也；有
以使事傳神者，此詩'海南仙雲嬌墮砌，月下縞衣來扣門'是也。"

紀批(卷三十八)："朱晦庵極惡東坡，獨此詩屢和不已，豈晉人所謂

‘我見猶憐’也。”

贈王子直秀才〔一〕

萬里雲山一破裘，杖端閑挂百錢游〔二〕。五車書已留兒讀〔三〕，二頃田應爲鶴謀〔四〕。水底笙歌蛙兩部，山中奴婢橘千頭〔五〕。幅巾我欲相隨去，海上何人識故侯〔六〕。

〔一〕紹聖二年（一〇九五）作。王原，字子直，蘇軾在惠州的新交。

〔二〕杖端句：《晉書・阮修傳》，阮修，字宣子，“常步行，以百錢挂杖頭，至酒店，便獨酣暢”。

〔三〕五車書：《莊子・天下》：“惠施多方，其書五車。”舊時因稱讀書多爲“五車書”。

〔四〕二頃田：用蘇秦典故，見前《書王定國所藏煙江叠嶂圖》詩注。下“爲鶴謀”，王十朋注本卷十五引趙次公曰：“子直住鶴田山。”

〔五〕水底二句：《南史・孔稚珪傳》：“孔德彰門庭之内，草萊不翦，中有蛙鳴。或問之曰：‘欲爲陳蕃乎？’曰：‘我以此當兩部鼓吹，何必效蕃？’”山中句，見《水經注・沅水》：“又東歷龍陽縣之氾洲，洲長二十里，吳丹陽太守李衡植柑于其上，臨死，敕其子曰：‘吾州里有木奴千頭，不責衣食（不要求你供養他們的衣食），歲絹千匹。’”因稱柑橘樹爲“木奴”。（又見《三國志・吳志・三嗣主傳孫休傳》注引《襄陽記》、習鑿齒《襄陽耆舊傳》）此二句寫王子直住處有水蛙，有果樹。嚴有翼《藝苑雌黃》中《東坡詩用事之誤》條認爲此聯“誰不愛其語之工”，但《南史》原典并無“笙歌”之説，指爲誤用。《容齋隨筆・四筆》卷十六《嚴有翼詆坡公》條却認爲“以鼓吹爲笙歌，正是妙處。”《石林詩話》卷中：“蘇子瞻嘗兩用孔稚圭鳴蛙事，如

'水底笙簧蛙兩部,山中奴婢橘千頭',雖以'笙簧'易'鼓吹',不礙其意同。至'已遣亂蛙成兩部,更邀明月作三人'(按,見《次韻述古過周長官夜飲》詩),則'成兩部'不知謂何物? 亦是歇後。故用事寧與出處語小異而意同,不可盡牽出處語而意不顯也。"所論較上兩説爲允當。但對"成兩部"句,《庚溪詩話》卷下駁《石林詩話》云:"今按《孔稚珪傳》,珪不樂世務,門庭草萊不翦,中有蛙鳴。或問之,珪笑曰:'我以此當兩部鼓吹。'然則嘗觀此傳者,亦豈不知兩部爲何物哉? 若謂出處僻,人少有知者,則何待人之淺也。"

〔六〕故侯:蘇軾自稱。

【評箋】 汪師韓《蘇詩選評箋釋》卷六:"用詞多以數目字大小相形,清豔兩絶。"

四月十一日初食荔支〔一〕

　　南村諸楊北村盧,白華青葉冬不枯,垂黃綴紫煙雨裏,特與荔子爲先驅〔二〕。海山仙人絳羅襦,紅紗中單白玉膚〔三〕,不須更待妃子笑,風骨自是傾城姝〔四〕。不知天公有意無,遣此尤物生海隅〔五〕,雲山得伴松檜老,霜雪自困楂梨麄〔六〕。先生洗盞酌桂醑〔七〕,冰盤薦此顙虬珠〔八〕。似開江鰩斫玉柱,更洗河豚烹腹腴〔九〕。我生涉世本爲口,一官久矣輕蓴鱸〔一〇〕。人間何者非夢幻,南來萬里真良圖!

〔一〕紹聖二年(一〇九五)作。
〔二〕南村四句:蘇軾自注:"謂楊梅盧橘也。"盧橘,見前《真覺院有洛花……》詩注。南村四句先寫楊梅、盧橘以引出荔支本題。"先驅"，既指兩果早熟，兼指兩果不及荔支之美，僅處陪襯地位。《能改齋漫録》卷七："梁蕭惠開云：'南方之珍，惟荔支矣，其味絶美。楊梅、盧橘，自可投諸藩溷。'故東坡詩云：'南村諸楊北村盧'，'直與荔子爲先驅'。"

〔三〕海山二句：以仙女比荔支。蔡襄(君謨)《七月二十日食荔支》："絳衣仙子過中元，别葉空枝去不還。"中單，貼身的内衣。單，或作"襌(dān)"。白居易《荔支圖序》形容巴峽荔支，"殼如紅繒，膜如紫綃，瓤肉瑩白如冰雪"，可與蘇詩所寫參看。

〔四〕不須二句：謂荔支自有風韻，并不因楊貴妃酷嗜而聞名。妃子笑，杜牧《過華清宫絶句三首》其一："一騎紅塵妃子笑，無人知是荔支來。"李肇《唐國史補》卷上："楊貴妃生于蜀，好食荔支。南海所生，尤勝蜀者，故每歲飛馳以進，然方暑而熟，經宿則敗，後人皆不知之。"《資治通鑑》卷二一五胡三省注："自蘇軾諸人皆云此時荔支自涪州致之，非嶺南也。"傾城姝，《漢書·外戚傳上》：李夫人(漢武帝妃)兄李延年曾歌曰："北方有佳人，絶世而獨立。一顧傾人城，再顧傾人國。"

〔五〕尤物：突出優異的物品或人物，此指荔支。

〔六〕雲山二句：費袞《梁谿漫志》卷四《東坡荔支詩》條："東坡食荔支詩有云：'雲山得伴松檜老，霜雪自困楂棃粗。'常疑上句似汎，此老不應爾。後見習閱廣者云：自福州古田縣海口鎮至海南，凡宰上木，松檜之外，悉雜植荔支，取其枝葉蔭覆，彌望不絶，此所以有'伴松檜'之語也。"楂，即"樝"字，山楂。兩句謂荔支生于南方雲山之鄉，得與松檜同長，不像北方之山楂、梨子因困于霜雪而果質粗糙。

〔七〕桂醑(xǔ)：桂花酒。

〔八〕赬(chēng)虬：赤龍。

〔九〕似開二句：謂荔支味美猶如江鰩柱、河豚腹。蘇軾自注："予嘗謂荔支厚味、高格兩絶，果中無比，惟江鰩柱、河豚魚近之耳。""似開", 一作"似聞"。江鰩柱, 即今"乾貝"的一種, 由江鰩貝閉壳肌制成的名貴海味。鰩, 或作瑤、珧。《能改齋漫録》卷十五:"紹聖三年, 始詔福、唐與明州歲貢車螯肉柱五十斤, 俗謂之'紅蜜丁', 東坡所傳'江瑶柱'是也。"腹腴, 魚腹下之肥肉。《本草綱目》卷四十四《河豚》條云:"彼人春月甚珍貴之, 尤重其腹腴, 呼爲西施乳。"另參看《能改齋漫録》卷七《腹腴》條。

〔一〇〕一官句:《世説新語·識鑒》:"張季鷹辟齊王東曹掾, 在洛, 見秋風起, 因思吳中菰菜羹、鱸魚膾, 曰:'人生貴得適意爾, 何能羈宦數千里以要名爵?'遂命駕便歸。"(《晉書·張翰傳》作"菰菜、蓴羹、鱸魚膾")

　　【評箋】　汪師韓《蘇詩選評箋釋》卷六:"絳羅紅紗語, 不露刻鏤之迹, 而形容備至, 可謂約而盡矣。江鰩河豚之比, 特以其同爲異味, 非有深意。"

　　紀批(卷三十九):評開端:"生香真色湧現毫端, 非此筆不能寫此果。"評結尾:"結乃無聊中自慰之語, 宋人詩話以失之太豪少之, 所謂以詞害意, 食荔支何由攙入省愆悔過語耶?"

荔　支　嘆

　　十里一置飛塵灰, 五里一堠兵火催〔一〕, 顛阬仆谷相枕藉〔二〕, 知是荔支龍眼來〔三〕。飛車跨山鶻橫海〔四〕, 風枝露葉如新採, 宮中美人一破顏〔五〕, 驚塵濺血流千載。永元荔支來交州, 天寶歲貢取之涪, 至今欲食林甫肉, 無人舉觴酹伯游〔六〕。我願天公憐赤子, 莫生尤物爲瘡痏〔七〕, 雨順風調百穀登, 民不飢寒爲上瑞〔八〕。君不見武夷溪邊粟粒芽，前丁後蔡相籠加〔九〕，争新買寵各出意，今年鬬品充官茶〔一〇〕。吾君所乏豈此物？致養口體何陋耶！洛陽相君忠孝家，可憐亦進姚黄花〔一一〕！

〔一〕置、堠：古代驛站。堠（hòu），原爲驛道上記里程的土堆。

〔二〕枕藉：形容尸體交雜重叠。

〔三〕龍眼：即桂圓。

〔四〕鶻（hú）：指海船。一説指隼鳥，句謂車子飛快過山，猶如隼鳥飛越大海之迅速。因漢唐荔支不從水路進貢，不用海船；且承上四句亦是陸行，故後説較勝。

〔五〕宫中美人：指楊貴妃，見前首詩注。以上八句，“十里”四句言漢和帝時交州進荔支；“飛車”四句言唐玄宗時涪州貢荔支。詳下。

〔六〕永元四句：蘇軾自注：“漢永元中，交州進荔支、龍眼，十里一置，五里一堠，奔騰死亡，罹猛獸毒蟲之害者無數。唐羌字伯游，爲臨武長，上書言狀，和帝罷之。唐天寶中，蓋取涪州荔支，自子午谷路進入。”永元（八九——一〇四），漢和帝劉肇的年號。《後漢書・和帝紀》注引謝承《後漢書》：唐羌《上書陳交阯獻龍眼荔支事狀》：“伏見交阯七郡獻生龍眼等，鳥驚風發。南州土地惡蟲猛獸不絶於路，至于觸犯死亡之害；死者不可復生，來者猶可救也。此二物升殿，未必延年益壽。”涪，涪州，今重慶涪陵。《能改齋漫録》卷十五《貢荔支地》條，引《涪州圖經》及詢土人，考定涪州有“妃子園荔支”。李林甫在天寶時作宰相，向唐玄宗、楊貴妃諂媚求寵。

〔七〕尤物：指荔支和下面提到的茶、牡丹等。　　瘡痏（wěi）：瘡疤，猶言禍害。

〔八〕雨順二句：登，豐收。上瑞，最好的祥瑞。此二句，紀批（卷三十九）云：“二句凡猥，宜從集本删之。”王文誥《蘇文忠公詩編注集成》卷三十九：“此二句王本所有，他本亦有無者。紀曉嵐以爲誤增，非是。題既曰嘆，自應落到此二句，且轉韻歇處，非《虢國圖》前半用一韻可比。若痏可叶疣，其説尚可通，而疣痏音義全别，更

以後一段合全篇論之，其前必當有二仄韻，是曉嵐全未看清
楚也。”

〔 九 〕君不見二句：蘇軾自注：“大小龍茶，始於丁晉公，而成于蔡君謨。
歐陽永叔聞君謨進小龍團，驚嘆曰：‘君謨士人也，何至作此事
耶？’”丁、蔡，丁謂，官參知政事，封晉國公；蔡襄，字君謨，官知制
誥、知開封府、知杭州。籠加，籠裝加封。《苕溪詩話》卷五：“錢惟
演爲洛帥留守，始置驛貢花，識者鄙之。蔡君謨加法造小團茶貢
之。富彥國(蘇軾云歐陽修，不同)嘆曰：‘君謨乃爲此耶？’東坡作
《荔支嘆》云……”

〔一○〕今年句：蘇軾自注：“今年閩中監司乞進鬥茶，許之。”今年，紹聖
二年。鬥品，參加鬥茶的上品佳茗。官茶，進貢的茶。

〔一一〕洛陽二句：蘇軾自注：“洛陽貢花，自錢惟演始。”其《仇池筆記》卷
上亦云：“錢惟演作西京留守，始置驛貢洛花，識者鄙之，此宮妾愛
君之意也。”錢惟演爲吳越王錢俶之子。錢俶降宋，宋太宗許爲
“以忠孝保社稷”，卒謚“忠懿”，故稱“忠孝家”；錢惟演晚年以使相
留守西京洛陽，故稱“洛陽相君”。姚黃花，牡丹品種之一。歐陽
修《洛陽牡丹記·花釋名第二》：“姚黃者，千葉黃花，出于民姚氏
家。”參看前《真覺院有洛花……》詩注。

【評箋】 汪師韓《蘇詩選評箋釋》卷六：“‘君不見’一段，百端交集，
一篇之奇橫在此。詩本爲荔支發嘆，忽説到茶，又説到牡丹，其胸中鬱勃
有不可以已者，惟不可以已而言，斯至言至文也。”

查慎行《初白庵詩評》卷中：“耳聞目見，無不供我揮霍者。樂天諷諭
諸作，不過就題還題，那得如許開拓。”

紀批(卷三十九)：“貌不襲杜，而神似之，出没開合，純乎杜法。”

方東樹《昭昧詹言》卷十二：“起三句寫，有筆勢。四句倒入叙。‘永
元’句逆入叙，結上。‘我願’二句，删好。小物而原委詳備，所謂借題。
章法變化，筆勢騰擲，波瀾壯闊，真太史公之文。《鰒魚》不及多矣。”

章質夫送酒六壺，書至而酒
不達，戲作小詩問之〔一〕

　　白衣送酒舞淵明〔二〕，急掃風軒洗破觥。豈意青州六從事，化爲烏有一先生〔三〕。空煩左手持新蟹〔四〕，漫繞東籬嗅落英〔五〕。南海使君今北海，定分百榼餉春耕〔六〕。

〔一〕紹聖二年（一〇九五）作。章楶，字質夫，浦城人，時任廣州知州。《後山詩話》："東坡居惠，廣守月餽酒六壺，吏嘗跌而亡之，坡以詩謝曰：'不謂青州六從事，翻成烏有一先生。'"

〔二〕白衣句：晉檀道鸞《續晉陽秋》："陶潛九月九日無酒，于宅邊菊叢中，摘盈把，坐其側。望見白衣人，乃王弘（江州刺史）送酒，即便就酌而後歸。"王若虛《滹南詩話》卷二："東坡《章質夫惠酒不至》詩，有'白衣送酒舞淵明'之句，《苕溪詩話》云：'或疑舞字太過。及觀庾信答王褒餉酒云："未能扶畢卓，猶足舞王戎。"乃知有所本。'（按，見《苕溪詩話》卷八）予謂疑者但謂淵明身上不宜用耳，何論其所本哉？"

〔三〕豈意二句：《世説新語・術解》："桓公有主簿善別酒，有酒輒令先嘗，好者謂'青州從事'，惡者謂'平原督郵'。青州有齊郡，平原有鬲縣，從事言到臍，督郵言在鬲上住。"烏有先生，虛擬的人名，典出司馬相如《子虛賦》，見前《司竹監燒葦園，因召都巡檢柴貽勗左藏以其徒會獵園下》詩注。此一聯前人評述甚多。陳巖肖《庚溪詩話》卷下："古今以體物語，形于詩句，或以人事喻物，或以物喻人事"，至蘇軾此詩"豈意"二句，"則上下意相關，而語益奇矣。"吳曾《能改齋漫録》卷十《文貴自然》條，將此二句跟呂夢得、毛達可之《啓》比較，認爲此二句"渾然一意，無斧鑿痕，更覺其工。"《玉林

詩話》："天下未嘗無對，東坡以章質夫寄酒不至，作詩云：'豈意青
州六從事，化爲烏有一先生。'或以緑研寄楊誠齋，爲人以栢木簡
換去，誠齋用此意作詩謝云：'如何緑玉含風面，化作青銅溜雨
枝。'二事可爲奇對，亦善用坡詩也。"方回《瀛奎律髓》卷十九："青
州、烏有一聯，既切題；左手、東籬一聯，下'空煩''漫遶'四字，見
得酒不至也，善戲如此。"查慎行《初白庵詩評》卷下："承蜩弄丸
不足喻其巧妙。"以上皆稱贊者。汪師韓《蘇詩選評箋釋》卷六：
"青州烏有，偶然拈作對偶，集中尚有以'通印子魚'對'披錦黄
雀'，以'日斜庚子'對'歲在己辰'，并爲宋詩人所稱，其實軾詩
卓絶處不盡在此。"紀批（卷三十九）斥爲"纖而俚"，其《瀛奎律
髓刊誤》卷十九又云："亦是諧體，三四太俳，不及五六。"以上爲
非議者。

〔四〕空煩句：《世説新語・任誕》："畢茂世（畢卓）云：一手持蟹螯，一
手持酒杯，拍浮酒池中，便足了一生。"

〔五〕東籬：用陶淵明《飲酒二十首》其五"采菊東籬下，悠然見南山"
語。　　落英：用《離騷》"夕飡秋菊之落英"語。落英，初開之
花，一説落花。

〔六〕南海二句：南海使君，指章質夫。北海，指孔融，曾爲北海相。
《後漢書・孔融傳》："賓客日盈其（孔融）門。常嘆曰：'坐上客恒
滿，尊中酒不空，吾無憂矣。'"此謂章質夫如孔融之好客。百榼，
漢孔鮒《孔叢子》卷中《儒服》："平原君與子高飲，强子高酒曰：'昔
有遺諺：堯舜千鍾，孔子百觚，子路嗑嗑，尚飲百榼。'古之聖賢無
不能飲也，吾子何辭焉。"

食荔支二首〔一〕（選一）

羅浮山下四時春〔二〕，盧橘楊梅次第新〔三〕，日噉荔支

三百顆〔四〕，不辭長作嶺南人。

〔一〕原共二首，選第二首。此首七集本《續集》重收，題作《惠州一絕》。
　　紹聖三年（一〇九六）作。詩前有自序云：“惠州太守東堂，祠故相
　　陳文惠公，堂下有公手植荔支一株，郡人謂之將軍樹。今歲大熟，
　　賞（一作嘗）啖之餘，下逮吏卒。其高不可致者，縱猿取之。”陳堯
　　佐，字希元，仁宗朝參知政事，卒諡“文惠”。
〔二〕羅浮山：在廣東省東江北岸，增城、博羅、河源等縣之間，長百餘
　　公里。
〔三〕盧橘：見前《真覺院有洛花……》、《四月十一日初食荔支》詩注。
〔四〕啖：同“啗”，吃。

<h1 style="text-align:center">縱　　筆〔一〕</h1>

白頭蕭散滿霜風，小閣藤牀寄病容。報道先生春睡
美，道人輕打五更鐘〔二〕。

〔一〕紹聖四年（一〇九七）作。曾季貍《艇齋詩話》：“東坡海外上梁文
　　口號云：‘爲報先生春睡美，道人輕打五更鐘。’章子厚見之，遂再
　　貶儋耳（今海南島儋州市，宋時爲昌化軍，又改名南寧軍），以爲安
　　穩，故再遷也。”自《十月二日初到惠州》至本篇，皆作於惠州。
〔二〕蘇軾《僕年三十九在潤州道上過除夜作此詩，又二十年在惠州追
　　錄之以付過二首》其一：“寺官官小未朝參，紅日半窗春睡酣。爲
　　報鄰雞莫驚覺，更容殘夢到江南。”與此詩同一構思。

【評箋】　紀批（卷四十）：“此詩無所譏諷，竟亦賈禍，蓋失意之人作

曠達語,正是極牢騷耳。"

吾謫海南,子由雷州,被命即行,了不相知。至梧乃聞尚在藤也。旦夕當追及,作此詩示之〔一〕

九疑聯綿屬衡湘,蒼梧獨在天一方。孤城吹角煙樹裏,落日未落江蒼茫〔二〕。幽人抴枕坐歎息〔三〕,我行忽至舜所藏〔四〕。江邊父老能説子:"白鬚紅頰如君長〔五〕。"莫嫌瓊雷隔雲海,聖恩尚許遥相望。平生學道真實意,豈與窮達俱存亡〔六〕。天其以我爲箕子〔七〕,要使此意留要荒〔八〕。他年誰作輿地志,海南萬里真吾鄉。

〔 一 〕紹聖四年(一〇九七)四月,蘇軾再貶爲瓊州(今海南島海口市)別
駕、昌化軍(治所在儋縣)安置;蘇轍也自筠州貶爲化州(今廣東化
州縣)別駕、雷州(今廣東海康)安置。蘇軾于五月與蘇轍相遇于
藤州(今廣西藤縣),同行至雷州,六月相別渡海,七月十三日至貶
所。此詩乃蘇軾在梧州所作。七集本《續集》重收此詩,題作《寄
子由》;"吾謫海南"云云,乃詩之引。
〔 二 〕九疑四句:寫梧州的地理環境。九疑,九疑山,亦作九嶷山,又名
蒼梧山,綿亘在湖南南部、廣西北部一帶。《水經注·湘水》:九
疑山"蟠基蒼梧之野。",蒼梧郡即梧州。"落日",一作"落月"。
〔 三 〕幽人:有二義,一指隱逸之士,一指幽囚之人,此用後一義,蘇軾
自指,言被貶逐不得與聞世事。紀昀不解此義,反譏蘇詩所用不
當:"屢稱'幽人',其實非謫宦之稱。"(卷四十一)參閱詞選《卜算
子·黄州定慧院寓居作》"幽人"條注。

〔四〕舜所藏：梧州爲舜所葬之地。《史記・五帝本紀》：舜“南巡狩，崩
　　　于蒼梧之野，葬于江南九疑。”

〔五〕江邊二句：謂江邊父老對蘇軾說起蘇轍的面貌和身材。長，體
　　　高。紀批(卷四十一)：“入得飄忽，凡手定有數行轉折。”

〔六〕平生二句：《韻語陽秋》卷十一：“白樂天號爲知理者，而于仕宦升
　　　沉之際，悲喜輒繫之。……東坡謫瓊州有詩云：‘平生學道真實
　　　意，豈與窮達俱存亡’，要當如是爾。”真實意，佛教用語，指離迷
　　　情，絕虛妄。又有四種“真實義”。參見前《琴詩》注。

〔七〕箕子：商代貴族。商亡後，“武王封箕子于朝鮮，箕子教以禮義田
　　　蠶，又制八條之教(八條刑法)”(《後漢書・東夷列傳・濊國》)。
　　　此作者自喻，但僅取僻居邊遠之義。

〔八〕要荒：要服、荒服。古代王都之外，以距離遠近分爲甸服、侯服、
　　　綏服、要服、荒服五等，稱五服。要服、荒服，距離最遠。見《尚
　　　書・禹貢》。

【評箋】　汪師韓《蘇詩選評箋釋》卷六：“水天景色，離合情懷，一種
纏綿悱惻之情，極排解乃極沉痛。”

行瓊儋間，肩輿坐睡，夢中得句云：　　“千山動鱗甲，萬谷酣笙鐘。”覺而　　遇清風急雨，戲作此數句〔一〕

四州環一島〔二〕，百洞蟠其中〔三〕，我行西北隅，如度
月半弓〔四〕。登高望中原，但見積水空，此生當安歸？四
顧真途窮〔五〕！眇觀大瀛海，坐詠談天翁〔六〕，茫茫太倉
中，一米誰雌雄〔七〕。幽懷忽破散，永嘯來天風，千山動鱗

甲，萬谷酣笙鐘〔八〕。安知非羣仙，鈞天宴未終〔九〕，喜我歸有期，舉酒屬青童〔一〇〕。急雨豈無意，催詩走羣龍〔一一〕，夢雲忽變色，笑電亦改容〔一二〕。應怪東坡老，顏衰語徒工，久矣此妙聲〔一三〕，不聞蓬萊宮。

〔 一 〕紹聖四年(一〇九七)作。

〔 二 〕四州：指瓊州、崖州、儋州、萬安州(宋熙寧時改爲軍，今萬寧縣)。

〔 三 〕百洞句：指海南島中央的五指山，洞穴盤結。

〔 四 〕我行二句：蘇軾渡海登海南島後，從瓊州往西折南至儋州貶地，猶如走過月牙形。《苕溪漁隱叢話·後集》卷二十九：“大率東坡每題詠景物，於長篇中只篇首四句，便能寫盡，語仍快健。”引例有此詩首四句。

〔 五 〕登高四句：參看朱弁《曲洧舊聞》卷五：“東坡在儋耳，因試筆嘗自書云：‘吾始至南海，環視天水無際，悽然傷之曰：“何時得出此島耶？”已而思之，天地在積水中，九州在大瀛海中，中國在少海中，有生孰不在島者。……’”開端八句寫海南地理環境及所引起的感慨。

〔 六 〕大瀛海：圍繞九州的大海。《史記·孟子荀卿列傳》：騶衍謂“中國名曰赤縣神州。赤縣神州內自有九州，禹之序九州是也。不得爲州數。中國外如赤縣神州者九，乃所謂九州也。于是有裨海(小海)環之，人民禽獸莫能相通者，如一區中者，乃爲一州。如此者九，乃有大瀛海環其外，天地之際焉”。下“談天翁”即鄒(騶)衍，有“談天衍”之稱。

〔 七 〕茫茫二句：《老學庵筆記》卷五：“晁子止云：曾見東坡手書‘四州環一島’詩，其間‘茫茫太倉中’一句，乃‘區區魏中梁’，不知果否？”按，此二句用《莊子·秋水》記北海若語：“計中國之在海內，不似稊米之在太倉乎？”則以作“茫茫太倉中”爲是。按，“魏中梁”典出《莊子·則陽》：“通達之中有魏，于魏中有梁，于梁中有王，王與蠻氏有辯乎？”“眇觀”四句承“四顧真途窮”，繼續抒寫“幽懷”。

以下轉寫"清風急雨"。

〔八〕千山二句：《苕溪漁隱叢話・前集》卷四十二解釋此二句云："蓋風來則千山草木皆動，如動鱗甲；萬谷號呼有聲，如酣笙鐘耳。"是。

〔九〕安知二句：《列子・周穆王》記周穆王到化人（幻化人）之宮，"王實以爲清都、紫微、鈞天、廣樂，帝之所居"。《史記・扁鵲倉公列傳》記趙簡子疾不知人，既寤，曰："我之帝所甚樂，與百神游于鈞天，廣樂九奏萬舞，不類三代之樂，其聲動心。"（又見《史記・趙世家》）鈞天，天之中央；鈞天廣樂，天上的音樂。

〔一〇〕青童：青童君，神仙名。屬，屬酒，勸酒。

〔一一〕急雨二句：急雨意在催詩，見前《有美堂暴雨》詩注。

〔一二〕夢雲、笑電：錢鍾書先生《管錐編》第四冊《擬雲于夢》條："蘇軾上句用字出宋玉《高唐賦》，以狀雲之如夢；下句用字出東方朔《神異經》：'天爲之笑'，張華注：'言"笑"者，天口落火烙灼，今天不雨而有電光'，以狀電之如笑。祇究來歷典雅而不識揣稱工切，便抹撥作者苦心。"并指出此爲"抽象之形象"的修辭手法。所論精當。

〔一三〕妙聲：雙關：既指因風聲而聯想之鈞天廣樂，又暗指作者詩篇。

【評箋】　汪師韓《蘇詩選評箋釋》卷六："行荒遠僻陋之地，作騎龍弄鳳之思，一氣浩歌而出，天風浪浪，海山蒼蒼，足當司空圖'豪放'二字。"

紀批（卷四十一）："以杳冥詭異之詞，抒雄闊奇偉之氣，而不露圭角，不使粗豪，故爲上乘。""源出太白，而運以己法，不襲其貌，故能各有千古。"評"登高"四句云："有此四句一頓挫，下半乃折宕有力。凡古詩長篇第一要知頓挫之法。"評"安知"幾句云："此一層又烘託得好。長篇須如此展拓，方不單薄。""結處兀傲得好。一路來勢既大，非此則收裹不住。"

儋　耳　山〔一〕

突兀隘空虛，他山總不如，君看道傍石〔二〕，盡是補

235

天餘〔三〕。

〔一〕《儋縣志·建置志八古迹》：“儋耳山，一名藤山，一名松林山，爲儋
　　　州主山，白玉蟾修煉于此。蘇軾詩：‘突兀隘空虛……’”按，《三孔
　　　先生清江文集》卷二十五孔武仲《題女媧山女媧廟二首》之二，亦
　　　爲此詩；郭祥正《青山集·續集》卷三，亦有《題女媧山女媧廟二
　　　首》，其二亦此詩。但王文誥《蘇文忠公詩編注集成》卷四十一認
　　　爲“此詩確爲公作”，下引《墨莊漫録》記蘇過語亦是一證。

〔二〕石：《墨莊漫録》卷一記叔黨（蘇過）云：“‘石’當作‘者’，傳寫之
　　　誤；一字不工，遂使全篇俱病。”

〔三〕盡是句：《列子·湯問》：“天地亦物也。物有不足，故昔者女媧氏
　　　練五色石以補其闕，斷鼇之足以立四極。”馮應榴《蘇文忠公詩合
　　　注》卷四十一引何焯云：“末二句自謂，亦兼指器之（劉安世，亦因
　　　政争被貶嶺南）諸人也。”

上元夜過赴儋守召，獨坐有感〔一〕

　　使君置酒莫相違，守舍何妨獨掩扉。静看月牕盤蜥
蜴，卧聞風幔落伊威〔二〕。燈花結盡吾猶夢〔三〕，香篆消時
汝欲歸〔四〕。搔首淒涼十年事，傳柑歸遺滿朝衣〔五〕。

〔一〕七集本《續集》重收此詩，題作《儋州上元過子赴使君會》。蘇軾題
　　　下自注：“戊寅歲。”即紹聖五年（一〇九八）。上元，正月十五日爲
　　　上元節，也叫“元宵節”。儋守，指張中，開封人。

〔二〕伊威：亦作“蚜蝛”，俗稱“濕生蟲”、“地鷄”、“地虱”，狀似地鼈蟲。

〔三〕燈花句：舊有燈花報喜之説。《西京雜記》：“樊噲問陸賈曰：‘自

古人君受命于天,云有瑞應,豈有是乎?'賈曰:'目瞤得酒食,燈花得錢財,乾鵲噪而行人至,蜘蛛集而百事喜,小既有徵,大亦宜然。'"此爲反用,謂燈花徒結,并無喜事來報,我猶在夢中。

〔四〕香篆:盤香的喻稱。也指盤香的煙縷。

〔五〕搔首二句:元祐八年(一○九三)上元節蘇軾任端明殿學士兼翰林侍讀學士、禮部尚書時,曾侍宴端門,有《上元侍飲樓上三首呈同列》其三:"歸來一點殘燈在,猶有傳柑遺細君。"細君,妻的代稱。《漢書·東方朔傳》:"歸遺細君,又何仁也!"顏師古注:"細君,朔妻之名。一説:細,小也。朔輒自比于諸侯,謂其妻曰小君。"此指蘇軾繼室王閏之,原配王弗之妹。結兩句因上元節而懷念六年前(詩中言"十年",係泛語)的往事。

海南人不作寒食,而以上巳上冢,予攜一瓢酒,尋諸生,皆出矣,獨老符秀才在,因與飲至醉,符蓋儋人之安貧守靜者也〔一〕

老鴉銜肉紙飛灰〔二〕,萬里家山安在哉?蒼耳林中太白過〔三〕,鹿門山下德公回〔四〕。管寧投老終歸去〔五〕,王式當年本不來〔六〕。記取城南上巳日,木棉花落刺桐開。

〔一〕紹聖五年(一○九八)作。上巳,古時以陰曆三月上旬巳日爲"上巳",魏晉後改爲三月三日。老符,符林。

〔二〕老鴉句:見前《寒食雨》詩注。

〔三〕蒼耳句:指李白及其《尋魯城北范居士,失道,落蒼耳中,見范置酒摘蒼耳作》。此以李白自喻。

〔四〕鹿門句：《後漢書·逸民傳》：“龐公者，南郡襄陽人也。居峴山之
　　　南，未嘗入城府”，“後遂攜其妻子登鹿門山，因采藥不反”。唐李
　　　賢注引《襄陽記》曰：“（司馬）德操年少德公十歲，兄事之，呼作龐
　　　公，故俗人遂謂龐公是德公名，非也。”此以德公喻符林。

〔五〕管寧句：見前《十月二日初到惠州》詩注。此以管寧自喻。

〔六〕王式句：《漢書·王式傳》王式被任爲博士，“諸大夫博士，共持酒
　　　肉勞式”，獨有博士江公妬忌王式，故意令人演奏《驪駒》表示逐
　　　客。王式不快，“讓諸生曰：‘我本不欲來，諸生强勸我，竟爲豎子
　　　所辱！’遂謝病免歸”。此以王式喻符林，謂是蘇軾主動找符林
　　　會飲。

【評箋】　方回《瀛奎律髓》卷十六：“坡詩間架宏大，不可步驟，豈許
用晦（許渾）四句裝景所可及與？此詩首尾四句言景，中四句用事，又未
若移易中間四句、兩用事兩言景爲佳也。”

馮舒駁云：“第二句亦不專景。詩本隨人作，只要文理通耳，何嘗有
情景硬局。”（《瀛奎律髓》批語）

馮班駁云：“東坡無所不可，如此便板斂。”（同上）

紀昀《瀛奎律髓刊誤》卷十六駁云：“前後景而中言情，正是變化。此
以板法律東坡，與前後所説自相矛盾。”又云：“四句古人名，礙格。”（又見
紀批《蘇文忠公詩集》卷四十二）

和陶擬古九首〔一〕（選一）

　　有客叩我門，繫馬門前柳〔二〕。庭空鳥雀散，門閉客
立久。主人枕書卧〔三〕，夢我平生友。忽聞剥啄聲〔四〕，驚
散一杯酒。倒裳起謝客，夢覺兩愧負。坐談雜今古，不答

顏愈厚〔五〕。問我何處來，我來無何有〔六〕！

〔一〕蘇軾在元祐七年于揚州始作《和陶飲酒二十首》，後在惠州、儋州
　　　“盡和其詩”（《和陶歸園田居六首》小引），共一百多首。今選《和
　　　陶擬古九首》其一，以見一斑。黃庭堅《跋子瞻和陶詩》云：“子瞻
　　　謫嶺南，時宰欲殺之。飽吃惠州飯，細和淵明詩。彭澤千載人，東
　　　坡百世士，出處雖不同，風味乃相似。”關于“和陶詩”的評價，歷來
　　　亦有不同。蘇轍《子瞻和陶淵明詩集引》：“東坡先生謫居儋耳”，
　　　“獨喜爲詩，精深華妙，不見老人衰憊之氣。是時轍亦遷海康，書
　　　來告曰：‘古之詩人有擬古之作矣，未有追和古人者也。追和古人
　　　則始于東坡。吾于詩人無所甚好，獨好淵明之詩。……吾前後和
　　　其詩，凡百數十篇，至其得意，自謂不甚愧淵明。’”又云，蘇軾貶
　　　後，“其學日進，沛然如川之方至，其詩比杜子美、李太白爲有餘，
　　　遂與淵明比轍”。洪邁《容齋隨筆·三筆》卷三《東坡和陶詩》條引
　　　本詩，謂與陶潛原作，“二者金石合奏，如出一手，何止子由所謂遂
　　　與比轍者哉！”王若虛《滹南詩話》卷中：“東坡和陶詩，或謂其終不
　　　近，或以爲實過之，是皆非所當論也。渠亦因彼之意以見吾意云
　　　爾，曷嘗心競而較其勝劣邪！故但觀其眼目旨趣之何如，則可
　　　矣。”王説持平有據。他又批評蘇軾“集中次韻者幾三之一，雖窮
　　　極技巧，傾動一時，而害于天全者多矣。使蘇公而無此，其去古人
　　　何遠哉！”亦擊中要害。
〔二〕繫馬句：用白居易《留李固言詩》“繫馬門前樹”成句。
〔三〕枕書臥：白居易《秘書後廳》：“白頭老監枕書眠。”蘇軾《孔毅父以
　　　詩戒飲酒，問買田且乞墨竹，次其韻》：“枕書睡熟呼不起。”
〔四〕剝啄聲：敲門聲。韓愈《剝啄行》：“剝剝啄啄，有客至門，我不出
　　　應，客去而嗔。”蘇軾《次韻黃魯直寄題郭明父府推穎州西齋二首》
　　　其一：“樹頭啄木常疑客。”
〔五〕不答句：《詩·小雅·巧言》：“巧言如簧，顏之厚矣。”此反用
　　　其意。

〔六〕問我二句：無何有，典出《莊子·應帝王》，見前《次韻王定國南遷回見寄》詩注。紀批(卷四十二)：“結二句調用劉隨州。然劉語覺峭拔，此覺近佻，非古人淳厚氣象。由全篇體格不同也。”

　　【評箋】　王文誥《蘇文忠公詩編注集成》卷四十一：“在《文選》諸賦奪胎，脱净《客嘲》《賓戲》之跡。”

被酒獨行，徧至子雲、威、徽、先覺
四黎之舍三首〔一〕（選二）

　　半醒半醉問諸黎〔二〕，竹刺藤梢步步迷，但尋牛矢覓歸路〔三〕，家在牛欄西復西。

　　總角黎家三四童〔四〕，口吹葱葉送迎翁。莫作天涯萬里意，谿邊自有舞雩風〔五〕。

〔一〕原共三首，選第一、二首。元符二年(一〇九九)作。
〔二〕諸黎：即指子雲、威、徽、先覺四位黎姓友人。
〔三〕牛矢：牛糞。紀批(卷四十二)：“牛矢字俚甚。”王文誥《蘇文忠公詩編注集成》卷四十二駁云：“此儋州記事詩之絶佳者，要知公當此時必無‘令嚴鐘鼓三更月’(蘇軾《次韻穆父尚書侍祠郊丘，瞻望天光，退而相慶引滿醉吟》詩句)之句也。曉嵐不取此詩，其意與不喜‘鴨與猪’、‘命如鷄’等句相似，皆囿於偏見，不能自廣耳。《左傳·文公十八年》‘埋之馬矢之中’，《史記·廉頗傳》‘一飯三遺矢’，凡此類古人皆據事直書，未嘗以‘矢’字爲穢，代之以文言也。記事詩與史傳等，當據事直書處，正復以他字替代不得。”所駁甚是。

〔四〕總角：古代兒童髮式，左右兩邊各扎一小髻，略如今之小辮而短。

〔五〕舞雩：《論語・先進》記曾點以“浴乎沂，風乎舞雩，咏而歸”爲志向。舞雩，古代祭天求雨之處（祭雨時因有樂舞，故名）。

倦　　夜〔一〕

倦枕厭長夜，小窗終未明。孤村一犬吠，殘月幾人行。衰鬢久已白，旅懷空自清。荒園有絡緯，虛織竟何成〔二〕！

〔一〕元符二年（一〇九九）作。

〔二〕荒園二句：庾信《奉和賜曹美人》：“絡緯無機織。”孟郊《古樂府雜怨三首》其三：“暗蛩有虛織。”絡緯，羅願《爾雅翼・釋蟲二》：“莎鷄……一名‘絡緯’，今俗人謂之‘絡絲娘’，蓋其鳴時又正當絡絲之候。”結兩句寄寓作者一生無所成就之慨。

【評箋】　查慎行《初白庵詩評》卷中：“通首俱得少陵神味。”

紀批（卷四十二）：“結有意致，遂令通體俱有歸宿，若非此結，則成空調。”

縱　筆　三　首〔一〕

寂寂東坡一病翁，白鬚蕭散滿霜風〔二〕，小兒誤喜朱顔在，一笑那知是酒紅〔三〕！

父老爭看烏角巾,應緣曾現宰官身〔四〕。溪邊古路三
叉口〔五〕,獨立斜陽數過人。

北船不到米如珠,醉飽蕭條半月無。明日東家當祭
竈,隻雞斗酒定膰吾〔六〕。

〔一〕元符二年(一〇九九)底作。七集本《續集》重收此三詩,爲《儋耳
　　　四絶句》的第四、二、一首。

〔二〕白鬚句:此用惠州所作《縱筆》詩"白頭蕭散滿霜風"成句,改"頭"
　　　爲"鬚"。一本即作"頭"。蘇軾因該詩觸犯當權者而貶海南島;此
　　　時再用,可見其倔强。

〔三〕小兒二句:《冷齋夜話》卷一引黄庭堅論奪胎法,即舉此例:"樂天
　　　詩曰:'臨風杪秋樹,對酒長年身。醉貌如霜葉,雖紅不是春。'東
　　　坡南中作詩云:'兒童誤喜朱顔在,一笑那知是醉紅。'……皆奪胎
　　　法也。"《詩人玉屑》卷十八引《王直方詩話》云:"鄭谷有詩云:'衰
　　　鬢霜供白,愁顔酒借紅。'老杜有詩云:'髮少何勞白,顔衰肯更
　　　紅!'無己詩云:'髮短愁催白,顔衰酒借紅。'"皆語句"相類"。紀
　　　批(卷四十二):"嘆老意如此出之,語妙天下。"

〔四〕應緣句:謂做官不過是偶然因緣而已。宰官身,有官職的人。
　　　《妙法蓮華經‧妙音菩薩品》:"汝但見妙音菩薩,其身在此,而是
　　　菩薩,現種種身,處處爲諸衆生,説是經典。……或現居士身,或
　　　現宰官身。"《彦周詩話》:"李太白詩云:'問余何事栖碧山……'東
　　　坡嶺外詩云:'老父爭看烏角巾……'賀知章呼李白爲謫仙人,世
　　　傳東坡是戒禪師後身,僕竊信之。"宋何薳《春渚紀聞》卷一《坡谷
　　　前身》條云:"山谷初與東坡先生同見清老者。清語:坡前身爲五
　　　祖戒和尚。"查慎行注本卷四十二引此,云:"故嶺外詩云:'應緣曾
　　　現宰官身',豈真戒禪師後身耶!"又參看《冷齋夜話》卷七。

〔五〕溪邊句:王文誥《蘇文忠公詩編注集成》卷四十二:"此三首之第
　　　三句,皆于極平淡中,陡然而出,而此句尤奇突,殊不知'爭看'二

字,已安根矣。三首皆弄此手法。”

〔六〕膰(fán)：舊時祭祀用的烤肉。這裏作動詞用。

【評箋】　王文誥《蘇文忠公詩編注集成》卷四十二：“此三首平淡之極,却有無限作用在内,未易以情景論也。”

庚辰歲人日作,時聞黄河已復北流,老臣舊數論此,今斯言乃驗二首〔一〕(選一)

老去仍棲隔海村,夢中時見作詩孫〔二〕。天涯已慣逢人日,歸路猶欣過鬼門〔三〕。三策已應思賈讓〔四〕,孤忠終未赦虞翻〔五〕。典衣剩買河源米〔六〕,屈指新蒭作上元〔七〕。

〔一〕原共二首,選第一首。元符三年(一一〇〇)作。人日,陰曆正月初七。熙寧十年,黄河決口,水退後黄河改道北流,原東流填淤。元祐時,朝廷討論治河法,有“塞”“疏”兩派：塞派主張仍讓黄河東流;疏派主張讓黄河北流。蘇軾主張“疏”,他在元祐三年九月任翰林學士、朝奉郎、知制誥兼侍讀,上《述災沴論賞罰及修河事繳進歐陽修議狀劄子》：“黄河自天禧(宋真宗年號)已來,故道漸以淤塞,每決而西,以就下耳。熙寧中,決于曹村,先帝(神宗)盡力塞之;不及數年,遂決小吳。先帝聖神,知河之欲西北行也久矣,今强塞之,縱獲目前之安,而旋踵復決,必然之勢也,故不復塞。”反對修復東流故道。但當時“塞派”占優勢,强使黄河東流。元符二年六月,黄河又在内黄決口,東流又斷,後復北流,故謂“斯言乃驗”。

〔 二 〕作詩孫：蘇軾族孫蘇符，字仲虎，能詩。

〔 三 〕鬼門：鬼門關，舊址在廣西北流縣西，界于北流、玉林兩縣間。古代爲通德欽、廉、雷、瓊和交趾的要衝，因多瘴癘，舊諺有“若度鬼門關，十去九不回”之稱。

〔 四 〕三策句：賈讓，漢哀帝時任待詔，曾上書言“治河有上中下策”。（《漢書・溝洫志》）紀批（卷四十三）云：“詩題中‘時聞’以下十九字，應注在‘三策’句下，若標于題中，則似爲此事而作，題與詩不相應矣。”（又見《瀛奎律髓刊誤》卷十六）

〔 五 〕孤忠句：《三國志・吴志・虞翻傳》，虞翻“性疎直，數有酒失”。孫權“積怒非一，遂徙翻交州（廣州）。雖處罪放，而講學不倦，門徒常數百人。又爲《老子》、《論語》、《國語》訓注，皆傳于世”。紀批：“五句非自譽語，乃冀幸語也。故不失忠厚之旨。”

〔 六 〕河源：河源縣屬惠州，當時産稻區。海南島無米。

〔 七 〕屈指句：謂準備新酒，迎接元宵節。蒭，濾酒的竹器，見前《和子由聞子瞻將如終南太平宫溪堂讀書》詩注。

【評箋】 方回《瀛奎律髓》卷十六：“前輩論詩文，謂子美夔州後詩，東坡嶺外文，老筆愈勝少作，而中年亦未若晚年也。”此詩“人日、鬼門之對固工，兩篇首尾雄渾”。

汲 江 煎 茶〔一〕

活水還須活火烹〔二〕，自臨釣石取深清：大瓢貯月歸春甕，小杓分江入夜瓶。雪乳已翻煎處脚〔三〕，松風忽作瀉時聲〔四〕。枯腸未易禁三椀〔五〕，坐聽荒城長短更〔六〕。

〔一〕元符三年(一一〇〇)作。

〔二〕活水句:《施注蘇詩》卷三十八有蘇軾自注云:"唐人云:茶須緩火炙,活火煎。"(此條自注又見《東坡七集本·後集》卷七,有的注本脫漏)按,此"唐人",指李約。見趙璘《因話錄》卷二:兵部員外郎李約"天性唯嗜茶,能自煎。謂人曰:'茶須緩火炙,活火煎。'活火謂炭火之焰者也"。但《陳輔之詩話》、《碧溪詩話》卷七引《因話錄》,作"茶須緩火炙,活水煎",把"活火"誤成"活水";且謂"坡有'活水還須緩火烹',恐亦用此",則又將蘇詩"活火"誤成"緩火"。活火,旺火。蘇軾《試院煎茶》"貴從活火發新泉",即此句意。

〔三〕雪乳:一作"茶雨"。查慎行謂:"別本作'茶乳',不如'雨'字更與'煎處脚'有關會。"〔脚〕茶脚。

〔四〕松風句:《試院煎茶》"颼颼欲作松風鳴",以松風喻水沸聲。

〔五〕枯腸句:盧仝《謝孟諫議寄新茶詩》:"一椀喉吻潤,二椀破孤悶。三椀搜枯腸,惟有文字五千卷。四椀發輕汗,平生不平事,盡向毛孔散。五椀肌骨清,六椀通仙靈。七椀吃不得也,惟覺兩腋習習清風生。"極寫新茶之美,蘇軾另有《游諸佛舍,一日飲釅茶七盞,戲書勤師壁》"且盡盧仝七椀茶"亦此意;此詩却謂如此佳茗却喝不了三碗,乃因身居異鄉的貶謫之感所致。

〔六〕長短更:王十朋注本卷十三引趙次公注:"言其摳數之寡者爲短,多者爲長也。"

【評箋】　楊萬里《誠齋詩話》:"東坡煎茶詩云:'活水還將活火烹,自臨釣石汲深清。'第二句七字而具五意:水清,一也;深處清,二也;石下之水,非有泥土,三也;石乃釣石,非尋常之石,四也;東坡自汲,非遣卒奴,五也。'大瓢貯月歸春甕,小杓分江入夜瓶',其狀水之清美極矣,'分江'二字,此尤難下。'雪乳已翻煎處脚,松風仍作瀉時聲',此倒語也,尤爲詩家妙法,即少陵'紅稻啄餘鸚鵡粒,碧梧棲老鳳凰枝'也。'枯腸未易禁三椀,臥聽山城長短更',又翻却盧仝公案。仝吃到七椀,坡不禁三椀,山城更漏無定,長短二字,有無窮之味。"

汪師韓《蘇詩選評箋釋》卷六:"舒促離合,若風湧雲飛,楊萬里輩曲爲疏解,似反失其趣詣。"

查慎行《初白庵詩評》卷下:"貯月分江,小中見大。""第六句對法不測。"

紀批(卷四十三):"細膩而出于脱灑。細膩詩易于黏滯,如此脱灑爲難。"

儋　　耳〔一〕

霹靂收威暮雨開〔二〕,獨憑闌檻倚崔嵬。垂天雌霓雲端下,快意雄風海上來〔三〕。野老已歌豐歲語,除書欲放逐臣回。殘年飽飯東坡老〔四〕,一壑能專萬事灰〔五〕。

〔 一 〕元符三年(一一〇〇)正月,哲宗死,徽宗即位。五月,蘇軾改移廉
　　　　州(今廣西合浦縣)安置。詩作于離儋州前。

〔 二 〕霹靂句:《新唐書・吳武陵傳》:吳武陵與工部侍郎孟簡書曰:"古
　　　　稱一世三十年,子厚之斥十二年,殆半世矣。霆砰電射,天怒也,
　　　　不能終朝。聖人在上,安有畢世而怒人臣邪?"此句暗用其意。

〔 三 〕垂天二句:雌霓,即霓,亦名副虹,雙虹中色彩淺淡的虹。《爾
　　　　雅・釋天》邢昺疏:"虹雙出,色鮮盛者爲雄,雄曰虹;暗者爲雌,雌
　　　　曰霓。"這裏即指虹,以與下"雄風"相對。雄風,語出宋玉《風賦》
　　　　"大王之雄風",引申爲涼爽之風,與"雌風"(温濕之風)相對。《昭
　　　　昧詹言》卷二十:"三四奇警。"

〔 四 〕殘年飽飯:用杜甫《病後過王倚飲贈歌》"但使殘年飽吃飯"句。

〔 五 〕一壑句:陸雲《逸民賦序》:"古之逸民,或輕天下,細萬物,而欲專
　　　　一丘之歡,擅一壑之美,豈不以身重于宇宙,而恬貴于紛華者哉?"

澄邁驛通潮閣二首〔一〕（選一）

　　餘生欲老海南村，帝遣巫陽招我魂〔二〕。杳杳天低鶻沒處：青山一髮是中原〔三〕。

〔一〕原共二首，選第二首。元符三年（一一〇〇）六月，蘇軾離儋州赴廉州，途經澄邁縣時所作。通潮閣，一名通明閣，在澄邁縣西，爲澄邁驛之閣。

〔二〕帝遣句：《楚辭・招魂》：“帝告巫陽（女巫名）曰：‘有人在下，我欲輔之。魂魄離散，汝筮予之。’”巫陽“乃下招曰：‘魂兮歸來！’”此以天帝喻朝廷，以招魂喻召還。

〔三〕杳杳二句：《苕溪漁隱叢話・後集》卷三十：“《澄邁驛通潮閣》詩云：‘杳杳天低鶻沒處，青山一髮是中原。’《伏波將軍廟碑》有云：‘南望連山，若有若無，杳杳一髮耳。’皆兩用之，其語偏奇，蓋得意也。”紀批（卷四十三）：“神來之筆。”

　　【評箋】　施補華《峴傭說詩》：“東坡七絕亦可愛，然趣多致多，而神韻卻少。‘水枕能令山俯仰，風船解與月徘徊’，致也。‘小兒誤喜朱顏在，一笑那知是酒紅’，趣也。獨‘餘生欲老海南村，帝遣巫陽招我魂。杳杳天低鶻沒處，青山一髮是中原’，則氣韻兩到，語帶沉雄，不可及也。”
　　陳衍《宋詩精華錄》卷二：“虞伯生題畫詩云‘青山一髮是江南’，全套此詩。”

六月二十日夜渡海〔一〕

　　參橫斗轉欲三更〔二〕，苦雨終風也解晴〔三〕。雲散月

明誰點綴？天容海色本澄清〔四〕。空餘魯叟乘桴意，粗識
軒轅奏樂聲〔五〕。九死南荒吾不恨，兹游奇絶冠平生。

〔一〕元符三年(一一〇〇)蘇軾渡瓊州海峽時所作。七集本《續集》重
　　　收此詩，題作《過海》。自《行瓊儋間，肩輿坐睡……》至本篇，皆作
　　　于海南島。

〔二〕參(shēn)横句：參、斗，兩星宿名，皆屬二十八宿。横、轉，指星座
　　　位置的移動。此句點出深夜時分。

〔三〕苦雨：久雨。　　　終風：終日刮的風，語出《詩·邶風·終風》：
　　　“終風且暴。”《毛傳》曰：“終日風爲終風。”但王引之《經義述聞》卷
　　　五引王念孫説，解爲“既風且暴”，是。蘇軾用《毛傳》訓義。

〔四〕雲散二句：《晉書·謝重傳》：“(謝重)爲會稽王道子驃騎長史。
　　　嘗因侍坐，于時月夜明净，道子嘆以爲佳。重率爾曰：‘意謂乃不
　　　如微雲點綴。’道子因戲重曰：‘卿居心不浄，乃復强欲滓穢太清
　　　邪？’”《東坡志林》卷八：“青天素月，固是人間一快。而或者乃云：
　　　不如微雲點綴。乃知居心不浄者，常欲滓穢太清。”可互參。此喻
　　　作者本來清白，政敵之誣陷猶如蔽月之浮雲，終已消散。

〔五〕空餘二句：上句語出《論語·公冶長》，見前《龜山》詩注；下句見
　　　《莊子·天運》記黄帝“張(演奏)《咸池》之樂于洞庭之野”，并借音
　　　樂説了一番老莊玄理。兩句意謂，現已渡海北返，不必嗟嘆“道”
　　　之不行，又從波濤聲聯想及黄帝奏樂，粗識老莊忘得失、齊榮辱的
　　　哲理。引起下句曠達語。

【評箋】　查慎行《初白庵詩評》卷下：“前半四句，俱用四字作叠而不
覺其板滯，由于氣充力厚，足以陶鑄鎔冶故也。”
　　　紀昀《瀛奎律髓刊誤》卷四十三：“前半純是比體，如此措辭，自無
痕迹。”

贈嶺上老人[一]

鶴骨霜髯心已灰，青松合抱手親栽。問翁大庾嶺頭住：曾見南遷幾箇回？

〔一〕元符三年(一一〇〇)七月，蘇軾抵廉州。八月遷舒州團練副使、永州安置。途中又復朝奉郎提舉成都玉局觀、在外州軍任便居住。蘇軾後擬住常州。建中靖國元年(一一〇一)正月度大庾嶺作此詩。宋曾敏行《獨醒雜志》卷二："東坡還至庾嶺上，少憩村店，有一老翁出問從者曰：'官爲誰？'曰：'蘇尚書。'翁曰：'是蘇子瞻歟？'曰：'是也。'乃前揖坡曰：'我聞人害公者百端，今日北歸，是天祐善人也。'東坡笑而謝之，因題一詩于壁間云。"查慎行《初白庵詩評》卷中："須溪評云：'不知是去時是歸時？'按子由和詩，知是歸時作。"蘇轍《子瞻贈嶺上老人次韻代老人答一絶》云："嶺頭盧老一爐灰，長短根荄各自栽。輕賤已消先世業，知君海上去仍回。"

次韻江晦叔二首[一](選一)

鐘鼓江南岸，歸來夢自驚。浮雲時事改[二]，孤月此心明。雨已傾盆落，詩仍翻水成[三]。二江爭送客[四]，木杪看橋橫。

〔一〕原共二首，選第二首。　　江公著，字晦叔，桐廬人。建中靖國初

爲虔州(今江西贛州)知州。蘇軾北歸經此,作此詩,時在建中靖
國元年(一一○一)。

〔 二 〕浮雲句:杜誦《哭長孫侍御》:“流水生涯盡,浮雲世事空。”

〔 三 〕詩仍句:韓愈《寄崔二十六立之》:“文如翻水成,初不用意爲。”此
用其字面;急雨催詩之意境在蘇詩中屢見,參看《有美堂暴雨》
詩注。

〔 四 〕二江:指江公著兄弟二人。

【評箋】 胡仔《苕溪漁隱叢話·後集》卷二十六:蘇軾“後自嶺外歸,
次韻江晦叔詩云:‘浮雲時事改,孤月此心明。’語意高妙,有如參禪悟道
之人,吐露胸襟,無一毫窒礙也”。

王應麟《困學紀聞》卷十八:“‘更無柳絮隨風舞,惟有葵花向日傾’,
可以見司馬公之心;‘浮雲世事改,孤月此心明’,見東坡公之心”。另一
條又引“浮雲”二句,謂“坡公晚年所造深矣”。

詞選

行香子

丹陽寄述古〔一〕

　　攜手江村，梅雪飄裙。情何限、處處銷魂。故人不見〔二〕，舊曲重聞。向望湖樓〔三〕，孤山寺〔四〕，湧金門〔五〕。　　尋常行處，題詩千首，繡羅衫與拂紅塵〔六〕。別來相憶，知是何人？有湖中月，江邊柳，隴頭雲〔七〕。

〔一〕題一作《冬思》。熙寧六年（一〇七三）十一月，蘇軾以杭州通判赴潤州（今江蘇鎮江）等地賑飢，元日過丹陽，此詞云"梅雪"，當是熙寧七年正月所作。南宋傅藻《東坡紀年録》謂作于"自京口還"時，則在是年六月，所説不確。陳襄，字述古，時爲杭州知州。

〔二〕故人：指蘇軾。此詞上片設想陳襄在杭州西湖冬游并懷念自己。亦對面寫法。

〔三〕望湖樓：見前《六月二十七日望湖樓醉書五絶》詩注。

〔四〕孤山寺：見前《臘日游孤山訪惠勤惠思二僧》詩注。

〔五〕湧金門：杭州西門，通向西湖。

〔六〕繡羅衫句：宋吳處厚《青箱雜記》卷六："世傳魏野嘗從萊公（寇準）游陝府僧舍，各有留題。後復同游，見萊公之詩已用碧紗籠護，而野詩獨否，塵昏滿壁。時有從行官妓，頗慧黠，即以袂就拂之。

野徐曰：‘若得常將紅袖拂，也應勝似碧紗籠。’萊公大笑。”此指蘇
軾在西湖各處的留題。

〔七〕湖中月三句：湖，西湖；江，錢塘江；隴，同壟，岡壟，指孤山。

昭 君 怨

金山送柳子玉〔一〕

誰作桓伊三弄〔二〕，驚破綠窗幽夢。新月與愁煙，滿
江天〔三〕。　　人欲去還不去，明日落花飛絮。飛絮送行
舟，水東流。

〔一〕題一作《送別》。熙寧七年(一〇七四)作。柳瑾，字子玉，吳人(一
　　　說丹徒人)，蘇軾的親戚。

〔二〕桓伊三弄：《晉書·桓伊傳》：“(桓伊)善音樂，盡一時之妙，爲江
　　　左第一。有蔡邕柯亭笛，常自吹之。王徽之赴召京師，泊舟青溪
　　　側。素不與徽之相識。伊于岸上過，船中客稱伊小字曰：‘此桓野
　　　王也。’徽之便令人謂伊曰：‘聞君善吹笛，試爲我一奏。’伊是時已
　　　貴顯，素聞徽之名，便下車，踞胡床，爲作三調，弄畢，便上車去。
　　　客主不交一言。”(又見《世說新語·任誕》)三弄，原義指全曲主題
　　　出現三次(但可有高低音等變化)；“桓伊三弄”即指“三調”，指吹
　　　了三個曲調。蘇詞僅謂聽見笛聲。

〔三〕新月二句：孟浩然《宿建德江》：“移舟泊煙渚，日暮客愁新。野曠
　　　天低樹，江清月近人。”意境相類。

蝶　戀　花

京口得鄉書〔一〕

　　雨後春容清更麗。只有離人，幽恨終難洗。北固山前三面水〔二〕，碧瓊梳擁青螺髻〔三〕。　　一紙鄉書來萬里。問我何年，真箇成歸計？回首送春拚一醉，東風吹破千行淚。

〔一〕題一作《送春》。熙寧七年(一○七四)作。京口，今江蘇鎮江。孫權曾在此建都，後遷建康，改設京口鎮。

〔二〕北固山：在鎮江東北，面臨長江。

〔三〕碧瓊句：碧瓊謂江水如櫛，青螺髻指山。唐陶雍《題君山》："應是水仙梳洗處，一螺青黛鏡中心。"辛棄疾《水龍吟·登建康賞心亭》："遙岑遠目，獻愁供恨，玉簪螺髻"，亦用女子髮髻喻山。

少　年　游

潤州作，代人寄遠〔一〕。

　　去年相送，餘杭門外，飛雪似楊花〔二〕。今年春盡，楊花似雪，猶不見還家〔三〕。　　對酒捲簾邀明月〔四〕，風露透窗紗。恰似姮娥憐雙燕，分明照、畫梁斜〔五〕。

〔一〕題一本無"代人寄遠"四字。王文誥《蘇詩總案》卷十一謂"寄遠"

　　只是託詞,實寫作者"行役未歸"之感,是。熙寧七年(一〇七
　　四)作。
〔 二 〕去年三句:指熙寧六年十一月蘇軾離杭去潤州等地賑飢事。餘
　　杭門,宋時杭州北門之一。
〔 三 〕猶不見以上六句:《詩·小雅·采薇》:"昔我往矣,楊柳依依;今
　　我來思,雨雪霏霏。"蘇詞亦仿此對比,但用意不同。
〔 四 〕邀明月:李白《月下獨酌》:"舉杯邀明月,對影成三人。"
〔 五 〕恰似三句:姮娥,嫦娥。照畫梁,語出宋玉《神女賦》:"其始來
　　也,耀乎若白日初出照屋梁。"李白因寂寞而邀明月作伴,蘇詞
　　亦邀明月,却説嫦娥獨憐雙燕,用光照它,而不憐自己,寫孤寂
　　更深一層。

醉　落　魄

離京口作〔一〕

　　輕雲微月,二更酒醒船初發。孤城回望蒼煙合,記
得歌時,不記歸時節〔二〕。　　巾偏扇墜藤床滑,覺來幽
夢無人説。此生飄蕩何時歇?家在西南,長作東
南別〔三〕。

〔 一 〕熙寧七年(一〇七四)作。
〔 二 〕不記句:李白《魯中都東樓醉起作》:"昨日東樓醉,還應倒接䍦。
　　阿誰扶上馬?不省下樓時。"晏幾道《蝶戀花》起句亦云:"醉別西
　　樓醒不記。"蘇詞構思與此相類。
〔 三 〕家在二句:蘇軾故鄉在四川,却在杭州做官,由西南而東南,此爲
　　一別;在東南三、四年(自熙寧三年至今)中,又常因事離杭去外

地,此又別中有別。

虞　美　人

有美堂贈述古〔一〕

湖山信是東南美〔二〕,一望彌千里。使君能得幾回來?便使樽前醉倒更徘徊。　　沙河塘裏燈初上〔三〕,水調誰家唱〔四〕?夜闌風靜欲歸時,惟有一江明月碧琉璃〔五〕。

〔一〕題一作《爲杭守陳述古作》。熙寧七年(一〇七四)七月,陳襄離杭州知州任,移守南都(今河南商丘),詞即作于此時。傅幹《注坡詞》云:“《本事集》云:陳述古守杭,已及瓜代,未交前數日,宴僚佐于有美堂。侵夜月色如練,前望浙江,後顧西湖,沙河塘正出其下,陳公慨然,請貳車蘇子瞻賦之,即席而就。”(轉引自《東坡樂府箋》卷一)有美堂,見前《有美堂暴雨》詩注。

〔二〕湖山句:魏萬《金陵酬李翰林謫仙子》:“湖山信爲美,王屋人相待。”

〔三〕沙河塘:在杭州城南,通錢塘江,宋時爲杭州繁華地區。

〔四〕水調:原爲唐代大曲。段安節《樂府雜錄》:“泊漁陽之亂,六宮星散,永新爲一士人所得。韋青避地廣陵,因月夜憑欄於小河之上,忽聞舟中唱《水調》者,曰:‘此永新故歌也。’”是《水調》唐時能傳唱。此即指《水調歌頭》,有蘇軾《南歌子》(山與歇眉斂)“誰家水調唱歌頭”句可證。

〔五〕琉璃:玻璃,喻水月交映的江面。

菩 薩 蠻

西湖送述古〔一〕

　　秋風湖上蕭蕭雨，使君欲去還留住。今日謾留君〔二〕，明朝愁殺人。　　　佳人千點淚，灑向長河水。不用斂雙蛾，路人啼更多〔三〕。

〔 一 〕題一作《西湖》。熙寧七年（一○七四）作。
〔 二 〕謾留君：謂欲留而無法留住。謾，徒然。
〔 三 〕路人句：謂杭州人民哭送陳襄去任。言外贊美陳襄政績。

南 鄉 子

送述古〔一〕

　　回首亂山橫，不見居人祇見城〔二〕。誰似臨平山上塔〔三〕，亭亭，迎客西來送客行。　　　歸路晚風清，一枕初寒夢不成。今夜殘燈斜照處，熒熒，秋雨晴時淚不晴。

〔 一 〕熙寧七年（一○七四）七月，蘇軾送陳襄至臨平（今杭州東北），舟中相別，詞即作于此時。
〔 二 〕不見句：歐陽詹《初發太原，途中寄太原所思》：“高城已不見，況復城中人”，謂城、人皆不見，此謂見城不見人，稍作曲折。
〔 三 〕臨平山上塔：蘇軾《次韻杭人裴惟甫》：“餘杭門外葉飛秋，尚記居人挽去舟。一別臨平山上塔，五年雲夢澤南州（即黃州）。”臨平塔時爲送別的標誌。

永　遇　樂

孫巨源以八月十五日離海州，坐別於景疏樓上；
既而與余會于潤州，至楚州乃別。余以十一月
十五日至海州，與太守會于景疏樓上，作此詞以
寄巨源〔一〕。

　　長憶別時，景疏樓上，明月如水。美酒清歌，留連不
住，月隨人千里〔二〕。別來三度〔三〕，孤光又滿，冷落共誰
同醉？捲珠簾、淒然顧影，共伊到明無寐。　　今朝有
客，來從瀨上，能道使君深意〔四〕。憑仗清淮，分明到海，
中有相思淚。而今何在？西垣清禁〔五〕，夜永露華侵被。
此時看、回廊曉月，也應暗記〔六〕。

〔一〕孫洙，字巨源，揚州人。因反對王安石新法，請求外任，知海州（今江
　　蘇連雲港市）。熙寧七年（一〇七四）八月十五日離海州赴京任修起
　　居注、知制誥。時蘇軾離杭州赴密州知州任，兩人會于潤州，蘇軾有
　　《采桑子》詞（詞序謂“潤州甘露寺多景樓，天下之殊景也。甲寅〔熙
　　寧七年〕仲冬，余同孫巨源、王正仲〔王存〕參會于此”）；同至楚州（今
　　江蘇淮安）相別，蘇軾有《更漏子·送孫巨源》詞。十一月蘇軾至海
　　州，與海州知州陳某（名失考，蘇軾有《次韻陳海州書懷》、《次韻陳海
　　州乘槎亭》詩）會于景疏樓，作此詞寄孫洙。則此詞應作于熙寧七年
　　十一月十五日。王文誥《蘇詩總案》卷十三謂作于八年正月，不確。
　　景疏樓，在海州東北。宋葉祖洽因景仰漢人二疏（疏廣、疏受，皆東
　　海人），建此樓。蘇軾《次韻孫巨源寄漣水李盛二著作并以見寄五
　　絕》其二：“高才晚歲終難進，勇退常年正急流。不獨二疏爲可慕，他
　　時當有景孫樓。”蘇軾自注：“巨源近離東海，郡有景疏樓。”

〔二〕長憶六句：設想孫洙當時離海州時情景。

〔三〕別來三度：指三次月圓。詞序中說，八月十五日孫洙“坐別于景疏樓上”，至十一月十五日蘇軾又在此樓作詞以寄，恰經三月。

〔四〕今朝三句：指有客從孫洙處來。瀡(suī)，水名，宋時自河南經安徽、入江蘇蕭縣流入泗水。使君，原作“史君”，指孫洙。

〔五〕西垣清禁：西垣，中書省(中央行政官署)別稱西臺、西掖、西垣。(門下省稱東臺，御史臺稱南臺)清禁，宮中。孫洙任修起居注、知制誥，在宮中辦公。

〔六〕此時看三句：設想孫洙在宮中月夜懷念自己。亦對面寫法。

蝶　戀　花

密州上元〔一〕

　　燈火錢塘三五夜〔二〕。明月如霜，照見人如畫。帳底吹笙香吐麝，更無一點塵隨馬〔三〕。　　寂寞山城人老也。擊鼓吹簫，却入農桑社〔四〕。火冷燈稀霜露下，昏昏雪意雲垂野〔五〕。

〔一〕熙寧八年(一〇七五)正月十五日作。

〔二〕燈火句：上片回憶杭州上元節的繁華情景。蘇軾于熙寧七年九月離杭州。三五，十五，即指正月十五日。

〔三〕更無句：寫街道清潔。反用蘇味道《正月十五夜》“暗塵隨馬去，明月逐人來”句。

〔四〕擊鼓二句：寫社祭，求豐年。《周禮》卷三《地官司徒·鼓人》：“以靈鼓(鼓名，有六面；一說指鼓數有六)鼓社祭。”(參看《周禮》卷六《春官宗伯·籥章》)

〔五〕昏昏句：謂天氣陰霾欲雪。

江　城　子

乙卯正月二十日夜記夢〔一〕

　　十年生死兩茫茫〔二〕。不思量，自難忘。千里孤墳，無處話淒涼。縱使相逢應不識，塵滿面，鬢如霜。　　夜來幽夢忽還鄉。小軒窗，正梳粧。相顧無言，唯有淚千行。料得年年腸斷處，明月夜，短松崗〔三〕。

〔一〕乙卯，熙寧八年（一〇七五）。作于密州。
〔二〕十年：蘇軾妻王弗卒于宋英宗治平二年（一〇六五），至作此詞時，正十年。
〔三〕料得三句：孟棨《本事詩·徵異》："開元中，有幽州衙將姓張者，妻孔氏，生五子，不幸去世。"五子受後母虐待，孔氏"忽于塚中出"，題詩贈張，其中有"欲知腸斷處，明月照孤墳"之句。短松崗，承前"千里孤墳"，指王弗墓地。蘇軾《亡妻王氏墓誌銘》："明年（治平三年）六月壬午，葬于眉之東北彭山縣安鎮鄉可龍里先君先夫人墓之西北八步。"

江　城　子

密州出獵〔一〕

　　老夫聊發少年狂。左牽黃，右擎蒼〔二〕。錦帽貂裘〔三〕，千騎卷平崗〔四〕。爲報傾城隨太守，親射虎，看孫郎〔五〕。 酒酣胸膽尚開張〔六〕。鬢微霜，又何妨！持節雲中、何日遣馮唐〔七〕？會挽彫弓如滿月，西北望，射天狼〔八〕。

〔一〕題一作《獵詞》。傅藻《東坡紀年録》："乙卯(熙寧八年)冬，祭常山回，與同官習射放鷹作。"蘇軾曾因旱去常山祈雨，後果得雨，再往常山祭謝。歸途中與同官梅户曹會獵于鐵溝。蘇軾另有《祭常山回小獵》詩。

〔二〕左牽黄二句：牽犬擎鷹，古人常用以表達打獵時的豪邁和快意。如《太平御覽》卷九二六《羽族部·鷹》引《史記》："李斯臨刑，思牽黄犬，臂蒼鷹，出上蔡東門，不可得矣。"(今《史記·李斯列傳》無"臂蒼鷹"句)崔駰《與竇憲牋》："今旦漢陽太守稜率吏卒數十人，皆臂鷹牽狗。"《梁書·張充傳》記張充"出獵，左手臂鷹，右手牽狗。"蘇軾《祭常山回小獵》詩亦有"趁兔蒼鷹掠地飛"句。

〔三〕錦帽貂裘：錦蒙帽、貂鼠裘，原爲漢羽林軍的裝束，此指蘇軾隨從。

〔四〕千騎(jì)：暗示知州身分，因古代"諸侯千乘"，知州略等于諸侯。騎，一人一騎的合稱。下"卷"，席卷，即圍獵之意。參看《祭常山回小獵》："青蓋前頭點皂旗，黄茅岡下出長圍。"

〔五〕爲報三句：傾城，全城的人。《詩·鄭風·叔于田》："叔于田，巷居無人"，亦言因畋獵而萬人空巷。此寫隨觀者之多。孫郎，指孫權。《三國志·吳書·吳主傳》："(建安)二十三年十月，權將如吳，親乘馬射虎于庱亭(今江蘇丹陽東)。馬爲虎所傷，權投以雙戟，虎却廢(倒退)，常從張世擊以戈，獲之。"此以孫權(郎爲少年男子的美稱)自比，承前"少年狂"。報，聯繫全句，有兩説：一、報答，爲報答全城人追隨盛意，看我親自射虎；二、報説，聽到報説，全城人皆跟隨來看我射虎。兩説均可通。

〔六〕尚：更加。

〔七〕持節二句：《史記·張釋之馮唐列傳》，載漢文帝時魏尚爲雲中太守，抵禦匈奴，頗有戰功。却因“坐上功首虜差六級（多報六個殺敵人數）”，被“下之吏，削其爵，罰作之”。馮唐向文帝勸諫，“文帝説（悦）。是日令馮唐持節赦魏尚，復以爲雲中守，而拜唐爲車騎都尉，主中尉及郡國車士。”節，符節，古代使者所持以作憑信。雲中，古郡名，治所在雲中（今内蒙古托克托東北）。此以魏尚自喻，希望得到朝廷信用，効力疆場。《祭常山回小獵》詩亦云：“聖明若用西涼簿，白羽猶能效一揮。”《烏臺詩案》記蘇軾自云：“意取西涼主簿謝艾事。艾本書生也，善能用兵，故以此自比。若用軾爲將，亦不減謝艾也。”（謝艾事，詳見《晉書·張重華傳》）與蘇詞以魏尚自比同意。

〔八〕天狼：星名，主侵掠等。《楚辭·九歌·東君》：“舉長矢兮射天狼。”從“西北望”看，指西夏；從寫作時間和地點看，此年七月，宋朝割地于遼，密州又處宋遼邊地，則天狼亦可兼指遼國。

【附録】

蘇軾《與鮮于子駿（侁）書》：“近却頗作小詞，雖無柳七郎（永）風味，亦自是一家，呵呵。數日前獵于郊外，所獲頗多，作得一闋，令東州（指密州）壯士抵掌頓足而歌之，吹笛擊鼓以爲節，頗壯觀也。寫呈取笑。”所云殆即此詞。

望江南

超然臺作〔一〕

春未老，風細柳斜斜。試上超然臺上看，半壕春水一城花〔二〕。煙雨暗千家。　　寒食後〔三〕，酒醒却咨嗟。

261

休對故人思故國〔四〕，且將新火試新茶〔五〕。詩酒趁年華。

〔 一 〕題一作《暮春》。蘇軾于熙寧七年十一月至密州，據其《超然臺記》，"處之期年"即八年底對園北舊臺"稍葺而新之"，并由蘇轍命名"超然"。此詞寫超然臺春景，當作于九年（一〇七六）。
〔 二 〕壕：指護城河。
〔 三 〕寒食：見前《寒食雨二首》詩注。寒食節與清明節相連，是舊俗掃墓之時，極易牽動鄉思。
〔 四 〕故國：指故鄉。
〔 五 〕新火：舊俗，寒食節不舉火，節後再舉火稱新火。杜甫《清明》："朝來新火起新煙，湖色春光淨客船。"蘇軾《徐使君分新火》："臨皋亭中一危坐，三見清明改新火。"下"新茶"，《苕溪漁隱叢話·前集》卷四十六引《學林新編》云："茶之佳品，造在社前；其次則火前，謂寒食前也；其下則雨前，謂穀雨前也。"此處新茶即指寒食前所采製的火前茶。

水 調 歌 頭

丙辰中秋，歡飲達旦，大醉，
作此篇兼懷子由〔一〕。

明月幾時有？把酒問青天〔二〕。不知天上宮闕，今夕是何年〔三〕。我欲乘風歸去，唯恐瓊樓玉宇，高處不勝寒〔四〕。起舞弄清影，何似在人間〔五〕！　　轉朱閣，低綺戶，照無眠〔六〕。不應有恨，何事長向別時圓〔七〕！人有悲歡離合，月有陰晴圓缺，此事古難全。但願人長久〔八〕，千里共嬋娟〔九〕。

〔一〕丙辰,熙寧九年(一〇七六)。

〔二〕明月二句:屈原《天問》:"天何所沓?十二焉分?日月安屬?列星安陳?"李白《把酒問月》:"青天有月來幾時?我今停杯一問之。"此用屈原之意,李白之語。

〔三〕今夕句:託名牛僧孺(或云,實韋瓘所作)《周秦行紀》:"香風引到大羅天,月地雲階拜洞仙。共道人間惆悵事,不知今夕是何年。"洪邁《容齋隨筆·續筆》卷十五《注書難》條,記紹興初,有傅洪秀才注蘇軾詞,不知此句出自《周秦行紀》。按,此句在中晚唐詩人中亦不少見,如戴叔倫《二靈寺守歲》"不知今夕是何年",呂巖《憶江南》(瑶池上)詞"不知今夕是何年"等。此承上"明月幾時有"之提問,進而問天上爲"何年"。

〔四〕我欲三句:瓊樓玉宇,指月宮。段成式《酉陽雜俎·前集》卷二:"翟天師名乾祐,峽中人。……曾于江岸與弟子數十玩月。或曰:'此中竟何有?'翟笑曰:'可隨吾指觀。'弟子中兩人見月規半天,瓊樓金闕滿焉。數息間,不復見。"另周密《癸辛雜識·前集》"游月宮"條記唐明皇游月宮事,亦可參看。不勝,禁受不住。此謂欲去月宮而畏寒不去,而其《念奴嬌·中秋》謂"便欲乘風,翻然歸去,何用騎鵬翼!水晶宮裏,一聲吹斷橫笛",則寫飛入月宮;其《中秋月寄子由三首》之一謂"天風不相哀,吹我落瓊宮",則寫從月宮降落。

〔五〕起舞二句:李白《月下獨酌》:"我歌月徘徊,我舞影零亂。"參看前《中秋月寄子由三首》詩注、《少年游·潤州作,代人寄遠》詞注。何似在人間,謂月下起舞,清影隨人,彷彿不像在人間了。即《鐵圍山叢談》所記:"坡爲起舞而顧問曰:'此便是神仙矣!'"《蓼園詞選》所説"彷彿神魂歸去,幾不知身在人間也"之意,詳見〔評箋〕。

〔六〕轉朱閣三句:寫月光移動照射,與其《中秋月寄子由三首》之一"徘徊巧相覓,窈窕穿房櫳"同意。低綺户,指月光低射進雕花的門窗。《苕溪漁隱叢話·前集》卷五十九:"先君嘗云:柳詞'鰲山綵構蓬萊島',當云'綵縆',坡詞'低綺户',當云'窺綺户'。兩字既改,其詞益佳。"其實蘇軾《洞仙歌》"綉簾開,一點明月窺人",已用"窺"字。照無眠,照無眠之人。一説照人無眠,照着有心事之人,使其不能入睡,亦可通。

〔七〕不應二句:司馬光《溫公詩話》:"李長吉歌'天若有情天亦老',人以爲奇絶無對。曼卿對'月如無恨月長圓',人以爲勍敵。"

〔八〕但願句:趙彥衛《雲麓漫鈔》卷四,謂曾見蘇軾真蹟,此句作"但得人長久",并云:"以此知前輩文章爲後人妄改亦多矣。"

〔九〕千里句:參看前《中秋月寄子由三首》詩注。此意在抒寫相思的古詩賦中常見,除前引謝莊《月賦》"美人邁兮音塵闕,隔千里兮共明月"外,還有如孟郊《古怨別》"別後唯所思,天涯共明月",許渾《懷江南同志》"唯應洞庭月,萬里共嬋娟",《秋霽寄遠》"唯應待明月,千里與君同"等。蘇軾《十二月十七日夜坐達曉寄子由》亦云:"雷州別駕應危坐,跨海清光與子分。"

【評箋】 蔡絛《鐵圍山叢談》卷三:"歌者袁綯,乃天寶之李龜年也。宣和間,供奉九重,嘗爲吾言:東坡公昔與客游金山,適中秋夕,天宇四垂,一碧無際,加江流頃湧。俄月色如晝,遂共登金山山頂之妙高臺,命綯歌其《水調歌頭》曰:'明月幾時有? 把酒問青天。'歌罷,坡爲起舞,而顧問曰:'此便是神仙矣!'吾謂文章人物,誠千載一時,後世安所得乎!"

《苕溪漁隱叢話·後集》卷三十九:"中秋詞,自東坡《水調歌頭》一出,餘詞盡廢。"

張炎《詞源》卷下:此詞"清空中有意趣,無筆力者未易到"。

《坡仙集外紀》:"蘇軾于中秋夜,宿金山寺,作《水調歌頭》寄子由云……神宗讀至'瓊樓玉宇'二句,乃嘆曰:'蘇軾終是愛君',即量移汝州。"(《歷代詩餘》卷一一五引。此條又見楊湜《古今詞話》引《歲時廣記》)

董毅《續詞選》卷一:"忠愛之言,惻然動人。神宗讀'瓊樓玉宇,高處不勝寒'之句,以爲終是愛君,宜矣。"

李治《敬齋古今黈》卷八:"東坡《水調歌頭》:'我欲乘風歸去,只恐瓊

264

樓玉宇,高處不勝寒。起舞弄清影,何似在人間。'一時詞手,多用此格。如魯直云:'我欲穿花尋路,直入白雲深處,浩氣展虹蜺。只恐花深裏,紅露濕人衣。'蓋效坡語也。近世閒閒老人(指趙秉文)亦云:'我欲騎鯨歸去,只恐神仙官府,嫌我醉時真。笑拍羣仙手,幾度夢中身。'"

卓人月《古今詞統》卷十二評此詞:"畫家大斧皴,書家擘窠體也。"

劉熙載《藝概》卷四:"詞以不犯本位爲高。東坡《滿庭芳》'老去君恩未報,空回首、彈鋏悲歌',語誠慷慨,然不若《水調歌頭》'我欲乘風歸去,又恐瓊樓玉宇,高處不勝寒',尤覺空靈蘊藉。"

先著《詞潔》卷三:"凡興象高即不爲字面礙。此詞前半自是天仙化人之筆,惟後半'悲歡離合'、'陰晴圓缺'等字,苛求者未免指此爲累。然再三讀去,摶捖運動,何損其佳?少陵《詠懷古迹》詩云:'支離東北風塵際,漂泊西南天地間',未常以'風塵'、'天地'、'西南'、'東北'等字窒塞,有傷是詩之妙。詩家最上一乘,固有以神行者矣,于詞何獨不然?"

黃蓼園《蓼園詞選》:"按通首只是詠月耳。前闋是見月思君,言天上宮闕,高不勝寒,但彷彿神魂歸去,幾不知身在人間也。次闋言月何不照人歡洽,何似有恨,徧(偏)于人離索之時而圓乎?復又自解,人有離合,月有圓缺,皆是常事,惟望長久共嬋娟耳。纏綿悱惻之思,愈轉愈曲,愈曲愈深,忠愛之思,令人玩味不盡。"

王闓運《湘綺樓詞選》:"'人有'三句,大開大闔之筆,亦他人所不能。"

鄭文焯《手批東坡樂府》:"發端從太白仙心脫化,頓成奇逸之筆。湘綺(王闓運)誦此詞,以爲此'全'字韻可當三語掾(即"人有"三句),自來未經人道。"(龍榆生《東坡樂府箋》卷一引,下同)

張德瀛《詞徵》卷一:"蘇子瞻《水調歌頭》前闋云'我欲乘風歸去,又恐瓊樓玉宇',後闋云'月有陰晴圓缺,人有悲歡離合'(按,二句誤倒),宇、去、缺、合均叶短韻,人皆以爲偶合",然經檢核韓无咎、蔡伯堅兩首詞,"乃知《水調歌頭》實有此一體也"。

沈雄《古今詞話·詞品》卷上:"《水調歌頭》間有藏韻者。東坡明月詞'我欲乘風歸去,惟恐瓊樓玉宇',後段'人有悲歡離合,月有陰晴圓缺',謂之偶然暗合則可;若以多者證之,則問之篆體家,未曾立法于嚴也。"

江 城 子

東武雪中送客〔一〕

　　相從不覺又初寒。對樽前,惜流年。風緊離亭,冰結淚珠圓。雪意留君君不住,從此去,少清歡。　　轉頭山上轉頭看〔二〕。路漫漫,玉花翻。雲海光寬〔三〕,何處是超然〔四〕?知道故人相念否,攜翠袖,倚朱欄。

〔一〕熙寧九年(一○七六)冬作。東武,密州。據《東坡紀年録》,客指章傳,字傳道,閩人。蘇軾在密州時,與章唱和,有《游廬山次韻章傳道》、《次韻章傳道喜雨》等詩。

〔二〕轉頭山:在諸城縣南。

〔三〕雲海:一作"銀海"。前選《雪後書北臺壁》有"光搖銀海眩生花"句,作"銀海"亦有據。

〔四〕超然:超然臺。

陽 關 曲

中秋作〔一〕

　　暮雲收盡溢清寒。銀漢無聲轉玉盤〔二〕。此生此夜不長好，明月明年何處看？

〔一〕題一本在《中秋作》後有“本名《小秦王》，入腔即《陽關曲》”十一字。熙寧十年(一〇七七)作，時蘇軾任徐州知州。蘇軾《書彭城觀月詩》(《東坡題跋》卷三)：“余十八年前中秋夜，與子由觀月彭城作此詩，以《陽關》歌之。今復此夜，宿于贛上，方遷嶺表，獨歌此曲，聊復書之，以識一時之事，殊未覺有今夕之悲，懸知有他日之喜也。”朱弁《風月堂詩話》卷下亦引蘇軾此跋，并云“紹聖元年，自録此詩，仍題其後云”，考之蘇軾生平，是。則上推十八年，爲熙寧十年。《陽關曲》共三首，除本首外，尚有《贈張繼愿》(下面已選)、《答李公擇》，亦見詩集。其平仄四聲與王維《渭城曲》(即《送元二使安西》)幾乎盡合(僅第二句第一字平仄與王維詩不同，王文誥《蘇詩編注集成》卷十五引江藩云：蘇軾三首與王維詩平仄“毫髮不爽”，不甚確)，後兩句失黏，與七絶格律不合，故依諸本《東坡樂府》録入詞選。王十朋《集注分類東坡先生詩》卷十八引趙次公曰：“三詩各自説事，惟是皆可歌之，故曰‘陽關三絶’。”又引無名氏按語云：“《王立之詩話》云：‘先生作彭門守時，過齊州李公擇中秋席上賦一絶云云(即本篇)，其後山谷在黔南，令以《小秦王》歌之。’次公謂先生名之爲‘陽關三絶’，則必用‘西出陽關無故人’之聲歌之矣，王立之説恐非也。蓋贈張繼愿言‘戲馬臺’，則在徐州所贈也；答李公擇云‘濟南春好雪初晴’，則自是春初之作，豈可便指爲過齊州作耶？意者三詩先生皆以《陽關》歌之，乃聚爲一處，標其題曰：‘陽關三絶。’”所辨甚是，查慎行《補注東坡編年詩》卷十五亦駁《王直方詩話》(即《王立之詩話》)之説。

〔二〕玉盤：月亮。李白《古朗月行》：“小時不識月，呼作白玉盤。”

【評箋】　鄭文焯《手批東坡樂府》：“不字律，妙句天成。”

浣 溪 沙

徐門石潭謝雨，道上作五首。潭在城東
二十里，常與泗水增減清濁相應〔一〕。

旋抹紅粧看使君〔二〕，三三五五棘籬門，相排踏破舊
羅裙〔三〕。　　老幼扶攜收麥社，烏鳶翔舞賽神村〔四〕，道
逢醉叟臥黃昏。

〔 一 〕元豐元年(一〇七八)，徐州春旱，後得雨，蘇軾到石潭謝神作此
　　　詞。詞共五首，選第二、三、四、五首。皆寫初夏農村情景。石潭，
　　　蘇軾《起伏龍行・序》：“徐州城東二十里，有石潭。父老云：‘與泗
　　　水通，增損清濁，相應不差，時有河魚出焉。’元豐元年春，旱，或
　　　云：‘置虎頭潭中，可以致雷雨。’用其説，作《起伏龍行》。”

〔 二 〕旋(xuàn)：臨時急就，今多寫作“現”。

〔 三 〕蒨(qiàn)羅裙：紅綢裙。蒨，通茜，茜草可作紅色染料。起三句從
　　　杜牧《村行》“籬窺蒨裙女”化出。

〔 四 〕烏鳶(yuān)句：祭神時有供品，招惹烏鴉圍繞飛翔。

麻葉層層檾葉光〔一〕，誰家煮繭一村香？隔籬嬌語絡
絲娘〔二〕。　　垂白杖藜抬醉眼，捋青搗𪌭軟飢腸〔三〕，問
言豆葉幾時黃〔四〕？

〔 一 〕檾(qǐng)：即苘，俗稱青麻，可製麻袋或繩子等。

〔 二 〕絡絲娘：蟲名，即莎雞，俗呼紡織娘。參看前《倦夜》詩注。此指
　　　繅絲的農婦，因煮繭時尚無紡織娘的鳴聲。

〔三〕将青搗麨：摘下新嫩的麥子，炒熟後搗碾成粉片狀，俗稱“碾青”
　　　或“碾卷子”，貧者青黄不接時食品。下“輭”，謂以軟和食物充飢。
　　　蘇軾《發廣州》：“三杯軟飽後，一枕黑甜餘。”自注：“浙人謂飲酒爲
　　　軟飽。”《冷齋夜話》卷一：“詩人多用方言。南人……又謂睡美爲
　　　黑甜，飲酒爲軟飽。故東坡詩曰：‘三杯軟飽後，一枕黑甜餘。’”
　　　（又見彭乘《墨客揮犀》卷一、《詩人玉屑》卷六引《西清詩話》等）
　　　趙德麟《侯鯖録》卷三：“世之嫁女三日送食，俗謂之煖女。《廣
　　　韻》中正有此説，使餪字。”（又見王念孫《廣雅疏證》卷五上引
　　　《證俗音》云：“今謂女嫁後三日餉食爲餪女。”但王念孫云：“餪
　　　者温存之意。”）輭、餪同。

〔四〕問言：有慰問之意。

　　簌簌衣巾落棗花〔一〕，村南村北響繰車〔二〕，牛衣古柳
賣黄瓜〔三〕。　　　酒困路長惟欲睡，日高人渴謾思茶，敲
門試問野人家〔四〕。

〔一〕此首别誤入吳文英《夢窗詞集》。

〔二〕村南句：《高齋詩話》：“東坡長短句云：‘村南村北響繰車’，參寥
　　　詩云：‘隔林髣髴聞機杼，知有人家住翠微。’秦少游云：‘菰蒲深處
　　　疑無地，忽有人家笑語聲。’三詩大同小異，皆奇句也。”《庚溪詩
　　　話》卷下：“晉宋間，沃州山帛道猷（《詩人玉屑》卷八引此作“白道
　　　猷”）詩曰：‘連峯數千里，修林帶平津。茅茨隱不見，鷄鳴知有
　　　人。’後秦少游詩云：‘菰蒲深處疑無地，忽有人家笑語聲。’僧道
　　　潛，號參寥，有云：‘隔林髣髴聞機杼，知有人家在翠微。’其源乃
　　　出于道猷，而更加鍛鍊，亦可謂善奪胎者也。”據《王直方詩話》，
　　　蘇軾曾激賞參寥“隔林髣髴聞機杼”句，稱“此吾師七字師
　　　號也。”

〔三〕牛衣：宋程大昌《演繁露》卷二《牛衣》條：“王章‘卧牛衣中’。（見

《漢書·王章傳》)注:'龍具也。'龍具之制,不知何若。案《食貨志》:'董仲舒曰:貧民常衣牛馬之衣,而食犬彘之食。'(見《漢書·食貨志》)然則牛衣者,編草使暖,以被牛體,蓋蓑衣之類也。"此泛指賣瓜者衣着粗劣。但宋人不少記載謂原作爲"半依",如曾季貍《艇齋詩話》:"東坡在徐州作長短句云:'半依古柳賣黃瓜。'今印本作'牛依古柳賣黃瓜',非是。予嘗見東坡墨迹作'半依',乃知'牛'字誤也。"龔頤正《芥隱筆記·東坡真迹》:"予見孫昌符家坡朱陳詞真蹟云:'半依古柳賣黃瓜。'今印本多作'牛依',或遷就爲'牛衣'矣。"參之蘇軾《夜泊牛口》:"居民偶相聚,三四依古柳"等句,作"半依"其義更勝。

〔 四 〕日高二句:蘇軾《是日偶至野人汪氏之居》"酒渴思茶漫扣門",其意相同。謾,不由地,不經意地。

軟草平莎過雨新〔一〕,輕沙走馬路無塵,何時收拾耦耕身〔二〕?　　日暖桑麻光似潑〔三〕,風來蒿艾氣如薰〔四〕,使君元是此中人〔五〕。

〔 一 〕莎:莎草,多年生草本,長于原野沙地,其塊根可藥用,稱香附子。
〔 二 〕耦耕:兩人并耜而耕,語出《論語·微子》:"長沮、桀溺耦而耕。"
〔 三 〕潑:潑水,形容桑麻雨後光澤鮮亮,猶如潑水其上。
〔 四 〕薰:香草。
〔 五 〕使君句:承上"何時收拾耦耕身"。蘇軾常自謂是農夫出身,如《題淵明詩》(《東坡題跋》卷二):"陶靖節云:'平疇交遠風,良苗亦懷新。'非古人偶(耦)耕植杖者,不能道此語,非余之世農,亦不能識此語之妙也。"

永　遇　樂

彭城夜宿燕子樓，夢盼盼，因作此詞〔一〕。

　　明月如霜，好風如水，清景無限。曲港跳魚，圓荷瀉露，寂寞無人見〔二〕。紞如三鼓，鏗然一葉，黯黯夢雲驚斷〔三〕。夜茫茫、重尋無處，覺來小園行遍〔四〕。　　天涯倦客，山中歸路，望斷故園心眼〔五〕。燕子樓空，佳人何在，空鎖樓中燕〔六〕。古今如夢，何曾夢覺，但有舊歡新怨〔七〕。異時對、黃樓夜景，爲余浩嘆〔八〕。

〔一〕題一作《徐州夜夢覺，此登燕子樓作》。王文誥《蘇詩總案》卷十
　　七：元豐元年（一〇七八）十月“夢登燕子樓，翌日，往尋其地，作
　　《永遇樂》詞”。鄭文焯《手批東坡樂府》云：“燕子樓未必可宿，盼
　　盼更何必入夢？東坡居士斷不作此癡人説夢之題，亟宜改正。”又
　　云：“題當從王案。”此詞先寫夢和夜景，繼寫往尋其地并抒慨，與
　　王案所説吻合。白居易《燕子樓三首·序》：“徐州故尚書有愛妓
　　曰盼盼，善歌舞，雅多風態。予爲校書郎時，游徐泗間。張尚書宴
　　予，酒酣，出盼盼以佐歡。歡甚，予因贈詩云：‘醉嬌勝不得，風嫋
　　牡丹花。’盡歡而去。”又引張仲素語曰：“尚書既没，歸葬東洛，而
　　彭城有張氏舊第，第中有小樓名燕子。盼盼念舊愛而不嫁，居是
　　樓十餘年。”按，白居易于貞元二十年授校書郎，元和元年罷。“張
　　尚書宴予”當在貞元二十年之後；而張建封死于貞元十六年，故知
　　“張尚書”爲張建封之子張愔。但蘇軾仍依流行説法，認爲乃張建
　　封事。《西清詩話》卷中：“徐州燕子樓直郡舍後，乃唐節度使張建
　　封爲侍兒盼盼者建，白樂天贈詩自誓而死者也。陳彥升嘗留詩，
　　辭致清絶：‘僕射荒阡狐兔游，侍兒猶住水西樓。風清玉簟慵敧

枕,月好珠簾懶上鈎。寒夢覺來滄海闊,新愁吟罷紫蘭秋。樂天
才似春深雨,斷送殘花一夕休。’後東坡守徐,移書彥升曰:‘彭城
八詠如燕子樓篇,直使鮑謝斂手,溫李變色也。’”蘇詞與陳彥升詩
情調亦頗相通(亦寫“夢覺”、“新愁”)。

〔二〕明月六句:寫深夜“小園”之景。

〔三〕紞(dǎn)如三句:寫夢被鼓聲葉聲驚醒。紞,擊鼓聲;如,助詞。
　　　紞如,即“紞然”。《晉書·鄧攸傳》:“吳人歌之曰:‘紞如打五
　　　鼓,雞鳴天欲曙……’。”鏗然句,寫深夜的安靜。黯黯句,言夢
　　　中驚醒,黯然心傷。夢雲,宋玉《高唐賦》謂楚王夢巫山神女,自
　　　稱“且爲朝雲,暮爲行雨”。此借以喻作者夢見盼盼。(上引鄭
　　　文焯“盼盼更何必入夢”語,則未當,詩詞中盡可如此“癡人
　　　説夢”。)

〔四〕覺來句:沈際飛《草堂詩餘別集》卷四:“園、樓夢覺,犯重。”按,上
　　　文已云“夢雲驚斷”,此又云“覺來”,下片又云“何曾夢覺”,確嫌
　　　累贅。

〔五〕望斷句:杜甫《春日梓州登樓二首》其二:“天畔登樓眼,隨春入
　　　故園。”

〔六〕燕子三句:《高齋詩話》:“東坡又問(少游)別作何詞?少游舉‘小
　　　樓連苑橫空,下窺綉轂雕鞍驟’,東坡曰:‘十三個字,只説得一個
　　　人騎馬樓前過。’少游問公近作。乃舉‘燕子樓空,佳人何在? 空
　　　鎖樓中燕’。晁无咎曰:‘只三句,便説盡張建封事。’”(又見黃昇
　　　《唐宋諸賢絶妙詞選》卷二注、沈雄《古今詞話·詞話》卷上引。俞
　　　文豹《吹劍三録》引此條後駁蘇軾云:“文豹亦謂公次沈立之韻:
　　　‘試問別來愁幾許? 春江萬斛若爲情!’十四字只是少游‘愁如海’
　　　三字耳。”)張炎《詞源》卷下:“詞,用事最難,要體認着題,融化不
　　　澀。如東坡《永遇樂》云:‘燕子樓空,佳人何在? 空鎖樓中燕’,用
　　　張建封事。……此皆用事不爲事所使。”《草堂詩餘別集》卷四:
　　　“燕子三句,見稱晁无咎,可不覩全篇。”(佚名者批云:“只此數句,
　　　便可千古,覩其全篇,未免不逮。”)鄭文焯《手批東坡樂府》:“公以

‘燕子樓空’三句語秦淮海，殆以示詠古之超宕，貴神情不貴迹象也。余嘗深味是言，若發奧悟。昨賦吳小城觀梅《水龍吟》，有句云：‘對此茫茫，何曾西子，能傾一顧。’又‘水漂花出，無人見也，回闌遶，空懷古’，自信得清空之致，即從此詞悟得法門。以視舊詠吳小城詞，竟有仙凡之別。”先著《詞潔》卷五：“‘野雲孤飛，去來無迹’，石帚之詞也。此詞亦當不愧此品目。僅嘆賞‘燕子樓空’十三字者，猶屬附會淺夫。”

〔七〕何曾二句：謂人生之夢未醒，蓋因歡怨之情未斷。

〔八〕異時對三句：作者設想後人憑弔自己時，對黃樓亦如我今日之對燕子樓。蘇軾《送鄭户曹》：“蕩蕩清河壖，黃樓我所開。秋月墮城角，春風搖酒杯。……他年君倦游，白首賦歸來。登樓一長嘯，使君安在哉！”與此構思相同。黃樓，徐州東門，蘇軾所改建。蘇軾《答范淳甫》詩自注：“郡有廳事，俗謂之霸王廳，相傳不可坐。僕拆之以蓋黃樓。”參前《九日黃樓作》詩。

【附録】

　　曾敏行《獨醒雜志》卷三：“東坡守徐州，作燕子樓樂章。方具藁，人未知之。一日，忽閧傳于城中，東坡訝焉。詰其所從來，乃謂發端于邏卒。東坡召而問之，對曰：‘某稍知音律，嘗夜宿張建封廟，聞有歌聲，細聽乃此詞也。記而傳之，初不知何謂。’東坡笑而遣之。”

陽　關　曲

贈張繼愿〔一〕

　　受降城下紫髯郎〔二〕，戲馬臺南舊戰場〔三〕。恨君不取契丹首，金甲牙旗歸故鄉〔四〕。

〔一〕題一作《軍中》。元豐元年(一〇七八)作。

〔二〕受降城：《舊唐書·張仁愿傳》記神龍時因突厥入寇,張仁愿"于河(黃河)北築三受降城,首尾相應,以絕其南寇之路"。三城均在今内蒙古境内。　　紫髯郎：指孫權。《三國志·吳主傳》裴松之注引《獻帝春秋》："張遼問吳降人：'向有紫髯將軍,長上短下,便馬善射,是誰?'降人答曰：'是孫會稽。'"蘇軾《南鄉子·席上勸李公擇酒》："舊日髯孫何處去?"此指張繼愿。

〔三〕戲馬臺：在徐州城南。見後《西江月·重陽棲霞樓作》詞注。

〔四〕牙旗：將軍之旗,竿上以象牙爲飾,故名。

江 城 子

別 徐 州〔一〕

天涯流落思無窮。既相逢,却忽忽。攜手佳人,和淚折殘紅。爲問東風餘幾許?春縱在,與誰同!　　隋堤三月水溶溶〔二〕。背歸鴻〔三〕,去吳中。回首彭城,清泗與淮通。欲寄相思千點淚,流不到,楚江東。

〔一〕題一作《恨別》。元豐二年(一〇七九)三月作,時蘇軾將移知湖州。

〔二〕隋堤：隋代開通濟渠(引汴水入河,與淮水溝通),沿渠築堤,後稱隋堤。此爲設想途中舟行景色。

〔三〕背歸鴻：蘇軾南下,大雁北歸,故謂"背"。

【評箋】《蓼園詞選》："按,彭城即徐州,泗水、汴水皆在焉。其形勝東接齊魯,北屬趙魏,南通江淮,西控梁楚。意此時東坡于彭城遇舊好、又別之而赴淮揚臨別贈言也。先從自己流落寫起,言舊好遇于彭城,又匆匆折殘紅以泣別,別後雖有春不能共賞矣。隋堤,汴堤也,通于淮,言我沿隋堤而下維揚,回望彭城,相去已遠,縱泗水流與淮通,而淚亦寄不到爲可傷也。楚江東,謂揚州,古稱'吳頭楚尾'也,故曰吳中,又曰楚江東。"

西　江　月

平山堂〔一〕

三過平山堂下〔二〕,半生彈指聲中〔三〕。十年不見老仙翁〔四〕,壁上龍蛇飛動〔五〕。　　欲弔文章太守,仍歌楊柳春風〔六〕。休言萬事轉頭空,未轉頭時皆夢〔七〕。

〔一〕元豐二年(一〇七九)作。平山堂,在揚州大明寺側,歐陽修所建。釋德洪《石門題跋》卷二《跋東坡平山堂詞》:"東坡登平山堂,懷醉翁,作此詞。張嘉父謂予曰:時紅妝成輪,名士堵立,看其落筆置筆,目送萬里,殆欲仙去爾。"

〔二〕三過:蘇軾于熙寧四年由京赴杭任通判,七年由杭移知密州,此次由徐移知湖州,三過揚州。

〔三〕彈指:見前《過永樂,文長老已卒》詩注。

〔四〕十年:蘇軾于熙寧四年謁見歐陽修于潁州,至此時凡九年,舉成數而言十年。

〔五〕壁上句:指歐陽修在平山堂壁上留題的墨迹。

〔六〕欲弔二句:歐陽修《朝中措·送劉仲原甫出守維揚》:"平山闌檻倚晴空,山色有無中。手種堂前垂柳,別來幾度春風?　　文章太守,揮毫萬字,一飲千鍾。行樂直須年少,尊前看取衰翁。"是爲

"文章太守"、"楊柳春風"所本。

〔 七 〕休言二句："萬事轉頭空"爲白居易《自詠》詩"百年隨手過,萬事轉
頭空"成句(蘇軾《次韻晁无咎學士相迎》亦有"齊歌萬事轉頭空"
句),此又翻進一層,謂未轉頭時已是夢幻。

卜 算 子

黄州定慧院寓居作〔一〕

　　缺月掛疏桐,漏斷人初静〔二〕。誰見幽人獨往來〔三〕?
縹緲孤鴻影。　　驚起却回頭,有恨無人省。揀盡寒枝
不肯棲〔四〕,寂寞沙洲冷〔五〕。

〔 一 〕蘇軾于元豐三年二月至黄州,初寓居定惠院;五月,遷臨皋亭。此
詞當作于初到黄州時(二月至五月)。王文誥《蘇詩總案》卷二十
一謂此詞作于元豐五年十二月,諸本多從之,實不確。定慧院,一
作定惠院,在黄岡縣東南。

〔 二 〕漏斷:指夜深。

〔 三 〕幽人:《易·履卦》"履道坦坦,幽人貞吉",原指幽囚之人,引申爲
含冤之人或幽居之人。杜甫《行次昭陵》"幽人拜鼎湖",即用前一
引申義。此處爲蘇軾自指,亦用此義,切合謫宦身分。其《過江夜
行武昌山聞黄州鼓角》"幽人夜度吴王峴",《吾謫海南,子由雷州,
被命即行,了不相知……》"幽人扶枕坐嘆息",亦同。參見前《吾
謫海南……》詩注。

〔 四 〕揀盡句:《苕溪漁隱叢話·前集》卷三十九:謂此句"或云:鴻雁
未嘗棲宿樹枝,唯在田野葦叢間,此亦語病也"。《野客叢書》卷二
十四"東坡《卜算子》"條駁胡仔云:"僕謂人讀書不多,不可妄議前

輩詩句。觀隋李元操《鳴雁行》曰：‘夕宿寒枝上，朝飛空井旁。’坡語豈無自耶？”陳鵠《耆舊續聞》卷二：“魯直跋東坡道人黃州所作《卜算子》詞云：‘語意高妙，似非吃煙火食人語。’此真知東坡者也。蓋‘揀盡寒枝不肯棲’，取興鳥擇木之意，所以謂之‘高妙’。而《苕溪漁隱叢話》乃云‘鴻雁未嘗棲宿樹枝，惟在田野葦叢間，此亦語病’，當爲東坡稱屈可也。”《滹南詩話》卷二：“東坡雁詞云‘揀盡寒枝不肯棲’，以其不棲木，故云爾。蓋激詭之致，詞人正貴其如此。而或者以爲語病，是尚可與言哉！近日張吉甫復以‘鴻漸于木’(按，見《易·漸卦》。漸，進。鴻足爲蹼，不能棲于木，喻人無可棲身)爲辯，而怪昔人之寡聞，此益可笑。《易》象之言，不當援引爲證也，其實雁何嘗棲木哉！”《草堂詩餘正集》卷一：“或以鴻雁未嘗棲宿樹枝，欲改作寒蘆。夫揀盡則不棲枝矣，子瞻不誤也。”《聽秋聲館詞話》卷一：“有謂雁不樹宿，‘寒枝’二字欠妥者，不知不肯枝棲故有‘寂寞沙汀’之慨，若作‘寒蘆’，似失其旨。”

〔五〕寂寞句：一作“楓落吳江冷”。《唐才子傳》卷一《崔信明》條：“信明恃才蹇亢，嘗自矜其文。時有揚州録事參軍滎陽鄭世翼，亦驚倨忤物，遇信明于江中，謂曰：‘聞君有“楓落吳江冷”之句，仍願見其餘。’信明欣然多出舊製，鄭覽未終曰：‘所見不逮所聞。’投卷于水中，引舟而去。”作“楓落”句，前人多言其非，如《耆舊續聞》卷二，記趙右史家有顧禧景蕃補注東坡長短句真蹟，其中云：“余頃于鄭公實處見東坡親蹟書《卜算子》斷句云‘寂寞沙汀冷’，今本作‘楓落吳江冷’，詞意全不相屬也。”《草堂詩餘正集》卷一：“宋儒解傅時事，已成惡套，‘楓落’句又崔信明詩，與篇中不相應，作‘吳江冷’非。”

【評箋】《苕溪漁隱叢話·前集》卷三十九引黃庭堅云：“東坡道人在黃州，作《卜算子》云：……語意高妙，似非吃煙火食人語，非胸中有數萬卷書，筆下無一點塵俗氣，孰能至此！”

江順詒《詞學集成》卷七評黃庭堅語:"此非抬高詞人身分,實古人獅子搏兔,亦用全力,非後人浮光掠影也。"

劉熙載《藝概》卷四亦評黃庭堅語:"余案:詞之大要,不外厚而清。厚,包諸所有;清,空諸所有也。"

《草堂詩餘正集》卷一:"通篇無一點塵俗氣。"

《苕溪漁隱叢話·前集》卷三十九云:"此詞本詠夜景,至換頭但只説鴻,正如《賀新郎》詞'乳燕飛華屋',本詠夏景,至換頭但只説榴花。蓋其文章之妙,語意到處即爲之,不可限以繩墨也。"

《吳禮部詞話》:"東坡《賀新郎》詞'乳燕飛華屋'云云,後段'石榴半吐紅巾蹙'以下皆詠榴;《卜算子》'缺月挂疏桐'云云,'縹緲孤鴻影'以下皆説鴻,別一格也。"

【附録】

此詞主旨,前人説法頗多歧異:一、爲王氏女子作。吳曾《能改齋漫録》卷十六:"東坡先生謫居黃州,作《卜算子》云……其屬意蓋爲王氏女子也,讀者不能解。張右史文潛繼貶黃州,訪潘邠老,嘗得其詳,題詩以誌之:'空江月明魚龍眠,月中孤鴻影翩翩。有人清吟立江邊,葛巾藜杖眼窺天。夜冷月墮幽蟲泣,鴻影翹沙衣露溼。仙人采詩作步虛,玉皇飲之碧琳腴。'"二、爲溫都監女作。《野客叢書》卷二十四《東坡〈卜算子〉》條,引上吳曾之説,認爲"無可疑者","然嘗見臨江人王説夢得,謂此詞東坡在惠州白鶴觀所作,非黃州也。惠有溫都監女頗有色,年十六,不肯嫁人。聞東坡至,喜謂人曰:'此吾壻也。'每夜聞坡諷詠,則徘徊窗外。坡覺而推窗,則其女踰墻而去。坡從而物色之,溫具言其然。坡曰:'吾當呼王郎與子爲媲。'未幾,坡過海,此議不諧。其女遂卒,葬于沙灘之側。坡回惠日,女已死矣,悵然爲賦此詞。坡蓋借鴻爲喻,非真言鴻也。'揀盡寒枝不肯棲'者,謂少擇偶不嫁,'寂寞沙洲冷'者,指其葬所也。説之言如此,其説得之廣人蒲仲通,未知是否? 姑志于此,以俟詢訪。"沈雄《古今詞話·詞話》卷上引《梅墩詞話》云:"惠州溫氏女超超,年及笄,不肯字人,東坡至,喜曰:'吾壻也。'日徘徊窗外,聽公吟詠,覺則亟去。東坡曰：‘吾呼王郎與子爲媚。’未幾，坡公渡海歸，超超已卒，葬于沙際。因作《卜算子》……超超既鍾情于公，余哀其能具隻眼，知公之爲舉世無雙，知公之堪爲吾壻，是以不得親近，寧死不願居人間世也。即呼王郎爲媚，彼且必死，彼知有坡公也。”（《歷代詩餘》卷一一五亦引此段《古今詞話》，謂出于《女紅餘志》，但結尾云：“按詞爲詠雁，當別有寄託，何得以俗情傅會也。”）按，以上兩說，顯係小說家言，不足信。鄧廷楨《雙硯齋詞話》評此詞“明漪絶底，薌澤不聞，宜涪翁稱之爲‘不食人間煙火’。而造言者謂此詞爲惠州溫都監女作，又或謂爲黃州王氏女作。夫東坡何如人，而作牆東宋玉哉？”另按，袁文《甕牖閒評》卷五謂此詞作于“謫黃州”，云：“鄰家一女子甚賢，每夕只在牕下聽東坡讀書。後其家欲議親，女子云：‘須得讀書如東坡者乃可。’竟無所諧而死。”袁文之曾祖，曾在蘇軾任杭州知州時同任通判（見該書卷五），此則傳說或得之于家中親屬；所述故事亦較平實，無“吾壻”、“王郎與子爲媚”之類明顯造作之語，可能是溫都監女故事的最初原型。《聽秋聲館詞話》卷十一云：“至《卜算子》詞，或謂有女窺窗而作，殆因溫都監女而附會之。”則似顛倒傳承關係的先後。三、隱射刺時之作。張惠言《詞選》卷一：“此東坡在黃州作。鮦陽居士云：‘缺月，刺明微也。漏斷，暗時也。幽人，不得志也。獨往來，無助也。驚鴻，賢人不安也。回頭，愛君不忘也。無人省，君不察也。揀盡寒枝不肯棲，不偷安于高位也。寂寞沙洲冷，非所安也。此詞與《考槃》詩極相似。’”（《考槃》，《詩·衞風》篇名，《毛詩序》謂此詩係刺衞莊公“不能繼先公之業，使賢者退而窮處”。）鮦陽居士語，見《類編草堂詩餘》卷一引《復雅歌詞》，又見《唐宋諸賢絶妙詞選》卷二。譚獻《復堂詞話》贊同此說：“皋文《詞選》以《考槃》爲比，其言非河漢也。此亦鄙人所謂作者未必然，讀者何必不然。”但爲多數人所反對。謝章鋌《賭棋山莊詞話續編》卷一反駁譚獻云：鮦陽居士所釋，“字箋句解，果誰語而誰知之？ 雖作者未必無此意，而讀者亦未必定有此意，可神會而不可言傳。斷章取義則是，刻舟求劍則大非矣”。王士禛《花草蒙拾》駁鮦陽居士云：“坡孤鴻詞，山谷以爲非吃煙火食人句，良然。鮦陽居士云……村夫子強作解事，令人欲嘔。韋蘇州《滁州西澗》詩，叠山（按，他處或作趙章泉）亦以爲小人在朝、賢人在野之象,令韋郎有知,豈不叫屈! 僕嘗戲謂坡公命宮磨蝎,湖州詩案,生前爲王珪、舒亶輩所苦,身後又硬受此差排耶!"王國維《人間詞話刪稿》駁張惠言云:"固哉,皋文之爲詞也! 飛卿《菩薩蠻》、永叔《蝶戀花》、子瞻《卜算子》,皆興到之作,有何命意? 皆被皋文深文羅織。"銅陽居士等所言,割裂形象,比附穿鑿,自不可信。另張德瀛《詞徵》卷五:"曾豐謂蘇子瞻長短句猶有與道德否者。'缺月疏桐'一章,觸興于驚鴻,發乎情性也;收思于冷洲,歸乎禮義也。本朝張茗柯論詞每宗此義,遂爲銅陽之續。"其説亦屬穿鑿。四、以雁自寓感慨。鄭文焯《手批東坡樂府》:"此亦有所感觸,不必附會溫都監女故事,自成馨逸。"《蓼園詞選》:"按此詞乃東坡自寫在黄州之寂寞耳。初從人説起,言如孤鴻之冷落;第二闋專就鴻説,語語雙關,格奇而語雋,斯爲超詣神品。"此説近是。

浣 溪 沙

十二月二日雨後微雪,太守徐君猷攜酒見過,座上作《浣溪沙》三首。明日酒醒,雪大作,又作二首〔一〕。

覆塊青青麥未蘇,江南雲葉暗隨車,臨臯煙景世間無〔二〕。　　雨脚半收簷斷綫,雪林初下瓦跳珠〔三〕,歸來冰顆亂黏鬚。

〔一〕原共五首,選第一首。此詞傅藻《東坡紀年録》謂作于元豐四年(一〇八一),朱孝臧《東坡樂府》從之,但傅榦注本題後有"時元豐五年也"六字。按,傅榦爲南宋人,其言當有所據。參看本書頁四九七《附録》所考。徐大受,字君猷,時爲黄州知州,見前《太守徐君猷、通守孟亨之皆不飮酒,以詩戲之》詩注。

〔二〕臨皋:在黄岡縣南,瀕臨長江,其上有快哉亭。元豐三年五月蘇
　　　軾自定惠院遷居于此。

〔三〕雪林:《汪穰卿筆記》云:“在張文襄幕,見蘇文忠手書《浣溪沙》五
　　　首,‘雪林初下瓦跳珠’句,林作牀。注:京師俚語,霰爲雪牀。”
　　　(轉引自《東坡樂府箋》卷一,原書見《近代稗海》第十一册。)

滿　江　紅

寄鄂州朱使君壽昌〔一〕

　　江漢西來〔二〕,高樓下〔三〕、蒲萄深碧〔四〕。猶自帶、岷
峨雪浪〔五〕,錦江春色〔六〕。君是南山遺愛守〔七〕,我爲劍
外思歸客〔八〕。對此間、風物豈無情,殷勤説。　　江表
傳〔九〕,君休讀。狂處士〔一〇〕,真堪惜。空洲對鸚
鵡〔一一〕,葦花蕭瑟。不獨笑書生爭底事〔一二〕,曹公黄祖
俱飄忽〔一三〕。願使君、還賦謫仙詩,追黄鶴〔一四〕。

〔一〕蘇軾于元豐三年(一〇八〇)二月至元豐七年(一〇八四)四月謫
　　　居黄州,此詞當作于其時,具體時間不詳。朱壽昌,字康叔,時任
　　　鄂州(治所在今湖北武漢市武昌)知州。

〔二〕江漢:長江、漢水,兩水在武漢匯流。

〔三〕高樓:指黄鶴樓,在武昌黄鵠山上,面臨長江。

〔四〕蒲萄深碧:李白《襄陽歌》:“遥看漢水鴨頭緑,恰似葡萄初
　　　醱醅。”

〔五〕岷峨雪浪:李白《經亂離後天恩流夜郎憶舊游書懷贈江夏韋太守
　　　良宰》:“江帶峨眉雪。”蘇軾《南鄉子》(晚景落瓊杯):“認得岷峨春

雪浪,初來,萬頃蒲萄漲渌醅。”

〔六〕錦江春色:用杜甫《登樓》“錦江春色來天地”語。錦江在四川,是流入長江的岷江支流。

〔七〕君是句:朱壽昌早年曾任陝州通判,終南山在陝州之南,故稱南山遺愛守。(通判位次于知州,亦稱通守)

〔八〕劍外:劍南,指四川(在劍門山以南)。

〔九〕江表傳:書名,記載三國時吳國的人物事蹟,今已佚,《三國志》裴松之注多所稱引。

〔一〇〕狂處士:指禰衡。《後漢書·禰衡傳》:“禰衡,字正平,平原般人也。少有才辯,而尚氣剛傲,好矯時慢物。”曾大罵曹操,曹操怒,但爲避殺人之名,把他遣送于劉表;劉表又送于江夏太守黃祖,後被黃祖所殺,葬于鸚鵡洲。

〔一一〕鸚鵡:即鸚鵡洲。據《後漢書·禰衡傳》,黃祖長子黃射“大會賓客,人有獻鸚鵡者”,黃射請禰衡作《鸚鵡賦》,由是得名。其地在今武漢市西南長江之中。今鸚鵡洲已非宋以前故地。李白《贈江夏韋太守》:“顧慚禰處士,虛對鸚鵡洲。”

〔一二〕不獨句:此句之“不”字,他本所無,依詞律爲襯字;論文意,有“不”字較勝。

〔一三〕飄忽:指死亡。

〔一四〕願使君三句:辛文房《唐才子傳》卷一:崔顥“游武昌,登黃鶴樓,感慨賦詩。及李白來,曰:‘眼前有景道不得,崔顥題詩在上頭。’無作而去”。相傳李白《登金陵鳳凰臺》等詩是有意和崔顥《黃鶴樓》詩爭勝的。(見《唐詩紀事》崔顥條)追,超過。此三句承上,謂禰衡恃才傲物,痛斥曹操、黃祖,不免無謂,迫害他的曹、黃亦俱已死去。歷史皆成陳迹,惟有詩歌才是永恒的,祝願朱壽昌寫出傑出作品追攀前賢。

水　龍　吟

閭丘大夫孝終公顯嘗守黃州，作棲霞樓，爲郡中勝絕。元豐五年，予謫居黃。正月十七日，夢扁舟渡江，中流回望，樓中歌樂雜作，舟中人言，公顯方會客也。覺而異之，乃作此曲，蓋越調《鼓笛慢》。公顯時已致仕，在蘇州。〔一〕

小舟橫截春江，臥看翠壁紅樓起。雲間笑語，使君高會，佳人半醉。危柱哀絃〔二〕，豔歌餘響，遶雲縈水〔三〕。念故人老大，風流未減，空回首，煙波裏。　　推枕惘然不見，但空江、月明千里。五湖聞道，扁舟歸去，仍攜西子〔四〕。雲夢南州〔五〕，武昌東岸〔六〕，昔游應記。料多情夢裏，端來見我〔七〕，也參差是〔八〕。

〔一〕元豐五年(一〇八二)作。閭丘大夫，見前《蘇州閭丘江君二家雨中飲酒二首》詩注。陸游《入蜀記》卷四："棲霞樓，本太守閭丘孝終公顯所作。蘇公樂府云：'小舟橫截春江，臥看翠壁紅樓起'，正謂此樓也。"與蘇軾詞序同。但《弘治黃州府志》卷四却云："舊志：在西南。宋李顯守黃州時建，坐挹江山之勝。"似有誤。《鼓笛慢》，王奕清等《(康熙欽定)詞譜》卷三十："《水龍吟》，姜夔詞注無射商，俗名越調。……呂渭老詞名《鼓笛慢》。"

〔二〕危柱哀絃：指樂聲淒絕。柱，箏瑟之類弦樂器上的弦柱(枕木)；危，高；言定音高而厲。

〔三〕豔歌二句：用秦青"響遏行云"典故，見前《蘇州閭丘江君二家雨中飲酒二首》詩注。

〔四〕五湖三句：指范蠡、西施事，見前《次韻代留別》詩注。

〔五〕雲夢南州：指黃州，在古雲夢澤之南。

〔六〕武昌東岸：亦指黃州。武昌，今湖北鄂城縣，在長江之南，與黃
州相對。長江在黃州由南流折向東流，故黃州在長江東岸、
北岸。

〔七〕端來：準來，真來。

〔八〕參差：依稀、約略。白居易《長恨歌》：“中有一人字太真，雪膚花
貌參差是。”

【評箋】 鄭文焯《手批東坡樂府》：“突兀而起，仙乎，仙乎！‘翠壁’
句，奇崛不露雕琢痕。上闋全寫夢境，空靈中雜以淒麗。過片始言情，
有滄波浩渺之致，真高格也。‘雲夢’二句，妙能寫閑中情景。煞拍不
說夢，偏說夢來見我，正是詞筆高渾不猶人處。讀東坡先生詞，于氣
韻、格律，并有悟到空靈妙境，匪可以詞家目之，亦不得不目爲詞家。
世每謂其以詩入詞，豈知言哉！董文敏論畫曰‘同能不如獨詣’，吾于
坡仙詞亦云。”（此條鄭批，據《東坡樂府箋》卷二，他本文字有出入。）

定　風　波

三月七日，沙湖道中遇雨，雨具先去，同行皆
狼狽，余獨不覺。已而遂晴，故作此〔一〕。

莫聽穿林打葉聲，何妨吟嘯且徐行。竹杖芒鞋輕勝
馬〔二〕，誰怕？一蓑煙雨任平生〔三〕。　　料峭春風吹酒
醒，微冷，山頭斜照却相迎。回首向來蕭瑟處〔四〕，歸去，
也無風雨也無晴〔五〕。

〔一〕元豐五年(一〇八二)作。沙湖,在黃岡東南三十里。

〔二〕芒鞋:草鞋。

〔三〕一蓑句:迎着滿身煙雨行走,乃平生經慣,任其自然。一蓑,猶
　　　"一身",蓑,名詞作量詞用,如朱熹《水口行舟》:"昨夜扁舟雨一
　　　蓑,滿江風浪夜如何?"一作"一莎",則作"一川"解。

〔四〕蕭瑟處:指遇雨之處。蕭瑟,風雨聲。

〔五〕也無句:詞從雨寫到晴,雨既不怕,晴亦不喜,均不介意,以表示
　　　心境的恬淡。蘇軾在海南島所作《獨覺》詩亦有"回首向來蕭瑟
　　　處,也無風雨也無晴"句。

【評箋】　鄭文焯《手批東坡樂府》:"此足徵是翁坦蕩之懷,任天而
動。琢句亦瘦逸,能道眼前景。以曲筆直寫胸臆,倚聲能事盡之矣。"

浣　溪　沙

游蘄水清泉寺,寺臨蘭溪,溪水西流〔一〕。

山下蘭芽短浸溪,松間沙路淨無泥〔二〕,蕭
蕭暮雨子規啼〔三〕。　　誰道人生無再少?門前流水尚能西〔四〕,
休將白髮唱黃雞〔五〕。

〔一〕元豐五年(一〇八二)三月作。蘄(qí)水,縣名,今湖北浠水縣。
　　　《東坡題跋》卷三《書清泉寺詞》:"黃州東南三十里爲沙湖,亦曰螺
　　　師店,余將買田其間,因往相田得疾。聞麻橋人龐安時(字安常),
　　　善醫而聾。安時雖聾而穎悟過人,以指畫字,不盡數字,輒了人深
　　　意。余戲之云:余以手爲口,君以眼爲耳,皆一時異人也。疾愈,
　　　與之同游清泉寺。在蘄水郭門外二里許,有王逸少洗筆泉,水極

甘,下臨蘭溪,水西流。余作歌‘山下蘭芽短浸溪……’是日,劇飲
而歸。”(又見《東坡志林》卷一)

〔 二 〕松間句:曾敏行《獨醒雜志》卷二:“徐公師川嘗言:東坡長短句有
云:‘山下蘭芽短浸溪,松間沙路净無泥。’白樂天詩云:‘柳橋晴有
絮,沙路潤無泥。’(按,見《三月三日被禊洛濱》詩)‘净’、‘潤’兩
字,當有能辨之者。”

〔 三 〕子規:杜鵑鳥。鳴聲淒婉,傳爲古代蜀帝杜宇之魂所化,故亦稱
“杜宇”或“杜主”。古代詩詞中常借以抒寫羈旅之情。

〔 四 〕門前句:《東坡題跋》卷三、《東坡志林》卷一引此句均作“君看流
水尚能西”,君,指龐安時。《八月十五日看潮五絶》其三:“江邊身
世兩悠悠,久與滄波共白頭。造物亦知人易老,故教江水向西
流。”與此兩句意同。

〔 五 〕休將句:白居易《醉歌》:“罷胡琴,掩秦瑟,玲瓏(歌妓商玲瓏)再
拜歌初畢。誰道使君不解歌,聽唱黃鷄與白日。黃鷄催曉丑時
鳴,白日催年酉前没。腰間紅綬繫未穩,鏡裏朱顏看已失。玲瓏
玲瓏奈老何,使君歌了汝更歌。”此典蘇軾常用,如《夜飲次韻畢推
官》“紅燭照庭嘶騕褭,黃鷄催曉唱玲瓏”,《次韻蘇伯固主簿重九
日》“只有黃鷄與白日,玲瓏應識使君歌”,《過密州次韻趙明叔、喬
禹功》“黃鷄催曉淒涼曲,白髮驚秋見在身”等。蘇詞此處反用其
意,謂不要徒然自傷白髮,悲嘆衰老。其《浣溪沙》(雪頷霜髯不自
驚)詞“莫唱黃鷄并白髮”,《與宗同年飲》詩“黃鷄催曉不須愁,老
盡世人非我獨”等,亦皆反用。

【評箋】　先著《詞潔》卷一:“坡公韻高,故淺淺語亦覺不凡。”

西　江　月

頃在黃州，春夜行蘄水中。過酒家，飲酒醉，乘月至
一溪橋上，解鞍，曲肱醉臥少休。及覺已曉，亂山攢
擁，流水鏘然，疑非塵世也，書此語橋柱上〔一〕。

　照野瀰瀰淺浪〔二〕，橫空隱隱層霄〔三〕。障泥未解玉
驄驕〔四〕，我欲醉眠芳草。　　可惜一溪風月〔五〕，莫教踏
碎瓊瑤〔六〕。解鞍欹枕綠楊橋〔七〕，杜宇一聲春曉。

〔一〕元豐五年（一〇八二）三月作。蘄水，水名，流經湖北蘄春縣境，注
　　　入長江。曲肱（gōng），彎曲手臂。
〔二〕照野句：謂月亮照耀着曠野裏的蘄水。瀰瀰，水波翻動貌。
〔三〕橫空句：謂雲彩依稀橫在天空。楊慎《詞品》卷一《歐蘇詞用選
　　　語》條："蘇公詞'照野瀰瀰淺浪，橫空曖曖微霄'，乃用陶淵明'山
　　　滌餘靄，宇曖微霄'（按，見《時運》詩）之語也。填詞雖于文爲末，
　　　而非自選詩、樂府來，亦不能入妙。"
〔四〕障泥句：《晉書·王濟傳》：王濟"善解馬性，嘗乘一馬，着連乾障
　　　泥，前有水，終不肯渡。濟曰：'此必是惜障泥。'使人解去，便渡。
　　　故杜預謂濟有馬癖。"障泥，馬薦，用錦或布做成，墊在馬鞍下，垂
　　　馬腹兩旁，以遮塵土。驕，活躍。此謂馬因障泥披其上而精神飽
　　　滿。此正用王濟之典。
〔五〕可惜：可愛。
〔六〕莫教句：王濟之馬因惜馬薦而不肯渡河，此句却謂解下馬薦爲了
　　　"醉眠"，不使馬渡河，踏亂一溪月色。此反用王濟之典。卓人月
　　　《古今詞統》卷六："山谷詞'走馬章臺，踏碎滿街月。'公偏不忍踏
　　　碎，都妙。"

〔七〕解鞍句：用鞍作枕，斜臥橋上。

洞　仙　歌〔一〕

余七歲時，見眉州老尼，姓朱，忘其名，年九十餘。自言嘗隨其師入蜀主孟昶宫中〔二〕。一日，大熱，蜀主與花蕊夫人夜納涼摩訶池上〔三〕，作一詞，朱具能記之。今四十年，朱已死久矣，人無知此詞者，但記其首兩句〔四〕。暇日尋味，豈《洞仙歌令》乎！乃爲足之云。

冰肌玉骨，自清涼無汗。水殿風來暗香滿〔五〕。繡簾開、一點明月窺人；人未寢，敧枕釵橫鬢亂。　　起來攜素手，庭户無聲，時見疏星渡河漢。試問夜如何？夜已三更，金波淡、玉繩低轉〔六〕。但屈指西風幾時來？又不道流年，暗中偷换。

〔一〕據詞序，蘇軾作此詞時爲四十七歲，當元豐五年（一〇八二）作。

〔二〕孟昶(chǎng)：五代時後蜀國主。

〔三〕花蕊夫人：一説姓徐。《能改齋漫録》卷十六《花蕊夫人詞》條："僞蜀主孟昶，徐匡璋納女于昶，拜貴妃，別號花蕊夫人。……陳無己以夫人姓費，誤也。"（陶宗儀《輟耕録》卷十七亦引）清吴任臣《十國春秋》卷五十亦主徐氏説。一説姓費。《苕溪漁隱叢話·前集》卷六十引《後山詩話》："費氏，蜀之青城人，以才色入蜀宫，事後主，嬖之，號花蕊夫人。"（《詩人玉屑》卷二十亦引）毛晉《三家宫詞跋》云"孟昶之有費氏也"，亦主費氏説。下"摩訶池"，顧祖禹

《讀史方輿紀要》卷六十七《成都市》："摩訶池,在府城内。隋開皇中,欲伐陳,鑿大池以教水戰。《成都記》:池在張儀子城内,隋蜀王秀取土築廣子城,因爲池,有胡僧見之曰:'摩訶宮毘羅。'梵語謂摩訶爲大,宮毘羅爲龍,言此池廣大有龍也。……蜀王建武成元年,改爲龍躍池。……後主衍建宣華苑于池上,又改爲宣華池。"其故地在今成都市郊。

〔四〕首兩句:《苕溪漁隱叢話前集》卷六十引此詞序,此下有"云冰肌玉骨,自清涼無汗"十字。

〔五〕冰肌三句:清沈祥龍《論詞隨筆》:"詞韶麗處不在塗脂抹粉也。誦東坡'冰肌玉骨,自清涼無汗,水殿風來暗香滿'句,自覺口吻俱香。"

〔六〕金波二句:金波,月光。玉繩,北斗七星中的兩顆星,在第五星玉衡的北面,可代指斗柄;玉繩低轉,表示夜深。金波與玉繩常聯用,如謝朓《暫使下都夜發新林至京邑贈西府同僚》:"金波麗鳷鵲,玉繩低建章。"

【評箋】　張炎《詞源》卷下:此詞"清空中有意趣,無筆力者未易到"。《草堂詩餘正集》卷三:"清越之音,解煩滌苛。"又曰:"自高則誠《琵琶記》采入賞夏,遂覺耳熟,喜留得'一點明人(月)窺人'句,初致未損。"

【附録】

關于蘇軾此詞與孟昶詞的關係,前人記述不同。(一)依蘇軾詞序之意,孟作《玉樓春》詞,蘇以其首兩句足成此詞。《苕溪漁隱叢話·前集》卷六十:"《漫叟詩話》云:楊元素(繪)作《本事曲》,記《洞仙歌》'冰肌玉骨……'錢塘有一老尼,能誦後主詩首章兩句,後人爲足其意,以填此詞。余嘗見一士人誦全篇云:'冰肌玉骨清無汗,水殿風來暗香暖。簾開明月獨窺人,欹枕釵橫雲鬢亂。起來瓊户啓無聲,時見疏星渡河漢。屈指西風幾時來,只恐流年暗中换。'"又引蘇軾《洞仙歌序》,并云:"《漫叟詩話》所載《本事曲》云'錢塘一老尼,能誦後主詩首章兩句',與東坡《洞仙歌·

序》全然不同，當以《序》爲正也。”《歷代詩餘》卷一一三引《温（漫）叟詩話》：“蜀主孟昶令羅城上盡種芙蓉，盛開四十里，語左右曰：‘古以蜀爲錦城，今覩之，真錦城也。’嘗夜同花蕊夫人避暑摩河（訶）池上，作《玉樓春》詞云：‘冰肌玉骨清無汗……’（同上引，文字稍異）”則知上引八句“詩”，乃《玉樓春》詞。姚寬《西谿叢話》卷上亦引此作，并謂“孟蜀王水殿詩，東坡續爲長短句”，言“續”而非隱括。明李日華《味水軒日記》卷四《萬曆四十年十二月八日》條：“高生指引一人持東坡墨蹟來，乃行書《洞仙歌》詞一首，字如當三錢大，豐茂多姿，全法徐季海。此詞首語‘冰肌玉骨，自清涼無汗’，舊傳蜀花蕊夫人句，後皆坡翁續成之。豪華婉逸，如出一手，亦公自所得意者。染翰洒洒，想見其軒渠滿志也。有頤庵圖記，胡文穆公家物。”（二）蘇詞乃隱括孟詞而成。張邦基《墨莊漫録》卷九，先記蘇軾《洞仙歌序》謂在孟詞首兩句基礎上足成此詞；又記：“近見李公彦《季成詩話》乃云：‘楊元素作《本事曲》（原脱“曲”字），記《洞仙歌》“冰肌玉骨，自清涼無汗”，錢塘有老尼能誦後主詩首章兩句，後人爲足其意，以填此詞。’其説不同。”然後又記：“予友陳興祖德昭云：‘頃見一詩話，亦題云李季成作，乃全載孟蜀主一詩：“冰肌玉骨清無汗……”云東坡少年遇美人喜《洞仙歌》，又邂逅處景色暗相似，故隱括稍協律以贈之也。予以謂此説近之’。據此，乃詩耳。而東坡自叙乃云是《洞仙歌令》，蓋公以此叙自晦耳。《洞仙歌》腔出近世，五代及國初未之有也。”張德瀛《詞徵》卷五亦引《墨莊漫録》，且云：“今觀坡詞，與蜀主全詞脗合，非但記其兩句。”王明清《揮麈録·後録餘話》卷一：“如‘冰肌玉骨清無汗，水殿風來暗香滿’，孟蜀王詩，東坡先生度以爲詞。昔人不以蹈襲爲非。”《竹坡詩話》：“‘冰肌玉骨清無汗，……不道流年暗中换’，世傳此詩爲花蕊夫人作，東坡嘗用此作《洞仙歌》曲。或謂東坡託花蕊以自解耳，不可不知也。”朱彝尊《詞綜》卷二選録孟昶《玉樓春·夜起避暑摩訶池上作》，并按語云：“蘇子瞻《洞仙歌》本隱括此詞，然未免反有點金之憾。”李調元《雨村詞話》卷一：“蜀主孟昶‘冰肌玉骨’一闋，本《玉樓春》詞，蘇子《洞仙歌》隱括其詞，反爲添蛇足矣。《詞綜》謂爲‘點金’，信然。”陳廷焯《白雨齋詞話》卷一：“又東坡《洞仙歌》，只就孟昶原詞敷衍成章，所感雖不同，終嫌依傍前人。

《詞綜》譏其有點金之憾,固未爲知己,而《詞選》(張惠言)必推爲傑構,亦不可解。"鄭文焯《手批東坡樂府》却云:"坡老改添此詞數字,誠覺氣象萬千,其聲亦如空山鳴泉,琴筑競奏。"朱、李、陳、鄭對二詞所評高下不同,然謂蘇詞櫽括孟詞則一。(三)《玉樓春》詞乃有人櫽括蘇詞而託名孟昶者。沈雄《古今詞話・詞品》卷上:"東京士人櫽括東坡《洞仙歌》爲《玉樓春》,以記摩訶池上之事。見張仲素《本事記》。"宋翔鳳《樂府餘論》評胡仔語:"按,《叢話》(《苕溪漁隱叢話》)載《漫叟詩話》而辨之甚備。則元素《本事曲》仍是東坡詞,所謂見一士人誦全篇云云者,乃《漫叟詩話》之言,不出元素也。元素與東坡同時,先後知杭州,東坡是追憶幼時,詞當在杭足成之。元素至杭,聞歌此詞,未審爲東坡所足,事皆有之。東坡所見者蜀尼,故能記蜀宮詞,若錢塘尼,何自得聞之也。《本事曲》已誤,至所傳'冰肌玉骨清無汗'一詞,不過櫽括蘇詞,然删去數虛字,語遂平直,了無意味。蓋宋自南渡,典籍散亡,小書雜出,真僞互見,《叢話》多有別白。而竹垞《詞綜》顧棄此録彼,意欲變草堂之所選,然亦千慮之一失矣。"鄧廷楨《雙硯齋詞話》據謝元明發現石刻事(見下),謂"是昶詞本作《洞仙歌》,尤無疑義。乃不知誰何別作《玉樓春》一闋,僞託蜀主原詞,其語句乃取坡詞剪裁而成,致爲淺直而小。長蘆《詞綜》不收坡制,轉録膺詞,且詆坡詞爲'點金成鐵'。竹垞工于顧曲者,所嗜乃顛倒如此,非惟昧昧淄澠,抑且誣燕郢矣"。

　　以上第三説係駁第二説,而支持第一説,主第二説者雖不乏其人,實無法推翻蘇詞自序所言。浦江清先生《花蕊夫人宮詞考證》(見《浦江清文録》)云:"摩訶池詞出蘇軾之《洞仙歌序》,惟軾明言除首二句外,皆彼所自作,好事者櫽括東坡詞以爲《玉樓春》一調,以歸之于孟昶,其事妄也。倘東坡知此《玉樓春》全詞,何必更作《洞仙歌》,倘不知之,何能暗合古詞如此乎?"又云:"《洞仙歌》與《玉樓春》調異而文同,或者有人櫽括蘇詞以付歌者,遂爾兩傳。時人不察,反以《玉樓春》在前,而歸之于孟昶,此好奇之過也。"推論平實可信。

　　又趙聞禮《陽春白雪》卷二:"宜春潘明叔云:蜀王與花蘂夫人避暑摩訶池上,賦《洞仙歌》,其辭不見于世。東坡得老尼口誦兩句,遂足之。蜀帥謝元明因開摩訶池,得古石刻,遂見全篇。其詞云:‘冰肌玉骨,自清涼無汗。貝闕琳宮恨初遠。玉闌干倚遍,怯盡朝寒;回首處,何必留連穆滿。　　芙蓉開過也,樓閣香融,千片紅英泛波面。洞房深深鎖,莫放輕舟;瑤臺去,甘與塵寰路斷。更莫遣流紅到人間,怕一似當時,誤他劉阮。’"張德瀛《詞徵》謂此詞"殆孟昶詞(指《玉樓春》)所本乎?"僅屬推測。宋翔鳳《樂府餘論》評云:"按,云‘自清涼無汗’,確是避暑,而又云‘怯盡朝寒’,則非避暑之意。且坡序云‘夜起’,而此詞俱畫景,其中‘貝闕琳宮’‘闌干’‘樓閣’‘洞房’‘瑤臺’,拉雜湊集,明是南宋人偽託。"所疑幾點,頗有理,然斷爲"南宋人偽託",證據亦不足。

念 奴 嬌

赤壁懷古〔一〕

大江東去,浪淘盡、千古風流人物。故壘西邊,人道是、三國周郎赤壁〔二〕。亂石崩雲,驚濤裂岸,捲起千堆雪。江山如畫,一時多少豪傑!　　遙想公瑾當年,小喬初嫁了〔三〕,雄姿英發〔四〕。羽扇綸巾〔五〕,談笑間、強虜灰飛煙滅〔六〕。故國神遊〔七〕,多情應笑我,早生華髮〔八〕。人間如夢,一樽還酹江月〔九〕。

〔一〕傅藻《東坡紀年録》謂此詞與《前赤壁賦》同作于元豐五年七月;王文誥《蘇詩總案》卷二十一則謂元豐四年十月作,然皆無具體考證。赤壁,此指黃州赤鼻磯。三國時赤壁之戰所在地,迄今諸説岐異。宋王象之《輿地紀勝》卷七十九:"《(太平)寰宇記》引舊《圖經》云:‘烏林爲赤壁。’新經云:‘今江漢間言赤壁者有五:黃州、嘉魚、江夏、漢陽、漢川。’其記各有所據。惟江夏之説近古而合于史。”王象之認爲應從《水經注》説(《水經·江水注》“江水左逕百人山〔今漢陽縣南紗帽山〕南,右逕赤壁山北,昔周瑜與黃蓋詐魏武大軍處所也”),則赤壁即今湖北武昌縣西之赤磯山,與紗帽山隔江相對;他并指出漢陽之説出于《荊州記》;漢川之説是以赤壁草市爲赤壁;黃州之説出于《齊安拾遺》,以赤鼻山爲赤壁;嘉魚之説出于唐章懷太子《後漢書·劉表傳》注。楊守敬《晦明軒稿·答友人書》亦據《水經注》言赤壁之下有大、小軍山及在百人山南,主張武昌之説。顧祖禹《讀史方輿紀要》卷七十六《嘉魚縣·赤壁山》條:“縣西七十里。《元和志》:山在蒲圻縣西一百二十里,時未置嘉魚也。其北岸相對者爲烏林,即周瑜焚曹操船處。……今江漢間言赤壁者有五:漢陽、漢川、黃州、嘉魚、江夏也,當以嘉魚之赤壁爲據。”則在今蒲圻縣西北。此二説迄無定論,其他三説皆被否定。蘇軾對黃州赤鼻磯是否三國古戰場亦有懷疑。其《與范子豐書》云:“黃州少西,山麓斗入江中,石室如丹,傳云曹公敗所,所謂赤壁者,或曰非也。”(又見《東坡志林》卷四《赤壁洞穴》條)朱彧《萍洲可談》卷二記黃州“州治之西,距江名赤鼻磯。俗呼‘鼻’爲‘弼’,後人往往以此爲赤壁。……東坡詞有‘人道是周郎赤壁’之句,指赤鼻磯也。坡非不知自有赤壁,故言‘人道是’者,以明俗記爾”。陸游《入蜀記》卷四亦言蘇軾有“疑”,“賦云‘此非曹孟德之困于周郎者乎?’樂府云:‘故壘西邊,人道是當日周郎赤壁。’蓋一字不輕下如此”。(另參看《韻語陽秋》卷十三等)但以黃州赤鼻磯爲三國古戰場,詩歌吟詠中早見,如杜牧《齊安郡晚秋》即有“可憐赤壁争雄渡,唯有蓑翁坐釣魚”句。

〔二〕周郎:《三國志·吳志·周瑜傳》:“周瑜,字公瑾,廬江舒人也。”建安三年,“自居巢還吳”,孫策授其“建威中郎將”。“瑜時年二十四,吳中皆呼爲周郎。”

〔三〕當年:當時。或解作盛壯之年,亦可通。　　小喬句:《三國志·吳書·周瑜傳》載,周瑜從孫策攻皖,“時得橋公兩女,皆國色也。(孫)策自納大橋,瑜納小橋”。時在建安三年或四年,周瑜二十四五歲;赤壁之戰在建安十三年,周瑜三十四歲,結婚已十年。言"初嫁"爲突出其風流倜儻、少年得志。

〔四〕雄姿英發:雄姿,《三國志·吳書·周瑜傳》:"瑜長壯有姿貌。"英發,指談吐不凡,識見卓越。《三國志·吳書·呂蒙傳》載孫權論呂蒙的學問、籌略可與周瑜相比,"但言議英發不及之耳。"蘇軾《送歐陽推官赴華州監酒》:"知音如周郎,議論亦英發。"

〔五〕羽扇綸(guān)巾:程大昌《演繁露》卷八《羽扇》條:"《語林》曰:'諸葛武侯與晉宣帝戰于渭濱,乘素車、着葛巾,揮白羽扇,指麾三軍。'《晉書》:'顧榮征陳敏,自以羽扇麾之,敏衆大潰。'是皆特持羽扇以自表異,而令軍衆瞻求易見也。《晉中興徵説》曰:'舊羽扇翮用十毛,王敦始省改,止用八毛,其羽翮損少,故飛翥不終,此其兆也。'據此語以求其制度,則是取鳥羽之白者,插扇柄中,全而用之,不細析也。今道家繪天仙象中,有秉執羽扇者,皆排列全翮以致其用,則制可想矣。"綸巾,用絲帶做的便巾。羽扇綸巾,指便裝而非戎服,形容風度瀟洒。此指周瑜,他是全詞的中心人物,不必泥指諸葛亮。蘇軾《永遇樂》(天末山橫)"綸巾羽扇,一尊飲罷,目送斷鴻千里","綸巾羽扇"指自己裝束;《送將官梁左藏赴莫州》"葛巾羽扇紅塵静",則指别人,足證此爲儒將一般打扮。

〔六〕灰飛煙滅:李白《赤壁歌送别》:"二龍争戰決雄雌,赤壁樓船掃地空。烈火張天照雲海,周瑜于此破曹公。"《邵氏聞見後録》卷十九:"東坡《赤壁詞》'灰飛煙滅'之句,《圓覺經》中佛語也。"

〔七〕故國神遊:神遊故國(舊地、古戰場)。

〔八〕多情句:"應笑我多情早生華髮"的倒裝。劉駕《山中夜坐》:"誰遣我多情,壯年無鬢髮。"《六一詩話》載:"閩人有謝伯初者,字景山……詩有'多情未老已白髮,野思到春如亂雲'之句。"蘇軾《潁州初别子由》亦有"多憂髮早白"語。

〔九〕酹(lèi):以酒洒地表示祭奠。

【評箋】《苕溪漁隱叢話·前集》卷五十九："苕溪漁隱曰：東坡'大江東去'赤壁詞，語意高妙，真古今絶唱。"

俞文豹《吹劍録》："'大江東去'詞，三'江'、三'人'、二'國'、二'生'（按，"人間如夢"句，一本作"人生如夢"）二'故'、二'如'、二'千'字，以東坡則可，他人固不可；然語意到處，他字不可代，雖重無害也。今人看人文字，未論其大體如何，先且指點重字。"

元好問《題閑閑書赤壁賦後》："夏口之戰，古今喜稱道之。東坡《赤壁詞》殆戲以周郎自況也。詞纔百許字，而江山人物無復餘蘊，宜其爲樂府絶唱。"

《草堂詩餘正集》卷四："語語高妙閒冷，初不以英氣凌人。"

《蓼園詞選》："題是懷古，意是謂自己消磨壯心殆盡也。開口'大江東去'二句，嘆浪淘人物，是自己與周郎俱在内也。'故壘'句至次闋'灰飛煙滅'句，俱就赤壁寫周郎之事，'故國'三句是就周郎拍到自己，'人生似夢'二句總結以應起二句。總而言之，題是赤壁，心實爲己而發，周郎是賓，自己是主，借賓定主，寓主于賓，是主是賓，離奇變幻，細思方得其主意處，不可但誦其詞而不知其命意所在也。"

〔關于蘇詞、柳詞優劣異同的比較〕

《吹劍續録》："東坡在玉堂，有幕士善謳，因問：'我詞比柳詞何如？'對曰：'柳郎中詞，只好十七八女孩兒，執紅牙拍板，唱"楊柳外，曉風殘月"；學士詞須關西大漢，執鐵板，唱"大江東去"。'公爲之絶倒。"

王世貞《弇州山人詞評》："昔人謂銅將軍、鐵綽板，唱蘇學士'大江東去'；十八九歲好女子唱柳屯田'楊柳外曉風殘月'，爲詞家三昧。然學士此詞，亦自雄壯，感慨千古，果令銅將軍于大江奏之，必能使江波鼎沸。至咏楊花《水龍吟慢》，又進柳妙處一塵矣。"

俞彦《爰園詞話》："子瞻詞無一語着人間煙火，此自大羅天上一種，不必與少游、易安輩較量體裁也。其豪放亦止'大江東去'一詞。何物袁綯（按，指《吹劍續録》所云'幕士'），妄加品隲，後代奉爲美談，似欲以概子瞻生平。不知萬頃波濤來自萬里，吞天浴日，古豪傑英爽都在，使屯田此際操觚，果可以'楊柳外曉風殘月'命句否？且柳詞亦只此佳句，餘皆未稱,而亦有本,祖魏承班《漁歌子》'窗外曉鶯殘月',第改二字增一字耳。"

王士禛《花草蒙拾》:"名家當行,固有二派。蘇公自云:吾醉後作草書,覺酒氣拂拂從十指間出。黃魯(直)亦云:東坡書挾海上風濤之氣。讀坡詞當作如是觀,瑣瑣與柳七較錙銖,無乃爲髯公所笑。"

賀裳《皺水軒詞筌》:"蘇子瞻有銅琶鐵板之譏。然其《浣溪沙·春閨》曰:'綵索身輕常趁燕,紅窗睡重不聞鶯',如此風調,令十七八女郎歌之,豈在'曉風殘月'之下?"

徐釚《詞苑叢談》卷三:"蘇東坡'大江東去',有銅將軍鐵綽板之譏,柳七'曉風殘月',謂可令十七八女郎按紅牙檀板歌之,此袁綯語也,後人遂奉爲美談。然僕謂東坡詞自有橫槊氣概,固是英雄本色,柳纖豔處亦麗以淫耳。"

沈雄《古今詞話·詞話》卷上:"江尚質曰:東坡《酹江月》爲千古絕唱,耆卿《雨霖鈴》惟是'今宵酒醒何處?楊柳岸曉風殘月',東坡喜而嘲之。沈天羽(即沈際飛)曰:求其來處,魏承班'帘外曉鶯殘月',秦少游'酒醒處,殘陽亂鴉',豈盡是登溷語。余則爲耆卿反唇曰:'大江東去,浪淘盡、千古風流人物',死尸狼籍,臭穢何堪,不便甚于袁綯之一哂乎?"(按,《皺水軒詞筌》云,對柳句"或譏爲梢公登溷詩,此輕薄兒語,不足聽也"。)

【附錄】

此詞異文頗多,且"故壘"句、"小喬"句、"多情"句斷句亦有爭論,茲抄錄有關材料如下:

《容齋續筆》卷八《詩詞改字》條:"向巨原云:元不伐家有魯直所書東坡《念奴嬌》,與今人歌不同者數處,如'浪淘盡'爲'浪聲沉','周郎赤壁'爲'孫吳赤壁','亂石穿空'爲'崩雲','驚濤拍岸'爲'掠岸','多情應笑我早生華髮'爲'多情應是笑我生華髮','人生如夢'爲'如寄',不知此本今何在也?"

鄭文焯《手批東坡樂府》引上條後云:"此從元祐雲間本,唯'崩雲'二字,與山谷所録無異。汲古刻固作'穿空'、'拍岸',此又作'裂岸'亦奇,愚謂他無足異,只'多情應是'句當從魯直寫本校正。"又云:"曩見陳伯弢齋頭,有王壬老讀是詞校字,改'了'爲'與',伯弢極傾倒。余笑謂此正是湘綺不解詞格之證,即以音調言,亦啞鳳也。"

《詞綜》卷六:"按他本'浪聲沉'作'浪淘盡',與調未協。'孫吳'作'周郎',犯下'公瑾'字。'崩雲'作'穿空','掠岸'作'拍岸'。又'多情應是,笑我生華髮',作'多情應笑我,早生華髮',益非。今從《容齋隨筆》所載黃魯直手書本更正。至于'小喬初嫁'宜句絶,'了'字屬下句,乃合。"

丁紹儀《聽秋聲館詞話》卷十三:"東坡赤壁懷古《念奴嬌》詞盛傳千古,而平仄句調都不合格,《詞綜》詳加辨正,從《容齋隨筆》所載山谷手書本云:……較他本'浪聲沉'作'浪淘盡'、'崩雲'作'穿雲'、'掠岸'作'拍岸',雅俗迥殊,不僅'孫吳'作'周郎'重下'公瑾'而已。惟'談笑處'作'談笑間'、'人生'作'人間',尚誤。至'小喬初嫁'句,謂'了'字屬下乃合,考宋人詞,後段第二、三句作上五下四者甚多,仄韻《念奴嬌》本不止一體,似不必比而同之。萬氏《詞律》仍從坊本以此詞爲別格,殊謬。"

先著《詞潔》卷四:"坡公才高思敏,有韻之言多緣手而就,不暇琢磨。此詞膾炙千古,點檢將來,不無字句小疵,然不失爲大家。《詞綜》從《容齋隨筆》改本,以'周郎''公瑾'傷重,'浪聲沉'較'淘盡'爲雅。予謂'浪淘'字雖粗,然'聲沉'之下,不能接'千古風流人物'六字,蓋此句之意,全屬'盡'字,不在'淘''沉'二字分別。至于赤壁之役,應屬周郎,'孫吳'二字,反失之泛。惟'了'字上下皆不屬,應是湊字。'談笑'句甚率。其他句法伸縮,前人已經備論。此仍從舊本,正欲其瑕瑜不掩,無失此公本來面目耳。"

《艇齋詩話》:"東坡'大江東去'詞,其中云'人道是三國周郎赤壁',陳無己見之,言:'不必道三國。'東坡改云'當日'。今印本兩出,不知東坡已改之矣。"

王楙《野客叢書》卷二十四《東坡水調》條:"淮東將領王智夫言:嘗見東坡親染所製水調詞,其間謂'羽扇綸巾談笑處,檣櫓灰飛煙滅',知後人譌爲'強虜'。僕考《周瑜傳》,黃蓋燒曹公船,時風猛,悉延燒岸上營落,煙焰漲天,知'檣櫓'爲信然。"

《草堂詩餘正集》卷四引李白《赤壁歌送別》後云:"則'檣艣'二字優于'强虜'。"

王又華《古今詞論》引毛稚黄語:"東坡'大江東去'詞,'故壘西邊,人道是三國周郎赤壁',論調則當于'是'字讀斷,論意則當于'邊'字讀斷。'小喬初嫁了雄姿英發',論調則'了'字當屬下句,論意則'了'字當屬上句。'多情應笑我早生華髮','我'字亦然。又《水龍吟》'細看來不是楊花點點是離人淚',調則當是'點'字斷句,意則當是'花'字斷句。文自爲文,歌自爲歌,然歌不礙文,文不礙歌,是坡公雄才自放處。他家間亦有之,亦詞家一法。"

吳衡照《蓮子居詞話》卷一:"楊升菴《詞品》云:'詞人語意所到,間有參差,或兩句作一句,或一句作兩句,惟妙于歌者上下縱橫取協。'此是篤論,如曲子家之有活板眼也。東坡'小喬初嫁了雄姿英發''細看來不是楊花點點是離人淚'等處,皆當以此説通之。若契舟膠柱,徐虹亭所謂'髯翁命官磨蝎,身後又硬受此差排'矣。"

南 鄉 子

重九涵輝樓呈徐君猷〔一〕

霜降水痕收,淺碧鱗鱗露遠洲。酒力漸消風力軟,颼颼,破帽多情却戀頭〔二〕。　　　佳節若爲酬〔三〕?但把清樽斷送秋。萬事到頭都是夢〔四〕,休休,明日黄花蝶也愁〔五〕。

〔一〕元豐五年(一〇八二)作。蘇軾《與王鞏定國》:"重九登棲霞樓,望
　　君淒然,歌《千秋歲》,滿坐識與不識,皆懷君。遂作一詞云:'霜降

水痕收……明日黄花蝶也愁。'其卒章則徐州逍遥堂中夜與君和詩也。"《千秋歲》("淺霜侵緑")作于元豐元年重陽,時在徐州。

〔二〕破帽句:陳鵠《耆舊續聞》卷二:"余謂後輩作詞,無非前人已道底句,特善能轉换爾。《三山老人語録》云:'從來九日用落帽事(指孟嘉在征西將軍桓温重陽節宴會上被風吹落帽子,却渾然不覺,事見《世説新語·識鑒》劉孝標注),獨東坡云:"破帽多情却戀頭",尤爲奇特。'不知東坡用杜子美詩:'羞將短髮還吹帽,笑倩傍人爲整冠。'"沈際飛《草堂詩餘正集》卷二:"自來九日多用落帽,東坡不落帽,醒目。"《詞林紀事》卷五引樓敬思云:"九日詩詞,無不使落帽事者,總不若坡仙《南鄉子》詞,更爲翻新。"

〔三〕佳節句:杜牧《九日齊山登高》:"但將酩酊酬佳節。"若爲,如何,那堪。

〔四〕萬事句:用潘閬"萬事到頭都是夢,休嗟百計不如人"成句。《草堂詩餘正集》卷二評云:"東坡升沉去住,一生莫定,故開口説夢。如云'人間如夢','世事一場大夢','未轉頭時皆夢','古今如夢,何曾夢覺','君臣一夢,今古虚名',屢讀之胸中鄙吝自然消去。"

〔五〕休休二句:蘇軾《九日次韻王鞏》:"相逢不用忙歸去,明日黄花蝶也愁。"《休齋詩話》:"唐人嘗詠《十日菊》:'自緣今日人心别,未必秋香一夜衰',世以爲工,蓋不隨物而盡;如'酒盞此時須在手,菊花明日便愁人',自覺氣不長耳。東坡亦云'休休,明日黄花蝶也愁'也。然雖變其語,終有此過,豈在謫所遇時感慨,不覺發是語乎?"《冷齋夜話》卷一記黄庭堅論换骨法:"如鄭谷《十日菊》曰:'自緣今日人心别,未必秋香一夜衰。'此意甚佳,而病在氣不長。西漢文章雄深雅健者,其氣長故也。曾子固曰:詩當使人一覽語盡而意有餘,乃古人用心處。所以荆公菊詩曰:'千花萬卉彫零後,始見閒人把一枝。'東坡則曰:'萬事到頭終是夢,休休,明日黄花蝶也愁。'……皆换骨法也。"《蓼園詞選》:"'破帽戀頭',語奇而穩;'明日黄花'句,自屬達觀,凡過去未來皆幾非在我,安可學蜂蝶之戀香乎?"

臨　江　仙

夜歸臨皋〔一〕

　　夜飲東坡醒復醉，歸來髣髴三更。家童鼻息已雷鳴。敲門都不應，倚仗聽江聲〔二〕。　　長恨此身非我有〔三〕，何時忘却營營〔四〕！夜闌風静縠紋平。小舟從此逝，江海寄餘生。

〔一〕王文誥《蘇詩總案》卷二十一：元豐五年九月，“雪堂夜飲，醉歸臨皋作《臨江仙》詞”。蘇軾自元豐三年五月自定惠院遷居臨皋，五年春于東坡築雪堂，但仍家居臨皋。《後赤壁賦》云“是歲（元豐五年）十月之望，步自雪堂，將歸于臨皋”，與此詞所言行踪相同。參看前《浣溪沙·十二月二日，雨後微雪……》詞注。

〔二〕倚杖：一作“久立”。

〔三〕此身非我有：《莊子·知北游》：“舜問乎丞曰：‘道可得而有乎？’曰：‘汝身非汝有也，汝何得有夫道？’舜曰：‘吾身非吾有也，孰有之哉？’曰：‘是天地之委形也。’”此謂身不由己，不能自主，乃拘于外物之故。

〔四〕營營：紛擾貌。指爲世俗名利而奔忙。

【附録】

　　《避暑録話》卷上：蘇軾在黄州“與數客飲江上，夜歸。江面際天，風露浩然，有當其意，乃作歌辭，所謂‘夜闌風静縠紋平，小舟從此逝，江海寄餘生’者，與客大歌數過而散。翌日喧傳子瞻夜作此辭，挂冠服江邊，拏舟長嘯去矣。郡守徐君猷聞之，驚且懼，以爲州失罪人，急命駕往謁，則子瞻鼻鼾如雷，猶未興也。然此語卒傳至京師，雖裕陵（神宗）亦聞而疑之”。

水　龍　吟

次韻章質夫楊花詞〔一〕

　　似花還似非花〔二〕，也無人惜從教墜〔三〕。拋家傍路，思量却是，無情有思〔四〕。縈損柔腸，困酣嬌眼，欲開還閉。夢隨風萬里，尋郎去處，又還被、鶯呼起〔五〕。　　不恨此花飛盡，恨西園、落紅難綴〔六〕。曉來雨過，遺蹤何在？一池萍碎〔七〕。春色三分，二分塵土，一分流水〔八〕。細看來、不是楊花，點點是離人淚。

〔一〕章楶(jié)，字質夫，浦城人。歷官吏部郎中、同知樞密院事，謚莊簡。蘇軾《與章質夫》(《蘇軾文集》卷五十五)云：“《柳花》詞妙絶，使來者何以措詞……故寫其意，次韻一首寄去，亦告不以示人也。”題下有注云作於黄州。驗之該信中有“承喻慎静以處憂患”等語，與蘇軾貶謫處境相符；又據《續資治通鑑長編》卷三一二，章楶於元豐四年夏四月任荆湖北路提點刑獄，與該信所云“思公正柳花飛時出巡按”一致，故蘇軾此詞作年之上限在元豐四年(一〇八一)，時蘇軾貶居黄州。該信中又提及“徐令”、“君猷”，當爲時任黄州知州之徐大受(字君猷)，而徐在元豐六年夏離任，同年冬逝世。故此詞作年之下限在元豐六年(一〇八三)。具體時令均爲春夏之際。此首別誤作周邦彦詞，見《詞學筌蹄》卷一。章楶《水龍吟·柳花》詞原唱如下：“燕忙鶯嬾花殘，正堤上柳花飄墜。輕飛亂舞，點畫青林，全無才思。(此三句一作‘輕飛點畫青林，誰道全無才思’)閑趁游絲，静臨深院，日長門閉。傍珠簾散漫，垂垂欲下，依前被、風扶起。　　蘭帳玉人睡覺，怪春衣、雪沾瓊綴。綉床漸滿，香毬無數，才圓却碎。時見蜂兒，仰黏輕粉，魚吞池水。

望章臺路杳,金鞍游蕩,有盈盈淚。"(《唐宋諸賢絕妙詞選》卷五)

〔 二 〕非花:白居易《花非花》詞:"花非花,霧非霧。"亦咏女性。

〔 三 〕從教墜:任憑楊花飄墜。

〔 四 〕有思:有情。思,作名詞用,讀去聲。

〔 五 〕夢隨四句:唐金昌緒(一作蓋嘉運)《春怨》詩:"打起黃鶯兒,莫教
枝上啼。啼時驚妾夢,不得到遼西。"

〔 六 〕綴:收拾。

〔 七 〕一池萍碎:蘇軾自注:"楊花落水爲浮萍,驗之信然。"其《再次韻
曾仲錫荔支》詩亦有"柳花着水萬浮萍"句,并自注云:"柳至易成,
飛絮落水中經宿即爲浮萍。"其《予少年頗知種松,手植數萬
株……》亦有"明年飛絮作浮萍"句。陸佃《埤雅》卷十六《釋草》
"苹"下云:"世說楊花入水化爲浮萍。"但姚寬《西溪叢話》卷下云:
"楊、柳二種,楊樹葉短,柳樹葉長,花即初發時黃蕊,子爲飛絮,今
絮中有小青子,着水泥沙灘上,即生小青芽,乃柳之苗也。東坡謂
絮化爲浮萍,誤矣。"王念孫《廣雅疏證》卷十(上)亦駁化萍之説。

〔 八 〕春色三分三句:李調元《雨村詞話》卷一:"宋初葉清臣,字道卿,
有《賀聖朝》詞云:'三分春色二分愁,更一分風雨。'東坡《水龍吟》
演爲長(短)句云:'春色三分,二分塵土,一分流水。'神意更遠。"

【評箋】 《艇齋詩話》:"東坡和章質夫《楊花詞》云:'思量却是,無情有
思',用老杜'落絮游絲亦有情'也。'夢隨(風)萬里,尋郎去處,依前被,鶯呼
起',即唐人詩云:'打起黃鶯兒,莫教枝上啼,幾回驚妾夢,不得到遼西。''細
看來、不是楊花,點點是離人淚',即唐人詩云:'時人有酒送張八,惟我無酒
送張八。君有(看)陌上梅花紅,盡是離人眼中血。'皆奪胎換骨手。"

張炎《詞源》卷下《句法》條:"詞中句法,要平妥精粹。一曲之中,安
能句句高妙?只要拍搭襯副得去,于好發揮筆力處,極要用工,不可輕易
放過,讀之使人擊節可也。如東坡《楊花詞》云:'似花還似非花,也無人
惜從教墜。'又云:'春色三分,二分塵土,一分流水。'……此皆平易中有
句法。"又卷下《雜論》條:"東坡詞如《水龍吟》詠楊花等作,皆清麗舒徐,

高出人表。"

沈謙《填詞雜說》:"東坡'似花還似非花'一篇,幽怨纏綿,直是言情,非復賦物。"

李攀龍《草堂詩餘雋》評此詞:"如虢國夫人不施粉黛,而一段天姿,自是傾城。"

沈際飛《草堂詩餘正集》卷五:"隨風萬里尋郎,悉楊花神魂。"又云:"使以將軍鐵板來唱'大江東去',必至江波鼎沸,若此詞更進柳妙處一塵矣。"又云:"讀他文字,精靈尚在文字裏面;坡老只見精靈,不見文字。"

《藝概》卷四:"鄰人之笛,懷舊者感之;斜谷之鈴,溺愛者悲之。東坡《水龍吟·和章質夫詠楊花》云:'細看來、不是楊花,點點是離人淚',亦同此意。"又云:"東坡《水龍吟》起云:'似花還似非花',此句可作全詞評語,蓋不離不即也。"

先著《詞潔》卷五:"起句入魔,'非花'矣而又'似',不成句也;'拋家傍路'四字欠雅;'綴'字趁韻不穩;'曉來'以下,真是化工神品。"

《蓼園詞選》:"首四句是寫楊花形態;'縈損'以下六句,是寫望楊花之人之情緒。二闋用議論,情景交融,筆墨入化,有神無迹矣。"

鄭文焯《手批東坡樂府》:"煞拍畫龍點睛,此亦詞中一格。"

《人間詞話》卷上:"詠物之詞,自以東坡《水龍吟》爲最工。"

〔關于蘇詞、章詞高下的評論〕

朱弁《曲洧舊聞》卷五:"章楶質夫,作《水龍吟》詠楊花,其命意用事,清麗可喜。東坡和之,若豪放不入律呂。徐而視之,聲韻諧婉,便覺質夫詞有纖綉工夫。"(沈義父《樂府指迷》亦以爲此詞"未嘗不叶律也"。)《詞源》卷下《雜論》條:"詞不宜强和人韻。若倡者之曲韻寬平,庶可賡歌;倘韻險,又爲人所先,則必牽强賡和,句意安能融貫?徒費苦思,未見有全章妥溜者。東坡次章質夫楊花《水龍吟》韻,機鋒相摩,起句便合讓東坡出一頭地,後片愈出愈奇,真是壓倒今古。"《人間詞話》卷上:"東坡《水龍吟》詠楊花,和韻而似原唱;章質夫詞,原唱而似和韻,才之不可强也如是。"以上皆謂蘇詞勝于章詞。《詩人玉屑》卷二十一:"章質夫詠楊花詞,東坡和之。晁叔用以爲'東坡如毛嬙、西施,净洗脚面,與天下婦人鬥好,質夫豈可比',

是則然矣。余以爲質夫詞中所謂‘傍珠簾散漫，垂垂欲下，依前被、風扶起’，亦可謂曲盡楊花妙處。東坡所和雖高，恐未能及。詩人議論不公如此耳！”則謂章詞有高出蘇詞之處。至許昂霄《詞綜偶評》云：“與原作均是絕唱，不容妄爲軒輊。”(卓人月《古今詞統》卷十四亦有此意。)《艇齋詩話》既推崇蘇詞之“奪胎換骨”，又謂“質夫詞亦自佳”，則兩不褒貶。

〔關于“細看來”句的斷句問題〕

萬樹《詞律》卷十六引辛棄疾《水龍吟》(楚天千里清秋)，論末三句“倩何人喚取紅巾翠袖揾英雄淚”云：“後結‘倩何人’，五字句；‘紅巾’，四字句；‘揾英雄淚’，四字句。此一定鐵板也。東坡云‘細看來不是楊花點點是離人淚’，句法本同。《嘯餘》誤讀‘不是楊花’作分句，下六字作兩句，故卓氏《晤歌》從之；而沈氏亦謂此調句豆原不同。究之何嘗不同乎？”

厲鶚《手批詞律》：“東坡此詞雖和質夫作，而結句確不同章詞讀法。此十三字一氣，大抵用一五兩四句法者居多，而作一七兩三者，亦非絕無之事也。蘇詞句法，本是如此，語意何等明快！若依紅友(萬樹)‘一定鐵板’，則既云‘細看來不是’矣，下文當直云‘點點是離人淚’耳，何復贅‘楊花’二字也。且禿然于‘是’字斷句，語氣亦攔拉不住。”

先著《詞潔》卷五：“《水龍吟》末後十三字，多作五四四，此作七六，有何不可？近見論譜者于‘細看來不是’及‘楊花點點’下分句，以就五四四之印板死格，遂令坡公絕妙好詞，不成文理。”

兩説不同，以厲鶚等説爲是，參看前《念奴嬌·赤壁懷古》詞〔附錄〕所引王又華《古今詞論》、吳衡照《蓮子居詞話》等。

滿 庭 芳

有王長官者，棄官黃州三十三年，黃人謂之王先生。因送陳慥來過余，因爲賦此〔一〕。

三十三年，今誰存者，算祇君與長江。凛然蒼檜，霜

幹苦難雙〔二〕。聞道司州古縣〔三〕，雲溪上、竹塢松窗。江
南岸，不因送子，寧肯過吾邦〔四〕？　　　搉搉〔五〕，疏雨過，
風林舞破，煙蓋雲幢〔六〕。願持此邀君，一飲空缸。居士
先生老矣，真夢裏、相對殘釭。歌聲斷，行人未起，船鼓已
逢逢〔七〕。

〔一〕一本題中無“黃州”二字。元豐六年(一〇八三)作。
〔二〕凜然二句：以蒼檜喻王長官之品格。
〔三〕司州古縣：指黃陂縣。唐武德初，以黃陂縣置南司州。王長官時
　　　居黃陂。下“雲溪上”二句即寫王之居所。
〔四〕江南岸三句：王長官從黃陂送陳慥去江南，過黃州會作者。
〔五〕搉搉(chuāng chuāng)：撞擊聲。形容雨聲。
〔六〕蓋：車蓋。　　幢(zhuáng)：車帘。
〔七〕歌聲斷三句：謂夜飲未起，却已聞開船的鼓聲催行。逢逢(péng
　　　péng)，鼓聲。《詩·大雅·靈臺》：“鼉鼓逢逢。”

【評箋】　鄭文焯《手批東坡樂府》：“健句入詞，更奇峯特出，此境匪
稼軒所能夢到。不事雕鑿，字字蒼寒，如空巖霜幹，天風吹墮頗黎地上，
鏗然作碎玉聲。”

水　調　歌　頭

黃州快哉亭贈張偓佺〔一〕

落日繡簾捲，亭下水連空。知君爲我新作，窗户濕青
紅〔二〕。長記平山堂上，欹枕江南煙雨，杳杳没孤鴻。認
得醉翁語，山色有無中〔三〕。　　　一千頃，都鏡淨，倒碧

峯〔四〕。忽然浪起，掀舞一葉白頭翁〔五〕。堪笑蘭臺公子〔六〕，未解莊生天籟〔七〕，剛道有雌雄〔八〕。一點浩然氣，千里快哉風〔九〕。

〔一〕題一作《快哉亭作》。元豐六年（一〇八三）六月，張夢得（又字偓佺，王文誥謂即張懷民）建快哉亭，此詞有“知君爲我新作”句，詞即作于此時。蘇轍《黃州快哉亭記》：“清河張君夢得，謫居齊安，即其廬之西南爲亭，以覽觀江流之勝。而余兄子瞻名之曰‘快哉’。”

〔二〕青紅：指油漆之色。濕字承上“新作”，形容油漆新塗，色澤鮮潤。

〔三〕長記五句：平山堂，在今江蘇揚州市，歐陽修所建。其《醉偎香》（一作《朝中措》）詞：“平山欄檻倚晴空，山色有無中。”《老學庵筆記》卷六：“‘水流天地外，山色有無中’，王維詩也。權德輿《晚渡揚子江》詩云‘遠岫有無中，片帆煙水上’，已是用維語。歐陽公長短句云：‘平山闌檻倚晴空，山色有無中。’詩人至是蓋三用矣。然公但以此句施于平山堂爲宜，初不自謂工也。東坡先生乃云‘記取醉翁語，山色有無中’，則似謂歐陽公創爲此句，何哉？”（陳巖肖《庚溪詩話》卷下亦謂歐句“豈用摩詰語耶？然詩人意所到，而語偶相同者，亦多矣”，但蘇句却“專以爲六一語也”，則不甚當。）徐釚《詞苑叢談》卷十：“‘山色有無中’，歐公咏平山堂句也。或謂平山堂望江左諸山甚近，公短視故耳。東坡爲公解嘲，乃賦快哉亭詞云：‘長記平山堂上，欹枕江南煙雨，杳杳没孤鴻。認得醉翁語，山色有無中。’蓋山色有無，非煙雨不能也。然公起句是‘平山闌檻倚晴空’，‘晴空’安得‘煙雨’？恐東坡終不能爲歐公解矣。”（又見《藝苑雌黃》、卓人月《古今詞統》卷八）《草堂詩餘正集》卷三却云：“余按永叔起句‘平山欄檻倚晴空’，晴空安得煙雨？東坡自得其煙雨之山色，豈與輕薄子鬬齒頰哉！”

〔四〕一千頃三句：《詩人玉屑》卷十六《詞意深妙》條引《談苑》，謂此三

　　句出于徐騎省《徐孺子亭記》中警句："平湖千畝,凝碧乎其下;西
　　山萬疊,倒影乎其中。"

〔五〕白頭翁:船夫。

〔六〕蘭臺公子:指宋玉,他曾任蘭臺令。其《風賦》言"大王之雄風"和
　　"庶人之雌風"有別,見前《舶趠風》詩注。

〔七〕莊生天籟:《莊子·齊物論》:"(顏成)子游曰:'地籟則衆竅是已,
　　人籟則比竹是已,敢問天籟?'(南郭)子綦曰:'夫吹萬不同,而使
　　其自已也,咸其自取,怒者其誰邪?'"天籟,發于自然的神妙音響,
　　即指風聲。

〔八〕剛道:硬説。

〔九〕一點二句:《孟子·公孫丑》:"我善養吾浩然之氣","其爲氣也,
　　至大至剛,以直養而無害,則塞于天地之間"。此二句謂胸有"浩
　　然之氣",就能享此"快哉之風",并無"大王"、"庶人"各享"雄風"、
　　"雌風"之別。

　　【評箋】　鄭文焯《手批東坡樂府》:"此等句法,使作者稍稍矜才使
氣,便流入粗豪一派。妙能寫景中人,用(因)生出無限情思。"

　　《蓼園詞選》:"前闋從'快'字之意入,次闋起三語承上闋寫景,'忽
然'二句一跌,以頓出末二句來,結處一振,'快'字之意方足。"

鷓　鴣　天〔一〕

　　林斷山明竹隱牆,亂蟬衰草小池塘。翻空白鳥時時
見,照水紅蕖細細香〔二〕。　　　　村舍外,古城傍,杖藜徐步
轉斜陽。殷勤昨夜三更雨,又得浮生一日涼〔三〕。

〔 一 〕題一作"時謫黃州"。傅榦注本謂"東坡謫(《全宋詞》注作"謫")黃
　　　州時作此詞,真本藏林子敬家"。姑編于元豐六年(一〇八三)。
　　　詞寫夏日景象。

〔 二 〕藻:荷花。

〔 三 〕殷勤二句:《詩人玉屑》卷八引《庚溪詩話》《誠齋論奪胎換骨》條:
　　　"有用古人句律,而不用其句意者。……唐人云:'因過竹院逢僧
　　　話,又得浮生半日閑。'坡云:'殷勤昨夜三更雨,又得浮生一日
　　　涼。'……此皆以故爲新,奪胎換骨。"按,"唐人"爲李涉,見其《題
　　　鶴林寺僧舍》詩。

【評箋】　鄭文焯《手批東坡樂府》:"淵明詩:'嘯傲東軒下,聊復得此
生。'此詞從陶詩中得來,逾覺清異,較'浮生半日閑'句,自是詩詞異調。
論者每謂坡公以詩筆入詞,豈審音知言者?"

西　江　月

重陽棲霞樓作〔一〕

　　點點樓頭細雨,重重江外平湖。當年戲馬會東
徐〔二〕,今日凄涼南浦〔三〕。　　　　莫恨黃花未吐〔四〕,且教
紅粉相扶。酒闌不必看茱萸〔五〕,俯仰人間今古。

〔 一 〕題一作《重九》。龍榆生《東坡樂府箋》卷二:"案彊村本此詞列在
　　　卷三,不編年,以當時未見傅(榦)本,不敢臆定故也。今據傅本題
　　　文(按,有"棲霞樓作"四字),與詞中戲馬東徐之語,斷爲先生謫居
　　　黃州三年間作,因爲改編癸亥(即元豐六年)。"按,元豐六年重陽,
　　　蘇軾另有《醉蓬萊》詞,自序云:"余謫居黃州,三見重九,每歲與太

守徐君猷會于棲霞樓。今年公將去,乞郡湖南,念此惘然,故作此
詞。"本篇中有"今日淒涼南浦"句,當亦送別徐君猷之作,可依龍
籛本進而定爲元豐六年作。惟《醉蓬萊》云:"此會應須爛醉,仍把
紫菊紅萸,細看重嗅。"本篇却云:"莫恨黃花未吐","酒闌不必看
茱萸",似不相合;實《醉蓬萊》謂"此會應須",係預測之詞,乃重陽
聚會前所作,本篇則作于聚會之時。

〔二〕當年句:徐州有重陽節聚會戲馬臺之俗。謝瞻《九日從宋公(劉
　　裕)戲馬臺集送孔令(孔靖)》,李善注引蕭子顯《齊書》云:"宋武帝
　　爲宋公,在彭城,九日出項羽戲馬臺,至今相承,以爲舊準。"《讀史
　　方輿紀要》卷二十九:"戲馬臺,在州城南,高十仞,廣數百步,項羽
　　所築。劉裕至彭城,大會軍士于此。"據《水經·泗水注》,項羽時
　　原名涼馬臺,近刻訛作掠馬臺。後才稱戲馬臺。

〔三〕南浦:《楚辭·九歌·河伯》:"子交手兮東行,送美人兮南浦。"江
　　淹《別賦》:"春草碧色,春水淥波。送君南浦,傷如之何!"後泛指
　　送別之地。

〔四〕黃花:菊花。《淮南子·時則訓》:"菊有黃華。"

〔五〕茱萸(yú):植物名,有濃烈香味,可入藥。重陽節舊有佩茱萸囊
　　辟邪、求長壽之俗。《西京雜記》卷三:"九月九日,佩茱萸,食蓬
　　餌,飲菊花酒,令人長壽。"(又見《續齊諧記》)

滿　庭　芳

元豐七年四月一日,余將去黃移汝,留別雪堂鄰里
二三君子。會李仲覽自江東來別,遂書以遺之。〔一〕

歸去來兮,吾歸何處? 萬里家在岷峨。百年强半,來
日苦無多〔二〕。坐見黃州再閏〔三〕,兒童盡、楚語吳歌。山

中友,鷄豚社酒,相勸老東坡〔四〕。　　　云何?當此去,人生底事,來往如梭!待閑看秋風,洛水清波〔五〕。好在堂前細柳,應念我、莫剪柔柯〔六〕。仍傳語,江南父老,時與曬漁蓑〔七〕。

〔一〕王質《雪山集》卷七《東坡先生祠堂記》:“先生以元豐七年別黃……見詞‘好在堂前楊柳,應念我莫剪柔柯’者是,今載集。楊元素(繪)起爲富川,聞先生自黃移汝,欲順大江,逆西江,適筠見子由,令富川弟子員李翔要先生道富川。《滿庭芳序》所謂‘會李仲覽自江南來’者是。今藏下雉李氏。”

〔二〕百年二句:此用韓愈《除官赴闕至江州寄鄂岳李大夫》“年皆過半百,來日苦無多”句,時韓愈年五十三;蘇軾作本篇時年僅四十九,尚未超過半百。強半,過半,大半。

〔三〕再閏:蘇軾以元豐三年二月至黃,七年四月移汝,歷時四年零二個月。元豐三年閏九月,六年閏六月,故稱“再閏”。

〔四〕老東坡:終老于東坡。

〔五〕待閑看二句:賈島《江上憶吳處士》云:“秋風吹渭水,落葉滿長安。”呂巖《促拍滿路花》詞起句云:“西風吹渭水,落葉滿長安。”此用其意境。洛水,今河南洛河,源出陝西,經洛陽,于偃師合伊河,至鞏縣入黃河。蘇軾量移汝州,汝州在今河南臨汝(今平頂山市),相距不遠。

〔六〕應念我二句:《詩·召南·甘棠》:“蔽芾(茂盛貌)甘棠,勿翦勿伐,召伯所茇(居住)。”蘇軾在雪堂曾手植柳樹,故以相比。

〔七〕仍傳語三句:託李翔傳語江南父老,時時晾曬作者所穿之漁蓑。言外謂自己仍將再來。江南,指武昌(今鄂州市),與黃州隔江相望,蘇軾常去游玩。

漁　家　傲

金陵賞心亭送王勝之龍圖。王守金陵，
視事一日，移南郡〔一〕。

　　千古龍蟠并虎踞〔二〕，從公一吊興亡處〔三〕。渺渺斜
風吹細雨。芳草渡，江南父老留公住。　　　　公駕風車凌
彩霧，紅鸞驂乘青鸞馭〔四〕。却訝此洲名白鷺〔五〕。非吾
侶，翩然欲下還飛去。

〔一〕元豐七年(一〇八四)八月作。賞心亭，《景定建康志》卷二十二：
　　　“賞心亭：在(城西)下水門之城上，下臨秦淮，盡觀覽之勝。”王勝
　　　之，名益柔，歷官龍圖閣直學士，故稱龍圖。見前《同王勝之游蔣
　　　山》詩注。
〔二〕龍蟠虎踞：諸葛亮論金陵形勢之語，見前《同王勝之游蔣山》
　　　詩注。
〔三〕興亡：指六朝的興衰。
〔四〕公駕二句：以駕車凌雲、鸞鳳驂乘等神話故事，喻王將離金陵
　　　他去。
〔五〕白鷺洲：在南京西南長江之中。

【附錄】
　　趙德麟《侯鯖錄》卷八：“東坡自黃移汝，過金陵，見舒王(王安石)。
適陳和叔作守，多同飲會。一日，游蔣山，和叔被召將行。舒王顧江山
曰：‘子瞻可作歌。’坡醉中書‘千古龍蟠并虎踞……’和叔到任數日而去。
舒王笑曰：‘白鷺者，得無意乎？’”

浣 溪 沙

元豐七年十二月二十四日，
從泗州劉倩叔游南山〔一〕。

　　細雨斜風作小寒，淡煙疏柳媚晴灘〔二〕，入淮清洛漸漫漫〔三〕。　　雪沫乳花浮午盞，蓼茸蒿筍試春盤〔四〕，人間有味是清歡。

〔一〕元豐七年（一〇八四）十二月，蘇軾赴汝州途經泗州（今安徽泗縣）時作。劉倩叔，生平不詳。時與蘇軾先後同游南山者有劉士彥（泗州守）、劉仲達（眉山舊友），"彥"、"倩"均有"美士"之義，疑倩叔爲士彥之字。南山，蘇軾《泗州南山監倉蕭淵東軒二首》其一"偶隨樵父採都梁"句自注："南山名都梁山，山出都梁香（香草名）故也。"《苕溪漁隱叢話·後集》卷三十五："苕溪漁隱曰：'淮北之地平夷，自京師至汴口，并無山，惟隔淮方有南山，米元章名其山爲第一山，有詩云。'"即本篇所云南山。

〔二〕灘：十里灘，在南山附近。

〔三〕清洛：實指汴河。元豐二年三月，導洛通汴，故稱清洛。汴河至泗州入淮。或謂指洛澗，則在泗州之西甚遠，疑誤。〔漫漫〕讀平聲，水流暢達貌。

〔四〕蓼茸句：蓼茸，蓼菜的嫩芽。蒿筍，蒿苣筍。春盤，舊俗立春用蔬菜、水果、餅餌等裝盤，饋送親友，稱"春盤"。杜甫《立春》："春日春盤細生菜，忽憶兩京梅發時。"蘇軾《次韻曾仲錫元日見寄》："喜見春盤得蓼菜。""雪沫"二句寫游南山時清茶野餐的風味。因時近立春，故云"試春盤"。

賀　新　郎〔一〕

　　乳燕飛華屋〔二〕。悄無人、桐陰轉午，晚涼新浴。手
弄生綃白團扇，扇手一時似玉〔三〕。漸困倚、孤眠清熟。
簾外誰來推繡户，枉教人、夢斷瑤臺曲〔四〕。又却是，風敲
竹。　　　石榴半吐紅巾蹙〔五〕。待浮花浪蕊都盡，伴君幽
獨〔六〕。濃豔一枝細看取，芳心千重似束〔七〕。又恐被、秋
風驚綠〔八〕。若待得君來向此，花前對酒不忍觸〔九〕。共
粉淚，兩簌簌〔一〇〕。

〔一〕此詞或云爲杭妓秀蘭而作，或云爲其侍妾榴花而作，均不可信，見
　　　　“附録”。寫作年代失考，因其與前篇皆爲咏物詞，主旨、意境亦相
　　　　類，故暫置於此。
〔二〕飛：或云真本作“樓”。《艇齋詩話》：“其真本云：‘乳燕樓華屋’，
　　　　今本作‘飛’字，非是。”趙彦衞《雲麓漫鈔》卷四，亦云見真蹟作
　　　　“樓”，并云“以此知前輩文章爲後人妄改亦多矣”。
〔三〕扇手句：《世説新語·容止篇》：“王夷甫容貌整麗，妙於談玄，恒
　　　　捉白玉柄麈尾，與手都無分别。”
〔四〕瑤臺：《離騷》：“望瑤臺之偃蹇兮，見有娀之佚女。”瑤臺，以玉爲
　　　　臺，此指仙境。下“曲”，幽深處。
〔五〕紅巾蹙：以摺皺的紅巾形容石榴花。白居易《題孤山寺山石榴花
　　　　示諸僧衆》：“山榴花似結紅巾，容豔新妍占斷春。”
〔六〕待浮花二句：韓愈《杏花》：“浮花浪蕊鎮長有，才開還落瘴霧中。”
　　　　浮、浪，言衆花之輕浮。此二句謂一等衆芳謝盡，只有榴花陪伴幽
　　　　獨之美人。丁紹儀《聽秋聲館詞話》卷十一：“其‘蕊’字乃以上作
　　　　平，與‘兩簌簌’句中‘簌’字以入作平同。”

313

〔七〕芳心千重似束：喻重瓣榴花。

〔八〕秋風驚綠：指西風起，榴花凋謝，只剩綠葉。

〔九〕若待得君二句：此詞前半寫美人，後半寫榴花，皆以抒寫作者懷
　　　才不遇的抑郁情懷。此“君”字與上“君”字，均指“美人”。《聽秋
　　　聲館詞話》卷十一：“《賀新郎》調一百十六字。……(蘇軾此詞)計
　　　一百十五字。竊意‘若待得君來向此’下直接‘花前對酒不忍觸’，
　　　語氣未洽，必係‘花前’上脫一字，雖韓淲詞此句亦僅七字，恐同一
　　　殘缺，非全本也。”

〔一〇〕兩簌簌：指花瓣和眼淚。

【評箋】　吳師道《吳禮部詞話》：“東坡《賀新郎》詞‘乳燕飛華屋’云
云，後段‘石榴半吐紅巾蹙’以下皆咏榴……別一格也。”(又見楊慎《詞
品》卷三《東坡〈賀新郎〉詞》條)

王又華《古今詞論》引毛稚黃語：“前半泛寫，後半專叙，蓋宋詞人多
此法。如子瞻《賀新涼》後段只説榴花，《卜算子》後段只説鳴雁，周清真
《寒食詞》後段只説邂逅，乃更覺意長。”

沈雄《古今詞話・詞品》卷上引劉體仁語(劉《七頌堂詞繹》無此條)：
“換頭處不欲全脫，不欲明黏，能如畫家開闔之法，一氣而成，則神味自
足，有意求之不得也。宋人多于過變處言情，然其氣已全于上段矣，另作
頭緒，便不成章。至如東坡《賀新郎》‘乳燕飛華屋’，其換頭‘石榴半吐’，
皆咏石榴；《卜算子》‘缺月掛疏桐’，其換頭‘縹緲孤鴻影’，皆咏鴻，又一
變也。”

《草堂詩餘正集》卷六：“本咏夏景，至換頭單説榴花。高手作文，語
意到處即爲之，不當限以繩墨。”又云：“榴花開榴花謝，似芳心共粉淚，想
象，詠物妙境。”

《蓼園詞選》：“前一闋是寫所居之幽僻，次闋又借榴花以比此心蘊
結，未獲達于朝廷，又恐其年已老也。末四句是花是人，婉曲纏綿，耐人
尋味不盡。”

《復堂詞話》：“頗欲與少陵《佳人》一篇互證。”

【附録】

　　《苕溪漁隱叢話·後集》卷三十九引《古今詞話》云：“蘇子瞻守錢塘，有官妓秀蘭，天性黠慧，善于應對。湖中有宴會，羣妓畢至，惟秀蘭不來。遣人督之，須臾方至。子瞻問其故，具以‘髮結沐浴，不覺困睡，忽有人叩門聲，急起而問之，乃樂營將催督之，非敢怠忽，謹以實告’。子瞻亦恕之。坐中倅車，屬意于蘭，見其晚來，恚恨未已，責之曰：‘必有他事，以此晚至。’秀蘭力辯，不能止倅之怒。是時，榴花盛開，秀蘭以一枝藉手告倅，其怒愈甚。秀蘭收淚無言。子瞻作《賀新涼》以解之，其怒始息。其詞曰：……子瞻之作，皆紀目前事，蓋取其沐浴新涼，曲名《賀新涼》也。後人不知之，誤爲《賀新郎》，蓋不得子瞻之意也。子瞻真所謂風流太守也，豈可與俗吏同日語哉！苕溪漁隱曰：野哉，楊湜之言，真可入《笑林》！東坡此詞，冠絕古今，託意高遠，寧爲一娼而發耶？‘帘外誰來推繡户，枉教人夢斷瑶臺曲。又却是，風敲竹’，用古詩‘捲帘風動竹，疑是故人來’之意（李益《竹窗聞風寄苗發、司空曙》：“開門復動竹，疑是故人來。”），今乃云‘忽有人叩門聲，急起而問之，乃樂營將催督’，此可笑者一也。‘石榴半吐紅巾蹙，待浮花浪蘂都盡，伴君幽獨。穠豔一枝細看取，芳心千重似束。’蓋初夏之時，千花事退，榴花獨芳，因以中（申）寫幽閨之情，今乃云‘是時榴花盛開，秀蘭以一枝藉手告倅，其怒愈甚’，此可笑者二也。此詞腔調寄《賀新郎》，乃古曲名也，今乃云：‘取其沐浴新涼，曲名《賀新涼》，後人不知之，誤爲《賀新郎》。’此可笑者三也。《詞話》中可笑者甚衆，姑舉其尤者。第東坡此詞，深爲不幸，橫遭點污，吾不可無一言雪其恥。”

　　《艇齋詩話》：“東坡《賀新郎》在杭州萬頃寺作。寺有榴花樹，故詞中云石榴。又是日有歌者畫寢，故詞中云：‘漸困倚孤眠清熟’。”

　　《草堂詩餘正集》卷六：“凡作詞或具深衷，或即時事，工與不工，則作手之本色，自莫可掩。《賀新涼》一解，苕溪正之誠然，而爲秀蘭非爲秀蘭，不必論也。兩家紛然，子瞻在泉，不笑其多事耶？”

　　《耆舊續聞》卷二記陸辰州子逸“嘗于晁以道家見東坡（此詞）真蹟。晁氏云：‘東坡有妾名朝雲、榴花。朝雲死于嶺外……惟榴花獨存，故其詞多及之。觀'浮花浪蘂都盡,伴君幽獨',可見其意矣"。又云:"曩見陸辰州,語余以《賀新郎》詞用榴花事,乃妄名也。退而書其語,今十年矣,亦未嘗深考。近觀顧景藩續注,因悟東坡詞中用'白團扇'、'瑶臺曲',皆侍妾故事。按晉中書令王珉好執白團扇,婢作《白團扇歌》以贈珉。又《唐逸史》許渾暴卒復寤,作詩云:'曉入瑶臺露氣清,坐中惟見許飛瓊。塵心未盡俗緣重,千里下山空月明。'復寢,驚起,改第二句云:'昨日夢到瑶池,飛瓊令改之,云:不欲世間知我也。'按《漢武帝内傳》所載董雙成、許飛瓊,皆西王母侍兒。東坡用此事,乃知陸辰州得榴花之事于晁氏爲不妄也。《本事詞》載榴花事極鄙俚,誠爲妄誕。"按,蘇軾《朝雲詩·序》云:"予家有數妾,四五年相繼辭去,獨朝雲者隨予南遷。"則南遷時并無"榴花"其人相隨,陳鵠所述亦不足據。《項氏家説》卷八則謂此詞"興寄最深,有《離騷經》之遺法,蓋以興君臣遇合之難"云云,亦嫌穿鑿。

如夢令二首〔一〕

爲向東坡傳語〔二〕,人在玉堂深處〔三〕。別後有誰來?雪壓小橋無路。歸去,歸去,江上一犁春雨〔四〕。

〔一〕一本題下有注云:"寄黃州楊使君二首,公時在翰苑。"約作于元祐二年至三年間(一〇八七至一〇八八),時蘇軾官翰林學士、知制誥兼侍讀學士。

〔二〕此首一本有題作《有寄》。《永樂大典》卷一萬四千三百八十一,此首誤作張先詞。

〔三〕玉堂:翰林院。

〔四〕一犁春雨:謂雨量適中,恰宜犁地春耕。俞成《螢雪叢説》卷上《詩隨景物下語》條:"杜詩'丹霞一縷輕',《漁父詞》'繭縷一鈎輕’，胡少汲詩‘隋堤煙雨一帆輕’。至若騷人于漁父則曰‘一簑煙雨’，于農夫則曰‘一犁春雨’，于舟子則曰‘一篙春水’，皆曲盡形容之妙也。”

手種堂前桃李〔一〕，無限綠陰青子。簾外百舌兒，驚起五更春睡。居士，居士，莫忘小橋流水〔二〕。

〔一〕此首一本有題作《春思》。堂，指東坡雪堂。
〔二〕此首前四句回憶居住雪堂時的生活情景；結兩句自呼其號，表示眷戀黃州之情，并照應寄贈題意。

八聲甘州

寄參寥子〔一〕

有情風萬里捲潮來，無情送潮歸。問錢塘江上，西興浦口〔二〕，幾度斜暉？不用思量今古，俯仰昔人非〔三〕。誰似東坡老，白首忘機。　　記取西湖西畔，正春山好處，空翠煙霏。算詩人相得，如我與君稀〔四〕。約他年、東還海道，願謝公雅志莫相違。西州路，不應回首，爲我沾衣〔五〕。

〔一〕元祐六年（一〇九一）作。《苕溪漁隱叢話·後集》卷三十九：“其詞（即本篇）石刻後東坡自題云‘元祐六年三月六日’。余以《東坡先生年譜》考之，元祐四年知杭州，六年召爲翰林學士承旨，則長短句蓋此時作也。"蘇軾《參寥泉銘叙》:"其後七年(即元祐四年),予出守錢塘,參寥子在焉。明年,卜智果精舍居之。又明年,新居成,而予以寒食去郡。"此詞當是臨離杭州時寫給參寥的。前《予去杭十六年而復來,留二年而去。……》詩亦作于同一天(元祐六年三月六日)。傅榦注本題下尚有"時在異亭"四字。異亭,在杭州東南。《乾道臨安志》卷二:"南園異亭,慶曆三年郡守蔣堂于舊治之東南建異亭,以對江山之勝。"蘇舜欽《杭州異亭》:"公自登臨闢草萊,赫然危構壓崔嵬。涼翻簾幌潮聲過,清入琴尊雨氣來。"蘇軾《次韻詹適宣德小飲異亭》:"濤雷殷白晝。"是此亭能觀潮,與本篇起句相合。但王文誥《蘇詩總案》卷四十一謂本篇作于紹聖四年;《蓼園詞選》又謂"此詞不過嘆其久于杭州,未蒙内召耳。次闋見人地相得,便欲訂終焉之意,未免有激之言,然語意自爾豪宕"。則在未"内召"之前。似于作時均未深考。參寥子,即僧道潛,見前《百步洪》詩注。

〔二〕西興:見前《望海樓晚景五絶》詩注。

〔三〕俯仰句:王羲之《蘭亭集序》:"向之所欣,俛仰之間,已爲陳迹。"

〔四〕算詩人幾句:《白雨齋詞話》卷八評云:"寄伊郁于豪宕,坡老所以爲高。"

〔五〕約他年幾句:《晉書・謝安傳》:謝安雖爲大臣,"然東山之志始末不渝,每形于言色"。出鎮廣陵,病危還京,過西州門時,"自以本志不遂,深自慨失"。他死後,其外甥羊曇一次醉中過西州門,回憶往事,"悲感不已,以馬策扣扇,誦曹子建詩曰:'生存華屋處,零落歸山丘。'慟哭而去"。此以謝、羊事爲喻,表達日後退隱杭州的夙願,并盼實現,以免知己抱憾。

【評箋】《草堂詩餘正集》卷四:"伸紙書去,亭亭無染,青蓮出池。"

鄭文焯《手批東坡樂府》:"突兀雪山,卷地而來,真似泉(錢)塘江上看潮時,添得此老胸中數萬甲兵,是何氣象雄且傑! 妙在無一字豪宕,無一語險怪,又出以閒逸感喟之情,所謂骨重神寒,不食人間煙火氣者。詞境至此，觀止矣!"又云:"雲錦成章，天衣無縫，是作從至情流出，不假熨貼之工。"

木 蘭 花 令

次歐公西湖韻〔一〕

　　霜餘已失長淮闊，空聽潺潺清潁咽〔二〕。佳人猶唱醉翁詞，四十三年如電抹〔三〕。　　草頭秋露流珠滑，三五盈盈還二八〔四〕。與予同是識翁人，唯有西湖波底月〔五〕。

〔一〕元祐六年(一○九一)八月，蘇軾移知潁州。詞即作于其時。歐陽
　　　修《木蘭花令》(一本作《玉樓春》)原唱如下:"西湖南北煙波闊。
　　　風裏絲簧聲韻咽。舞餘裙帶綠雙垂，酒入香顋紅一抹。　　杯深
　　　不覺琉璃滑。貪看六么花十八。明朝車馬各西東，惆悵畫橋風
　　　與月。"

〔二〕霜餘二句:秋天淮河、潁水水落清淺，或其江面縮小，或其流聲
　　　轉低。

〔三〕四十三年:歐陽修于皇祐元年(一○四九)知潁州，作《木蘭花令》
　　　詞，至此時正四十三年。

〔四〕三五句:指十五、十六夜的月亮。謝靈運《怨曉月賦》:"昨三五兮
　　　既滿，今二八兮將缺"，亦嘆時光流逝。

〔五〕西湖:指潁州西湖。《王直方詩話》:"杭州有西湖，而潁亦有西
　　　湖，皆爲游賞之勝，而東坡連守二州。……東坡到潁，有《謝執政
　　　啓》亦云:'入參兩禁，每玷北扉之榮;出典二邦，輒爲西湖之長。'"
　　　後貶惠州，有豐湖，亦名西湖。(參看《梁谿漫志》卷七"三處西
　　　湖"條)

【評箋】《草堂詩餘續集》卷下：“一片性靈，絶去筆墨畦逕。”

蝶　戀　花〔一〕

花褪殘紅青杏小。燕子飛時，緑水人家繞〔二〕。枝上柳綿吹又少，天涯何處無芳草〔三〕！　　牆裏鞦韆牆外道。牆外行人，牆裏佳人笑。笑漸不聞聲漸悄，多情却被無情惱〔四〕。

〔一〕題一作《春景》。
〔二〕繞：一作曉。《草堂詩餘正集》卷二：“有燕子句，合用‘繞’字，若‘曉’字，少着落。”俞彦《爰園詞話》：“古人好詞即一字未易彈，亦未易改。子瞻‘緑水人家繞’，别本‘繞’作‘曉’，爲古今詞話所賞。愚謂‘繞’字雖平，然是實境；‘曉’字無飯着，試通詠全章便見。”馮金伯《詞苑萃編》卷二十一亦主此説，是。主張‘曉’字者亦有，如《詩人玉屑》卷二十一引《詞話》云：“予得（此詞）真本于友人處，‘緑水人家繞’作‘緑水人家曉’。……而‘繞’與‘曉’自霄壤也。”
〔三〕天涯句：謂春光已晚，芳草長遍天涯。淮南小山《招隱士》：“王孫游兮不歸，春草生兮萋萋。”
〔四〕多情句：《詩人玉屑》卷二十一引《詞話》：“蓋行人多情，佳人無情耳，此二字極有理趣。”（《草堂詩餘正集》卷二亦引）

【評箋】　王士禛《花草蒙拾》：“‘枝上柳綿’，恐屯田（柳永）緣情綺靡，未必能過。孰謂坡但解作‘大江東去’耶？髯直是軼倫絶羣。”
　先著《詞潔》卷二：“坡公于有韻之言，多筆走不守之憾。後半手滑，遂不能自由，少一停思，必無此失。”

《草堂詩餘正集》卷二："枝上二句，斷送朝雲；一聲何滿子，腸斷李延年，正若是耳。"

《蓼園詞選》："柳綿自是佳句，而次闋尤爲奇情四溢也。"

【附錄】

《歷代詩餘》卷一一五引《冷齋夜話》（《叢書集成》本《冷齋夜話》無此條）："東坡《蝶戀花》詞云：'花褪殘紅青杏小……'東坡渡海（按，朝雲死于惠州，應云渡嶺），惟朝雲王氏隨行，日誦'枝上柳綿'二句，爲之流淚。病極，猶不釋口。東坡作《西江月》悼之。"（又見《西湖游覽志餘》卷十六）

《詞林紀事》卷五引《林下詞談》："子瞻在惠州，與朝雲閑坐。時青女初至（指秋霜初降），落木蕭蕭，凄然有悲秋之意。命朝雲把大白，唱'花褪殘紅'。朝雲歌喉將囀，淚滿衣襟。子瞻詰其故，答曰：'奴所不能歌，是"枝上柳綿吹又少，天涯何處無芳草"也。'子瞻翻然大笑曰：'是吾政悲秋，而汝又傷春矣。'遂罷。朝雲不久抱疾而亡。子瞻終身不復聽此詞。"（又見《瑯環記》卷中、《青泥蓮花記》卷十引）

《詞苑萃編》卷十一引《東坡集》："東坡制《蝶戀花》詞"，"常令朝雲歌之。雲唱至'柳綿'句，輒爲掩抑惆悵，如不自勝。坡問之，曰：'妾所不能竟者，"天涯何處無芳草"句也。'"

以上記載，真僞難辨，果如所述，則此詞當作于貶居惠州時期，甚或更早。姑置于此。

西　江　月[一]

玉骨那愁瘴霧，冰姿自有仙風。海仙時遣探芳叢，倒掛綠毛幺鳳[二]。　　素面常嫌粉涴[三]，洗粧不褪唇紅[四]。高情已逐曉雲空，不與梨花同夢[五]。

〔 一 〕一本有題作《梅》，或作《梅花》。王文誥《蘇詩總案》卷四十：紹聖
　　　　三年(一○九六)“十月，梅開，作《西江月》詞。”詳見〔附錄〕。

〔 二 〕倒掛句：蘇軾《再用前韻》(前韻指《十一月二十六日松風亭下梅
　　　　花盛開》)有“綠衣倒挂扶桑暾”句，作者自注：“嶺南珍禽有倒挂
　　　　子，綠毛，紅喙，如鸚鵡而小，自東海來，非塵埃中物。”莊綽《鷄肋
　　　　編》卷下：“東坡在惠州，作梅詞云：‘玉骨那愁煙瘴……’廣南有綠
　　　　羽丹觜禽，其大如雀，狀類鸚鵡，棲集皆倒懸于枝上，土人呼爲‘倒
　　　　挂子’。而梅花葉四周皆紅，故有洗妝之句。二事皆北人所未知
　　　　者。”又見朱彧《萍洲可談》卷二、沈雄《古今詞話·詞品》卷下。

〔 三 〕素面句：樂史《太真外傳》卷上：封“三姨爲虢國夫人”，“虢國不施
　　　　粧粉，自衒美豔，常素面朝天。時杜甫有詩云：‘虢國夫人承主恩，
　　　　平明上馬入宮門。却嫌脂粉涴顏色，淡掃娥眉朝至尊。’”

〔 四 〕唇紅：《冷齋夜話》卷十：“嶺外梅花，與中國異。其花幾類桃花之
　　　　色，而唇紅香著。”并舉蘇詞此句爲例。

〔 五 〕梨花同夢：蘇軾自注：“詩人王昌齡，夢中作梅花詩。”洪皓《江梅
　　　　引·訪寒梅》“夢吟來”句自注：“王昌齡夢中作梅花詩。”《高齋詩
　　　　話》：“王昌齡《梅詩》云：‘落落寞寞路不分，夢中喚作梨花雲。’方
　　　　知東坡引用此詩也。”《野客叢書》卷六《東坡梅詞》條引《高齋詩
　　　　話》此說，并補充云：“‘夢雲’又有榴花一事，柳子厚《海石榴》詩
　　　　曰：‘月寒空階曙，幽夢綵雲生。’”張邦基《墨莊漫録》卷六：“東坡
　　　　作梅花詞云：‘高情已逐曉雲空，不與梨花同夢。’注云：唐王建有
　　　　‘夢看梨花雲’詩。予求王建詩，行世甚少，唯印行本一卷，乃無此
　　　　篇。後得之于晏元獻《類要》中。後又得建全集七卷，乃得全篇。
　　　　題云《夢看梨花雲歌》：‘薄薄落落霧不分，夢中喚作梨花
　　　　雲。……’或誤傳爲王昌齡，非也。”龔頤正《芥隱筆記》中《東坡西
　　　　江月》條亦云：“東坡梅詞‘不與梨花同夢’，蓋用王建‘夢中梨花
　　　　雲’詩。”但《四庫全書總目提要》說應是王昌齡，“王昌齡‘夢中
　　　　喚作梨花雪’詩誤以爲王建”。查《全唐詩》中王昌齡、王建詩，均
　　　　無此詩。

【評箋】　楊慎《詞品》卷二《梅詞》條："古今梅詞,以坡仙綠毛幺鳳爲第一。"

【附録一】

《歷代詩餘》卷一一五引《冷齋夜話》(《叢書集成》本《冷齋夜話》無此條):"東坡《蝶戀花》詞云:'花褪殘紅青杏小……'東坡渡海,惟朝雲王氏隨行,日誦'枝上柳綿'二句,爲之流淚。病極,猶不釋口。東坡作《西江月》悼之。"(又見《西湖游覽志餘》卷十六)《冷齋夜話》卷一云:"又作梅花詞曰'玉骨那愁瘴霧'者,其寓意爲朝雲作也。"

《耆舊續聞》卷二謂聞陸辰州子逸言,陸嘗于晁以道家,見東坡真蹟,晁氏云:"東坡有妾名曰朝雲、榴花。朝雲死于嶺外,東坡嘗作《西江月》一闋,寓意于梅,所謂'高情已逐曉雲空'是也。"

《甕牖閒評》卷五:"此二詞(指秦觀《南歌子·靄靄迷春態》及蘇軾本篇)皆朝雲死後作,其間言語亦可見。而《藝苑雌黃》乃云'《南歌子》者,東坡令朝雲就少游乞之,《西江月》者,東坡作之以贈焉',恐非也。"

《野客叢書》卷六《東坡梅詞》條:"東坡在惠州,有梅詞《西江月》,末云'高情已逐曉雲空,不與梨花同夢',蓋悼朝雲而作。"

【附録二】

《王直方詩話》:"(晁)以道云:'初見東坡詞云:"素面常嫌粉涴,洗粧不退唇紅",便知此老須過海。'余問何耶? 以道曰:'只爲古今人不曾道到此,須罰教遠去。'"

《苕溪漁隱叢話·前集》卷四十一引《王直方詩話》此語後駁云:"此言鄙俚,近于忌人之長,幸人之禍,直方無識,載之《詩話》,寧不畏人之譏誚乎?"

《野客叢書》卷六《東坡梅詞》條又爲晁以道辯護云:"僕謂晁以道此言,非忌人之長,幸人之禍也。蓋以坡公道人所不能到之妙,奪天地造化之巧,故有謫罰之語。直方所載,當有所自;而漁隱至以無識譏之,是不思之過也。"

減字木蘭花

己卯儋耳《春詞》〔一〕

春牛春杖〔二〕，無限春風來海上。便丐春工，染得桃紅似肉紅。　春幡春勝〔三〕，一陣春風吹酒醒。不似天涯，捲起楊花似雪花〔四〕。

〔一〕題一作《立春》。元符二年（一○九九，己卯）立春日作。

〔二〕春牛春杖：古時習俗，立春日"立青幡，施土牛耕人於門外，以示兆民，至立夏"（《後漢書·禮儀志上》）。春牛即泥牛；春杖指耕夫持犁杖侍立。青幡即下文的"春幡"，指旗幟。

〔三〕春勝：古有剪紙以迎春的習俗，又稱剪勝、綵勝，剪成圖案或文字。蘇軾《浣溪沙》（雪頷霜髯不自驚）："更將翦綵發春榮。"

〔四〕捲起句：海南地暖，立春日已見楊花。

文選

刑賞忠厚之至論〔一〕

堯舜禹湯文武成康之際，何其愛民之深，憂民之切，而待天下之以君子長者之道也！有一善，從而賞之，又從而咏歌嗟嘆之；所以樂其始，而勉其終。有一不善，從而罰之，又從而哀矜懲創之〔二〕；所以棄其舊，而開其新。故其吁俞之聲〔三〕，歡忻慘戚，見于虞夏商周之書。

成康既没，穆王立，而周道始衰，然猶命其臣呂侯而告之以祥刑〔四〕。其言憂而不傷，威而不怒，慈愛而能斷，惻然有哀憐無辜之心，故孔子猶有取焉。《傳》曰：“賞疑從與，所以廣恩也；罰疑從去，所以謹刑也〔五〕。”

當堯之時，皋陶爲士〔六〕。將殺人，皋陶曰：“殺之”，三。堯曰：“宥之”，三〔七〕。故天下畏皋陶執法之堅，而樂堯用刑之寬。四岳曰：“鯀可用〔八〕！”堯曰：“不可！鯀方命圮族〔九〕。”既而曰：“試之！”何堯之不聽皋陶之殺人，而從四岳之用鯀也？然則聖人之意，蓋亦可見矣。《書》曰：“罪疑惟輕，功疑惟重。與其殺不辜，寧失不經〔一〇〕。”嗚呼！盡之矣！

可以賞，可以無賞，賞之過乎仁；可以罰，可以無罰，

罰之過乎義。過乎仁，不失爲君子；過乎義，則流而入于
忍人〔一一〕。故仁可過也，義不可過也。古者賞不以爵祿，
刑不以刀鋸。賞以爵祿，是賞之道行于爵祿之所加，而不
行于爵祿之所不加也〔一二〕。刑以刀鋸，是刑之威施于刀
鋸之所及，而不施于刀鋸之所不及也。先王知天下之善
不勝賞，而爵祿不足以勸也；知天下之惡不勝刑，而刀鋸
不足以裁也，是故疑則舉而歸之于仁。以君子長者之道
待天下，使天下相率而歸于君子長者之道，故曰：忠厚之
至也！

　《詩》曰："君子如祉，亂庶遄已；君子如怒，亂庶遄
沮〔一三〕。"夫君子之已亂，豈有異術哉？制其喜怒〔一四〕，
而不失乎仁而已矣！《春秋》之義，立法貴嚴，而責人貴
寬。因其褒貶之義，以制賞罰，亦忠厚之至也〔一五〕！

〔一〕録自《經進東坡文集事略》卷九。嘉祐二年（一〇五七）作。蘇轍
　　《東坡先生墓誌銘》："嘉祐二年，歐陽文忠公考試禮部進士，疾時
　　文之詭異，思有以救之。梅聖俞時與其事，得公《論刑賞》，以示文
　　忠。文忠驚喜，以爲異人。欲以冠多士，疑曾子固所爲。子固，文
　　忠門下士也，乃置公第二。復以'春秋對義'居第一，殿試中乙科。
　　以書謝諸公。文忠見之，以書語聖俞曰：'老夫當避此人，放出一
　　頭地。'士聞者始譁不厭，久乃信伏。"蘇軾《太息送秦少章》亦云：
　　"昔吾舉進士，試于禮部，歐陽文忠公見吾文，曰：'此我輩人也，吾
　　當避之。'"（參看歐陽修《與梅聖俞》、朱弁《風月堂詩話》卷上、《曲
　　洧舊聞》等）

〔二〕懲創：懲戒。創，懲。

〔三〕吁：表示不以爲然的嘆聲。　　俞：表示贊許、應允的聲音。

〔四〕呂侯：即甫侯，周穆王時司寇，穆王"用呂侯之言，訓暢夏禹贖刑

之法。吕侯稱王之命而布告天下,史録其事作《吕刑》。"(《書·吕刑》孔穎達疏。　祥刑:善于用刑。祥,善。《吕刑》:"王曰:吁,來,有邦有土,告爾祥刑。"孔安國傳曰:"告汝以善用刑之道。"

〔五〕《傳》曰至謹刑也:《書·大禹謨》"罪疑惟輕,功疑惟重"句孔安國傳云:"刑疑附輕,賞疑從重,忠厚之至。"意謂欲罰有疑,寧可從輕,欲賞有疑,寧可從厚,以見出"忠厚"之旨。

〔六〕皋陶(yáo):亦作咎繇,舜任爲掌管刑法之官。《書·舜典》:"帝曰:皋陶……汝作士,五刑(墨、劓、荆、宫、大辟)有服。'"蘇軾誤爲堯臣。

〔七〕三:三次。《老學庵筆記》卷八:"東坡先生省試《刑賞忠厚之至論》有云:'皋陶爲士,將殺人,皋陶曰殺之,三,堯曰宥之,三。'梅聖俞爲小試官,得之以示歐陽公。公曰:'此出何書?'聖俞曰:'何須出處!'公以爲皆偶忘之,然亦大稱嘆。初欲以爲魁,終以此不果。及揭牓,見東坡姓名,始謂聖俞曰:'此郎必有所據,更恨吾輩不能記耳。'及謁謝,首問之,東坡亦對曰:'何須出處。'乃與聖俞語合。公賞其豪邁,太息不已。"敖英《緑雪亭雜言》引此,并云:"愚按東坡斯言,非無稽臆斷也。在《文王世子》(按,《禮記》篇名)曰:'公族有罪,有司讞於公。其死罪,則曰:"某之罪在大辟。"公曰:"宥之。"有司又曰:"在辟。"公又曰:"宥之。"有司又曰:"在辟。"三宥不對,走出,致刑于甸人。'即此而觀東坡之意,得非觸類于此乎?"龔頤正《芥隱筆記》中《殺之三宥之三》條則云:"此語蘇蓋宗曹孟德問孔北海:'武王伐紂,以妲己賜周公,出何典?'答曰:'以今準古,想當然耳。'一時猝應,亦有據依。"原注:"據《東漢·孔融傳》:融與操書,稱武王伐紂,以妲己賜周公。操不悟,後問出何經典? 對曰:'以今度之,想當然耳。'"楊萬里《誠齋詩話》記歐陽修問蘇軾:"'皋陶曰"殺之"三、堯曰"宥之"三,此見何書?'坡曰:'事在《三國志·孔融傳》注。'歐退而閲之無有。他日再問坡,坡云:'曹操滅袁紹,以袁熙妻賜其子丕,孔融曰:昔武王伐紂,以妲己賜周公。操驚問何經見? 融曰:以今日之事觀之,意其如此。堯、皋陶之事,某亦意其如此。'歐退而大驚曰:'此人可謂善讀書,善用書,他日文章必獨步天下。'然予嘗思之:《禮記》云:'獄成,有司告于王,王曰宥之;有司曰在辟,王又曰宥之;有司又曰在辟,三宥不對,走出,致刑于甸人。'坡雖用孔融意,然亦用《禮記》故事,其稱王謂王三皆然,安知此典故不出堯?"

〔八〕四岳:四方諸侯之長,實爲四方部落的首領。　　鯀(gǔn):帝禹之父,被四岳推舉,奉堯命治水。未成,被舜殺死于羽山。《書·堯典》:"殛鯀于羽山。"

〔九〕方命圮族:語出《書·堯典》。方命,違命。(一説放棄教命)圮,毁,絶。圮族,殘害同類。

〔一〇〕罪疑四句:見《書·大禹謨》。經,常規。

〔一一〕忍人:殘忍之人。

〔一二〕賞以三句:意謂僅以爵禄爲賞,則其作用只局限于爵禄所加的範圍内,而不及其他更廣泛的方面。以下"刑以三句"語意仿此。

〔一三〕《詩》曰幾句:《詩·小雅·巧言》:"君子如怒,亂庶遄沮;君子如祉,亂庶遄已。"蘇軾所引句序顛倒,意謂君子如喜納賢人之言,怒責讒人之言,則亂事庶幾可止。祉,喜歡。沮,終止。

〔一四〕制:掌握,控制。一作"時",通"伺",從旁觀察。

〔一五〕《春秋》之義數句:歸有光《文章指南》:"題意止此,而于結末,復因類以及其餘,謂之推廣法。如蘇子瞻《刑賞忠厚之至論》謂'《春秋》因褒貶以制賞罰,亦忠厚之至'是也。"

【評箋】　羅大經云:"莊子之文,以無爲有,東坡平生極熟此書,故其爲文駕空行危,惟意所到。其論刑賞也,曰'殺之,三'等議論,讀者皆知其所欲出,推者莫知其所自來,將無作有,是古今議論之傑然者。"(楊慎選、袁宏道參閲《三蘇文範》卷五引)

楊慎云:"此東坡所作時論也。天才燦然,自不可及。"又云:"每段述事,而斷以婉言警語,且有章調。"(同上)

王世貞云:"此篇只就本旨從疑上全寫其忠厚之至,一意翻作三段,

非長公筆力不能如此敷暢。”（同上）

茅坤《宋大家蘇文忠公文抄》卷十七：“東坡試論文字，悠揚宛宕，于今場屋中極利者也。”又引唐順之曰：“此文一意翻作數段。”

儲欣《唐宋十大家全集·東坡集録》卷一：“風氣將開，拔此大才，以奏掃蕩廓清之烈，歐陽公力也。”

沈德潛《唐宋八家文讀本》卷二十：“以‘罪疑惟輕，功疑惟重’二語作主，文勢如川雲嶺月，其出不窮。”又云：“以長公之高才，歐文忠之巨眼，而闈中遇合之文，圓熟流美如是，宜後世墨卷不矜高格也。爲之三嘆！”

張伯行《唐宋八大家文鈔》卷八：“東坡自謂文如行雲流水，即應試論可見，學者讀之，用筆自然圓暢。中間‘賞不以爵禄，刑不以刀鋸’一段，議論極有至理。”

【附録】

李廌《師友談記》：“王仲甍承事，字豐甫，相國郇公之子也。昔爲廌言：東坡自蜀應進士舉到省，時郇公以翰林學士知舉，得其論與策二卷稿本，論即《刑賞忠厚之至》也。凡三次起草，雖藁亦結塗注，其慎如此。”

《經進東坡文集事略》卷九引“潁濱嘗語陳天倪云：亡兄子瞻及第調官，見先伯父，問所以爲政之方。伯父曰：‘如汝作《刑賞忠厚論》。’子瞻曰：‘文章固某所能，然初未嘗學爲政也，奈何？’伯父曰：‘汝在場屋，得一論題時，即有處置，方敢下筆，此文遂佳。爲政亦然。有事入來，見得未破，不要下手，俟了了而後行，無有錯也。’至今以此言爲家法。伯父即提刑渙字文甫者，事見語録”。

上梅直講書〔一〕

某官執事：某每讀《詩》至《鴟鴞》〔二〕，讀《書》至《君奭》〔三〕，常竊悲周公之不遇。及觀《史》，見孔子厄于陳、蔡之間，而絃歌之聲不絕〔四〕。顏淵、仲由之徒，相與問答。夫子曰："'匪兕匪虎，率彼曠野〔五〕'，吾道非耶？吾何爲於此？"顏淵曰："夫子之道至大，故天下莫能容；雖然，不容何病？不容然後見君子。"夫子油然而笑曰〔六〕："回！使爾多財，吾爲爾宰〔七〕。"夫天下雖不能容，而其徒自足以相樂如此。乃今知周公之富貴，有不如夫子之貧賤。夫以召公之賢，以管、蔡之親〔八〕，而不知其心，則周公誰與樂其富貴？而夫子之所與共貧賤者，皆天下之賢才，則亦足與樂乎此矣〔九〕！

軾七、八歲時，始知讀書。聞今天下有歐陽公者，其爲人如古孟軻、韓愈之徒；而又有梅公者，從之游，而與之上下其議論〔一〇〕。其後益壯，始能讀其文詞，想見其爲人，意其飄然脫去世俗之樂而自樂其樂也。方學爲對偶聲律之文，求升斗之祿，自度無以進見于諸公之間。來京師逾年〔一一〕，未嘗窺其門。今年春，天下之士，羣至于禮部〔一二〕，執事與歐陽公實親試之，誠不自意，獲在第二。既而聞之人，執事愛其文，以爲有孟軻之風，而歐陽公亦以其能不爲世俗之文也而取焉。是以在此，非左右爲之先容〔一三〕，非親舊爲之請屬，而嚮之十餘年間聞其名而不得見者，一朝爲知己。退而思之，人不可以苟富貴，亦不可以徒貧賤〔一四〕，有大賢焉而爲其徒，則亦足恃矣！苟其僥一時之幸，從車騎數十人，使閭巷小民聚觀而贊嘆之，亦何以易此樂也！《傳》曰："不怨天，不尤人〔一五〕"，蓋"優哉游哉，可以卒歲。〔一六〕"執事名滿天下，而位不過五品，其容色溫然而不怒，其文章寬厚敦樸而無怨言，此必有所樂乎斯道也。軾願與聞焉！

〔一〕録自《經進東坡文集事略》卷四十一。此爲嘉祐二年（一〇五七）蘇軾中進士後致梅堯臣信。梅時任國子監直講，爲此次考試之編排評定官。

〔二〕《鴟鴞》：《詩・豳風》篇名。《毛詩序》：“《鴟鴞》，周公救亂也。成王未知周公之志，公乃爲詩以遺王，名之曰《鴟鴞》焉。”詩託鳥言志，訴説其處境之難。

〔三〕《君奭》：《書》篇名。《書・君奭》序云：“召公爲保（太保），周公爲師（太師），相成王爲左右。召公不悦，周公作《君奭》。”召公奭誤信周公篡位之流言，周公作此文以自辯，兼以互勉。

〔四〕《史》：孔子困陳事，見《史記・孔子世家》。

〔五〕匪兕二句：見《詩・小雅・何草不黄》，言身非野獸却行于曠野。兕，一種野牛。

〔六〕油然：自然而然貌。（亦作盛興貌）一作“猶然”，溫和貌。

〔七〕宰：掌管。此二句爲戲笑語，以見孔子師徒雖處困境而仍“相樂”。

〔八〕管、蔡：周公之弟管叔（名鮮）、蔡叔（名度），他們散布周公將要篡位的流言。

〔九〕以上謂周公雖富貴而不樂，不如孔子之雖貧賤而足樂。金聖嘆云：“空中忽然縱臆而談，劣周公，優孔子，豈不大奇？”（《天下才子必讀書》卷十四）吳楚材等云：“雙收周公、孔子，暗以孔子比歐梅，以其徒自比，意最高而自處亦高。”（《古文觀止》卷十一）

〔一〇〕上下：原義增減，此謂互相討論，或發揮，或商榷。

〔一一〕來京師：蘇軾于嘉祐元年五月抵京師（開封）；九月參加舉人考試，獲中；次年春再參加進士考試。

〔一二〕禮部：《資治通鑑》卷二一四：“舊制，考功員外郎掌試貢舉人。……（開元二十四年）三月，壬辰，敕自今委禮部侍郎試貢舉人。”（又見《唐摭言》卷一《進士歸禮部》條）宋朝亦承此制。

〔一三〕左右：指歐、梅身邊親近之人。下“先容”，先爲推薦、關説。

〔一四〕不可以徒貧賤：不可徒然安于一般庸碌的貧賤處境。應上“貧賤而足樂"。

〔一五〕《傳》曰數句：見《論語·憲問》："子曰：'不怨天，不尤人。'"

〔一六〕優哉游哉二句：《左傳·襄公二十一年》引"《詩》曰：'優哉游哉，
　　　　聊以卒歲！'"（按，今《詩·小雅·采菽》僅"優哉游哉"一句）

　　【評箋】　楊慎選、袁宏道參閱《三蘇文範》卷十三引楊慎云："此書叙
士遇知己之樂，遂首援周公有蔡管之流言，召公之不悦，乃不能相知，以
形容其樂，而自比于聖門之徒。"又眉批（疑袁宏道語）云："此書本叙遇知
己之樂，末復以樂乎斯道爲梅公頌，通篇不脱一樂字貫串，意高詞健。"

　　唐順之《文編》卷四十九："以樂字相唤應。"

　　茅坤《宋大家蘇文忠公文抄》卷九："文瀟洒而入思少吃緊。"

　　儲欣《唐宋八大家類選》卷九："先將聖賢師友相樂立案，因説己遇知
梅公之樂，且欲聞梅公之所以樂乎斯道者，最占地步，最有文情。"

　　金聖嘆《天下才子必讀書》卷十四："文態如天際白雲，飄然從風，自
成卷舒。人固不知其胡爲而然，雲亦不自知其所以然。"

　　沈德潛《唐宋八家文讀本》卷二十三："見富貴不足重，而師友以道相
樂，乃人間之至樂也。周公孔顔，憑空發論；以下層次照應，空靈飄洒。
東坡文之以韻勝者。"

教 戰 守 策〔一〕

　　夫當今生民之患，果安在哉？在於知安而不知危，能
逸而不能勞。此其患不見於今，而將見於他日。今不爲
之計，其後將有所不可救者。

　　昔者先王知兵之不可去也〔二〕，是故天下雖平，不敢
忘戰。秋冬之隙，致民田獵以講武〔三〕，教之以進退坐作

之方〔四〕；使其耳目習於鐘鼓旌旗之間而不亂，使其心志安於斬刈殺伐之際而不懾。是以雖有盜賊之變，而民不至於驚潰。及至後世，用迂儒之議，以去兵爲王者之盛節〔五〕，天下既定，則卷甲而藏之。數十年之後，甲兵頓弊〔六〕，而人民日以安於佚樂；卒有盜賊之警〔七〕，則相與恐懼訛言，不戰而走。開元、天寶之際，天下豈不大治？惟其民安於太平之樂，嬉於遊戲酒食之間，其剛心勇氣，消耗鈍眊〔八〕，痿蹶而不復振〔九〕。是以區區之禄山一出而乘之，四方之民，獸奔鳥竄，乞爲囚虜之不暇〔一〇〕；天下分裂，而唐室固以微矣。

蓋嘗試論之：天下之勢，譬如一身。王公貴人所以養其身者，豈不至哉？而其平居常苦於多疾〔一一〕。至於農夫小民，終歲勤苦而未嘗告病。此其故何也？夫風雨霜露寒暑之變，此疾之所由生也。農夫小民，盛夏力作，而窮冬暴露，其筋骸之所衝犯，肌膚之所浸漬，輕霜露而狎風雨，是故寒暑不能爲之毒。今王公貴人處於重屋之下〔一二〕，出則乘輿，風則襲裘〔一三〕，雨則御蓋，凡所以慮患之具莫不備至；畏之太甚而養之太過，小不如意，則寒暑入之矣。是故善養身者，使之能逸而能勞，步趨動作，使其四體狃於寒暑之變；然後可以剛健強力，涉險而不傷〔一四〕。夫民亦然。今者治平之日久，天下之人驕惰脆弱，如婦人孺子，不出於閨門。論戰鬬之事，則縮頸而股慄；聞盜賊之名，則掩耳而不願聽。而士大夫亦未嘗言兵，以爲生事擾民，漸不可長〔一五〕：此不亦畏之太甚而養之太過歟？

且夫天下固有意外之患也。愚者見四方之無事，則

以爲變故無自而有，此亦不然矣。今國家所以奉西、北之
虜者，歲以百萬計〔一六〕。奉之者有限，而求之者無厭，此
其勢必至於戰。戰者，必然之勢也，不先於我，則先於彼，
不出於西，則出於北；所不可知者，有遲速遠近，而要以不
能免也。天下苟不免於用兵，而用之不以漸，使民於安樂
無事之中，一旦出身而蹈死地〔一七〕，則其爲患必有不測。
故曰天下之民知安而不知危，能逸而不能勞，此臣所謂大
患也。

　　臣欲使士大夫尊尚武勇，講習兵法；庶人之在官
者〔一八〕，教以行陣之節；役民之司盜者〔一九〕，授以擊刺之
術。每歲終則聚於郡府，如古都試之法〔二〇〕，有勝負，有
賞罰；而行之既久，則又以軍法從事。然議者必以爲無故
而動民，又撓以軍法〔二一〕，則民將不安；而臣以爲此所以
安民也。天下果未能去兵，則其一旦將以不教之民而驅
之戰；夫無故而動民，雖有小恐，然孰與夫一旦之
危哉〔二二〕？

　　今天下屯聚之兵，驕豪而多怨，陵壓百姓而邀其上者
何故〔二三〕？此其心以爲天下之知戰者，惟我而已。如使
平民皆習於兵，彼知有所敵，則固已破其姦謀而折其驕
氣。利害之際，豈不亦甚明歟？

〔一〕錄自《經進東坡文集事略》卷十七。嘉祐六年（一〇六一）蘇軾應
　　"制科"，作《進策》二十五篇（包括《策略》五篇、《策別》十七篇、《策
　　斷》三篇），本文爲《策別》中《安萬民》之五。原題無"策"字，據通
　　行選本加。蘇軾《辯試館職策問札子》云："臣昔于仁宗朝舉制科
　　所進策論……大抵皆勸仁宗勵精庶政，督察百官，果斷而力行

也",是爲這組策論的主旨。

〔二〕先王：指三代(夏商周)時期的帝王。

〔三〕秋冬之隙二句：古時秋冬農閒時節,招民練武。《周禮·夏官·大司馬》："中秋,教治兵,如振旅之陳。""中冬,教大閲"。

〔四〕教之句：《周禮·夏官·大司馬》："以教坐(跪下)作(起立)、進退、疾徐、疏數之節。"鄭玄注："習戰法。"

〔五〕盛節：美盛的法度。

〔六〕頓：通"鈍",不鋒利。

〔七〕卒：同"猝"。

〔八〕鈍眊(mào)：動作遲鈍,視物模糊。

〔九〕痿(wěi蹷)：委縮殭仆。

〔一〇〕四方之民三句：《資治通鑑》卷二百十七：天寶十四載十一月,安禄山"反于范陽","時海内久承平,百姓累世不識兵革,猝聞范陽兵起,遠近震駭。河北皆禄山統内,所過州縣,望風瓦解。守令或開門出迎,或棄城竄匿,或爲所擒戮,無敢拒之者"。

〔一一〕平居：平日。

〔一二〕重(chóng)屋：《周禮·冬官·考工記·匠人》："殷人重屋"。指重檐之屋,亦可解爲層疊之屋。

〔一三〕襲：重衣,加穿衣服。

〔一四〕"天下之勢,譬如一身"一段：明鄭之惠《蘇長公合作》卷五引錢文登曰："以譬喻爲正論。"又引李九我曰："此段以養身喻治國,明悉婉至,神流詞王(旺),如叠嶂層巒,種種争麗。"沈德潛《唐宋八家文讀本》卷二十二評"農夫小民,盛夏力作"一段云："樂天詩,東坡文,雖庸夫婦竪讀之亦當首肯,此種是也。"

〔一五〕漸不可長：露出擾民的苗頭不能讓它發展。

〔一六〕今國家句：西、北之虜,指西夏和遼國(契丹族)。宋真宗景德元年,與契丹訂澶淵之盟,歲輸"銀十萬兩,絹二十萬匹";宋仁宗慶曆二年,又"歲增銀、絹各十萬匹、兩"(《宋史紀事本末》卷二十一)。慶曆四年,歲輸西夏"銀、綺、絹、茶二十五萬五千"(同上卷三十)。此言"百萬",係約數。

〔一七〕出身:投身。下"死地",危地,指戰場。

〔一八〕庶人之在官者:在官府服役的一般平民。

〔一九〕役民之司盗者:從民間抽調來負責捕盗的差役。

〔二〇〕古都試之法:《漢書・韓延壽傳》載韓爲東郡太守時,行都試之
　　　　法:"及都試講武,設斧鉞旌旗,習射御之事。"都,郡府所在地;試,
　　　　指演習武事。

〔二一〕撓:困擾。一作"悚"。

〔二二〕一旦之危:指上句"一旦將以不教之民而驅之戰"的危險。

〔二三〕邀:要挾。

【評箋】 李覯云:"二十五策,霆轟風飛,震伏天下。"(《經進東坡文
集事略》卷十五引)

王守仁云:"宋嘉祐間,海内狃于晏安,而恥言兵。長公預知北狩事,
故發此議論。"(《三蘇文範》卷九引)

宗臣云:"此篇文字絶好,詞意之玲瓏,神髓之融液,勢態之翩躚,各
臻其妙。"(同上。《蘇長公合作》卷五引此,作吕雅山語。)

唐文獻云:"坡翁此策,説破宋室膏肓之病,其後靖康之禍,如逆睹其
事者,信乎有用之言也。至其文閎衍浩大,尤不可及。"(同上。《蘇長公
合作》卷五引此,作錢文登語。)

王槐野云:"通篇是大文字,一筆寫成,不加點竄。"(《蘇長公合作》卷
五引)

李贄云:"北狩之事,公已看見,時不用公,可奈之何?"(同上)

陳繼儒云:"見析懸鏡,機沛湧泉。至于兵弱必亡,暗指宋家時事。
而語語警策,可垂不朽之文。"(同上)

《唐宋八家文讀本》卷二十二:"只是安不忘危意,一用引喻,便覺切
理厭情。中一段,可悟却疾,可悟防亂。"

留　侯　論〔一〕

　　古之所謂豪傑之士者，必有過人之節〔二〕。人情有所不能忍者，匹夫見辱，拔劍而起，挺身而鬥，此不足爲勇也。天下有大勇者，卒然臨之而不驚〔三〕，無故加之而不怒。此其所挾持者甚大〔四〕，而其志甚遠也。

　　夫子房受書于圯上之老人也〔五〕，其事甚怪〔六〕；然亦安知其非秦之世有隱君子者，出而試之？觀其所以微見其意者，皆聖賢相與警戒之義，而世不察，以爲鬼物〔七〕，亦已過矣。且其意不在書〔八〕。當韓之亡，秦之方盛也，以刀鋸鼎鑊待天下之士，其平居無罪夷滅者，不可勝數，雖有賁、育〔九〕，無所復施。夫持法太急者，其鋒不可犯，而其末可乘〔一〇〕。子房不忍忿忿之心，以匹夫之力，而逞于一擊之間〔一一〕。當此之時，子房之不死者，其間不能容髮，蓋亦已危矣。千金之子，不死于盜賊，何哉？其身之可愛，而盜賊之不足以死也。子房以蓋世之才，不爲伊尹、太公之謀〔一二〕，而特出于荆軻、聶政之計〔一三〕，以僥倖于不死，此固圯上之老人所爲深惜者也。是故倨傲鮮腆而深折之〔一四〕，彼其能有所忍也，然後可以就大事，故曰：“孺子可教也。”

　　楚莊王伐鄭，鄭伯肉袒牽羊以逆，莊王曰：“其君能下人，必能信用其民矣。”遂舍之〔一五〕。勾踐之困于會稽，而歸臣妾于吳者，三年而不倦〔一六〕。且夫有報人之志，而不能下人者，是匹夫之剛也。夫老人者，以爲子房才有餘而憂其度量之不足，故深折其少年剛銳之氣，使之忍小忿而就大謀。何則？非有平生之素〔一七〕，卒然相遇于草野之間，而命以僕妾之役，油然而不怪者，此固秦皇帝之所不能驚，而項籍之所不能怒也。

觀夫高祖之所以勝，而項籍之所以敗者，在能忍與不能忍之間而已矣〔一八〕。項籍唯不能忍，是以百戰百勝，而輕用其鋒；高祖忍之，養其全鋒而待其弊，此子房教之也。當淮陰破齊，而欲自王，高祖發怒，見于詞色，由此觀之，猶有剛強不忍之氣，非子房其誰全之〔一九〕？

太史公疑子房以爲魁梧奇偉，而其狀貌乃是婦人女子，不稱其志氣〔二〇〕，而愚以爲此其所以爲子房歟〔二一〕！

〔一〕錄自《經進東坡文集事略》卷七。嘉祐六年（一〇六一）蘇軾應“制科”時所上《進論》之一。張良（？——前一八六），字子房，輔助劉邦滅秦、破項羽，建立漢朝，封于留（今江蘇沛縣東南），稱留侯。見《史記·留侯世家》。

〔二〕節：節操、操守。

〔三〕卒：通“猝”。

〔四〕挾持：指抱負。

〔五〕受書：原作授書，據別本改。　圯上老人：指黃石公。《史記·留侯世家》：“良嘗間從容步游下邳（今江蘇睢寧北）圯上（橋上）。有一老父，衣褐，至良所，直墮其履圯下，顧謂良曰：‘孺子，下取履！’良鄂（愕）然，欲毆之。爲其老，彊忍，下取履。父曰：‘履我！’良業爲取履，因長跪履之。父以足受，笑而去。良殊大驚，隨目之。父去里所，復還，曰：‘孺子可教矣。後五日平明，與我會此。’”但張良前兩次均遲到，受老人責備，第三次提前于半夜等在橋上，老人大喜，送他一部《太公兵法》，“讀此則爲王者師矣”。

〔六〕其事甚怪：《史記·留侯世家》謂圯上老人即黃石化身，其記圯上

老人對張良云：“(後)十三年孺子見我濟北，穀城山下黃石即我
矣。”“太史公曰：‘學者多言無鬼神，然言有物(指精怪)。至如留
侯所見老父予書，亦可怪矣。’”

〔七〕以爲鬼物：王充《論衡・自然》：“或曰……張良游泗水之上，遇黃
石公，授太公書。蓋天佐漢誅秦，故命令神石爲鬼書授人。”又曰：
“黃石授書，亦漢且興之象也。妖氣爲鬼，鬼象人形，自然之道，非
或爲之也。”

〔八〕且其意不在書：呂祖謙《古文關鍵》卷二：“立一句幹旋。”茅坤《宋
大家蘇文忠公文抄》卷十四：“空中下拳。”金聖嘆《天下才子必讀
書》卷十四：“至此別作深筆發議，此一句乃一篇之頭也。”又總評
云：“此文得意在‘且其意不在書’一句起，掀翻盡變，如廣陵秋濤
之排空而起也。”沈德潛《唐宋八家文讀本》卷二十一：“‘其意不在
書’一語，空際掀翻，如海上潮來，銀山蹴起。”汪武曹曰：“撇開授
書一句，即起警戒意，翻盡舊案，若不撇開授書，則前授書句便無
着落。”(《唐宋文舉要》甲編卷八引)

〔九〕賁(bēn)、育：孟賁、夏育，傳説中古代勇士。

〔一〇〕而其末可乘：別本作“而其勢未可乘”。

〔一一〕子房不忍數句：《史記・留侯世家》：張良原係韓國貴族，韓亡後，
“悉以家財求客刺秦王，爲韓報仇，以大父、父五世相韓故。……
得力士，爲鐵椎重百二十斤。秦皇帝東游，良與客狙擊秦皇帝博
浪沙中(今河南原陽東南)，誤中副車。秦皇帝大怒，大索天下，求
賊甚急，爲張良故也。良乃更名姓，亡匿下邳”。

〔一二〕伊尹：名伊，尹是官名(一説名摯)，商朝開國功臣。〔太公〕呂尚
(太公望)，周朝開國功臣。

〔一三〕荆軻句：荆軻爲燕太子丹謀刺秦王，聶政爲嚴仲子刺殺韓相俠
累，事見《史記・刺客列傳》。

〔一四〕鮮腆(tiǎn)：無禮、厚顔。下“折”，摧折，侮辱。

〔一五〕楚莊王至遂舍之：《左傳・宣公十二年》載楚莊王攻鄭，“克之，入
自皇門，至于逵路(四通八達之大路)。鄭伯(鄭襄公)肉袒牽羊以

逆(迎),曰:'孤不天,不能事君,使君懷怒,以及敝邑,孤之罪也,敢不唯命是聽!……'王曰:'其君能下人,必能信用其民矣,庸可幾(冀,冀幸得其地)乎?'退三十里,而許之平。"又見《史記·楚世家》。三十里爲一舍。

〔一六〕勾踐三句:《左傳·哀公元年》:吳王夫差攻入越國,"越子(勾踐)以甲楯五千,保于會稽(山),使大夫種因吳大宰嚭以行成。……越及吳平。"《國語·越語下》記越與吳議和後,"令大夫種守于國,與范蠡入官(臣隷)于吳,三年而吳人遣之。"臣妾,《史記·越王勾踐世家》記勾踐派文種去吳求和,"膝行頓首曰:'君王亡臣勾踐使陪臣種敢告下執事:勾踐請爲臣,妻爲妾。'"此即臣服、投降之意。

〔一七〕非有平生之素:指向來不熟悉。

〔一八〕觀夫高祖三句:唐順之云:"萬派飛流,注在一壑。"(《宋大家蘇文忠公文抄》卷十四引)

〔一九〕當淮陰破齊至全之:《史記·淮陰侯列傳》:漢四年,韓信破齊,向劉邦請封"假王","當是時,楚方急圍漢王于滎陽,韓信使者至,發書,漢王大怒,罵曰:'吾困于此,旦暮望若來佐我,乃欲自立爲王!'"張良等躡劉邦足,并耳語提醒他不能得罪韓信,"漢王亦悟,因復罵曰:'大丈夫定諸侯,即爲真王耳,何以假爲!'乃遣張良往立信爲齊王,徵其兵擊楚"。

〔二〇〕太史公疑子房三句:《史記·留侯世家》:"太史公曰:'……余以爲其人計魁梧奇偉,至見其圖,狀貌如婦人好女。蓋孔子曰:"以貌取人,失之子羽。"留侯亦云。'"稱(chèn),相稱,符合。

〔二一〕此其所以爲子房:意謂張良外形柔弱,正是能"忍"的"豪傑之士"的狀貌。

【評箋】 吕祖謙《古文關鍵》卷二:"格製好。"又云:"先説忍與不忍之規模,方説子房受書之事,其意在不忍,此老人所以深惜,命以僕妾之役,使之忍不(小)恥就大謀,故其後輔佐高祖,亦使忍之有成。"又云:"一篇綱目在‘忍’字。”

謝枋得《文章軌範》卷三：“能忍不能忍是一篇主意。”又《三蘇文範》卷七引謝枋得云：“主意謂子房本大勇之人，惟少年氣剛，不能涵養忍耐，以就大功名，如用力士提鐵鎚擊始皇之類，皆不能忍；老父之圯下，始命取履納履，與之期五更相會，數怒罵之，正以折其不能忍之氣，教之以能忍也。”

楊慎《三蘇文範》卷七：“東坡文如長江大河，一瀉千里，至其渾浩流轉，曲折變化之妙，則無復可以名狀，而尤長于陳述叙事。留侯一論，其立論超卓如此。”

鄭之惠等《蘇長公合作》卷六：“發得圯上老人意思徹，亦是磨礲千古英雄型範。”又引錢文登云：“一意反覆到底，中間生枝生葉，愈出愈奇。”

歸有光《文章指南》：“作文須尋大頭腦，立得意定，然後遣詞發揮，方是氣象渾成。如韓退之《代張籍與李浙東書》以‘盲’字貫説，蘇子瞻《留侯論》以‘忍’字貫説是也。”

茅坤《宋大家蘇文忠公文抄》卷十四：“此文只是一意反覆，滾滾議論。然子瞻胸中見解，亦本黃老來也。”又引王慎中云：“此文若斷若續，變幻不羈，曲盡文家操縱之妙。”

儲欣《唐宋十大家全集録·東坡集録》卷二：“博浪沙擊秦，一事也；圯橋進履，又一事也。于絶不相蒙處，連而合之，可以開拓萬古之心胸。”其《唐宋八大家類選》卷五：“擊秦納履，串兩事如貫珠。”又曰：“子房不能忍，老人教之能忍，子房又教高祖能忍，文至此，真如獨繭抽絲。”

《御選唐宋文醇》卷四十二引清聖祖玄燁云：“以‘忍’字作骨，而出以快筆。豈子瞻胸中先有此一段議論，乃因留侯而發之耶？”

徐乾學等《古文淵鑒》卷五十：“意實翻空，辭皆徵實。讀者信其證據，而不疑其變幻。”

呂留良、呂葆中《晚村精選八大家古文》：“此篇善于用虛，都是將無作有，空中結撰，文情縹緲，千丈游絲。至其引合着實處，亦如雄搏鷲擊。”

張伯行《唐宋八大家文鈔》卷八：“論子房生平以能忍爲高，却從老人授書、橋下取履一節説入,乃是無中生有之法,其大旨則本于《老子》柔勝剛、弱勝强意思,非聖賢正經道理。但古來英雄才略之士,多用此術以制人。"

劉大櫆云:"忽出忽入,忽主忽賓,忽淺忽深,忽斷忽接。而納履一事,止隨文勢帶出,更不正講,尤爲神妙。"(王文濡《評校音注古文辭類纂》卷四引)

沈德潛《唐宋八家文讀本》卷二十一:"老人教子房以能忍,是正義;子房又教高祖能忍:是餘意。作文必如此推論。"(按,吕祖謙《古文關鍵》卷二評"觀夫高祖之所以勝"句云:"餘意。"清徐樹屏按云:"此亦不可謂之餘意,作此文先有此主張。子房之生,自當爲漢輔,能忍不能忍,豈以子房一身言則爲正意、以相漢祖言則爲餘意耶?")

齋藤鑾江云:"前冒提出不能忍一語,是探源;後繳言高帝、項籍之能忍不能忍,是餘波。看來能忍不能忍是立論主腦,而中段本論,却形寫影過,不肯復著,此行文巧處。"(石村貞一《纂評唐宋八大家文讀本》卷六引)

汪武曹云:"一意反覆,説者須曉得逆順法,又須曉得虛實法。'子房以蓋世之才'一段,從子房説到老人,'夫老人者'一段,從老人説到子房,此順逆法也。虛實法者,即《高帝篇》荆川所謂藏露也。得此二法,便能一意翻爲兩層。又須曉得急脈緩受法。前'千金之子'云,此以譬喻爲緩受法也;後引鄭伯、勾踐事,是引古爲緩受法也。且一路皆説子房不能忍,而譬喻及引古,皆是能忍者,乃反正相間法也。又須曉得信手拈來、頭頭是道理。後幅項籍之不能忍,觀起高帝之能忍,而以爲子房教之,又言高帝猶有忿忿不能忍,而非子房不能全之,如此方滚滚不窮。"(同上)

喜 雨 亭 記〔一〕

亭以雨名,志喜也。古者有喜則以名物,示不忘也。

周公得禾，以名其書〔二〕；漢武得鼎，以名其年〔三〕；叔孫勝狄，以名其子〔四〕；其喜之大小不齊，其示不忘一也。

余至扶風之明年〔五〕，始治官舍，爲亭于堂之北，而鑿池其南，引流種木，以爲休息之所。是歲之春，雨麥于岐山之陽〔六〕，其占爲有年。既而彌月不雨，民方以爲憂。越三月乙卯乃雨〔七〕，甲子又雨〔八〕，民以爲未足；丁卯大雨〔九〕，三日乃止。官吏相與慶于庭，商賈相與歌于市，農夫相與忭于野，憂者以樂，病者以愈，而吾亭適成。

于是舉酒于亭上以屬客〔一〇〕，而告之曰：“五日不雨可乎？”曰：“五日不雨則無麥。”“十日不雨可乎？”曰：“十日不雨則無禾。”無麥無禾，歲且薦飢〔一一〕，獄訟繁興，而盜賊滋熾。則吾與二三子，雖欲優游以樂于此亭，其可得耶？今天不遺斯民，始旱而賜之以雨，使吾與二三子，得相與優游而樂于亭者，皆雨之賜也。其又可忘邪？

既以名亭，又從而歌之。歌曰：使天而雨珠，寒者不得以爲襦；使天而雨玉，飢者不得以爲粟。一雨三日，繄誰之力〔一二〕？民曰太守〔一三〕，太守不有。歸之天子，天子曰不。歸之造物，造物不自以爲功，歸之太空。太空冥冥，不可得而名，吾以名吾亭。

〔一〕録自《經進東坡文集事略》卷四十八。蘇軾于嘉祐六年十二月到鳳翔簽判任，本篇云“余至扶風之明年”，當作于嘉祐七年（一〇六二）。喜雨亭，在鳳翔府城東北。

〔二〕周公得禾二句：《尚書·微子之命》：“唐叔得禾，異畝同穎（異株而合爲一個稻頭），獻諸天子。王命唐叔，歸周公于東，作《歸禾》。周公既得命禾，旅（宣揚）天子之命，作《嘉禾》。”

〔三〕漢武得鼎二句：《史記·孝武本紀》載漢武帝元狩七年夏六月，汾陰巫錦得寶鼎，奏聞，"迎鼎至甘泉"。改年號爲元鼎。

〔四〕叔孫勝狄二句：《左傳·文公十一年》載狄人侵魯，魯文公使叔孫得臣擊敗狄軍，獲僑如，因"以命(名)宣伯(叔孫得臣之子)"。杜預注："因名宣伯曰僑如，以旌其功。"

〔五〕扶風：舊郡名，即指鳳翔府。

〔六〕雨麥：天上落下麥子。一説播種麥子。

〔七〕越三月：因乙卯爲三月八日，故"越"作"至"解。

〔八〕甲子：三月十七日。

〔九〕丁卯：三月二十日。

〔一〇〕屬(zhǔ)客：向客人敬酒。

〔一一〕薦(jiàn)飢：《左傳·僖公十三年》："冬，晉薦飢。"孔穎達疏引李巡曰："連歲不熟曰薦。"

〔一二〕繄(yī)：語助詞，近"維"字義。

〔一三〕太守：郎曄《經進東坡文集事略》卷四十八注云："時陳希亮公弼守鳳翔。"王文誥《蘇詩總案》卷四，謂嘉祐八年正月"宋選罷鳳翔任，陳希亮自京東轉運使來代"。則太守應指宋選(字子才，滎陽人)。王説是。

【評箋】 樓昉云："蟬脱汙濁之中，浮游塵埃之外，所謂以文爲戲者。"(《三蘇文範》卷十四引)

虞集云："此篇題小而語大，議論干涉國政民生大體，無一點塵俗氣，自非具眼者未易知也。"(同上。《蘇長公合作》卷一引作姜寶語)

王世貞云："凡人作文字，須是筆頭上擇(攫)得數百鈞起。此篇與范文正公《岳陽樓記》看來筆力有千鈞重。"(同上。《蘇長公合作》卷一引作茅坤語)又云："看來東坡此篇文字，胸次洒落，真是半點塵埃不到。"(《蘇長公合作》卷一引)

林次崖云："説喜雨處，切當人情；末雖似戲，然自太守而歸功天子、造化，亦是實理，非虛美也。"(《蘇長公合作》卷一)

344

錢文登云：“一反一正，説盡喜雨之情。”（同上）

茅坤《宋大家蘇文忠公文抄》卷二十五：“公之文好爲滑稽。”

儲欣《唐宋十大家全集録・東坡集録》卷五：“淺製耳。”但其《唐宋八大家類選》卷十二却云：“從亭上看出喜雨意，掩映有情。”

《天下才子必讀書》卷十五：“亭與雨何與，而得以爲名？然太守、天子、造物既俱不與，則即以名亭固宜。此是特特算出以雨名亭妙理，非姑涉筆爲戲論也。”

《御選唐宋文醇》卷四十四：“天固妙萬物而不有者也，軾故曰‘造物不自以爲功，歸之太空也’。雖然，妙萬物而不有，萬物是以大有，人人不自有其善，天下于是大善，而豈區區焉，斤斤焉，飾貌矜情，以諧媚君父，矯誣上天云爾哉？軾斯記也，幾于道矣。而茅坤謂之滑稽，儲欣謂之淺製，洵乎高言不入于衆人之心也。”

凌　虛　臺　記〔一〕

國于南山之下〔二〕，宜若起居飲食，與山接也。四方之山，莫高于終南；而都邑之麗山者〔三〕，莫近于扶風。以至近求最高，其勢必得。而太守之居，未嘗知有山焉。雖非事之所以損益，而物理有不當然者〔四〕，此凌虛之所爲築也。

方其未築也，太守陳公〔五〕，杖屨逍遙于其下。見山之出于林木之上者，累累如人之旅行于墙外而見其髻也。曰：“是必有異”，使工鑿其前爲方池，以其土築臺，高出于屋之危而止。然後人之至于其上者，怳然不知臺之高，而以爲山之踊躍奮迅而出也。

公曰："是宜名凌虛。"以告其從事蘇軾,而求文以爲記。軾復于公曰："物之廢興成毀,不可得而知也。昔者荒草野田,霜露之所蒙翳,狐虺之所竄伏。方是時,豈知有凌虛臺耶？廢興成毀,相尋于無窮〔六〕;則臺之復爲荒草野田,皆不可知也。嘗試與公登臺而望,其東則秦穆之祈年、橐泉也〔七〕,其南則漢武之長楊、五柞〔八〕,而其北則隋之仁壽,唐之九成也〔九〕。計其一時之盛,宏傑詭麗,堅固而不可動者,豈特百倍于臺而已哉？然而數世之後,欲求其彷彿,而破瓦頹垣,無復存者。既已化爲禾黍荆棘丘墟隴畝矣,而況于此臺歟？夫臺猶不足恃以長久,而況于人事之得喪,忽往而忽來者歟？而或者欲以誇世而自足,則過矣! 蓋世有足恃者,而不在乎臺之存亡也!〔一○〕"既已言于公,退而爲之記。

〔 一 〕錄自《經進東坡文集事略》卷四十八。《蘇詩總案》卷四:嘉祐八年(一○六三)"陳希亮于後圃築凌虛臺以望南山,屬公爲記,公因以諷之"。

〔 二 〕國:郡國,指州地或府地。　　　南山:即下文終南山,其主峯在陝西西安市南。

〔 三 〕麗:附着,靠近。

〔 四 〕雖非二句:大意謂太守居所未利用終南山天然景色,雖于人事非有所以損益之處(如有礙於起居之類),然以情理言之(近山而不知觀山),則不當如此。

〔 五 〕太守陳公:陳希亮。

〔 六 〕相尋于無窮:謂由興及廢、復由廢及興,交互回環,永無窮盡。

〔 七 〕祈年、橐(tuó)泉:《漢書·地理志上》"右扶風·雍"下云:"橐泉宮,孝公起;祈年宮,惠公起。"秦穆公墓在此。蘇軾《秦穆公墓》詩

（《鳳翔八觀》之一）：“橐泉在城東，墓在城中無百步。乃知昔未有此城，秦人以泉識公墓。”《詛楚文》詩序：“秦穆公葬于雍橐泉祈年觀下。”

〔八〕長楊、五柞：漢宮名，皆在盩厔，長楊宮爲校獵處，五柞宮爲祀神處。

〔九〕仁壽：宮名，楊素爲隋文帝建，見《隋書·楊素傳》。　　九成：《新唐書·地理志一》“鳳翔府扶風郡·麟游”下云：“西五里有九成宮，本隋仁壽宮。”

〔一〇〕李淦《文章精義》評結句云：“子瞻《喜雨亭記》結云：‘太空冥冥，不可得而名，吾以名吾亭’，是化無爲有。《凌虚臺記》結云：‘蓋世有足恃者，而不在乎臺之存亡也’，是化有爲無。”

【評箋】　鍾惺云：“後段説理，反不精神。”（《三蘇文範》卷十四引）

《天下才子必讀書》卷十五：“讀之如有許多層節，却只是興成廢毁二段，一寫再寫耳。”

賴山陽云：“此篇自歐公《峴山亭記》、《真州東園記》等立思，而別出一機軸駕上之。子瞻此時二十七八，而波瀾老成如此，宜乎老歐畏之，所謂自今廿餘年後人不復説老夫者，真矣。”（《纂評唐宋八大家讀本》卷七引）

【附録】

關于本篇主旨，前人多謂有譏刺陳希亮之意。邵博《邵氏聞見後録》卷十五：“陳希亮，字公弼，天資剛正人也。嘉祐中知鳳翔府，東坡初擢制科，簽書判官事，吏呼蘇賢良。公弼怒曰：‘府判官，何賢良也。’杖其吏不顧，或謁入不得見。……東坡作府齋醮禱祈諸小文，公弼必塗墨改定，數往反。至爲公弼作《凌虚臺記》曰……公弼覽之笑曰：‘吾視蘇明允猶子也，某猶孫子也。平日故不以辭色假之者，以其年少暴得大名，懼夫滿而不勝也。乃不吾樂邪？’不易一字，亟命刻之石。”（又見《經進東坡文集事略》卷四十八引《遺事別録》）《三蘇文範》卷十四楊慎亦云：“《喜雨亭記》，全是贊太守;《凌虛臺記》,全是譏太守。《喜雨亭》直以天子造化相形,見得有補于民;《凌虛臺》則以秦漢隋唐相形,見得無補于民,而機局則一也。"同書引李贄云:"太難爲太守矣。一篇罵太守文字耳。文亦好,亦可感。"茅坤《宋大家蘇文忠公文抄》卷二十五亦云:"蘇公往往有此一段曠達處,却于陳太守少回護。"同書引唐順之云:"此處似少回護。"但有持異議者,如《蘇長公合作》卷二引陳元植云:"登高感慨,寫出傑士風氣,卓老謂罵非也。"鄭之惠《蘇長公合作內外篇》云:"臺方成而所言皆頹廢之景,別是世味外一種文字。若在後世,掾屬敢以此等言論進乎? 然文忠當日尚相傳有傲上之謗,甚矣,筆墨之難也。"(後半段文,萬曆本《蘇長公合作》無)儲欣《唐宋八大家類選》卷十二云:"登高望遠,人人具有此情。惟公能發諸語言文字耳。'世有足恃'云云,自是宋人習氣,或云自負所有、挪揄陳太守者,非也。"至沈德潛對儲欣"宋人習氣"之説并致不滿:"發明廢興成毀,滿瀾洄洑,感慨歔欷,後歸于不朽之三,不止作達觀曠識,齊得喪、忘古今也。楊升庵謂是譏太守文,儲在陸又謂是宋人習氣,俱未必然。"(《唐宋八家文讀本》卷二十三)

祭歐陽文忠公文〔一〕

嗚呼哀哉! 公之生于世,六十有六年。民有父母〔二〕,國有蓍龜〔三〕,斯文有傳〔四〕,學者有師,君子有所恃而不恐,小人有所畏而不爲;譬如大川喬嶽〔五〕,不見其運動,而功利之及於物者,蓋不可以數計而周知。今公之没也,赤子無所仰芘,朝廷無所稽疑,斯文化爲異端,而學者至于用夷〔六〕,君子以爲無爲爲善,而小人沛然自以爲得時;譬如深淵大澤,龍亡而虎逝,則變怪雜出,舞鰌鱓而號狐狸〔七〕。昔其未用也,天下以爲病〔八〕;而其既用也,則又以爲遲[九]；及其釋位而去也，莫不冀其復用[一〇]；至其請老而歸也，莫不惆悵失望[一一]，而猶庶幾於萬一者，幸公之未衰，孰謂公無復有意於斯世也，奄一去而莫予遺[一二]！豈厭世溷濁，絜身而逝乎？將民之無禄[一三]，而天莫之遺[一四]？昔我先君懷寶遁世，非公則莫能致[一五]，而不肖無狀，因緣出入[一六]，受教於門下者，十有六年於兹[一七]。聞公之喪，義當匍匐往救，而懷禄不去，愧古人以忸怩[一八]，緘詞千里[一九]，以寓一哀而已矣！蓋上以爲天下慟，而下以哭其私。嗚呼哀哉！尚享！

〔一〕録自《東坡七集・前集》卷三十五。熙寧五年(一〇七二)九月，歐陽修死，蘇軾作此文，時任杭州通判。

〔二〕民有父母：《詩・小雅・南山有臺》："樂只(哉)君子，民之父母。"此贊美歐陽修做官愛民如子。

〔三〕蓍龜：蓍草和龜甲，古時用以占卜。此贊美歐陽修政見卓越，爲國决疑定策。

〔四〕斯文：《論語・子罕》："天之將喪斯文也。"斯文，原指禮樂制度，此指儒道和文章。〔斯文有傳〕蘇軾《六一居士集序》謂宋開國以來，"斯文終有愧于古，士亦因陋守舊，論卑而氣弱。自歐陽子出，天下争自濯磨，以通經學古爲高。"

〔五〕喬嶽：高山。

〔六〕赤子四句：分承上面"民有父母"四句。芘，同"庇"。夷，指外來之佛教。歐陽修曾作《本論》三篇，申斥佛教。《六一居士集序》："歐陽子没十有餘年，士始爲新學，以佛、老之似，亂周、孔之實，識者憂之。"

〔七〕鰌：同"鰍"，俗稱泥鰍。　　鱓：同"鱔"，黄鱔。

〔八〕昔其未用也以下數句：《蘇長公合作》卷八："此下凡五轉，波洄曲折,一轉一淚。"

〔九〕而其既用也二句:嘉祐五年十一月,歐陽修始任樞密副使。六年閏八月,轉參知政事,時已五十五歲。

〔一〇〕及其釋位而去也二句:治平四年三月,歐陽修罷參知政事,出知亳州(今安徽亳縣)。

〔一一〕至其請老而歸也二句:熙寧四年六月,歐陽修以觀文殿學士、太子少師致仕,退居潁州,時年六十五歲。

〔一二〕奄:忽。

〔一三〕將:還是。

〔一四〕天莫之遺:《左傳·哀公十六年》:"孔子卒,公(魯哀公)誄之曰:'昊天不吊(憐),不憖(願)遺一老。'"

〔一五〕昔我先君二句:蘇洵于嘉祐元年攜蘇軾兄弟入京,曾以所作文二十篇(《宋史·蘇洵傳》作二十二篇)獻歐陽修,歐"大愛其文辭,以爲賈誼、劉向不過也"(《東都事略·蘇洵傳》),薦爲祕書省校書郎。懷寶避世,謂滿腹經綸,避世不用。

〔一六〕因緣:機緣,機會。

〔一七〕十有六年:蘇軾于嘉祐二年(一〇五七)中進士,主考官即歐陽修,至此時正十六年。

〔一八〕忸怩:慚愧。《書·五子之歌》:"顏厚有忸怩。"古人有棄官奔師喪之例。

〔一九〕緘詞:封寄祭文。

【評箋】 樓昉云:"模寫小人情狀,極其底蘊,介甫門下觀之,能無怒乎?(按,樓批"學者至于用夷"句云:"此説王介甫。"批"小人沛然自以爲得時"句云:"此説章子厚、呂惠卿輩,下得言語好。")然歐陽之存亡,其關于否泰消長之運如此,非坡公筆力不能及也。"(《晚村精選八大家古文》引,《三蘇文範》卷十六引此段,作羅洪先語)

楊廷和云:"前二段見歐公之存亡,關係朝廷國家否泰消長之運。第三段倒説轉來,自未用而既用,即釋位而請老,直至于死。第四段知兩世

通家之好,却兩句括世道之感,朋友之懷。"(《三蘇文範》卷十六引)

鄭之惠《蘇長公合作》卷八:"善用長句,是太白歌行體。"

《宋大家蘇文忠公文抄》卷二十八:"歐陽文忠公知子瞻最深,而子瞻爲此文以祭之,涕入九原矣。"

《晚村精選八大家古文》:"只言世之不可無公,而天不憗遺,以致其哀悼之意,依倣尼父誄,其尊歐陽也至矣。今人爲之,必將稱述道德功勛,何異佛頭着穢?"

沈德潛《唐宋八家文讀本》卷二十四:"朝無君子,斯文失傳,爲天下慟也;叙兩世見知于公,哭其私也。末語收拾通體,而情韻幽咽,自然惻惻感人。"

王文濡《評校音注古文辭類纂》卷七十四:"大處落墨,勁氣直達,讀之想見古大臣之概。"

超 然 臺 記 〔一〕

凡物皆有可觀。苟有可觀,皆有可樂,非必怪奇偉麗者也。餔糟啜醨,皆可以醉,果蔬草木,皆可以飽〔二〕。推此類也,吾安往而不樂?

夫所謂求福而辭禍者〔三〕,以福可喜而禍可悲也。人之所欲無窮,而物之可以足吾欲者有盡。美惡之辨戰乎中,而去取之擇交乎前,則可樂者常少,而可悲者常多,是謂求禍而辭福。夫求禍而辭福,豈人之情也哉!物有以蓋之矣〔四〕。彼游于物之內〔五〕,而不游于物之外;物非有大小也,自其內而觀之,未有不高且大者也。彼其高大以臨我,則我常眩亂反覆,如隙中之觀鬪,又焉知勝負之所在？是以美惡橫生，而憂樂出焉；可不大哀乎！

余自錢塘移守膠西〔六〕，釋舟楫之安，而服車馬之勞；去雕墻之美，而蔽采椽之居；背湖山之觀，而適桑麻之野〔七〕。始至之日，歲比不登〔八〕，盜賊滿野，獄訟充斥；而齋廚索然，日食杞菊〔九〕，人固疑余之不樂也。處之期年，而貌加豐，髮之白者，日以反黑。余既樂其風俗之淳，而其吏民亦安予之拙也，于是治其園圃，潔其庭宇，伐安丘、高密之木〔一〇〕，以修補破敗，爲苟全之計。而園之北，因城以爲臺者舊矣；稍葺而新之，時相與登覽，放意肆志焉。南望馬耳、常山〔一一〕，出没隱見，若近若遠，庶幾有隱君子乎？而其東則盧山，秦人盧敖之所從遁也〔一二〕。西望穆陵〔一三〕，隱然如城郭〔一四〕，師尚父、齊桓公之遺烈〔一五〕，猶有存者。北俯濰水〔一六〕，慨然太息，思淮陰之功〔一七〕，而吊其不終〔一八〕。臺高而安，深而明，夏涼而冬溫〔一九〕。雨雪之朝，風月之夕，余未嘗不在，客未嘗不從。擷園蔬，取池魚，釀秫酒〔二〇〕，瀹脱粟而食之〔二一〕。曰：樂哉游乎！

方是時，余弟子由適在濟南，聞而賦之，且名其臺曰"超然"〔二二〕。以見余之無所往而不樂者，蓋游于物之外也。

〔 一 〕録自《經進東坡文集事略》卷五十。蘇軾以熙寧七年秋自杭州通判移知密州，本文云"處之期年"，當作于八年（一〇七五）。超然臺，故址在今山東諸城縣北城上。

〔 二 〕餔（bǔ）糟啜醨：《楚辭·漁父》："衆人皆醉，何不餔其糟而歠其醨。"餔，食。啜，飲。糟，酒糟。醨，薄酒。原作"漓"，據别本改。

舖糟四句,即《論語·雍也》“子曰:‘賢哉回也! 一簞食,一瓢飲,在陋巷,人不堪其憂,回也不改其樂’”之意。

〔三〕所謂:原作“所爲”,據別本改。

〔四〕蓋:蒙蔽。

〔五〕游:游心,涉想。

〔六〕膠西:漢置膠西國或膠西郡,治所在今高密,轄境在今山東膠河以西、高密以北地區。此即指密州。

〔七〕采椽:《韓非子·五蠹》:“采椽不斲”。采椽,一説采爲木名,同棌,即櫟木;一説自山採來之椽,不施斧斤,言其粗樸。以上數句以交通、居處、環境三項來説明密州不如杭州。

〔八〕歲比不登:連年收成不好。

〔九〕杞菊:枸杞、菊花。時作者所寫《後杞菊賦序》:“及移守膠西,意且一飽,而齋廚索然,不堪其憂,日與通守劉君廷式循古城廢圃求杞菊食之。”又云:“吾方以杞爲糧,以菊爲糗,春食苗,夏食葉,秋食花實,而冬食根。”

〔一〇〕安丘:縣名,在今山東濰縣南。　　高密:縣名,在今山東膠縣西北。

〔一一〕馬耳、常山:皆山名,見前《雪後書北臺壁二首》詩注。

〔一二〕盧敖:蘇軾時所作《盧山五詠·盧敖洞》詩自注云:“《圖經》云:敖,秦博士,避難此山,遂得道。”《淮南子·道應訓》“盧敖游乎北海”句許慎注云:“盧敖,燕人,秦始皇召以爲博士,使求神仙,亡而不返也。”所説與蘇軾稍異。

〔一三〕穆陵:關名,故址在今山東臨朐東南大峴山上。《左傳·僖公四年》記管仲對楚國使臣説,齊地“南至于穆陵”,即此。

〔一四〕隱然:高貌。

〔一五〕遺烈:流風餘韻。

〔一六〕濰水:即今濰河,源出山東五蓮縣西南之箕屋山,流經諸城,至昌邑縣入萊州灣。

〔一七〕淮陰之功:據《史記·淮陰侯列傳》,韓信伐齊,“楚使龍且將,號

稱二十萬,救齊","與信夾濰水爲陳",被韓信以決囊壅水之計
所敗。

〔一八〕吊其不終:據上書,韓信後竟以謀叛,"被呂后斬之長樂鐘室(長
樂宮懸鐘之室)",不得善終。以上四望(東南西北)興感之法,《苕
溪漁隱叢話・後集》卷三十謂"此語蓋效習鑿齒之書。其後汪彦
章作《京口月觀記》,又從而效之,造語皆可喜也"。并引習鑿齒
《與弟秘書》有"西望隆中,想臥龍之吟;東眺白沙,思鳳雛之聲;北
臨樊墟,存鄧老之高;南睇城邑,懷羊公之風。縱目檀溪,念崔徐
之友;肆睇魚梁,追二德之遠"等句。又引汪彦章《月觀記》有"嘗
與子四顧而望之:其東曰海門,鴟夷子皮之所從遁也;其西曰瓜
步,魏佛貍之所嘗至也;若其北廣陵,則謝太傅之所築埭而居也;
江中之流,則祖豫州之所擊楫而誓也"等語。按,此種寫法除胡仔
所說外尚多,如吳質《在元城與魏太子牋》(《文選》卷四十)亦有
"西帶常山"、"北鄰栢人"、"南望邯鄲"、"東接鉅鹿"等語。至于對
蘇軾沿用此寫法的評析亦褒貶不一。《蘇長公合作》卷二引黃宗
一曰:"四望遼廓,胸次豁然,所謂達人大觀者。"又云:"此等格調,
是學太史公八《書》法。"王文濡《評校音注古文辭類纂》卷五十六
引方苞云:"子瞻記二臺,皆以東西南北點綴(按,《凌虚臺記》只寫
東、南、北三面),頗覺膚套。此類蹊徑,乃歐王所不肯蹈。"又引吳
汝綸云:"前輩議東南西北等爲習俗常語,吾謂此但字句小疵,其
精神意態實有寄于筆墨之外者,故自與前幅議論相稱。"

〔一九〕臺高而安數句:《三蘇文範》卷十四引唐順之云:"叙山川景象甚
長,叙四時景象甚短,蓋東坡才氣豪邁,故操縱伸縮無不如意。"

〔二〇〕秫酒:糯米釀成之酒。也指高粱酒。

〔二一〕瀹(yuè):煮。　　脱粟:指糙米。

〔二二〕時蘇轍任齊州掌書記。濟南,治所在今山東歷城。蘇轍《超然臺
賦・序》:"《老子》曰:'雖有榮觀,燕處超然。'嘗試以'超然'命之
可乎?因爲之賦。"

【評箋】　吕雅山云：“此篇不惟文思温潤有餘，而説安遇順性之理，極爲透徹，此坡公生平實際也。故其臨老謫居海外，窮愁顛越，無不自得，真能超然物外者矣。”（《三蘇文範》卷十四引，又見《蘇長公合作》卷二引；但《御選唐宋文醇》卷四十四、《唐宋八家文讀本》卷二十三皆引作黄道周語。）

姜寶云：“此記有即其所居之位、樂其日用之常、脱出塵寰之外之意，故名之曰超然。此東坡之所以爲東坡也。”（《三蘇文範》卷十四引）

唐順之《文編》卷五十六：“前發超然之意，後段叙事。”又云：“此後二篇（指《超然臺記》、《凌虚臺記》）皆本之莊生。”

《天下才子必讀書》卷十五：“臺名超然，看他下筆便直取‘凡物’二字，只是此二字已中題之要害。便以下横説豎説，説自説他，無不縱心如意也。須知此文手法超妙，全從《莊子·達生》、《至樂》等篇取氣來。”

《唐宋八家文讀本》卷二十三：“通篇含超然意，末路點題，亦是一法。”

西仲云：“樂字一篇之綱。”（《纂評唐宋八大家文讀本》卷七引）

賴山陽云：“極閑淡之意，極偉麗之文”。又云：“登樓所眺，乃見超然意，鋪叙宏麗，有韻有調，讀之萬遍不厭，節奏全在‘乎’、‘而’、‘其’三字上。”（同上引）

日　　喻〔一〕

生而眇者不識日〔二〕，問之有目者。或告之曰：“日之狀如銅盤。”扣盤而得其聲，他日聞鐘，以爲日也。或告之曰：“日之光如燭。”捫燭而得其形，他日揣籥〔三〕，以爲日也。

日之與鐘、籥亦遠矣，而眇者不知其異，以其未嘗見而求之人也。道之難見也甚于日，而人之未達也，無以異于眇。達者告之，雖有巧譬善導，亦無以過于盤與燭也。自盤而之鐘，自燭而之籥，轉而相之，豈有既乎〔四〕？故世之言道者，或即其所見而名之，或莫之見而意之，皆求道之過也。然則道卒不可求歟？蘇子曰：道可致而不可求。何謂致？孫武曰：“善戰者致人，不致于人〔五〕。”子夏曰“百工居肆，以成其事，君子學以致其道〔六〕。”莫之求而自至，斯以爲致也歟！

南方多没人〔七〕，日與水居也，七歲而能涉，十歲而能浮，十五而能没矣。夫没者豈苟然哉？必將有得于水之道者。日與水居，則十五而得其道；生不識水，則雖壯，見舟而畏之。故北方之勇者，問于没人，而求其所以没，以其言試之河，未有不溺者也。故凡不學而務求道，皆北方之學没者也。

昔者以聲律取士，士雜學而不志于道；今也以經術取士〔八〕，士知求道而不務學。渤海吳君彦律〔九〕，有志于學者也，方求舉于禮部，作《日喻》以告之。

〔一〕録自《經進東坡文集事略》卷五十七。題一作《日喻説》。傅藻《東坡紀年録》謂此文作于元豐元年（一〇七八）十月十二日。（《烏臺詩案》作“十三日”）時蘇軾任徐州知州。

〔二〕生而眇（miǎo）者幾句：眇，盲一目，此泛指盲者。《邵氏聞見後録》卷十六：“佛書‘日月高懸，盲者不見。’《日喻》‘眇者不識日’。眇能視，非盲也，豈不識日，亦誤也。”按，《易·履·六三》：“眇能視。”盲人識日之喻，又見蘇軾《蘇氏易傳》卷一：“世之論性命者多矣，因是請試言其粗。曰：古之言性者，如告瞽者，以其所不識也。瞽者未嘗有見也，欲告之以是物；患其不識也，則又以一物狀之。夫以一物狀之，則又一物也，非是物矣。彼唯無見，故告之以一物而不識，又可以多物眩之乎？”

〔三〕揣籥（chuǎi yuè）：揣，摸索。籥，形狀略如笛子的管樂器。

〔四〕轉而相之：一個譬喻連着一個譬喻地輾轉相比。相，形容。下“既”，盡。

〔五〕孫武曰二句：《孫子·虛實篇》：“凡先處戰地而待敵者佚，後處戰地而趨戰者勞。故善戰者致人，而不致于人。”《十一家注孫子》引杜牧云：“致令敵來就我，我當蓄力待之，不就敵人，恐我勞也。”又引王晳曰：“致人者，以佚乘其勞；致于人者，以勞乘其佚。”致，使其自至。

〔六〕子夏曰二句：引自《論語·子張》。邢昺疏云：“肆，謂官府造作之處也。致，至也。言百工處其肆，則能成其事；猶君子勤于學，則能至于道也。”蘇軾以爲君子勤學，則道自至，子夏則指藉學以到達或掌握道，表述稍有不同。子夏，名卜商，孔丘弟子。

〔七〕没人：能潛水之人。《莊子·達生》記一善泳者回答“蹈水有道乎”的問題時，説：“亡，吾無道。吾始乎故，長乎性，成乎命。與齊（水中央）俱入，與汨（湧波）偕出，從水之道而不爲私焉。此吾所以蹈之也。”又云：“吾生于陵而安于陵，故也；長于水而安于水，性也；不知吾所以然而然，命也。”蘇軾北人學没之喻可能受此啓發。

〔八〕以經術取士：王安石變法，改用詩賦取士爲經術取士。《東都事略·神宗本紀》載熙寧四年“罷貢舉詞賦科，以經術取士”。參看前《戲子由》詩注。

〔九〕渤海：隋郡名，治所在今山東陽信縣南；宋屬河北東路棣州，即今惠民縣。　　吳彦律：名琯，時任徐州監酒正字。蘇軾《快哉此風賦·序》云：“時與吳彦律、舒堯文、鄭彦能各賦兩韻，子瞻作第一第五韻，占風字爲韻。”知曾互相聯句。《烏臺詩案》：“元豐元年，軾知徐州。十月十三日，在本州監酒正字吳琯鎖廳得解，赴省試。軾作文一篇，名爲《日喻》，以譏諷近日科場之士，但務求進，

不務積學,故皆空言而無所得。以譏諷朝廷更改科場新法不便
也。軾在臺,于九月十三日准問目,有無未盡。軾供説因依,係册
子内。"

【評箋】 楊慎云:"《日喻》與《稼説》二作,長公皆根極道理,確非漫
然下筆。宋儒謂其文兼子厚之憤激,永叔之感慨,而發之以諧謔。如此
等文,殆不然矣。"(《三蘇文範》卷十六引。《蘇長公合作》卷八引此作王
世貞語)

陸貞山云:"此明學道也。起語設問日者,説明道不可過求;後設學
没水一段話,明道不可不學,有據之論。"(《三蘇文範》卷十六引)

張之象云:"妙道不可以告人而可以告人。以其不可以告人者告之,
是真告人。此篇引而不發,可謂方便濟人者也。"(同上。《蘇長公合作》
卷八引此作王聖俞語)

鄭之惠等《蘇長公合作》卷八:"千古談道者依附影響之習,被公一口
打併盡。"

《宋大家蘇文忠公文抄》卷二十八:"公之以文點化人,如佛家參禪
妙解。"

《晚村精選八大家古文》:"前段言道之不可求,後段言求之當以學,
而皆喻言之。然前段從喻入正,後段從正出喻,便兩喻相承而不排。"

《御選唐宋文醇》卷三十八:"朱子謂三代學校之法度,天下學者非俗
儒記誦詞章,即是異端虛無寂滅,其論確矣。宋自王安石始以經術取士,
一時求仕者皆改其妃青媲白,而談道德仁義;及致之于用,則茫然失據,
亦與妃青媲白無二焉,此蘇軾《日喻》所以作也。"

《唐宋八家文讀本》卷二十四:"未嘗見而求之人,是一意;不學而强
求其得,是一意。前後兩意,俱用設喻成文,妙悟全得《莊子》。愈淺近言
道愈明,所云每下愈況者耶?"

張伯行《唐宋八大家文鈔》卷八:"兩喻俱有理趣,思之令人警目。"

林紓《春覺齋論文·忌虛枵》:"東坡雄傑,軼出凡近,吾讀其《日喻》
一篇,亦不無可疑處。入手以鐘籥喻日,語妙天下。及歸宿到言道處,宜

有一番精實之言；乃曰‘莫之求而自至’，則過于聰明，不必得道之綱要；大概類《莊子》所言‘同乎無知，其德不離；同乎無欲，是謂素樸’者，非聖人之道也。朱子言坡文雄健有餘，只下字亦有不貼實處。不貼實，正其聰明過人，故有此失。”

王文濡《評校音注古文辭類纂》卷三十二：“文以道與學并重，而譬喻入妙，如白香山詩，能令老嫗都解。”

放　鶴　亭　記〔一〕

熙寧十年秋，彭城大水。雲龍山人張君之草堂〔二〕，水及其半扉。明年春，水落，遷于故居之東，東山之麓。升高而望，得異境焉，作亭于其上。彭城之山，岡嶺四合，隱然如大環，獨缺其西十二〔三〕。而山人之亭，適當其缺。春夏之交，草木際天，秋冬雪月，千里一色。風雨晦明之間，俯仰百變。山人有二鶴，甚馴而善飛。旦則望西山之缺而放焉，縱其所如，或立于陂田，或翔于雲表，暮則傃東山而歸〔四〕，故名之曰“放鶴亭”。

郡守蘇軾，時從賓客僚吏，往見山人。飲酒于斯亭而樂之，挹山人而告之〔五〕，曰：“子知隱居之樂乎？雖南面之君，未可與易也〔六〕。《易》曰：‘鳴鶴在陰，其子和之〔七〕。’《詩》曰：‘鶴鳴于九皋，聲聞于天〔八〕。’蓋其為物，清遠閑放，超然于塵垢之外。故《易》、《詩》人以比賢人君子、隱德之士，狎而玩之，宜若有益而無損者，然衛懿公好鶴則亡其國〔九〕。周公作《酒誥》〔一〇〕，衛武公作《抑戒》〔一一〕，以為荒惑敗亂無若酒者，而劉伶阮籍之徒〔一二〕,以此全其真而名後世。

嗟夫!南面之君,雖清遠閑放如鶴者,猶不得好;好之,則亡其國。而山林遁世之士,雖荒惑敗亂如酒者,猶不能爲害,而況于鶴乎?由此觀之,其爲樂未可以同日而語也!”

山人欣然而笑曰:“有是哉!”乃作《放鶴》《招鶴》之歌曰:“鶴飛去兮西山之缺。高翔而下覽兮擇所適。翻然斂翼,宛將集兮〔一三〕!忽何所見,矯然而復擊。獨終日于澗谷之間兮,啄蒼苔而履白石”。“鶴歸來兮!東山之陰。其下有人兮,黃冠草屨,葛衣而鼓琴。躬耕而食兮!其餘以汝飽。歸來歸來兮!西山不可以久留。”元豐元年十一月初八日記。

〔 一 〕録自《經進東坡文集事略》卷五十一。元豐元年(一〇七八)作于徐州。

〔 二 〕張君:張天驥,字聖塗,號雲龍山人。見前《訪張山人得山中字》詩注。

〔 三 〕十二:指山如圓環而缺其西部的十分之二。一作“一面”。

〔 四 〕傃(sù):向。

〔 五 〕挹:酌。向張天驥斟酒。

〔 六 〕雖南面之君二句:《莊子·至樂》記髑髏夢見莊子,云:“死無君于上,無臣于下,亦無四時之事,從然以天地爲春秋,雖南面王樂不能過也。”

〔 七 〕《易》曰二句:語出《易·中孚·九二》。

〔 八 〕《詩》曰二句:語出《詩·小雅·鶴鳴》。《毛傳》:“皋,澤也。言身隱而名著也。”鄭玄箋:“皋,澤中水溢出所爲坎,從外數至九,喻深遠也。”

〔九〕然衞懿公好鶴句：《左傳·閔公二年》：“冬十二月，狄人伐衞，衞
　　　懿公好鶴，鶴有乘軒(大夫之車)者。將戰，國人受甲者皆曰：‘使
　　　鶴，鶴實有禄位，余焉能戰？’……及狄人，戰于熒澤，衞師敗績，遂
　　　滅衞。”

〔一〇〕《酒誥》：《書》篇名。《書·康誥》序云：“成王既伐管叔、蔡叔，以
　　　殷餘民，封康叔，作《康誥》、《酒誥》、《梓材》。”《酒誥》篇孔安國傳
　　　云：“康叔監殷民，殷民化紂嗜酒，故以戒酒誥。”

〔一一〕《抑戒》：《抑》，《詩·大雅》篇名。《毛詩序》云：“《抑》，衞武公刺
　　　厲王，亦以自警也。”其第三章云：“顛覆厥德，荒湛(dān，過度逸
　　　樂)于酒。”

〔一二〕劉伶、阮籍：《晉書·劉伶傳》：“劉伶，字伯倫，沛國人也。……初
　　　不以家產有無介意。常乘鹿車，攜一壺酒，使人荷鍤而隨之，謂
　　　曰：‘死便埋我。’其遺形骸如此。”《晉書·阮籍傳》：“阮籍，字嗣
　　　宗，陳留尉氏人。……籍本有濟世志，屬魏晉之際，天下多故，名
　　　士少有全者，籍由是不與世事，遂酣飲爲常。文帝初欲爲武帝求
　　　婚于籍，籍醉六十日，不得言而止。……籍聞步兵廚營人善釀，有
　　　貯酒三百斛，乃求爲步兵校尉。”

〔一三〕翻然二句：指鶴轉身斂翅，恍惚將要止歇。宛，原作“婉”。

【評箋】　李塗《文章精義》：“文字請客對主極難，獨子瞻《放鶴亭記》
以酒對鶴，大意謂清閑者莫如鶴，然衞懿公好鶴則亡其國；亂德者莫如
酒，然劉伶、阮籍之徒反以酒全其真而名後世，南面之樂，豈足以易隱居
之樂哉？鶴是主，酒是客，請客對主，分外精神。又歸得放鶴亭隱居之意
切；然須是前面陷飲酒二字，方入得來，亦是一格。”

　　鄭之惠等《蘇長公合作》卷二：“小題目出一段大議論，生發宛轉，使
人欲舞。”又引洪邁云：“他人記此亭，拘于題目，必極其所以摹寫隱士之
好鶴有何意思，公乃于題外酒上說入好鶴，隱然爲天下第一快活固在言
外矣。”(《三蘇文範》卷十四引此作崔仲鳧語)

　　《宋大家蘇文忠公文抄》卷二十四：“疎曠爽然，特少沉深之思。”

储欣《唐宋十大家全集録·東坡集録》卷五:"(歌詞)清音幽韻,序亦不煩。"其《唐宋八大家類選》卷十二又云:"叙次議論并超逸,歌亦清曠,文中之仙。"

汪武曹云:"題小只合如此作。荆川謂爲論得超脱,極當。茅評嫌其少沉深之思,非也。"(《纂評唐宋八大家文讀本》卷七引)

西仲云:"把酒對鶴,一主一客,兩引證,兩斷制,看來極難收束,止用'而況于鶴'四字轉入本題,兔起鶻落之筆,吾不能測其所以然。"(同上)

沈德潛《唐宋八家文讀本》卷二十三:"插入飲酒一段,見人君不可留意于物,而隱士之居,不妨輕世肆志,此南面之君未易隱居之樂也。中間'而況于鶴乎'一句,玲瓏跳脱,賓主分明,極行文之能事。"

【附録】

邵博《邵氏聞見後録》卷十五:"或問東坡:'雲龍山人張天驥者,一無知村夫耳。公爲作《放鶴亭記》,以比古隱者;又遺以詩,有"脱身聲利中,道德自濯澡",過矣。'東坡笑曰:'裝鋪席耳。'東坡之門,稍上者不敢言,如琴聰、蜜殊之流,皆鋪席中物也。"

文與可畫篔簹谷偃竹記〔一〕

竹之始生,一寸之萌耳,而節葉具焉;自蜩腹蛇蚹〔二〕,以至于劍拔十尋者,生而有之也〔三〕。今畫者乃節節而爲之,葉葉而累之〔四〕,豈復有竹乎〔五〕?故畫竹必先得成竹于胸中,執筆熟視,乃見其所欲畫者,急起從之,振筆直遂〔六〕,以追其所見,如兔起鶻落,少縱則逝矣〔七〕。與可之教予如此〔八〕。予不能然也,而心識其所以然。夫既心識其所以然,而不能然者,内外不一,心手不相應〔九〕，不學之過也。故凡有見于中，而操之不熟者，平居自視了然，而臨事忽焉喪之，豈獨竹乎？子由爲《墨竹賦》以遺與可曰：“庖丁，解牛者也，而養生者取之〔一〇〕；輪扁，斲輪者也，而讀書者與之〔一一〕。今夫夫子之託于斯竹也，而予以爲有道者則非耶〔一二〕？”子由未嘗畫也，故得其意而已。若予者，豈獨得其意，并得其法〔一三〕。

　　與可畫竹，初不自貴重。四方之人，持縑素而請者〔一四〕，足相躡于其門。與可厭之，投諸地而罵曰：“吾將以爲襪！”士大夫傳之，以爲口實。及與可自洋州還，而余爲徐州。與可以書遺余曰：“近語士大夫：‘吾墨竹一派，近在彭城，可往求之。’襪材當萃于子矣。〔一五〕”書尾復寫一詩，其略曰：“擬將一段鵝溪絹〔一六〕，掃取寒梢萬尺長〔一七〕。”予謂與可：“竹長萬尺，當用絹二百五十匹〔一八〕，知公倦于筆硯，願得此絹而已！”與可無以答，則曰：“吾言妄矣！世豈有萬尺竹哉？”余因而實之〔一九〕，答其詩曰：“世間亦有千尋竹，月落庭空影許長。”與可笑曰：“蘇子辯矣，然二百五十匹絹，吾將買田而歸老焉！”因以所畫《篔簹谷偃竹》遺予曰：“此竹數尺耳，而有萬尺之勢。”篔簹谷在洋州，與可嘗令予作洋州三十詠，篔簹谷其一也。予詩云：“漢川修竹賤如蓬〔二〇〕，斤斧何曾赦籜龍〔二一〕，料得清貧饞太守，渭濱千畝在胸中〔二二〕。”與可是日與其妻游谷中，燒筍晚食，發函得詩，失笑噴飯滿案。

　　元豐二年正月二十日，與可没于陳州〔二三〕。是歲七月七日，予在湖州，曝書畫，見此竹，廢卷而哭失聲〔二四〕。

　　昔曹孟德祭橋公文，有“車過”“腹痛”之語〔二五〕，而予亦載與可疇昔戲笑之言者〔二六〕，以見與可于予親厚無間如此也。

〔一〕録自《經進東坡文集事略》卷四十九。元豐二年(一○七九)七月作于湖州。文同(一○一八——一○七九),字與可,梓州永泰(今四川鹽亭東)人。蘇軾的從表兄。因曾任湖州知州,世稱文湖州。北宋著名畫家,"文湖州竹派"的開創者。宋郭若虚《圖畫見聞誌》卷三謂其"善畫墨竹,富蕭洒之姿,逼檀欒之秀,疑風可動不筍而成者也。復愛于素屏高壁,狀枯槎老枿,風旨簡重,識者所多"。篔簹(yún dāng)谷,在洋州(今陝西洋縣),其地多竹,文同任洋州知州時常去觀賞。篔簹,原爲大竹名。

〔二〕蜩腹句:蜩(tiáo),蟬。腹,一作蝮。蛇蚹(fù),蛇腹下代足爬行的橫鱗。這句謂竹生長時,筍壳陸續脱落,猶如蟬翼、蛇皮蜕去一樣。

〔三〕生而有之:自然生長發育的結果。

〔四〕累:添加。

〔五〕米芾《畫史》云:"子瞻作墨竹,從地一直起至頂。余問何不逐節分?曰:'竹生時何嘗逐節生?'運思清拔,出于文同與可,自謂與文拈一瓣香(佛家語,崇拜之意。謂師承其法,故敬其一瓣香)。"

〔六〕振筆直遂:揮毫落紙,一氣呵成。

〔七〕如兔起二句:參看前《臘日游孤山訪惠勤惠思二僧》詩注。

〔八〕參看注〔五〕引米芾《畫史》語。此爲蘇軾在黄州時與米芾所説之語,説明他把文同的畫竹理論貫徹于自己的繪畫實踐。

〔九〕内外二句:"内外不一"即"心手不相應",心中雖已認識,手上却不能表達。

〔一○〕庖丁三句:《莊子·養生主》載"庖丁爲文惠君(即梁惠王)解牛",技藝純熟,自云:"今臣之刀十九年矣,所解數千牛矣,而刀刃若新發于硎(磨刀石)。彼節者(骨節)有間,而刀刃者無厚;以無厚入有間,恢恢乎其于游刃必有餘地矣。"文惠君聽後云:"善哉!吾聞庖丁之言,得養生焉。"

〔一一〕輪扁三句：《莊子·天道》載“(齊)桓公讀書于堂上，輪扁(扁是名字)斲輪于堂下”，輪扁謂桓公“之所讀者，古人之糟魄已夫”，桓公責問其由，輪扁答曰：“臣也以臣之事觀之：斲輪徐則甘(鬆滑)而不固，疾則苦(滯澀)而不入；不徐不疾，得之于手而應于心，口不能言，有數存焉于其間；臣不能以喻臣之子，臣之子亦不能受之于臣，是以行年七十而老斲輪。古之人與其不可傳也(指道)死矣，然則君之所讀者，古人之糟魄已夫！”與之，指齊桓公同意其見解。按，莊子借以宣傳物各有性，其理不可言傳，教學無益；蘇轍引此是講道理的精微和技藝的高度熟練。

〔一二〕今夫兩句：《墨竹賦》原文在這兩句前還有兩句：“萬物一理也，其所以爲之者異爾。”(見《欒城集》卷十七)“今夫”兩句謂，現在您把這樣的道理寄寓在畫竹中，因而我以爲您也是一個深知事物規律的人，難道不是嗎？

〔一三〕法：繪畫的技法。蘇軾是“文湖州竹派”的重要畫家。

〔一四〕縑(jiān)素：白色細絹，供作畫用。

〔一五〕襪材句：意謂求畫的縑素將聚集于您處。

〔一六〕鵝溪：在今四川鹽亭西北，其地所產絹頗爲名貴。

〔一七〕掃取寒梢：喻畫竹。

〔一八〕疋：同疋，古時以四十尺爲一疋，二百五十疋正合一萬尺。

〔一九〕實之：指蘇軾偏偏坐實有萬尺之竹。即下文詩中所言有“千尋竹”(八千尺長之竹)。

〔二〇〕漢川：漢水，洋州在漢水上游。

〔二一〕籜(tuò)龍：筍。籜，原指筍壳。

〔二二〕渭濱千畝：《史記·貨殖列傳》云：“渭川千畝竹”，“此其人皆與千户侯等”。蘇軾戲用此典。

〔二三〕陳州：治所在今河南淮陽。

〔二四〕廢卷：放下畫卷。

〔二五〕昔曹孟德二句：據《三國志·魏志·武帝紀》載，曹操少時，“任俠放蕩，不治行業”，橋玄(睢陽人，今河南商丘)却以“命世之才”稱

之,由是聲名益重。建安七年(二〇二),曹操于擊敗袁紹後,駐軍
譙(今安徽亳縣),治理睢陽渠,便"遣使以太牢祀橋玄",并作《祀
故太尉橋玄文》(文見裴松之注引《褒賞令》)。祭文追述當年"從
容約誓之言:'殂逝之後,路有經由,不以斗酒隻鷄過相沃酹,車過
三步,腹痛勿怪。'雖臨時戲笑之言,非至親之篤好,胡肯爲此
辭乎?"

〔二六〕疇昔:從前。疇,語首助詞,無義。

【評箋】《三蘇文範》卷十四:"前後'曰'字凡八見,是虛處着力。"又
云:"前以數'曰'字翻波瀾,此又以笑與哭生游戲。"又引邱濬云:"自畫法
説起,而叙事錯列,見與可竹法之妙,而公與與可之情,尤最厚也。筆端
出没,却是仙品。"又引趙寬云:"人言此記類《莊》,余謂有類司馬子
長體。"

《蘇長公合作》卷一:"戲笑成文。"(《蘇長公合作內外篇》此句後,又
多"文中化境,公天才真不可及"二句)又評"失笑"句云:"有此'失笑',那
得不'哭失聲'。"

《宋大家蘇文忠公文抄》卷二十四:"中多詼諧之言,而論畫竹入解。"

《唐宋十大家全集録·東坡集録》卷五:"詼嘲游戲皆可書而誦之,此
記其一班也。須知此出天才,尤不易學,學之輒俚俗村鄙,令人欲嘔矣。
明袁中郎諸人制作何如? 不若且放讓坡老獨步。"

【附録】

關于"胸有成竹"説,前人多加推崇,如羅大經《鶴林玉露》卷六記李
伯時在"太僕廨舍","終日縱觀,至不暇與客語,大概畫馬者必先有全馬
在胸中。若能積精儲神,賞其神俊,久久則胸中有全馬矣。信意落筆,自
超妙,所謂用意不分,乃凝于神者也"。又評蘇軾此説云:"坡公善于畫竹
者也,故其論精確如此。"俞弁《逸老堂詩話》卷下:"少師楊文貞公嘗曰:
'東坡竹妙而不真,息齋竹真而不妙。'蓋坡公成于兔起鶻落須臾之間,而
息齋所謂節節而爲之,葉葉而累之者也。專以畫爲事者,乃如是爾。今

人有得東坡竹,其枝葉逼真者,大率偶爾。"沈德潛《説詩晬語》卷下:"寫竹者必有成竹在胸,謂意在筆先,然後着墨也。慘澹經營,詩道所貴。倘意旨間架,茫然無措,臨文敷衍,支支節節而成之,豈所語于得心應手之技乎?"張伯行《唐宋八大家文鈔》卷八:"坡公爲文隨手寫出,觸處天機,蓋是心手相得之候,無意成文而文愈佳也。余獨愛其論畫竹必先得成竹于胸中,不可節節而爲之,葉葉而累之,甚有妙理,可以旁通。"但亦有反對者,如石濤云:"畫竹可以不節,尚有何法可拘?翻風滴露,正當得其生韻耳。"又云:"坡公畫竹不作節,此達觀之解。其實天下之不可廢者無如節。風霜凌厲,蒼翠儼然,披對長吟,請爲坡公下一轉語。"(見陳撰《玉几山房畫外録》卷上引)龔賢《龔安節先生畫訣》云:"畫柳最不易。……畫柳若胸中存一畫柳想,便不成柳矣。何也?幹未上而枝已垂,一病也;滿身皆小枝,二病也;幹不古而枝不弱,三病也。惟胸中先不着畫柳想,畫成老樹,隨意勾下數筆,便得之矣!"所論與蘇軾亦各異其趣。至章學誠《文史通義·古文十弊》云:"自文人胸有成竹,遂致闉修皆如板印。與其文而失真,何如質以傳真也。"他把叙事文中全用作者同一口吻而取消人物語言的個性化,指爲"胸有成竹"之"弊",實與蘇軾原意不同。也有對蘇軾此説補充或發揮者,如吴鎮《梅道人遺墨·竹卷跋》云:"人能知畫竹者不在節節而爲、葉葉而累,却不思胸中成竹,何自而來?慕遠覓高,逾級躐等,放馳性情,東抹西塗,自謂脱去翰墨蹊徑,得乎自然,原非上智,何能有此?故當一節一葉,措意法度之中,時習不怠,真積力久,因信胸中真有成竹,而後可以振筆直遂,以追其所見。……故學者必自法度中來始得。"指出胸中之竹的形成在于"時習不怠"和符合"法度"。鄭板橋《鄭板橋集·題畫·竹》云:"江館清秋,晨起看竹,煙光、日影、露氣,皆浮動于疏枝密葉之間。胸中勃勃,遂有畫意。其實胸中之竹,并不是眼中之竹也。因而磨墨展紙,落筆倏作變相,手中之竹,又不是胸中之竹也。總之,意在筆先者,定則也;趣在法外者,化機也。獨畫云乎哉?"又云:"文與可畫竹,胸有成竹;鄭板橋畫竹,胸無成竹。濃淡疏密,短長肥瘦,隨手寫去,自爾成局,其神理具足也。藐兹後學,何敢妄擬前賢。然有成竹、無成竹,其實只是一個道理。"强調"無成竹"即不爲成竹所限,似與

"胸有成竹"不同,而追求"神理具足"則一。

答 言 上 人〔一〕

去歲吳興倉卒爲別〔二〕,至今耿耿。譴居窮陋,往還斷盡,遠辱不遺,尺書見及,感怍殊深。比日法體佳勝,札翰愈精健,詩必稱是〔三〕,不蒙見示何也?雪齋清境,發於夢想,此間但有荒山大江,修竹古木;每飲村酒醉後,曳杖放脚不知遠近,亦曠然天真,與武林舊游,未見議優劣也。何時會合一笑?惟萬萬自愛。

〔一〕録自《東坡七集·續集》卷五。《蘇詩總案》卷二十謂此書作于元豐三年(一○八○)七月,時蘇軾在黃州。言上人,釋法言,參看《蘇詩總案》卷十九。

〔二〕去歲句:元豐二年七月,蘇軾因"烏臺詩案"在湖州被捕,赴御史臺獄。

〔三〕詩必稱是:謂詩作亦必與"佳勝"之"法體"、"精健"之"札翰"相稱。

【評箋】 李贄云:"風致翩翩。"(《蘇長公合作》補卷下引)

與 王 元 直〔一〕

黃州真在井底,杳不聞鄉國信息,不審比日起居何如？郎娘各安否〔二〕？此中凡百粗遣，江上弄水挑菜，便過一日。每見一邸報，須數人下獄得罪，方朝廷綜核名實，雖才者猶不堪其任，況僕頑鈍如此，其廢棄固宜。但有少望，或聖恩許歸田里，得款段一僕〔三〕，與子衆丈、楊文宗之流〔四〕，往來瑞草橋〔五〕，夜還何村，與君對坐莊門，吃瓜子炒豆，不知當復有此日否？存道奄忽〔六〕，使我至今酸辛，其家亦安在？人還詳示數字。餘惟萬萬保愛。

〔一〕録自《東坡七集・續集》卷五。《蘇詩總案》卷二十云：元豐三年（一○八○）九月，“王箴自蜀使來問狀，答書”，即此文。《東坡題跋》卷六《書贈王元直》：“王箴，字元直，小名三老，小字惇叔。元祐四年十月十八日夜，與王元直飲酒掇薺菜，食之甚美，頗憶蜀中巢菜，悵然久之。”他是蘇軾的妻弟。

〔二〕郎娘：稱男性晚輩爲郎，女性長輩爲娘。

〔三〕款段：原指馬行遲緩貌，見前《行宿泗間，見徐州張天驥次舊韻》詩注。

〔四〕子衆丈、楊文宗：王慶源，初名王羣，字子衆，後改名淮奇，字宣義。王元直之叔父，蘇軾之叔丈人。蘇軾有《慶源宣義王丈以累舉得官，爲洪雅主簿、雅州戸椽，遇吏民如家人，人安樂之。既謝事，居眉之青神瑞草橋，放懷自得……》詩。楊文宗，一作楊宗文，字君素，蘇軾的長輩。

〔五〕往來瑞草橋數句：《蘇長公合作》補卷下引凌孟昭評云：“丘文莊嘗言：眼前景致便是詩家絶妙詞，觀此數語，良然。”

〔六〕存道：楊從，字存道，江陽（今四川彭山縣東）人。治平四年進士。以學行稱於鄉，年四十九卒。黃庭堅有《故江陽楊君畫像贊》（《豫章先生文集》卷十四）。

369

書蒲永昇畫後〔一〕

古今畫水多作平遠細皺，其善者不過能爲波頭起伏，使人至以手捫之，謂有窪隆，以爲至妙矣〔二〕。然其品格，特與印板水紙爭工拙于毫釐間耳〔三〕。

唐廣明中〔四〕，處士孫位始出新意〔五〕，畫奔湍巨浪，與山石曲折，隨物賦形〔六〕，盡水之變，號稱神逸。其後蜀人黃筌、孫知微皆得其筆法〔七〕。始知微欲于大慈寺壽寧院壁作湖灘水石四堵，營度經歲，終不肯下筆。一日，倉皇入寺，索筆甚急，奮袂如風，須臾而成，作輪瀉跳蹙之勢，洶洶欲崩屋也〔八〕。知微既死，筆法中絶五十餘年。

近歲成都人蒲永昇，嗜酒放浪，性與畫會，始作活水，得二孫本意，自黃居寀兄弟、李懷袞之流，皆不及也〔九〕。王公富人或以勢力使之，永昇輒嘻笑舍去，遇其欲畫，不擇貴賤，頃刻而成。嘗與余臨壽寧院水，作二十四幅，每夏日挂之高堂素壁，即陰風襲人，毛髮爲立。永昇今老矣，畫亦難得，而世之識真者亦少。如往時董羽〔一○〕、近日常州戚氏畫水〔一一〕，世或傳寶之；如董、戚之流，可謂死水，未可與永昇同年而語也。元豐三年十二月十八日夜，黃州臨皋亭西齋戲書。

〔一〕錄自《經進東坡文集事略》卷六十。元豐三年（一○八○）作。蘇
　　軾《與鞠持正》：“兩日薄有秋氣，伏想起居佳勝。蜀人蒲永昇臨孫
　　知微水圖四面，頗爲雄爽。杜子美所謂‘白波吹素壁’者，願挂公

齋中，真可以一洗殘暑也。"郭若虛《圖畫見聞誌》卷二："蒲永昇，成都人，性嗜酒放浪，善畫水。人或以勢力使之，則嘻笑捨去；遇其欲畫，不擇貴賤。蘇子瞻内翰嘗得永昇畫二十四幅，每觀之，則陰風襲人，毛髮爲立。子瞻在黄州臨皋亭，乘興書數百言寄成都僧惟簡，具述其妙，謂董、戚之流爲死水耳。（惟簡住大慈寺勝相院，其書刻石在焉。）"則知此文乃寄惟簡之作。

〔二〕參看沈括《夢溪筆談》卷十七《書畫》："又有觀畫而以手摸之，相傳以爲色不隱指者（手指摸得出顔色）爲佳畫。"又，范鎮《東齋記事》卷四云："又有趙昌者，漢州人，善畫花。每晨朝露下時，遶欄檻諦玩，手中調采色寫之。自號寫生趙昌。人謂：'趙昌畫染成，不布采色，驗之者以手捫摸，不爲采色所隱，乃真趙昌畫也。'"

〔三〕特：但，僅。

〔四〕廣明：唐僖宗（李儇）年號（八八○—八八一）。

〔五〕孫位：黄休復《益州名畫録》卷上："孫位者，東越人也。僖宗皇帝車駕在蜀，自京入蜀，號會稽山人。……其有龍拏水洶，千狀萬態，勢愈飛動；松石墨竹，筆精墨妙，雄狀氣象，莫可記述。"曾改名孫遇。

〔六〕隨物賦形：隨着所遇山石形狀的不同而給以不同的形態。

〔七〕黄筌、孫知微：《圖畫見聞誌》卷二："黄筌，字要叔，成都人。十七歲事王蜀後主，爲待詔。至孟蜀加檢校少府監，賜金紫，後累遷如京副使。善畫花竹翎毛，兼工佛道人物山川龍水，全該六法，遠過三師（花鳥師刁處士，山水師李昇，人物龍水師孫遇（即孫位）也）。"《圖畫見聞誌》卷三："孫知微，字太古，眉陽人。精黄老學，善佛道，畫于成都壽寧院熾盛光九曜及諸墙壁，時輩稱服。"《東齋記事》卷四云："蜀有孫太古知微，善畫山水、仙宫、星辰、人物。其性高介，不娶，隱于大面山，時時往來導江、青城，故二邑人家至今多藏孫畫，亦藏畫于成都。今壽寧院《十一曜》絶精妙，有先君題記在焉。"

〔八〕此段寫創作靈感激發時捕捉形象的急速情景，可參看《臘日游孤山訪惠勤、惠思二僧》詩注。

〔九〕 黄居寀兄弟、李懷袞：黄居寀，黄筌第三子，其兄黄居實、黄居寶
亦擅長繪畫。《圖畫見聞誌》卷四：“黄居寀，字伯鸞，筌之季子也。
工畫花竹翎毛，默契天真，冥周物理。”卷二：“黄居寶，字辭玉，筌
之次男也。……亦工花鳥松石，兼善八分。”黄居實，黄筌長子，善
畫花雀。(《中華畫人室隨筆》)《東齋記事》卷四：“又有李懷袞者，
成都人，亦善山水，又能爲木石翎毛。”

〔一○〕 董羽：字仲翔，俗號董啞子，宋毗陵(今江蘇常州)人。“善畫龍水
海魚。”(《圖畫見聞誌》卷四)

〔一一〕 常州戚氏：宋毗陵人中善畫水者有戚化元、戚文秀。《圖繪寶鑑
補遺》稱戚化元家世畫水，《圖畫見聞誌》卷四稱戚文秀“工畫水，
筆力調暢”。

【評箋】 《蘇長公合作》補卷下引王聖俞云：“東坡善畫，故知畫；知
畫，故言入底里。”又云：“按，此評畫水，其劣者曰印板水、死水，其妙者曰
畫水之變，洶洶欲崩屋，如陰風襲人，毛髮爲立。兩者妍媸相遠，自非長
公了然心口，未能摹寫及此。”

《唐宋八家文讀本》卷二十四：“活水死水，可悟行文之法。中蒼黄入
寺一段，尤能狀出神來之候。蓋古今妙文，無有不成于神來者，天機忽
動，得之自然，人力不與也。”

方 山 子 傳〔一〕

方山子，光、黄間隱人也〔二〕。少時慕朱家、郭解爲
人〔三〕，閭里之俠皆宗之〔四〕。稍壯，折節讀書，欲以此馳
騁當世，然終不遇。晚乃遁于光、黄間，曰岐亭〔五〕。庵居

蔬食,不與世相聞。棄車馬,毀冠服,徒步往來山中,人莫識也。見其所著帽,方屋而高〔六〕,曰:"此豈古方山冠之遺像乎〔七〕!"因謂之方山子。

　　余謫居于黃,過岐亭,適見焉〔八〕。曰:"嗚呼! 此吾故人陳慥季常也,何爲而在此?"方山子亦矍然問余所以至此者。余告之故,俯而不答,仰而笑,呼余宿其家,環堵蕭然〔九〕,而妻子奴婢皆有自得之意。余既聳然異之,獨念方山子少時,使酒好劍,用財如糞土,前十有九年〔一〇〕,余在岐下〔一一〕,見方山子從兩騎,挾二矢,游西山,鵲起于前,使騎逐而射之,不獲,方山子怒馬獨出〔一二〕,一發得之。因與余馬上論用兵及古今成敗,自謂一世豪士。今幾日耳,精悍之色,猶見于眉間,而豈山中之人哉?

　　然方山子世有勛閥,當得官,使從事于其間,今已顯聞〔一三〕。而其家在洛陽,園宅壯麗,與公侯等。河北有田,歲得帛千匹,亦足以富樂。皆棄不取,獨來窮山中,此豈無得而然哉?

　　余聞光、黃間多異人,往往陽狂垢污,不可得而見,方山子儻見之與!

〔一〕録自《東坡七集·前集》卷三十三。元豐四年(一〇八一)作。方山子,陳慥,見前《陳季常所蓄朱陳村嫁娶圖》詩注。
〔二〕光: 光州,治所在今河南潢川縣。
〔三〕朱家、郭解: 漢時著名游俠,見《史記·游俠列傳》。
〔四〕閭里之俠: 鄉里之俠士。
〔五〕岐亭: 在麻城西南。以上寫陳慥自少而壯而晚的情況,用順叙法。

〔六〕屋：帽頂。《晉書·輿服志》："江左時野人已着帽，但頂圓耳，後
　　　乃高其屋云。"

〔七〕方山冠：漢時祭祀宗廟時樂人所戴。《後漢書·輿服志下》："方
　　　山冠，似進賢（冠名），以五采縠爲之。祠宗廟，《大予》、《八佾》、
　　　《四時》、《五行》樂人服之，冠衣各如其行方之色而舞焉。"

〔八〕余謫居于黄三句：蘇軾《岐亭五首叙》："元豐三年正月，余始謫黄
　　　州。至岐亭北二十五里，山上有白馬青蓋來迎者，則余故人陳慥
　　　季常也。爲留五日，賦詩一篇而去。"可參看。

〔九〕環堵蕭然：用陶潛《五柳先生傳》"環堵蕭然，不蔽風日"成句。

〔一〇〕前十有九年：嘉祐八年（一〇六三）蘇軾任鳳翔簽判時，陳希亮來
　　　任知府，蘇軾與其第四子（幼子）陳慥訂交，至是年正十九年。

〔一一〕岐下：即鳳翔，境内有岐山。

〔一二〕怒馬：拉緊馬繮，使馬怒而急奔。

〔一三〕蘇軾《陳公弼傳》：陳希亮（公弼）"當蔭補子弟，輒先其族人，卒不
　　　及其子慥"。

【評箋】　《三蘇文範》卷十六引楊慎云："按方山始席膴爲俠，後隱
光、黄間零落。此傳却叙其棄富貴而甘蕭索，爲有自得，（有）回護他處。
然中述其少年使酒一段，結語云'光、黄人，每佯狂垢汙'，自不可掩。"又
引袁宗道云："方山子小有俠氣耳。因子瞻用筆，隱見出没形容，遂似大
俠。"（此段《蘇長公合作》補卷下引作王聖俞語）

　　《蘇長公合作》補卷下："傚《伯夷》《屈原傳》，亦叙事、亦描寫、亦議
論，若隱若見，若見其人于楮墨外。"又引李贄云："變傳之體，得其景趣，
可驚可喜。"

　　《宋大家蘇文忠公文抄》卷二十三："奇頗跌宕，似司馬子長。"又云：
"此篇《三蘇文粹》不載。余特愛其煙波生色處，往往能令人涕洟，故録
入之。"

　　儲欣《唐宋十大家全集録·東坡集録》卷五："模韓。"其《唐宋八大家

類選》卷十三又云：“隱字、俠字，一篇骨子”。“始俠而今隱，俠處寫得豪邁，鬚眉生動，則隱處益復感慨淋漓，傳神手也。”

《晚村精選八大家古文》：“陳季常非真隱者，其隱亦俠之變相耳。坡公于此意能傳之而不露。”

《唐宋八家文讀本》卷二十四：“生前作傳，故別于尋常傳體，通篇只敘其游俠隱淪，而不及世系與生平行事，此傳中變調也。寫游俠鬚眉欲動，寫隱淪姓字俱沉，自是傳神能事。”

賴山陽云：“東坡自謂：軾雖能言語，于史事不是當行家。後人亦服其議論，不稱敘事，然如此一傳，可謂得龍門神髓矣。”又云：“文如游龍在雲中，乍現乍隱，究不露全身，所以爲妙。”（《纂評唐宋八大家文讀本》卷七引）

劉大櫆云：“鹿門‘煙波生色’四字，足盡此文之妙。”（《唐宋文舉要》甲編卷八引）

李剛已云：“東坡文字長于議論，敘事之作，不逮韓、歐遠甚，惟此篇跌宕有奇氣。”（同上）

前　赤　壁　賦〔一〕

壬戌之秋，七月既望，蘇子與客泛舟游于赤壁之下。清風徐來，水波不興。舉酒屬客，誦《明月》之詩，歌《窈窕》之章〔二〕。少焉，月出于東山之上，徘徊于斗、牛之間〔三〕。白露橫江，水光接天。縱一葦之所如〔四〕，凌萬頃之茫然。浩浩乎如馮虛御風〔五〕，而不知其所止；飄飄乎如遺世獨立，羽化而登仙〔六〕。

于是飲酒樂甚，扣舷而歌之。歌曰：“桂棹兮蘭槳〔七〕，擊空明兮泝流光〔八〕。渺渺兮予懷，望美人兮天一方〔九〕。"客有吹洞簫者〔一○〕,倚歌而和之。其聲嗚嗚然,如怨如慕,如泣如訴,餘音嫋嫋,不絕如縷,舞幽壑之潛蛟,泣孤舟之嫠婦〔一一〕。

蘇子愀然,正襟危坐而問客曰:"何爲其然也?"

客曰:"'月明星稀,烏鵲南飛〔一二〕',此非曹孟德之詩乎?西望夏口〔一三〕,東望武昌〔一四〕,山川相繆〔一五〕,鬱乎蒼蒼,此非孟德之困于周郎者乎?方其破荊州,下江陵,順流而東也〔一六〕,舳艫千里〔一七〕,旌旗蔽空,釃酒臨江,橫槊賦詩〔一八〕,固一世之雄也,而今安在哉?況吾與子漁樵于江渚之上,侶魚蝦而友麋鹿;駕一葉之扁舟,舉匏樽以相屬。寄蜉蝣于天地,渺滄海之一粟〔一九〕。哀吾生之須臾,羨長江之無窮。挾飛仙以遨游,抱明月而長終。知不可乎驟得,托遺響于悲風〔二○〕。"

蘇子曰:"客亦知夫水與月乎?逝者如斯,而未嘗往也;盈虛者如彼,而卒莫消長也〔二一〕。蓋將自其變者而觀之,則天地曾不能以一瞬;自其不變者而觀之,則物與我皆無盡也,而又何羨乎〔二二〕!且夫天地之間,物各有主;苟非吾之所有,雖一毫而莫取。惟江上之清風,與山間之明月,耳得之而爲聲,目遇之而成色,取之無禁,用之不竭,是造物者之無盡藏也,而吾與子之所共適〔二三〕。"

客喜而笑,洗盞更酌,肴核既盡,杯盤狼籍〔二四〕。相與枕藉乎舟中〔二五〕,不知東方之既白〔二六〕。

〔一〕録自《經進東坡文集事略》卷一。元豐五年(一○八二)作。蘇軾《與范子豐》:"黄州少西,山麓斗入江中,石色如丹。傳云:'曹公敗所所謂赤壁者'。或曰'非也'。……今日李委秀才來相別,因以小舟載酒飲赤壁下。李善吹笛,酒酣作數弄,風起水湧,大魚皆出,上有棲鶻,坐念孟德、公瑾如昨日耳。"

〔二〕誦《明月》之詩二句:指《詩‧陳風‧月出》,其第一章云:"月出皎兮,佼人僚兮,舒窈糾兮。"窈糾,即窈窕。一說,上句指曹操《短歌行》,有"明明如月,何時可掇","月明星稀,烏鵲南飛"之句;下句指《詩‧周南‧關雎》,第一章有"窈窕淑女,君子好逑"之句。《三蘇文範》卷十六云:"月出皎兮,喻美色之潔白;窈糾,其姿之舒也;佼人,則美人也。坡老借此而賦,亦譏在位之不好德也。"殊鑿。

〔三〕斗、牛:斗宿、牛宿。《蘇長公合作》卷一:"按日月望夜對行,以今曆法論之,七月之望,月在女、虛。而坡老賦曰:'徘徊斗牛',豈數百年前孟秋,日猶在井、鬼間耶? 抑文人吟咏有不拘拘者耳? 或曰:斗牛,吳越分野,指出東方言也。"清張爾岐《蒿庵閒話》卷二:"張如命云:東坡文字,亦有信筆亂寫處。……七月,日在鶉尾,望時日月相對,月當在陬訾。斗、牛二宿在星紀,相去甚遠,何緣徘徊其間? 坡公于象緯未嘗留心,臨文乘快,不復深考耳。"鶉尾、陬訾、星紀,皆星次名。

〔四〕縱一葦句:一葦,喻小船。《詩‧衛風‧河廣》:"誰謂河廣? 一葦杭(航)之。"

〔五〕馮虛御風:騰空駕風而行。馮,同"憑"。

〔六〕遺世獨立:抛開人世,了無牽掛。　羽化:道家用語,指成仙。《抱朴子‧對俗》:"古之得仙者,或身生羽翼,變化飛行。"

〔七〕桂棹句:《九歌‧湘君》:"桂櫂兮蘭枻。"

〔八〕擊空明兮句:船槳擊打着清澈江水,在閃着月光之水面上逆流而上。

〔九〕美人:舊常用以象徵賢君聖主或美好理想。況周頤《蕙風詞話》卷四:"蘇文忠《前赤壁賦》:'桂櫂兮蘭槳。擊空明兮泝流光。渺渺兮予懷。(句)望美人兮天一方。'幼年塾誦,如此斷句。比閱劉尚友《養吾齋詞》《沁園春‧櫽括〈前赤壁賦〉》,起調云:'壬戌之秋,七月既望,蘇子泛舟'。'七月'句下自注:'"望"效公"予懷望”,平讀。’始知宋人讀此二句,乃于‘望’字斷句叶韻,句各六字。
亟記之,以正幼讀之誤。尚友名將孫,入元抗節不仕,須溪之肖子
也。”可備一説。

〔一〇〕客有吹洞簫者:指道士楊世昌。清吳騫《拜經樓詩話》卷一:“宋
　　　施德初父子及顧景審(蕃)注東坡詩甚詳,較王龜齡集百家注,勝
　　　之遠矣。如《赤壁賦》吹洞簫之客,爲綿州武都山道士楊世昌,亦
　　　見施注(《次孔毅父》詩注),而王不及也。”(按,見《施注蘇詩》卷二
　　　十《次韻孔毅父久旱已而甚雨三首》注)趙翼《陔餘叢考》卷二十四
　　　《赤壁賦洞簫客》條:“東坡《赤壁賦》:‘客有吹洞簫者。’不著姓字。
　　　吳匏菴(明吳文定,字原博)有詩云:‘西飛一鶴去何祥?有客吹簫
　　　楊世昌。當日賦成誰與注?數行石刻舊曾藏。’據此則客乃楊世
　　　昌也。按東坡《次孔毅父韻》:‘不如西州楊道士,萬里隨身只兩
　　　膝。’又云:‘楊生自言識音律,洞簫入手清且哀。’則世昌之善吹簫
　　　可知。匏菴藏帖信不妄也。按,世昌,綿竹道士,字子京,見王注
　　　蘇詩。”按,吳匏菴詩及藏帖事,早見明俞弁《逸老堂詩話》卷上,并
　　　云:“微文定(即吳匏菴)表而出之,世昌幾無聞矣。”但《蒿菴閒話》
　　　卷二據蘇軾《與范子豐》書,謂吹洞簫者爲李委,“乃云是楊繼(世)
　　　昌,得之石刻,則何説?”按,張爾岐此説誤,因李委乃吹“笛”,且事
　　　在元豐五年十二月十九日蘇軾生日之時。

〔一一〕舞幽壑之潛蛟二句:《列子·湯問》:“瓠巴(古善琴者)鼓琴而鳥
　　　舞魚躍。”《荀子·勸學篇》:“瓠巴鼓瑟而沈魚出聽,伯牙鼓琴而六
　　　馬仰秣。”此爲同一手法,極寫音樂之感染力。嫠(lí)婦,寡婦。
　　　《三蘇文範》卷十六云:“吹簫而潛蛟亦舞,喻己潛伏于謫所也。寡
　　　婦聞此亦泣,喻己孤立不得于君也。”《蘇長公合作》卷一亦承此
　　　説:“舞潛蛟,喻己謫居也;泣嫠婦,喻己孤臣不得君也。孟德烏鵲
　　　詩,譏玄德南奔也。”皆失之穿鑿。

〔一二〕月明二句:見曹操《短歌行》。

〔一三〕夏口:城名,故址在今武漢市黃鵠山上。

〔一四〕武昌:今湖北鄂州市。

〔一五〕山川相繆(liáo)：山環水復，互相盤繞。

〔一六〕方其破荆州三句：建安十三年，荆州牧劉表卒，曹操南征，收降其子劉琮，占領荆州，繼追敗劉備，進占江陵；然後沿江東進。

〔一七〕舳艫(zhú lú)千里：語出《漢書·武帝紀》。顔師古注：“李斐曰：‘舳，船後持柁處也。艫，船前頭刺櫂處也。言其船多，前後相銜，千里不絶也。’”

〔一八〕横槊賦詩：元稹《唐故檢校工部員外郎杜君(杜甫)墓係銘并序》：“曹氏父子鞍馬間爲文，往往横槊(長矛)賦詩。”

〔一九〕渺滄海之一粟：徐昂《文談》：“‘一粟’與‘滄海’何涉？‘渺太倉之一粟’或‘渺滄海之一勺’皆可，是或坡公隨筆而未之審，或傳寫有舛耳。”蘇軾《送頓起》詩有“大海浮一粟”，知非傳寫之誤，又言“浮”，于理亦通。今“滄海一粟”已爲成語。

〔二〇〕知不可二句：明知不能立刻實現，只能將此心情付託簫聲，伴隨秋風吹奏出來。

〔二一〕逝者如斯：《論語·子罕》：“子在川上曰：‘逝者如斯夫！不舍晝夜。’”下“斯”、“彼”，水近故云斯(這裏)，月遠故云彼(那裏)。《蘇長公合作》卷一引朱熹云：“‘盈虚者如代’，‘代’字今多作‘彼’字。嘗見東坡手寫本，皆作‘代’字。”

〔二二〕蓋將五句：宋吳氏《林下偶談》中《坡賦祖莊子》條：“《莊子·内篇·德充符》云：‘自其異者視之，肝胆楚越也；自其同者視之，萬物皆一也。’東坡《赤壁賦》云：‘蓋將自其變者觀之，雖天地曾不能以一瞬；自其不變者觀之，則物與我皆無盡也，而又何羡乎？’蓋用《莊子》語意。”僧肇《物不遷論》：“不遷，故雖往而常静；不住，故雖静而常往。”“旋嵐偃岳而常静，江河競注而不流，野馬飄鼓而不動，日月歷天而不周。”(參看董其昌《畫禪室隨筆》卷三：“東坡水月之喻，蓋自《肇論》得之，所謂不遷義也。”)明李一公《東坡密語》云：“李卓吾評：‘正好發揮，可惜説道理了。’予云：不妨理事相參。”

〔二三〕共適：今存明項子京家藏蘇軾墨迹本作“共食”。謝枋得《文章軌範》卷七:"如食邑之'食',言享也。"清李承淵校刊《古文辭類纂》云:"劉海峯先生選本引《朱子語類》:曾見東坡手書此賦,'適'作'食',門人問'食'字何義?朱子曰:'只如食邑之"食",猶言享也。'劉先生又引明人婁子柔曰:佛經有'風爲耳之所食,色爲目之所食'語,東坡蓋用佛典云。"元李治《敬齋古今黈》卷八:"東坡《赤壁賦》:'此造物者之無盡藏也,而吾與子之所共食。'一本作'共樂',當以'食'爲正。賦本韻語,此賦自以'月'、'色'、'竭'、'食'、'籍'、'白'爲協,若是'樂'字,則是取下'客喜而笑,洗盞更酌'爲協,不特文勢萎爾,而又段絡叢雜,東坡大筆,必不應爾。所謂'食'者,乃自己之真味受用之正地,非他人之所與知者也。今蘇子有得乎此,則其間至樂蓋不可以容聲矣,又何必言樂而後始爲樂哉?《素問》云:'精食氣,形食味。'啓玄子爲之説曰:'氣化則精生,味和則形長。'又云:'壯火食氣,氣食少火。'啓玄子爲之説曰:'氣生壯火,故云壯火食氣;少火滋氣,故云氣食少火。'東坡賦意,正與此同。"《蘇長公合作》卷一:"東坡寫本是'與子之所共食'。王元美曰:食酒能多飲費盡之也。既訛'樂',今改'適'。"又引文徵明云:"其中'吾與子之共所適',舊多作'食',余從親筆改定。按《左傳》:'食,消也。'坡集中有答人問'食'字之義云:'如食邑之食,猶云享也。'而朱子又言史書食邑字與此不同,未知孰是?"以上諸説,皆主"食"字,但闡述仍多歧異,録供參考。

〔二四〕杯盤狼籍:《史記·滑稽列傳》載淳于髠語:"男女同席,履舃交錯,杯盤狼藉。"狼藉,同"狼籍",縱橫散亂貌。

〔二五〕枕藉:枕頭、墊褥。此作動詞用,喻倦卧。

〔二六〕宋史繩祖《學齋佔畢》卷二《坡文之妙》:"至于《前赤壁賦》尾段一節,自'惟江上之清風,與山間之明月',至'相與枕藉乎舟中,不知東方之既白',却只是用李白'清風明月不用一錢買,玉山自倒非人推'一聯,十六字演成七十九字,愈奇妙也。"(又見清沈兆澐《篷窗附録》卷上)

【評箋】　晁補之《續離騷序》：“《赤壁》前後賦者，蘇公之所作也。曹操氣吞宇內，樓船浮江，以謂遂無吳矣。而周瑜少年，黃蓋神將，一炬以焚之。公謫黃岡，數游赤壁下，蓋忘意于世矣。觀江濤洶湧，慨然懷古，猶壯瑜事而賦之。”（《經進東坡文集事略》卷一引，今本《雞肋集》無。）

俞文豹《吹劍四錄》：“碑記文字鋪叙易，形容難，猶之傳神，面目易摹寫，容止氣象難描模。……《赤壁賦》：‘清風徐來……水落石出’，此類如仲殊所謂費盡丹青，只這些兒畫不成。”

强幼安《唐子西文錄》：“余（唐庚）作《南征賦》，或者稱之，然僅與曹大家輩爭衡耳。惟東坡《赤壁》二賦，一洗萬古，欲彷彿其一語，畢世不可得也。”

《蘇長公合作》卷一：“東坡在儋耳與客論食品書，紙末云：既飽以廬山康王谷廉泉，烹曾坑鬭品，少焉，解衣仰卧，使人誦東坡先生前後《赤壁賦》，亦足以一笑也。觀此有所謂曹大家輩諸賦尚得爭衡，獨此二賦，一洗萬古，不能彷彿其一語，良然。”（按，此前半段語又見稗海本《東坡志林》卷八。但《侯鯖錄》卷八作黃庭堅語，疑誤。）

張表臣《珊瑚鈎詩話》卷一：“《赤壁賦》卓絶近于雄風。”

謝枋得《文章軌範》卷七：“此賦學《莊》、《騷》文法，無一句與《莊》、《騷》相似，非超然之才，絶倫之識，不能爲也。瀟洒神奇，出塵絶俗，如乘雲御風而立乎九霄之上，俯視六合，何物茫茫，非惟不掛之齒牙，亦不足入其靈臺丹府也。”又云：“余嘗中秋夜泛舟大江，月色水光與天宇合而爲一，始知此賦之妙。”

鍾惺云：“《赤壁》二賦，皆賦之變也。此又變中之至理奇趣，故取此可以該彼。”（《三蘇文範》卷十六引）

文徵明云：“……言曹孟德氣勢皆已消滅無餘，譏當時用事者。嘗見墨蹟寄傅欽之者云：‘多事畏人，幸無輕出’，蓋有所諱也。”（《三蘇文範》卷十六、《蘇長公合作》卷一引）

《御選唐宋文醇》卷三十八：“蓋與造物者游而天機自暢，并無意于吊古，更何預今世事？嘗書寄傅欽之而曰：‘多難畏事，幸毋輕出’者，畏宵小之捃摭無已，又或作蟄龍故事耳（見前《王復秀才所居雙檜》詩注），乃文徵明謂以曹孟德氣勢消滅無餘,譏當時用事者,轉以寄傅欽之之語爲證,謂爲實有所譏刺,可謂烏焉成馬矣。"

《蘇長公合作》卷一:"騷賦祖于屈宋,窮工極肆,若長卿者,可爲兼之。子云宏麗,益于《高唐》;《長門》凄惋,不下《九章》;又有賦事賦物,如《蕪城》、《赤壁》、《恨》《別》兩賦,亦皆原本屈宋,第語稍浮露;若文通高華,子瞻飄洒,各自擅場。世之耳食者,聞宋無賦,詆兩《赤壁》不直一錢,則屈三閭不應有《卜居》、《漁父》;且文何定體,即三閭又從何處得來?"又引邵寶云:"風月二字是一篇張本。"

歸有光《文章指南》:"如陶淵明《歸去來辭》,于舉業雖不甚切,觀其詞義,瀟洒夷曠,無一點風塵俗態,兩晉文章,此其傑然者。蘇子瞻《赤壁賦》之趣,脱自是篇。"

《宋大家蘇文忠公文抄》卷二十八:"予嘗謂東坡文章仙也。讀此二賦,令人有遺世之想。"

儲欣《唐宋十大家全集録·東坡集録》卷一:"行歌笑傲,憤世嫉邪。"其《唐宋八大家類選》卷十四又云:"出入仙佛,賦一變矣。"

《天下才子必讀書》卷十五:"游赤壁,受用現今無邊風月,乃是此老一生本領,却因平平寫不出來,故特借洞簫嗚咽,忽然從曹公發議,然後接口一句喝倒,痛陳其胸前一片空闊了悟,妙甚。"

張伯行《唐宋八大家文鈔》卷八:"以文爲賦,藏叶韻于不覺,此坡公工筆也。憑吊江山,恨人生之如寄;流連風月,喜造物之無私。一難一解,悠然曠然。"

方苞云:"所見無絶殊者,而文境邈不可攀,良由身閑地曠,胸無雜物,觸處流露,斟酌飽滿,不知其所以然而然,豈惟他人不能摹倣,即使子瞻更爲之,亦不能如此調適而鬯遂也。"(王文濡《評校音注古文辭類纂》卷七十一引)

吳汝綸云:"此所謂文章天成偶然得之者。是知奇妙之作,通于造化,非人力也。"又云:"胸襟既高,識解亦夐絶非常,不得如方氏之説謂所見無絶殊也。"(同上)

【附録】

　　楊萬里《誠齋詩話》:"東坡《赤壁賦》云:'扣舷而歌之,歌曰'云云,
'客有吹洞簫者,倚歌而和之,其聲嗚嗚然,如怨如慕'。山谷爲坡寫此賦
爲圖障云:'扣舷而歌曰',又曰'其聲嗚嗚,如怨如慕',去'之、歌、然'三
字,覺神觀精鋭。"

　　明李日華《味水軒日記》卷二《萬曆三十八年三月二十日》條:"陸明
府宇參出觀蘇長公書《前赤壁》真蹟行筆,極森秀。自'壬'字起至'酒'字
凡三十字斷壞,文徵仲補之,甚有兼葭之嘆。有賈似道小印,印縫又有秋
壑方寸印,全卿印記,乃陸尚書完家物也。余平生見蘇書皆肥褊沓拖,此
獨精緊快利,神明焕然,豈公于寓黄時流落孤寂,酬應較簡,故得卓竪神
情,爲此不朽妙藝耶? 董玄宰云:'此賦《騷》《雅》之變,此書《蘭亭》之
變',亦可謂善索意味矣。"(按,此本今存。另據董其昌《畫禪室隨筆》卷
一:"余三見子瞻自書《赤壁賦》。"則明時尚存蘇軾此賦墨迹多本。)

後　赤　壁　賦〔一〕

　　是歲十月之望,步自雪堂,將歸于臨皋〔二〕。二客從
予,過黄泥之坂〔三〕。霜露既降,木葉盡脱,人影在地,仰
見明月。顧而樂之,行歌相答。

　　已而嘆曰:"有客無酒,有酒無肴;月白風清,如此良
夜何?"客曰:"今者薄暮,舉網得魚,巨口細鱗,狀似松江
之鱸〔四〕。顧安所得酒乎?"歸而謀諸婦。婦曰:"我有斗
酒,藏之久矣。以待子不時之須〔五〕。"

　　于是攜酒與魚,復游于赤壁之下。江流有聲,斷
岸〔六〕千尺,山高月小〔七〕,水落石出〔八〕。曾日月之幾何,
而江山不可復識矣。予乃攝衣而上,履巉岩,披蒙茸,踞

虎豹，登虯龍〔九〕，攀棲鶻之危巢〔一○〕，俯馮夷之幽宮〔一一〕。蓋二客不能從焉。劃然長嘯，草木震動，山鳴谷應，風起水涌。予亦悄然而悲，肅然而恐，凜乎其不可留也。返而登舟，放乎中流〔一二〕，聽其所止而休焉。時夜將半，四顧寂寥。適有孤鶴，橫江東來。翅如車輪，玄裳縞衣〔一三〕，戛然長鳴，掠予舟而西也〔一四〕。

　　須臾客去，予亦就睡。夢一道士〔一五〕，羽衣翩仙〔一六〕，過臨皋之下，揖予而言曰：“赤壁之游樂乎？”問其姓名，俯而不答。嗚呼噫嘻！我知之矣。疇昔之夜〔一七〕，飛鳴而過我者，非子也耶？道士顧笑〔一八〕，予亦驚悟。開戶視之，不見其處〔一九〕。

〔一〕録自《經進東坡文集事略》卷一。元豐五年(一○八二)作。

〔二〕雪堂、臨皋：見前詞選《浣溪沙》(覆塊青青麥未蘇)注。

〔三〕黄泥之坂(bǎn)：黄泥坂爲從雪堂至臨皋亭必經之路。坂，斜坡。詳蘇軾《黄泥坂詞》。

〔四〕松江之鱸：松江，即今吳淞江，下游爲蘇州河，流經江蘇省和上海市一帶，非指松江縣。《後漢書·左慈傳》記曹操宴請衆賓，謂“今日高會，珍羞略備，所少吳松江鱸魚耳。”李賢注：“松江在今蘇州東南，首受太湖。《神仙傳》云：‘松江出好鱸魚，味異他處。’”

〔五〕不時之須：臨時之需，意外之需。

〔六〕斷岸：陡峭的崖岸。

〔七〕山高月小：《蘇長公合作》卷一：“《外紀》曰：杜詩‘關山月一點’，坡愛之作歌云‘一點明月窺人’，用其語也；此云‘山高月小’，用其意也。”

〔八〕水落石出：語出歐陽修《醉翁亭記》：“水落而石出。”(傳蘇軾行書此《記》作“水清而石出”。)

〔九〕踞虎豹二句：蹲坐在狀如虎豹的山石上，攀着形似虯龍彎曲的古木。虬龍,古代傳説中有角的小龍。

〔一〇〕危巢: 高巢。

〔一一〕馮夷: 水神名,即河伯。《竹書紀年》卷上《帝芬》:“十六年,洛伯用與河伯馮夷鬭。”《文選》張衡《思玄賦》“號馮夷俾清津兮”句,注引《青令傳》云:“河伯,華陰潼鄉人也。姓馮氏,名夷,浴于河中而溺死,是爲河伯。”

〔一二〕中流: 江心。

〔一三〕玄裳縞衣: 黑色下裙,白色上衣。因鶴全身純白,翅旁和尾端呈黑色,故云。

〔一四〕《施注蘇詩》卷二十《次韻孔毅父久旱已而甚雨三首》注引蘇軾爲楊道士書一帖云:“十月十五日夜,與楊道士(即楊世昌)泛舟赤壁,飲醉。夜半,有一鶴自江南來,翅如車輪,嘎然長鳴,掠余舟而西,不知其爲何祥也。”

〔一五〕一道士: 一作“二道士”。《弘治黄州府志》卷八引朱熹云:“後賦前言二道士,後言孤鶴,東坡親蹟亦然,則或是筆誤耳。”萬曆本《蘇長公合作》卷一引朱熹云:“當以‘一’字爲是。”《苕溪漁隱叢話·後集》卷二十八:“此賦初言‘適有孤鶴橫江東來’,中言‘夢二道士,羽衣翩躚’,末言‘疇昔之夜,飛鳴而過我者’,前後皆言孤鶴,則道士不應言二矣。”

〔一六〕羽衣: 道士所服。〔翩仙〕一作“蹁躚”。

〔一七〕疇昔之夜: 指昨夜。語見《禮記·檀弓上》:“予疇昔之夜。”疇,語首助詞,無義。

〔一八〕顧: 回頭看。

〔一九〕《歷代詩餘》卷一一五引《清夜録》云:“東萊先生謂《後赤壁賦》結尾用韓文公《石鼎聯句》叙彌明意,俞文豹謂不然,蓋彌明真異人,文公紀其實也,與此不同。東坡先生貫通内典,嘗賦《西江月》詞云:‘休言萬事轉頭空,未轉頭時皆夢。’赤壁之游,樂則樂矣,轉眼之間,其樂安在? 以是觀之,則我與二客、鶴與道士皆一夢也。”《宋大家蘇文忠公文抄》卷二十八:“借鶴與道士之夢,以發胸中曠達今古之思。"

【評箋】 虞集云:"陸士衡云:'賦體物而瀏亮。'坡公《前赤壁賦》已
曲盡其妙,《後賦》尤精于體物,如'山高月小,水落石出',皆天然句法。
末用道士化鶴之事,尤出人意表。"(《三蘇文範》卷十六引)

李九我云:"誦《前赤壁賦》,已盡其妙;《後賦》尤精于體物,玩'山高'
二句,語自天巧,末設夢與道士數句,尤見無中生有。"(《蘇長公合作》卷
一引)

袁宏道云:"《前赤壁賦》爲禪法道理所障,如老學究着深衣,遍體是
板;《後賦》平叙中有無限光景,至末一段即子瞻亦不知其所以妙。"
(同上)

李贄云:"前賦説道理時,有頭巾氣,此則靈空奇幻,筆筆欲仙。"
(同上)

儲欣《唐宋八大家類選》卷十四:"前賦設爲問答,此賦不過寫景叙
事。而寄託之意,悠然言外者,與前賦初不殊也。"

《天下才子必讀書》卷十五:"前賦是特地發明胸前一段真實了悟,後
賦是承上文從現身現境一一指示此一段真實了悟,便是真實受用也。本
不應作文字觀,而文字特奇妙。"又云:"若無後賦,前賦不明;若無前賦,
後賦無謂。"

張伯行《唐宋八大家文鈔》卷八:"猶是風月耳。上文字字是秋景,此
文字字是冬景。體物之工,其妙難言。"

王文濡《評校音注古文辭類纂》卷七十一:"前篇是實,後篇是虛。虛
以實寫,至後幅始點醒,奇妙無以復加,易時不能再作。"

〔以上爲評論前後兩賦之異同及關係,以下單評後賦。〕

《蘇長公合作》卷一:"眼前景徑(經)一道破,便似宇宙今日始開。只
'山高月小,水落石出','山鳴谷應,風起水湧'十六字,試讀之,占幾許風
景。"又引華淑云:"《赤壁後賦》直平叙去,有無限光景,只似人家小集,偶
爾飽飣,歡笑自發,比特地排當者其樂十倍。"

李一公《東坡密語》:"劉勰云:'茂先摇筆而散珠'。此文字字珠璣。"

“楊子云所謂不從人間來者。”

沈石民《三蘇文評注讀本》卷二：“飄脱之至。前賦所謂馮虚御風、羽化登仙者,此文似之。”

記承天寺夜游〔一〕

元豐六年十月十二日,夜,解衣欲睡;月色入户,欣然起行,念無與爲樂者〔二〕。遂至承天寺,尋張懷民〔三〕。懷民亦未寝,相與步于中庭。

庭下如積水空明,水中藻、荇交横,蓋竹柏影也。

何夜無月,何處無竹柏,但少閑人如吾兩人者耳。

〔一〕錄自《東坡題跋》卷六。題原作《記承天夜游》,據別本加“寺”字。元豐六年(一〇八三)作。承天寺,故址在今湖北黄岡縣南。

〔二〕念無與爲樂者:想到没有可與自己一起游樂的人。

〔三〕張懷民:《蘇詩總案》卷二十二謂即張夢得,清河人,時亦貶居黄州。

【評箋】《唐宋十大家全集録·東坡集録》卷九:“仙筆也。讀之覺玉宇瓊樓,高寒澄澈。”

記游定惠院〔一〕

黄州定惠院東,小山上,有海棠一株,特繁茂。每歲盛開，必攜客置酒，已五醉其下矣。今年復與參寥師二三子訪焉，則園已易主。主雖市井人，然以予故，稍加培治。山上多老枳，木性瘦韌，筋脈呈露，如老人項頸，花白而圓，如大珠纍纍，香色皆不凡。此木不爲人所喜，稍稍伐去；以予故，亦得不伐。既飲，往憩于尚氏之第。尚氏亦市井人也，而居處修潔，如吳越間人；竹林花圃皆可喜，醉臥小板閣上。稍醒，聞坐客崔成老彈雷氏琴，作悲風曉月，錚錚然，意非人間也。晚乃步出城東，鬻大木盆，意者謂可以注清泉、瀹瓜李。遂夤緣小溝〔二〕，入何氏、韓氏竹園。時何氏方作堂竹間，既闢地矣，遂置酒竹陰下。有劉唐年主簿者，餽油煎餌，其名爲“甚酥”，味極美。客尚欲飲，而予忽興盡，乃徑歸。道過何氏小圃，乞其藂橘〔三〕，移種雪堂之西。坐客徐君得之〔四〕，將適閩中，以後會未可期，請予記之，爲異日拊掌。時參寥獨不飲，以棗湯代之。

〔一〕 録自《東坡題跋》卷六。《施注蘇詩》卷二十二《上巳日與二三子攜酒出游，隨所見輒作數句，明日集之爲詩，故詞無倫次》注引“先生《志林》記此日出游”云云，即本篇節文，末署“元豐七年（一○八四）三月初二（應作三）日也”，即本篇作年。詩亦可參看。另《稗海》本《東坡志林》卷十：“元豐七年二月一日，東坡居士與徐得之、參寥子步自雪堂，并柯池入乾明寺，觀竹林，謁乳姥任氏坟，鋤治茶圃，遂造趙氏園探梅堂，至尚氏第觀老枳，偃蹇如龍虵形，憩定惠僧舍，飲茶任公亭師中庵，乃歸，且約後日攜酒尋春于此。”知蘇軾在黃州時，常游此地。

〔二〕 夤緣小溝：沿着小溝溝岸而行。蘇軾《水龍吟》“小溝東接長江，柳堤葦岸連雲際”，即此“小溝”，知其東注長江，又與韓毅甫、何聖可之竹園相鄰。

〔三〕蘽橘：一叢橘樹。蘽，同“叢”。

〔四〕徐君得之：徐大正，字得之，黃州知州徐大受(君猷)之弟。

石　鐘　山　記〔一〕

《水經》云：“彭蠡之口，有石鐘山焉。”酈元以爲“下臨深潭，微風鼓浪，水石相搏，聲如洪鐘。”〔二〕是説也，人常疑之。今以鐘磬置水中〔三〕，雖大風浪不能鳴也，而況石乎？至唐李渤〔四〕，始訪其遺踪，得雙石于潭上。“扣而聆之，南聲函胡〔五〕，北音清越〔六〕，枹止響騰〔七〕，餘韻徐歇”，自以爲得之矣。然是説也，余尤疑之。石之鏗然有聲者，所在皆是也，而此獨以“鐘”名，何哉？

元豐七年六月丁丑〔八〕，余自齊安舟行適臨汝〔九〕，而長子邁將赴饒之德興尉〔一〇〕，送之至湖口，因得觀所謂“石鐘”者。寺僧使小童持斧，于亂石間擇其一二扣之，空空焉〔一一〕，余固笑而不信也。至莫夜月明，獨與邁乘小舟，至絶壁下。大石側立千尺，如猛獸奇鬼，森然欲搏人；而山上栖鶻，聞人聲亦驚起，磔磔雲霄間；又有若老人咳且笑于山谷中者，或曰：“此鸛鶴也。〔一二〕”余方心動欲還，而大聲發于水上，噌吰如鐘鼓不絶〔一三〕，舟人大恐，徐而察之，則山下皆石穴罅，不知其淺深，微波入焉，涵澹澎湃而爲此也〔一四〕。舟回至兩山間〔一五〕，將入港口，有大石當中流，可坐百人，空中而多竅，與風水相吞吐，有竅坎鏜鞳之聲〔一六〕,與向之噌吰者相應,如樂作焉。因笑謂邁曰:"汝識之乎? 噌吰者,周景王之無射也〔一七〕;窾坎鏜鞳者,魏莊子之歌鐘也〔一八〕。古之人不余欺也。"

　　事不目見耳聞而臆斷其有無,可乎? 酈元之所見聞,殆與余同,而言之不詳;士大夫終不肯以小舟夜泊絕壁之下,故莫能知;而漁工水師,雖知而不能言,此世所以不傳也。而陋者乃以斧斤考擊而求之,自以爲得其實〔一九〕。余是以記之,蓋嘆酈元之簡,而笑李渤之陋也。

〔 一 〕録自《經進東坡文集事略》卷四十九。元豐七年(一〇八四)六月,蘇軾由黃州赴汝州途經江西時作。石鐘山,在今江西湖口。

〔 二 〕《水經》:我國第一部記述河道水系的地理書。《新唐書·藝文志》:"(漢)桑欽《水經》三卷,一作(郭)璞撰。"(《隋書·經籍志》謂郭璞注,《舊唐書·經籍志》謂郭璞撰,《唐六典·工部·水部員外郎注》則謂桑欽著。)北魏酈道元著《水經注》四十卷。蘇軾所引《水經》兩句和《水經注》四句,今本均無,轉引自李渤之文。彭蠡(lǐ),鄱陽湖,在今江西北部。

〔 三 〕磬(qìng):古代一種用玉或石制成的樂器。

〔 四 〕李渤:字濬之,唐洛陽人。唐憲宗元和時曾任江州(今江西九江)刺史,治湖築堤。有《辨石鐘山記》文,下"扣而"五句即引自此文。新舊《唐書》均有傳。

〔 五 〕南聲函胡:南邊那塊石頭其聲模糊厚重。

〔 六 〕北音清越:北邊那塊石頭其聲清脆悠遠。

〔 七 〕枹(fú):同"桴",木制鼓槌。

〔 八 〕六月丁丑:元豐七年六月初九(一〇八四年七月十四日)

〔 九 〕齊安:舊郡名,即黃州。

〔一〇〕邁:蘇邁,字伯達,蘇軾長子(其他二子爲蘇迨、蘇過)。下"饒之德興",饒州德興縣,今江西德興市。

〔一一〕空空：一作"硿硿"。擊石聲。

〔一二〕《纂評唐宋八大家文讀本》卷七引西仲云："驚起者，可以望見，則直言棲鶻；欸笑者之爲鸛鶴，未必果確，故借'或曰'二字寫出，何等活動。"又引錢謙益云："中段欲言水石之聲，先將三項(指奇石、棲鶻、鸛鶴)描寫起，此文情也。昔嘗與鄧左之論之，今知之者鮮矣。"

〔一三〕噌吰(chēng hóng)：響亮厚重的鐘聲。

〔一四〕涵澹澎湃：形容大水流動、波濤奔騰貌。

〔一五〕兩山：石鐘山有南北兩山，南名上鐘山，北名下鐘山。

〔一六〕窾坎(kuǎn kǎn)：擊物聲。下"鏜鞳(tāng tà)"，鐘鼓聲。

〔一七〕無射(yì)：原爲我國古代十二音律之一，此指鐘名。《左傳·昭公二十一年》："春，天王(周景王姬貴)將鑄無射。"孔穎達疏："無射，鐘名，其聲于律應無射之管，故以律名名鐘。"

〔一八〕魏莊子之歌鐘：《左傳·襄公十一年》記鄭國送給晉悼公"歌鐘二肆(十六爲一肆)，及其鎛磬，女樂二八(十六人)，晉侯以樂之半賜魏絳"。魏絳，謚莊子。諸本多誤作魏獻子(魏莊子之子魏舒)。

〔一九〕陋者：識見低下者，指李渤。李渤《辨石鐘山記》云："次于南隅，忽遇雙石……詢諸水濱，乃曰：'石鐘也，有銅鐵之異焉。'……若非潭滋其山，山涵其英，聯氣凝質，發爲至靈，不然則安能產茲奇石乎？乃知山仍石名舊矣。如善長(酈道元)之論，則瀕流庶峯，皆可以斯石冠之。聊刊前謬，留遺將來。"

【評箋】《三蘇文範》卷十四引楊慎云："通篇討山水之幽勝，而中較李渤、寺僧、酈元之簡陋，又辨出周景王、魏獻子之鐘音，其轉折處，以人之疑起己之疑，至見中流大石，始釋己之疑，故此記遂爲絶調。"

《蘇長公合作》卷二："平鋪直叙，却自波折可喜，此是性靈上帶來文字，今古所希。"又云："千古文人，唯南華老仙、太史公、蘇長公字字挾飛鳴之勢。"

《宋大家蘇文忠公文抄》卷二十五："風旨亦自《水經》來，然多奇峭之興。"

《晚村精選八大家古文》:"此翻案也。李翻酈,蘇又翻李,而以己之所獨得,詳前之所未備,則道元亦遭簡點矣。文最奇致,古今絕調。"

《唐宋八家文讀本》卷二十三:"記山水,并悟讀書觀理之法,蓋臆斷有無,而或簡或陋,均非可以求古人也。通體神行,末幅尤極得心應手之樂。"

方苞云:"瀟灑自得,子瞻諸記中特出者。"(《評校音注古文辭類纂》卷五十六引)

劉大櫆云:"以心動欲還,跌出大聲發于水上,纔有波折,而興會更覺淋漓。鐘聲二處必取古鐘二事以實之,具此詼諧文章,妙趣洋溢行間,坡公第一首記文。"(同上)

【附錄】

石鐘山以聲得名抑或以形得名,頗有歧見。蘇軾主張前者,其《跋石鐘山記後》(《東坡題跋》卷一)又補充本篇云:"錢塘東南,皆有水樂洞,泉流空岩中,皆自然宮商。又自靈隱下天竺而上至上天竺,溪行兩山間,巨石磊磊如牛羊,其聲空礨然,真若鐘聲,乃知莊生所謂'天籟'者,蓋無所不在也。建中靖國元年正月□日自海南還,過南安,司法掾吳君示舊所作《石鐘山記》,復書其末。"劉克莊《坡公石鐘山記》云:"坡公此記,議論,天下之名言也;筆力,天下之至文也;楷法,天下之妙畫也。夫水石相搏固有聲,然非風無以發之。蒙叟之言曰:是惟無作,作則萬竅怒號,雖大木之竅穴,似鼻似口似耳者,皆激謫(謫)叱吸叫譹突咬。況山下皆石穴,又大石可坐百人、空中而多竅、其受風不愈多乎?公夜艤舟,其所聞其噌吰者,又聞其鏜鞳者,李似之侍郎云:亦嘗于此艤舟,止聞其吞吐者,疑水仙靳鏜鞳之聲私于坡公者。余謂蒙叟固云:冷風則小和,飄風則大和。竊意李是夕適值風恬浪靜耳。"(《後村先生大全集》卷一一〇)清同準《石鐘山記》云:"是山石質輕清,又復空中多竅,所以風水相值,獨鏘鏘然若金奏。"劉、同二人各從風和石質角度對蘇說作了發揮和補充。明地理學家羅洪先《石鐘山記》云:"丙午(嘉靖二十五年,一五四六)春,余過湖口,臨淵上下兩山,皆若鐘形,而上鐘尤奇。是時水未漲,山麓盡出,緣石以登,始若伏軾昆陽,旌旗矛戟,森然成列;稍深則縱觀咸陽,千門萬戶,羅幃繡幕,掩映低垂。入其中,猶佛氏言海,若獻深珊瑚珠貝,金光碧彩,錯出于驚濤巨浪,莫可辨擇;睇而視之,垂者磬懸,側者筍茁,鈌者藕拆,環者玦連。自吾栖岩穴以來,攀危歷險,未有若是奇者矣。夫音固由竅以出,苟實其中,亦復喑然。故鐘之制,甬則震,舁則鬱。是石鐘者,中虛外竅爲之也。……東坡艤舟,未目其麓,故猶有遺論。”(《念菴羅先生文集》卷五)則以爲石鐘之聲乃“中虛外竅”之故,且指出上下鐘山“皆若鐘形”。至清人遂有主張石鐘山即以形得名者。曾國藩《求闕齋讀書録》卷九云:“自咸豐四年楚軍在湖口爲‘賊’所敗,至十一年乃少定。石鐘山之片石寸草,諸將士皆能辨識。上鐘岩與下鐘岩,其下皆有洞,可容數百人,深不可窮,形如覆鐘。彭侍郎玉麟于鐘山之頂,建立昭忠祠。乃知鐘山以形言之,非以聲言之,酈氏、蘇氏所言皆非事實也。”俞樾《春在堂隨筆》卷七亦詳記彭玉麟之説云:“余親家翁彭雪琴侍郎,以舟師剿‘賊’,駐江西最久,語余云:湖口縣鐘山有二,一在城西,濱鄱陽湖,曰上鐘山;一在城東,臨大江,曰下鐘山,下鐘山即東坡作記處。然東坡謂山石與風水相吞吐,有聲如樂作,此恐不然。天下水中之山多矣,凡有罅隙,風水相遭,皆有嗡吰鏜鞳之聲,何獨兹山爲然乎? 余居湖口久,每冬日水落,則山下有洞門出焉。入之,其中透漏玲瓏,乳石如天花散漫,垂垂欲落,途徑蜿蜒如龍,峭壁上皆枯蛤黏着,宛然鱗甲。洞中寬廠(敞),左右旁通,可容千人。……蓋全山皆空,如鐘覆地,故得鐘名。上鐘山亦中空。此兩山皆當以形論,不當以聲論。東坡當日,猶過其門,而未入其室也。”

書吳道子畫後〔一〕

　　知者創物,能者述焉,非一人而成也。君子之于學,百工之于技,自三代歷漢至唐而備矣。故詩至于杜子美,文至于韓退之，書至于顏魯公〔二〕，畫至于吳道子，而古今之變，天下之能事畢矣。道子畫人物，如以燈取影，逆來順往，旁見側出，橫斜平直，各相乘除〔三〕，得自然之數，不差毫末，出新意于法度之中，寄妙理于豪放之外〔四〕，所謂游刃餘地〔五〕，運斤成風〔六〕，蓋古今一人而已。余于他畫，或不能必其主名，至于道子，望而知其真偽也。然世罕有真者，如史全叔所藏〔七〕，平生蓋一二見而已。元豐八年十一月七日書。

〔一〕録自《經進東坡文集事略》卷六十。元豐八年（一〇八五）作。
〔二〕顏魯公：顏真卿，字清臣，封魯郡公。大書法家。其正楷端莊雄偉，行書遒勁鬱勃，變古創新，世稱“顏體”。
〔三〕乘除：增減。
〔四〕出新意二句：《唐宋八家文讀本》卷二十四：“千古行文之妙，不出此二語。”
〔五〕游刃餘地：即《莊子·養生主》所載庖丁解牛事，見前《文與可畫篔簹谷偃竹記》注。
〔六〕運斤成風：《莊子·徐無鬼》：“郢人堊（白粉）漫其鼻端，若蠅翼，使匠石斲之。匠石運斤（斧頭）成風，聽而斲之，盡堊而鼻不傷，郢人立不失容。”兩句皆喻手法熟練，神乎其技。
〔七〕史全叔：不詳。

【評箋】《唐宋八家文讀本》卷二十四：“舉一畫而他可類推。道子之畫，子瞻之評，唯聖神于此藝者能之。”

范文正公集叙〔一〕

慶曆三年，軾始總角入鄉校〔二〕，士有自京師來者，以魯人石守道所作《慶曆聖德詩》示鄉先生〔三〕。軾從旁竊觀，則能誦習其詞，問先生以所頌十一人者何人也〔四〕？先生曰：“童子何用知之？”軾曰：“此天人也耶，則不敢知；若亦人耳，何爲其不可？”先生奇軾言，盡以告之，且曰：“韓、范、富、歐陽，此四人者，人傑也！”時雖未盡了，則已私識之矣。

　　嘉祐二年，始舉進士，至京師，則范公没，既葬，而墓碑出〔五〕，讀之至流涕，曰：“吾得其爲人，蓋十有五年〔六〕，而不一見其面，豈非命歟！”是歲登第，始見知于歐陽公，因公以識韓、富，皆以國士待軾〔七〕，曰：“恨子不識范文正公。”其後三年〔八〕，過許，始識公之仲子今丞相堯夫。又六年〔九〕，始見其叔彝叟京師。又十一年〔一〇〕，遂與其季德孺同僚于徐，皆一見如舊，且以公遺藁見屬爲叙。又十三年〔一一〕，乃克爲之。

　　嗚呼！公之功德蓋不待文而顯，其文亦不待叙而傳，然不敢辭者，以八歲知敬愛公，今四十七年矣，彼三傑者皆得從之游，而公獨不識，以爲平生之恨；若獲掛名其文字中，以自托于門下士之末，豈非疇昔之願也哉！

　　古之君子，如伊尹、太公、管仲、樂毅之流〔一二〕，其王霸之略，皆定于畎畝中，非仕而後學者也。淮陰侯見高帝于漢中，論劉項短長，畫取三秦，如指諸掌，及佐帝定天下，漢中之言，無一不酬者〔一三〕；諸葛孔明卧草廬中，與先主論曹操孫權，規取劉璋，因蜀之資，以争天下，終身不易其言〔一四〕。此豈口傳耳受，嘗試爲之，而僥倖其或成者哉？公在天聖中，居太夫人憂，則已有憂天下致太平之意，故爲萬言書以遺宰相，天下傳誦〔一五〕。至用爲將〔一六〕，擢爲執政〔一七〕，考其平生所爲，無出此書者〔一八〕。今其集二十卷，爲詩賦二百六十八，爲文一百六十五，其于仁義禮樂、忠信孝悌，蓋如飢渴之于飲食，欲須臾忘而不可得；如火之熱，如水之濕，蓋其天性有不得不然者。雖弄翰戲語，率然而作，必歸於此。故天下信其誠，爭師尊之。孔子曰："有德者必有言。〔一九〕"非有言也，德之發于口者也。又曰："我戰則克，祭則受福。〔二〇〕"非能戰也，德之見于怒者也。

〔一〕 録自《經進東坡文集事略》卷五十六。一本文末有"元祐四年（一〇八九）四月二十一日"一句，是爲本文作年。時蘇軾自翰林學士、知制誥兼侍讀改任杭州知州，即將離京。

〔二〕《東坡志林》卷二："吾八歲入小學，以道士張易簡爲師。"

〔三〕《宋史・石介傳》："石介，字守道，兗州奉符人。……（慶曆中）會呂夷簡罷相，夏竦既除樞密使，復奪之，以（杜）衍代。章得象、晏殊、賈昌朝、范仲淹、富弼及（韓）琦同時執政，歐陽修、余靖、王素、蔡襄并爲諫官。介喜曰'此盛事也，歌頌吾職，其可已乎！'作《慶曆聖德詩》。"

〔四〕 十一人：即杜衍、章得象至王素、蔡襄，共十一人。

〔五〕 墓碑：歐陽修作《資政殿學士户部侍郎文正范公神道碑銘》，富弼作《墓誌銘》。

〔六〕 十有五年：慶曆三年（一〇四三）至嘉祐二年（一〇五七），相距十五年。

〔七〕 國士：一國中的傑出之士。

〔八〕 其後三年三句：嘉祐五年（一〇六〇）蘇軾服母喪畢自蜀返京，過許（今河南許昌），遇范仲淹次子范純仁（字堯夫）。

〔九〕 又六年二句：治平三年（一〇六六）蘇軾罷鳳翔簽判至京任職，遇范仲淹第三子范純禮（字彝叟）。

〔一〇〕又十一年：熙寧十年（一〇七七）蘇軾自密州改知徐州，時范仲淹第四子（幼子）范純粹（字德孺）知滕縣，屬徐州，故稱“同僚”。

〔一一〕又十三年：自熙寧十年至元祐四年，爲十三年。

〔一二〕如伊尹句：伊尹、太公，見前《留侯論》注。管仲，名夷吾，佐齊桓公，國力大振，使桓公成爲春秋時第一霸主。樂毅，燕國名將。燕昭王任爲亞卿，大勝齊軍，連下七十餘城。

〔一三〕淮陰侯至不酬者：《史記·淮陰侯列傳》記韓信初見劉邦，向其獻策云：“項王雖霸天下而臣諸侯，不居關中而都彭城。……所過無不殘滅者，天下多怨，百姓不親附，特劫于威彊耳。”而“大王（劉邦）之入武關，秋毫無所害，除秦苛法，與秦民約，法三章耳，秦民無不欲得大王王秦者”。“今大王舉而東，三秦可傳檄而定也”。劉邦采納其策，舉兵定三秦。

〔一四〕諸葛孔明至易其言：即劉備三顧茅廬，諸葛亮隆中對策，建言聯合孫權，共抗曹操，先取荆州、益州爲根據地，“天下有變，則命一上將將荆州之軍以向宛、洛，將軍身率益州之衆出于秦川，百姓孰敢不簞食壺漿以迎將軍者乎？誠如是，則霸業可成，漢室可興矣”。見《三國志·蜀志·諸葛亮傳》。《蘇長公合作》卷二引姜寶云：“淮陰論劉項，孔明論孫曹，不上數百言，今約以數語，真妙絶古今之文也。”又引錢東湖曰：“以文正公配淮陰侯、諸葛武侯，言其平生經略素定，非偶得勦取者，見此集爲有用之書。”

〔一五〕公在天聖中至傳誦：《宋史·范仲淹傳》：范仲淹于天聖時（據《范文正年譜》在天聖五年）“徙監楚州糧料院，母喪去官。晏殊知應天府，聞仲淹名，召寘府學。上書請擇郡守、舉縣令、斥游惰、去冗僭、慎選舉、撫將帥，凡萬餘言”。（後在“慶曆新政”時，又上明黜陟、抑僥倖、精貢舉、擇長官、均公田、厚農桑、修武備、推恩信、重命令、減徭役等十事。）

〔一六〕至用爲將：康定元年范仲淹任陝西經略安撫副使，慶曆二年改任陝西四路經略安撫招討使。

〔一七〕擢爲執政：慶曆三年春范仲淹任樞密副使，秋改任參知政事。

〔一八〕此段參看《容齋續筆》卷三《一定之計》條：“人臣之遇明主，于始見
　　　　之際，圖事揆策，必有一定之計，據以爲決，然後終身不易其言，則
　　　　史策書之，足爲不朽。東坡序范文正公之文，蓋論之矣。……”
〔一九〕有德者必有言：語出《論語·憲問》。
〔二〇〕我戰二句：《禮記·禮器》：“孔子曰：‘我戰則克，祭則受福，蓋得
　　　　其道矣。’”孔穎達疏：“此一節論孔子述知禮之人自稱戰克、祭受
　　　　福之事。”

　　【評箋】《三蘇文範》卷十五：“起案便占地步，以所頌十一人説歸四
人，四人説歸文正公，叙事嚴整而有原委。”又引吕祖謙云：“作文字不難
于敷文，而難于叙事，蓋叙事在嚴整難也。看東坡自叙述處，大類司馬
公，而嚴整又不比司馬之汗漫。”又引楊慎云：“前叙情，中贊美，後述意。”
（《蘇長公合作》卷二引此作錢文登語）
　　《蘇長公合作》卷二：“漢人氣格。至其議論鬯辨處，漢人不能。”“末
段如爲文正公寫照。”又引姜寶云：“范文正公百代殊絶人物，而東坡叙其
文，只就公萬言書發，蓋公終身事業盡在是矣。”
　　《宋大家蘇文忠公文抄》卷二十三：“此作本以率意而書者，而于中識
度自遠。”
　　《唐宋十大家全集録·東坡集録》卷五：“歷叙因緣慕望處，情文并
妙，雙收謹嚴，尤于范公切合。”
　　《唐宋八家文讀本》卷二十三：“爲歐陽公作序，應從道德立論；爲范
文正公作序，應從事功立論，各有專屬，不似近人文字，將道德、文章、事
功，一齊稱贊，漫無歸着也。”
　　張伯行《唐宋八大家文鈔》卷八：“上半篇叙景慕之情，中言公規模先
定，末乃言其文集底蘊，要分段落看。”

潮州韓文公廟碑〔一〕

　　匹夫而爲百世師，一言而爲天下法〔二〕，是皆有以參

天地之化〔三〕，關盛衰之運〔四〕。其生也有自來，其逝也有所爲。故申、吕自嶽降〔五〕，傅説爲列星〔六〕，古今所傳，不可誣也。孟子曰：“我善養吾浩然之氣〔七〕。”是氣也，寓于尋常之中，而塞乎天地之間。卒然遇之，則王公失其貴，晉、楚失其富〔八〕，良、平失其智，賁、育失其勇，儀、秦失其辯。是孰使之然哉？其必有不依形而立，不恃力而行，不待生而存，不隨死而亡者矣〔九〕！故在天爲星辰，在地爲河嶽，幽則爲鬼神〔一〇〕，而明則復爲人。此理之常，無足怪者。

自東漢已來，道喪文弊，異端并起〔一一〕。歷唐貞觀、開元之盛，輔以房、杜、姚、宋〔一二〕，而不能救。獨韓文公起布衣，談笑而麾之，天下靡然從公，復歸于正，蓋三百年于此矣〔一三〕。文起八代之衰〔一四〕，道濟天下之溺，忠犯人主之怒〔一五〕，而勇奪三軍之帥〔一六〕，此豈非參天地、關盛衰，浩然而獨存者乎！

蓋嘗論天人之辨：以謂人無所不至，惟天不容僞；智可以欺王公，不可以欺豚魚〔一七〕；力可以得天下，不可以得匹夫匹婦之心。故公之精誠，能開衡山之雲〔一八〕，而不能回憲宗之惑；能馴鱷魚之暴〔一九〕，而不能弭皇甫鎛、李逢吉之謗〔二〇〕；能信于南海之民，廟食百世，而不能使其身一日安之于朝廷之上〔二一〕。蓋公之所能者，天也；其所不能者，人也〔二二〕。始潮人未知學，公命進士趙德爲之師〔二三〕，自是潮之士，皆篤于文行，延及齊民〔二四〕，至于今，號稱易治。信乎孔子之言：“君子學道則愛人，小人學道則易使也〔二五〕。”潮人之事公也，飲食必祭，水旱疾疫，凡有求必禱焉。而廟在刺史公堂之後，民以出入爲艱。

前守欲請諸朝作新廟，不果。元祐五年，朝散郎王君滌來守是邦，凡所以養士治民者，一以公爲師，民既悅服，則出令曰：“願新公廟者，聽。”民歡趨之，卜地于州城之南七里，期年而廟成。

或曰〔二六〕：“公去國萬里而謫于潮，不能一歲而歸〔二七〕，沒而有知，其不眷戀于潮也審矣〔二八〕！”軾曰：“不然。公之神在天下者，如水之在地中，無所往而不在也。而潮人獨信之深，思之至，焄蒿悽愴〔二九〕，若或見之。譬如鑿井得泉，而曰水專在是，豈理也哉！”

元豐七年，詔封公昌黎伯，故榜曰：“昌黎伯韓文公之廟。”潮人請書其事于石，因爲作詩以遺之，使歌以祀公。其詞曰：

公昔騎龍白雲鄉，手抉雲漢分天章，天孫爲織雲錦裳〔三〇〕。飄然乘風來帝旁，下與濁世掃粃糠〔三一〕，西游咸池略扶桑〔三二〕，草木衣被昭回光〔三三〕。追逐李杜參翱翔，汗流籍湜走且僵，滅沒倒景不可望〔三四〕。作書詆佛譏君王，要觀南海窺衡湘，歷舜九疑弔英皇〔三五〕。祝融先驅海若藏，約束鮫鱷如驅羊〔三六〕。鈞天無人帝悲傷，謳吟下招遣巫陽〔三七〕。犦牲雞卜羞我觴，於粲荔丹與蕉黃，公不少留我涕滂，翩然被髮下大荒〔三八〕。

〔一〕錄自《經進東坡文集事略》卷五十五。題原作《韓文公廟碑》。元祐七年（一〇九二）作。潮州，今廣東潮安縣。蘇軾《與潮守王朝請滌》第一信記敘潮州知州王滌請蘇軾作此文的經過：“承寄示士民所投牒及韓公廟圖，此古之賢守留意于教化者所爲，非簿書俗吏之所及也。顧不肖何足以記此，公意既爾，衆復過聽，亦不敢固辭。"第二信又對此文上石提出具體設計意見:"……仍不用周回及碑首花草欄界之類,只于净石上模字,不着一物爲佳也。"其《與吴子野》云:"文公廟碑,近已寄去。潮州自文公未到,則已有文行之士如趙德者,蓋風俗之美久矣。……然謂瓦屋始于文公者,則恐不然,……傳莫若實,故碑中不欲書此也。"説明此文雖多頌揚之辭,但叙事力求真實。

〔二〕百世師:《孟子·盡心下》:"聖人,百世之師也。"下"天下法"《禮記·中庸》:"是故君子動而世爲天下道,行而世爲天下法,言而世爲天下則。"《蘇長公合作》卷七引朱熹云:"東坡作《韓文廟碑》,不能得一起頭,起行百十遭,忽得'匹夫'兩句,下面只如此掃去。"又引王復之云:"起語與永叔《晝錦堂記》同。"

〔三〕參天地之化:《禮記·中庸》:"可以贊天地之化育,則可以與天地參矣。"指與天、地之化育萬物,并立而三,相提并論。

〔四〕關盛衰之運:和國運之盛衰有關。

〔五〕申、吕自嶽降:承上"其生也有自來",言生不苟生。申伯、吕侯(甫侯),周宣王、周穆王大臣,其誕生時有嵩山降神之兆。《詩·大雅·崧高》:"崧高維嶽,駿極于天。維嶽降神,生甫及申。維申及甫,維周之翰(輔翼)。四國于蕃(藩籬),四方于宣(垣墙)。"

〔六〕傅説(yuè)爲列星:承上"其逝也有所爲",言死不苟逝。傅説,殷高宗武丁之相,相傳他死後飛升上天,與衆星并列。《莊子·大宗師》:傅説"相武丁,奄有天下,乘東維,騎箕尾,而比于列星"。

〔七〕孟子曰:語見《孟子·公孫丑上》。

〔八〕晉、楚句:《孟子·公孫丑下》:"曾子曰:'晉楚之富,不可及也。'"

〔九〕卒然以下數句:《蘇長公合作》卷七引錢文登云:"五箇'失'字,如破竹之勢,只一句鎖住。"又云:"復用四箇'不'字,筆力過人。"歸有光《文章指南》:"句法連下,一句緊一句,是謂破竹勢也。如蘇子瞻《潮州韓文公廟碑》首段,連下五'失'字似之。"

〔一〇〕幽則爲鬼神:《禮記·樂記》:"幽則有鬼神。"

〔一一〕自東漢已來三句:韓愈《原道》:"周道衰,孔子没,火于秦,黄老于

漢,佛于晉、魏、梁、隋之間。……噫！後之人其欲聞仁義道德之
説,孰從而聽之？"異端,指佛老。

〔一二〕房、杜、姚、宋:房玄齡、杜如晦,唐太宗時名相。姚崇、宋璟,唐玄
宗時名相。

〔一三〕三百年:指韓愈至蘇軾時相距近三百年。

〔一四〕八代:東漢、魏、晉、宋、齊、梁、陳、隋。

〔一五〕忠犯人主之怒:唐憲宗(李純)迎佛骨入宮,排場奢侈,韓愈上表
勸諫,觸怒憲宗,幾被處死。《新唐書・韓愈傳》:"帝曰:'愈言我
奉佛太過,猶可容;至謂東漢奉佛以後,天子咸夭促,言何乖刺邪？
愈,人臣,狂妄敢爾,固不可赦。'于是中外駭懼,雖戚里諸貴,亦爲
愈言,乃貶潮州刺史。"

〔一六〕勇奪三軍之帥:唐穆宗(李恒)時,鎮州(今河北正定)發生兵變,
鎮將王廷湊殺主帥田弘正自立,且進圍深州(今河北深縣)。韓愈
奉命前往宣撫,責以大義,終使作亂將士折服、歸順。見《新唐
書・韓愈傳》。

〔一七〕不可以欺豚魚:《周易・中孚》:"豚、魚吉,信及豚、魚也。"孔穎達
疏云:"釋所以得吉,由信及豚、魚故也。"

〔一八〕故公之精誠二句:韓愈《謁衡嶽廟遂宿嶽寺題門樓》詩:"噴雲泄
霧藏半腹,雖有絶頂誰能窮？我來正逢秋雨節,陰氣晦昧無清風。
潛心默禱若有應,豈非正直能感通！須臾静掃衆峯出,仰見突兀
撐青空。"查慎行《初白庵詩評》卷上:"'潛心'四句'所謂'公之精神
(誠),能開衡山之雲'也。"衡山,五嶽之一,稱南嶽,在湖南衡山縣
西,山勢雄偉,有七十二峯。

〔一九〕能馴鱷魚之暴:《新唐書・韓愈傳》記韓愈初至潮州,得悉惡溪
(溪名)鱷魚擾民,"愈自往視之,令其屬秦濟以一羊一豚投溪水而
祝之。……祝之夕,暴風震電起溪中,數日水盡涸,西徙六十里。
自是潮無鱷魚患"。今存《祭鱷魚文》。

〔二〇〕而不能弭皇甫鎛(bó)、李逢吉之謗:《新唐書・韓愈傳》記韓愈貶
潮州後,上表謝罪。憲宗"得表,頗感悔,欲復用之",但"皇甫鎛素

忌愈直,即奏言:'愈終狂疏,可且内移'。乃改袁州刺史"。同傳
又記唐穆宗時,"宰相李逢吉惡李紳,欲逐之,遂以愈爲京兆尹兼
御史大夫,特詔不台參,而除紳中丞。紳果劾奏愈,愈以詔自解。
其後文刺紛然,宰相以台、府不協,遂罷愈爲兵部侍郎,而出紳江
西觀察使"。此謂李逢吉故意制造韓、李矛盾而兩貶抑之。

〔二一〕而不能使其身句:儲欣《唐宋十大家全集録·東坡集録》卷五:
"'不能安其身于朝廷之上',公所自道耳。若韓公自知制誥後,功
成名立,志得道行,雖以諫佛骨表窮,而貴戚大臣維持調護,及謝
表朝以入,憲宗夕以悟,移袁而後,寵任滋沃矣。此碑終是借酒杯
澆塊磊,未爲確論也。"沈德潛《唐宋八大家文讀本》卷二十四:"昌
黎袁州後,未嘗不安于朝,此蘇公借以自言其遇。"

〔二二〕文起八代之衰至人也:《三蘇文範》卷十五云:"'之衰'、'之溺'等
'之'字,凡十一見,而蹁躚不疊,真圓熟中之奇巧。"《蘇長公合作》
卷七引李九我曰:"疊用'能''不能'字,須得後面一瑣(鎖),如長
江大河,萬派歸海。"

〔二三〕公命進士趙德句:韓愈《潮州請置鄉校牒》:"趙德秀才,沈雅專
靜,頗通經,有文章,能先王之道,論說且排異端,而宗孔氏,可以
爲師矣! 請攝海陽縣尉,爲衙推官,專勾當州學,以督生徒,興愷
悌之風。"趙德,號天水先生,曾輯韓愈文爲《文録》。

〔二四〕齊民:平民。

〔二五〕君子學道二句:見《論語·陽貨》。

〔二六〕或曰一段:呂祖謙《古文關鍵》卷二評云:"餘意。"清徐樹屏按云:
"此非餘意也。文爲潮州建廟而作,潮人正恐公不眷戀潮,故説爲
此言,以解其惑,見得其神無所不至,故起手即以生有自來,逝有
所爲立論,已注意于此。前是泛論,此正解題處,不可看作餘意。"
(見《叢書集成》本《古文關鍵》卷二)

〔二七〕不能一歲而歸:不滿一年離潮。韓愈于元和十四年正月貶潮州,
同年十月改任袁州刺史,在潮僅七個月。

〔二八〕其不眷戀于潮:韓愈《潮州刺史謝上表》認爲潮州是"遠惡"之州,

"蠻夷之地",并説"瞻望宸極,魂神飛去",表示"戀闕"之意。

〔二九〕焄(xūn)蒿悽愴:《禮記·祭義》:"焄蒿悽愴。"鄭玄注:"焄,謂香臭也;蒿,謂氣烝出貌也。"此寫潮人以悽愴真情來禮祭韓愈。

〔三〇〕公昔三句:謂韓愈原爲仙人,遨游仙鄉,手撥銀河,身穿雲裳。《詩·大雅·棫樸》:"倬(高大貌)彼雲漢(銀河),爲章于天(銀河爲天之花紋)。"天孫,織女星。《史記·天官書》:"織女,天女孫也。"

〔三一〕粃糠:即前碑文中"道喪文弊,異端并起"。

〔三二〕西游句:《離騷》:"飲余馬于咸池兮,總(繫結)余轡乎扶桑。"《淮南子·天文訓》:"日出于暘谷,浴于咸池,拂于扶桑。"略,巡行。

〔三三〕昭回光:《詩·大雅·雲漢》:"倬彼雲漢,昭回于天。"昭回,廣照、遍照。

〔三四〕追逐三句:謂韓愈道德文章之成就可與李杜比肩,使張籍、皇甫湜輩望塵莫及。韓愈《調張籍》:"李杜文章在,光燄萬丈長。……我願生兩翅,捕逐出八荒。"《新唐書·韓愈傳》:"至其徒李翺、李漢、皇甫湜從而效之,遽不及遠甚。"滅没倒景句,意謂韓愈在太空高處之身影,"翶翔"遠去,乃至無影無踪,使籍、湜輩追望不及。滅没:蘇軾《書諸集改字》(《蘇軾文集》卷六十七):"杜子美云:'白鷗没浩蕩,萬里誰能馴?'蓋滅没於煙波間耳。"而宋敏求欲改"滅"爲"波",蘇軾不予認同,"便覺一篇神氣索然也",極賞"没"字("滅没")描寫之妙。倒景,倒影,借以誇言天上最高處的一種景像。《漢書·郊祀志》:"登遐倒景",顏師古注引如淳曰:"在日月之上,反從下照,故其景倒。"

〔三五〕作書詆佛三句:謂韓愈諫迎佛骨,被貶潮州,得觀衡山、湘江、南海,經歷舜所葬之九疑山,憑弔死于沅湘之間的娥皇、女英二妃。

〔三六〕祝融二句:謂韓愈在潮,使海神遠徙,不受風雨之災;使鰐魚逃遁,免民受擾。祝融,南海之神。海若,海神。

〔三七〕鈞天二句:謂天帝欲招韓愈上天,重返其側,應上"飄然乘風來帝(天帝)旁"句。鈞天,天之中央。《吕氏春秋·有始》:"天有九

野……中央曰鈞天。”（又見《淮南子・天文訓》）遣巫陽，見前《題
寶雞縣斯飛閣》詩注。
〔三八〕爆(bó)牲四句：以祭奠韓愈、送其神靈作結。爆牲，以犛牛(一種
高背的野牛)爲供品。雞卜，以雞骨占卜。《史記・孝武本紀》記
漢武帝滅南越後，“乃令越巫立越祝祠，安臺無壇，亦祠天神上帝
百鬼，而以雞卜”。張守節《正義》云：“雞卜法，用雞一狗一，生，祝
願訖，即殺雞狗，煮熟又祭，獨取雞兩眼骨，上自有孔裂，似人物形
即吉，不足則凶。今嶺南猶此法也。”王應麟《困學紀聞》卷十七：
“張説爲廣州宋璟頌曰：‘爆牛牲兮菌雞卜，神降福兮公壽考。’東
坡韓文公碑，用此四字。”（按，見張説《廣州都督嶺南按察五府經
略使宋公遺愛碑頌序》）於(wū)粲，色澤鮮明貌。韓愈《柳州羅池
廟碑銘》：“荔子丹兮蕉黄，雜肴蔬兮進侯堂。”翩然句，韓愈《雜
詩》：“翩然下大荒，被髪騎騏驎。”《山海經・大荒西經》：“大荒之
中，有山名大荒之山，日月所入。”此喻韓愈之神靈離人間而去。

【評箋】　史繩祖《學齋佔畢》卷一：“如東坡則雄節邁倫，高氣蓋世，
故不深于詩。只如作《唐韓文公廟碑》，可謂發揚蹈厲，然‘作書詆佛譏君
王’一句，大有節病，君王豈可譏耶？”
　　張表臣《珊瑚鈎詩話》卷一謂此文“時出險怪，蓋游戲三昧，間一作
之也”。
　　《容齋隨筆》卷八《論韓文公》條：“劉夢得、李習之、皇甫持正、李漢，
皆稱誦韓公之文，各極其摯。……及東坡之碑一出，而後衆説盡
廢。……騎龍白雲之詩，蹈厲發越，直到《雅》《頌》，所謂若捕龍蛇、搏虎
豹者，大哉言乎！”
　　《鶴林玉露》卷八引魏鶴山(了翁)云：“東坡在黄、在惠、在儋，不患不
偉，患其傷于太豪，便欠畏威敬怒之意。如‘兹游最奇絶’、‘所欠唯一死’
之句，詞氣不甚平。又如《韓文公廟碑》詩云：‘作書詆佛譏君王，要觀南
海窺衡湘。’方作諫書時，亦冀諫行而跡隱，豈是故爲詆訐，要爲南海之
行。蓋後世詞人多有此意，如‘去國一身’、‘高名千古’之類，十有八九若

此。不知君臣義重,家國憂深,聖賢去魯去齊,不若是惄者,非以一去爲難也。"

謝枋得《文章軌範》卷四:"後生熟讀此等文章,下筆便有氣力,有光彩。"又評頌詩云:"東坡平生作詩不經意,意思淺而味短,獨此詩與《司馬溫公神道碑》、《表忠觀碑銘》三詩奇絶,皆刻意苦思之文也。"(《蘇長公合作》卷七引此兩段皆作錢文登語,誤。)

黃震云:"《韓文公廟碑》,非東坡不能爲此,非韓公不足以當此,千古奇觀也。"(《三蘇文範》卷十五引)

林次崖云:"此碑自始至末,無一懈怠,佳言格論,層見疊出,如太牢之悅口,夜明之奪目,蘇文古今所推,此尤其最得意者。"(同上。《御選唐宋文醇》卷四十九引此作王世貞語。)

鄭之惠等《蘇長公合作》卷七:"蘇公作韓公廟碑及詩,即如韓公作《樊宗師墓誌銘》,不獨文肖其人,抑且人摹其文。"又引錢東湖云:"宋人集中無此文字,直然凌越四百年,迫文公而上之。"

《宋大家蘇文忠公文抄》卷二十六:"予覽此文不是昌黎本色,前後議論多漫然;然蘇長公生平氣格獨存,故錄之。"

《唐宋十大家全集錄·東坡集錄》卷五:"歌詞悲壯,競爽韓詩。"

《天下才子必讀書》卷十四:"此文于先生生平,另是一手。大約凡作三段:一段冒起,一段正叙,一段辨廟。段段如有神助。"

《唐宋八家文讀本》卷二十四:"文亦以浩然之氣行之,故縱橫揮洒,而不規規于聯絡照應之法。合以神,不必合以迹也。"又云:"前一段見參天地、關盛衰,由于浩然之氣;中一段見公之合于天而乖于人,是所以貶斥之故;後一段是潮人所以立廟之故,脈理極清。"

賴山陽云:"可、不可二層,能、不能三層相配,與五'失'字、四'不'字爲呼應勢,然三層皆倒。能、不能當言不能、能,則順矣,然句勢不得不如此。"(《纂評唐宋八大家文讀本》卷七引)

唐介軒云:"通篇歷叙文公一生道德文章功業,而歸本在養氣上,可謂簡括不漏。至行文之排宕閎偉,即置之昌黎集中,幾無以辨,此長公出力摹寫之作。"(同上)

汪武曹云:"茅評譏其前後議論多漫然,觀予細批,可知其謬。若果前後漫然,尚何足言文!"(同上)

張伯行《唐宋八大家文鈔》卷八:"此文止是一氣揮成,更不用波瀾起伏之勢,與東坡他文不同。其磅礴澎湃處,與昌黎大略相似。"

記游松風亭〔一〕

余嘗寓居惠州嘉祐寺,縱步松風亭下。足力疲乏,思欲就林止息。望亭宇尚在木末,意謂是如何得到?良久,忽曰:"此間有甚麽歇不得處?"由是如掛鈎之魚,忽得解脱。若人悟此,雖兵陣相接,鼓聲如雷霆,進則死敵,退則死法,當甚麽時也不妨熟歇〔二〕。

〔一〕 録自《東坡志林》卷一。又見《東坡題跋》卷六,文字稍異。紹聖元年(一〇九四)作,時蘇軾貶居惠州。

〔二〕 甚麽時:這時。一作"恁麽時"。　　熟歇:好好歇息一番。

書上元夜游〔一〕

已卯上元,余在儋州。有老書生數人來過,曰:"良月嘉夜,先生能一出乎?"予欣然從之。步西城,入僧舍,歷小巷,民夷雜揉〔二〕,屠沽紛然〔三〕,歸舍已三鼓矣。舍中掩關熟睡,已再鼾矣。放杖而笑,孰爲得失?過問先生何笑〔四〕，蓋自笑也；然亦笑韓退之釣魚無得，更欲遠去〔五〕，不知走海者未必得大魚也。

〔 一 〕錄自《東坡題跋》卷六。題一作《儋耳夜書》。元符二年己卯（一〇九九）作。上元，舊以陰曆正月十五日爲上元節。

〔 二 〕民夷：指漢族和當地少數民族。

〔 三 〕屠沽：賣肉者、賣酒者。泛指市井之人。

〔 四 〕過：蘇軾幼子，字叔黨，隨侍於海南。

〔 五 〕然亦笑韓退之二句：韓愈《贈侯喜》：“吾黨侯喜字叔迉（同‘起’），呼我持竿釣溫水。……晡時堅坐到黃昏，手倦目勞方一起。暫動還休未可期，蝦行蛭渡似皆疑。舉竿引綫忽有得，一寸纔分鱗與鬐。是時侯生與韓子，良久嘆息相看悲。我今行事盡如此，此事正好爲吾規。半世遑遑就舉選，一名始得紅顏衰。”結尾云：“君欲釣魚須遠去，大魚豈肯居沮洳（淺水處）？”

與元老姪孫〔一〕

姪孫元老秀才：久不聞問，不識即日體中佳否？蜀中骨肉，想不住得安信？老人住海外如昨，但近來多病瘦悴，不復往日，不知餘年復得相見否？循、惠不得書久矣〔二〕，旅況牢落，不言可知。又海南連歲不熟，飲食百物艱難，及泉廣海舶絶不至〔三〕，藥物醬酢等皆無〔四〕，厄窮至此，委命而已。老人與過子相對，如兩苦行僧耳。然胸中亦超然自得，不改其度，知之免憂。所要志文〔五〕，但數年不死便作，不食言也。姪孫既是東坡骨肉，人所覷看，

住京凡百倍加周防,切祝切祝。今有書與許下諸子〔六〕,
又恐陳浩秀才不過許,只令送與姪孫,切速爲求便寄達。
餘惟千萬自重。

〔一〕録自《東坡七集·續集》卷七。宋王明清《揮塵録·後録餘話》卷
　　　二:"蘇在廷元老,東坡先生之從孫,自幼即卓然,東坡許之。元符
　　　末入太學,東坡已度海。每與其書,委曲詳盡。"此信即作于蘇軾
　　　貶居海南時。
〔二〕循、惠:循州、惠州。循州,治所在歸善(今廣東惠陽東)。時蘇轍
　　　貶居循州。
〔三〕泉廣:泉州(治所在今福建泉州)、廣州,當時海上貿易中心。
〔四〕酢:同"醋"。
〔五〕志文:指蘇軾爲一位後輩所寫之墓表文。見蘇軾另一封《與元老
　　　姪孫》云:"十九郎墓表,本是老人欲作,今豈推辭?"據王文誥《蘇
　　　詩總案》卷四十二,謂十九郎"當即蘇千運也",爲蘇軾姪輩。
〔六〕許下:指許州(治所在今河南許昌)。蘇軾《答徐得之書》:"一家
　　　今作四處:住惠、筠、許、常也。"當時蘇軾兄弟兩家親屬分住于惠
　　　州、許州等地。

又答王庠書〔一〕

　　別紙累幅過當〔二〕,老病廢忘,豈堪英俊如此責望
邪〔三〕?少年應科目時,記録名數、沿革及題目等,大略與
近歲應舉者同爾。亦有少節目文字〔四〕,才塵忝後〔五〕,便
被舉主取去,今皆無有,然亦無用也。實無捷徑必得之
術。但如君高才强力,積學數年,自有可得之道,而其實

皆命也。但卑意欲少年爲學者，每一書皆作數過盡之。書富如入海，百貨皆有，人之精力，不能兼收盡取，但得其所欲求者爾。故願學者每次作一意求之。如欲求古今興亡治亂、聖賢作用，但作此意求之，勿生餘念。又別作一次，求事迹故實典章文物之類，亦如之。他皆仿此。此雖迂鈍，而他日學成，八面受敵〔六〕，與涉獵者不可同日而語也。甚非速化之術，可笑可笑。

〔一〕 録自《經進東坡文集事略》卷四十六。此信又見沈作喆《寓簡》卷八，文字有所不同，且前有"王庠應制舉時，問讀書之法于眉山，眉山以書答云"幾句，後有"前輩教人讀書如此，此豈膚淺求速成、苟簡無根柢者所能哉！此書今集中不載，學者當書紳，故表而出之"幾句。王庠，蘇軾《與魯直》："有姪婿（蘇轍之婿）王郎，名庠，榮州（今四川榮縣）人。文行皆超然，筆力有餘，出語不凡，可收爲吾黨也。"又《答王庠書》："前後所示著述文字，皆有古作者風力，大略能道意所欲言者。"

〔二〕 別紙累幅過當：指王庠來信之附箋有推頌之語，蘇軾認爲過當。乃自謙之意。《寓簡》卷八作"別箋所示"。

〔三〕 責望：期望。

〔四〕 節目文字：《禮記·學記》："善問者如攻堅木，先其易者，後其節目。"節目，木之堅而難攻處。此指應試時題目較難之文。

〔五〕 才塵忝後：謙詞，意謂中試。

〔六〕 八面受敵：對各方面的問難和需要，皆可應對。《唐子西文録》："東坡赴定武，過京師，館于城外一園子中。余（唐庚）時年十八，謁之。問余：'觀甚書？'余云：'方讀《晉書》。'卒問'其中有甚好亭子名？'余茫然失對，始悟前輩觀書用意蓋如此。"此即八面受敵讀書法之一例。

【附録】

對蘇軾"每次作一意求之"的讀書法,前人多予稱許。如清楊峒《南北史捃華序》引本篇後云:"愚常服膺其言,謂不獨記誦之法,撰著之體亦宜然也。"(《書岩賸稿》)李慈銘《越縵堂讀書記》中《升庵集》條云:"嘗有人問蘇文忠公曰:'公之博洽可學乎?'曰:'可。吾嘗讀《漢書》矣,蓋數過而始盡之。如治道、人物、地里、官制、兵法、財貨之類,每一過專求一事。不待數過,而事事精竅矣。'此言也,虞紹庵嘗舉以教人,誠讀書之良法也。"但亦有致疑者,如章學誠《文史通義・博約上》引蘇軾讀《漢書》"每過皆作一意求之"後云:"學者多誦蘇氏之言以爲良法,不知此特尋常摘句,如近人之纂類策括者爾。……今人稍留意于應舉業者,多能爲之,未可進言于學問也。而學者以爲良法,則知學者鮮矣。"

答謝民師書〔一〕

　　近奉違〔二〕,亟辱問訊,具審起居佳勝,感慰深矣。某受性剛簡〔三〕,學迂材下,坐廢累年,不敢復齒搢紳〔四〕。自還海北,見平生親舊,惘然如隔世人,況與左右無一日之雅而敢求交乎〔五〕?數賜見臨,傾蓋如故〔六〕,幸甚過望,不可言也。

　　所示書教及詩賦雜文〔七〕,觀之熟矣。大略如行雲流水,初無定質〔八〕,但常行于所當行,常止于所不可不止,文理自然,姿態橫生〔九〕。孔子曰:"言之不文,行而不遠〔一〇〕。"又曰:"辭,達而已矣〔一一〕。"夫言止于達意,即疑若不文,是大不然。求物之妙,如繫風捕影;能使是物了然于心者,蓋千萬人而不一遇也,而況能使了然于口與手者乎？是之謂辭達。辭至于能達，則文不可勝用矣〔一二〕。揚雄好爲艱深之辭，以文淺易之説；若正言之〔一三〕，則人人知之矣。此正所謂“雕蟲篆刻”者，其《太玄》、《法言》皆是類也，而獨悔于賦，何哉？終身雕篆而獨變其音節，便謂之“經”，可乎〔一四〕？屈原作《離騷經》，蓋風、雅之再變者，雖與日月爭光可也〔一五〕，可以其似賦而謂之“雕蟲”乎？使賈誼見孔子，升堂有餘矣；而乃以賦鄙之，至與司馬相如同科〔一六〕。雄之陋如此比者甚衆。“可與知者道，難與俗人言也”〔一七〕，因論文偶及之耳。歐陽文忠公言：“文章如精金美玉，市有定價，非人所能以口舌定貴賤也〔一八〕。”紛紛多言，豈能有益于左右，愧悚不已。

所須惠力“法雨堂”兩字〔一九〕，軾本不善作大字，强作終不佳，又舟中局迫難寫，未能如教。然軾方過臨江〔二〇〕，當往游焉。或僧有所欲記録，當爲作數句留院中，慰左右念親之意。今日至峽山寺〔二一〕，少留即去，愈遠。惟萬萬以時自愛。

〔一〕録自《經進東坡文集事略》卷四十六。題一作《與謝民師推官書》。元符三年（一一〇〇）蘇軾自海南北歸，途經廣東清遠縣時所作。宋曾敏行《獨醒雜志》卷一：“謝民師，名舉廉，新淦人。博學工詞章，遠近從之者嘗數百人。……東坡自嶺南歸，民師袖書及舊作遮謁，東坡覽之，大見稱賞，謂民師曰：‘子之文，正如上等紫磨黄金，須還子十七貫五百。’遂留語終日。民師著述極多，今其族摘坡語名曰《上金集》者，蓋其一也。”

〔二〕奉違：離別。謝民師時在廣州任推官，此信是蘇軾離廣州後寫給他的。

〔三〕受性剛簡：秉性剛直簡慢。

〔四〕不敢復齒搢紳：不敢再自居于士大夫之列，與之交游。

〔五〕無一日之雅：平素没有往來。

〔六〕傾蓋如故：鄒陽《獄中上書自明》：“語曰：白頭如新，傾蓋如故。”謂偶然的短時接談，已如老友。蓋，車蓋。

〔七〕書教：指書啓、諭告之類的官場應用文章。

〔八〕行雲流水二句：宋初田錫《咸平集》卷二《貽宋小著書》：“援毫之際，屬思之時，以情合于性，以性合于道。……隨其運用而得性，任其方圓而寓理，亦猶微風動水，了無定文；太虚浮雲，莫有常態，則文章之有生氣也，不亦宜哉！”以流水、行雲論文，蘇軾可能受其影響。（蘇軾曾爲其作《田表聖奏議序》）

〔九〕但常行四句：蘇軾《文説》：“吾文如萬斛泉源，不擇地而出，在平地滔滔汩汩，雖一日千里無難。及其與山石曲折、隨物賦形而不可知也。所可知者，常行于所當行，常止于不可不止，如是而已矣。其他雖吾亦不能知也。”故知此段不僅是對謝民師作品的評語，也是蘇軾的自評和自誇。

〔一〇〕言之不文二句：《左傳·襄公二十五年》：“仲尼曰：‘志有之：“言以足志，文以足言”。不言，誰知其志。言之無文，行而不遠。’”

〔一一〕辭，達而已矣：語出《論語·衛靈公》。

〔一二〕辭至于能達二句：謂辭能做到“達”，則文采（包括各種修辭手段）已經用不勝用，即已是很高的藝術境界了。回答上面“言止于達意，則疑若不文”的問題。按，孔子原意指辭但求達意，不必過求文采，蘇軾所解與之不同。朱熹《論語集注》云：“辭取達意而止，不以富麗爲工”。司馬光《答孔文仲司户書》：“孔子曰：‘辭，達而已矣。’明其足以通意，斯止矣，無事于華藻宏辯也。”（《温國文正司馬公文集》卷六十）蘇軾《答王庠書》則云：“孔子曰：‘辭，達而已矣。’辭至于達，足矣，不可以有加矣。”《答俞括》：“物固有是理，患不知之，知之患不能達之于口與手。辭者，達是而已。”皆與本篇所論一致。

〔一三〕若正言之：假如直截了當地説出來。

〔一四〕此正所謂至可乎：謂揚雄後悔作賦，以爲是雕章琢句之作，其實他的《太玄》《法言》也是如此，不過改用散文而已，如何能稱"經"？揚雄《法言・吾子》："或問：'吾子少而好賦？'曰：'然。童子彫蟲篆刻。'俄而曰：'壯夫不爲也。'"《漢書・揚雄傳》贊曰："其意欲求文章成名于後世，以爲經莫大于《易》，故作《太玄》；傳莫大于《論語》，作《法言》。"

〔一五〕屈原作《離騷經》三句：《史記・屈原列傳》："《國風》好色而不淫，《小雅》怨誹而不亂，若《離騷》者，可謂兼之矣。……推此志也，雖與日月争光可也。"

〔一六〕使賈誼見孔子四句：《法言・吾子》："詩人之賦麗以則，辭人之賦麗以淫。如孔氏之門用賦也，則賈誼升堂，相如入室矣；如其不用何！"蘇軾反對此説，認爲不能因賈誼作過賦而貶低他，使之與司馬相如等類齊觀。入門、升堂（正廳）、入室（内室），喻學問等由淺入深的三種境界。升堂，喻已達相當深度；升堂有餘，已快達"入室"的極深造詣階段。語見《論語・先進》："子曰：'由（子路）也升堂矣，未入于室也。'"

〔一七〕可與二句：司馬遷《報任少卿書》："可爲智者道，難爲俗人言也。"

〔一八〕歐陽文忠公言四句：歐陽修《蘇氏文集序》："斯文，金玉也"，以金玉喻文，但本篇所引之語，不見歐陽修集。而蘇軾《答毛滂書》云："文章如金玉，各有定價。先後進相汲引，因其言以信于世，則有之矣。至其品目高下，蓋付之衆口，決非一夫所能抑揚。"又《答劉沔都曹書》："以此知文章如金玉珠貝，未易鄙棄也。"

〔一九〕"法雨堂"兩字：請蘇軾寫"法雨"二字。上"惠力"，寺名。

〔二〇〕方：將。　臨江：臨江軍，今江西清江縣。謝民師家鄉新淦即屬臨江軍所轄，故代惠力寺向蘇軾求字。下文"念親之意"亦指懷念鄉誼。

〔二一〕峽山寺：即廣慶寺，在今廣東清遠縣清遠峽。蘇軾于紹聖元年九月貶惠州時曾游其地，有《題廣州清遠峽山寺》文，見《東坡題跋》卷六。

【評箋】 陳獻章云：“此書大抵論文。曰‘行雲流水’數語，此長公文字本色。至貶揚雄之《太玄》《法言》爲雕蟲，却當。”（《三蘇文範》卷十二引）

馮夢禎云：“長公論文，多以其人重。指雄爲雕蟲，美原之《離騷》近《風》《雅》，蓋以莽大夫與沉汨羅者，忠佞何啻霄壤也。”（同上）

《宋大家蘇文忠公文抄》卷十：“此書所論文然，却是蘇長公文章本色。”

《晚村精選八大家古文》：“論文到精妙處，亦唯東坡能達。”

《御選唐宋文醇》卷三十九：“儲欣謂‘東坡論文所謂見其一耳。此事當以韓（愈）李（翱）書爲主，而以坡公説參之，詆揚子雲尤過，不足據依’。（按，見《唐宋十大家全集録·東坡集録》卷八）嘗考韓李之書，其期于言之有物者，則此文固未嘗論及；至其言詞章者，雖昌黎無以踰矣。況所爲了然于口與手者，必其有物之言，若其言之無物，固不足論也。韓愈云：‘文無難易，唯其是。’李翱推明之，凡數百言，轉不若此文三數語了徹其義而有餘韻。至論揚雄，尤爲至當，雄之言真雕蟲篆刻耳。”又引李光地云：“同時王荆公、曾子固、司馬温公皆尊揚子，品題至在孟、荀之上，坡公遂顯攻之。朱文公論文亦曰：‘子雲《太玄》《法言》，蓋亦《長楊》《校獵》之流而粗變其音節’，直用坡公此語也。”

《唐宋八家文讀本》卷二十三：“貶揚以伸屈賈，議論千古。前半‘行雲流水’數言，即東坡自道其行文之妙。”

附録

東坡先生年譜

〔宋〕施宿　編撰

注東坡先生詩序

　　古詩唐虞賡歌,夏述禹戒作歌。及商周之詩〔一〕,皆以列於經,故有訓釋。漢以後詩,見于蕭統《文選》者,及高帝、項羽、韋孟、楊惲、梁鴻、趙壹之流歌詩見于史者,亦皆有注。唐詩人最盛,名家者以百數,惟杜詩注者數家,然概不爲識者所取〔二〕。近世有蜀人任淵,嘗注宋子京、黄魯直、陳無己三家詩,頗稱詳贍;若東坡先生之詩,則援據閎博,指趣深遠,淵獨不敢爲之説。游頃與范公至能會於蜀,因相與論東坡詩,慨然謂游:"足下當作一書,發明東坡之意,以遺學者。"游謝不能。他日又言之。因舉二三事以質之曰:"'五畮漸成終老計,九重新掃舊巢痕','遥知叔孫子,已致魯諸生',當若爲解?"至能曰:"東坡竄黄州,自度不復收用,故曰'新掃舊巢痕',建中初復召元祐諸人,故曰'已致魯諸生',恐不過如此耳。"游曰:"此游之所以不敢承命也。昔祖宗以三館養士,儲將相材,及官制行,罷三館。而東坡蓋嘗直史館,然自謫爲散官,削去史館之職久矣,至是史館亦廢,故云'新掃舊巢痕'〔三〕,其用字之嚴如此。而'鳳巢西隔九重門',則又李義山詩也。建中初,韓、曾二相得政,盡收用元祐人,其不召者亦補大藩,惟東坡兄弟猶領宫祠。此句蓋寓所謂不能致者二人,意深語緩,尤未易窺測。至如'車中有布乎〔四〕?'指當時用事者〔五〕,則猶近而易見。'白首沉下吏,綠衣有公言',乃以侍妾朝雲嘗嘆黄師是仕不進,故此句之意,戲言其上僭。則非得於故老,殆不可知。必皆能知此〔六〕,然後無憾矣。"至能亦太息曰:"如此,誠難矣!"後二十五六年〔七〕,游告老居山陰澤中,吳興施宿武子出其先人司諫公所注數十大編〔八〕,屬游作序。司諫公以絕識博學名天下,且用工深,歷歲久,又助之以顧君景蕃之該洽,則於東坡之意,蓋幾可以無憾矣。游雖不能如至能所託〔九〕,而得序斯文,豈非幸哉! 嘉泰二年正月五日〔一〇〕,山陰老民陸游序。

東坡先生詩〔一一〕,有蜀人所注八家,行於世已久。先君司諫病其缺略未究,遂因閑居,隨事詮釋,歲久成書。然當亡恙時,未嘗出以視人。後二十餘年,宿佐郡會稽〔一二〕,始請待制陸公爲之序。而序文所載在蜀與石湖范公往復語,謂坡公旨趣未易盡觀遽識,若有所謹重不敢者。宿退而念先君於此書用力既久,獨不輕爲人出,意或有近於陸公之説;而先君末年所得,未及筆之書者,亦尚多有,故止於今所傳。宿因陸公之説,拊卷流涕,欲有以廣之而未暇。自頃奉祠數年,舊春蒙召,未幾汰去,杜門無事,始得從容放意其間。蓋熙寧變法之初,當國者勢傾天下,一時在廷,雖耆老大臣、累朝之舊,有不能與之力争。獨先生立朝之日未久,數上書言其不便,幾感悟主意;而小人嫉之,擯使居外。至其忠誠憤鬱不得發,始托於詩以規諷,大抵斥新法之不爲民便、而小人之罔上者,蓋凜凜也。既謫黄岡,躬耕東坡之下,若將終焉。遇其興逸,絕江弔古,狎於魚龍風濤之怪,放浪無涯涘,蓋莫得以窺其際。元祐來歸,所挾益大〔一三〕,議論終不爲苟同。宣仁聖后察見神宗皇帝末年之意,親加擢用;然周旋禁近,不過四年,迄以不容而去。迨紹述事起,嶺海萬里,瀕於九死,而皓首煙瘴,歸然獨存,爲時天人〔一四〕。和陶之作,出騷入雅,深涉道德性命之境,落筆脱手,人爭傳誦,愈不可禁。蓋先生之出處進退,天也。神宗皇帝知之而不及用,宣仁聖后用之而不能盡〔一五〕,與夫一時用事者能擠之死地而不能使之必死,能奪其官爵、困尼儓辱其身而不能使其言語文字不傳於世,豈非天哉!故宿因先君遺緒,及有感於陸公之説,反覆先生出處,攷其所與酬答賡倡之人,言論風旨足以相發,與夫得之耆舊長老之傳,有所援據,足裨隱軼者,各附見篇目之左;而又采之國史以譜其年,取新法罷行之目〔一六〕,列於其上,而系以詩之先後,庶幾觀者知先生自始出仕〔一七〕,至於告老,無一念不惓惓國家,而此身不與。讀其詩,論其所遭之難,可以油然寡怨,而篤於君臣之大義矣。雖然,宿之區區,豈以爲有補於先生哉!蓋先君之志在焉,不敢使之泯没不見於世,如斯而已矣。嘉定二年中秋日。吳興施宿書。

東坡先生年譜 上

紀　　年	時　　事	出　　處	詩
景祐三年丙子(仁宗在位之十五年)		先生以是年十二月十九日卯時生於眉山縣紗縠行私第。〔一八〕	
四年丁丑〔一九〕			
寶元元年戊寅(冬十一月十八日改元)			
二年己卯		子由以是年二月二十日亥時生。〔二〇〕	

紀　　年	時　　事	出　　處	詩
康定元年庚辰（春二月二十日改元）			
慶曆元年辛巳（冬十一月二十日改元）			
二年壬午			
三年癸未		是年先生入鄉校。	
四年甲申			
五年乙酉			
六年丙戌			
七年丁亥			
八年戊子			
皇祐元年己丑			
二年庚寅			
三年辛卯			
四年壬辰			
五年癸巳			
至和元年甲午		是歲娶通義郡君眉人王氏諱弗，鄉貢進士方之女。	
二年乙未			
嘉祐元年丙申		是歲先生始舉進士，至京師。秋，請開封府解。	
二年丁酉	春，禮部試。知舉歐陽修、王珪、范鎮、韓絳、梅摯。	禮部奏名居第二。三月，御試中乙科。夏四月，奔蜀國夫人程氏喪還蜀。	

紀　年	時　　事	出　　處	詩
三年戊戌	六月,富弼昭文相,韓琦集賢相。	先生居憂。	
四年己亥		秋七月,免喪。九月,侍宮師如京師。歲除,至長安。	《初發嘉州》、《過宜賓》、《泊牛口》、《望夫臺》、《仙都觀》、《入峽》、《出峽》、《洵陽早發》、《留尉氏》、《漢水》、《竹葉酒》、《阮籍嘯臺》、〔二一〕《許州西湖》。
五年庚子		春正月,至京師,歐陽文忠公舉先生應材識兼茂明於體用料。	
六年辛丑	秋八月,試賢良方正之士,考官吳奎、孫(楊)畋、王安石。閏八月,韓琦昭文相,曾公亮集賢相。九月,御試,考官胡宿、沈遘、范鎮、司馬光、蔡襄。	先生試秘閣六論合格;御試策入三等,授大理評事僉書鳳翔府節度判官廳公事。〔二二〕國朝試科目常在八月中旬,時子由將就試,忽感疾卧病,自料不能及矣。韓忠獻知之,爲奏曰:今歲制科之士,惟蘇軾、蘇轍最有聲望,今聞蘇轍偶疾未可試,如此人兄弟中一人不得就試,甚非衆望,欲展限以俟。上許之。及子由全安方引試,比常例展二十日。自後試科目皆以九月,蓋始於此。冬十一月,先生之官鳳翔。是年五月,宮師始以歐公薦授官。	《鄭州西門外別子由》、《和子由澠池懷舊》、《過長安和劉京兆石林亭》、《鳳翔八觀》。

紀　年	時　　事	出　　處	詩
七年壬寅		先生在鳳翔。春二月，以府檄往寶雞、郿、虢、盩厔四縣決囚，時太守陳希亮公弼也。秋，希亮命公兼府學教授。	《石鼻城》、《磻溪》、《郿塢》、《書崇壽院壁》、《樓觀》、《題延生觀後小堂》、《留題中興寺》、《是月二十日返至府、有記所經歷寄子由》、《微雪懷子由》、《記歲暮鄉俗》三首、〔二三〕《病中聞子由不赴商幕》、《病中大雪次韻答趙薦》。
八年癸卯（三月二十九日英宗皇帝即位）		先生在鳳翔，以覃恩轉大理寺丞。秋，禱雨磻溪，考試永興軍。冬，出游樓觀、五郡、司竹監。	《和子由寒食》、《和子由蠶市》、《踏青》、《和子由苦寒見寄》、《懷趙薦》、《至磻溪有猿字韻》、《翠麓亭》、《宿磻龍寺》、《懷賢閣》、《和子由園中草木》、《題南溪竹上》、《和劉長安題薛周逸老亭》、《王氏中隱堂》、《和子由聞予將如終南太平宮讀書》、《將往終南和子由見寄》、《周公廟》、《避世堂》、《自清平鎮游樓觀五郡等處寄子由》、《凌虛台》、《竹鼯》、《渼陂魚》、《讀道藏》、《司竹監會獵》、《和子由論書》、《記吳道子開元寺畫》。〔二四〕
治平元年甲辰		十二月，先生自鳳翔代還。	《和董傳留別》。

紀　年	時　　事	出　　處	詩
二年乙巳		二月,至京師,磨勘轉殿中丞除判登聞鼓院,尋召試館職,除直史館。英宗自在藩邸聞公名,欲以唐故事召入翰林,〔二五〕宰相限以近制不可,故有此命。夏,通義郡君卒。	《過華陰寄子由》。
三年丙午		夏四月,宮師卒於京師,先生護喪歸蜀。	春有《次韻柳子玉見寄》。
四年丁未(正月神宗皇帝即位)	六月,始下詔議役法。九月,韓琦免。	先生居憂。	
熙寧元年戊申	三月,新除翰林學士王安石始入對,勸上以更法度。	秋七月,除宮師喪;冬,出蜀。	
二年己酉	二月,富弼召拜昭文相,王安石參知政事,尋命知樞密院陳升之同安石制置三司條例。三月,詔內外官以財用利害聞奏。四月,詔議改貢舉法。是月,始分遣劉彝等八人相度農田水利賦稅徭役利害,自此察訪常平、體量義勇,制置市易,經畫夷洞及排保甲、括沙田之類,遣使無虛日矣。五月,御史中丞呂誨論王安石奸詐不可任,出知鄧州。六月,詔以京東錢帛貸貧民,歲終取息,青苗法始此。七月,始行均輸法,詔令	春,至京師,除判官告院兼判尚書祠部。時王安石方用事,議改法度,以變風俗,知先生素不同己,故置之是官。五月,以論貢舉法不當輕改召對,又爲安石所不樂。未幾,上欲用先生修《中書條例》,安石沮之。秋,爲國子監考試官,以發策爲安石所怒。冬,上欲用先生修《起居注》,安石又言不可,且誣先生遭喪販蘇木入川事,遂罷不用。安石欲以吏事困先生,使權開封府判官。先生決斷精敏,聲問益振,上疏論買燈	《送錢顗安道》、《送曾子固》、《送王頤》、《靜照堂》、《醉墨堂》、《送任伋通判黃州》。

紀　年	時　事	出　處	詩
二年己酉	淮浙江湖六路發運使薛向領之。九月,置諸路常平廣惠倉提舉官,頒農田水利約束。十月,富弼以安石專政議論不合免,曾公亮昭文相,陳升之集賢相。十一月,命樞密副使韓絳同制置三司條例。陳升之始附安石得相位,既相,遂言條例司難以簽書,他日又以爲不可置此司,安石不可,故有是命。明年卒罷之。十二月,翰林學士司馬光與呂惠卿爭變法,且言青苗不便。	事,上嘉納之。又上疏論事,慷慨不屈。子由是春以上書言事,除三司條例司檢詳文字。	
三年庚戌	二月,判大名府韓琦言青苗之害,王安石怒,稱疾不出,青苗法幾罷。命司馬光爲樞密副使。光自以與王安石議政不合,力辭不就。安石奏疏排光,復累奏辭位不出,上詔諭,始視事如故,行新法益堅。光與李常、曾公亮、陳升之共爭青苗法不便,乞罷之,不可。俄收還光樞副告勅,仍舊職,於是臺諫范鎮、孫覺、李常、呂公著、張戩等皆論青苗不便,未幾皆貶黜。四月,參知政事趙抃以爭新法免。韓絳參知政事,李定太子中允、監察御史裏行,知制誥宋敏求等封	春,差充殿試編排官。時御試始用策。上議差先生爲考官,安石言先生所學乖異,不可考策,乃以爲編排官。先生擬對以奏。八月,詔江淮湖北運司體量蘇軾居喪服除往復買販,〔二七〕及令李師中供析照驗,妄冒差借兵卒事實以聞,御史知雜謝景溫劾奏故也。景溫與安石連姻,安石實使之。十月,翰林學士范鎮奏乞致仕,以贖先生誣罔之罪;不報。又奏,辨先生之無過,并攻安石,遂落職致仕。已而窮治,卒無所得,先生不敢自明,明年乃乞補外。子由是	《送錢藻知婺州》、《送文與可知陵州》、《送劉攽倅海陵》、《次韻子由初到陳州》、《送呂希道知和州》、《次韻王誨夜坐》、《次韻子由綠筠堂》、《送曾子固倅越》。〔二六〕

紀　年	時　　事	出　　處	詩
三年庚戌	還。八月，御史劉述、錢顗以論王安石責官。九月，曾公亮免。十月，陳升之丁母憂。十二月，韓絳昭文相。時用兵西夏，絳爲陝西河東宣撫使，即軍中拜焉。王安石拜監修國史相。王珪參知政事。定畿縣保甲條例。按：新法之行，青苗始於陝西，助役始於京東、兩浙，常平則自陝西、河東始，保馬保甲則自府界畿縣始，市易則自秦鳳始。蓋自古變法者，其始皆有所疑懼不安，故試之一方一所，所以驗其法之可行與否也，及其主之既力而小人迎合皆以爲便，始推而達之天下矣。	歲八月，以上疏論三司事議論不合，出爲河南府判官。	
四年辛亥	正月，以諸州舊用役人主公使庫陪備縻費，遂定諸州公使錢數，然州郡事體日憔悴矣。明年又增定之。二月，詔罷詩賦及明經諸科，於京東等五路先置學官教導，仍定課試爲四場。知永興軍司馬光上疏自劾乞致仕，移知許州，因請留臺，許之。光自是絕口不言新法。林旦、薛昌朝、范育皆以論李定不持母喪黜責。韓絳以陝西用兵無功、慶州軍亂免相。	是年六月，先生乞補外，上批出與知州差遣，中書不可，擬通判潁州；上又批出改通判杭州。參知政事馮京荐先生直舍人院，上不答。是月先生出京，至陳。時張文定公守陳，子由爲學官。至九月離陳，子由送至潁，同謁歐陽文忠公於潁上。十月，始渡淮，經行濠、楚、揚、潤諸郡，與孫洙巨源、劉摯莘老、劉放貢父會於揚。十一月，到杭。時杭守沈遘。	《出都城來陳和船上》、《和張安道讀杜詩》、《送張安道赴南京留臺》、《次韻柳子玉過陳絕糧》、《歐陽少師石屏》、《陪歐陽少師燕西湖》、《別子由》、《渦口遇風》、《出潁口初見淮山》、《至壽州李定少卿出餞》、《濠州塗山》等、《泗州僧伽塔》、《龜山》、《楚州發洪澤遇風》，至山陽《記所見》，至揚州《會孫巨源、劉莘老、劉貢父三同舍》，至潤

紀　年	時　事	出　處	詩
四年辛亥	五月，知亳州富弼以不散青苗落使相。時始行募役，中丞楊繪、御史劉摯力言不便，且攻曾布，皆黜責。十月，始頒募役法，使民出錢募人代役。	遘去，陳襄代；襄去，楊繪代。終先生任更三守。	州《游金山、焦山》、《甘露寺》、《初到杭寄子由》、游孤山唱和、《除日題都廳壁》、《次韻子由柳湖感物》、《次韻柳子玉地爐》、《紙帳》。
五年壬子	二月，以檢正中書吏房公事殿中丞盧秉爲兩浙提刑，〔二八〕專提舉鹽事，凡煮鹽地皆什伍其民，使相幾察；又嚴捕盜販及私置煮器者，鹽法不勝密矣。七月，知諫院唐坰以抗疏論王安石貶。八月，頒方田均税條約并式於天下，先自京東行之。	先生在杭。是年七月，徇行屬縣。八月，監試進士。十二月，以轉運司檄監視開運鹽河，之湖州相度捍堤利害，又自湖之秀，蓋皆用盧秉之説云。	正月，《次韻楊褒早春》。二月，《送蔡冠卿知饒州》。三月，《吉祥寺賞牡丹》、《張中舍壽樂堂》、《戲子由》、《次韻子由柳湖久涸有水、開元寺山茶盛開》、〔二九〕《望湖樓醉書》、《雨中游天竺觀音院》、《和蔡準郎中邀游西湖》、《七月出城舟中苦熱》、《宿餘杭法喜寄孫莘老》、《宿臨安淨土寺》、《自淨土步至功臣寺》、《游徑山》、《自徑山回招呂察推宿湖上》、《宿望湖樓再和》、《哭歐陽公》、《八月看月懷子由及崔度》、《呈諸試官》、《煎茶》、《催試官考校》、《望海樓晚景》、《和沈立之留別》、《夜泛西湖》、《沈諫議召游湖不赴》、《秋懷》、《冬至獨游吉祥寺》、《後十餘日再至吉祥寺》、《湯村開河雨中督役》、《宿水陸寺》、《鹽官戲呈同事》、《千

紀　年	時　　　事	出　　處	詩
五年壬子			佛閣寺》、《寄孫莘老》、《再用韻寄孫莘老》、《畫魚歌》、《贈莘老》、《和邵同年戲贈賈收》、《和賈收吳中田婦嘆》、〔三〇〕《游道場山何山》、《天慶觀北向亭》、《贈錢安道并寄其弟》、《鄉僧文長老方丈》、《和劉道原》、《次韻歐陽少師會老堂》、《寄趙少師》、《墨妙亭》、《黃鶴樓》、《賀朱壽昌》、《游孤山訪惠勤惠思》。
六年癸丑	命知制誥呂惠卿修撰國子監經義,太子中允崇政殿説書王雱兼同修撰,蓋因舉人對策,乞朝廷早修經義,使義理歸一,故有是命。尋命安石提舉,詔進士諸科同出身,自今并令試律、令、大義或斷案。詔以朝集院爲律學,置教授四員,命官舉人,並許入學課試。詔民輸免行錢。初,在京市易,務召在京諸行人充本務行人,至是令免者輸錢。十二月,詔内自政府百司,外及監司諸州,歲增胥吏禄,並取足於坊場、河渡、市例、免行役剩息錢。是歲,王韶復河洮。〔三一〕	先生在杭。二月,循行屬縣。冬,以轉運司檄,往常、潤、蘇、秀賑民飢。	《次韻張子野見和》、《七夕寄孫莘老》、《雜興答鮮於子駿》、《祥符寺九曲觀燈》、《過祥符僧可久房無燈火》、《述古邀城外尋春》、《次韻章傳》、《用鱗字韻求述古移廚飲湖上》、《飲湖上初晴後雨》、《春分後雪》、《李節推留風水洞見待》、《和李節推風水洞》、《獨遊富陽普照寺》、《自普照遊二庵》、《山村》、《綠筠軒》、《湖上夜歸》、《寒食未明至湖上》、《吉祥寺花將落述古不至》、〔三二〕《述古聞知明日即來》、《於潛刁令野翁亭》、《於潛女》、《昌化治平寺》、《與臨安令劇飲》、《泛湖遊北山》、

紀　年	時　　事	出　　處	詩
六年癸丑			《會客有美堂和周邠見和》、《八月十五日觀潮》、《臨安將軍樹》、《陌上花》、《遊東西巖》、〔三三〕《與周長官李秀才游徑山次韻》、《徑山道中答周長官兼贈蘇寺丞》、《登玲瓏山》、《宿九仙山》、《宿海會寺》、《海會寺清心堂》、《次韻汪覃見寄》、《再游徑山》、《九月八日自徑山歸述古召飲介亭》、《病不赴述古會再用前韻》、《尋臻闍黎遂泛舟至勤師院》、《舟中望有美堂上魯少卿飲》、《戲書勤師壁》、《次韻周李二君湖上見寄》、《立秋禱雨宿靈隱》、《游净慈次韻周長官見寄》、《病中游祖塔院》、《虎跑泉》、《次韻述古過周長官夜飲》、《述古責不赴會次前韻》、《和述古冬日牡丹》、《吊海月辯師》、《和錢安道送茶》、《安道令歌者道服》、《雙竹湛師房》、《和柳子玉喜雪》、《雪後至臨平僧舍》、《夜至永樂文長老院》、《柳氏外甥求筆蹟》、《除夜宿常州城外》、《送杜戚陳三掾罷官歸鄉》、〔三四〕《追和子由去歲試舉人洛下樓

紀　年	時　事	出　處	詩
六年癸丑			上晚景》、〔三五〕《過廣愛寺》、《石淙莊》、《有美堂暴雨》、《榮長老方丈》、《與述古自有美堂夜歸》、《水樂亭歌》、《次韻周長官同餞魯少卿》。〔三六〕
七年甲寅〔三七〕	正月，詔諸州額外造酒以違制論。〔三八〕吕嘉問提舉市易，令民出免行錢，苛細已甚，小民多怨。上欲蠲減，安石與吕惠卿主之甚力，曾布欲因此以擠嘉問，卒不勝而貶。四月，王安石免。韓絳監修國史相，吕惠卿參知政事。時久旱，百姓流離，上憂形於色，安石不悦，力求去，且薦絳自代而輔以惠卿，於安石所爲，遵守不變。俄又下詔，申明新法之禁。五月，天章閣待制李師中言：乞召方正有道之士如司馬光、蘇軾、轍輩復置左右，以輔聖德。以大言求用，責散官安置。始罷制科，從吕惠卿之請也。七月，吕和卿建手實法，使人户自具其丁口田宅之實，隱落者許人告。始行河北保甲。始立方田法。九月，從蔡挺之議，府界、河北、京東西置三十七將。	是歲六月，始自常潤遷。〔三九〕九月，差知密州。時杭守楊繪元素召還翰苑，先生與元素同舟，過李常公擇於吴興，陳舜俞令舉、張先子野皆從，劉述孝叔亦來，置酒松江垂虹亭上，此前六客也。還，與孫洙巨源、王存正仲會於潤。冬十一月，至密。	《過丹陽寄魯元翰》、《謁惠山錢道人》、〔四〇〕至潤州《和王規父侍太夫人觀燈》、《刁同年草堂》、《次韻刁景純瑞香》、柳子玉游鶴林招隱唱和"光"字韻諸篇、《金山與柳子玉飲》、《大風留金山寺》、《書焦山綸老壁》、《留别金山二長老》、《刁景純席上和謝生》、《無錫水車》、《僧法通》、《常潤道中寄述古》、《次韻周令》、《蘇州閭丘江君二家雨中飲酒》、《吴江三賢畫像》、《和劉孝叔會虎丘》、《過永樂文長老已卒》、《次韻沈長官》、《自常潤還題寶山上方》。秋七月，《游靈隱高峰塔》。八月，再題風水洞。《天竺送桂花分贈元素》、《捕蝗至浮雲嶺懷子由》、《於潛贈毛長官》、《與毛令方尉游西菩提寺》、《甘露寺彈筝》、《平山

紀　年	時　　事	出　　處	詩
七年甲寅			堂次韻王居卿》、過海州《和陳海州書懷》、《乘槎亭》、《次韻孫職方蒼梧山》、《次韻孫巨源見寄》、《除日贈段屯田》、《虎兒》。
八年乙卯	正月,議新法人汀州編管鄭俠改英州,秘閣校理王安國追毁出身以來文字。時呂惠卿欲遂代安石,恐其復來,乃因鄭俠罪陷安國,因以沮安石。惠卿又數與韓絳忤,絳請復相安石,上從之。二月,王安石自江寧赴闕,拜昭文相。察訪使曾孝寬乞行户馬法,户馬始於此。三月,分熙河、秦鳳、涇原、環慶路兵爲十七將。河東始行保甲。六月,從章惇請,摧河北京東鹽。撰到經義,送國子監刊行。詔進士第一人以下注官,并先試律令大義、斷案。八月,韓絳以安石、惠卿異意免。十月,呂惠卿罷。初,惠卿既與王安石益不協,御史中丞鄧綰、御史蔡承禧交論其姦,故罷。是月罷手實法。十一月,交阯叛。	先生在密州。	正月,與喬太博、段屯田唱和"半"字韻諸篇。《雪後書北臺壁》及《謝人見和》、《送段屯田》、《和段屯田荆林館》、《出城送客不及》、《謝田賀二生獻花》、《惜花》、《贈喬太博鐵溝行》、《答喬太博莫笑銀杯小》、《寄劉孝叔》、《祭常山回小獵》、《次韻梅户曹會獵》、《孔長源挽辭》、《和章子厚出守湖州》、《次韻章傳道喜雨》、《次韻文潞公超然臺》、《游盧山次韻章傳道》、《盧山五詠》、《次韻頓教授起見寄》、《次韻子由和韓州送游山寺》。
九年丙辰	十月,王安石免相,以使相判江寧。蓋安石之再入也,多稱病求	先生在高密。按,先生是年用磨勘遷祠部員外郎。九月,詔移知河	秋七月五日,《答趙郎中見和》。八月十五日,《和孔周翰》。〔四二〕

紀　年	時　　事	出　　處	詩
九年丙辰	去,及子雱死,〔四一〕愈悲傷不自勝,上亦因鄧綰等敗,厭其所爲,故有是命。吴充昭文相,王珪集賢相。十二月,安南平。	中府。十一月,發高密,除夕留濰州。	九月,《和晁同年九日見寄》、《送喬施州》、《次韻劉貢父、李公擇見寄》、《次韻趙郎中捕蝗見寄》、《登常山絶頂廣麗亭》,送碧香酒與趙明叔唱和數首。十二月,《次韻劉貢父見予歌詞見戲》。發密州《留别雩泉》、《留别釋迦院牡丹呈趙倅》、《次韻周邠寄雁蕩山圖》、《和孔郎中荆林見寄》、《和文與可洋川園池》、《同年王中甫挽詞》。
十年丁巳		先生正月發濰州,過青、齊二州,李公擇爲齊守,留月餘始去。道中改知徐州,時二月也。至京師,有旨不許入國門,寓城外范公園。夏四月,赴徐州,子由同行。五月,到徐。按,是年七月河決於澶州曹村下埽,八月水匯徐州城下,漲不得洩,城將敗,富民争避水。公以身率之,與城存亡,履屨策杖,親督禁卒,築堤捍之;水至堤下,害不及城,民心以安。按,李邦直時以京東提刑行部至徐,先生與之有唱和,子由亦與。	《正月發濰州中途雪》、《至青州道上懷東武寄代孔周翰》、《至濟南次韻李公擇相迎》、《送魯元翰知衛州》、《送范景仁游洛中》、《次韻范景仁留别》、《題王晉卿韓幹牧馬圖》、《司馬君實獨樂園》、《和李邦直沂山祈雨》、《和孔周翰》、《次韻子由顏長道同游百步洪》、《送顏復兼寄王鞏》、《與梁先、舒焕泛舟》、《初别子由》、《和子由逍遥堂》、《和李邦直子由原、田、寒、憂字韻》、《游百步洪》、《邀仲屯田爲大水所隔》、《過雲龍山人張天驥》、《臺頭寺送李邦

紀　年	時　事	出　處	詩
十年丁巳			直赴召》、《贈王仲素》、《答任師中家漢公》、《同吴正字、王户曹相視溝畎》、《望硎亭》。
元豐元年戊午	先生在徐州。是年三月始識王迥子高,因作《芙蓉城》詩。黄庭堅字魯直,時爲北京國子監教授,以二詩寄先生,先生始與之有酬唱。李公擇罷齊過徐,留旬日而去。九月九日黄樓始成。王鞏字定國,時自南京來,以張安道詩卷示先生。安道,鞏婦翁也。秦觀字少游,高郵人,時從先生學,後居四學士之列。僧道潛字參寥,卒由先生得詩名,皆至是始見。	《芙蓉城》、《答黄庭堅》、春旱置虎頭石潭作《起伏龍行》、《次韻潛師放魚》、《訪張山人得山、中字》、《送孔郎中赴陝》、《與梁左藏會飲》、《答公擇》、《大風約公擇飲》、《聞公擇飲傅國博家》、《送筍芍藥與公擇》、《送公擇》、《攜妓樂游張山人園》、《中秋月》、《九月九日發字韻》、《答仲屯田》、《送胡掾》、《次韻子由中秋見月》、《次韻張十七九日贈子由》、《與頓起孫勉泛舟》、《答頓起》、《送頓起孫勉》、《答王鞏》、《次韻王鞏馬上見寄》、《答王鞏》、《次韻王鞏顔復同泛舟》、《次韻王鞏獨眠》、《次韻王鞏留别》、《題張安道近作》、《十月十五日觀黄樓月》、《石炭》、《夜過舒堯文戲作》、〔四三〕《雲龍山觀燒》、《和田國博喜雪》、《馬上贈舒堯文》、《次韻舒堯文祈雪》、《與舒堯文、張山人、參寥同游戲馬台》、《和鮮於子駿鄆州新堂月

紀　年	時　事	出　處	詩
元豐元年戊午			夜》、《送李公恕赴闕》、《虔州八境圖》、《游張山人園》、《和子由送將官梁仲通》、《雨中過舒堯文》、《次韻寄李公擇》、《送梁交赴莫州》、《送趙巋歸錢塘》、《辯才復歸上天竺》、《鄭户曹賦席上果》、《次韻秦觀》、《次韻僧道潛見贈》、《次韻參寥寄秦太虚》、《與參寥行園中得黄耳蕈》、《百步洪》、《送參寥》、《送鄭户曹》。
二年己未	五月,御史中丞蔡確參知政事。时宰相吴充屢議變法,確固争不可,充屢屈,法遂不變。	先生在徐。二月,移知湖州。經從淮浙間,所至作詩,多追感舊游。蓋先生昔年自京師赴杭倅、自杭守密,及是凡三往來矣。時秦觀、參寥同載。四月,至湖。七月,御史中丞李定論先生有可廢之罪四,御史舒亶專摘先生詩語以爲譏切時政,且云:陛下發錢以本業貧民,則曰"贏得兒童語音好,〔四四〕一年强半在城中";陛下明法以課羣吏,則曰"讀書萬卷不讀律,致君堯舜終無術";陛下興水利,則曰"東海若知明主意,應教斥鹵變桑田";陛下謹鹽禁,則曰"豈是聞詔解忘味,爾來三月食無鹽"。御史何正臣亦以先生爲愚弄朝	《人日會獵城南鳥字、過字韻》、游桓山分韻賦"澤"字及"四"字二韻、《種松得徠字》、《罷徐至南京馬上寄子由》、《過宿州次韻劉涇》、《泗州孫景山西軒》、《過淮》、《金山贈寶覺長老》、《惠山和唐人(王武陵等)》、《贈錢道人》、《贈僧惠表》、《松江會秦太虚、參寥》、《次韻關令送魚》、五月到湖州《遍游諸寺》、《和周邠見寄》、《過賈耘老水閣》、《泛舟城南分韻人、皆、苦、炎》、《送淵師歸徑山》、《送表忠觀道士還杭》、《與王郎昆仲及兒子邁分韻》、《和孫同年卞山禱晴》、《送孫著作赴考城》、《次韻李公擇

紀 年	時 事	出 處	詩
二年己未		廷,乞行追治。上批令御史臺選牒朝臣一員乘驛追攝。八月十八日,赴御史臺獄。十一月二十八日結案聞奏,差權發遣三司度支副使陳睦録問,無翻異。〔四五〕十二月二十六日詔責授檢校尚書水部員外郎黄州團練副使本州安置。按,王銍《元祐補録·沈括傳》:括先與先生同在館閣,先生論事與時異,補外。括察訪兩浙,陛辭,神宗語括曰:蘇軾通判杭州,卿其善遇之! 括至杭,與先生論舊,求手録近詩一通,〔四六〕即籤貼以進云:詞皆訕懟。後李定論先生詩置獄,〔四七〕實本於括云。先生在獄中有二詩別子由,子由時爲僉書應天府判官,奏乞納官以贖先生罪。張文定公方平、范蜀公鎮皆上書救先生,不報。先生既貶,子由責監筠州鹽酒税,張公、范公與李清臣、司馬公光以下二十二人皆以收受詩文罰金有差,王詵、王鞏皆以往還連坐。時二相吳充、王珪,充嘗爲先生致言於上,珪則擠之云。	憶彭城折花餽筍》、《舶趠風》、《次韻孫秘丞見贈》《與客游道場何山分韻》、《寄净慈本長老》、《送俞節推》、《次韻孫侔》、《次韻劉貢父登黄樓》、《丁公默送蝤蛑》、《城南尉水亭》、《與胡祠部游法華山》、《贈賈耘老》、《慈聖皇太后挽詩》、《寄子由》、是年有《臺頭寺步月》、《送宋希元》、《送張師厚赴殿試》、《月下與客飲酒杏花下》、《寒食寄王晉卿》、《次韻田國博石炭》、《次韻黄魯直半字韻》、《次韻子由雙刀》、《答郡僚賀雨》、《出獄再用前韻寄子由》。

紀　年	時　　事	出　　處	詩
三年庚申	二月,行户馬法,令逐路先具民户家業等第、合養馬數以聞。章惇爲右諫議大夫、参知政事。三月,吴充以疾免,未幾卒。六月,中書置局詳定官制。始議分祀南北郊。八月,王安石上改定《詩》《書》《周禮》義。九月,詳定官制所上以階易官寄禄新格。	正月,先生出京。過陳,子由自南京來會,留三日而别。過岐亭,訪陳慥。初,先生在鳳翔,與陳公弼不協,先生貶黄州,公弼之子慥季常居岐亭,人謂慥必修怨,乃與先生懽然相得。先生居黄,凡四過之。二月,至黄州,寓定惠院。〔四八〕四月,上文潞公書云:某始就逮赴獄,有一子稍長,徒步相隨,其餘守舍皆婦女幼稚。至宿州,御史符下,就家取文書,州郡望風,遣吏發卒,圍舩搜取,老幼幾怖死,悉取燒之。比事定,〔四九〕重復尋理,十亡其七八矣。到黄無所用心,輒復覃思於《易》、《論語》,端居深念,若有所得。五月,子由自南來送先生家至黄,留十日别去,赴筠州任。是冬,有答秦太虚書言:所居對岸武昌,山水佳絶。有蜀人王生在邑中,往往爲風濤所隔,不能即歸,則王生爲殺鷄炊黍,至數日不厭。又有潘生作酒店樊口,棹小舟徑至店下,村酒亦醇醲,大芋長尺餘,不減蜀中。外縣米斗二十,有水路可致。羊肉如北方,魚蟹不論錢。岐亭監酒胡定之,載書萬卷隨行,喜借人看。黄	《别子由囚字韻》、《與文逸民飲别》、《至蔡州遇雪和子由》、《過新息示任師中》、《過淮碧字韻》、至光州《書麿公詩後》、《游浄居院》、《過麻城萬松亭》、《種松》、《張先生》、至關山《梅花》、《朱陳嫁娶圖》、《宿禪智寺》、《初到黄州》、《雨中熟睡至晚强起出門》、《定惠院月夜偶出》、《定惠海棠》、《樂著作野步》、《安國寺尋春》、《雨後步至四望亭》、《雨中看牡丹》、《杜沂以醸釀花菩薩泉見餉》、《石芝》、《游武昌寒溪西山》、《迎子由古律》、《與子由游寒溪西山》、《次韻子由》、《王齊萬秀才》、《遷居臨皋亭磨字韻》、《嘯軒》、《五禽言》、《孟亨之置酒秋香亭守倅不飲》、《陳孟公》、《次韻子由病酒肺病復發》。

紀　年	時　事	出　處	詩
三年庚申		州官曹數人,皆家善庖饌。太虛視此數事,豈不既濟矣乎! 展讀至此,想見掀髯一笑也。先生生長西蜀,名滿天下,既仕中朝,歷大藩,而一坐貶謫,所至輒狎漁樵,窮山水之勝,安其風土,若將終身焉,其視富貴何有哉! 黄人從先生游者,潘大臨邠老、弟大觀仲達、何顗斯舉輩,後皆有詩名。〔五〇〕	
四年辛酉	正月,詔試進士加律義。三月,參知政事章惇罷。七月,詔熙河、鄜延、環慶、涇原、河東五路進兵大討西夏,〔五一〕卒無功。詔命直龍圖閣曾鞏充史館修撰,專典國史。上初欲用先生,王珪難之,乃用鞏,明年以不合意罷之。	先生在黄州,寓臨皋亭。〔五二〕始營東坡,自號東坡居士。蓋先生初寓居定惠院,未幾遷臨皋亭。後復營東坡雪堂,而處其孥於臨皋。七月,有旨徐州失覺察妖賊事,免取勘。	《正月往岐亭郡人潘古郭送於女王城》、《道上見梅花贈季常》、《潘三失解後飲酒》、《冬至贈姪安節》、《記夢回文》、《與姪安節夜坐》、《送安節十四絶》、《樂全先生生日》、《雪中送牛尾貍與徐使君》、《雪後至乾明寺》、《次韻陳四雪中賞梅》、《東坡》、《鐵拄杖》、《次韻王鞏》、《雪後乾明寺宿》、《杭州故人信至》。
五年壬戌	四月,王珪守尚書左僕射兼門下侍郎,蔡確守尚書右僕射兼中書侍郎,知定州章惇守門下侍郎。五月,始詔給事中徐禧與内侍李舜舉共議西事,謀城永樂。九月,永樂陷,禧、舜舉死之。	先生在黄州。〔五三〕三月,往蘄水見龐安常治疾,疾愈同游清泉寺乃歸。十二月,先生生日,置酒赤壁磯上,客有李委者善吹笛,作新曲《鶴南飛》以獻。〔五四〕	《與潘郭二生出郊尋春賦魂字韻》、《至汪氏居記天篆》、《寒食雨》、《徐守分新火》、《乞桃花茶栽》、《浚井》、《紅梅》、《初秋寄子由》、《送曹焕往筠州見子由》、《蜜酒歌》、《訪陳季常再和汗字韻》、〔五五〕《季常見過》、《次韻孔毅父》、《次王郎生日見慶韻》。

東坡先生年譜 下

紀　年	時　　事	出　　處	詩
元豐六年癸亥		先生在黄。	《正月復出東門用魂字韻》、《二月三日點燈會客》、《上巳日與二三子出游隨所見集爲詩》、《大寒步至東坡》、《巢元脩菜》、《初秋寄子由》、《和王子立》、《次韻秦太虚、參寥梅花》、《次韻子由種杉竹》、《次韻王鞏南遷初歸》、《贈石臺長老》、《南堂》、《聞子由爲郡僚所捃當去官》、《任師中挽詞》、《徐君猷挽詞》。
七年甲子	正月,命霍翔提舉保馬,呂公雅管勾京西保馬,恩數視提舉保甲官。又詔開封府界户馬,并以家産屋税爲定。	正月,御札:蘇軾黜居思咎,閱歲滋深,人材實難,不忍終棄,可移汝州團練副使、本州安置。初,先生既貶,上念之不置,嘗有旨以本官起知江州。明日改承議郎江州太平觀。又明日命格不下,或云王珪爲之也。京師有傳先生白日仙去者,上對左丞蒲宗孟嗟惜久之,至是年出手札量移。四月發黄州,自九江抵興國,取高安,訪子由,因游廬山,出九江,先生長子邁赴德興尉,六月送之至湖口。秋七月,回舟當塗,過金陵,見王介甫,留一月而去。八月,至京口,渡淮已歲晚矣。先生初欲求田金陵,及淮上,故盤桓久之,然竟不遂。到泗,上表乞常州居住,邸吏拘微文不	《戲劉監倉求油煎粉餌》、《別黄州》、《過江夜行武昌山》、《別陳季常》、《宿石田驛南野人家》、《泉字韻》、《將至筠寄三猶子》、《游真如寺》、《別子由》、《初別寄子由》、《初入廬山五言絶句》、《瀑布亭》、《漱玉亭》、《棲賢三峽橋》、《贈總長老》、《題西林壁》、《白石山房》、《和可遵渴泉》、《過李野夫故居》、《陶子駿逸老堂》、《九江追和李太白潯陽感秋》、《郭祥正家醉畫竹石》、《哭幼子遯》、《次荆公韻》、《次韻葉濤致遠見贈》、《次韻致遠見和哭子》、《次韻裴維甫見和》、《同王勝之游蔣山》,至京口,《王中父哀詞》、《以玉帶施金山元長老》、《送

紀　年	時　事	出　處	詩
七年甲子		肯進,乃於鼓院投之,蓋先生舊有田在陽羨也。	金山鄉僧歸蜀開堂》、《金山夢中作》、《蒜山卜居》、《寄王勝之》、《楚州蔡景繁官舍小閣》、《謝黃師是除夜送酥酒》、《答章錢二君見和》、《贈梁道人》、《甋山贈辯才師》、《和王斿》、《次韻張琬》、《蕭淵東軒》、《次韻王定國南遷回》、《送沈達赴廣南》、《次蔣穎叔隨字韻》。
八年乙丑(三月,哲宗皇帝即位,宣仁皇后高氏垂簾同聽政。)	四月,詔開封府界京東路户馬旨揮并罷,京東西保馬寬年限,提舉官赴京議改廢。放免市易錢。詔民户欠常平免役息錢并減放。五月,王珪卒。下詔求言。蔡確守左僕射兼門下侍郎,韓縝守右僕射兼中書侍郎,章惇知樞密院,司馬光門下侍郎,光乞盡改新法。七月,吕公著爲尚書左丞,公著亦乞更新法。罷三路保甲團教法。八月,罷諸路市易抵當,青苗錢不許抑勒,役錢寬剩不許過二分。罷提舉經度制置牧馬司。九月,罷在京免行錢。	先生正月離泗上至南京,尋得請常州居住。時李廌方叔舊從先生學,自陽翟來南京見先生。三月六日,先生在南京,聞神宗皇帝遺詔,尋自南京復赴常。五月一日,過揚州,游竹西寺,尋有旨復朝奉郎知登州。七月,自常赴登。九月,除尚書禮部郎中。冬十一月,至登州任,未旬日,召赴闕。十二月,除起居舍人。子由是歲八月自知績溪縣除校書郎,未至,遷右司諫。	《元日雪中過淮謁客》、《妙峰亭》、《李憲仲哀詞》、《和王勝之》、《記夢賜張安道作》、《贈眼醫王彦若》、《觀歐育刀劍戰袍》、《高郵陳處士畫雁》、《游揚州竹西寺留題》、《楊康功醉道士石》、《和迨江口遇風》、《與孟震同游常州僧舍》、《和賈耘老》、《贈報恩長老》、《送穆越州》、《贈杜介》、《金山妙高臺》、《斗野亭》、《楚州次韻徐大正》、《次韻徐積仲車》、《神宗皇帝挽詞》、《登州海市》、《孫氏松堂》、《遺直坊》、〔五六〕《雪後望三山》、《海州高麗館》、《密州贈霍守》、《次韻趙明叔、喬禹功》、《孫莘老寄墨》、《送楊傑》、《次韻王觀喜雪》、《次韻王定國得穎倅》。

紀　年	時　　事	出　　處	詩
元祐元年丙寅	正月,司馬光始以病在告。罷河北榷鹽見行新法,依舊通商。按,祖宗以來未嘗榷河北鹽,從章惇言始榷,至是罷之。二月,詔天下免役錢一切并罷,其諸色役人并依舊法定差,如有妨礙,限五日申。閏二月,又以差雇利害不同,詔韓維、呂大防、孫永、范純仁置局辟官詳定。俄又詔且依二月詔定差。蔡確免,司馬光爲尚書左僕射,呂公著門下侍郎,章惇罷。詔户部郎中黄廉按察川路茶法,具利害以聞。熙寧間初榷蜀茶,李杞、李稷相繼爲之,課利自三十萬增至百萬。元祐初以邊用仰給於此,欲罷未能止。遣使相視,去其甚者。詔禮部議裁定詩賦經義取士之格,立《春秋》博士,復置賢良茂材等科,試新科明法人加《論語》、《孝經》大義等事。罷諸路提舉官。從役法所請,除衙前一役雇募不足方許差,餘役人除召募外并定差,自此差雇之説并行矣。三月,詔删修元豐勅令。按,元豐勅令多成於刻薄者之手,至是用劉摯、孫覺言删修。四月,韓縝免。王	先生在京師。三月辛未,免試除中書舍人。時中丞劉摯等對,宣仁曰:近除蘇軾輩如何?摯等對:甚合公議。又曰:盡是此中自除,兼軾天下知其有文,多年淹滯云。四月癸巳,差同詳定役法。時温公秉政,急於更革,不知助役之法出於神宗聖慮,不欲以衙前重難破其家産,故令官鬻坊場,民出免役錢募人爲之,便於民者固多。由有司奉行失當,免役求寬剩之利,坊場立實封投買之法,所至騷然,民始患苦之。當時言路王覿、孫升輩亦謂宜熟講審取之。先生詳定役法,力言不可以熙寧之故輕改,但當去其所以爲法之蠹者,前二端是也。范忠宣公與先生論刊。温公不以爲然。孫永、傅堯俞等同詳定,皆主温公説。先生以此議論不合,五月遂乞罷詳定,詔從其請;有頃,給舍封還不行。至秋復乞罷,卒從之。故劉器之論先生非唯不合於熙寧、元豐,而亦不阿於元祐,非隨時上下者也。先生又嘗乞買田募役,其後王巖叟、王覿共攻罷之。七月,先生奏乞盡	《二月退朝獨坐起居院讀〈漢書·儒林傳〉》、《次韻朱光庭初夏》、《次韻朱光庭喜雨》、《道者院池上》、《送陳侗知陝州》、《與胡完夫、錢穆父唱和關塞二首》、《次韻滿恩復》、《次韻陳睦知潭州》、《答西掖諸公見和》、《送表弟程六知楚州》、《用舊韻送魯元翰知洺州》、《祭西太一和韓川韻》、〔五七〕《送戴蒙赴成都玉局觀》、《與鄧聖求會玉堂話武昌舊感》、《送范純粹知慶州》、《次韻王震》、《送王伯敫守虢》、《次韻錢穆父舍人病起》、《送賈訥倅眉》、《送程建用》、《題文與可墨竹》、《次韻李脩孺留别》、《次韻子由送千三姪》、《次王鞏屯字韻》、《次韻李修孺留别》、〔五八〕《用屯字韻送王震知蔡州》、《狄詠石屏》。

紀　年	時　事	出　處	詩
元祐元年丙寅	安石卒。詔自今科場程試，毋得引用《字説》，仍罷律義。置《春秋》博士一員。五月，呂公著尚書右僕射，文彦博太師平章軍國重事，韓維門下侍郎。呂惠卿貶。六月，李定貶。七月，司馬光入對。八月，復以病謁告。是月，從司馬光言，諸路常平并依舊法，不支俵青苗錢。〔五九〕先是同知樞密院范純仁以國用不足，建請復散青苗錢，故有四月二十六日旨揮，至是光力爭，其説遂寢。罷成都府都茶場，依未置場前任便販賣。九月，司馬光卒。十一月，御史中丞劉摯爲右丞。立經義、詞賦兩科。	罷青苗。八月，差充賀遼國生辰使，辭不行。九月，除翰林學士。於是御史孫升始論先生，比之王安石，以爲任用已極，不可加進。十二月，館伴遼國賀龍興節國信使，是月訖事。先是先生與崇政殿説書程頤以戲笑相失，御史朱光庭怨之。光庭，頤門人也。是月，學士院策館職，先生命題，問仁宗、神考之治，光庭遂密疏指摘，以爲譏諷，中丞傅堯俞、侍御史王巖叟又從而和之，必欲論罪乃已。明年正月，有旨令執政召逐人面諭，堯俞等至都堂辯論紛然，執政不能屈，至爭於簾前，久而不決，先生亦抗章自明，太皇太后察實無譏諷意，〔六〇〕卒兩存之。然元祐諸賢迭相攻軋，使姦人得指爲黨，迄於竄謫，靡有遺類，禍實始此。子由是歲秋除起居郎，冬遷中書舍人。	
二年丁卯	正月，詔自今舉人并許用古今諸儒之説，勿引申、韓、釋氏書，考試官毋於《莊》、《老》出題。四月，詔復置賢良方正直言極諫科。八月，擒鬼章。十一月，詔考試	二月，太皇太后不欲於文德殿受册，先生進詔草，内批付三省改定。先生援故事乞罷，不許。八月，兼侍讀。於是程伊川先生以子由及孔文仲彈擊罷經筵，	《杜介送魚》、《玉堂栽花》、《和三舍人省上》、《送杜介歸揚州》、《次韻子由送家退翁》、《送宋朝散知彭州》、《郭熙畫秋山平遠》、《次韻曾子開

續　表

紀　年	時　事	出　處	詩
二年丁卯	進士,分經義、詞賦、論、策四場,新科明法添《論語》、《考經》義,經明行修人省試不合格,令赴殿試。	言者因及先生。先生請補外,不許。子由是冬遷户部侍郎。	從駕》、《送顧子敦奉使河朔》、《次韻劉貢父直省中》、《次韻張昌言喜雨》、《送張天覺赴河東提刑》、《賜筵并賜御書》、《次韻錢穆父秋懷》、《寄賀水部》、《次韻韓康公置酒見留》、《次韻子由述懷》、《贈李道士》、《次韻張舜民出倅》、《和王晉卿》、《送楊孟容》、《次韻子由與孔常父唱和》、《次韻張昌言省宿》、《送錢承制》、《次韻貢父西掖種竹》、《次韻子由韓幹馬》、《次韻張昌言喜雨》、《次韻王定國倅揚州》、《送歐陽辯》、《次韻貢父和韓康公》、《次韻貢父叔佺扈駕》、《送家安國》。
三年戊辰	四月,吕公著拜司空同平章軍國事,吕大防左僕射門下侍郎,范純仁右僕射兼中書侍郎。	正月,差知貢舉,同知孫覺、孔文仲,參詳黄庭堅、陳軒等,點檢試卷劉安世、李昭玘、晁補之、寅正一、蔡肇、李公麟等。省元章援,惇之子也。三月,入對,乞除閑慢差遣。時楊康國、趙挺之,王覿論公試館職廖正一策題發問不當,攻擊不已,故屢乞郡,賴太皇太后深知之,〔六一〕不聽,至是有請,亦不允。四	《和子由除夜元日省宿致齋》、《次韻黄魯直題李伯時畫馬》、《追和錢穆父雪中見懷》、《次韻宋肇游西池》、《送李方叔下第》、《送曹輔赴閩漕》、《次韻王定國會飲清虚堂》、《夜歸再賦示定國》、《次韻劉貢父春日賜幡勝》、《次韻王子立風雨有感》、《送千乘、千能還鄉》、《夜直玉堂讀李

紀　年	時　　事	出　　處	詩
三年戊辰		月,入對東門小殿,受旨草吕公著等三制,太皇太后忽宣諭曰:内翰前年任何官職? 先生曰:汝州團練使。曰:今爲何官? 曰:臣備員翰林充學士。曰:何以至此? 先生曰:遭遇陛下與官家。〔六二〕曰:不關老身事,此是神宗皇帝之意,當其飲食而停箸看文字,則内人必曰:此蘇軾文字也。神宗忽時稱曰:奇才,奇才!但未及用學士而上仙爾。先生哭失聲,太皇太后與上、左右皆泣,已而命坐賜茶曰:内翰直須盡心事官家,以報先帝知遇。先生拜而出,撤金蓮燭送歸院。是年九月,先生因侍上讀祖宗寶訓,遂及時事,力言今賞罰不明,善惡無所勸沮,黃河勢方西流而强之使東,夏人寇鎮、戎,殺掠幾萬人,帥臣揜蔽不以聞,每事如此,恐成衰亂之漸。當軸者恨之。先生知不見容益求去。〔六三〕冬十月,上疏力辨謗傷之由,且乞郡,〔六四〕不許。十二月,以所舉學官周穜上書乞以王安石配饗,〔六五〕上疏自劾。	之儀詩卷》、《次韻景仁和賜法酒宫燭》、《和王晉卿送梅花》、《送周正孺知東川》、《韓康公挽詞》、《次韻程六表弟》、《送錢穆父》、《送褰道士歸廬山》、《送周朝議守漢川》、《追和梅聖俞木假山》、《王慶源求紅帶》、《送程七表弟知泗州》。

紀　年	時　事	出　處	詩
四年己巳	二月,司空吕公著卒。三月,中書侍郎劉摯極言:役法一事,自元祐元年改作差法,乃是將祖宗差役法及先帝雇役法參而用之,又令監司州縣博訪利害逐旋申明,自後四方論列不一,今其法改變者十之六七矣。近日科場一事搖動熒惑,昨元祐元年令兩制侍從臺省臣僚講議定奪,凡一年有餘,又經聖覽,方此施行。亦是將祖宗、先帝之法合詩賦經義爲一科,是萬世有利無害可行之法,今止是安石之黨力要用經義,願勿爲浮議所動。按,元祐諸賢欲革弊而不思所以自善其法,欲去小人而不免於各自爲黨,慎嫉太深而無和平之烋,攻詆已甚而乖調復之方,同異生於愛憎,可否成於好惡。朝廷之上,議論不一,差役科場,久而不定,更易煩擾,中外厭之。故中丞李常亦論:變法以來,差役之害薄加農民,科場之弊廣及士子,大略可見。故當其時,潛懷窺伺、陰謀動搖者已伏其間,而諸賢輕患忽禍,自以無它,方更相攻擊不已,卒使小人藉之以爲資,起而乘之,馴至	春三月,除龍圖閣學士知杭州。給事中趙君錫乞留先生,不報。命下,踰月先生上疏:臣近以臂疾堅乞一郡,蒙差知杭州,臣初不知其他,但謂朝廷哀憐衰疾,許從私便,及出朝參,乃聞班列中紛然言近日臺官論奏臣罪狀甚多,〔六六〕而陛下曲庇不肯降出,故許臣外補。伏望聖慈將臺諫官章疏降付有司,令盡理根治,依法施行,所貴天下曉然,皆知臣有罪無罪,免使在廷之臣議陛下屈法庇臣,則雖死不恨。又言:臣今方遠去闕庭,欲望聖慈察臣孤立,今後有言及者,乞付外施行。四月,出京。五月,過南京,徐州教授陳師道履常,先生在朝所薦士也,託疾謁告,與境來見,同舟東下,至宿而歸。履常後除太學博士,卒以此爲言者論罷之。六月,過湖,會張昌言仲謀、曹輔子方、劉季孫景文、蘇堅伯固、張秉道,此後六客也。七月,至杭,時秦少游之弟觀少章及仲天睨者,從先生學於杭,法曹毛滂澤民舊以詩文受知。先生又言役法及科場經義詩賦	《次韻王晉卿上元侍宴端門》、《有美堂次韻答劉景文》、《送葉朝奉》、《送文登石遺垂慈老人》、《送參寥住智果院》、《送子由使契丹》、《哭王子立》、《次韻秦少章和錢蒙仲》、《次韻錢越州》、《同秦仲二子雨中游寶山》、《次韻梅子明謝送文登石》、《再次韻錢越州見寄》、《次韻毛滂法曹感雨》、《復游西湖用歐陽察判韻》、《與莫同年飲西湖上》。

紀　年	時　事	出　處	詩
四年己巳	大變,豈專王、呂、章、蔡之罪哉? 四月,知漢陽軍吳處厚繳進蔡確《車蓋亭》十詩以爲謗訕,諫官吳安詩、劉安世、梁燾等交章論之,確由是貶新州安置,臺諫不言與從官營救者皆黜。五月,罷奏舉經明行修人。六月,范純仁免相,以營救蔡確也。右丞王存亦以是罷。	事,皆不行。是歲子由代子瞻遷翰林學士,尋擢吏部尚書。未幾,出使契丹。〔六七〕	
五年庚午	二月,文彥博致仕。〔六八〕時宰相呂大防、中書侍郎劉摯建言,欲引用元豐黨人以平舊怨,謂之調亭。蘇轍爲中丞,極論其事,以爲邪正難并處。朝廷自更革弊事以來,中外帖然,莫以爲非,唯姦邪失職居外,日夜窺伺便利,規求復進,不免百端動搖,若并進於朝,以示廣大無所不容之意,此等必戕害正人,漸復舊事,以快私忿,人臣被禍不足言,朝廷可惜。轍凡一再言之,太皇太后感悟,〔六九〕其說遂衰。又言黃河本北流,今强之東流,河朔生靈爲之一困。熙河將吏創築質孤、勝如二堡,漸成邊隙。及元祐之初,務役法一例,復差雇并	先生在杭州。浚西湖,爲長堤,修六井。子由是年夏爲御史中丞。	《次韻劉景文、周次元同游西湖》、《次韻王中玉足字韻》、《送王元直、仲天貺》、《謝怡然惠新茶》、《次韻子由涿州見寄》、《次韻劉景文和順闍黎》、《次韻程朝奉謝送新茶》、《送張山人歸彭城》、《次韻林子中、王彥祖》、《和景文開字韻》、《真覺院賞枇杷》、《答張子野》、《次韻劉景文登介亭滃字》、《次韻蘇伯固》、《贈南屏謙師點茶》、《追和除夜舊題都廳》、《次韻楊公濟梅花》、《次韻關景仁送紅梅栽》、〔七〇〕《次韻劉景文送錢蒙仲》、《梅宣義園亭》、《送程懿叔赴夔州運判》。

紀　年	時　　事	出　　處	詩
五年庚午	行,紛擾無定,外人皆以朝廷吝惜坊場錢而忍於殫民力,如此等事,臣輩猶知其非,況於在外小人,心懷異同,志在反覆,幸國之失,有以藉口,必將多造謗議,乘時而發,欲乞宣諭執政,事有失當,改之勿疑。其言切至,實中當時之病。		
六年辛未	二月,劉摯右僕射中書侍郎。蘇轍尚書右丞。十一月,劉摯免。初,摯爲中書侍郎,以吏額房事與左僕射呂大防議稍不合,士大夫趨利者交鬨其間,因造爲朋黨之論。及摯爲相,與大防同列,言者鄭雍、楊畏争詆摯,謂摯黨凡三十人,具姓名以聞,且謂摯牢籠章惇、邢恕,遂免。	正月,除吏部尚書。二月,改翰林學士承旨。初命先生以吏部尚書兼承旨,繼以潁濱執政親嫌,故有是命。三月,離杭州,沿塗具辭免狀,乞除揚、越、陳、蔡等郡,至闕復上疏自辨乞去。五月,除兼侍讀。秋七月,累疏乞外,且回避賈易。蓋易與趙君錫彈奏先生不已,至摘先生元豐末游竹西寺詩語,誣以悖逆,賴太皇察其無他,卒以自明。易與君錫雖相繼逐去,先生尋亦補外矣。易,亦程伊川門人也。八月,除龍圖閣學士知潁州。閏八月,到任。時陳履常爲教授,趙令時德麟爲僉判。德麟,先字景貺,先生爲改今字。	《上元次韻劉景文路分》、《再和楊公濟梅花》、《次韻曹子方真覺院瑞香》、《櫻筍》、《別南北山諸道友》、《次韻黃安中兼簡林子中》、《留別蹇道士》、《送小本禪師赴法雲》、《浴室院東堂閱舊詩卷次韻》、〔七一〕《破琴》、《感舊別子由》、《次韻范純父硯屏》、到潁有《西湖觀月聽琴》、《贈朱遜之》、《放魚》、《獨酌試滑盏有懷諸君子》、《過歐陽叔弼小齋》、《聚星堂雪》、《喜劉景文至》、《次韻景文禱雨》、《題景文家藏樂天身心問答》、《用聚星堂韻留景文》、《和景文見贈》、《用隔字韻送景文》、《小飲西湖懷二歐》、《次韻陳履常龍潭》、《次韻陳履常雪中》、《泛潁》、《送歐陽主簿

紀　年	時　事	出　處	詩
六年辛未			赴官韋城》、《送歐陽季默赴闕》、《次韻趙景貺督兩歐作詩及破陳履常酒戒》、《勸履常飲》、《臂痛謁告示四君子》、《勸履常飲》、《次韻錢穆父見寄》、《送歐陽季默惠油煙大魚》、〔七二〕《送叔弼》、《挑叔弼、季默》。
七年壬申	六月，蘇頌右僕射兼中書侍郎，蘇轍門下侍郎。冬，復合祭天地於南郊。	正月，移知鄆州，尋改揚州。三月，到任，時晁補之無咎爲通判。七月，除兵部尚書充南郊鹵簿使。八月，除兼侍讀。先生上章求補外，詔已差充南郊鹵簿使，不許。九月，至闕。〔七三〕冬十一月，乞越州，不允，除端明殿學士翰林侍讀學士充禮部尚書。	《次韻陳傳道雪中觀燈》、《次韻趙景貺春思》、《臘梅贈景貺》、《任仲微閱世堂》、《新渡寺送任仲微》、《次韻趙德麟送陳傳道》、《趙德麟餞飲湖上》、《過塗山荆山記所見》、《送王竦》、《戲和趙景貺求酒》、《洞庭春色》、《送路都曹》、《次韻景貺雪中惜梅餉酒》、《淮上早發》、《次韻徐仲車》、《次韻趙令時新開湖》、《和晁補之相迎》、《次韻林子中春日新隄書事》、《雙石》、《送芝上游廬山》、《次范純父韻送秦少章》、《次韻蘇伯固送李彥博》、《送晁美叔》、《谷林堂》、《石塔寺》、《追和陶淵明飲酒》、《次舊韻贈張天驥》、《贈杜輿種松》、《次定國秋字韻》、《至都門先寄

紀　年	時　　事	出　　處	詩
七年壬申			子由》、《郊祀慶成》、《次韻錢穆父侍祠郊丘》、《答岑巖起》、《次韻劉景文以古畫爲壽》、《次韻王仲至喜雪御筵》、《次韻蔣穎叔扈駕》、《滕達道挽詞》、《送程德林赴真州》、《次韻王定國見寄》、《次韻蔣穎叔、錢穆父從駕》、《啓聖僧舍遇趙令時》、《仇池石唱和》、《次韻丹元姚先生》。
八年癸酉（九月三日宣仁皇后崩）	三月，蘇頌免，以御史楊畏言其稽留買易除命故也。七月，范純仁右僕射中書侍郎。	是夏，御史黃慶基、董敦逸連疏論川黨太盛，且及先生草制詞多指斥先帝，又與弟轍相爲肘腋。中丞李之純等以爲二人誣諂善良，并得旨與知軍差遣，先生尋亦乞越州。六月以端明翰林侍讀二學士除知定州。七月，再乞越，不允。按，先生雖補外，自此至九月尚留京師，行禮部事。時太皇太后上仙，哲宗方親庶政，先生將赴定，不得面辭，直批出令起發赴任，〔七四〕先生上疏言：聖人有爲，必先處晦觀明，處靜觀動，默觀庶事之利害，與羣臣之邪正，以三年爲期，切恐好利之臣，輒勸陛下輕有變改。時朝廷議論已變，公不以身退	《次韻秦少游、王仲至元日立春》、《侍飲端門樓上》、《送蔣穎叔帥熙河》、《次韻蔣穎叔觀燈》、《禮曹北垣種楸梒》、《次韻晉卿押伴高麗宴射》、《次舊韻贈汝公》、《東府雨中寄子由》、《送黃師是赴兩浙憲》、《送范中濟知慶州》、《呂與叔挽詞》、《程德孺生日》、《晁説之考牧圖》、《送曾仲錫通判如京師》、《送王敏仲北使》、《與曾仲錫、劉燾唱和蜜漬荔枝》、《太皇太后高氏挽詞》、《石芝》。

紀　年	時　事	出　處	詩
八年癸酉（九月三日宣仁皇后崩）		而廢忠言。先生辟李之儀爲屬，同行。冬十月，到定州。是歲八月，先生繼室同安郡君王氏諱潤芝卒於京師。	
紹聖元年甲戌（四月十二日改元）	二月五日，李清臣中書侍郎，鄧溫伯左丞，二人遂首建紹述之説，以元豐事激怒上意，而清臣尤力。三月，呂大防免。詔今次御試舉人，依舊試策。初，熙寧罷三題以策試士，元祐罷策復用三題；至是改從熙寧。是月，上御集英殿策士，〔七五〕李清臣爲策問，專及熙寧元祐之政，考官御史楊畏取主熙豐者，已而子由抗疏力論其事，上不悅，遂罷，改以本官知汝州，紹述之論浸成矣。四月，詔王安石配享神宗廟，〔七九〕復印行王安石三經義，詔役法并依元豐八年見行條約。按，元祐變法，惟役法久而不定，其患皆起於諸賢自相攻訾，各於其説取勝，使民間患苦甚於雇役，而小人得藉之爲紹述之資矣。五月，罷詩賦，專治經術。閏四月壬申，〔八○〕李清臣請復諸路提舉常平官。六月，責降呂大防、劉摯等。七月，追降司馬光、呂公著等，及責降	先生在定州。夏四月，公親如北嶽禱雨。是月，御史虞策、來之邵言先生所作誥詞，多涉譏訕，當明正典刑。詔落二學士，以本官知和州，又改英州。范忠宣論救不聽。又以虞策言，降左承議郎。閏四月，〔七六〕先生去定。六月，御史來之邵等復言先生自元祐以來多託文字譏斥先朝，雖已責降，未厭輿論，責授寧遠軍節度副使惠州安置。是月，先生至當塗，始被惠州之命，遣家還陽羨，獨與幼子過同行。冬十月，到惠州，寓居合江樓。俄遷於嘉祐寺、松風亭。〔八一〕子由是歲貶筠州。	《立春日小集呈李端叔》、《次韻曾仲錫元日見寄》、《二月二十日子由生日以檀香佛像及新合印香篆盤爲壽》、〔七七〕《二十五日寄餾合刷瓶與子由》、〔七八〕《三月二十日開園》、《雪浪石》、《次韻李端叔送翟安常》、《次韻王雄州送侍其涇州》、《劉醜廝》、《鶴嘆》、《以松醪寄王雄州》、《次韻王雄州留別》、《次韻端叔謝送牛戩畫》、《過臨城望太行山》、《過湯陰得豆麥粥》、《過高郵寄孫君孚》、《過長蘆謁夫禪師》、《次韻聞復憶中和堂作》、《六月七日泊金陵阻風謝鍾山泉公寄詩》、《贈清涼寺和長老》、《慈湖峽阻風》、《湖口記壺中九華石》、《過廬山》、《江西》、過廬陵作《秧馬歌》、《入贛過惶恐灘》、《鬱孤臺》、《廉泉》、《塵外亭》、《天竺寺》、《過大庾嶺》、韶州《望韶石》、《南華寺》、《月華

續　表

紀　年	時　事	出　處	詩
紹聖元年甲戌 （四月十二日 改元）	元祐以來用事人。九月，復罷制科。十二月，復在京免行錢。范祖禹、黃庭堅以史事貶。〔八三〕		寺》、《碧落洞》、《峽山寺》、《清遠縣見顧秀談惠州之美》、《蒲澗寺》、《贈蒲澗長老》、《發廣州》、《浴日亭》、《宿寶積院示兒子過鳴字韻》、《寓居合江樓》、〔八二〕《遊白水山佛蹟巖》、《湯泉》、《松風亭梅花》、《贈朝雲》、《子由新修汝州吳生畫壁》。〔八四〕
二年乙亥〔八五〕	七月，戶部尚書蔡京請復苗。八月，詔呂大防等，〔八六〕永不用期數赦恩叙復。范純仁以上疏諫上，責知隨州。十一月，重彫印王安石《字說》。	先生在惠州。正月，遊羅浮。三月，遊白水山。又遷居合江樓。秋，又游白水山。〔八七〕	《寄鄧道士》、《惠州上元》、《樓禪精舍和兒子過》、〔八八〕《嘉祐寺東野人家》、《和淵明歸田園居》、《桃榔杖寄張文潛》、《次韻程正輔游碧落洞》、《同正輔戲作》、《荔支嘆》、《小圃五詠》、《追和淵明咏二疏》、《和淵明咏三良》、《和淵明荊軻》、《和淵明形影神》等、《次韻王子直》、《次韻吳子野》。
三年丙子	正月，詔罷合祭天地，以夏至日祭地於北郊。二月，復保甲冬教。八月，范祖禹、劉安世以元祐中論禁中覓乳母事，重貶祖禹賀州、安世英州。	先生在惠州。四月，始營白鶴新居。又遷於嘉祐寺。	《追和淵明斜川》、《新年》、《過何道士問疾》、《追和淵明酬郭主簿》、《遷居嘉祐寺》、《惠州東西二新橋》、《悼朝雲》、《重九》、《追和淵明歲暮和張常侍》、《槐葉冷淘》、《和子由菖蒲花》、《次韻程正輔江行見桃花》、《追餞正

紀 年	時 事	出 處	詩
三年丙子			輔至博羅》、〔八九〕《游博羅香積寺》、《春日與許進士野步》、《初食荔支》、《酒醒步月理髮而寢》、《連雨江漲》、《追和淵明九日閒居》、《江月》、《追和淵明貧士》、《迎程正輔游字韻》、《同正輔游白水山香積寺》、《和淵明己酉重九》、《記夢中論神仙道術》、《殘臘獨出》、《和淵明移居》、《和淵明讀山海經》、《和定惠欽老》、《次韻子由所居》、《和淵明移居》、《和淵明劉柴桑》。
四年丁丑	正月，李清臣罷，以姑之子曰嗣宗指斥伏誅故也。〔九〇〕二月四日，重貶司馬光、呂公著等，尋以呂大防、劉摯、蘇轍等罪與光無異，并行責降，元祐黨人竄斥無遺，時章惇疑上復欲進用元祐人故也。罷《春秋》科。文彥博降太子少保。四月，又追貶呂公著、司馬光崖州昌化軍司戶參軍，以邢恕偽造光有“宣訓可慮”之言，〔九一〕故借以貶二公也。追貶王珪萬安軍司户參軍，亦以邢恕等誣其元豐末命有二心也。八月，起同文館獄，以文及甫與邢	二月，白鶴新居成，始自嘉祐寺遷入。長子邁亦至自毗陵。閏二月，再責授瓊州別駕昌化軍安置。夏四月，發惠州。子由時貶雷州，相遇於藤，同行至雷。六月，別子由渡海。七月，至昌化。	《和淵明時運》、與循惠二守唱和“深”字韻諸篇、《和淵明答龐參軍》、《送周循州》、《白鶴山鑿井》、《種茶》、《至梧州寄子由》、《和淵明止酒》、《肩輿坐睡夢中得句》、《和前韻寄子由》、《夜夢》、《和淵明連雨獨飲》、《追和淵明田舍始春懷古》、《夜坐寄子由》、《和淵明停雲、勸農》、《次韻子由月季花再生》、《次韻子由東樓東亭椰子冠》、《次韻子由浴罷》、《儋耳》。

紀　　年	時　　事	出　　處	詩
四年丁丑	恕書有"司馬昭眇躬"等語，謂元祐諸臣謀廢立也。時將大有所誅戮，會星變，上怒稍息，然蔡京、安惇極力煅煉不已，而安燾卒於化州，劉摯卒於新州。明年五月，獄乃罷。		
元符元年戊寅（六月一日改元）	九月，詔鄭俠上書謗訕，除名，英州編管。王安國毀其兄安石，而二子斿、旂進狀訴父冤，皆責官。	初，朝廷遣呂升卿、董必察訪廣東西，謀盡殺元祐黨人，曾布争於上，以升卿與二蘇有切骨之怨，不可遣，乃罷升卿，猶遣必使廣西。時先生在儋，僦官舍數椽以居止，必遣人逐出。遂買地城南，爲屋五間，士人畚土運甓以助之，屋成居其下，食芋飲水著書以爲樂，處之泰然，無遷謫意。必卒奏知雷州張逢館置二蘇，且爲子由修宅。詔蘇轍移循州，張逢勒停。	《上元夜過赴儋守召獨坐》、《以黄子木柱杖爲子由壽》、《三月上巳攜酒與老符秀才飲》、《新居成示過》、《遷居之夕聞鄰舍兒讀書》、《用過韻與諸生飲酒》、《夜燒松明火》、《贈吴子野》、《和淵明擬古》、《被酒獨行訪黎氏舍》、《次韻過得邁書酒》、《五色雀》、《倦夜》、《縱筆》、《次韻子由贈吴子野》。
二年己卯		先生在儋。〔九二〕時軍使張中既官滿，坐役兵修驛館先生，董必體究，貶中雷州，監司程節坐不覺察降官。	《嘉魚亭下送邵道士》、《送昌化軍使張中》、《謫居三適》、《貧家净掃地》。
三年庚辰（正月，徽宗皇帝即位，欽聖皇后向氏垂簾。七月，欽聖皇后還政）	二月，韓忠彦除門下侍郎。四月，拜右僕射兼中書侍郎，李清臣門下侍郎。五月，左丞蔡卞罷。九月，章惇免，以定策異議也。十月，韓忠彦左僕射兼門下侍	二月，先生以登極恩移廉州安置。同時化州别駕循州安置蘇轍移永州，追官勒停人雷州編管秦觀徙移英州，承議郎添差監復州在城鹽酒税張耒通判黄州，承	《聞黄河已復北流》、《天門冬酒熟》、《和戊寅歲違字韻》、《泂酌亭》、《晴字韻》、《澄邁驛通潮閣》、《烏觜泗濟》、《宿净行院》、《瓶笙》、《歐　陽　晦　夫　畫

紀　年	時　事	出　處	詩
三年庚辰（正月，徽宗皇帝即位，欽聖皇后向氏垂簾。七月，欽聖皇后還政）	郎，曾布拜右僕射兼中書侍郎。	議郎監信州酒稅晁補之僉書武寧軍判官，涪州別駕戎州安置黃庭堅爲宣義郎添差鄂州在城鹽稅。四月，先生以生皇子恩詔授舒州團練副使永州居住。又詔蘇轍濠州團練副使移岳州，張耒與知州，晁補之與堂除通判，黃庭堅與奉議郎堂除簽判，秦觀英州別駕移衡州，皆先生黨人也。按，先生五月始被廉州之命。六月，發昌化，渡海，與秦少游別於海康。七月，至廉。八月，自廉歷容、藤，與長子邁相期於廣州，須骨肉至乃行。十一月，詔復朝奉郎提舉成都府玉局觀，在外州軍任便居住。命下日已至英州，始與鄭俠介夫相會於英，歲晏留韶，不發。	像》、《晦夫惠琴枕接羅》、〔九三〕《和愈上人》、《合浦龍眼可敵荔支》、《留別廉守》、《次韻王鬱林》、《至藤州夜起對月贈邵道士》、《在藤與徐元用游浮金堂》、《送邵道士》、《將至廣用過韻寄邁、迓二子》、《和廣州蕭倅見贈》、《和楊字韻答鑒老》，與孫叔靜、李端叔唱和諸篇、《衆妙堂》、《鑒空閣》、《何公橋》、《次韻鄭介夫》、《次韻韶守狄大夫》、《次韻韶倅李通直》、《東坡羹》、《寄蘇伯固》、《游城東學舍用示周掾祖謝韻》、《夢歸白鶴故居用舊居韻》、《得鄭嘉會書用贈羊長史韻》、《游北城謝氏廢園用使都經錢溪韻》、《郊行步月用還江陵夜行塗中韻》。
建中靖國元年辛巳	二月，章惇貶雷州司戶。按，是時上意厭黨人攻擊不已，欲以中道爲衡，消弭其變，歸於無事，故以建中靖國紀年。然韓忠彥爲相，不能發明上意，〔九四〕元祐諸人出於竄斥萬死之餘，雖稍稍收叙，而忠彥闇於事情，慮不及遠，迄不能成壞植散	正月，先生自韶至南雄，度嶺，經行南安，與劉安世輩之相遇，同舟至江州，同游廬山。五月，次當塗、金陵、真州。時米芾元章爲發運管勾，日來會。初，先生決計與子由同居潁昌，俄聞時論已變，自度不可居近地，遂居常州。六月，至常，病	《贈大庾嶺上老人》、《嶺上梅》、《過嶺》、《田氏水閣獨秀峯》、《南安顯聖寺》、《虔州贈南禪湜老乞數珠》、《鬱孤臺》《虔守霍大夫監郡許朝奉見和復次韻》、《贈術士謝晉臣》、《虔州景德湛然堂》、《和楊行先用鬱孤臺韻》、《用數珠韻

紀　年	時　事	出　處	詩
建中靖國元年辛巳	羣之功,至與曾布作惡,引蔡京自助,京用而禍愈深矣。	甚,乞致仕,表大略云:臣素有薄田在常州宜興縣,粗了饘粥,所以崎嶇萬里,奔歸常州,以盡餘年。五月間行至真州,瘴毒大作,乘船至潤,昏不知人者累日。今已至常,百病橫生,全不能食者二十餘日,自料必死,欲望朝廷哀憐,許臣守本官致仕。一請而獲,以七月二十八日公薨於常州城中,葬於汝州郟城縣釣臺鄉上瑞里。〔九五〕	贈湜長老》、《和猶子遲韻贈孫志舉》、《南禪長老和詩不已作六蟲篇答之》、《明日南禪和詩不到重賦珠篇以督之》、《用前韻再和霍大夫》、《用前韻再和許朝奉》、《用前韻和孫志舉》、《崔文學見過用前韻示志舉》、《贈呂倚承事》、《王子直相逢贛上用舊韻留別》、《次韻江晦叔》、《次韻江晦叔兼呈器之》、《寒食與器之游南塔寺》、《玉版長老》、《吉州永和鎮清都觀贈謝道士》、〔九六〕《過湖口再和壺中九華》、《過當塗次韻郭祥正》、《金陵贈清涼長老》、《睡起聞米元章送麥門冬飲子》、《夢中寄朱行中》、《答徑山琳長老》。

　　宿既略采國史,譜先生之年而繫其詩於下,然篇目之先後,與今所刊,或不盡合。蓋先生之文如大川洪河之注,方其淋漓汗漫,揮斥一世,或得於談諧戲謔之餘,不自靳惜;或落筆爲人取去,不復記省;故其散出於人間,所在而有,傳者不同。觀先生與劉沔書,〔九七〕大略可見。歲月既久,始合諸家之傳,以成一集,於先後有不暇深攷者。今所刊本篇目次第,蓋仍其舊,年譜雖稍加釐正,而各有所據,其間亦不能與之無異,覽者當自得之。嘉定六年中秋日。吳興施宿書。

　　東坡居士紀年二册,善惠軒常住物也。年代久遠,蠹腐已甚
矣。仍使命工褙裝,且加傍鬚,便童蒙云爾。文和七年庚午六月。
未雲叟玄宜誌。〔九八〕

校補記

〔 一 〕及商周之詩　“及”字《蘇詩佚注》本施宿《東坡先生年譜》(以下簡
　　　　稱底本)、蓬左文庫本《東坡先生年譜(外一種)》(以下簡稱蓬左
　　　　本)均有,陸游《渭南文集》卷十五《施司諫注東坡詩序》無。

〔 二 〕識者所取　“取”字底本作“進”,據《渭南文集》改。

〔 三 〕新掃舊巢痕　“舊”字底本原脱,據《渭南文集》補。

〔 四 〕車中有布乎　“中”字底本原脱,據《渭南文集》補。

〔 五 〕指當時用事者　“事”字下底本衍“之”字,據《渭南文集》、蓬左
　　　　本删。

〔 六 〕必皆能知此　底本作“必皆如此”,據《渭南文集》改。蓬左本作
　　　　“必皆能如此”。

〔 七 〕後二十五六年　“六”字底本無,據《渭南文集》、蓬左本補。

〔 八 〕吳興施宿　“施”字下底本衍“食”字,據《渭南文集》、蓬左本删。

〔 九 〕至能所託　“能”字底本原脱,據《渭南文集》補。

〔一〇〕正月五日　“月”字下底本衍“山”字,據《渭南文集》删。

〔一一〕東坡先生詩　“詩”字底本原脱,據蓬左本補。

〔一二〕佐郡會稽　“稽”字底本作“乩”,據蓬左本改。

〔一三〕所挾益大　“所”字底本無,據日本宮內廳書陵部所藏《王狀元集
　　　　百家注分類東坡先生詩》(以下簡稱宮內廳本)卷之九前頁所抄之
　　　　施宿序補。

〔一四〕爲時天人　“天”字底本原脱,據蓬左本、宮內廳本補。

〔一五〕用之而不能盡　“不”字底本無,據宮內廳本補。

〔一六〕取新法　“取”字底本殘損,據蓬左本、宮內廳本補。

〔一七〕庶幾觀者　“觀”字底本原脱,據蓬左本、宮內廳本補。

〔一八〕生於眉山縣　“於”字底本無,據蓬左本補。

〔一九〕四年丁丑　此四字底本無,據蓬左本補。

〔二○〕亥時生　“亥時”二字底本無,據蓬左本補。

〔二一〕阮籍嘯臺　此詩題底本無,據蓬左本補。

〔二二〕公事　此二字底本作“事公”,據蓬左本改。

〔二三〕三首　此二字底本無,據蓬左本補。

〔二四〕記吴道子開元寺畫　底本作“記吴道開元寺子畫”,據蓬左本改。

〔二五〕英宗自在藩邸聞公名欲以唐故事召入翰林　“在”字底本在“故事”下,據蓬左本改。

〔二六〕送曾子固倅越　此詩題底本無,據蓬左本補。

〔二七〕往復買販　“買”字底本作“賈”,據蓬左本改。

〔二八〕盧秉　“秉”字底本作“策”,據蓬左本改。

〔二九〕開元寺山茶盛開　“寺”字底本原脱,據蓬左本補。

〔三○〕和賈收吴中田婦嘆　“婦”字底本作“父”,據《施顧注蘇詩》改。

〔三一〕自“是命。尋命安石提舉”至“王韶復河洮”　共一百二十五字,底本原脱,據蓬左本補。

〔三二〕吉祥寺花將落　“寺”字蓬左本原脱,據《施顧注蘇詩》補。

〔三三〕自《次韻章傳》至《遊東西巖》　共二十四詩題,底本原脱,據蓬左本補。

〔三四〕送杜咸陳三掾罷官歸鄉　“罷”字蓬左本原脱,據《施顧注蘇詩》補。

〔三五〕樓上晚景　“上晚景”三字蓬左本殘損,據《施顧注蘇詩》補。

〔三六〕自《述古責不赴會次前韻》至《次韻周長官同錢魯少卿》　共二十詩題,底本原脱,據蓬左本補。

〔三七〕七年甲寅　此四字底本原脱,據蓬左本補。

〔三八〕正月句　此句十三字底本原脱,據蓬左本補。

〔三九〕是歲句　此句九字底本原脱,據蓬左本補。

〔四○〕過丹陽寄魯元翰謁惠山錢道人　此二題,底本原脱,據蓬左本補。

〔四一〕子雱死　“雱”字底本作“雩”,據蓬左本改。

〔四二〕和孔周翰　底本作“和周孔翰”(熙寧十年丁巳條亦同),據《施顧注蘇詩》改。

〔四三〕夜過舒堯文戲作　"堯文"底本作"文堯",據蓬左本改。

〔四四〕贏得兒童　"贏"字底本作"嬴",據《施顧注蘇詩》卷六《山村五絕》詩改。

〔四五〕差權發遣三司度支副使陳睦錄問無翻異　"翻"字底本作"番",據《烏臺詩案》改。又,"遣"字《烏臺詩案》作"運",似誤。

〔四六〕求手録近詩一通　"手"字下底本衍"生"字,據蓬左本删。

〔四七〕後李定論先生詩　"定"字下蓬左本多"等"字。

〔四八〕寓定惠院　此四字底本無,據蓬左本補。

〔四九〕比事定　"比"字底本無,據蓬左本、蘇軾本集補。

〔五〇〕後皆有詩名　"名"字底本殘損,據蓬左本補。

〔五一〕詔熙河句　"熙河"二字底本無,與下文"五路"不符,據史書補。

〔五二〕寓臨皋亭　此四字底本無,據蓬左本補。

〔五三〕先生在黄州　"州"字蓬左本無,但下文多"子由在筠。先生"六字。

〔五四〕客有李委者善吹笛作新曲鶴南飛以獻　"善"、"鶴"二字底本原脱,據蓬左本補。

〔五五〕訪陳季常再和汗字韻　"汗"字底本作"汁",據蓬左本改。

〔五六〕遺直坊　"坊"字底本作"堂",據蓬左本改。

〔五七〕祭西太一和韓川韻　"韻"字底本無,據蓬左本補。

〔五八〕次韻李修孺留別　此詩題底本無,據蓬左本補。

〔五九〕不支俵青苗錢　"俵"字底本作"依",據蓬左本改。

〔六〇〕太皇太后　"太后"二字底本無,據史書補。

〔六一〕賴太皇太后　"太后"二字底本無,據史書補。

〔六二〕與官家　此三字底本無,據蓬左本補。

〔六三〕不見容益求去　"益"字底本原脱,據蓬左本補。

〔六四〕上疏力辨謗傷之由且乞郡　此二句底本作"上疏力郡"四字,據蓬左本改。

〔六五〕以所舉學官　"所"字蓬左本作"前"。

〔六六〕罪狀甚多　“狀”字底本作“伏”,據蘇軾本集改。

〔六七〕自“是歲子由代子瞻遷翰林學士”至“出使契丹”　此四句底本作“是歲子由遷翰林學士”一句,據蓬左本補。

〔六八〕文彦博致仕　“文”字底本無,據蓬左本補。

〔六九〕太皇太后感悟　“太后”二字底本無,據史書補。

〔七〇〕次韻關景仁送紅梅栽　“紅”字底本作“江”,據《施顧注蘇詩》改。

〔七一〕浴室院東堂閲舊詩卷次韻　“閲”字底本作“門”,據蓬左本改。

〔七二〕送歐陽季默惠油煙大魚　“送”字蓬左本作“次韻”。按,據《施顧注蘇詩》應爲兩題:《歐陽季默以油煙墨二丸見餉,各長寸許,戲作小詩》、《明日復以大魚爲饋,且求詩,故復戲之》”。

〔七三〕至關　“至”字蓬左本作“到”。

〔七四〕直批出　“出”字底本作“書”,據蓬左本改。

〔七五〕集英殿策士　“殿”字底本無,據史書補。

〔七六〕閏四月　“四”字底本無,據史書補。

〔七七〕新合印香篆盤爲壽　“篆”字底本在“壽”字下,據蓬左本改。

〔七八〕二十五日寄餾合刷瓶與子由　“餾”字底本作“鎦”,據《施顧注蘇詩》改。

〔七九〕詔王安石配享神宗廟　“廟”字下底本衍“廷”字,據《四河入海》卷二十五之四所引施宿本譜删。

〔八〇〕閏四月　“四”字底本無,據史書補。

〔八一〕松風亭　此三字底本無,據蓬左本補。

〔八二〕寓居合江樓　“樓”字蓬左本作“亭”,據《施顧注蘇詩》改。

〔八三〕自“請復諸路提舉常平官”至“黃庭堅以史事貶”　共六十五字,底本原脱,據蓬左本補。

〔八四〕自“秧馬歌”至“子由新修汝州吳生畫壁”　共二十四詩題,底本原脱,據蓬左本補。

〔八五〕二年乙亥　此四字底本原脱,據蓬左本補。

〔八六〕自“七月户部尚書”至“詔吕大防等”　共十八字,底本原脱,據蓬左本補。

〔八七〕自"先生在惠州"至"遊白水山" 共十六字,底本原脱,據蓬左本補。

〔八八〕自"寄鄧道士"至"棲禪精舍和兒子" 共十五字,底本原脱,據蓬左本補。

〔八九〕追餞正輔至博羅 "餞"字底本作"錢",據蓬左本改。

〔九〇〕以姑之子曰 "曰"字底本作"由",據蓬左本改。

〔九一〕邢恕僞造 "邢"字底本作"刑",據史書改。

〔九二〕先生在儋 此四字下底本原有小字旁注"公年六十四"五字,蓬左本無,疑鈔者所加,故删。

〔九三〕晦夫惠琴枕接羅 "羅"字底本作"籬",據《施顧注蘇詩》改。

〔九四〕不能發明上意 "能"字底本作"勝",據蓬左本、《四河入海》卷二十五之四引施宿本譜改。

〔九五〕葬於汝州郟城縣鈞臺鄉上瑞里 此句"鈞臺鄉上瑞里"六字,底本無,據蓬左本補。底本於此句下原有"公年六十六"五字,蓬左本無,疑鈔者所加,故删。

〔九六〕吉州永和鎮清都觀贈謝道士 此詩題《施顧注蘇詩》爲"永和清都觀道士童顏鬒髮,問其年生於丙子,蓋與余同,求此詩"。

〔九七〕與劉沔書 "沔"字底本作"沔",據蘇軾本集改。

〔九八〕文和七年庚午六月未雲叟玄宜誌 此句有誤。按:"未雲叟"爲京都東福寺大機院住持。據大機院宗譜,他(八世東福月耕宜禪師)於文化九年(一八一二)示寂。此跋所署"文和七年庚午",當爲"文化七年庚午"(一八一〇)之誤。因文和僅五年(一三五二——一三五五),無七年,且遠在未雲叟四百多年之前;又跋中"善惠軒"爲彭叔守仙(一四九〇——一五五五)所建之寺院,不應在文和年前,可證。

評久佚重見的施宿《東坡先生年譜》

王水照

　　宋人所編蘇軾年譜，今可考知者有七種〔一〕：段仲謀《行紀》、黃德粹《系譜》（以上兩種見傅藻《東坡紀年錄·跋》）、孫汝聽《三蘇年表》三卷（見《直齋書錄解題》卷十七，今僅存《蘇穎濱年表》一卷，見《永樂大典》卷二三九九）、何掄《三蘇先生年譜》一卷（見《郡齋讀書志·附志》，郎曄《經進東坡文集事略》卷一《後杞菊賦序》注亦引）、王宗稷《東坡先生年譜》、傅藻《東坡紀年錄》、施宿《東坡先生年譜》。國內流傳者僅王宗稷、傅藻兩種。施宿《東坡先生年譜》屢見著錄，如《直齋書錄解題》卷二十云：“《注東坡集》四十二卷，《年譜》、《目錄》各一卷。司諫吳興施元之德初與吳郡顧景蕃共爲之，元之子宿從而推廣，且爲《年譜》，以傳于世。”（又見《文獻通考》卷二四四《經籍考》，書名“集”改作“詩”，是。餘全同）明徐獻忠《吳興掌故集》卷四《著述類》亦云：“《注東坡詩》四十二卷，《年譜》、《目錄》各一卷，司諫施元之，字德初，與吳郡顧景蕃共爲之。元之子宿推廣爲《年譜》，陸放翁序。”但此譜國內久佚。康熙時見到宋刊《施注蘇詩》的邵長蘅已云“施氏譜無考”（《施注蘇詩》卷首《注蘇姓氏》），馮應榴亦云“施武子所爲《年譜》已不傳”（《蘇文忠公詩合注》卷首《年譜》案語），實爲蘇軾研究中一大憾事。

　　復旦大學顧易生副教授于一九八一年二月去日本講學，大阪市立大學西野貞治先生惠贈施宿《東坡先生年譜》影印本一件。久佚古籍，重返中土，彌足珍貴，易生同志囑爲撰文，介紹這一中日學術交流的具體成果。

原件係抄本,分卷上、卷下兩册,共一一四頁。書前有陸游序、施宿序,後有施宿跋、日人未雲叟跋。年譜正文用表格形式,分作"紀年"、"時事"、"出處"、"詩"四欄,其中熙寧六、七年之間缺四頁,紹聖二年缺兩頁,其他皆完整,語涉宋帝,則空格;"惇"字缺末筆(如章惇、安惇),當系南宋抄本(宋光宗名趙惇),或其所據底本爲南宋本。

一、從施宿序、跋看《施注蘇詩》

施元之、顧禧、施宿合編的《注東坡先生詩》(後稱《施注蘇詩》),與署名王十朋的《百家注分類東坡詩集》,是現存最早的兩部重要的蘇詩注本,前者編年,後者類編,各有所長,施注本尤有特色,理應并傳兼行。但在清康熙以前,却是王本獨行天下,施本沉晦不彰。康熙時宋犖購得宋刊施本(殘本,施宿《年譜》亦缺),請邵長蘅等補綴刊刻,始得流行;但邵氏等妄改妄删,頓失宋刊原貌,爲後世版本學家所詬病。近來有同志重視對施本的研究,弄清了一些問題〔二〕。施宿兩篇序跋的發現,對進一步認識施本的面貌有很大的幫助。

(一)施元之稿本的成書年代。由于現存宋刊施本没有序跋,成書年代和過程無考。署名王十朋的《百家注東坡先生詩序》又未提及施注,故一般學者皆認爲施本後于王本。馮應榴《蘇詩合注》卷首《凡例》云:"考王梅溪之卒在乾道七年,書標王狀元而不系官與謚,或更在其未卒時。施德初卒年無考,而乾道七年尚官衢州,其子武子于嘉定間始刊其父所注。若施顧注先出,集百家注本必兼采之,今并無其姓名,則楊氏所云施氏書後出,無疑也。"所説"楊氏",指楊瑄,但其所作百家注王本序實未明確斷定"施氏書後出"。阮元《蘇文忠公詩編注集成序》更謂施本"已較《集注》後出三十五年”。楊紹和《楹書偶録》卷五亦云：“《東坡詩》舊注，今所傳者惟王氏、施氏二本。梅溪《集注》成于乾道間，施顧之注，至嘉定初，德初之子宿始經刊行，已後《集注》三十餘年。”但施宿序文證明這一説法并不准確。施宿説：

> 東坡先生□（詩），有蜀人所注八家，行于世已久。先君司諫病其缺略未究，遂因閑居，隨事詮釋，歲久成書。然當亡恙時，未嘗出以視人。後二十餘年，宿佐郡會乩（稽），始請待制陸公爲之序。

這篇序文作于嘉定二年（一二〇九）。這裏首先提出，施元之是因“八家”本“缺略”而發意著書的，故仍采用“八家”本編年體例，他并未看到署名王十朋的集百家注本。關于集百家注本，《四庫提要》已辨其爲書坊僞托王十朋之名，以廣招徠，但受到馮應榴、王文誥及今人的異議；其實，僞托説未可厚非。王十朋是高宗時狀元，又是孝宗時政治舞台上的活躍人物，屢次上書，力圖恢復，又歷知各州，如他確在“乾道間”或更前作成《集注》，應爲時人所熟知，但從現在材料來看，直至他晚年及死後三十多年間，竟無人提及此事。《庚溪詩話》卷上：“今上皇帝（孝宗）尤愛其（蘇軾）文。梁丞相叔子，乾道初任掖垣，兼講席。一日，内中宿直，召對。上因論文問曰：‘近有趙夔等注軾詩甚詳，卿見之否？’梁奏曰：‘臣未之見。’上曰：‘朕有之。’命内侍取以示之。至乾道末，上遂爲軾御制文集叙贊，命有司與集同刊之。”孝宗在乾道初只看到“趙夔等注軾詩”，如果有王十朋注本，孝宗君臣何以不聞不知？反對“僞托説”的王文誥，也不得不承認“乾道時趙堯卿等注已陳乙覽，即《八注》《十注》合刊之證，時《百家注》未出也。”（《蘇詩編注集成》卷首《王施注諸家姓氏考》)阮元也説,"竉齡《集注》,實由《八注》《十注》推廣。"
(《蘇詩編注集成序》)此可疑者一。樓鑰爲胡稺所作的《簡齋詩箋
叙》云:"少陵、東坡詩,出入萬卷,書中奥篇隱帙,無不奔湊筆
下。……蜀趙彥材注二詩最詳,讀之使人驚嘆。"樓鑰此序作于"紹
熙壬子正月吉",即光宗紹熙三年(一一九二),距王十朋之死已二
十一年,尚稱趙彥材所注蘇詩爲"最詳",足證未見百家集注本。此
可疑者二。陸游與王十朋同朝,他于寧宗嘉泰二年(一二〇二)所
作《注東坡先生詩序》,又無一字提及王十朋編纂《集注》之事,而此
序主旨正是闡述注蘇之難,理應提及。其時距王十朋之死已三十
一年。此可疑者三。今存署名王十朋的《百家注東坡先生詩序》稱
其"舊得公詩《八注》、《十注》",乃至"百人",而施元之却僅僅依據
《八家注》來補其"缺略",如果王十朋序是真的,這也有悖情理。施
元之曾主持多種典籍的刊印,是位著名出版家(見《書林清話》卷
三),他又"以絶識博學名天下"(陸游語),并非孤陋寡聞的鄉間冬
烘。他專攻蘇詩,何以只見《八注》,不見王十朋所見的《十注》乃至
"百人"注呢?施宿序文亦未提及王書,説明直到嘉定二年王書未
必出現。時距王十朋之死已三十八年。此可疑者四。此外,今傳
世王本的最早刻本,爲南宋黄善夫家塾本。此書避宋諱至"敦",亦
在光宗(趙惇)之後。至于馮應榴等人反駁"僞托説"的論據,亦大
都似是而非。如馮氏云:"王楙《野客叢書》已有'集注坡詩'一條;
明王弇州《長公外紀》云:'王十朋集諸家注';《楊升庵集》亦云'王
十朋注'。則由來已久,未可竟疑其僞托矣。"(《蘇詩合注》卷首《凡
例》)檢《野客叢書》卷二十三"集注坡詩"條,其内容爲駁正趙次公
注和程注,所言《集注》實乃《八注》《十注》之類,不能作爲《百家集
注》之證;而王世貞、楊慎已是明人,所言更不足爲據。因此,僞託
説不能遽斷爲非,今傳《百家集注》本其最早刻本又在光宗之後,要

斷定施元之成書在《百家集注》本後，是缺乏説服力的。

其次，施宿序文還指明施元之成書的具體年代。他説，在其父成書“後二十餘年，宿佐郡會乩（稽），始請待制陸公爲之序。”他請陸游作序在嘉泰二年（一二〇二），上推“二十餘年”（以二十五年計），則施元之成書約在淳熙四年（一一七七）左右。據鄧廣銘《辛稼軒年譜》，辛棄疾任江西提點刑獄時，曾于淳熙三年彈劾施元之（時任贛州知州），施遂奉詞離職，大概即是施宿序中所謂“閑居”著書時期。又玩“歲久成書”語意（陸游序亦謂“用工深，歷歲久”），則其成書當在淳熙四年之後〔三〕。這一點也是以前研究施注本時未能確定的問題。阮元《蘇文忠公詩編注集成序》謂施元之“與顧禧爲編年注，應在淳（熙）、紹（熙）之時”，其推測大致相近，但無論據。

（二）注文分合問題。施注本包括題下注和句中注兩部分，最後完成于施元之、顧禧、施宿三人之手，但現存宋刊施本并未標明三人分注體例，清代學者多所考證，但意見分歧。或謂施元之作“書中自（句）解”，施宿作“題下小傳，低數字”，即題下注（鄭元慶《湖録經籍考》卷六）；或謂“詩題下小傳似亦有元之注”（馮應榴《蘇詩合注》卷首《翁本附録》）；或謂題下注爲施元之之筆，句下注爲施元之、顧禧二人筆，施宿僅作“題注末補載墨迹石刻及較改同異之字，間有引證及增輯《年譜》所無”（王文誥《蘇詩編注集成》卷首《王施注諸家姓氏考》）；或謂題下注爲施元之之筆，句下注系顧禧獨爲（阮元《蘇詩編注集成序》）。詳情參看余嘉錫《四庫提要辨證》卷二十二。余氏云：“推勘全書體例，證以陸序，實如王氏、阮氏之言。”此説幾乎成爲定論。

施宿序文却證明鄭元慶的説法是基本正確的。施宿説，在其父成書以後：

　　宿因陸公（游）之説，拊卷流涕，欲有以廣之而未暇。自頃
奉祠數年，舊春蒙召，未幾汰去，杜門無事，始得從容放意其
間。……故宿因先君遺緒及有感于陸公之説，反復先生出處，
考其所與酬答賡倡之人，言論風旨足以相發，與夫得之耆舊長
老之傳，有所援據，足裨隱軼者，各附見篇目之左；而又采之《
國史》以譜其年……

嘉泰時陸游之序僅云“司諫公（施元之）以絶識博學名天下，且用工
深，歷歲久，又助之以顧君景蕃之該洽”，未提施宿之名，説明其時
施宿尚未對此書進行加工，亦未作《年譜》，僅是施、顧兩家注的稿
本。到了嘉定元年（施宿序作于嘉定二年中秋〔四〕，文中云“舊
春”），施宿閑居時才對此稿本作進一步補益，并作《年譜》。施序還
明確指出，他的補益，“各附見篇目之左”，即題下注；内容是“紀
事”：“反復先生出處，考其所與酬答賡倡之人，言論風旨足以相發，
與夫得之耆舊長老之傳”，即包括蘇軾經歷、酬唱者行實和故老傳
聞等等，與句下注之“征典”有所分工。驗之宋刊施本題下注，正是
如此。阮元序云：“（題下注）紀事引本集、《欒城》、史傳，不載出處；
（句中注）征典引經史子集外藏，悉載出處，顯屬二手。”這點被他看
中了，但他由此而推斷前者出于施元之，後者出于顧禧，却不正確。
現在再來看最早著録此書的《直齋書録解題》就更清楚了：“司諫吳
興施元之德初與吳郡顧景蕃共爲之，元之子宿從而推廣，且爲《年
譜》，以傳于世。”“從而推廣”即施宿序的“有以廣之”，用語一致，證
明陳振孫曾寓目此序。《吳興掌故集》却把這兩句緊縮爲“元之子
宿推廣爲《年譜》”一句（《湖州府志》亦云“推廣爲《年譜》”），似乎施
宿作《年譜》外再無其他補益，實是誤改。

　　題下注出于施宿之手，還可從宋刊施本中找到内證。卷十三

《登望銶亭》題下注：“此詩墨迹乃欽宗東宮舊藏。今在曾文清家，宿嘗刻石餘姚縣治。”卷十六《送劉寺丞赴餘姚》題下注：“□□名攝（以下缺四十五字），蓋□□□□□□載，公守湖州行□□□□□守城赴餘姚公□□□□又即席作《南柯子》□□餞□句云‘山雨瀟瀟過’者是也。後題元豐二年五月十三日吳興錢氏園作。今集中乃指他詞爲送行甫，而此詞第云湖州，誤也。真迹宿皆刻石餘姚縣治。”卷二十《次韻孔毅父久旱已而甚雨三首》題下注，記蘇軾爲楊道士二帖，“二帖書在蜀牋，筆畫甚精，宿嘗以入石云”。同卷《別子由三首兼別遲》題下注：“宿守都梁，得東平康師孟元祐二年三月刻二蘇所與九帖于洛陽。”卷二十四《次韻錢穆父》題下注：“欽宗在東宮時，所藏東坡帖甚富，多有宸翰簽題，即位後出二十軸賜吳少宰元中，元中爲曾文清妹婿，以十軸歸之，今藏于元孫戶部郎樂道槃。宿爲餘姚，嘗刻石縣齋。”卷二十五《玉堂栽花周正孺有詩次韻》題下注：“……宿刻此帖（指蘇軾與王晉卿都尉一帖）餘姚縣齋，汪端明刻此詩成都府治。”卷二十七《韓康公挽詞三首》題下注：“三詩墨迹精絶，宿嘗刻石餘姚縣齋。”這些題下注皆有“宿”自稱，是爲其手筆的鐵證。從後面我們論及《年譜》正文時可以看到，施宿熟稔史事，對《國史》別擇精嚴，又精于碑刻，博采傳聞稗説，與題下注的全部內容正復相類，充分發揮他的專長。題下注的內容和文風基本一致，馮應榴懷疑“似亦有元之注”，也是缺乏根據的。

還應説明，施宿對題下注的撰述，態度十分認真，嘉定二年後，仍在陸續增補。卷二十二《任師中挽詞》題下注云：任師中（任伋）“曾孫希夷字伯起，圖南字伯厚，皆躋世科。伯起今爲將作少監、太子侍講”。按，《中興東宮官寮題名》（存《永樂大典》卷二三九）“任希夷”條云：“嘉定四年正月，以宗正丞兼舍人。六月，以秘書丞升兼侍講。六月，除著作郎，仍兼。五年十月，除將作少監，仍兼。六年正月，兼權左司郎官。十月，除秘書少監，仍兼。"（《宋會要輯稿·職官》卷七："〔嘉定〕四年正月，宗正寺丞任希夷兼太子舍人。六月，以秘書丞兼侍講。七年，以中書舍人兼右諭德。"無任將作監、侍講時間。）任希夷《宋史》有傳，後官至端明殿學士、簽書樞密院事兼權參知政事，但施宿僅云"今爲將作少監、太子侍講"，不及以後官職，此"今"正施宿撰述之時。這說明遲至嘉定五年十月至六年正月，施宿的題下注仍未定稿，尚在繼續訂補。

前人對此書題下注評價甚高。張榕端《施注蘇詩序》云："又于注題之下，務闡詩旨，引事徵詩，因詩存人，使讀者得以參見當日之情事，與少陵詩史同條共貫，洵乎有功玉局而度越梅溪也。"邵長衡《注蘇例言》云："《施注》佳處，每于注題之下多所發明，少或數言，多至數百言，或引事以徵詩，或因詩以存人，或援此以證彼，務闡詩旨，非取泛濫，間亦可補正史之闕遺，即此一端，迥非諸家所及。"王文誥亦謂"最要是題下注事"，但他把這一成績記在施元之的名下，未免抹煞施宿之功。

施注本注文分合問題應以鄭元慶之說爲勝。他是根據傳是樓宋刊本（即宋犖本）而作出的判斷，阮元、王文誥兩人實未親見宋刊本，故而推斷失誤。但鄭說對顧禧的作用只字未提。今宋刊本句中注內仍有數處標明"顧禧注"。如卷二十《橄欖》"已輸崖蜜十分甜"句："〔施注：《本草》：崖蜜，又名石蜜，別有土蜜、石蜜。〔顧禧注〕記得小說：南人夸橄欖于河東人云：此有回味。東人云：不若我棗。比至你回味，我已甜久矣。棗，一作柿。……"又如卷三十四《立春日小集戲李端叔》"須煩李居士，重說後三三"句："〔施注〕延一《廣清涼傳》：無著禪師游五台山，見一寺，有童子延入。無著問一僧云：此處衆有幾何？答曰：前三三，後三三。無著無對。僧曰：既不解，速須引去。〔顧禧云〕此詩方叙燕游，而遽用後三三語，讀者往往不知所謂，蓋端叔在定武幕中，特悦營妓董九者，故用九數以爲戲爾。聞其説于强行父云。"這説明當顧禧對施元之注有異議或重要補充時，才標出姓氏，其他就不作明顯分别。

總上所述，施注本分注體例應該是：句中注系施元之、顧禧"共爲之"，題下注爲施宿手筆。鑒于題下注的重要性，應該充分肯定施宿對此書的貢獻。

（三）施注本刊刻年代——所謂"嘉泰本"。宋犖在《施注蘇詩序》中，稱其所得原刊本爲"宋嘉泰間鏤板行世"之本，邵長衡《題舊本施注蘇詩》亦謂"鏤板于宋嘉泰間"。以後不少學者皆因陸游于嘉泰二年爲該書作序，遂定爲刊刻之年。翁方綱《蘇詩補注》卷八引桂馥語云："陸放翁序在嘉泰二年，此注本當刻于嘉泰初。"伍崇曜《蘇詩補注跋》亦稱"先生（翁方綱）舊藏蘇集（即宋犖本），爲宋嘉泰槧本"。此本現存臺灣省"中央圖書館"，其《善本書目》逕以"宋嘉泰二年淮東倉司刊本"著録。近人亦多從此説。其實是不正確的。

如上所述，施宿序文作于嘉定二年，嘉定五六年尚在對題下注進行補益，而新見到的施宿跋文更作于"嘉定六年中秋日"，距陸游作序時達十一年。這都説明嘉泰時尚未刻印。刊刻的地點確在淮東倉司。鄭羽在景定三年時曾取施注舊板，修補"重梓"，其跋云"坡詩多本，獨淮東倉司所刊，明净端楷，爲有識所賞。羽承乏于兹，暇日偶取觀，汰其字之漫者大小七萬一千五百七十七，計一百七十九板，命工重梓"，明言"淮東倉司所刊"。而嘉泰時施宿尚官紹興通判。他何時任提舉淮東常平司，不可確考。（陳乃乾先生定于嘉定五年至七年，不知其據）但嘉定六年他確在淮東倉司任上。是年他曾刻王順伯《石鼓詛楚音》，并跋云："宿乘傳海濱，賓朋罕至，時尋翰墨，拂洗吏塵。"末署"嘉定六年重五日吴興施宿書"。文中“海濱”即指淮東倉司所在地泰州。章樵《石鼓文集注》云:“周宣王狩于岐陽,所刻《石鼓文》十篇,近世薛尚功、鄭樵各爲之音釋,王厚之考正而集録之,施宿又参以諸家之本,訂以《石鼓》籀文真刻,壽梓于淮東倉司,其辨證訓釋,蓋亦詳備。”淮東之于施宿,正如衢州之于施元之,是他致力于刊刻文籍之地,允有注蘇詩之刻。(施宿序末署“嘉定二年中秋日吴興施宿書”,跋文末署“嘉定六年中秋日吴興施宿書”,與《石鼓詛楚音》跋所署,格式完全一致。)另據《揚州府志》:“紹興辛巳,完顔亮寇州。(泰州)城廢。開禧丙寅權守趙逢始修築,守翁瀞、何郯繼之。六七年間,才甓二里餘。朝(廷)以委提舉茶鹽事施宿。工竣,視舊增五之一。”從開禧二年丙寅(一二〇六),中經“六七年”,正是嘉定五六年,足證其時施宿在任。又,據余嘉錫考證,施宿“實死于嘉定六年之冬”(《四庫提要辨證》卷七,詳下),即死于淮東倉司任上,施注本的刊刻當不能晚于其後。而施跋作于是年中秋,則施注本亦不能于此前刻成。據此,宋刊原本擬定名爲“宋嘉定六年淮東倉司刊本”。

(四)施注本流傳不廣的原因。《宋會要輯稿·職官》卷七十五:嘉定七年正月“二十一日,直秘閣施宿罷職與祠禄,以中書舍人范之柔言其昨任淮東運判,刻剥亭户,規圖出剩,以濟其私”。同書《職官》卷七十六又云:嘉定“十五年十月十九日詔,施宿特與改正,追復朝請大夫,以其女(原脱)安人妾施氏自陳,故父宿昨任淮東提舉日,但知盡忠報國,討究弊源,撙節浮費,不顧怨仇,悉皆痛革,是以取怨于僚屬,有忤于交承,不幸身死,謗議起于仇人,誣合傾擠。死及百日,忽(原誤作勿)致臣僚論父鹽政及修城事。于父死一年之後,行下抄籍,一家骨肉星散,狼狽暴露,故父靈柩,亦皆封閉,寡妻弱子無所赴愬。……去年八月内明堂赦恩,及今年正月内受寶大赦,念妾等存没銜寃,迄今九載”。根據這兩條材料,參考余嘉錫

的考證,排比施宿晚年及死後有關事項,作時間表如下:

　　　嘉定六年中秋　《注東坡先生詩》開雕(據施《跋》)
　　　六年十月間　施宿卒(據"死及百日"被劾上推)
　　　七年正月二十一日　施宿被臣僚彈劾(據《宋會要輯稿》;
　　與該書另一條言"身死"後被誣亦相符。)
　　　七年冬　施宿家被抄籍(據"父死一年之後,行下抄籍"
　　推算)
　　　十五年十月十九日　施宿改正、追復(據《宋會要輯稿》。
　　上距七年冬,正好首尾"九載")

　　這説明施注本的刻印離施宿之死相距甚近,僅二三個月,施宿
生前恐未必親見此書;此書甫即竣工而全家即遭抄籍,連"靈柩亦
皆封閉",刻成之書亦不免受損。而且,在施宿的罪狀中,除了貪污
鹽款和修城款外,還直接涉及本書。周密《癸辛雜識·別集上》"施
武子被劾"條云:

　　　宿晚爲淮東倉曹,時有故舊在言路,因書遺以番葡萄。歸
　　院相會,出以薦酒。有問知所自,憾其不已致也。劾之,無以
　　蔽罪。宿嘗以其父所注坡詩刻之倉司,有所識傅穉,字漢孺
　　(原注:湖州人),窮乏相投,善歐書,遂俾書之,鋟板,以贐其
　　歸。因撼此事,坐以贓私。

　　傅穉是施宿的同鄉,施宿等于嘉泰二年修《嘉泰會稽志》時,傅
于浙東安撫使司校正書籍,參與其事。(見《嘉泰會稽志》跋末)至
此"窮乏相投"而寫施注上板,施宿却因此而被彈劾治罪,施注本的

厄運當亦意料中事。《四庫全書總目提要》卷一五四云："嘉泰中，宿官餘姚，嘗以是書（指施注蘇詩）刊版，緣是遭論罷，故傳本頗稀。"指出"傳本頗稀"是由于"遭論罷"，是正確的，惜語焉不詳，且時間和地點皆誤。（施宿任餘姚知縣在慶元初，見孫應時《餘姚縣義役記》，嘉泰時宿任紹興通判。）宋犖本確是魯殿靈光，吉光片羽，今存台灣，懷想不已〔五〕。

二、施《譜》正文的特點和價值

　　施宿《年譜》的重現，使現存南宋人所作蘇軾年譜增至三種。王宗稷《東坡先生年譜》，今首見于《東坡七集》本；傅藻《東坡紀年錄》，首見于《百家注分類東坡先生詩》。王宗稷，五羊人，字伯言，紹興中曾至黃州；傅藻，仙溪人，字薦可〔六〕。其他所知皆甚少。王《譜》無序、跋，傅《錄》有跋，自稱其書是在段仲謀《行紀》、黃德粹《系譜》兩書基礎上編撰而成。施《譜》有序有跋。王宗稷雖較傅、施年長，三譜卻都未互相提及，看來是各自成書的。

　　邵長衡云："五羊王氏《年譜》綜其大端；仙溪傅氏《紀年》核于月日，要亦互有得失。"（《施注蘇詩》卷首《年譜·跋》）施《譜》比之王《譜》、傅《錄》，篇幅加多，更較詳備。而其主要特點是增設"時事"一欄。施宿在序跋中兩次提到"采之《國史》以譜其年"，即此。此欄字數甚至與"出處"欄即記叙蘇軾一生行實者，相差無幾。這與他對譜主的總的認識有關。其《序》中詳述蘇軾在"熙寧變法之初"及至"既謫黃岡"、"元祐來歸"、"紹述事起"這三個階段的遭遇和表現，最後說："蓋先生之出處進退，天也。神宗皇帝知之而不及用，宣仁聖后用之而能盡，與夫一時用事者能擠之死地而不能使之必死，能奪其官爵、困厄僇辱其身而不能使其言語文字不傳于世，豈非天哉！"這段文字，吸取蘇軾《潮州韓文公廟碑》的筆調，表達他

對蘇軾的總認識，也是他寫作《年譜》的總綱。也就是説，他不僅爲
文學家蘇軾譜年，更重要的是爲政治家蘇軾立傳。因此，他主要根
據王安石變法的發生、發展和失敗的全過程以及新舊兩黨在政治
舞臺上的消長變化這兩條綫索，從《國史》中采録和組織材料，其他
"時事"就略而不叙。他記叙了王安石受命變法的情況，也記叙他
兩次罷相的過程；記叙了各項新法始行及罷廢的情況，也記叙圍繞
各項新法行廢的鬥爭。尤其值得注意的，是他所加的一些案語。
如熙寧三年條，在叙述各項新法始行情況後説："按，新法之行青苗
始于陝西，助役始于京東、兩浙，常平則自陝西、河東始，保馬保甲
則自府界畿縣始，市易則自秦鳳始。蓋自古變法者，其始皆有所疑
懼不安，故試之一方一所，所以驗其法之可行與否也，及其主之既
力而小人迎合皆以爲便，始推而達之天下矣。"在王安石受到普遍
譴責的南宋時代，施宿能指出新法是通過試驗而漸次實施，既是從
史實中得出的正確結論，也表現出可貴的史德。又如元祐四年條，
在總結"元祐更化時期"的政局變動時説："按，元祐諸賢欲革弊而
不思所以自善其法，欲去小人而不免于各自爲黨，憤嫉太深而無和
平之炁（即"氣"字），攻訐已甚而乖調復之方，同異生于愛憎，可否
成于好惡，朝廷之上，議論不一，差役科場，久而不定，更易煩擾，中
外厭之。……故當其時，潛懷窺伺，陰謀動搖者已伏其間，而諸賢
輕患忽禍，自以無它，方更相攻擊不已，卒使小人藉之以爲資，起而
乘之，馴至大變，豈專王、吕、章、蔡之罪哉！"這段話亦頗有見地，代
表當時的另一種議論。陸九淵也説："熙寧排公（指王安石）者，大
抵極詆訾之言而不折之以至理，平者未一二而激者居八九，上不足
以取信于裕陵，下不足以解公之蔽，反以固其意，成其事。新法之
罪，諸君子固分之矣。元祐大臣，一切更張，豈所謂無偏無黨者
哉？"（《象山先生全集》卷十九《荆國王文公祠堂記》）雖稱新法有

"罪"，但新舊兩黨各負其咎，這在王安石被目爲禍國奸佞的輿論浪潮中，不失爲持平之論。這兩段按語，後段與蘇軾批評元祐初"專欲變熙寧之法，不復校量利害，參用所長"(《辯試館職策問札子二首》之二)的看法，基本一致；前段却與蘇軾所見不同，蘇軾正是着力攻擊新法爲驟變、突變的。在《上神宗皇帝書》中，他指責王安石"招來新進勇銳之人，以圖一切速成之效"，"造端宏大，民實驚疑"，而主張"自可徐徐，十年之後，何事不立"。施宿對蘇軾懷有深深的敬意，但并不阿私附和，以他的是非爲是非，而能堅持自己獨立的見解，這也是其書高出王《譜》、傅《錄》之處。

　　施宿所采錄的《國史》材料，不僅描繪出譜主活動時代的政治面貌，而且爲譜主的遭遇和行爲提供理解和評價的根據。正因爲如此，"時事"欄的記叙雖然偏詳，似不合一般年譜體例，但對譜主的認識却更有幫助。不少記叙與"出處"欄上下呼應，相得益彰。如嘉祐六年條，九月御試，詳列考官姓氏，即爲了更好説明蘇軾是年中試。熙寧二年至四年，詳叙新法始行及其鬥爭過程，與蘇軾其時經歷緊密縮合，互爲補充。其後蘇軾外任，"時事"欄即相對減略，只記與蘇軾有關"時事"，如熙寧五年，僅記盧秉爲兩浙提刑，專提舉鹽事，因與蘇軾在杭開運鹽河、去湖州有關。至元豐八年，哲宗即位，政局反覆，始又詳記"時事"，爲蘇軾從黃州返回的一系列"起復"、提升提供背景。尤如元祐元年的差法之爭，上下兩欄，互爲表裏，各有側重，于勾畫譜主其時行實更爲明晰。紹聖元年，又詳叙李清臣、鄧温伯"首建紹述"之説，政局又變，于是又有蘇軾的知定州、貶嶺南。凡此都可看出施宿對史料別擇精嚴、一切服從于突出譜主的"筆法"。另有不少記叙起了補充"出處"欄的作用。如熙寧七年條，蘇軾知密州時，"五月，天章閣侍制李師中言：'乞召方正有道之士如司馬光、蘇軾、轍輩復置左右，以輔聖德。'以大言求用,責散官安置"。此條雖未列"出處"欄,但説明蘇軾雖處外任,仍與朝廷中的黨争息息相關。

　　當然,《年譜》一類著作的基本要求是對譜主的家世、生平、交游、創作等作出全面而正確的介紹。施《譜》的重點不能不在"出處"欄。比之王《譜》、傅《録》確有更正確、更詳明的特點。今依年序,對勘三書,先舉其可供糾誤之例。

　　(一)熙寧初年的活動。熙寧二年蘇軾服父喪後返京,時值王安石議行新法,蘇軾卷入新舊兩黨之争。對這段史實的具體記載,出入很大。一是從蘇轍《東坡先生墓志銘》、《宋史·蘇軾傳》、蘇軾本集以及從王《譜》、傅《録》直至清人王文誥《蘇詩總案》、近人曹樹銘《東坡年表》等,都把蘇軾以多篇奏疏形式開始反對王安石新法的時間,定爲熙寧四年;一是李燾《續資治通鑒長編》、楊仲良《通鑒長編紀事本末》、清人譚鍾麟所刊《續資治通鑒長編拾補》等及其他史書,則定爲熙寧二年。黃任軻同志《蘇軾論新法文字六篇年月考辨》一文(見《蘇軾研究專集》,《四川大學學報叢刊》第六輯),根據史料及蘇軾奏議内容,力駁"熙寧四年"之誤,論據充分,似可定論。施《譜》對此所載頗詳,與黃説基本一致,不僅可以助成黃説,而且有所補充和糾正。這段經歷對評價蘇軾關係甚大,歷來年譜又都失誤,故分條詳列施《譜》主要内容和事件如下:

　　1. 熙寧二年,"春,至京師,除判官告院兼判尚書祠部。時王安石方用事,議改法度,以變風俗,知先生素不同己,故置之是官"。

　　按:此條向無甚大疑異。

　　2. "五月,以論貢舉法不當輕改,召對,又爲安石所不樂。"

　　按:此即蘇軾《議學校貢舉狀》。《墓志銘》系統作熙寧四年,如本集作"熙寧四年正月",誤。《長編》系統作二年,如《通鑒長編紀事本末》卷六十二"蘇軾詩獄"條云:"熙寧二年五月,羣臣准詔議學校貢舉，多欲變改舊法，獨殿中丞直史館判官告院蘇軾奏云云。"是。此條及以下第七、八、九各條的具體辨證，可參見黃任軻同志文。

3. "未幾，上欲用先生修《中書條例》，安石沮之。"

按：此條諸年譜皆失載。《通鑒長編紀事本末》同上卷云："上（神宗）曰：'欲用軾修《中書條例》'。安石曰：'軾與臣所學及議論皆異，別試以事可也'。又曰：'陛下欲修《中書條例》，大臣所不欲，小臣又不欲，今軾非肯違衆以濟此事者也。恐却欲爲異論，沮壞此事。兼陛下用人，須是再三考察，實可用乃用之，今陛下但見軾之言，其言又未見可用，恐不宜輕用也。'"亦可補諸譜之失。

4. "秋，爲國子監考試官，以發策爲安石所怒。"

按：此即蘇軾《國學秋試策問》。《宋史·蘇軾傳》叙此事于《上皇帝書》後，則在熙寧四年；本集未列年月。黃文考定爲二年八月，是。餘詳下。

5. "冬，上欲用先生修《起居注》，安石又言不可。且誣先生遭喪販蘇木入川，事遂罷，不用。"

按：修《起居注》事諸年譜皆失載。《通鑒長編紀事本末》同上卷云：熙寧二年"十一月己巳，司封員外郎直史館蔡延慶、右正言直集賢院孫覺，并同修《起居注》。上初欲用蘇軾及孫覺，王安石曰：'軾豈是可獎之人？……遭父喪，韓琦等送金帛不受，却販數船蘇木入川，此事人所共知。……但方是通判資序，豈可便令修《注》？'上乃罷軾不用。"亦可補諸譜之失。

6. "（冬，）安石欲以吏事困先生，使權開封府判官。先生決斷精敏，聲問益振。"

按：蘇軾任開封府判官時間，《墓志銘》系統均列于熙寧四年，誤。黃文認爲"至少（熙寧二年）八月之前"，亦與施《譜》所說"冬"

季不同。黄文主要根據是《國學秋試策問》一文，此文確作于二年八月。司馬光《温公日録》云此文係"軾爲開封府試官"時所作，黄文因謂"當時蘇軾必已擔任'權開封府推官'，顯然是以這個身份出來兼任'開封府試官'的。"似可商榷。"秋試"是省試以前的地區性考試，以確定參加省試的資格，亦稱"發解"。熙寧二年的國子監和開封府的考試是分別舉行的，直至熙寧八年以後才予合并（見《宋會要輯稿・選舉》卷十五、《續通鑒長編》卷二六六、《文獻通考》卷三十一《選舉四》等），因此蘇軾這道策問，是"國學秋試"還是"開封府秋試"，兩者必有一誤。查《宋會要輯稿・選舉》卷十九"試官"條，開封府和國子監的秋試試官皆由朝廷直接任命，大都爲三館秘閣之臣，并非開封府或國子監的現任官。尤爲重要的，其熙寧二年八月十四日條又云：

> 以秘閣校理同修起居注陳襄、集賢校理王權、秘閣校理王介、安燾、李常、館閣校勘劉攽考試開封府舉人，虞部郎中陳偁監門；監察御史裏行張戩、直史館蘇軾、集賢校理王汾、胡宗愈、館閣校勘顧臨考試國子監舉人，比部郎中張吉監門……

這裏明確指出，蘇軾時以"直史館"被任爲國子監試官，并非開封府試官；當時他也未任"開封府推官"。此其一。《國學秋試策問》爲《東坡七集》本《前集》原題，而《前集》據胡仔所云"乃東坡手自編者"（《苕溪漁隱叢話・後集》卷二十八），若無確鑿證據未可輕易懷疑。此其二。再看《長編》系統的記載。《通鑒長編紀事本末》同上卷云："初，軾爲國子監考試官，時二年八月也"。時、事皆合。同卷記蘇軾五月上《議學校貢舉狀》、神宗即日召對後，王安石與神宗的一次談話。神宗又言"軾宜以小事試之如何？"王安石提出，

"軾亦非久,當作府推"。神宗則"欲用軾修《中書條例》",却爲王安石所阻。連"府推"事亦不了了之,這是五月之事。其後,十一月己巳任命蔡延慶、孫覺同修《起居注》,神宗"初欲用蘇軾及孫覺",王安石又阻之,提出"若省府推判官有闕,亦宜用。但方是通判資序,豈可便令修《注》?"結果修《注》一事固然罷用,"省府推判官"亦未落實,説明遲至十一月(或稍前)蘇軾尚未接任此職。直至十二月記蘇軾上《諫買浙燈狀》時,其官銜上才出現"權推官"字樣。這些記述前後連貫,順理成章,毫無破綻,頗可據信。此其三。因此,施《譜》定蘇軾任開封推官在熙寧二年"冬",當屬可信。《温公日録》"開封府試官"云云,不足爲據;即便是實,亦不足證明時在開封府任職。

7. "(冬,)上疏論買燈事,上嘉納之。"

按,此即蘇軾《諫買浙燈狀》。《墓志銘》系統作熙寧四年,如本集作"熙寧四年正月",誤。《通鑒長編紀事本末》同上卷云:熙寧二年"十二月,有中旨下開封府減價買浙燈四千餘枝,權推官殿中丞直史館蘇軾言……"施《譜》定爲熙寧二年"冬",相合。

8. "(冬,)又上疏論事,慷慨不屈"。

按:此即蘇軾《上皇帝書》。《墓志銘》系統作熙寧四年,如本集作"熙寧四年正月",誤。《通鑒長編紀事本末》同上卷云:"十二月……上納其言(指《諫買浙燈狀》),軾因奏書獻上言曰'願陛下結人心,厚風俗,存紀綱'。書凡七千餘言"。施《譜》定爲熙寧二年"冬",亦相合。

9. 熙寧三年"春,差充殿試編排官。時御試始用策。上議差先生爲考官,安石言先生所學乖異,不可考策,乃以爲編排官。先生擬對以奏"。

按:"擬對以奏"即蘇軾《擬進士對御試策》。《墓志銘》叙此事于熙寧四年,本集無年月。《通鑒長編紀事本末》同上卷云:"(熙寧)三年三月壬子,上御集英(殿)賜進士第,葉祖洽以阿時置第一,軾奏欲别定等第,上不許","又作《擬進士對御試策》"。此即蘇軾寫作此文的背景。施《譜》定爲熙寧三年"春",亦合。蘇軾于二月另有《再上皇帝書》,施《譜》失載。此書《墓志銘》系統亦誤,如本集作"熙寧四年三月"。見黄文所考。

　　《墓志銘》系統記載失誤之由,清人張大昌曾有合理的推測,問題即出在蘇轍《東坡先生墓志銘》。《墓志銘》云:"服除,時熙寧二年也。王介甫用事,多所建立,公與介甫議論素異,既還朝,實之官告院。四年,介甫欲變更科舉,上疑焉,使兩制三館議之,公議上……"張大昌説:"若'四年'二字作'是年',則諸書所載事迹日月無不脗合,集中于《議貢舉狀》以下諸奏均不作四年,恐係淺人又據《年譜》臆改之,不得其月,乃以臆斷爲正月也。"(《續資治通鑒長編拾補》卷四按語)"四""是"一字之差,遂影響到《宋史·蘇軾傳》、《年譜》乃至本集。這個推斷似可信。至于施《譜》記叙正確,則得益于他所據以采録之《國史》。據《容齋三筆》卷四"九朝國史"條,當時《國史》包括三書,一爲《三朝國史》(太祖、太宗、真宗),二爲《兩朝國史》(仁宗、英宗),三爲《四朝國史》(神宗、哲宗、徽宗、欽宗)。又據同書卷十三"四朝史志"條,記神宗等《四朝國史》,其《紀》《傳》爲洪邁所作,《志》則"多出李燾之手〔七〕"。《國史》今佚,但參與其事的李燾有名著《續通鑒長編》,其熙寧初年部分雖亦殘佚,但幸存于南宋人楊仲良《通鑒長編紀事本末》之中。楊書不經見,故作蘇軾年譜者未采用其中材料。前面我們多引楊書比照施《譜》,若符合節,即證同出一源。《國史》係根據官方紀録編修而成,于時于事自較可靠。

　　弄清蘇軾在熙寧初年的活動和經歷,才能正確評價他對新法的態度。自宋以後的各種蘇軾年譜對此所記皆誤，獨施《譜》記叙正確，條理詳明，確實難能可貴。

（二）倅杭時赴湖問題。趙彥材（次公）注《莘老葺天慶觀小園，有亭北向，道士山宗説乞名與詩》“扁舟去後花絮亂”句云：“先生自杭倅以開運鹽河故至湖州，若去，乃三月矣，故曰‘去後花絮亂’。”（《集注分類東坡詩》卷九）又注《贈孫莘老七絶》之二“閑送苕溪入太湖”句亦云：“先生倅杭，以開運鹽河至湖”。（同上卷十五）按：蘇軾于熙寧五年十月左右開運鹽河，有《湯村開運鹽河雨中督役》、《是日宿水陸寺寄北山清順僧二首》等詩可證；去湖州在是年十二月，乃是爲了“相度堤岸利害”。（見《東坡烏臺詩案》“與湖州知州孫覺詩”條。《墨妙亭記》亦云：“是歲（五年）十二月，余以事至湖。”）緣由是湖州知州孫覺因“松江隄爲民患，覺易以石，高一尋有奇，長百餘里，隄下悉爲良田。”（《東都事略·孫覺傳》）蘇軾前去視察，這與杭州附近之開運鹽河無關。趙彥材以蘇軾在湖留至三月，亦誤，蘇軾是年回杭度歲。“扁舟”句實乃預測離別後湖州之景，故下句接云：“五馬來時賓從非”，又云：“惟有道人應不忘，抱琴無語立斜暉”，皆是想象日後重來時之情事。但趙注何以致誤？施《譜》提供了答案。其熙寧五年條云：“以轉運司檄監視開運鹽河，之湖州相度捍堤利害，又自湖之秀，蓋皆用盧秉（時任兩浙提刑）之説云”。原來開河、度堤雖爲兩件差使，却同出運司之命。趙注未加細考，遂混爲一事。或據趙注，謂蘇軾通判杭州時曾兩次去湖，亦未確。

（三）居住雪堂問題。王宗稷《年譜》在元豐五年條云：“《後赤壁賦》云：‘十月既望，蘇子步自雪堂，將歸于臨皋。’則壬戌（元豐五年）之冬未遷。而先生以甲子六月過汝，則居雪堂止年餘，由是推之，先生自臨皋遷雪堂，必在壬戌之後明矣。”按：蘇軾于元豐三年二月初至黄州，居定惠院；五月，遷臨皋；四年，營東坡；五年春于東坡築雪堂。蘇軾《江城子》（“夢中了了醉中醒”）詞序云：“元豐壬戌之春，余躬耕于東坡，築雪堂居之。”既明言“居之”，何謂是年之冬“未遷”？今人或謂“其時雪堂尚未造好，故夜歸臨皋住宿”（《唐宋詞選釋》第一〇五頁）但雪堂早在是年之春落成。何謂“尚未造好”？王文誥則言蘇軾“并未遷居雪堂”（《蘇詩總案》卷二十二），但蘇軾《滿庭芳》（“歸去來兮”）詞序云“元豐七年四月一日，余將去黄移汝，留別雪堂鄰里二三君子”，則“鄰里”二字又作何解釋？施《譜》元豐四年條云：“蓋先生初寓居定惠院，未幾遷臨皋亭。後復營東坡雪堂，而處其孥于臨皋。”原來雪堂作爲蘇軾游憩、居住或留客暫住（如巢穀，參寥等人）之所，其家眷仍住臨皋。故蘇軾常來往于兩處，其作品中時有反映。《臨江仙·夜歸臨皋》亦寫從“夜飲東坡”而醉歸臨皋，與《後赤壁賦》爲同一路徑。其《黄泥坂詞》云：“出臨皋而東騖兮，并叢祠而北轉，走雪堂之陂陀兮，歷黄泥之長坂。”“余旦往而夕還兮，步徙倚而盤桓。”“朝嬉黄泥之白雲兮，莫宿雪堂之青煙。”則蘇軾有時亦夜宿雪堂。王文誥“并未遷居”之説，亦嫌不够確切。

明乎此，有助于解決一些作品的疑異問題。如《浣溪沙》（“覆塊青青麥未蘇”）一詞，傅《録》系于元豐四年，而傅榦《注坡詞》殘本謂詞序後原有“時元豐五年也”一句。但朱彊村《東坡樂府》仍從傅《録》，不敢采用傅榦之説編年。原因大概是此詞詞序有云“十二月二日雨後微雪，太守徐君猷攜酒見過”，而詞中又有“臨皋煙景世間無”句，是此詞作于臨皋。而一般認爲蘇軾于元豐五年春從臨皋遷居雪堂，故定此詞作于元豐四年十二月二日。其實，依據上述蘇軾來往兩處的情況，亦可作于元豐五年十二月二日臨皋寓所。是日“雨後微雪”，道路不便，蘇軾未去雪堂。傅榦，南宋人，其言當有所據，似可從。

（四）元豐八年，蘇軾自登州召還，"九月，除尚書禮部郎中"。此條王《譜》失載，傅《録》却作"召爲禮部員外郎"。按：《續資治通鑒長編》卷三五七，是年六月，司馬光薦蘇軾；卷三五九，九月己酉"朝奉郎蘇軾爲禮部郎中"。蘇軾于是年十二月所作《論給田募役狀》自署官銜亦爲"朝奉郎禮部郎中"。《東坡先生墓志銘》、《宋史·蘇軾傳》俱作"禮部郎中"。故知傅《録》誤。

（五）元祐元年，蘇軾在京，"九月，除翰林學士"。王《譜》不記月份，傅《録》却作"十月十二日"。按：翁方綱《蘇詩補注》卷七云："《宋史·哲宗本紀》：九月丁卯，試中書舍人蘇軾爲翰林學士知制誥。是月丙辰朔，丁卯是九月十二日。查氏（慎行）《年表》及本卷注，皆以爲十月十二日，訛。"《續通鑒長編》卷三八七亦作九月丁卯。查氏蓋沿傅《録》之誤，施《譜》不誤。（但王文誥《蘇詩總案》卷二十七以蘇軾于九月六日作《明堂赦文》，應在翰林學士任，則除命當在此以前，因列于八月條下，録以備考。）

（六）元祐二年，"八月，兼侍讀"。王《譜》不記月份，傅《録》失載。按：蘇軾《辭免侍讀狀》："右臣今月二十六日，准閣門告報，蒙恩除臣兼侍讀者。"八月進《謝除侍讀表》："臣軾言：今月一日，蒙恩除臣兼侍讀者。"是初次除命在七月二十六日，正式任命則在八月一日。施《譜》是。

（七）元祐七年，蘇軾于"正月，（自潁州）移知鄆州，尋改揚州"。王《譜》在正月之後記云"已而改知揚州"；傅《録》則明云："是月（二月）移知揚州。"翁方綱《蘇詩補注》卷七云："任天社《後山詩注》云：按《實録》，元祐七年正月辛亥，東坡自潁除知揚州。查氏《年表》據《紀年録》以爲二月者非。（原注：辛亥是正月二十八日）"《續資治通鑒長編》卷四六九：是年正月，"丁未，知鄆州觀文殿學士劉摯知大名府，知大名府資政殿學士張璪知揚州，知潁州龍圖閣學士蘇軾知鄆州”。後因鄭雍、楊畏、吳立禮言，“璪與摯皆不遷，蘇軾亦改揚州（原注：軾改揚州在二十八日，今并書）”。故知蘇軾自潁移揚，中經知鄆一番波折。施《譜》所記，亦較王《譜》、傅《錄》翔實。

　　（八）元祐八年，政局將變，蘇軾出知定州。施《譜》記此事亦頗詳且確：“是夏，御史黃慶基、董敦逸連疏論川黨太盛……先生尋亦乞越州；六月，以端明翰林侍讀二學士除知定州。七月，再乞越，不允。按，先生雖補外，自此至九月尚留京師，行禮部事……冬十月，到定州。”王《譜》却認爲“定州之除，必在九月内矣”。傅《錄》云：“是月（八月）以二學士知定州”，“十二月二十三日到定州”。按：據《續通鑒長編》卷四八四，謂定州之除在六月：“（六月）壬申，禮部尚書端明殿學士、翰林侍讀學士、左朝散郎蘇軾知定州。”原注：“按，蘇軾奏議八月十九日以端明侍讀禮書論讀漢唐正史，則六月二十六日不應已除定。又《實錄》于九月十三日再書除定州，恐六月二十六日所書或誤。不然，六月二十六日初除州，不行，故九月十三日再除，而《實錄》不能詳記所以也。當考六月八日軾乞越州，不允；七月二十四日軾又以新知定州乞改越州，詔不允。《政目》亦于二十六日書軾知定州。”所考與施《譜》吻合，故知八月、九月之説皆誤。又據《朝辭赴定州論事狀》，首署“元祐八年九月二十六日端明殿學士兼翰林侍讀學士、左朝奉郎新知定州蘇軾”，又云“臣已于今月二十七日出門”，故知離京在九月。蘇軾到定州後，曾祭告故定州守韓琦于閲古堂，其《祭韓忠獻公文》首云：“維元祐八年歲次癸酉十一月初一日乙亥，端明殿學士兼翰林侍讀學士、左朝奉郎定州路安撫使兼馬步軍都總管知定州軍州事、上輕車都尉、賜紫金魚袋蘇軾，謹以清酌庶羞之奠，昭告于魏國忠獻公之靈。”故知到達定州必在十月。傅《錄》作十二月，亦誤。

　　（九）紹聖四年，"閏二月，再責授瓊州別駕、昌化軍安置"。王《譜》却作"五月"，傅《録》作"四月"。按：據《宋史·哲宗本紀》，是年閏二月"甲辰，蘇軾責授瓊州別駕，移昌化軍安置"。同日，范祖禹移賓州安置，劉安世移高州安置。又蘇軾《到昌化軍謝表》云："今年四月十七日，奉被告命，責授臣瓊州別駕、昌化軍安置。臣尋于當月十九日起離惠州，至七月二日已至昌化軍訖者。"四月十七日爲惠州知州方子容親攜"告身"告知蘇軾之時，亦證詔命必在其前。施《譜》作"閏二月"，是。

　　（十）元符元年，"時先生在儋，僦官舍數椽以居止，（董）必遣人逐出；遂買地城南，爲屋五間，土人畚土運甓以助之"。《東坡先生墓志銘》云："（紹聖）四年，復以瓊州別駕，安置昌化。……初僦官屋，以庇風雨，有司猶謂不可。則買地築室，昌化土人畚土運甓以助之，爲屋三間。"王《譜》引此，即謂事在紹聖四年，傅《録》同。但據《續通鑒長編》卷四九五，董必爲廣南西路察訪，在紹聖五年（六月一日改元元符）三月；同書卷五〇八又謂元符二年四月，"詔新除工部員外郎董必送吏部與小處知州"，其原因之一，乃是"差察訪廣西，所爲多刻薄"。據此，董必逐蘇軾事當在元符元年（紹聖五年）。施《譜》是。蘇軾《與鄭嘉會書》："初僦官屋數間居之，即不佳，又不欲與官員相交涉，近買地起屋五間一龜頭，在南污地之側，茂木之下，亦蕭然可以杜門面壁少休也。"施《譜》云"五間"，亦有依據。（諸譜多據《墓志銘》作"三間"）

　　上舉可供糾誤者十例，下舉其詳明者兩例。

　　（一）熙寧四年，蘇軾出任杭州通判。王《譜》、傅《録》皆僅言"以言事議論大不協，乞外任，除通判杭州"。施《譜》則云："是年六月，先生乞補外，上批出與知州差遣，中書不可，擬通判潁州；上又批出改通判杭州。參知政事馮京薦先生直舍人院，上不答。"反映出神宗對蘇軾的信用，并照顧其離京外任的要求，這對了解他們君臣之間的微妙關係和當時黨争情况，有一定幫助。（按，據《續通鑒長編》卷二一四，神宗批出改通判杭州，在熙寧三年八月條；同書卷二二〇，馮京薦蘇軾在熙寧四年二月條。四年六月，蘇軾始赴杭。施宿將此二事補載于此。但首云"是年六月"，叙述不够嚴密。）

　　（二）元豐二年，關于"烏臺詩案"的記叙，施《譜》采用了《東坡烏臺詩案》的大量材料，以突出此事對蘇軾一生思想、創作的重要影響。還特别補充當時二位宰相對此案的不同態度："時二相吴充、王珪，充嘗爲先生致言于上，珪則擠之云。"按，吴充説情，見《續通鑒長編》卷三〇一引《吕本中雜説》：吴充對神宗説："魏武猜忌如此，猶能容禰衡；陛下以堯舜爲法，而不能容一蘇軾何也？"上驚曰："朕無他意，止欲召他對獄，考覈是非爾！行將放出也。"王珪擠之，見同書卷三四二："元豐中，軾繫御史獄。上本無意深罪之，宰臣王珪進呈，忽言'蘇軾于陛下有不臣意'。"即舉其咏檜詩"根到九泉無曲處，世間唯有蟄龍知"句以陷之。（又見《石林詩話》卷上。但王鞏《聞見近録》等謂此事在蘇軾貶黄州之後。）

　　當然，施《譜》也有失誤之處，如嘉祐四年條"歲除，至長安"，實在江陵度歲；熙寧四年條"十一月，到杭。時杭守沈遘"，實爲沈立；元豐二年條"十二月二十六日詔責授檢校尚書水部員外郎、黄州團練副使、本州安置"，實爲十二月二十八日；元豐七年條"到泗，上表乞常州居住，邸吏拘微文不肯進，乃于鼓院投之"，實爲到揚州之事；元符三年條"二月，先生以登極恩移廉州安置"，實爲四月；同條"四月，先生以生皇子恩詔授舒州團練副使、永州居住"，實爲七月，等等。這在評價施《譜》時也是需要注意的。

　　施《譜》的詩歌系年，也是它的重要部分。施《跋》即專就此問題而作。他説:"……歲月既久,始合諸家之傳以成一集,于先後有不暇深考者。今所刊本篇目次第,蓋仍其舊,《年譜》雖稍加釐正,而各有所據,其間亦不能與之無異,覽者當自得之。"説明其系年與一般刊本乃至《施注蘇詩》有異。

馮應榴《蘇詩合注》卷首《凡例》云:"編年勝于分類,查本似更密于施顧本。但《後集》五家注本編年犁然不紊,施顧本每卷排次亦撮舉大綱,最爲得當,邵长蘅《例言》中已言之。查本細分年月,轉欠審確。"這個評價是公允的。施顧本作爲今存最早的完整編年詩注本,功不可滅。施《譜》詩歌編年,經與《施注蘇詩》對勘,有很多不同,但大都似不正確,并非"釐正",惜不知其"所據",殊難理解,留待以後研究。

其個別詩篇系年,却較精確,但又大都與《施注蘇詩》相同。如鳳翔時所作《十二月十四日夜微雪,明日早往南溪小酌至晚》、《九月中曾題二小詩于南溪竹上,既而忘之,昨日再游,見而錄之》兩詩,查慎行、馮應榴均系于治平元年,施《譜》系于嘉祐八年,提前一年,是。因蘇軾于治平元年十二月十七、八日罷鳳翔簽判任離去(見其《與楊濟甫書》"某只十二月十七、八間離岐下也"),不大可能于十五日整日盤桓南溪,又于十六日過錄《題南溪竹上》詩,且詩中對離任事一無反映。又如《司竹監燒葦園,因召都巡檢柴貽勗左藏以其徒會獵園下》詩,施《譜》亦系于嘉祐八年,是。因蘇轍和詩,在《欒城集》中亦編于《十二月十四日夜微雪……》和詩即《次韻子瞻南溪微雪》之次,《欒城集》爲蘇轍手編,當可信,但諸家注本皆誤系于治平元年。又元豐三年蘇軾赴黃州詩,列有"至關山《梅花》、《朱陳嫁娶圖》、《宿禪智寺》、《初到黃州》"等詩。按《陳季常所蓄朱陳村嫁娶圖》、《宿禪智寺》兩詩,查慎行、馮應榴均系于到黃州後,施《譜》列于到黃州前,甚是。前首作于岐亭(今湖北麻城)陳慥家中,

正是蘇軾赴黃途中。其《岐亭五首·序》云："元豐三年正月,余始
謫黃州,至岐亭北二十五里,山上有白馬青蓋來迎者,則余故人陳
慥季常也。爲留五日。"詩即作于此時。又據《弘治黃州府志》,黃
州城内無禪智寺,而岐亭至黃州間則有禪積寺,疑即禪智寺,音近
而誤,當爲蘇軾離岐亭後途中所宿,并作後一首詩。故施《譜》編年
可從。又如通判杭州時所作"游孤山唱和"諸作,王《譜》根據《東坡
烏臺詩案》編在熙寧五年。(《東坡烏臺詩案》"同李杞因獵出游孤
山作詩四首"條云："熙寧五年,軾任通判杭州,于十二月内,與發運
司勾當公事大理寺丞杞,因獵出游孤山,作詩四首。")施《譜》編在
四年剛到杭州時。按,這四首詩即《臘日游孤山訪惠勤惠思二僧》、
《李杞寺丞見和前篇復用元韻答之》、《再和》、《游靈隱寺得來詩,復
用前韻》。據《東坡題跋》卷三《跋文忠公送惠勤詩後》："熙寧辛亥
(四年),余出倅錢塘,過汝陰見公(歐陽修),屢屬余致謝勤。到官
不及月(其《六一泉銘·叙》云："予到官三日,訪勤于孤山之下。"),
以臘日見勤于孤山下,則余詩所謂'孤山孤絶誰肯廬,道人有道山
不孤'者也。"故施《譜》是。但在熙寧五年末,又列入《游孤山訪惠
勤惠思》一詩,當係誤屬。

　　有的詩歌編年比較審慎,如查慎行《補注東坡先生編年詩》卷
首《例略》中,指責施顧注本"排纂尚有舛錯"時所舉二例："《客位假
寐》一首,鳳翔所作,而入倅杭時;《次韻曹九章》一首,黃州所作,而
入守湖州時。"此二詩施《譜》編年即付闕如,沒有勉强硬置。因此,
編年部分仍可供參考和進一步研究,但其價值不如"時事"、"出處"
兩欄,似可斷言。

〔一〕明萬曆時康丕揚所刊《東坡先生外集》卷首亦有《年譜》,末云："譜
　　　先生出處歲月者幾十家,如汴陽段仲謀、清源黃德粹、五羊王宗
　　　稷、仙溪傅薦可,蓋特詳者,然皆不免差誤。"則知明以前作譜者

"幾十家"。

〔 二 〕參看劉尚榮《 宋刊〈 施顧注蘇詩〉考》,見《蘇軾研究專集》,《四川
大學學報叢刊》第六輯。

〔 三 〕陳乃乾《宋長興施氏父子事迹考》(載《學林》第六輯,一九四一年
四月),定施元之卒年爲淳熙元年(一一七四),似不確。施罷贛州
任在淳熙三年,有確證,見《辛稼軒年譜》。施宿序中又説,其父
"閑居""歲久成書"以後,"而先君末年所得未及筆之書者,亦尚多
有",説"末年",則其去世當比淳熙四年更晚。

〔 四 〕這年十一月,施宿被起用爲吉州知州,旋又罷職。《宋會要輯稿·
職官》卷七十四:嘉定二年"十一月二十二日,新廣東提刑褚、
新知吉州施宿,并罷新任,以臣僚言褚謀身姦邪,宿邀功避事"。
事與"舊春蒙召,未幾汰去"相仿,唯年、月不合。

〔 五 〕施注嘉定原刊本,另尚存兩部殘本,但卷帙不多(一僅四卷,中有
殘缺,一僅兩卷),今藏北京圖書館。

〔 六 〕傅藻,南宋時《百家注分類東坡先生詩》(黃善夫家塾本)作傅藻,
元明時《增刊校正王狀元集注分類東坡先生詩》,依據前本挖改,
改爲傅藻,似是。因傅字薦可,《詩經·召南·采蘋》:"于以采藻,
于彼行潦。""于以奠之,宗室牖下。"後有"藻薦"一詞,如張九齡
《洪州西山祈雨是日輒應因賦詩言事》"遲明申藻薦,先夕旅
岩扉"。

〔 七 〕《國史 》一書爲南宋人所重。如王栐《燕翼詒謀録》,即"考之《國
史》、《實録》、《寶訓》、《聖政》等書"而成(見《自序》),李心傳《舊
聞證誤》亦多據《國史》糾正其他史書之誤。

《中國古典文學名家選集》已出書目

王維孟浩然選集　　　／王達津選注

高適岑參選集　　　　／高文、王劉純選注

李白選集　　　　　　／郁賢皓選注

杜甫選集　　　　　　／鄧魁英、聶石樵選注

韓愈選集　　　　　　／孫昌武選注

柳宗元選集　　　　　／高文、屈光選注

白居易選集　　　　　／王汝弼選注

杜牧選集　　　　　　／朱碧蓮選注

李商隱選集　　　　　／周振甫選注

歐陽修選集　　　　　／陳新、杜維沫選注

蘇軾選集　　　　　　／王水照選注

黃庭堅選集　　　　　／黃寶華選注

楊萬里選集　　　　　／周汝昌選注

陸游選集　　　　　　／朱東潤選注

辛棄疾選集　　　　　／吳則虞選注

陳維崧選集　　　　　／周韶九選注

朱彝尊選集　　　　　／葉元章、鍾夏選注

查慎行選集　　　　　／聶世美選注

黃仲則選集　　　　　／張草紉選注